WILHELM LOBSIEN

DER HALLIGPASTOR

ROMAN

51.–53. Tausend

WESTHOLSTEINISCHE VERLAGSANSTALT
BOYENS & CO.

Schutzumschlag- und Einbandentwurf Hans Hermann Hagedorn, Hamburg

ISBN 3-8042-0041-9

1993

Herstellung: Westholsteinische Verlagsdruckerei

Boyens & Co., Heide

Printed in Germany

Bleigrau stand der Himmel über Meer und Deich. Nur fern im Westen, wo wie kleine, schwarze Ballen die Halligen lagen, glühte ein schmaler, heller, grünblauer Streifen am Horizont; aber desto schwerer und drückender lastete das dunkle Gewölk hier.

Die Dämmerung zog herauf. Über dem Festland, das sich weit und eben vom hohen Seedeich aus nach Osten erstreckte, lag sie schon dunkel und schwer und verdeckte die großen Bauernhöfe, die fern am Rande der Geest trotzig in die Marsch hineinblickten.

Mathsen, der Schenkwirt in der kleinen Deichwirtschaft Kleinsiel, stand auf dem Deich und blickte über die Nordsee. Und wie er so stand und auf die singende, rinnende, kommende Flut blickte, hob sich seine breite, schwere Gestalt hart gegen den Himmel ab. Er verfolgte mit scharfen Augen ein Segelboot, das von einer der Halligen herwärts steuerte, alle Segel voll im Wind.

Er kannte jedes Boot, das zwischen der Küste und den Halligen segelte, und war nur einen Augenblick im Zweifel, ob es das Postboot oder ein Halligboot sei.

„Das kommt zu uns“, knurrte er und scheuerte seine dicke rote Nase. „Entweder bringt es einen Fremden herüber, und dann habe ich heute Einquartierung, oder es holt jemand, der hinüber will.“

Damit wandte er sich auch schon und stieg langsam die Deichböschung hinab, um nach seinem Hause zu gehen. Er war noch nicht auf halbem Wege, da hörte er ein schnell näher kommendes Rasseln auf der Landstraße und wußte nun, daß jemand sich nähere, der zur Hallig wollte.

Vor der Haustür blieb er stehen, bis der Wagen herankam und in die Durchfahrt einlenkte.

Schnell und scharf flog sein Blick über den Fremden, um ihn gleich richtig einzuschätzen. Er kannte ihn nicht. Es war keiner der Maler, die alljährlich bei ihm für einige Wochen einkehrten, und die Neugier brannte in ihm, des Fremden Art und Ziel zu erfahren.

„Guten Tag und willkommen in Kleinsiel."

Der Fremde nickte und versuchte vom Wagen zu springen. Eilfertig löste Mathsen das Schutzleder, stellte eine kleine Leiter gegen den Wagen und lud zum Nähertreten ein.

„Nehmen Sie vorlieb mit dem, was wir haben. Wir liegen hier ganz allein und verlassen draußen am Deich, und Fremde kommen jetzt so selten zu uns, ebenso selten wie der Schlachter mit frischem Fleisch. Und bis wir mal nach Bredstedt oder Langenhorn hinüberfahren, vergeht viel Zeit."

Schweigend ließ der Fremde den Redestrom über sich ergehen und trat in die saubere Gaststube ein. Der blanke Schein, der über der See stand, füllte sie mit hellem, weichem Licht.

Überrascht stand der Fremde mitten im Zimmer und blickte bald die Wände, bald das listig lächelnde Gesicht des Wirts an.

„Ja, ja", kam der Wirt seinem Ausruf zuvor, „darüber hat sich schon mancher gewundert."

Und wirklich, es war auch des Wunderns wert. An allen Wänden hingen köstliche Ölgemälde, entzückende Radierungen, alles Motive aus See, Deich und Marsch. Die Maler Feddersen und Eckener, Nissen und Dierks und andere, deren Namen hier droben einen guten Klang haben, waren vertreten und hatten aus der mit bunten Kacheln geschmückten Stube ein kleines heimatliches Museum gemacht.

„In der Tat, Herr Wirt, das ist ja prächtig!"

„O, es ist noch nicht alles. Gehen Sie einmal in unsere beste Stube, da hängen noch mehr."

„Woher haben Sie die Bilder?"

Das kam in etwas hochfahrendem Ton heraus, und schlagfertig erwiderte der Wirt:

„So fragt man Diebe, Herr!"

„Nun, nun, so hab' ich's nicht gemeint. Aber Sie werden begreifen, daß ich mich über die wertvolle Sammlung wundere. Es wird Sie mancher darum beneiden."

„Weiß ich wohl. Es ist auch mancher gekommen, um das eine oder andere zu kaufen; aber ich gebe keines ab. Es sind mir lauter liebe Andenken an die Maler, die im Sommer hier draußen meine Gäste sind."

Er redete emsig fort, aber der Fremde achtete nicht weiter darauf, sondern schritt schweigend und mit kunstfreudigen Augen von einem Bild zum andern.

Dann bestellte er sich eine Tasse Tee, trank aber nicht, sondern stellte sich ans Fenster und blickte gegen den Deich, der nahe am Hause vorüberführte.

Der Wirt stellte sich an das andere Fenster, und eine Weile herrschte tiefes Schweigen.

„Ihr Tee wird kalt."

Keine Antwort.

„Wollen Sie hier zur Nacht bleiben oder weiterreisen?"

„Ja, nach Hoogeroog."

Der Wirt hätte gar zu gern mehr erfahren, aber die abweisende Art des Fremden schloß ihm den Mund.

Gleich darauf kam der Grenzaufseher vom Deich herunter, bestellte sich einen Teepunsch, ein Gemisch aus Tee, Zucker und Rum, und meinte: „Da kommt en Schipp von Hoogeroog raever."

„Wer is dat?"

„Hett twee Masten, ward woll Peter Dirksen sin, de hett jo Besan op sin Boot."

Da wandte sich der Fremde.

„Von Hoogeroog kommt ein Boot, sagten Sie?"

„Ja, es wird bald hier sein, im Priel ist es schon."

Der Fremde wandte sich zur Tür und ging hinaus.

„Wer is dat?"

„Ik weet nich. De Mann seggt keen Wort."

„Na Hoogeroog will he?"

„Ja, dat hew ik em afquält."

Der Grenzwächter sog langsam den letzten Rest aus seiner Tasse, löffelte den süßen Zucker heraus, kehrte die Tasse um, legte bedächtig den Löffel darauf und meinte: „Schull dat de nige Preester sin?"

„Donnerwetter, dor hest du recht."

Mathsen drückte seine rote Nase gegen die Scheibe und blickte mit kritischen Augen zu dem Fremden hinüber, der mit flatterndem Mantel im Wind auf dem Deiche stand.

„Ja, ja, geistlich süht de Mann ut. Blots dat Mulwark is noch fastdrögt. Hett keen Not, dat ward von sülm beter."

Und nun standen sie beide und blickten zu dem Fremden hinüber. Solange die Mastspitzen noch nicht über der Deichkrone zu sehen waren, konnten sie ruhig drinnen bleiben.

„Wo de Mann woll her is? Na de Spraak is he en Butenminsch."

„Mut en wunnerlichen Kerl sin; wer geiht denn sünst op'e Hallig."

Ein Wort nach dem anderen fiel schwer in die Stille, und in jedem neuen Satz wurden neue Vermutungen über den Fremden ausgetauscht, bis die Mastspitzen sichtbar wurden. Da gingen sie hinaus und kamen gerade zur rechten Zeit, um dem Schiffer zu helfen, das Boot an der Schleusenmauer zu befestigen.

„Na, Peter, wat schast du denn?" riefen sie hinüber.

„Gotts Word halen."

„Dat steiht dor baben op'n Diek; ward 'ne schöne Ballast ward'n."

„Kumm man erst mal rin", meinte einladend der Wirt, als das Boot fest vertaut war.

„Ik heff egentlich keen Tid."

„Ne, ik weet, dat seggst du jümmer."

Und doch sprang der Schiffer ans Land und schritt den Deich hinauf. Als er an dem Fremden vorbeiging, tippte er an die Mütze.

„Kommen Sie von Hoogeroog?"

„Jawoll."

„Und sollen mich holen? Ich bin Pastor Eichstädt."

„Jawoll, Herr Pastor."

„Wann fahren wir?"

„Nach einer kleinen halben Stunde fahren wir ab."

„Und wann sind wir da?"

„In gut zwei Stunden."

„Ich werde hier auf Sie warten. Sie tragen wohl mein Gepäck herüber."

„Jawoll." Und damit ging der Schiffer mit dem Wirt und dem Grenzaufseher zurück.

„Dat schient en scharpen to sin."

„O, wi kriegt em woll möhr."

Und dann setzten sie sich in der Gaststube an den Tisch und plauderten bei Teepunsch und Brot, während Pastor Eichstädt wie eine Bildsäule auf dem Deiche stand und über die See hinüberblickte.

Nach Hoogeroog sollte er hinüber. Hinter ihm lag das weite, ebene Festland, das er jetzt, wohl auf Nimmerwiederkehr, verließ, und vor ihm lag das stille, träumende Halligeiland, auf dem er sein Leben zu verbringen gedachte, wo er kämpfen und ringen, wirken und schaffen wollte. Dort draußen, meinte er, sei der rechte Ort, ein Reich Gottes auf Erden zu gründen, dort draußen, wo das Volk noch unberührt geblieben war, wo die laute Welt mit all ihren Versuchungen und Verführungen noch zu keinem gesprochen hatte.

Der Gedanke daran machte ihn stolz und froh, so daß er den Kopf in den Nacken warf und die Arme weit vorstreckte, als wollte er das ferne, verlockende Ziel greifen und halten.

O, wie er der Stadt und allem, was sie bot, überdrüssig war! Wie er all die lockenden, glänzenden Bilder haßte mit dem tiefen Haß des Mannes, der aus Not und Zwang immer fern gestanden hatte, der aus einem Heim voll Entbehrung hervorgegangen war und bisher nichts als Entbehrung kennengelernt hatte, der überall in den letzten Reihen hatte stehen müssen, der fühlte, daß er nie die Kluft werde überbrücken können.

Nun aber ging er einem Ziel entgegen! Nun würde er mit einem Schlage in die vorderste Reihe rücken, der Erste sein, der Führer und Richter.

Ein Ziel! Endlich ein Ziel! Eines, das er sich selbst gewählt hatte. Es hatte sich niemand gewundert, als er das Konsistorium gebeten hatte, ihn als Pastor auf die einsame Hallig zu schicken. Man kannte seinen weltabgewandten Sinn, der fast an Fanatismus grenzte, und glaubte, in ihm einen geeigneten Halligpastor zu haben, und war daher herzlich froh, als er sich meldete.

Und nun ging er diesem Ziel entgegen!

Im Dunst, der auf dem Meere lagerte, grüßte die Hallig zu ihm herüber, still und friedlich.

Pastor Eichstädt war noch nie auf einer Hallig gewesen, und darum unterdrückte die Neugier in diesem Augenblick die stolzen Gedanken, die er um seine Zukunft spann. Tausend Fragen sandte er über die Wellen hinaus, tausend Fragen, auf die ihm keine Antwort wurde, wie sehr sich auch sein Herz danach sehnte. Morgen, ja, morgen, übermorgen und in all den Jahren, die vor ihm lagen, würde er Antwort erhalten. Es hieß geduldig sein.

Das Meer hatte in den letzten Wochen viel Strandgut ans Ufer geworfen. Zu Haufen zusammengetragen, lagen Balken und Kisten auf dem Deich und warteten des Tages, an dem sie verauktioniert werden sollten.

Pastor Eichstädt lehnte sich dagegen, ließ halb unbewußt seine Augen den langen grünen Deich entlanglaufen bis hinauf nach der kleinen Dagebüller Kirche und dachte dann plötzlich daran, wo und wieviel Amtsgenossen von ihm hier draußen auf den Inseln und hinter dem Deich wohnten, und ob er wohl in ein näheres Verhältnis zu ihnen treten würde. Ob Gleichgesinnte unter ihnen waren? Er hing diesen Gedanken nicht lange nach; es konnte und sollte ihm einerlei sein, er würde schon allein mit sich und seinem Amt fertig werden. Und lieber draußen im Meer, in vollster Abgeschlossenheit, als in einem der vielen Dörfer, die reich und schön das weite, herrliche Marschland hinter dem Deich schmückten. Kein einziges verlockte ihm zum Bleiben. Nur hinaus! Hinaus.

Er blickte auf das Gasthaus hinab.

Ein kleiner, schwacher Lichtschein stahl sich durch die Fenster; der kam von der Lampe, über der der Tee heiß gehalten wurde.

Aber die Dämmerung wurde schon dunkler; Pastor Eichstädt wurde ungeduldig und sehnte sich nach der Abfahrt.

Ob er hinunterginge, um den Fährmann zu holen?

In diesem Augenblick öffnete sich die Tür, und die drei Männer traten heraus. Er hörte sie sprechen; laut und hart kamen ihre Stimmen durch die Stille.

„Lat uns noch en Lütten kriegen", meinte der Wirt, „du weets ja, Peter, ik drink sonst nie, man blot mit gude Fründe."

Aber Peter Dirksen wehrte ab: „Ne Mathsen, dat geiht nich, ik heff noch en lange Fohrt vör mi."

Dann schritten die drei über die Sielbrücke, stiegen die Treppe zum Deich empor und standen vor dem Fremden.

„Fahren wir endlich ab? Ich warte schon eine Ewigkeit."

Peter Dirksen wollte sich entschuldigen, aber der Wirt kam ihm zuvor: „Ja, sehen Sie, Herr Pastor, das ist hier draußen bei uns nun so: Wir können nur segeln, wenn Flut ist, und die Flut kommt und geht, wie sie will und nicht, wie wir wollen. Und nun kann's losgehen."

Das meinte der Grenzaufseher auch, indem er den anderen bis ans Boot folgte.

Umständlich verstauten sie das Gepäck, halfen dem Fremden ins Boot und machten es los.

„Adjüs! Adjüs! Gute Reise!"

„Danke schön!"

Dann glitt das Boot langsam, an den Buschbaken entlang steuernd, in die See hinaus.

Die Zurückbleibenden blickten ihm noch eine Weile nach, bis es schwächer und schwächer wurde und schließlich im Dämmerdunst verschwand.

„Sall mi doch verlangen, wo dat geiht", meinte der Grenzjäger und schulterte sein Gewehr.

„Dat kann ik di segg'n. En Butenminsch hölt dat dor nich ut. Entweder fangt he dat Supen an, oder he ward sonderbar. Mi kann't enerlei sin. Geihst du noch mit herin?"

„Ne, ik mutt noch bit an de Eck."

„Na, denn god Nacht."

Mathsen untersuchte noch seinen Pegel vor der Sielschleuse und schritt dann langsam ins Haus, während der andere lustig pfeifend auf dem Deich nach Süden wanderte.

Peter Dirksen hatte alle Segel gesetzt. Unter Fock, Großsegel und Besan lief das schmucke Boot in den Abend hinaus.

Der Schiffer hatte sich behaglich ausgestreckt und hielt die Hand lässig auf die Ruderpinne gelegt. Schweigend saß ihm

Pastor Eichstädt gegenüber. Kein Wort wurde laut, aber hell und klingend sprangen die Wellen am Bug empor.

Erst als drüben auf Amrum und Hörnum die Leuchtfeuer aufblitzten und ihren milden Schein über das Meer warfen, streckte sich der Pastor mit einem Ruck in die Höhe und sagte mit leiser, müder Stimme: „Wie schön die Feuer brennen."

Peter Dirksen blickte flüchtig auf und nickte schweigend. Der andere hatte auch keine Antwort erwartet und fuhr wie zu sich selber sprechend fort: „Das ist wie ein Gruß aus der Höhe. Wem der Schein jeden Abend ins Fenster fällt, wie gut und still muß der werden. Drüben auf dem Festland . . ."

Er vollendete den Satz nicht. Aber seine Gedanken wanderten wieder den Weg, den sie heute schon so oft gegangen waren, durch all seine vergangenen Tage, die oft ohne Licht gewesen waren. Und er dachte daran, wie oft er sich nach Licht und Freude und nach einem Ziel gesehnt hatte, dem er entgegenfahren konnte.

Wieder war die große Stille zwischen den beiden, die einsam über das Meer fuhren.

Immer dunkler wurde es. Aber je tiefer sich die Nacht auf das Wasser senkte, desto heller und fröhlicher brannten die Leuchtfeuer.

Mitunter schrie eine Wildgans schrill auf, oder das Rauschen vorüberrudernder Enten durchbrach die Stille. Sonst kein Laut, und Pastor Eichstädts Stimme klang fast hart, als er sagte: „Wie heißen die Feuer?"

„Das hohe, stille Feuer ist auf Amrum und das andere, weiter nördlich, das den hellen Streifen wirft, steht auf den Hörnumer Dünen. Und wenn sie genau hinsehen, finden Sie im Süden das Feuer von Westerhever, das die Einfahrt nach Husum zeigt."

Sie fuhren weiter.

Ein dunkler Ballen tauchte vor ihnen aus dem Meere auf, und ein kleines, schwaches Licht schimmerte daraus herüber.

„Das ist Hallig Habel, und drüben liegt Gröde, dort, wo die zwei hellen Feuer sind", erklärte der Schiffer und erzählte ihm, daß er gestern dort gewesen sei, um Heu zu holen. „Denn die paar Leute, die dort wohnen, haben viel mehr Heu, als sie gebrauchen können; anders als wir auf Hoogeroog."

„Sind wir noch weit von Hoogeroog?"

„In einer guten Stunde sind wir da."

„Wo liegt es?"

„Sie können es nicht sehen."

„Wie finden Sie aber hinüber?"

Peter Dirksen lachte leise auf.

Hinüberfinden! Als ob das eine Kunst sei! Für ihn, der unzählig viele Male in Sturm und dicker Finsternis über das Wattenmeer gesteuert war.

Das Gespräch zwischen den beiden verstummte. Peter Dirksen wußte nichts zu erzählen, und Pastor Eichstädt hing lieber seinen eigenen Gedanken nach.

Ungefähr eine Stunde später erhob sich der Schiffer und spähte aufmerksam voraus.

„Sind wir da?"

„Ja, dort drüben das Licht, das kommt aus meinem Hause. Nein, nein, bleiben Sie nur sitzen, bis wir an der Kante sind."

Er warf das Boot herum, riß die Focksegel herunter und nach kurzer Zeit schurrte das Boot über den Grund und lag dann fest, etwa zwanzig Meter von der Halligkante entfernt.

„Sie müssen schon im Boot sitzen bleiben, bis ich die Segel festgebunden habe. Es nützt ja nichts, daß ich Sie gleich an Land trage; denn Sie finden doch nicht zur Warft hinauf."

„Ans Land tragen?" fragte der Pastor ungläubig.

„Jawohl. Die Flut läuft schon ab, und das Boot kann nicht bis ganz an die Kante heran. Daran müssen Sie sich hier draußen gewöhnen, Herr Pastor, daß die Stiefel eigentlich nur für die Stube sind. Wir tragen darum auch keine."

Und dabei rollte er die Segel ein, band sie fest und zog dann seine Strümpfe aus und stülpte die Hose bis weit über das Knie herauf.

Dann stellte er das Gepäck auf die Bootskante und schwang sich über Bord.

„Ich will nur erst das Gepäck hinübertragen, und dann kommen Sie an die Reihe."

Einen Augenblick später war er in der Dunkelheit verschwunden, und nur das Plätschern im Wasser bezeichnete seine Bahn. Dann wurde auch dieses still. Aber von der Hallig herüber, die wie eine schwarze Wand im Dunkel stand, kam ein kreischender Ton, und ein auf und ab schwankendes Licht kam näher und näher.

Pastor Eichstädt spähte angespannt hinüber und erschrak fast, als plötzlich der Schiffer wieder neben dem Boot auftauchte und zu ihm sagte:

„Das ist meine Tochter, die mit einer Laterne und einer Karre an die Kante kommt, um uns zu holen. Nun kommen Sie. Setzen Sie sich auf meinen Rücken und lehnen Sie sich weit vornüber."

Ängstlich und unbeholfen tat der Pastor, wie ihm geheißen, und wagte kaum zu atmen, als Peter Dirksen vorsichtig schreitend und oft bedenklich schwankend durch den glatten Schlickboden ans Ufer schritt. Bis über die Knie watete er im Wasser. Dann wurde es seichter. Zuletzt ging er auf dem wasserleeren, schlammigen Grund, und dann ragte plötzlich die ungefähr anderthalb Meter hohe Halligkante vor ihnen auf.

Pastor Eichstädt stand auf festem Boden, auf der Hallig, stand und blickte vor sich in das Dunkel hinein und hatte noch den Klang der wiegenden, rauschenden Wellen in den Ohren.

Einen Augenblick später war das Licht bei ihm, und er erkannte das Mädchen, das eine Karre schob, an der eine Stalllaterne befestigt war. Verschüchtert blickte das Mädchen zu dem Fremden empor, der sich nicht um sie kümmerte, der nicht einmal den Versuch machte, durch einen freundlichen Gruß das Herz der Kleinen zu gewinnen.

„Bist du es, Naemi?" rief der Schiffer, der noch einmal zu seinem Boot hinausgewatet war.

„Ja, Vater", kam es zaghaft.

Da wandte sich der Fremde und sagte erstaunt:

„Du heißt Naemi?"

Aber er wartete keine Antwort ab, wunderte sich noch einen Augenblick über den biblischen Namen und sah dann wieder gespannt über die dunkle Hallig, bis Peter Dirksen das letzte

Gepäck ans Ufer geschafft hatte und nun vor ihm stand und alles auflud.

Ohne ein Wort zu sagen, gingen sie über die Hallig der Warft entgegen, das Mädchen mit der Laterne voran und zuletzt Pastor Eichstädt. Gespenstisch hüpfte das blasse Licht über das taunasse Gras, bald in großem Bogen links, bald rechts, spiegelte sich bald in dem Wasser eines Priels und beleuchtete bald ein Brückengeländer, das den schmalen Weg über einen Wasserlauf säumte. Ab und zu brüllte dumpf ein Rind und erhob sich schwerfällig, daß die Fußkette klirrte, bald blökte ängstlich ein Schaf und rannte mit schnellen Sprüngen davon, und dazwischen kreischte und jankte das Rad der Karre.

Kein Wort wurde gesprochen, und endlich standen alle drei vor der hohen Warft an einem Hecktor. Naemi öffnete es und ließ ihren Vater und den Fremden hindurch. Dann schloß sie das Tor und folgte den beiden ins Haus.

Durch einen engen, kachelgeschmückten Flur traten sie in die Stube. Freundlich spielte das Licht der Lampe auf den Kachelwänden und in den blanken Messingknöpfen des Beilegeofens.

„Legen Sie ab, Herr Pastor, und setzen Sie sich. Ich will gleich meine Frau holen."

Aber da trat sie schon ein und begrüßte den Fremden.

Ihre Einladung zum Platznehmen lehnte er ab.

„Ich möchte gleich ins Pastorat. Meine Möbel sind doch schon da?"

„Ja, aber –"

„Dann ist ja alles in Ordnung. Das hauptsächlichste Hausgerät, das ich für meine Studierstube brauche, ist ja noch von meinem Vorgänger da, und wie mir der Gemeindevorsteher schrieb, hat sich eine Frau bereit erklärt, Ordnung zu halten."

„Gewiß, es ist alles in Ordnung. Aber so am ersten Abend gleich in das leere, fremde Haus. – Ich weiß nicht, Herr Pastor, bleiben Sie doch bis morgen bei uns. Ich habe schon alles bereitgemacht."

„Nein! Nein! Ich will gleich hinüber."

Er war sich selber nicht klar darüber, weshalb er so fest darauf bestand, gleich in sein neues Heim hinüberzugehen. War es die Sehnsucht, endlich sich ganz anzugehören, oder der Wunsch, diese letzten Stunden des Tages mit seinen Gedanken und Wünschen ganz allein zu sein?

„Wollen Sie nicht wenigstens etwas essen? Die lange Fahrt übers Wasser macht hungrig."

In diesem Augenblick trat Peter Dirksen wieder in die Stube und sagte:

„Im Pastorat ist noch Licht. Binne ist noch da."

„Wer ist Binne?"

„Die Frau, die Ihnen Ihr Haus in Ordnung halten soll."

„Dann lassen Sie uns gleich gehen. Sie wird wohl etwas für den Abendbrottisch haben. Und wenn nicht, dann ist's mir auch einerlei."

„Nun, wenn Sie denn durchaus wollen –"

„Ja, und mein Gepäck nehmen wir gleich mit."

Er verabschiedete sich kurz, und dann kreischte und jankte die Karre die Warft wieder hinunter, und das Licht tanzte wieder vor den beiden her.

Als sie vor ein Hecktor kamen, hielt Peter Dirksen einen Augenblick still und wies vor sich in das Dunkel hinein. Ein schwarzer Ballen lag dort, und daraus leuchtete ein blasses Licht.

„Das ist das Pastorat."

Und dann schob er weiter.

Ein breiter Priel trennte die Kirchwarft von der Tonnenswarft, aber kein Wasser war darin, da es Ebbe war. Und nur das seltsame Rieseln und Gurgeln im Schlamm kam zu den beiden herauf, als sie über die Prielbrücke schritten.

Am Fuße der Kirchwarft hielt Peter Dirksen an, hob das Gepäck und sagte: „Nun sind wir da."

Sie schritten den Hügel hinauf, am hohen, schlichten Glockenturm vorbei, und da lag vor ihnen die kleine, vom Friedhof umgebene Halligkirche, daneben das Pastorat.

Der Halligbauer wollte anfangen zu erklären, aber Pastor Eichstädt unterbrach ihn:

„Bitte, nicht!"

Er wollte heute nichts hören, sondern wollte ganz die tiefe, feierliche Stille auf sich wirken lassen und stand und blickte über die seltsam leuchtenden, weißen Grabsteine ringsumher.

Aber Binne hatte die Ankommenden gehört und öffnete die Tür. Gellend schrie die harte Glocke der Haustür durch den Abend.

Sie wußte zuerst nicht, wer vor ihr stand; aber dann erkannte sie im schwachen Licht der Laterne Peter Dirksen und schlug die Hände zusammen: „Herrgott! Kommt ihr schon? Ich bin ja noch gar nicht fertig. Ich dachte, Peter, du würdest eine Stunde später kommen."

„Nein, Binne, der neue Pastor wollte nicht erst essen, sondern gleich hierher."

„O du mein Gott, dann will ich nur gleich den Tee kochen. Wie gut, daß Melfs' Frau mir alles gebracht hat."

Und dann schlurfte sie schnell ins Haus zurück.

Die beiden folgten ihr.

„Gehen Sie nur nach Hause."

„Aber der Tee . . ."

„Lassen Sie nur, liebe Frau. Ich habe seit meiner Studentenzeit selber mein Abendbrot hergerichtet und werde es auch wohl heute noch können. Zeigen Sie mir nur, wo alles steht, was Frau Melfs ausgepackt und hergebracht hat."

Die geschwätzige Alte wehrte mit Händen und Füßen ab. Aber es half ihr nichts, und ehe sie sich's versah, war sie sanft zur Tür hinausgeschoben und fand erst Zeit zu einem Nachtgruß, als sie mit Peter Dirksen am Fuße der Kirchwarft war.

Pastor Eichstädt war allein.

Er stand mitten im Zimmer und sah sich um.

Da stand rings das schlichte Hausgerät, das sein Vorgänger hinterlassen hatte. Der war in die Stadt gegangen, drüben auf dem Festland, und hatte mit der neuen Pfarre zugleich eine Frau genommen. Was sollten ihm da die Möbel, die er sich für die Zeit seiner Halligeinsamkeit gekauft hatte? Sie paßten nicht in sein neues Heim, und in der Freude darüber, daß er nun endlich seine junge Frau heimführen konnte, hatte er bestimmt, daß alles, was ihm hier draußen gehört habe, seinem Nachfolger dienen solle, sofern der auch unbeweibt sei.

Der neue Pastor stand und sah sich alles an. Schlichter und einfacher konnte es kaum sein. Ein Sofa an der einen Wand, mitten im Zimmer ein Schreibtisch aus rotgebeiztem Föhrenholz, dahinter ein Stuhl, ringsum an den Wänden, wie angeleimt, einige Stühle, ein Schrank, ein großes Bücherbord und in der einen Ecke ein Rauchtisch. Pastor Eichstädt lächelte, als er darauf zuschritt und die Kästchen öffnete; eines war noch mit Tabak, ein anderes mit Zigarren halb gefüllt, und an den Haken rings an der Tischkante hingen noch mehrere Pfeifen. Ein Zettel war an der einen befestigt. „Auf daß dir's wohlgehe" stand darauf. Sein Vorgänger schien ein Mann gewesen zu sein, der seine Bibel nicht nur auf der Kanzel, sondern auch in den Freuden und Leiden des Alltags anzuwenden wußte.

Eichstädt hob die Lampe, ging langsam auf der mit einem großen, festen Teppich belegten Diele durchs ganze Zimmer und beleuchteten den Schmuck, der ringsum hing. Einige Landschaften, fremd, regellos, ohne inneren Zusammenhang. Das sollte anders werden, gleich morgen.

Er ging durch sein Schlafzimmer, besah flüchtig das weiße, aufgeschlagene Bett und ging über den Flur in ein anderes, größeres Zimmer, das mit seinen Kisten und Kasten angefüllt war, und schritt dann in die Küche. Der Kessel dampfte auf dem Herde, und auf dem Tische stand Brot und Belag. Er mochte nicht essen, hob den Kessel ab und ging wieder nach vorn ins Zimmer, stellte die Lampe auf den Tisch und setzte sich ins Sofa, lehnte sich zurück und schloß die Augen. Das Licht fiel voll auf ihn und beleuchtete sein blasses, hageres, bartloses Gesicht.

Die Stille machte ihn müde. Da erhob er sich und trat vor die Haustür.

Der Himmel war klarer geworden, tausend Sterne brannten. Weit drüben hing das rote Leuchtturmlicht wie ein Blutstropfen am dunklen Horizont, und im Süden, weit, weit fern, zerriß in kurzen Pausen das Feuer von Helgoland die Finsternis. Er schritt über den Kirchhof, zwischen den Grabsteinen hindurch und um die kleine Kirche herum und stand dann an der Nordwestseite seiner Warft, die hier direkt an dem großen Priel lag, den die Sturmfluten der letzten Jahre gewühlt hatten.

Da grüßten ihn die hellen Feuer von Amrum und Sylt wie große, stille Friedenssterne.

Ja, wie Friedenssterne! Und ein Arbeiten und Streben in Frieden und Licht sollte auch sein Leben hier draußen sein! Eine Welt der Ruhe und Seligkeit inmitten der brandenden See wollte er aufrichten, eine Insel der Seligen sollte das kleine Fleckchen Erde werden, das von nun an seine Heimat war. Denn wenn irgendwo auf der Welt das Reich Gottes aufgerichtet werden konnte, so war es hier.

Ganz feierlich wurde ihm ums Herz. Er faltete seine Hände, lehnte sich an die graue Kirchenmauer und stand lange und blickte über die dunkle See.

Kein Menschenlaut war weit und breit zu hören und kein Haus ringsum zu sehen.

Nur die immer wachen Austernfischer schrien in den Prielen und draußen an der Halligkante, und leise rauschte und harfte die See.

Es war spät, als Pastor Eichstädt ins Haus ging und sich schlafen legte; und doch lag er noch lange wach und lauschte den Stimmen der Nacht.

In aller Frühe war er wieder wach. Einen Augenblick mußte er sich besinnen, wo er eigentlich sei. Dann aber sprang er schnell auf, kleidete sich hastig an und blickte zum Fenster hinaus.

Da lag die ganze Hallig im Morgensonnenglanze vor ihm, bunt und blühend, ein einziger großer Teppich, überjubelt vom Lerchengesang, umsäumt von rauschenden, schäumenden Wogen. Weiße Möwenschwingen blitzten im Licht, und das Rufen all der unzählig vielen Seevögel durchschrie die Luft.

So schön hatte er sich's nicht vorgestellt.

Er stürmte hinaus.

Nun stand er auf der hohen Kirchwarft, hart am morschen Holzgitter, das den kleinen Gottesgarten umgab, und seine Augen weiteten sich, um alles, alles aufzunehmen.

Also hier, hier sollte er wirken und schaffen!

Wie klein seine Kirche war! Ein simpler Bau, roh und kunstlos, auf dem ein leuchtendrotes Dach ruhte.

Die Tür war unverschlossen. Er trat ein. Kühles Dunkel umfing ihn, und es dauerte eine kurze Weile, bis sich seine Augen daran gewöhnten. Er war die hohe, luftige Helle der Großstadtkirchen gewöhnt, und nun bedrückten die schweren Deckenbalken ihn, als könnte er kaum atmen. Einen Augenblick dauerte dieses Gefühl. Dann gab er sich ganz dem Zauber des kleinen Raumes hin. Die wenigen Bänke waren schieferblau, und zwischen ihnen waren Muscheln und Sand gestreut. An der einen weißgetünchten Wand hing ein kunstloses Christusbild. Das war vorzeiten in einer wilden Sturmnacht angeschwemmt und in der Kirche aufgehängt worden. An der anderen Wand klebte die reichgeschnitzte, schreiend bunte Kanzel, aus deren Inschrift hervorging, daß sie einst da gestanden hatte, wo Rungholts reiche Kaufleute und Schiffer fröhlich gewesen waren. An der Ostwand, durch ein stilles Holzgitter ganz von dem übrigen Raum getrennt, stand der Altar, fast völlig im Dunkel; denn das Licht, das aus den beiden Fenstern an der kanzelgeschmückten Südwand kam, reichte nicht bis an den Altar. Die Westwand war mit Brettern abgekleidet; ein Harmonium stand davor. Von der Decke herab hing ein stattliches dänisches Orlogschiff, „Christian VI." stand mit Goldbuchstaben daran. Derselbe Name prangte auch auf einer roten Votivtafel über der niederen Tür, und ein Spruch darunter erzählte, daß König Christian VI. im Jahre 1825, gleich nach der entsetzlichen Sturmflut, hier gewesen sei und durch freundliche Worte und reiche Goldspenden den Halligleuten sein Mitleid und Wohlwollen bewiesen habe.

Pastor Eichstädt stand im Gange zwischen der Norder- und Südertür und blickte durch die Kirche. Wie einfach! Und doch, wie schön! Wieviel Liebe in allem, in den geschnitzten Bankwangen, den bemalten Blechtafeln an den großen Wachskerzen, den trockenen Kränzen an den Wänden. So und nicht anders durfte es sein, einfach und schlicht, aber voll Liebe und Freude.

Er setzte sich auf die Altarstufen und blickte lange mit stiller Freude über die Bänke.

Dann stand er auf und setzte sich ans Harmonium.

Leise, zaghaft glitten seine Finger über die Tasten, und die Töne, die weich und zart durch die Stille sangen, erzählten die Gedanken seiner Seele, seine Träume und Wünsche, sein Hoffen und Wollen. Zuletzt war ihm, als sei er in seinem ganzen Leben nicht so froh und still und glücklich gewesen wie heute, und da brauste es mit vollen Chören durch die Kirche:

„Lobe den Herren, o meine Seele,
Ich will dich loben bis zum Tod.
Weil ich noch Stunden auf Erden zähle,
Will ich lobsingen meinem Gott.
Der Leib und Seel' gegeben hat,
Werde gepriesen früh und spat.
Halleluja! Halleluja!"

Seine Stimme war stärker und stärker geworden. Zuletzt übertönte sie den vollen Klang des Instruments, und ihr Jubel brach sich an den Kirchenwänden, quoll durch die offene Tür und brauste über die Gräber hinaus und in die Morgenstille hinein . . .

Das Lied war verhallt, die Töne waren verklungen.

Pastor Eichstädt saß noch auf der Orgelbank, und seine Finger ruhten noch auf den Tasten, während seine Augen mit einem fröhlichen Glanz zur Decke gerichtet waren.

Da klang ein harter Schritt auf der Diele.

Jäh wandte der Pastor sich um und ging dem Eintretenden entgegen. Der war groß und breit und trug sich städtisch gekleidet. Nur die blaue Schiffermütze, die er abgenommen hatte und in der Hand trug, erinnerte an die Schiffertracht der Küstenleute. Unbefangen trat er näher.

„Ich hörte schon von weitem den frohen Orgelklang. Hier hört man alles so weit und klar. Und ich dachte mir schon, daß Sie es seien, Herr Pastor; denn, nicht wahr, Sie sind unser neuer Prediger?"

„Ja, allerdings, der bin ich."

„So lassen Sie mich Sie willkommen heißen. Ich bin der Gemeindevorsteher Melfs. Willkommen auf der Hallig."

„Ich danke Ihnen sehr. Ich wollte heute zu Ihnen."

„Das trifft sich gut. Ich wollte Sie zu uns bitten. Seien Sie heute unser Gast. Bei Ihnen ist's noch so ungemütlich. Und fremd ist hier draußen für Sie ja alles."

Pastor Eichstädt mochte die freundliche Einladung nicht ausschlagen, trotzdem er lieber heute allein geblieben wäre, um seine Wohnung herzurichten. Aber Melfs hatte recht, ihm war hier noch alles fremd, und bei keinem konnte er besser über alle Dinge Aufklärung finden als bei dem Gemeindevorsteher. Auch tat ihm dessen gewandte, selbstverständliche Art wohl.

So reichte er ihm lächelnd die Hand.

„Gern. Nur muß ich erst ins Haus. Sie sehen, ich bin in Pantoffeln und ohne Hut hinausgelaufen. Die Sehnsucht trieb mich."

Sie gingen ins Haus.

„Hier sieht's noch bunt aus, Herr Pastor. Aber das bringen wir schon alles in Ordnung. Ich helfe Ihnen gern."

Eine Weile später gingen sie die Kirchwarft hinab. Vor dem Tor des Gitters, das die Warft umgab, stand der Pastor still und blickte erstaunt ein aus vier mächtigen Balken errichtetes Gerüst an.

„Das ist unser Glockenturm. Wir haben ihn aus angetriebenen Schiffsmasten errichtet. Zu großen Bauten fehlt es uns an Geld, und dieser tut genau dieselben Dienste wie die stolzen Türme hinter dem festen Wall drüben auf dem Festland. Unsere Glocke ist eine alte, große Schiffsglocke, und sie klingt so laut, daß man sie bisweilen drüben auf Pellworm hören kann."

Und dabei zeigte er nach Südosten, wo im hellen Sonnenlicht eine große, grüne Insel lag, aus der ein mächtiger Turm emporragte.

„Das ist die alte Kirche auf Pellworm. Der Turm allerdings gehört nicht dazu, er ist eine alte Ruine und jetzt Brutplatz für Eulen und Dohlen."

Sie waren nun auf den ebenen Halligfennen. Hart und fest wie eine Tenne war der Boden und das Gras darauf kurz und weich wie ein Teppich. Keine sichtbare Grenze weit und breit, nur hier und da, wo ein Priel das Land durchschnitt, eine Brücke, ein Steg oder ein einfaches Geländer. Von der Kirchwarft aus erstreckte sich eine große Reihe von Telegraphenstangen bis nach der Ostspitze der Hallig.

„Ist denn bei mir eine Telegraphenstation?" fragte Pastor Eichstädt lächelnd.

„Es ist das Kabel, das uns mit dem Festland verbindet. Wir haben es nicht sehr lange. Aber nun ist es Gott sei Dank da. Und das ist so gekommen: Als am 9. März 1888 der alte Kaiser gestorben war, wußten wir hier draußen nichts davon; denn das Wattenmeer war voll Eis. Und so kam es, daß wir am 22. März fröhlich seinen Geburtstag feierten. Erst später erfuhren wir den Tod. Und da haben sie drüben auf dem Festland doch eingesehen, daß wir telegraphische Verbindung haben müßten."

„So allein! Das muß herrlich sein! Wie nahe muß man sich da kommen."

„Sie sind kein Insulaner, Herr Pastor. Der Winter wird Sie gewiß noch grauen machen. Denn so ist es: der Winter jagt uns unsere Pastoren und Lehrer weg; nur Halligleute halten es hier draußen aus."

Der Pastor wollte energisch widersprechen, aber Melfs lächelte nur und wies mit ausgestrecktem Arm in die Runde.

„Sehen Sie, dies kleine Fleckchen Erde ist unsere Heimat. Dies kleine, kleine Stückchen!"

Sie standen beide und blickten umher.

Acht Warften, davon einige mit nur einem einzigen Hause, das war alles, was aus der grünen Ebene emporragte. Hell und freundlich lagen die Häuser in der Sonne, und wolkenlos stand der blaue Himmel darüber.

„Wie wundervoll!"

„Und wie klein! Sehen Sie draußen all die kleinen Halligen liegen? Norderoog, Gröde, Habel, Oland, Langeneß, Nordmarsch – das alles bildete vor Jahrhunderten ein einziges Land, und unsere Kirche hat einst auf halbem Wege zwischen hier und den weißen Dünen drüben auf Amrum gelegen. Und jetzt haben wir diesen kleinen Fetzen. Wenn's nicht die Heimat wäre! Ich bin jahrelang in fremden Meeren gefahren. Aber ich hielt's nicht aus, bis ich wieder herkam. Es ist die Heimat. Aber Sie sind ein Fremder. Für Sie bedeutet dieses Stückchen nichts."

„Es soll auch meine Heimat werden. Ich suche ja eine Heimat, eine Welt des Friedens und der Arbeit."

„Bis Sie sich wieder zurücksehnen nach dem Festland. Warten Sie, bis der Winter kommt und unsere Warften oft tagelang durch Eis und Wasser voneinander getrennt sind. Vor Jahren hatten sie drüben auf Gröde einen jungen Lehrer, einen lieben, prächtigen Menschen. Der hielt's nicht aus. Als die See unter Eis stand, lief er auf Leben und Tod ans Festland. Der arme Kerl. Als im Frühjahr die Schollen auftauten, warf ihn die See ans Land."

„Aber ich halte aus", unterbrach Pastor Eichstädt ihn mit heiligem Ernst. „Ich halte aus, bis ich mein Ziel erreiche oder untergehe."

„Und welches ist Ihr Ziel?"

„Das Reich Gottes auf Erden!" sagte er hart.

Melfs antwortete nicht, sondern schritt plötzlich schneller aus. Also so war der neue Pastor. Eine Kampfnatur. Ein Eiferer. Fast tat er ihm leid. Denn er wußte, daß er dann einem harten Kampf und doch einem endlichen Unterliegen entgegenginge. Der Gott, den Not, Gefahr und Einsamkeit hier draußen in den Herzen der Halligleute gestaltet hatte, sah anders aus als der Gott, den sie drüben hinter dem festen Wall predigten.

Nach einiger Zeit, während Pastor Eichstädt ihm gefolgt war, wandte er sich um.

„Hier ist meine Warft."

Die Peterswarft war die schönste und größte auf Hoogeroog, und die Häuser, die sich um den Fething, die tiefe Wassergrube in der Mitte der Warft, schmiegten, waren stattlicher als alle anderen Hallighäuser. Schneeweiß leuchteten die Holzgitter, die, grün überbuscht, die kleinen Gärten einhegten, und manch stattlicher Baum, den zwar die Stürme schief gedrückt hatten, umrauschte die Strohdächer. Ein zarter Resedaduft quoll den beiden Männern entgegen, als sie den schmalen, gepflasterten Steg zwischen zwei Häusern hinaufschritten, und dann standen sie vor dem Hause des Gemeindevorstehers.

„Treten Sie ein, Herr Pastor, und wie Sie uns heute willkommen sind, so sollen Sie es immer sein.“ –

„Nein, nein!“ sagte Frau Melfs nachher, als sie bei Tisch saßen, „so ganz allein geht es nicht. Und darauf läßt sich die alte Binne auch nicht ein. Die hat ihr Haus an Peter Dirksen verkauft, der in diesem Jahre auf Sommergäste hofft. Und nun will sie wieder nach Oland hinüber. Ich habe sie lange beredet. Und Sie haben sie entweder gar nicht oder ganz, indem Sie sie nämlich ins Pastorat nehmen. Platz genug haben Sie ja, und ihre Möbel hat die Alte selbst. Nein, nein, da hilft kein Sträuben.“

Und Pastor Eichstädt sträubte sich nicht mehr und war herzlich froh, als Frau Melfs es übernahm, noch heute zu Binne hinüberzugehen.

Als er im Laufe des Nachmittags nach der Kirchwarft ging, war Binne da. Ihr Hausgerät stand schon in den Bodenkammern, und sie schaltete und waltete im Pastorat wie in ihrem Eigenen. Gemeinsam räumten sie Kisten und Kasten aus, und als abends die Lampe schien, beleuchtete sie die einfach, aber behaglich eingerichteten Stuben, die vielen Bücher, das Harmonium an der Wand und das große Christusbild über dem Schreibtisch, den der Pastor an die Wand zwischen den beiden Fenstern gerückt hatte.

„Sehen Sie, Binne, nun haben wir beide es sehr gemütlich. Sie wohnen oben und ich unten, beide unter einem Dach, und über uns beiden der liebe Gott. Ich habe einst gehofft, meine Mutter würde so mit mir unter einem Dache wohnen. Aber die schläft schon längst den ewigen Schlaf. Nun müssen Sie mir ein klein wenig Mutter sein.“

Da wischte sie sich mit der Schürze über die Augen, gab dem Pastor mit leisem Druck die Hand und ging.

Der Sonntag kam, an dem Pastor Eichstädt seine erste Predigt halten sollte.

Am Tage vorher, in den Nachmittagsstunden, stand er draußen an der Westmauer der Kirche und blickte in den nahe daran vorbeirauschenden Priel, der sich hier zu einer großen Bucht verbreiterte. Vor ungefähr fünfzig Jahren, so war ihm erzählt worden, war hier noch festes Land gewesen. Eine wilde Sturmflut hatte in einer einzigen Nacht alles Land weggerissen und aus dem schmalen Graben einen wohl hundert Meter breiten Priel gemacht. Heute zog der Flutstrom gemächlich von draußen herein in ruhigem, trägem, leise rauschendem Lauf, als wüßte er nichts von Kampf und Zerstörungskraft. Drüben an der Ostseite der Hallig hatte die Flut nichts geraubt. Da schwemmte sie von Jahr zu Jahr mehr Land an. Ganz unmerklich fast verrichtete sie diese Arbeit; aber höher und immer höher wurde das angeschwemmte Land. An den großen Buschlahnungen, die weit ins Wattenmeer hinausgebaut waren, schob sich die angeschwemmte fette Kleierde schon meterhoch empor. Zerstören und aufbauen – beides war das Werk einer und derselben Kraft; das eine mit harter, unbarmherziger Faust, das andere still und geduldig. So dachte Pastor Eichstädt sich auch sein Leben: zerstören, was ihm in der Erreichung seines Zieles im Wege stand – aufbauen, mit linder Hand aufbauen, was er für richtig hielt; Neuland gründen.

Er überhörte ganz, daß die alte Binne über den Friedhof schlurfte, und er sah erst auf, als sie vor ihm stand.

„Es ist nur, Herr Pastor, weil die Kinder hier sind. Die wollen für morgen die Kirche schmücken. Dürfen sie den Schlüssel haben?"

„Aber gern, gern!"

Daran hatte er selbst nicht gedacht, und nun freute er sich doppelt. Er glaubte in dem Wunsch der Kinder ein Interesse der ganzen Gemeinde an der Feier des morgigen Tages zu sehen und sah dies als eine gute Vorbedeutung für sein ferneres Wirken an.

„Aber woher wollen sie die Blumen nehmen?"

Er war der Alten gefolgt, und die wies nun lächelnd auf eine Schar rotwangiger Mädchen, die am Gittertor standen und scheu hinüberblickten. Jede trug einen Korb, bis oben mit den roten Grasnelken, die zu Tausenden auf den Halligfennen wuchsen, und mit den Silberblättern des Strandwermut gefüllt. Am Tor hatten sie schon ihre Kunst versucht; ein schöner, bunter Kranz wand sich in leuchtendem Bogen darüber.

„Sehen Sie, Herr Pastor? O, wir sind nicht arm an Blumen.

Wenn erst der Sommer kommt, werden Sie über die Pracht staunen. Dann blüht überall der Bondestabe, und von allen Inseln kommen die Leute, um sich einen Strauß zu pflücken."

Der junge Pastor war mit schnellen Schritten auf die Kinder zugegangen, um sie zu begrüßen.

„Kommt nur herein, Kinder! Wie lieb von euch, unser Gotteshaus zu schmücken."

Ängstlich folgten sie ihm bis an die Kirchentür, die Binne schon aufgeschlossen hatte. Als er ihre Scheu sah, meinte er, er wolle sie doch lieber allein lassen, dann ginge das Schmücken wohl besser. Er selber ging wieder auf den Kirchhof hinaus und blickte wieder über die Hallig. Wie still und schön die Warften lagen, ein Bild des Friedens. Er war noch auf keiner gewesen und hatte außer dem Gemeindevorsteher und dem Lehrer noch keinen Menschen besucht. Die kommenden Wochen sollten ihn mit allen bekannt machen. Hier war es ja so leicht, mit allen bekannt zu werden, da nur reichlich hundert Menschen auf der Hallig wohnten. Wie anders als in der Großstadt! Und wieder erfüllte es ihn mit großer, heiliger Freude, als Halligpastor hinausgegangen zu sein. Hier konnte er doch wirken! Hier konnte er doch jedem etwas sein!

Über Watt und Wellen wanderten seine Augen weit hinaus. Er sah das schneeweiß leuchtende Amrum herüberleuchten, das große Kurhaus, den hohen, schlanken Leuchtturm und die dunklen Dünen dahinter und weiter nach Norden das schmale Band der Hallig Langeneß, den Feuerturm auf Nordmarsch und hoch und stolz die alten wuchtigen Kirchen auf Föhr und die roten Dächer des freundlichen Badeortes Wyk. Wie herrisch und trotzig die Kirchen über See und Land schauten! Mochten sie es immerhin tun. Ihm war sein schlichtes Halligkirchlein lieber.

Er sah nach der Uhr. Es war schon drei. Da wollte der Kirchendiener Jan Behrend zu ihm kommen, um für den Lehrer die Nummern der Gesänge für den morgenden Festtag zu holen. Die lagen drinnen auf dem Schreibtisch, und Pastor Eichstädt ging daher hinein, lehnte sich in seinem Stuhl zurück und überdachte noch einmal seine Predigt. Und so merkte er gar nicht, daß die Zeit verrann und daß Jan Behrend auf sich warten ließ.

Der war mittags an der Halligkante entlang nach Osterende, der Ostseite des Eilandes, geschlendert, um nach seinen Schafen zu sehen. Als er just breitbeinig, beide Hände in die Hosentaschen geschoben, am Watt stand, kam ein Kutter von Pellworm herüber. Er sah ihn schon, als er drüben am Deich losmachte. Den mußte er doch kennen. Solches Segel führte nur Knud Levsen – und Knud Levsen war ein guter Freund von ihm. Sie waren beide jahrelang zusammen auf einem Schiff gefahren: Knud als Schiffszimmermann und Jan als Koch; denn die Kunst hatte er gelernt, als er in seinen Knabenjahren mit einem Finkenwärder Fischer die Nordsee durchfuhr. Was in aller Welt hatte Knud Levsen heute auf der Hallig zu suchen? Er kam alle vierzehn Tage von Husum herüber und brachte Mehl, Korn und mitunter auch frisches Fleisch. Aber heute war doch sein Tag nicht.

Jan vergaß Pastor und Kirchenamt, stopfte sich von neuem seine kurze Pfeife, schob sich einen Priem hinter die Backen und wartete. Und Jan konnte warten. Keine andere Kunst verstand er so gut als die, untätig und gedankenlos zu warten.

„Sall mi doch würklich verlangen, wat he will."

Ein Buschdamm führte hier weit ins Wattenmeer hinaus. Die Flut stieg heute nicht hoch, und darum mußte nach Jans Berechnung der Kutter draußen an der Spitze des Dammes, der Lahnung, anlegen. Er wollte ihm entgegengehen. Aber als er einige Schritte auf dem schwankenden Damm getan hatte, fuhr er sich entsetzt mit der Hand an das eine Bein.

„Dat verdammte Rieten! Dat ganze Frühjahr heff ik Ruh hatt un keen Glas Grog und keen Teepunsch drunken. Un nu geiht all wedder los."

Er humpelte aufs feste Land zurück, gab das Entgegengehen auf und ließ die Lösung des Rätsels an sich herankommen. Lange ließ die auch nicht auf sich warten. Nach einer halben Stunde legte der Kutter an, und Knud Levsen brüllte herüber:

„Wat steihst du dor to kieken? Kumm doch rut un fat an!"

„Geiht nich, Knud."

„Geiht nich?"

„Ne!"

„Wat denn?"

„Ik heff dat Rieten."

„Ole Supjökel."

Da kam Leben in Jan, und ein fröhliches Schimpfen scholl hinüber und herüber, bis Knud an Land gekommen war und seinem alten Mitfahrensmann kräftig auf die Schulter schlug und lachend meinte:

„Na, schimp man nich un kumm mit na Bandix. Wülln en lütte Grog drinken."

Ein heller Schein fuhr über Jans Gesicht. Aber dann wurde er ernst, kraute sich verlegen im gelben Stoppelbart und sagte:

„Ik weet nich, Knud. Un Tied heff ik ok nich, mut na de Kirchwarf; de nie Paster is kamen, un ik sall de Nummern na'n Scholmeister bringen."

„Du harst dat doch fröher nich so dull op Gotts Wort. Lat di nich utlachen."

„Ik heff em dat verspraken."

„Jan, ik will di mal wat seggn. De Art Lüd dörf man nich verwöhnen. De sünd as de Düwel. Hem se erst den lütten Finger fat, denn adjüs; denn nehmt se de ganze Hand un den ganzen Kerl. Kumm man mit! Den olen Scholmeister is dat ok enerlei, de speelt sin Stückschen all so ut 'n Kopp."

Und Jan ließ sich bereden, bis er sich endlich gegen fünf Uhr gewaltsam aufraffte, sich auf seine kirchlichen Pflichten besann und davonhumpelte. Sein Gesicht glühte wie Abendrot, und seine kleinen, wasserhellen Augen waren bis auf einen schmalen Schlitz zusammengekniffen.

„Wat geiht mi de Preester an! Ik heff nich to 'n Preester studiert, ik bin en ole Fahrensmann. Watt sall ik mi för de Lüd ehr Singen de Been aflopen."

Aber er steuerte doch auf die Kirchwarft zu.

Am Gitter rannte er hart gegen den einen Pfosten, daß dieser laut krachte.

„Hallo! Havarie in 'n Heimathoben! Dörf keen olen Schipper passieren. Backbord, Jan!"

In diesem Augenblick trat Pastor Eichstädt aus dem Pfarrhaus und sah mit entsetzten Augen den torkelnden Kirchendiener an.

„Jawoll, Herr Paster, dor bin ik! Soll kein Mensch von mir sagen, was ich meinen Dienst versäume. Wie mein alter Käpp'n sagte: ‚Jan, du drinkst mitunner een to veel, aber din Kram paßt du!' Jawoll, Herr Paster, so ist's. Un nu bin ich hier. Traf man da eben Knud Levsen, auch 'n alten Fahrensmann. Un denn könn'n sich woll denken, wie's is. Aber ich sag' immer zu ihm: Allens, was recht is, sein Kram muß man passen. Un nu geben Sie man die Nummern."

Pastor Eichstädt hatte sich von seinem Entsetzen erholt. „Sie sind der Kirchendiener?"

„Jawoll, schon viele Jahre. Ach, bei wie viele Pasters bin ich schon gewesen. Da machen Sie sich kein Begriff von. Die wechseln hier ja as Ebbe und Flut. Is sie alle zu ärmlich und einsam hier, namentlich wenn sie keine Frau haben. Sie sind ja wohl auch ein Jungkerl. Na, kann sich noch ändern."

So schwatzte er gemütlich drauflos. Aber hart fuhr ihm der Pastor dazwischen.

„Mensch, wie können Sie es wagen, in diesem Zustand zu mir zu kommen? Sie sind ja betrunken."

Jan reckte sich plötzlich, und seine zusammengekniffenen Augen weiteten sich. Beide Hände krallte er um das Gitter und stand steif und starr.

„Was sagen Sie, Herr Paster? Mensch nennen Sie mich? Na, so 'n Mensch, wie Sie meinen, so 'n Mensch bin ich nich. Und das lass' ich mir nich sagen, auch vom Paster nich. Ob ich en Duntje hab' oder nich, is ganz einerlei. Wenn ich man mein'n Kram passe. Un dazu bin ich gekommen."

„Herr Behrend."

„Ne, ne, brauchen Sie gar nich zu sagen. Ich kenn' schon genug Pasters, wo hier so viele gewesen sind. Mir können Sie nichts vormachen. Ich weiß schon Bescheid. Bloß daß Sie en büschen früh mit Schimpfen und Schlechtmachen anfangen. Die andern haben doch alle ein halb Jahr gewartet, ehe sie ordentlich losgingen."

„Aber Herr Behrend."

Doch der Alte ließ ihn nicht zu Worte kommen. Er war hitzig geworden und ließ keine andere Meinung gelten.

„Lassen Sie das man, Herr Paster. Schön is das ja nich, zu schelten und schimpfen, wo Sie doch von christlicher Liebe sprechen sollen, was doch Ihr Geschäft is. Ne, schön is das nich. Aber meinen Kram will ich doch passen, un nu geben Sie man die Nummern her."

„Sie lassen ja keinen zu Worte kommen. Sie reden und reden und wissen wohl kaum, was Sie alles reden."

Da brauste Jan Behrend wieder auf und meinte, er sei kein Kind, er wisse ganz genau, was er rede, und verlangte nur immer seine Nummern.

Vergebens versuchte Pastor Eichstädt ihn zu beruhigen.

Auf keinen Fall wollte er ihm die Nummern geben. Er fürchtete, der torkelnde Jan würde unterwegs stürzen oder gar von einer Prielbrücke in die ziehende Flut fallen.

Von der Prielbrücke fallen? Er, Jan Behrend, der zwanzig Jahre auf Schiffsplanken gestanden hatte? Er, der dreimal um Kap Horn gesegelt war?

Das war zum Lachen. Und Jan Behrend lachte, daß es von der Kirchenmauer widerscholl, fuchtelte mit den Armen in der Luft herum und lachte, lachte und lachte immer noch, als er die Kirchwarft hinunterstieg und über die Fennen nach Hause ging.

„Hahaha! Großartig! In 'n Priel fallen Op de egen Hallig Havarie hem! Ik, en ole Fahrensmann."

Und lachte noch immer, als er schon längst auf seiner Warft war.

„Von de paar Grog! Von de paar Grog!"

Und die Sonne war noch nicht untergegangen, da wußte es schon seine ganze Warft, da hatte er es schon in allen fünf Häusern erzählt, daß der Pastor einem Halligmann Havarie auf der eigenen Hallig zutraute. Aber als er merklich nüchterner wurde, verschob sich für ihn die ganze Sache, und zuletzt hörte er nur noch des neuen Pastors drohende Worte: „Mensch, wie können Sie es wagen, in diesem Zustand zu mir zu kommen." Und eine Wut stieg in ihm auf gegen den Neuen. Wollte der es auch so machen wie die andern? Aber er, Jan Behrend, ließ sich nicht in sein Privatleben dreinreden, er konnte tun und lassen, was ihm beliebte.

Pastor Eichstädt hatte ihm lange erschüttert nachgeblickt und war dann ins Haus gegangen. Er kam sich selber wie beschmutzt vor. Also das gab es hier draußen auch? Hier, auf diesem unberührten Eiland, wo nach seiner Meinung das Reich Gottes am ehesten zu finden oder doch am ehesten zu gründen war. Im ersten Augenblick war alles, was sein Herz an frohen Wünschen und stolzen Hoffnungen barg, zerschlagen. Eine große Traurigkeit erfüllte ihn, und er saß lange und stützte den Kopf schwer in beide Hände. Was alles mußte er noch erwarten, wenn der Kirchendiener, den er zu kommen gebeten hatte, betrunken auf die Kirchwarft torkelte.

Allmählich wurde er ruhiger. Und zuletzte redete er sich vor, daß es gut sei, wie es gekommen. Er war ja hinausgegangen, um zu arbeiten. Nicht festes Altes wollte er pflegen, nein, Neues bauen. Und dann durfte er nicht nur auf Gutes stoßen. Dann mußte ein Punkt sein, wo er ausrotten und Neues pflanzen konnte. Hier war ein solcher Punkt. Und da wollte er einsetzen.

Er stand auf und beschloß, selber zu Lehrer Hansen hinüberzugehen. Der wohnte drüben auf der Schulwarft, eine Viertelstunde vom Pastorat entfernt.

Hell und freundlich lag das kleine, saubere Häuschen hinter Bäumen und Büschen, die der Westwind zwar arg zerzaust und geschoren hatte, die aber doch dem Ganzen einen freundlichen Rahmen gaben.

Lehrer Hansen saß, das schneeweiß behaarte Haupt unbedeckt, auf der Bank vor der Schule, rauchte seine Pfeife und blickte mit stillen Augen über die See hinüber.

Pastor Eichstädt nahm neben ihm auf der Bank Platz und erzählte sein Erlebnis mit Jan Behrend.

„Ich war geradezu erschüttert, denn ich kam in dem Glauben her, daß ich so etwas nie erfahren würde“, schloß er.

Der alte Hansen lächelte.

„Nun bin ich schon vierzig Jahre hier draußen auf der Hallig, Herr Pastor. Das ist eine lange Zeit. Da lernt man vieles begraben, Gutes und Böses, Freud' und Leid. Sie werden's auch erfahren.“

„Aber dieses! Gerade dieses!“

Pastor Eichstädt hatte sich in eine gewisse Erregung hineingeredet. Er war jetzt wieder ganz der trotzige Gottesstreiter, der ausrotten wollte.

„Es ist nicht so arg“, begütigte ihn der andere.

„Ja, gibt es denn Ärgeres?“ fuhr der Pastor auf.

„So meine ich's nicht. Ich wollte nur sagen, daß Ihre Befürchtung, hier draußen ein trunksüchtiges Völklein zu finden, unberechtigt ist. Nun ja, nun ja, es wird hier in kalten sowohl als in warmen Tagen Grog getrunken; aber Betrunkene sind hier eine Seltenheit. Wir denken hier nicht wie drüben hinter dem festen Wall, wo einer einmal sagte: ‚Wenn's warm ist, trinken wir Grog, und wenn's kalt ist, trinken wir viel Grog.‘ Nein, so ist's hier nicht.“

Der Alte sah dabei stillvergnügt vor sich hin und dachte der vielen frohen Winterabende, die ihn mit seinen Halligfreunden vereinigt hatten.

„Aber ich werde es ganz ausrotten“, brauste der junge Pastor auf.

„Tun Sie es nicht. Oder Sie müßten es machen wie einer Ihrer Vorgänger, der in den vierziger Jahren hier gewesen sein soll. Der ging von Haus zu Haus, stach die Rumfässer an, daß alles auslief und bezahlte den Schaden. Eine teure Mission.“

„Sie müssen aber doch einsehen, daß bei dem Jan Behrend etwas getan werden muß.“

„Hüten Sie sich vor ihm.“

„Vor dem? Warum?“

„Er kann Ihnen Ihre ganze Arbeit verderben.“

„Der? Mir?“

„Sein Anhang ist groß – und Sie sind ein Butenmensch.“

„Was wollen Sie damit sagen?“

„Daß man Ihnen als einem Festländer, einem Fremden, mit Mißtrauen begegnet.“

„Aber das –“

„Beruhigen Sie sich, Herr Pastor. Sie sind jung und ein Stürmer dazu. Lassen Sie sich's von mir gesagt sein, der ich so viele Jahre hier draußen gewesen bin. Hier läuft die Zeit langsamer als drüben in der Welt, und all unsere Arbeit reift später, oftmals nie. Sehen Sie das Dunkle draußen in der Flut? Das ist Norderoog, eine einsame, unbewohnte Hallig. Die kleine Hütte darauf wird nur einige Tage im Sommer bewohnt, wenn die Pellwormer Mäher drüben sind. Seit vierzig Jahren läuft mein Blick täglich dort hinüber und sieht, wie unsere Hallig weiter und weiter abrückt, weil die See sie zerreißt. So ist's mit unserer Arbeit auch. Wir sehen fast nur, was wir begraben. Vom Aufbauen spüren wir herzlich wenig."

„Das ist doch entsetzlich niederdrückend und entmutigend."

Ein wundervolles Leuchten lag in Lehrer Hansens blauen Augen, als er den jungen Prediger lächelnd ansah.

„Ich hab' ein liebes Weib und liebe Kinder. Die sind mir Himmel und Erde, die sind mir die Heimat."

Wie froh und glücklich die Worte klangen!

Pastor Eichstädt erhob sich, ging die paar Schritte bis zur Ecke des Schulhauses, blickte eine Weile hinüber nach den großen Inseln und kam dann wieder langsam zurück.

„Wie glücklich und sicher Sie das sagen, Herr Hansen. Und wie fest verankert Sie in Ihrem Heim sind. Ich weiß kaum, was ein Heim ist. Ich habe meine Eltern längst verloren. Geschwister habe ich nicht. Von früh an habe ich mich bei Fremden durchschlagen müssen. Stundengeben, Freitische, Stipendien und all das Bittere, das damit verbunden ist, haben bis heute mein Leben begleitet."

Er sagte es müde und traurig, und mitleidig legte der alte Hansen ihm seine Hand auf die Schulter, als er sagte:

„Und nun sind Sie auch noch in diese Einsamkeit gekommen. Das war falsch getan. Aber kommen Sie nur recht oft zu uns herüber. Wir wollen Ihnen, soweit es geht, das fehlende Heim ersetzen."

„Nein, nein", wehrte der junge Pastor ab, „das war nicht falsch. Und übrigens war es mein eigener Wunsch und Wille. Ich danke Ihnen. Aber ich glaube, ich muß versuchen, allein, ganz allein mein Werk zu tun. Ich muß ganz allein auf mich selbst angewiesen sein."

Und nun begann er, dem aufmerksam zuhörenden Hansen seine Lebenspläne zu entwickeln. Und je weiter er sprach, desto begeisterter wurde er, desto stärker und größer wurden Glaube und Hoffnung in ihm. Er sah schon alles fertig vor sich, was er erreichen wollte, malte es in glühenden Farben, und da mochte der greise, mit der ganzen Halligwelt vertraute Lehrer ihn nicht aus seinen Träumen wecken.

Es war einen Augenblick still zwischen den beiden.

„Sie haben Großes und Schweres vor. Mir würde dazu der Mut fehlen. Aber Sie sind jung. Ihr ganzes Leben liegt vor Ihnen."

Und wieder war es still zwischen ihnen. Jeder hing seinen eigenen Gedanken nach. Der Pastor merkte, daß seine Worte nicht das von ihm gewünschte Echo hervorriefen, und diese Gewißheit machte ihn still.

Bald brach er auf.

Hansen lud ihn ein, zu bleiben; aber er wollte nicht, er wollte am Abend vor seiner ersten Predigt allein sein.

„Ich komme morgen vor Kirchzeit zu Ihnen", sagte Hansen, als er seinen Gast von der Warft hinunterbegleitete.

Ein breiter Priel umfloß die Schulwarft. Mitten darin stand ein Pfahl, in den eine tiefe, weißgestrichene Kerbe eingeschnitten war.

„Sehen Sie den Pfahl, Herr Pastor? Von meinen Schulfenstern aus kann ich den weißen Streifen sehen. Wenn das Wasser bis zu ihm heraufreicht, dann ist Flutgefahr. Dann ist es Zeit, daß ich die Kinder nach Hause schicke. Jedes kann dann seine Warft erreichen, bevor die Flut die ganze Hallig überbraust und jede einzelne Warft zu einer bedrohten Insel macht."

Eichstädt stand an der Prielbrücke und ließ seine Augen gedankenlos über das Flutzeichen gleiten.

„Herr Pastor, Sie erzählten mir Ihr Erlebnis mit Jan Behrend, und ich warnte Sie. Wenn die Flut einmal so hoch steigt, daß Gefahr droht, dann werde ich Sie mahnen. So meinte ich es, als ich Sie auf diesen Pfahl aufmerksam machte."

Eichstädt reichte ihm die Hand.

„Ich verstehe Sie und danke Ihnen. Guten Abend!"

„Guten Abend."

Der Pastor schritt über die grünen Fennen der Kirchwarft zu, ohne sich umzusehen.

Der alte Lehrer aber stand noch lange und sah ihm nach.

Die Sonne stand tief im Westen hinter Amrum. Der ganze Himmel war blutrot, und die letzten Strahlen schossen wie goldene Pfeile in die dunkle Glut hinauf und überleuchteten die weißen Dünen, daß sie wie Marmor leuchteten. Das Meer war spiegelglatt, und der Widerschein des Himmels lag darauf in bunten, leuchtenden Farben. Dann wurde der Glanz schwächer und trüber, bis er allmählich ganz verblich und dort, wo die Sonne untergegangen war, plötzlich das helle Feuer von Amrum aufblitzte. Hell und klar schien es herüber, ein großer, stiller Friedensstern.

Als der alte Hansen nachher in seiner kleinen, gemütlichen, kachelgeschmückten Halligstube seiner Frau gegenübersaß, meinte er:

„Der neue Pastor wird's schwer haben. Der will das Reich Gottes im Sturm gewinnen. Ich fürchte, er wird müde werden. Wenn er nur des Hierbleibens nicht müde wird, damit wir endlich einmal einen Pastor haben, der lange, lange Jahre bei uns bleibt. Wir wollen ihm helfen und vor allen Dingen ihm unser Haus offenhalten. Ich glaube, ihm fehlt ein Heim, viel mehr, als er zugeben will."

Dann setzte er sich an sein Harmonium und spielte, bis die Teemaschine sang und seine Frau ihn zum Abendbrot rief.

*

Am nächsten Morgen war Pastor Eichstädt schon früh auf.

Der erste Sonntag! Ein eigenartiges Gefühl beschlich ihn, ein Gefühl voll Feierlichkeit und Zaghaftigkeit und doch auch wieder voll Freude.

Er war früh in der Kirche gewesen. Wie schön die war! Der Sand zwischen den Bänken war mit weißen und schwarzen Muscheln bestreut. Um das Gitter, das den Altar von dem übrigen Raum absperrte, schlang sich ein Gewinde von Halligblumen, und auch um die Kanzel herum, die an der Südwand klebte, wand sich eine leuchtende Ranke. Von jeder Bankwange nickte ein Strauß, sogar auf den Fliesen des Hauptganges lagen verstreut die Hallignelken und der silberne Wermut. Streng und herbe durchzog der Duft das ganze Gotteshaus.

Nun stand der junge Pastor am Fenster seines Arbeitszimmers und blickte über die Hallig hinaus.

Die Sonnenstrahlen blitzten auf den taufeuchten Fennen. Das ganze Meer lag still und bewegungslos und sonnte sich im Glanz. Tiefer leuchtete das Grün der Fennen, satter das Rot der Halligháuser, und heller und deutlicher als sonst reckten sich ringsum die Nachbarhalligen und Inseln aus dem Wattenmeer. Über allem aber jubelte und jauchzte ein tausendstimmiger Lerchenchor, während vom Strand her und aus den Prielen das Lachen der Möwen und das helle Schreien der Austernfischer scholl.

Höher und höher stieg der Tag. Pastor Eichstädt stand noch immer und blickte hinaus.

Da sah er zwei Knaben in lustigem Laufe herankommen. Lachend übersprangen sie die schmäleren Priele, rissen hin und wieder im Vorbeilaufen eine Blume ab und kamen endlich vor die Kirchwarft. Da gingen sie auf einmal langsam und sittsam, öffneten vorsichtig das Gitter und stellten sich unter den großen Glockenturm.

Der eine zog eine Uhr aus der Tasche.

„Wir haben noch fünf Minuten Zeit."

„Hast du den neuen Pastor schon gesehen?"

„Ne."

„Mein Vater hat ihn gesehen."

„So. Na, du kriegst ihn auch noch früh genug zu sehen. Faß man gleich das Tau mit an, damit wir sofort anfangen können, wenn es soweit ist."

Und nun standen sie beide, das schwere Tau in den Händen, die Blicke auf die Taschenuhr gerichtet, die der eine Knabe an einem der vier Balken befestigt hatte.

„Mensch, was 'n Mast ist das gewesen! Das ist mindestens ein großes Vollschiff gewesen, wohl beinahe so groß wie ‚Preußen', auf dem mein Bruder Steuermann ist."

„Los!" unterbrach ihn der andere, und dann zogen die vier

starken Knabenarme an der Glocke, daß der Schall sich laut und klingend über die Hallig schwang. Dreimal je zehn Töne tanzten in die Sonnenluft hinaus. Dann war er wieder still, und die beiden Glöckner schlenderten an den Priel hinunter. Sie hatten eine halbe Stunde Zeit. Das erste Läuten sollte nur die Leute aus allen Häusern rufen, und eine halbe Stunde später begann der Gottesdienst. Nun lagen die beiden Burschen und hatten ihren Spaß an den schwarzweißen Austernfischern mit den roten Schnäbeln, die würdig und gewichtig wie großmächtige Ratsherren am Prielrande entlang stolzierten, dann wieder schreiend über die Fennen flogen.

„Weißt du, was sie rufen?"

„Ne."

„Mensch, hör' doch zu! Die rufen immer: ‚Kredit! Kredit!' und dann kommen die großen Lachmöwen und rufen: ‘Hahaha! Hahaha!'"

„Donnerwetter, das stimmt!"

„Ja, ich hab's man von Jan Behrend gehört, und der sagt, er hat es von einem Badegast auf Amrum gehört. Und er meint, das wäre ganz richtig; denn wer da Kredit haben wollte, den würden sie nett auslachen."

„Weißt noch mehr davon? Wie die Brandenten rufen?"

„Ne. Aber das muß nicht schwer sei, das rauszukriegen."

Und sie suchten nach Namen und Tatsachen und konnten sich doch über das Rechte nicht einigen.

Pastor Eichstädt hatte inzwischen seinen Talar angelegt und stand nun wieder am Fenster.

Da kamen sie aus allen Häusern über die Halligfennen gegangen, springende Kinder, plaudernde Jungfrauen und Burschen, steife Frauen und Männer und müde, krumme, bedächtige Greise. Die meisten Frauen trugen städtische Kleider, nur wenige gingen in der alten, schönen Halligtracht.

Das waren sie alle, die da ankamen. Die ganze Gemeinde. Heute würde keiner zu Hause bleiben. Das waren sie alle. Alle, denen er Seelsorger und Berater in allen Dingen sein sollte und wollte, alle, die mit ihm das Reich Gottes bauen und erhalten sollten. Sie wollten hier draußen fern der Welt eine Welt für sich aufrichten, ein neues Königreich, ein Reich des Friedens mitten im Brausen der See. Welch ein wundervoller, großer und schöner Gedanke!

Die Knaben waren wieder an den Glockenturm gegangen, andere waren dazugekommen und halfen ziehen. Wie die Töne über die kleine Hallig rauschten! Die ganze Luft war voll von ihnen, und alle Halligleute schritten froh und andächtig durch das Klingen hindurch.

Ohne daß Pastor Eichstädt es gemerkt hatte, war der alte Hansen eingetreten.

„Guten Morgen, Herr Pastor."

Hastig wandte er sich um und ging schnell auf den Alten zu.

„Guten Morgen, Herr Hansen. Sind Sie schon da?"

„Ich habe gestern vergessen, Ihnen zu sagen, wie wir es hier draußen am Sonntag immer halten. Es geht niemand in die Kirche, bevor der Pastor im Gotteshause ist. Drei Schläge mit der Glocke künden an, daß Sie kommen. Ich will nun hingehen, den Knaben Bescheid sagen und für das Spiel die Noten zurechtlegen."

„Ja, tun Sie es nur, Herr Hansen. Ich danke Ihnen vielmals für Ihre Fürsorge."

Als Lehrer Hansen wieder heraustrat und über den kleinen Kirchhof ging, standen schon die meisten Halligleute zwischen den Grabsteinen verstreut, die Männer hier, die Frauen dort, und plauderten. Aber ein rechtes Gespräch wollte nicht aufkommen. Die Neugier, wie wohl der neue Pastor sei, erstickte alles andere. Gehört hatten sie ja schon allerlei; denn Jan Behrend gab sein Erlebnis allen, die es hören oder nicht hören wollten, zum besten.

Lehrer Hansen sah sich nach allen Seiten um, nickte und grüßte, und man sah an allen Gesichtern, was er ihnen war und wie hoch sie ihn schätzten; waren doch die meisten von ihnen einst seine Schüler gewesen. Und nicht nur das, in allen Dingen war er ihnen hilfreich zur Seite gewesen mit Wort und Tat.

Als er an Jan Behrend vorbeikam, blieb er stehen und meinte schmunzelnd:

„Heut' gibt's was in den Klingelbeutel. So viele Besucher haben wir selten."

Jan hatte sich eigentlich vorgenommen zu streiken, um sich auf diese Weise zu rächen. Aber als Hansen ihn anredete und ihm dabei die Hand auf die Schulter legte, mochte er es nicht tun, knurrte etwas in den Bart und folgte in die Kirche hinein.

Einen Augenblick später dröhnten drei Schläge. Da kam Bewegung in die Gemeinde. Nun mußte der Pastor kommen. Nun bekamen sie ihn von Angesicht zu Angesicht zu sehen.

Und er kam.

Ein feierlicher Ernst lag auf seinem Gesicht, und sein Gruß nach links und rechts war stumm und gemessen. Auch am Gemeindevorsteher Melfs ging er stumm grüßend vorbei.

Also so sah er aus. Groß und schlank war er ja, aber streng und stolz schien er zu sein; da hatte Jan Behrend wohl doch recht.

Sie drängten hinter ihm drein in die Kirche, und als sie sich in die Bänke schoben, sangen und klangen die Töne des Harmoniums lieblich durch den Raum.

Und dann begann der Gesang. Zuerst mochte keiner recht einsetzen. Es schnarrte und knarrte und hüstelte auf allen Bänken, es brummte und knurrte, aber zu einem rechtschaffenen Gesang wollte es nicht kommen. Da gab der Kirchendiener Jan Behrend seine Passivität auf, vergaß alle Streikgelüste und dachte nur daran, dem neuen Pastor zu zeigen, wer hier auf der Hallig singen konnte. Und er, Jan Behrend, konnte singen. Das hatte bisher noch jeder Pastor anerkannt. Da war wohl keiner weit und breit auf Halligen und Inseln, der es mit ihm, Jan Behrend, aufnehmen konnte.

Und Jan Behrend begann.

Er stellte sich in den Mittelgang, lehnte sich gegen eine Bankwange, faltete die Hände über dem Bauch, bog den Kopf steif in den Nacken und sang. Wie ein Nebelhorn in Sturm und Wetter über Brecher und Brandung, so dröhnte Jan Behrends Stimme über die Bänke hin. Die Halligleute kannten ihren Jan und wußten, was sie an ihm hatten, hoben stolz und freundlich schmunzelnd ihre Köpfe, richteten ihre Augen nach dem Altar, als wollten sie sagen: Na, was sagt der neue Pastor dazu? Der sagte gar nichts dazu. Aber bei dem ersten Trompetenstoß wollte er zusammenfahren in Schreck und jähem Entsetzen, war dann aufgesprungen, als wollte er hinauseilen, und war dann wieder auf seinen Stuhl zurückgesunken. Und nun wälzte sich die donnernde Flut der ungeheuren Töne unter der niedrigen Decke hin, immer lauter, immer anschwellender. Denn auch die anderen sangen nun mit. Die Kinderstimmen waren wie helles Möwenschreien und stiegen steil und lustig empor. Aber schwer, langsam und hart knarrten darunter die Stimmen der Männer durch deren dunkle Wucht mitunter ein Frauenton sich durchbrach wie ein weher Schmerzensschrei.

Nun hatte Jan die Gemeinde in Gang und konnte sich's erlauben, seine eigene Kraft eine Weile zu schonen. Er ging also durch den Quergang, guckte einen Augenblick durch die offene Tür über die Hallig hinaus, ob noch einer unterwegs sei, und schloß dann das schwere Tor. Ab und zu, wenn nach seiner Meinung der Gesang schwächer zu werden drohte, stieß er einen seiner hellsten Trompetenstöße aus, sang eine Zeile oder auch nur ein einziges Wort mit und half so allen wieder auf die Beine.

Würdevoll schritt Jan Behrend zurück, guckte im Vorbeigehen dem spielenden Hansen über die Schulter aufs Notenblatt, nickte zufrieden, ging dann durch die ganze Kirche, holte den Klingelbeutel, der hinter dem Altar hing, und kam wieder zurück. Und nun, während er den Beutel an langer Stange jedem unter das Kinn schob, sang er wieder, sang, als wäre alles vorher nie gewesen, als hätte er alle Kraft bis zu diesem Augenblick aufgespart. Und sein Gesang war Bitte, Dank und Drohung zugleich. Leise hob er an, wenn er die Stange vorschob. Aber wehe, wenn einer, statt eine Gabe in den Beutel zu werfen, nur mit dem Kopf nickte! Dann war Jan Behrends Stimme von einer solch drohenden Wucht, daß mancher erschreckt zusammenfuhr und noch einmal seine Taschen nach einem Pfennig durchsuchte. Und anders klang seine Stimme bei Peter Dirksen, den er schätzte, als bei Melfs, den er nicht leiden mochte, weil er ihm mitunter Vorhaltungen wegen seines Trinkens machte. Und so war seine Stimme eine Skala all seiner Gefühle. Kein Wunder, daß fast alle Halligleute auf ihren Kirchendiener und Vorsänger stolz waren. Der alte Hansen dagegen fühlte sein Trompeten immer mehr als Marter, war aber machtlos und mußte es zu so vielem anderen mit in den Kauf nehmen.

Pastor Eichstädt stand auf der Kanzel. Schlicht und ehrlich war seine Stimme, und schlicht und recht war auch der Anfang seiner Predigt. Und darum hörten ihm die Halligleute gern zu und nickten manchmal beifällig mit den Köpfen. Als er aber seine Gedanken von der Kirche Gottes auf Erden, so wie er sich's dachte, vor ihnen ausmalte und dabei leidenschaftlicher, eindringlicher und lauter wurde, wurden seine Zuhörer unruhig. Ihre Hallig sollte das Reich Gottes werden? Nein, nein! Das war nichts für sie. Das konnten sie drüben auf dem Festland abmachen, da hatten sie mehr Zeit und Geld. Denn Geld zu opfern, darauf würde es wahrscheinlich doch in letzter Linie hinauslaufen. Und vor allen Dingen würde es gewiß ein Eingriff in ihre persönlichen Rechte, ihre Freiheiten, Gewohnheiten und besonders in ihre Bequemlichkeit, ihren behaglichen, alltäglichen Schlendrian, bedeuten. Und das wollten sie sich nicht gefallen lassen. Pastor Eichstädt merkte es und wurde nur noch eifriger und härter, betonte nur noch energischer seinen Standpunkt und rückte dadurch innerlich immer weiter von seiner Gemeinde ab. Nur einmal kam er ihr wieder nahe, als er von seiner Kindheit sprach, als er erzählte, wie seine Kindheits- und Jünglingsjahre durch Armut und Entbehrung gegangen waren. Das war ihnen allen neu. In ihren Augen war „Pastor sein" gleichbedeutend mit „wohlhabend sein". Bei diesem schien es ja anders zu sein, und er sprach so ehrlich davon, daß auch bei denen, die anfangs an der Wahrheit seiner Schilderung gezweifelt hatten, ein herzliches Mitleid die Überhand gewann. Sie wußten, was „arm sein" heißt. Sie alle hatten nur so viel, wie eben zum täglichen Leben gehörte. Mancher von ihnen hatte in einer Sturmnacht auch dieses Wenige verloren und war in kurzen Stunden bitterarm geworden. Und nun kam einer zu ihnen aus einem armen Tagelöhnerhause, einer, der die Armut kannte wie sie. Bei dem durften sie ein warmes Herz für all ihre Nöte zu finden hoffen. Aber als er dann wieder von seinen Zielen zu reden anfing, verließen sie ihn wieder. Und was zuerst für ihn eingenommen hatte, sein Armsein, das schlug nun zu seinen Ungunsten um. Er war ja nichts anderes als sie. Und er wollte schelten, ihre Art und Gewohnheit zu leben und zu denken umstürzen und sie anders machen? Er, der noch dazu ein Butenmensch war? Nein, das ließen sie sich nicht gefallen. Das gab's nicht. Das hatte bisher noch jeder Halligpastor erfahren müssen.

Und so kam es, daß sie nach dem Gottesdienst nicht wie sonst in Gruppen einen Augenblick auf dem Kirchhof stehenblieben, sondern gleich nach Hause gingen. Nur Melfs blieb und wartete auf den Pastor und sagte, als der aus der Kirche heraustrat:

„Nochmals herzlich willkommen auf der Hallig. Möge es Ihnen hier gefallen."

„Ich danke Ihnen."

Dann wandte sich der Gemeindevorsteher zum Gehen.

Da war es dem Pastor plötzlich, als müsse er ihn halten. Er hatte so fest grade von ihm ein Wort über seine erste Predigt erwartet. Aber der sagte nichts.

Einen Augenblick bezwang sich der Pastor.

Dann rief er dem Davonschreitenden nach:

„Ach bitte, Herr Melfs, ein Wort."

Der blieb stehen und wandte sich, und da war es dem Pastor wieder, als könnte er kein Wort herausbringen. Aber er zwang sich und sagte kurz und hastig:

„Wie hat Ihnen mein erster Gruß an die Gemeinde gefallen?"

Melfs ging die paar Schritte zu ihm zurück, gab ihm die Hand, sah ihn ernst und ruhig an und sagte:

„Ich wünsche Ihnen Glück und Ausdauer. Leicht werden Sie es nicht haben. Aber dort kommt Lehrer Hansen, der kennt die Art der Leute hier draußen wohl noch besser als ich. Der wird Ihnen alles besser sagen können."

Und dann ging er.

Der alte Hansen hatte seine Noten weggepackt. Nun stand er vor der Kirchentür und wartete auf den Pastor, der langsam, mit gesenktem Haupt zurückkam.

Sie gaben sich schweigend die Hand. Und dann setzten sie sich auf die Bank an der Kirchenmauer und blickten, ohne ein Wort zu sagen, über die Hallig. Sie sahen, wie die Halligleute über die Fennen nach Hause gingen. Es war ein ganz anderes Bild als heute morgen. Da gingen sie still und bedächtig. Jetzt war Unruhe in ihnen. Man sah es, wie sie sich eifrig unterhielten, wie sie lebhaft gestikulierten; man merkte, daß etwas ganz Neues über sie gekommen war.

„Nun, Herr Hansen?“ sagte der Pastor nach einer langen Pause.

Hansen sah vor sich hin, und es dauerte eine Weile, bis er sagte:

„Sie werden einen schweren Stand haben.“

„Das habe ich schon einmal gehört“, fuhr Eichstädt hastig dazwischen. „Einen schweren Stand haben! Ich will es ja auch nicht leicht haben! Ich will kämpfen und ringen. Dazu bin ich hergekommen. Wer die Hand an den Pflug gelegt hat und sieht sich um, der ist nicht wert des Reiches Gottes. Hat Christus sich darum gekümmert, ob sein Stand ein leichter sei? Und die in all den Jahrhunderten seine Lehre verkündigt haben, sind hinausgezogen, ohne zu fragen, ob es leicht oder schwer sei.“

„Und waren doch gewiß alle so klug, sich von Fall zu Fall ihre Art des Draufgehens einzurichten.“

„Hier gibt es nur eine Form und Art.“

„Und das ist natürlich die Ihre.“

„Allerdings. Jeder kann sich nur selbst geben.“

„Das ist richtig. Und für Sie mag Ihre Art recht sein. Sie ist es aber nicht hier draußen und für uns! Hier lebt ein anderes Geschlecht als drüben auf dem Festland. Hier gibt es keinen, der nicht unzählig viele Male dem Tod ins Angesicht geblickt hat. Um uns lauert hier draußen der Tod täglich und stündlich. Warten Sie es ab, wenn erst der Herbst sein Meer über unsere Hallig wirft und die Fluten in unseren Stuben mit Tischen und Bänken Fangball spielen. Das hat hier draußen ein anderes Geschlecht geschaffen, das anders zu seinem Gott steht. Ein Geschlecht, das nicht den Nacken vor Gott beugt, sondern hoch und hart vor ihm steht, das nicht nur kindlich betet, sondern auch fordert. Jawohl, Herr Pastor, fordert! Hart und trotzig fordert!“

„Aber Herr Hansen!“

„Jawohl, so ist es. Sie haben es noch nicht erlebt, daß der Sturm Ihr Boot wie eine Nußschale umherwirft oder die Wellen Ihre Mauern einreißen. Ich aber habe es erlebt. Dann nützt kein weichmütiges Beten, dann heißt es die Zähne zusammenbeißen und mit eisernen Fäusten anpacken, die Arbeit, und wenn es sein muß, auch Gott. Dann heißt es mit ihm ringen, bis einer unterliegt."

„Das klingt ja fast wie Aufruhr!"

„Ach nein, Herr Pastor, das ist nicht Aufruhr. Das ist unsere schlichte, rechte Friesenfrömmigkeit. Und wir sind bis heute gut damit gefahren, fröhlich durchs Leben, ruhig und zuversichtlich in den Tod."

Er war aufgestanden und lehnte nun am Kirchhofsgitter.

„Ja, Herr Pastor, selig gestorben", fügte er in tiefem Ernst hinzu, „und das ist hier draußen nicht immer leicht; weiß doch keiner, wo er bleibt. Ich meine, wo sein Leib bleibt. Und wünscht man doch nichts sehnlicher zu wissen, als wo der Leib nach Kampf und Streit ruhen wird."

Eine kleine Pause trat ein. Der Pastor stand betreten und wußte im ersten Augenblick nicht, was er sagen sollte.

„Sehen Sie hier die schroffe Kante an der Kirchwarft? Hier war einst auch Land. Und da draußen, wo nun die Flut geht, war auch geweihte Kirchhofserde. Dort ruhten meine Eltern. Wo sind sie? Ein Sturm kam, riß alles Land weg und trug die ausgewühlten Särge in das Wattenmeer hinaus. Ja, ja, damit müssen wir hier alle rechnen. Aber wir sind ja überall in Gottes Hand."

Und wieder stand das helle Leuchten in seinen Augen, als er sich umwandte und dem Pastor die Hand gab.

„Nehmen Sie es einem alten Manne nicht übel, daß er so frei und offen geredet hat. Und nun muß ich heim. Meine liebe Frau wartet mit dem Essen. Guten Morgen."

„Guten Morgen, Herr Hansen."

Das kam ohne viel Innigkeit heraus.

Pastor Eichstädt blieb auf dem Kirchhof stehen und sah dem Davonschreitenden nach, solange er ihn sehen konnte.

Wie stolz und sicher er dahinschritt. Hielt er sich etwa für einen Sieger? Glaubte er, er könnte, gestützt auf sein Alter, dem jungen Pfarrer Lehren erteilen? Wollte er ihn etwa zwingen zu seinen überfreien Anschauungen von Gott und Gottes Reich? Nein, nein, er ließ sich nicht so leicht irremachen. Er wußte was recht war und wollte unbeirrt seinen Weg gehen bis ans Ziel. Und er wollte und würde es erreichen.

Noch einmal liefen seine Augen über die ganze Hallig, über Fennen und Warften, über See und Sand. Hochauf stand er. Stolz streckte er seinen Arm aus.

„Und ich werde es doch zwingen!“

Dann ging er ins Haus.

*

Es war einige Wochen später.

Hoch und klar spannte sich der blaue Sommerhimmel über das Wattenmeer, und schneeweiße, ruhige Wolken zogen wie große Schwäne durch das leuchtende Blau. Keine Welle hob sich. Die ganze See war blank und still.

Die Hallig blühte. Kaum ein grünes Fleckchen war zu sehen. Alles jauchzte in einem köstlichen Lilarot und breitete sein Geleucht so tief und satt aus, daß es war, als läge auch auf den Häusermauern ein Abglanz des Scheines.

Der Bondestabe blühte!

Und nun kam für die Hallig die Zeit der Unruhe.

Die Hallig blüht! Das war für die größeren Inseln draußen im Meer wie ein Ruf, der vollbesetzte Kutter an die kleinen Halligen führte. Dann kamen täglich lärmende, schwatzende, geputzte Menschen, liefen eilfertig über die blühenden Fennen, glotzten dreist durch die kleinen Fenster in Stuben und Küchen, feilschten hier und da um „Altertümer“ und warfen sich zuletzt in all das wundervolle Blühen hinein, rafften mit vollen Händen an sich und fuhren dann mit all der Pracht wieder zurück nach ihren lauten Inseln, und es war mancher unter ihnen, der mit Entsetzen an die stille Einsamkeit und unsagbare Einfachheit der Hallig zurückdachte. Manch einer aber trug sein Leben lang noch das tiefe Leuchten der stillen, wundervollen Pracht in sich, und seine Sehnsucht spann sich durch kalte Wintermonate hindurch um das Sonnenbild der blühenden Hallig. Es war so, wie Melfs immer behauptete: Wer einmal hier draußen gewesen ist, kommt entweder nie wieder oder immer, immer wieder.

Die Hallig blühte!

Vor Peter Dirksens Gastwirtschaft wehte auf hohem, schwankendem Schiffsmast die blau-weiß-rote Landesflagge, ein Zeichen, daß ein Kutter in Sicht sei, dessen Schnabel halligwärts wies.

Jan Behrend guckte gerade aus dem Fenster, als sie hochstieg, stülpte seine Hose bis hoch über die Knie und humpelte vor die Haustür.

Da sah er Peter Dirksen stehen, der mit seinem langen Fernrohr die See absuchte.

„Kummt he bald, Peter?"

„Ja, he is all op de Nack."

Das war die Sandbank, die sich zwischen Nordmarsch und Amrum und Föhr erstreckte.

„Is dat wedder de Tonnenlegger? De kann ja woll gor nich genog Geld verdenen."

„Ne. Dat is de ‚Germania'."

„Wat? De Schampanjerkaptein? Denn gifft dat wedder en vergnögten Namiddag. Sünd dor vel an Bord?"

„Ik glöv woll."

Und damit ließ Peter Dirksen sein Fernrohr sinken und legte es auf die beiden blanken Messinghaken, die über der Haustür aus dem Gebälk ragten.

„Geihst mit na Eiwall, Jan?"

„Jawoll!"

Jan holte eine lange Schiebkarre aus dem Stall und schob das knarrende, quietschende Gefährt über die Prielstege nach Eiwall, der hohen Nordkante der Hallig, wo alle Kutter anlegten, weil hier am meisten Wasser war.

Er warf sich ins Gras, stopfte umständlich seine kurze Pfeife und sah dann behaglich seinen weißen Rauchwolken nach. Hier draußen an der Kante war er gewissermaßen der König. Sein war das Stückchen Feld, auf das der Schiffsanker der Kutter immer geworfen wurde, und sein der selbstgezimmerte Landungssteg. Er hatte daher auch allein das Recht, die ankommenden Gäste vom Boot oder Schiff – denn auch große Dampfer legten bisweilen an – über die schwanke Brücke ans Land zu führen oder zu tragen, für welche Arbeit die Schiffsführer ihm vertragsmäßig einen Teil des Fahrgeldes zu bezahlen hatten. Jan hatte also ein gewisses Interesse an der „Hebung des Fremdenverkehrs" und bewies dieses auch dadurch, daß er jede mögliche und unmögliche Auskunft bereitwilligst gab und jede Frage zu beantworten sich bemühte. Das letztere war nicht immer leicht, und als ihn einmal eine gar zu wissensdurstige Dame eine Viertelstunde lang ausgefragt hatte, auf die entlegensten Dinge kam und schließlich meinte: „Hier draußen ist es wohl sehr gesund?" antwortete er tiefsinnig: „Ja." – „Hier sterben wohl nicht viel Leute?" – „Ne." – „Woran sterben denn hier die meisten Leute?" Da wurde es ihm zu bunt, und er knurrte vor sich hin: „Was die letzten sind, die gestorben sind, die sind von die Fremden totgefragt worden."

Jan Behrend schmunzelte, als er daran dachte, und stieß den Rauch nochmal so kräftig aus. Dann warf er sich auf die Seite, stützte den Kopf und lugte scharf nach der „Germania" aus. Es war ein Motorboot. Hart und eintönig stampfte die Maschine durch die Stille und kam näher und immer näher. Und je näher es kam, desto heller glänzten Jans Augen; denn das Boot war bis obenan mit Passagieren besetzt.

Peter Dirksen war inzwischen auch ans Ufer gekommen. Da erhob sich Jan, und nun standen die beiden hart an der Kante und sahen, wie das Boot langsam näherkam. Kapitän Petersen stand mit lachendem Gesicht auf der Kommandobrücke und erteilte seine Befehle so kurz und schneidig, als stünde er noch auf dem Verdeck seines großen Hamburger Dampfers, mit dem er viele Jahre lang alle Meere der Welt durchfahren hatte. Sein einziger Hilfsmann, Fernand, der Matrose, Steuermann, Maschinist und Koch in einer Person war, stand an der Spitze, ein langes Wurftau in der Hand. Aber es ging ihm heute wie so oft. Er vergaß, was seines Amtes war, und führte, wie er es liebte, mit einem der Gäste ein philosophisches Gespräch über die verschiedenen Inseln.

„Sehn Se", sagte er so langsam, als wären die einzelnen Buchstaben wie Perlen auf eine Schnur gezogen, die er nun langsam loslöste und bedächtig wieder zusammensetzte, „sehn Se, dat is mit de Inseln ganz un gor verschieden. Wat nu de Lebemänner sind – ik will lever segn, de Lebeherren, wegen den Respekt; denn wie leben doch von de Lüd –, sehn Se, de dohn am besten un gahn na Westerland, wo wat los is. Denn op Föhr mit all de Krankenhüser un op Amrum mit all de Preesters –"

„Lat dat Quasseln un paß din Kram", donnerte Kapitän Petersen dazwischen. „Smiet dat Tau, sonst fahren wi de ganze Hallig in Mull un Grus."

„Ne, Kaptein, dat hett nu keen Not, ik men, mit unse Boot."

„Herrgott, du makst en ganz katholsch mit din Quasselkram un Langsamkeit!"

Aber schon flog das Tau hinüber, Jan und Peter faßten es und banden das Boot fest.

„Süso, Kaptein, heff ik dat nich immer seggt? Wi war'n licht klar. Överielen döcht nix, un wenn ik so denk –"

„Fang blots nich wedder mit Denken an, Fernand, dormit hest du doch keen Glück."

„Ja, Kaptein, wenn Se meenen."

Da schob sich schon das Laufbrett von der Kante an Bord, und unter Lachen und Juchen liefen, sprangen, tänzelten die Fremden ans Land.

„Was gibt's denn hier zu sehen? Wohin geht man denn hier? Was nimmt man denn zuerst?"

„Ja, meine Herrschaften, das beste is, Sie nehmen zuerst und letzt das Haus, wo die Fahne steht, weil Sie da 'n Grog kriegen können. Un zwischendurch sehen Sie sich man mal die Kirche an, was ein Altertum is."

„Kann man denn da hinein?"

„Natürlich. Fragen Sie nur den Pastor."

Und dann zerstreute sich die Menge über die blühende Hallig. Peter Dirksen sah ihnen schmunzelnd nach.

„Junge, Junge, wat gifft för Lüd!"

Kapitän Petersen war zu ihm getreten.

Auf einmal fuhr er herum.

„Dammi! Wi hem noch en Passagier an Bord. Bonke is dor."

„Wat? Bonke?"

„Jawoll, Bonke Bahnsen. He wer möd un gung in de Kajüt un wull en beten slapen. Fernand, süh to dat wi Bonke an Land kriegt."

Sie gingen alle an Bord, um Bonke Bahnsen an Land zu bringen. Der war ein alter Friese, wohl der friesischste Friese der ganzen Inseln und Halligen. Er war früher Lehrer gewesen, war aber nach einer schweren Krankheit so schwachsichtig geworden, daß er sein Amt aufgeben mußte. Eine geradezu alttestamentliche Frömmigkeit und eine glühende Begeisterung für das Friesentum waren die Pole, um die sich sein ganzes Denken und Fühlen drehte. Nun reiste er von Hallig zu Hallig, vertrieb christliche Bücher und ermahnte dabei die Leute, an friesischer Sprache, Tracht und Art festzuhalten wie am Evangelium. Es gab kein Hallighaus, in dem man ihn nicht kannte und in dem man ihn nicht als einen gerngesehenen Ehrengast willkommen hieß. Bonke Bahnsen! Das bedeutete fromm und gut, ehrlich und treu sein. Bonke Bahnsen, das bedeutete ein Friese sein! Sie alle hatten Respekt vor ihm und wagten sogar nicht, in seiner Gegenwart ihre Teepünsche zu trinken, das heißt, sie wagten nicht, es ihn merken zu lassen, weshalb einige oft versuchten, ihn zu überlisten.

Langsam, vorsichtig kam Bonke Bahnsen aus der Kajüte, ein wundervoller Cäsarenkopf. Wenn er sprach, bog er den weißumbuschten Kopf tief in den Nacken, zog die starken, schneeweißen Brauen tief über die schwachen Augen und strammte die bartlosen Lippen, daß zwei tiefe Falten von beiden Mundwinkeln aus das harte Kinn umrahmten, und seine Stimme klang hart und laut wie ein Feldherrnruf.

Fernand hatte seine Hand gefaßt und führte ihn die Treppen hinauf und verzapfte dabei wieder seine Weltweisheit.

„Ne, Bonke", sagte er, noch langsamer als zuvor, „ne, Bonke, dormit kann ik mi nich inverstahn erklären. Ik men, en Punsch is en gude Sak un hett all vele hulpen. Un wat Se dor segn, dat man keen Fleesch eten dörf, dat will mi nich passen. Nix as Grönkram eten, so as de Hasen – ne, Bonke, dat is nix för mi."

Kapitän Petersen schüttelte lachend den Kopf.

„Lat doch den olen Bonke, Fernand."

„Ja, Kaptein, wenn Se meenen."

Und nun standen sie auf der Hallig und gingen langsam den Warften zu. Hier kannte Bonke Bahnsen Weg und Steg seit alters her und schritt daher schnell und sicher vorwärts, und sprach dabei mit lauter, klangvoller Stimme in seinem geliebten Friesisch:

„Einen neuen Prediger habt ihr bekommen? Ich kenne ihn noch nicht; aber ich werde zu ihm gehen. Meine Füße haben mich in diesem Jahre schon vom Anfang bis zum Niedergang getragen. Heute ist der Tag gekommen, an dem ich bei meinen lieben Hoogeroogern Einkehr halten will. Und darum habe ich mich aufgemacht; denn tröstet mein Volk, spricht der Herr! Und zu eurem Prediger will ich gehen, um zu sehen, in wessen Hände Jehova euch gegeben hat. Möge es mir gehn wie Saul, der auszog die Esel zu suchen und ein Königreich fand."

Da stieß Jan seinen Nebenmann in die Seite und meinte, das mit den Eseln sei gut, und fing an, seinen Groll gegen den neuen Pastor auszuladen.

Aber der alte Bonke unterbrach ihn:

„Jan, wer hat dich gesetzt zum Richter über Israel? Seit wann ist es in Friesland Sitte, kurzerhand zu verdammen? Du kennst nicht die Geschichte unseres Volkes und unseres Landes; denn du bist ein Fremdling in unseren Toren und sprichst und denkst wie ein Fremdling. Warte ab, bis seine und damit auch deine Zeit gekommen ist. Aber wie denkst du darüber, Peter Dirksen? Dein Geschlecht steht seit der großen Flut in den Büchern unseres Landes geschrieben."

„Ja, Bonke, es wird immer anders hier draußen. Uns fehlt ein Pastor, der auf der Hallig geboren ist. Andere können sich nicht an uns gewöhnen und wir nicht an sie. Der neue Pastor ist gewiß gut und treu. Aber er ist ein Stürmer, wie Lehrer Hansen sagt. Er will alles auf einmal anders machen. Er will hier draußen ein Reich Gottes aufrichten und spricht mehr von Sünde und Schuld, als gut ist."

„Ich weiß, Peter, die Worte habt ihr hier draußen nie hören wollen."

„So ist es, Bonke. Wir wollen keinen, der streitet und schilt. Und dann all das Neue, das er einführen will. Nun will er auch unsere alte Kirche umbauen. Und es ist doch so: wir können hier draußen keine andere gebrauchen, als gerade diese. Und Geld haben wir auch nicht."

Sie waren auf Peter Dirksens Warft angekommen.

Hier ging es munter her. Die Fremden füllten alle Stuben und hatten selbst die hölzerne Schutzmauer, die die Wirtin vor ihrer Küchentür aufgerichtet hatte, weggerissen und waren hindurchgedrungen, um in allen Kesseln und Pfannen herumzuschnüffeln.

Der alte Bonke setzte sich an einen Tisch mitten in der Gaststube, bekam, wie es Brauch war, Kaffee und Kuchen und lauschte in das ihm fremde Treiben hinein, während Kapitän Petersen, Jan Behrend und einige Halligleute sich in eine Ecke des Zimmers setzten und Tee verlangten. Dabei zwinkerten sie dem Mädchen zu; das wußte Bescheid und brachte Teepünsche. Bonke Bahnsen merkte es nicht. Als aber mit der zunehmenden Zahl der Teepünsche die Lustigkeit stieg und immer lauter wurde, reckte er sich und rief:

„Friesen, wie seid ihr so laut und lustig?"

„Jawohl, Bonke, das sind wir auch!"

Aber da sie fürchteten, daß er ihren Betrug merken könnte, wollten sie ihn friedlich stimmen und sangen ihr altes Friesenlied:

„Ihr Freunde, stimmt an unser Friesenlied,
Singt das Lied nun vom Heimatlande,
Daß freudiger Stolz uns die Brust durchzieht
Und sich fester knüpfen die Bande.
Wer die Heimat nicht liebt und die Heimat nicht ehrt,
Ist ein Lump und des Glücks in der Heimat nicht wert."

Das alte liebe Friesenlied! Männer werden ernst, wenn sie es singen, den Frauen steigt dabei ein tiefer Glanz in die Augen, und die Kinder halten im Spiel inne, wenn sie es hören, und singen begeistert mit. Das alte Friesenlied! So weit die graugrünen

Nordseewellen an Deiche und Inseln rauschen, kennen und lieben sie das Lied, und auf manchem fernen Meere, an mancher fremden Küste klingt es über heimwehzitternde Lippen friesischer Seefahrer: „Wer die Heimat nicht liebt und die Heimat nicht ehrt . . .“

Bonke Bahnsen war aufgesprungen und trat an den Tisch der Singenden. Was kümmerten ihn die Fremden, die in der Gaststube oder unter den Fenstern draußen vor dem Hause saßen. Er stand und sang, ein Glanz lag auf seinen Augen, als das Lied verklungen war.

„Jawohl! Wir sind stolz, daß wir Friesen sind! Durch die fernsten Meere fahren unsere Söhne, durch alle Länder treibt es sie; aber immer klingt es ihnen aus Wellenrauschen und Sturmessausen: ‚Wer die Heimat nicht liebt und die Heimat nicht ehrt, ist ein Lump und des Glücks in der Heimat nicht wert.‘ Frei und stolz haben von alters her unsere Bauern auf eigenem Grund und Boden gesessen, und seit alters her sind unsere Frauen wie Sieger über die Heimaterde geschritten. So soll es bleiben! Haltet fest an eurer Art. Lever düd as Slav! Daß um euch bleibe der alte Gott, der durch die Jahrhunderte hindurch die Wellen an unsere Küste wirft, der auch euch bei Namen gerufen hat, damit ihr sein werdet. Friesen, sie schelten draußen im Reich auf euch und nennen euch stumpf und zurückhaltend. Laßt euch's nicht kümmern. Wir sind stolz, daß wir Friesen sind!“

Sie waren still geworden. Und als nun der Alte schwieg, rückten sie verlegen hin und her und rührten mit dem Löffel in ihrem Teepunsch und mochten nicht aufsehen. Sie schämten sich und wollten doch nicht recht zeigen, wie ihnen ums Herz war, weil sie die fragenden, neugierigen Gesichter der Fremden um sich wußten. Und so kam es, daß nach Bonkes Worten plötzlich eine tiefe Stille eintrat.

Bonke Bahnsen war der einzige, der diese verlegene Stille nicht zu merken schien. Er ging ruhig an seinen Tisch zurück, leerte seine Kaffeetasse und machte sich zum Weiterwandern bereit. Er wollte noch den meisten Warften und, wenn er Zeit fände, auch dem Pastor einen Besuch machen. Und nun stand er, die Schiffermütze auf das weiße Haar gedrückt, die Ledertasche mit seinen frommen Büchern über die Schulter gehängt, den Knotenstock in der Hand, vor Kapitän Petersen und legte ihm die Hand auf die Schulter.

„Adjes, Kapitän! Wann fahren wir ab?“

„Um fünf Uhr, Bonke.“

„Schön! Ich will’s so einrichten. Und wenn ich nicht fertig werde, fahre ich in den nächsten Tagen wieder zurück.“

Und dann ging er, den Kopf steif in den Nacken gedrückt, davon.

Als er draußen an den Fenstern vorübergegangen war, brummte Jan Behrend:

„De dor Bonke, wat de doch gliek vör grote Saken snackt. As ’n Preester! Un beter as unsen. Dor ward een ja rein de Punsch bi sur.“

Aber dann bog er sich zurück und lachte laut und dröhnend, weil er daran dachte, wie glänzend er den alten Bonke hinters Licht geführt. Zu glauben, daß er, Jan Behrend, Tee oder Kaffee tränke! Das war großartig. So etwas von ihm zu glauben, brachte höchstens Bonke Bahnsen, dieses große, treuherzige Kind, fertig.

Und so lachte und jubilierte sich Jan Behrend noch durch eine ganze Anzahl von Teepünschen hindurch, bis plötzlich ein gellender Schrei von draußen hereinsprang.

Wie ein Pfeil schoß Jan Behrend hoch. Er kannte die Stimme. So rief sein Junge. Es mußte Furchtbares geschehen sein.

Einen Augenblick stand er wie angeschmiedet. Erdfahl war sein Gesicht.

Dann stürmte er hinaus. Bevor die anderen sich besonnen hatten, war er schon draußen und stürmte um den Feething herum nach seinem Hause.

Da kamen auch die anderen heraus und kamen gerade recht, als Jan vor seiner Haustür war, und sahen ein Bild, das sie ihr Leben lang nicht wieder vergessen konnten.

Vor der Tür stand der Junge, totenblaß, angstverzerrt. In der einen Hand trug er ein Gewehr, aus dessen Mündung sich noch feiner, blauer Rauch herausringelte, die andere Hand hatte er vor die Augen geschlagen, und bald wie ein leises Wimmern, bald wie ein Schrei quoll es über seine Lippen:

„Mutter! Mutter! Mutter!“ Nichts weiter, als immer nur das eine: „Mutter! Mutter! Mutter!“

Jan Behrend hielt sich bei ihm nicht auf, sondern rannte an ihm vorbei ins Haus hinein.

Sie hörten draußen einen Ruf, wie den Ruf eines qualvoll Ertrinkenden, und als sie bis zur Haustür kamen, sprang Jan Behrend plötzlich aus dem Flur, Grauen und Entsetzen im fahlen Gesicht, und stürmte geradewegs auf den Feething zu.

Die anwesenden Männer griffen ihn, rangen verzweifelt mit ihm, bis er endlich unterlag und stöhnend und ächzend sich am Boden wand. Und dann wurde er ruhiger und lag wie ein Toter.

Einige Beherzte gingen ins Haus.

Und kamen wieder.

Und waren totenbleich.

Und einer sagte es dem anderen.

Und wenige Minuten später wimmerte die Totenglocke über die Halligfennen.

Jan Behrends Frau lag erschossen in der Stube; der ganze Schädel war ihr zerschmettert.

Jan Behrend war am Tage vorher auf Seehundsjagd gewesen und hatte sein Gewehr geladen in die Ecke gestellt. Der Junge hatte es gefunden, im Scherz auf die Mutter angelegt, losgedrückt und seine Mutter erschossen.

Kurze Zeit darauf kam der Gemeindevorsteher, und seiner stillen, gütigen Art gelang es, Jan und seinen Sohn etwas zu beruhigen. Und er war es auch, der mit dem besonnenen Peter Dirksen die arme Zerschossene aufhob und ins Bett legte. Dann holten sie einen Sarg vom Boden herunter. Da draußen hatte jeder sein letztes Bett bereitstehen. Der Tod fragte ja nicht nach Zeit und Wetter, und wenn ein Sterbefall im harten Winter eintraf, war es oft unmöglich, durch die Schollen hindurch ans Festland zu kommen.

Die Frauen brachen Grünes aus den Hecken, holten Wermut und Bondestabe, und als die Sonne hinter Amrum stand, war Jan Behrends Frau zur letzten Fahrt gebettet und bereit.

Fünf Tage später wurde sie begraben. Da draußen liegen die Toten immer so lange aufgebahrt.

Alle Halligleute waren versammelt, Männer, Frauen und Kinder, und warteten vor der Tür des Sterbehauses.

Lehrer Hansen stand mit seinen Schülern im Sterbezimmer, sprach ein kurzes Gebet, und dann sangen die hellen Kinderstimmen:

„Jesus, meine Zuversicht
Und mein Heiland, ist im Leben.
Dieses weiß ich, sollt' ich nicht
Darum mich zufrieden geben,
Was die lange Todesnacht
Mir auch für Gedanken macht."

Das klang schön und feierlich; denn aus allen sang ein tiefes Mitgefühl mit dem armen Jungen, der seine Mutter erschossen hatte und nun totenblaß und tränenlos in der Ecke des Zimmers kauerte und auf den schwarzen Sarg stierte.

Wieder sprach der alte Hansen ein Gebet, und seine Stimme zitterte dabei.

Und dann hoben sechs Männer den Sarg, stellten ihn auf die Tragbahre, hoben sie auf die Schultern, und fort ging es über die weichen Fennen der Kirchwarft zu. Keiner sprach ein Wort.

Melfs und Hansen führten den mutterlosen Knaben. Bonke Bahnsen, der auf der Hallig geblieben war, ging neben Jan Behrend und hatte seinen Arm ihm auf die Schulter gelegt.

Vor dem großen Priel machten sie halt und setzten die Bahre nieder.

Es war Ebbe. Nur in der Mitte des breiten Priels glänzte ein schmales Wasser. Sonst nichts als Klei, in der die sickernde Flut sang und zirpte.

Die Träger zogen ihre großen Wasserstiefelschäfte hoch, banden sie an den Hüften fest, hoben wieder den Sarg auf die Schultern und wateten dann vorsichtig in die tiefe, weiche Kleierde hinein, während das Gefolge den Weg über den Prielsteg nahm, der für die Sargträger zu schmal war.

Nur Jan Behrend folgte dem Sarg durch den Priel hindurch. Die anderen hatten ihn zurückhalten wollen.

Aber als sie seine Augen sahen, ließen sie von ihm ab.

Nun schritt er, unbekümmert darum, daß er keine Wasserstiefel trug, durch Klei und Schlick mühsam watend hinterdrein.

Droben vor der Kirchhofspforte stand Pastor Eichstädt und erwartete die Tote.

Dann ging er voran in die Kirche.

Im Kreuzgang stellten sie den Sarg auf die Fliesen.

Die Gemeinde setzte sich ins Gestühl. Nur Lehrer Hansen blieb mit seinem Kinderchor neben dem Sarge stehen.

Bevor der Pastor vor den Altar trat, ging er noch einmal auf Jan Behrend zu. Der sah entsetzlich aus, und der Prediger hatte Mitleid mit ihm.

„Halten Sie sich fest, Behrend, um Ihres Knaben willen."

„Jawoll!"

„Der Herr hat Sie schwer heimgesucht!"

„Ja, das hat er, Herr Pastor. Und wenn ich denk', grad als wir so lustig waren, und denn auf einmal das!"

„Aber Behrend!"

Der Prediger richtete sich plötzlich steil auf und sah ihn streng an, so daß Jan verwundert seine verweinten Augen hob. Die beiden verstanden sich in diesem Augenblick nicht. Pastor Eichstädt fühlte nicht, daß der ganze Jammer dem armen Jan deshalb so sehr auf dem Herzen lag, weil seines Lebens entsetzlichster Tag mit einem so lauten, fröhlichen zusammengefallen war. Und darum hörte der junge Pastor aus den Worten nicht den Schmerz, sondern ein Sehnen nach neuer Fröhlichkeit, nach neuer Betäubung, nach Lachen und Jubeln. Ärgerlich wandte er sich um, trat an seinen Platz und fing an zu predigen. Aber es war kein Trost in seinen Worten. Ihm war diese Predigt ein neuer Anlaß, wieder einmal Altes niederzureißen, um Neues zu pflanzen. Er stellte den traurigen Todesfall in Beziehung zur Sünde, schilderte ihn als eine Strafe Gottes, der sich nicht spotten läßt, der die Sünde der Väter heimsucht an den Kindern bis ins dritte und vierte Glied.

In vielen Gesichtern zuckte es vor Ingrimm, und als Lehrer

Hansen zum Abschiedsgesang seine Finger auf die Tasten des Harmoniums legte, zitterten sie.

Der Gesang war verstummt.

Schweigend ordneten sich die Kinder zum Vormarsch. Schweigend hoben die Männer den Sarg und trugen ihn zum offenen Grab hinaus.

Und dann senkten sie ihn in die Erde.

Der Priester sprach den letzten Segen und wollte gerade noch einmal zu Jan Behrend gehen, als der alte Bonke Bahnsen an das Grab trat. Die buschigen Brauen verdeckten heute noch mehr wie sonst seine Augen, und seine Stimme klang heute noch härter als sonst, als er auf friesisch sagte:

„Friesen! Es ist nicht Brauch, daß Laien an den Gräbern sprechen. Aber heute tue ich es. Ich, Bonke Bahnsen, dem der Herr einst in tiefer, stiller Nacht gesagt hat: ‚Ich will dich zu deinen friesischen Brüdern senden, sei ihnen ein Hirte!' Und so habe ich mich aufgemacht und bin zu euch gegangen Jahr um Jahr. Aber diesmal, Friesen, hat mich der Herr besonders gesandt. Ich will nicht schmähen und nicht auf euren Prediger schelten; jeder tut, was er kann, wozu ihn Gott, der Herr, der Himmel und Erde und uns erbärmliche Menschen gemacht hat, berufen hat. Nein, Friesen, ich will nicht schmähen. Aber zu dir, Jan Behrend, und zu deinem Jungen will ich sagen: Wer unter uns ohne Sünde ist, der werfe den ersten Stein auf euch. Ich tue es nicht. Aber hier habt ihr beide meine Hand. Ich weiß nicht, ob überhaupt einer von euch gefehlt hat. Darüber steht uns Menschen kein Urteil zu, und Gott der Allmächtige, das weiß ich, richtet und verdammt euch nicht, wenn er euch auch hart geschlagen hat. Warum er es getan hat, weiß keiner. Wen er damit hat strafen wollen, weiß keiner. Vielleicht uns alle. Und darum, Friesen, haltet euch zu Gott, der das Meer um eure Küsten gelegt hat; er kennt euch besser als ihr selber, vor allem besser als die Butenmenschen, die zu uns kommen und unsere Lehrmeister sein wollen. Und du, Sabine Behrend, die du in diesem Grabe liegst, schlaf' wohl in friesischer Erde. Möge die Warft der Toten deinen Leib hüten gegen die salze See, bis Gott der Herr dich auferweckt."

Bonke Bahnsen war zurückgetreten.

Es war totenstill. Nur das Meer rauschte und sang von fern, und die Möwen klagten über dem Watt.

Als Bonke zu reden begonnen hatte, war Pastor Eichstädt betroffen zurückgetreten. Er verstand kein Wort von dem, was gesprochen wurde. Aber er fühlte, daß alle Worte, die der Greis dort am Grabe sprach, gegen ihn gerichtet waren. Er fühlte es aus dem ganzen Ton heraus und merkte es an den Blicken, die dann und wann ihn streiften.

Und dann ging die Gemeinde vom Kirchhof, einer nach dem anderen, ohne von dem Pastor Abschied zu nehmen.

Der Letzte, der fortging, war der alte Lehrer Hansen.

Pastor Eichstädt, der blaß neben der Kirchentür stand, hielt ihn an.

Was bedeutet das alles, Herr Hansen?"

„Es ist ein Abschied", erwiderte dieser ernst.

„Ein Abschied? Von wem?"

„Von Ihnen. Ein Abschied der Gemeinde von Ihnen."

„Aber, Herr Hansen, ich verstehe das alles nicht."

„Nein, Sie verstehen es nicht", sagte der alte Hansen traurig. „Sie verstehen uns nicht. Sie wollen uns nicht verstehen!"

„O Gott, wie gern will ich's! Sie wissen ja doch, wie ich darum ringe! Sie kennen doch meine Ziele, die ganze Gemeinde kennt sie."

„Aber sie will Ihre Ziele nicht, oder will zum mindesten andere Wege nach Ihren Zielen hin."

„Wer will das?"

„Die ganze Gemeinde!"

„Sie auch, Herr Hansen?"

Er trat dabei dicht an den Lehrer heran.

Dieser sah ihn ruhig an und sagte:

„Ich bin ein Friese und gehöre dazu."

„Ach was, Friese oder nicht. Ich meine, Sie hätten durch Ihr Amt die moralische Verpflichtung, den Diener der Kirche zu stützen. Statt dessen scheinen Sie das Gegenteil zu tun."

„Ich kenne nur eine Pflicht, mir selbst getreu zu sein! Und ich glaube, indem ich diese Pflicht erfülle, helfe ich auch Ihnen am besten. Oft genug habe ich versucht, mit meinem Rat Sie zu unterstützen. Sie wollten nicht darauf hören. Nun müssen Sie sich selber helfen. Lernen Sie das Volk hier draußen erst in Ruhe kennen, dies ehrliche Volk mit all seinen Fehlern und Vorzügen. Es hat so manchem Wellensturm standgehalten; es bäumt sich auch gegen jeden Sturm, den Fremde versuchen."

„Sie und alle die anderen pochen immer auf das Friesentum als auf eine besondere Art. Die anerkenne ich nicht. Sie müßten hier draußen endlich einmal aufgehen in Verbände, die von größeren Gesichtspunkten geleitet werden. Dahin zu führen ist auch eine Mission, nicht zuletzt für Sie, als dem Lehrer."

Da reckte der alte Hansen seine geballten Fäuste von sich, schüttelte sie und sagte mit vor Erregung zitternder Stimme:

„Herr Pastor, das sind alte Friesenfäuste, die haben in mancher Sturmnacht wie eiserne Klammern das Segel gehalten, die haben in mancher schweren Wassersnot, wenn die salze See unsere Häuser wegzureißen drohte, Pfosten und Balken festgehalten und wurden, je größer die Not war, nur immer fester und härter. Wir sind es gewohnt, festzuhalten, was wir als unser Eigengut ansehen. Und seien Sie gewiß: solange ich lebe, gibt es für mich nichts, was haltenswerter ist als unsere Art, unser altes Friesentum. Denn in erster Linie bin ich Mensch, Friese, und dann erst Lehrer, will sagen, der Mann, der in einem gewissen Untergebenenverhältnis steht."

„Aber das Reich Gottes, dessen Bürger wir alle sein sollten, das Christentum?"

„Das Christentum? Das hat hier draußen mit jedem anderen Prediger anders ausgesehen. Da dürfen Sie sich nicht wundern, wenn die Halligleute sich mehr und mehr auf ihre alte, fromme, schlichte und ehrliche Art des Glaubens besinnen und an der Meinung festhalten, daß ein guter, tapferer Mensch sein auch ein Stück Christentum bedeutet."

Betroffen schwieg Pastor Eichstädt. Und da trat der alte Hansen näher an ihn heran, reichte ihm die Hand und meinte treuherzig:

„Ich habe hart gesprochen. Verzeihen Sie, es sollte Sie nicht kränken. Ich sprach für die Gemeinde, in der ich schon ein Menschenalter wirke, und auch um Ihretwillen.“

Der Pastor übersah seine Hand und antwortete nichts.

Da ging der Alte ruhig den Kirchsteig entlang, die Warft hinunter und über die Fennen nach Hause.

*

Einige Tage später beschloß Pastor Eichstädt, seinen Amtsgenossen auf Westeroog zu besuchen.

Er sprach wegen der Bootsfahrt mit Peter Dirksen, und der war bereit, ihn hinüberzusegeln; er sollte ohnehin morgen nach Föhr, um Proviant zu holen, und meinte, er könne ihn auf Westeroog absetzen und nachher wieder abholen. Sollte er aber drüben den Entschluß fassen, zu bleiben, so möge er den Pastor Pohnsen bitten, das Zeichen zu setzen, dann brauche er nicht den Umweg zu machen, sondern könne direkt von Föhr nach Hause segeln.

Und so fuhren sie ab.

Es war ein schöner Tag. Ein frischer Wind stand im Segel, und im blanken Sonnenlicht leuchteten die weißen Wellenkämme. Der Himmel war blau und hoch, und klar und scharf traten rings die Halligen und Inseln aus der Flut.

Pastor Eichstädt lehnte sich gegen die Bordwand und stützte den Kopf in die Hand. Zum Sprechen hatte er keine Lust und saß nun und blickte zurück, und sah, wie seine Hallig immer weiter zurückwich, kleiner und kleiner wurde und ihre schönen Umrisse immer deutlicher zeigte. Wie schön sie in den tanzenden Fluten lag! Er war nun schon einige Monate hier draußen. Wie manchen Wunsch hatte er schon begraben müssen, wie manches Hoffen still bis auf spätere Zeit zurückgelegt. Es war anders gekommen, als er anfangs gedacht. Er hatte an einen schnellen Siegeszug gedacht, an ein fröhliches, bereitwilliges Eingehen der ganzen Gemeinde auf all seine Gedanken. Und was hatte er bis heute gefunden? Nichts als Widerstand. Gewiß, im offenen Kampf stand er nicht; aber er spürte das Gegensätzliche jeden Tag und überall. Er hatte versucht, die jungen Leute abends um sich zu sammeln – vergebens. Anfangs waren wohl einige aus Neugier gekommen; aber nachher hieß es, man habe keine Zeit wegen der Feldarbeit, sei müde und dergleichen mehr. Dann hatte er die Kinder zu sich gerufen, und die waren natürlich alle gekommen. Als sie aber erfuhren, daß sie nicht gezwungen werden konnten, waren sie allmählich träger geworden. Eins nach dem anderen blieb weg, und zuletzt wartete er vergebens. Aber dennoch gab er es nicht auf. Im Winter wollte er es noch einmal versuchen. Der lange, lange Winter würde gewiß die Menschen hier draußen einem Anschluß geneigter machen. Dabei ertappte er sich bei dem Gedanken, daß er selbst ein klein wenig Angst vor der Wintereinsamkeit habe. Schon jetzt im Sommer, wo doch alles draußen hell und schön war, wo er bald über die Hallig, bald aufs Watt hinausschlendern konnte, fühlte er sich manchmal entsetzlich einsam. Wohl führte ihn sein Weg hin und wieder in die Halligháuser, besonders zu Melfs und Hansen; aber er fühlte immer deutlicher, daß die Höflichkeit, mit der man ihm entgegenkam, nicht mehr dem Vertrauen entsprang, mit dem man ihn anfangs begrüßt hatte.

Wie wohl Pastor Pohnsen drüben auf Westeroog sein Leben gezimmert hatte? Er war begierig, ihn kennenzulernen. Gehört hatte er schon mehrfach von ihm, konnte sich aber kein rechtes Bild von ihm machen. Ein Friese war er, ein Festlandsfriese zwar, aber immerhin doch ein Landsmann seiner Gemeinde. Der mußte also doch den Weg zu den Herzen der Leute finden. Seine Gemeinde war auch viel kleiner als die Hoogerooger: sie zählte höchstens vierzig Menschen.

Pastor Eichstädt hatte sich aufgerichtet und blickte nach vorn.

Da lag vor ihm Westeroog, klein und zierlich wie ein Kinderspielzeug. Die Häuser bildeten nur eine einzige Warft, auf der viele Büsche voll und dicht standen, ja, auf der sich sogar mehrere hohe Bäume im Winde wiegten. An der Westseite stand die Kirche; man erkannte sie am Glockenturm daneben.

Einen Augenblick später legte Peter Dirksens Boot an der Kante an, und er half dem Pastor ans Ufer.

„Gehen Sie nur geradeaus, dort treffen Sie den Steg, und

dann brauchen Sie nur den Fußweg zu verfolgen, der führt direkt auf die Kirche zu."

Und damit stieß er auch schon sein Boot ab und rauschte in die See hinaus.

Pastor Eichstädt stand einen Augenblick und sah ihm nach, blickte noch einmal nach seiner Hallig hinüber, die fern im Süden lag, und wandte seine Schritte dann der Warft zu. Er ging ganz langsam.

Auf den Fennen ringsum mähten die Halligleute. Hell blitzten ihre Sensen im Sonnenlicht. Ab und zu hob jemand seine Hand über die Augen und blickte zu dem Fremden hinüber. Aber bald sang und rauschte die Sense wieder; Fremde waren hier draußen im Sommer keine Seltenheit. Westeroog war ja vom Festland so bequem zu erreichen wie von den Inseln Föhr und Amrum.

Nun stand er vor der Kirche. Wie klein die war! Und wie tief das graue Strohdach sich niedersenkte! Hart daneben stand ein sauberes, freundliches Haus; das mußte das Pastorat sein. Ein wohlgepflegter Blumengarten breitete sich davor. In einer Geißblattlaube stand ein Tisch; auf der weißen Decke stand eine Vase, gefüllt mit Rosen.

Pastor Eichstädt stand einen Augenblick vor dem Gitter und freute sich über das liebliche Bild. Dann öffnete er die kleine Pforte und schritt den muschelbestreuten Weg entlang bis zur Haustür.

Als er die Tür öffnete, trat ihm eine kleine, alte Frau entgegen. Sie schien ihn durchs Fenster beobachtet zu haben. In der Hand trug sie einen Strickstrumpf, und während sie den Fremden mit ihren tiefen, stillen Augen anblickte, strich sie leicht mit einer Stricknadel durch das angegraute, glattgescheitelte Haar.

Pastor Eichstädt überflog sie mit schnellen Blicken.

„Ist Pastor Pohnsen zu Hause?"

„Nein, aber er wird bald kommen. Treten Sie ein."

„Er ist doch nicht in Amtsgeschäften fort?"

„Bewahre!" lachte sie, „Amtsgeschäfte! Wie sich das groß anhört. Wir sind hier draußen kaum vierzig Menschen – was gibt's da viele Amtsgeschäfte? Aber treten Sie ein!"

Sie führte ihn in ein behagliches Wohnzimmer, in das der helle, warme Sonnenschein hineinfiel und die dunklen Möbel mit einem seltsamen Licht übergoß. Eine peinliche Sauberkeit herrschte überall, und selbst während die alte Frau den Gast in die Stube nötigte, konnte sie es nicht lassen, hin und wieder mit leiser Hand über eins der blanken Möbel zu streichen.

„Bitte, nehmen Sie Platz, Herr Pastor."

„Herr Pastor? Wie wissen Sie denn . . ."

„Ja, sehen Sie, wenn man selbst eine kleine Pastorsmutter ist, dann hat man so einen Blick dafür."

„Sie sind Pastor Pohnsens Mutter? Ach, das hab' ich gar nicht gewußt. Entschuldigen Sie, da muß ich Ihnen doch noch einmal guten Tag sagen."

„Nein, wie konnten Sie das auch wissen. Aber nun machen Sie sich's recht bequem, und dann trinken Sie eine Tasse Kaffee."

Er wollte abwehren. Aber es half ihm nichts.

„Es macht mir durchaus keine Umstände. Den Kaffee habe ich den ganzen Tag warm auf dem Herde. Ich meine nämlich so: Kaffee ist für alte Frauen die beste Medizin. Meine großen Jungens lachen mich oft deswegen aus; aber ich bleibe doch bei meiner Meinung."

„Haben Sie noch mehr Söhne, Frau Pohnsen?"

„Ach, du mein Gott, ja. Fünf Söhne hab' ich noch. Bis auf unseren Pastor sind sie alle drüben auf dem Festland und sind alle gut eingeschlagen. Wenn einmal bei dem einen oder anderen die Großmutter nötig ist, reise ich hinüber. Am liebsten bin ich aber hier; denn hier bin ich am nötigsten. Es ist ja sonst keine Frau im Hause."

„Sind Sie schon lange Witwe?"

„Sie meinen, weil ich das schwarze Kleid trage?"

Die Worte kamen ihr ganz leise über die schmalen Lippen, und sie stand auf und machte sich am Fenster zu schaffen.

„Verzeihen Sie, Frau Pohnsen, ich wollte Ihnen nicht wehe tun, und nun habe ich Sie doch traurig gemacht."

Sie wandte sich wieder zu ihm und sah ihn mit ihren guten Augen, in denen es noch feucht schimmerte, treuherzig an.

„Es kommt nur mitunter so über mich. Ich bin ja schon eine

alte Frau. Mein Mann ist schon mehrere Jahre tot. Damals war es sehr hart. Aber später habe ich einsehen gelernt, daß es gut war. So wurde ihm der Schmerz erspart mit unserem Jüngsten. Der war natürlich unser Liebling. So ein frischer, lachender Mensch. Und eines Tages, ich weiß es noch so genau, es war ein wundervolles Frühlingswetter, da kam ein Telegramm, daß er tot sei — ertrunken."

Sie seufzte tief, und dann war es eine Zeitlang ganz still im Zimmer.

„Das kann ich nicht recht verwinden. Wenn ein alter Mensch stirbt, sehen Sie, das ist natürlich. Aber solch ein Jüngling. Blühend und kraftstrotzend wie ein junger Baum im Frühling. Das werd' ich nie verstehen können."

„Der liebe Gott —"

„Nein, nein", unterbrach sie ihn, „darüber wollen wir nicht miteinander sprechen, ich bin nun ruhig geworden. Ich will das alles nicht wieder aufrühren."

Und dabei stand sie auf und goß ihm Kaffee ein.

„Da hilft kein Sträuben, Herr Pastor. Sie wissen, Kaffee ist eine Medizin."

Mit stillem Behagen ließ er sich von ihr bemuttern. Es war ihm, als wäre seine eigene alte Mutter um ihn. So, gerade so hatte er sich's so oft ausgemalt, wenn er als Student an seine Zukunft gedacht hatte. So, gerade so behaglich und traulich sollte es sein. Der Tod seiner Mutter aber hatte seine Träume zerschlagen.

„Wie gemütlich es hier bei Ihnen ist, Frau Pohnsen."

„Ja, das kann ich wohl sagen. Darauf habe ich immer gehalten. Wenn mein Mann müde nach Hause kam, mußte er es gemütlich haben."

„Hier muß sich Ihr Sohn ja sehr wohlfühlen."

„Ja, das tut er. Er spricht zwar nie darüber, aber ich merke es ihm ordentlich an. Und, sehen Sie, er war doch einer, der nicht so leicht an Heim und Haus zu binden war, der immer so weit hinaus wollte, so ein richtiger Drauflosgeher."

„Warum ist er denn hier draußen sitzengeblieben?"

„Warum? Er ist ein Friese."

Schlicht und einfach kam das heraus, als etwas ganz Selbstverständliches.

Pastor Eichstädt krauste ein wenig die Stirn. Also auch hier dasselbe, was ihm drüben auf Hoogeroog immer entgegentrat. Ein Friese! Das war so eine Mauer, über die scheinbar kein Mensch hinüber konnte, eine Scheidewand zwischen diesem kleinen Fleckchen Erde und der großen Welt da draußen.

„Ja, heißt denn ‚Friese sein' zu Hause bleiben, an der Scholle kleben?"

„O nein. In der Jugend kreuzen unsere Männer durch alle Meere, bis das Heimweh sie nach Hause treibt. Aber das ist es: sie bleiben Friesen, überall. Und wer nicht Seemann wird, sondern etwa Pastor oder Lehrer, der trägt sein Friesentum noch fester im Herzen. Denn er merkt, wie die große Welt uns hier draußen allen anderen gleichmachen will. Und deshalb bleiben sie hier draußen, als Stützen und Führer des Friesentums. Das kettet fester als Sehnsucht und Drang in die Ferne. Das hält unsere besten Männer hier zurück. Auch meinen Sohn."

Sie blickte nach der Uhr.

„Wo er nur bleibt? Er muß doch bald hier sein."

Sie langte das Fernrohr von den beiden Messinghaken und suchte vom Fenster aus das Wattenmeer ab.

„Da sehe ich ihn schon. Nun werden wir ihn bald haben."

„Darf ich einmal hindurchsehen?"

„Gern. Aber es nützt Ihnen nichts. Sie werden nichts sehen."

Er versuchte es und gab ihr dann lächelnd das Rohr zurück."

„Sie haben recht."

„Ich wußte es ja. So geht es allen Festländern."

„Wo ist Ihr Sohn gewesen, Frau Pohnsen?"

„Auf Seehundsjagd."

„Was? Wie?"

Er blickte sie mit großen Augen verständnislos an.

„Ihr Sohn geht auf Jagd?"

„Natürlich. Im Sommer auf Seehundsjagd und im Herbst auf Entenjagd. Aber nun entschuldigen Sie mich einen Augenblick, ich muß das Essen zurechtmachen. Sie bleiben natürlich bei uns zu Tisch. Machen Sie sich's bis dahin bequem. Nebenan ist meines Sohnes Arbeitszimmer. Da stehen Bücher zum Zeitvertreib." Und damit huschte sie auch schon flink in die Küche.

Pastor Eichstädt war allein.

Er stellte sich ans Fenster und blickte hinaus. Sein Herz war voll Begierde, Pastor Pohnsen kennenzulernen; der schien so ganz anders zu sein als er. Seehundsjagd! Ein Pastor als Jäger! Aber nein, er wollte nicht vorschnell urteilen. Er wollte warten und ihn erst kennenlernen.

Und so schlenderte er, beide Hände in die Taschen geschoben, durch das Zimmer und betrachtete die Bilder, während aus der Küche das Klappern und Klirren zu ihm hereinklang.

Dann öffnete er die Tür und trat in das Arbeitszimmer. Erstaunt blieb er auf der Schwelle stehen und blickte in das behagliche Gemach hinein. Das war allerdings schöner und traulicher als sein eigenes. Ein weiches Dunkel herrschte darin. Nur wo die Sonne über Tische und Schränke huschte, war es hell. Dunkle Holztäfelung deckte die Wände bis hinauf zu den schweren dunklen Eichenbalken der Decke. Dunkel war der große Schreibtisch und schwarz die tiefen, weichen Ledersessel, das lange, breite Sofa, die Stühle und das mächtige Bücherbord, das bis oben gefüllt war. Vor den Fenstern hingen dunkelrote Gardinen, die gaben ein stilles, weiches Licht.

Pastor Eichstädt trat an das Bücherbord und ließ seine Blicke über die Titel laufen. Viele Werke neuerer Dichter waren darunter und viele Historiker, namentlich alte Bücher aus der schleswig-holsteinischen Geschichte und dicke, schweinslederne Chroniken. Seine Hand fuhr darüber hin, als wollte sie das eine oder andere Buch herausgreifen, sank aber dann müßig nieder. Und dann blieben die Augen an den Bildern ringsum hängen: alles Motive von der schleswig-holsteinischen Westküste, darunter mehrere Originalradierungen.

Wie schön das alles zusammenstimmte! Wie warm und gemütlich es hier war! Und dazu das leise Singen der alten Frau hinten in der Küche, das wie ein stiller Friedensklang herüberscholl.

Pastor Eichstädt fuhr sich einigemal mit der Hand über die Stirn. Er beneidete seinen Amtsgenossen um seine trauliche Behaglichkeit und nahm sich im stillen vor, allmählich auch sein Heim immer wohnlicher zu gestalten. Allerdings, das da hinten, das stille Lied, das herüberklang, das gab es für ihn nie, wenn nicht vielleicht eines Tages ein junges Menschenkind den Mut finden würde, ihm als seine Frau in diese Einsamkeit zu folgen. Aber daran wollte und durfte er noch nicht denken, solange er selbst so wenig hier draußen Wurzel geschlagen hatte.

Neben der Arbeitsstube lag das Schlafzimmer. Pastor Eichstädt trat ein und schritt gleich hindurch bis an die Fenster, durch die die helle Sonne voll hereinflutete. Hart unter den Fenstern, begann der kleine, schmale Halligfriedhof, und gleich dahinter wanderte der Blick über die See.

Vom Watt herauf sah er jemand kommen, der trug Öltuch und Südwester und eine Flinte über die Schulter gehängt. Ob das Pastor Pohnsen war?

Er trat ins Arbeitszimmer zurück, um dort auf ihn zu warten.

Nach kurzer Zeit sah er ihn aufs Pastorat zusteuern und ins Haus treten und hörte, wie die alte Frau ihren Sohn begrüßte und ihm sagte, wer gekommen sei.

Schnell wurde die Tür geöffnet, und herein trat Pastor Pohnsen. Sein Südwester war tief in den Nacken gesunken, sein Gewehr hing noch über der Schulter. Schwer traten die langen Stiefel auf, und der Ölmantel, den er noch nicht abgelegt hatte, knitterte bei jeder Bewegung.

Ein fröhliches Lachen lag auf seinem sonnengebräunten Gesicht, als er dem Gast die Hand reichte und mit lauter Stimme sagte:

„Das ist lieb von Ihnen, Herr Eichstädt, daß Sie einmal kommen; hab' lange auf Sie gewartet und schon oft den Gedanken erwogen, zu Ihnen hinüberzufahren, weil ich fürchtete, die Einsamkeit hätte Sie schon getötet."

Er hakte sein Gewehr ab, und ohne auf die Begrüßung des anderen zu achten, fuhr er fort, indem er Gewehr und Ölzeug an den Türpfosten hing:

„Sie müssen mehr Farbe bekommen, sehen noch zu blaß aus, wie ein Stadtmensch. Raus müssen Sie, sich Wind und Wellen um die Ohren brausen lassen. Das gehört zum Halligpastor."

Pastor Eichstädt meinte lächelnd:

„Herr Pohnsen . . .“

„Ja, es ist so“, unterbrach der ihn und langte dabei eine Pfeife von der Wand und zündete sie an. „Es ist so! Wir Halligpastoren gehören hinaus, nach draußen auf Watt und Meer. Da sind unsere besten Kanzeln und Altäre, und das Meer braust seinen Orgelgesang dazu. Übrigens, rauchen Sie? Natürlich, das müssen Sie hier draußen. Bitte!“

Und er langte ihm eine Pfeife.

„Sie ist schon gestopft. Meine alte Mutter hat's getan, das liegt ihr so im Blut, weil's der Vater gern hatte, wenn er vom Dienst nach Hause kam. Prachtvolle Frau, sage ich Ihnen. Leben Ihre Eltern noch?“

„Nein.“

„Sie Ärmster; 's ist doch das Beste, was wir haben. Weib und Kind haben Sie auch nicht, ich weiß. Na, es muß sich mancher damit abfinden. Hier draußen ist's sonst nicht leicht.“

„Ja, aber Sie selber —“

„Ach, ich. Lassen wir das!“

Sie saßen sich in dem Arbeitszimmer behaglich rauchend gegenüber.

„Hören Sie, wie meine Mutter singt? Ich sage Ihnen, fröhlich wie ein Kind! Heut freut sie sich, daß Sie mich besuchen. Denn Sie bleiben doch hier?“

„Ich weiß nicht recht.“

„Aber selbstverständlich. Bis morgen bleiben Sie hier, sonst kränken Sie mir meine Mutter.“

„Zu versäumen habe ich nichts, nur . . .“

„Ach, Sie meinen Peter Dirksens wegen, der Sie hergefahren hat! Ich sah nämlich sein Boot draußen, es ist das einzige, das Großsegel und Besan führt. Da seien Sie unbesorgt. Ich will gleich das Zeichen hinaushängen, daß er nicht zu kommen braucht. Kommen Sie mit.“

Er holte ein weißes Tuch aus einer Lade und ging mit seinem Gast hinaus. Dann legte er das Tuch auf das niedrige Kirchendach.

„So, nun weiß er Bescheid. Nun wollen wir meine Schule besehen."

„Sie meinen Ihre Kirche?"

„Meinetwegen die auch; aber nicht minder meine Schule."

„Ach, Sie sind hier auch Lehrer?"

„Natürlich! Ich bin alles: Prediger, Lehrer, Arzt, Richter. Das gehört zum Halligpastor dazu."

Die Kirche war noch kleiner als das Gotteshaus auf Hoogeroog und noch schlichter und armseliger.

„Wenn ich daran denke, daß ich als Kandidat einmal in Kiel in der großen Nikolaikirche gepredigt habe, muß ich fast lachen. Und doch, schöner ist's hier."

„Ein Instrument haben Sie auch? Wer spielt es?"

„Ja, das ist mein Geheimnis, das heißt vorläufig und nur vor Ihnen. Heut abend werde ich's Ihnen verraten. Aber nun kommen Sie."

Lächelnd und kopfschüttelnd folgte Pastor Eichstädt seinem gesprächigen Amtsbruder in die Schule, die zwischen Kirche und Pastorat lag. Es war nur ein einziges, winziges Stübchen. Die Bänke darin boten höchstens zehn Kindern Platz. Tief hing die Decke herab, an ein Aufrechtstehen war für Pastor Eichstädt nicht zu denken. Aber wundervoll war der Blick zum Fenster hinaus über die See bis nach Föhr hinüber.

„Na, was sagen Sie dazu? Ist es nicht ein Juwel? Der blanke Hans scheint derselben Meinung zu sein; denn mehr als einmal hat die salze See die Dielen hier bespült."

„Kommt das oft vor?"

„Bei uns – ja. Landunter, wie wir es nennen, haben wir nicht selten. Aber man gewöhnt sich daran."

„Wie aber steht es mit dem geistlichen Leben?"

„Ich habe mir schon gedacht, daß Sie danach fragen würden. Nehmen Sie mir's nicht übel, wenn ich vorschlage, erst nachher darüber zu reden; jetzt wollen wir ins Haus und zusehen, wie es mit dem Essen steht. Meine Mutter ist, was die Tischzeit anbetrifft, sehr genau."

Und dann saßen sie wieder drinnen.

„Nun, Mutter, wie weit ist's?" rief er hinaus.

„Gleich fertig."

„Da muß ich doch gleich – Verzeihen Sie, unser Mädchen ist bei ihren Eltern auf Föhr zum Besuch – da muß ich meiner Mutter helfen."

Ohne erst die Pfeife wegzustellen, eilte er in die Küche und kam mit Tischtuch und Tellern zurück und begann den Tisch zu decken.

„Sie müssen bedenken, alten Leuten werden die Beine müde."

Seine Mutter trat gleich nach ihm ein.

„Was denken Sie nur von meinem Sohn! Aber so ist er immer gewesen. Und der will Pastor sein! Man sollt' es kaum glauben. Aber nun setzen Sie sich heran und denken Sie, Ihre Mutter böte es Ihnen; dann wird's Ihnen auch schmecken."

Nach Tisch meinte Pastor Pohnsen:

„Nun lassen Sie uns ein wenig ruhen, und zwar draußen auf der Warft. Dort halte ich im Sommer immer meinen Mittagsschlaf. Wenn der Wind so leise durchs Gras singt und draußen die See leise harft – das gibt ein schönes Wiegenlied. Nehmen Sie doch die Pfeife mit; vielleicht plaudern wir noch etwas. Und nachher hat Mutter den Kaffee fertig. Nicht wahr? Ausnahmsweise, obwohl du nicht gern Kaffee trinkst."

„Ach, geh nur", lachte die alte Frau und verschwand.

„Ja, ja, alte Pastorenmutter! Was habe ich dir von den Leidenschaften gesagt?"

Und er lachte, daß es durch das ganze Haus scholl.

„Sie haben Ihre Mutter wohl sehr lieb?"

Pastor Eichstädt sagte es mit leiser, feiner Stimme, und es wurde einen Augenblick ganz still im Stübchen.

Dann trat Pohnsen auf seinen Gast zu, sah ihm tief in die Augen, legte ihm beide Hände auf die Schultern und sagte:

„Menschenskind! Davon haben Sie ja gar keine Ahnung, wie sehr ich die alte Frau liebe. Sie ist so ein wundervoller Mensch. Viel mehr Pastor als ich in all ihrer Hilfsbereitschaft, Güte, Klugheit und sonnigen Heiterkeit. Ach, wenn ich an meine Kindheit denke, an Vater und Mutter! Sie haben übrigens auf Ihrer Hallig auch einen ganzen Menschen, den alten Lehrer Hansen. Der ähnelt meinem Vater auf ein Haar. Edelmensch durch und durch, vornehm bis in die Fingerspitzen. Der hält die ganze Halligwelt zusammen."

„Wir haben uns noch nicht gefunden. Ich glaube, daß wir im Grundsätzlichen unseres Wesens ganz auseinandergehen."

„Das ist schade! Aber gedacht habe ich mir's wohl."

„Ich denke eben anders über meine Pflichten und Ziele als er und die ganze Gemeinde. Ich bin auch anders als Sie. Ich kann nicht so wie Sie. Denn – um ein Wort zu gebrauchen, das ich hier draußen wer weiß wie oft gehört habe – ich bin kein Friese. Aber ich bin ein Mensch! Und ein Gottesstreiter dazu, der seine Ziele hat."

„Und die sind?"

„Danach fragen Sie mich? Es gibt doch nur ein einziges Ziel: das Reich Gottes, auch hier auf Erden."

„Stimmt. Nur sind die Wege für jeden Menschen anders, und das Reich Gottes sieht in den verschiedenen Köpfen auch verschieden aus."

„Für mich gibt es nur einen Weg und nur ein Ziel."

„Und das ist der, den Sie einschlagen?"

„Natürlich!"

„Und der ist natürlich auch richtig. Und doch glaube ich, daß Wege und Ziel bei mir, so grundverschieden sie von den Ihrigen, doch auch richtig sind. Ich meine, als Halligpastor eine andere Mission zu haben."

„Eine andere als die, zu der wir von Amts wegen gehalten und eingesetzt sind?"

Pastor Pohnsen ging mit harten Schritten im Zimmer auf und ab und stieß mächtige Rauchwolken aus seiner Pfeife. Seine Augen blitzten unter den buschigen Brauen hervor, als er mit harter Stimme erwiderte:

„Von Amts wegen? Was heißt das? Wer kann mir gerade auf meinem Gebiet als Halligpastor mein Tun und Lassen reglementieren? Mein Konsistorium? Gott steht darüber. Auch über meinem Eid. Drüben hinter dem festen Wall mögen die Vorschriften gelten, was kümmert's mich? Hier wo die salze See tagein, tagaus unsere irdischen Lebensbedingungen verkleinert, gelten andere Gesetze. Und die, Herr Amtsbruder, muß man sich selber schaffen, aus der tiefsten Seele herausholen, damit sie im Einklang stehen mit uns und der besonderen Welt hier draußen."

„Ja, aber –"

„Nein, seien Sie erst einige Jahre hier draußen, dann werden Sie erkennen, daß ich recht habe. Nicht der Pastor in Talar und Würden, nicht der Diener vor dem Altar macht's: hierher gehört ein einfacher, schlichter Mensch, ein Fischer, ein Schiffer, ein Halligbauer. Was den Leuten not tut, ist ein praktischer Lebensführer. Einer, der ihnen Existenzmöglichkeiten zu schaffen sucht, dem das Herz weh tut und blutet, wenn er sieht, wie der blanke Hans an Haus und Hof nagt. Das halte ich für meine Mission: dafür zu sorgen, daß wir unser Land fest kriegen durch Dämme und Deiche, damit wir uns den Boden unter den Füßen erhalten. Und dann erst, wenn wir wissen, daß unsere Heimat fest und nicht mehr dem Untergang geweiht ist, dann können wir auch die ganze Volksart erhalten. Und die Art ist gut, das sage ich Ihnen. In der steckt mehr natürliche Frömmigkeit, als alle da drüben auf dem Festland wissen und ahnen; sie sieht nur etwas anders aus."

Er holte eine Karte vom Bücherbord und breitete sie aus.

„Sehen Sie, das war einst festes Land, das war gesegnete Halligflur. Und jetzt? Keine fünfzig Jahre wird es dauern, dann brausen auch hier, wo wir stehen, die Fluten. Kommen Sie mit!"

Und er faßte seinen Gast am Arm und zog ihn zur Tür hinaus und ging die Warft hinunter.

Bis an die Halligkante gingen sie. Zerrissen, trostlos zerklüftet fiel sie ins Meer. Ein mehrere Meter breiter kahler, nackter Streifen war der Kante vorgelagert.

„Sehen Sie, das haben Wellen und Muscheln in diesem Winter ruiniert."

Ein Feuereifer kam über ihn. Bald mit langen Schritten vorwärtseilend, bald stehenbleibend, sprach und erzählte er, was er schon alles versucht habe, um Hilfe zu erlangen, rechnete ihm die unzähligen Gesuche vor, die er an die Rergierung gerichtet habe – aber alles vergebens.

„Versuche! Versuche! Versuche! Ja, die sind gemacht worden. Aber was nützen uns die, wo Eile so dringend not tut. Da draußen im Watt liegen die scharfen, behauenen Steine, die Grenzen der Schutzbuhnen, die gemacht worden sind. Wo sind sie? Alles weggerissen. Und das Land dazu. Steindämme um die Hallig herum müssen wir haben und einen festen Damm, der uns mit der Küste verbindet. Wann werden sie in Berlin endlich einsehen, wie wertvoll es für das ganze Vaterland ist! Ich sehe ganz davon ab, daß wir doch auch Glieder des deutschen Landes sind, die man schützen muß. Wenn sie nur bedächten, wie reich sie selber durch die Anschlickung werden, welche kolossale Landgewinnung beginnen würde. Aber ich lasse nicht locker! Der Tag wird doch noch kommen, an dem ich mein Werk gekrönt sehe. Aber Gehilfen muß ich haben. Sie, ja auch Sie müssen mir helfen. Wir müssen die Halligleute aus dem entsetzlichen Fatalismus herausreißen, der sie erfaßt hat, weil sie sich als dem Untergang Geweihte zu betrachten gewöhnt haben. Dann wird zu ihrer rührenden Heimatliebe auch wieder der Mut und die Lebensbejahung kommen. Ich werde bald zu Ihnen hinüberkommen, um wieder eine Versammlung abzuhalten. Wir müssen endlich zum Ziele kommen."

Eine helle Begeisterung war über ihn gekommen, so daß dem Pastor Eichstädt das Lächeln von den Lippen floh.

Einen Augenblick war es stumm zwischen ihnen.

Die kommende Flut rauschte in die Stille hinein, und hell schrien über der See die Möwen.

Da meinte Pastor Eichstädt, und seine Worte kamen bedächtig, etwas hochmütig überlegen heraus:

„Wir vertreten zwei ganz verschiedene Welten, gehen ganz verschiedene Wege und steuern, ich bleibe dabei, ganz verschiedenen Zielen zu. Sie wollen in erster Linie diesseitigen, ich jenseitigen Bedürfnissen dienen. Was hülfe es dem Menschen —"

„Ach was", unterbrach Pohnsen ihn scharf, „das gehört gar nicht hierher. Wenn Jesus hier gestanden hätte, der hätte gedacht wie ich, der hätte mit beiden Beinen in der Halligkleierde gestanden und wie ich nach Schaufel und Spaten gerufen, um dieses Stück wundervoller Gotteserde zu erhalten!"

Unbekümmert um seinen Gast schritt er unmutig weiter.

Der andere folgte ihm langsam.

Erst droben an der Warft wandte Pastor Pohnsen sich ihm wieder zu, stemmte beide Arme in die Seiten, lächelte gutmütig und meinte:

„Nichts für ungut. Aber wenn's um meine Hallig geht, dann geht es jedesmal mit mir durch. Aber nun kommen Sie, wir wollen uns den schönen Tag nicht verderben mit gegenseitigen Bekehrungsversuchen. Überlassen wir es der Zeit, zu entscheiden, wer recht hat, Sie oder ich."

Sie gingen wieder ins Haus.

Die alte Frau Pohnsen trat ihnen in der Tür entgegen.

„Das ist recht, daß Sie kommen. Der Kaffee ist fertig."

Und so saßen sie einen Augenblick später alle drei rund um den Kaffeetisch.

„Haben Sie sich noch nicht mit meinem Sohn gestritten?"

Pastor Eichstädt sah auf und blickte in das fröhlich lächelnde Gesicht der alten Frau.

„Gestritten?" sagte er gedehnt.

„Ich meine, wegen der Landbefestigung. Da wird er immer heiß. Ich kenne das."

„Ach so, da haben wir uns allerdings tüchtig in den Haaren gehabt.

„Na, Gott sei Dank, dann haben wir wohl für heute Ruhe."

Alle drei lachten, und das Thema blieb unberührt.

Nach dem Kaffeetrinken bot Pohnsen seinem Gast seine Bibliothek an.

„Es ist viel Gutes drin, auch neue Literatur. Ich liebe sie, sie hält mir die Verbindung mit drüben. Ich meine, mit dem Festland, nicht mit dem Jenseits."

„Ja", lachte der andere, „das glaube ich Ihnen schon."

„Hier rechts sind die Schriften unseres Volkes, friesische Chroniken, Sagen, Märchen usw. Das ist vielleicht etwas für Sie. Meine Mutter hat schon ihr Buch, und ich will einige Befestigungsberechnungen nachprüfen."

Eine köstliche Stille herrschte im Zimmer. So still war es, daß man die Flut an der Halligkante hörte.

Nach einer Weile ließ Pastor Eichstädt sein Buch in den Schoß sinken und blickte auf die anderen beiden, die emsig lasen, Seite um Seite, Seite um Seite.

Da stand er leise auf und ging hinaus. Er mußte allein sein, zu viel hatte das Gespräch und zuletzt die trauliche Stille in ihm aufgewühlt.

Er ging ans Meer hinunter, setzte sich auf einen Haufen angeschwemmtes Strandgut und ließ noch einmal alles an seinem Geist vorübergehen. Er beneidete Pohnsen um seine ganze Art und wünschte sich manches davon. Aber recht, nein, recht hatte der nicht! Nimmermehr. Recht hatte und behielt er. Und dieses Recht wollte er verteidigen, wo immer es angegriffen wurde. Alles andere, Halligschutz, Befestigung und mehr war gewiß schön und gut. Aber höher als das alles war doch sein Ziel. Das Reich Gottes auf Erden, eine Gemeinde, deren Sinn sich mehr und mehr von allem Irdischen löste und die ihr ganzes Leben als eine Vorbereitung auf den Himmel ansähe. Nicht diese Heimat galt es zu befestigen, sondern jene. Ja, war nicht die Sorge um eine Landbefestigung geradezu ein Hemmschuh für seine Pläne? Hunderte fremder Arbeiter müßten hergezogen werden, Erdarbeiter aus Polen und Italien. Welch unseligen Einfluß mußte das auf die ganze einheimische Bevölkerung ausüben! Wieviel fremde Elemente würden hierbleiben, ihre Art durchzusetzen versuchen, sich mit den hiesigen vermischen. Viel Unruhe würde kommen, viel Unrast, ja, etwas ganz Neues würde aus den Halligen werden, eine andere Welt, viel mehr ein Teil der großen Welt da drüben als bisher, und vorbei würde es sein mit der köstlichen Einsamkeit, der Abgeschlossenheit, der Charaktergleichmäßigkeit und all den anderen Vorbedingungen für ein Entstehen und Wachsen des Reiches Gottes auf Erden. Und Pastor Pohnsen, mußte der als Friese nicht selber wünschen, all das Fremde fernzuhalten, solange ihm noch die Reinhaltung der friesischen Art Herzens- und Gewissenssache war?

Darüber wollte er mit ihm reden, ihn zwingen, von diesem Gesichtspunkte aus die ganze Sache zu betrachten.

Als er zur Kirchwarft zurückkam, fand er Pastor Pohnsen mit seiner Mutter in der Laube; neben ihnen saß ein junges Friesenmädchen, blond und stattlich.

„Na, sind Sie wieder heimgekehrt?“ lachte Pohnsen ihm entgegen. „Haben Sie Vorstudien zu einer Landbefestigung von Hoogeroog gemacht? Oder –?“

Seine Mutter unterbrach ihn:

„Fang bloß nicht wieder davon an! Du jagst dir alle Gäste zum Hause hinaus. Eben sind wir froh, daß Pastor Eichstädt uns endlich einmal besucht, und gleich müssen wir fürchten, daß du ihn fortgraulst auf Nimmerwiederkehr.“

„Oh, damit hat's gute Weile. Gewiß, ich habe mich mit dem Problem beschäftigt, aber von einem anderen Gesichtspunkte aus. Lassen Sie mir nur Zeit, selbst erst volle Klarheit zu erlangen.“

„Recht, so, Pastor Eichstädt. Und nun setzen Sie sich neben Inge Gydesen, die uns heute auf ein Stündchen besucht. Sie ist das Geheimnis, von dem ich heute sprach, als Sie nach dem Spiel in der Kirche fragten.“

Pastor Eichstädt gab dem jungen Mädchen, das unbekümmert vor ihm stand, grüßend die Hand und ließ seine Augen mit freudigem Erstaunen einen Augenblick auf ihrer großen, schlanken Gestalt ruhen, bis er sich setzte.

„Geheimnis?“ fragte er langsam, ohne seinen Blick von dem jungen Mädchen zu wenden.

„Ja, ja. Sie müssen nämlich wissen, daß ich selbst ganz unmusikalisch bin und kein einziges Instrument außer der Mundpfeife spiele. Und auch das soll kümmerlich sein. Nun hat aber eines Tages ein reicher Kurgast von Föhr uns ein schönes großes Harmonium geschenkt, weil einige brave Halligleute – Inges Bruder war darunter – ihn und sein Boot aus schwerer Seenot retteten.“

„Er trieb nämlich hier draußen mit zerrissenem Segel vor Wind und Wellen“, warf die Mutter ein.

„Nun war die Freude natürlich sehr groß, bis uns plötzlich einfiel, daß wir keinen hatten, der spielen konnte. Und wissen Sie, was ich da gemacht habe? Ich habe mir eine Klavierschule von meinem alten Freunde, dem Pastor drüben in Fahretoft, hinterm Deich, geliehen. Dessen Kinder haben nämlich Musikstunden gehabt, und nachdem die mir zwischen Kaffeetrinken und Abendbrot die steifen Finger über die Tasten gezerrt hatten, fing ich am anderen Tage hier mit Inge Gydesen und ihrem Bruder an. Nicht wahr, Inge, das war eine böse Zeit!"

Sie sah ihn mit ihren blauen Augen an und lachte.

„Na, und nun?"

„Und nun? Künstler sind die beiden geworden, sage ich Ihnen. Was soll Westeroog nur ohne die beiden machen?"

„Aber Herr Pastor!"

Und auch die alte Frau Pohnsen fiel ihm in die Rede, bis er endlich aufsprang und den Vorschlag machte, in die Kirche zu gehen, um das Instrument zu hören.

Während sie hingingen, schritt Pastor Eichstädt an Inge Gydesens Seite. Und es war kein Zufall, daß er neben ihr ging; er wollte es so. Es war etwas in ihm, das ihn an ihre Seite zwang.

„Ist es Ihnen auch nicht unangenehm, jetzt zu spielen? Ich meine, so vor Fremden und auf so eigentümliche Veranlassung hin?"

Er sagte es leise, als wollte er nicht, daß Pastor Pohnsen, der mit seiner Mutter vor ihnen ging, es hören sollte.

Sie sah ihn voll an.

„Unangenehm? Nein, Herr Pastor. Ich tu' es gern."

„Ich danke Ihnen."

Sie traten ein, und während Inge Gydesen sich auf die Orgelbank setzte und das Instrument öffnete, setzte sich Pastor Pohnsen mit seiner Mutter auf eine Kirchenbank; Pastor Eichstädt blieb im Quergang stehen, stützte sich auf eine Banklehne und blickte in die Kirche hinein.

Das Harmonium stand neben dem Altar auf einer Erhöhung und halb im Dunkel. Ein seltsames Dämmerlicht lag im ganzen Raum. Das letzte rote Sonnengold, das in den Wolken hing, schlich durch die bleigefaßten Kirchenfenster und verstreute seinen Glanz über die geweißten Wände und über die roten Ziegelsteine, die die Diele schmückten. Ein breiter Strahl, der durch ein anderes Fenster hereinquoll, schmiegte sich um Inge Gydesens Haupt, vergoldete ihr hellblondes Haar und füllte ihre Augen mit einem seltsamen Glanz, so daß Pastor Eichstädt die Blicke nicht von ihr wenden konnte.

Ein Notenbuch brauchte Inge Gydesen nicht. Die einfachen

Choralmelodien spielte sie schlicht und recht, und doch war etwas in ihrem Spiel, das erkennen ließ, daß ihre ganze Seele in den Tönen lag, etwas, das sich nicht lernen ließ. Und auch in den Zwischenspielen, die sie aus eigenem Sinnen und Träumen formte, war etwas, das noch längere Zeit in den Hörern nachklang.

Bisher hatte sie in leisen, weichen Tönen gespielt. Nun aber zog sie alle Register, und voll und jubelnd quoll es durch die dämmerige kleine Kirche:

„Lobe den Herren, o meine Seele,
Ich will dich loben bis zum Tod."

Pastor Eichstädt fuhr zusammen.

Seltsam! Dasselbe Lied war es, das er gespielt hatte, als er zum erstenmal in der Kirche zu Hoogeroog gewesen war und das ihm die Seele mit so viel Mut und Freude gefüllt hatte.

Und da trat er mitten in den Gang und sang mit seiner weichen, tiefen Stimme das Lied bis zu Ende mit:

„Weil ich noch Stunden auf Erden zähle,
Will ich lobsingen meinem Gott.
Der Leib und Seel' gegeben hat,
Werde gepriesen früh und spat,
Halleluja, Halleluja!"

Das Lied war verklungen, die Orgel verstummt.

Die einsamen Kirchenbesucher blieben jeder auf seinem Platze lautlos sitzen.

Inge Gydesens Finger ruhten noch immer auf den Tasten, in ihren Ohren lag noch immer der weiche Klang von Pastor Eichstädts Stimme. Als sie ihren Kopf hob und die Augen suchend durch das Dämmerlicht wandern ließ, begegnete sie den groß auf sie gerichteten Blicken des jungen Predigers. Und da senkte sie ihre Augen und ließ die Hände langsam in den Schoß gleiten.

„Na? Was habe ich gesagt?" polterte Pohnsen in die Feierstille hinein. „Ist's nicht so? Künstlerin! Natürlich! Und das unter meiner Anleitung! Großartig!"

Da fand auch seine Mutter sich selber wieder. Mit einem tiefen Seufzer erhob sie sich und sagte laut und ehrlich:

„Das war schön! Sie haben eine so schöne weiche Stimme, Herr Pastor. Nicht wahr, Inge?“

Sie antwortete nicht.

Umständlich schloß sie das Harmonium und kam langsam und mit gesenktem Kopf den Kirchengang entlang geschritten.

Erst als Pastor Eichstädt vor ihr stand und ihr die Hand reichte, hob sie den Kopf.

„Ich danke Ihnen, Fräulein Gydesen. Das Lied ist so schön. Ich hab' es so gern, und es war das erste Lied, das ich drüben in meiner Kirche sang. Wie sonderbar, daß Sie gerade dieses spielten.“

Er sprach leise und warm und hielt dabei ihre Hand in der seinen. Da wußte sie keine Antwort; aber ein seltsames Flimmern stand in ihren Augen.

Dann gingen sie alle hinaus und ins Pastorat hinüber.

Nach dem Abendessen saßen sie wieder draußen auf der Bank vor der Kirche.

Es war ein wundervoller Abend. Fern im Westen glühten noch die letzten blassen Farben der längst untergegangenen Sonne und umsäumten die weißen Dünen von Amrum. Die Sterne brannten hell und klar, und weit über die blanke Flut, die still und feierlich heranrauschte, glühten die freundlichen Augen der hohen Inselfeuer. Fern über dem Festland stieg der Mond herauf. Sein silbernes Licht flimmerte auf dem Watt und schlug die geheimnisvolle Hexenbrücke, auf der in den heiligen Nächten die verschollenen und ertrunkenen Schiffer nach Hause wandern, weil sie sich nach Ruhe in der Heimaterde sehnen.

Kein Laut war weit und breit. Nur dann und wann rauschte es hoch oben in der Luft, wenn ein Wanderschwan vorübersegelte oder eine wellenmüde Möwe heimwärts drängte.

Sie saßen alle vier nebeneinander, blickten in den Frieden hinaus und sagten kein Wort.

Pastor Eichstädt saß neben Inge Gydesen, und sein Herz war voll Sonne. Er fühlte die Nähe des Mädchens wie einen warmen

Strom sein ganzes Inneres durchrieseln. Und dann wieder war es ihm, als säße er neben einer Heiligen.

Und da war es ihm, als müßte er versuchen, dieses Heiligenbild zu halten, für immer festzuhalten. Er malte sich aus, wie es sein würde, wenn sie immer bei ihm wäre, Tag um Tag, wenn sie sein Leben und sein Wirken teilen würde, wenn sie seine Frau wäre. Im ersten Augenblick erschrak er fast, als dieser Gedanke in ihm aufstieg. Aber er hielt ihn doch fest, hielt ihn mit Gewalt fest. Er sah, wie auf einmal sein ganzes Leben voll Sonne war, wie seine Einsamkeit, die er oft bitterer empfand, als er es sich eingestehen wollte, in weite, blasse Fernen verschwand, und wie reich sein Leben werden konnte.

Inge Gydesen saß ganz nahe bei ihm. Und da legte er leise die Hand auf die ihre.

Sie duldete es und hielt ganz still.

So saßen sie Hand in Hand, ohne ein Wort zu sagen, und blickten in den aufgehenden und höher und höher steigenden Mond.

Es war schon spät, als Frau Pohnsen erklärte, daß sie müde sei und zu Bett wolle.

Da erhob sich auch Inge hastig und verstört.

„Ja, ich muß auch nach Hause. Gute Nacht!"

Und ohne jemand die Hand zu geben, ging sie schnell über den Kirchhof nach ihrer Warft.

Pohnsen und Eichstädt standen noch einen Augenblick vor dem Gartentor.

Aber die Worte kamen schwer und müde über ihre Lippen.

Einen Augenblick später waren auch sie zur Ruhe gegangen.

Pastor Eichstädt lag noch lange wach, und all seine Gedanken spannen sich um Inge Gydesen. –

Als er am nächsten Morgen in der Stube erschien, fand er die alte Frau Pohnsen am Fenster sitzen.

„Guten Morgen! Haben Sie gut geschlafen und geträumt? Der erste Traum in fremdem Hause geht in Erfüllung."

Er gab ihr beide Hände und sagte warm:

„Wenn das wäre, Frau Pohnsen, wenn das wäre!"

Da lächelte sie fein, sagte zwar nichts, aber dachte ihr Teil.

„Nun setzen Sie sich hin und trinken Sie eine Tasse Kaffee. Und versuchen Sie auch unseren Hallighonig. Darauf ist mein Sohn sehr stolz, er hat nämlich hier draußen die Bienenzucht eingeführt."

„Was Sie sagen!"

„Ja, ja, mein Sohn macht alles, bringt alles fertig. Er ist beinahe wie der liebe Gott. – Sie dürfen gern lachen", fuhr sie fort, als sie seine Augen sah, „ich kenne ihn ja und weiß, wie er ist."

„Ja, das glaube ich. Und Sie haben einen lieben Menschen in Ihrem Sohn. Das ist Ihr Verdienst."

„Ach Gott, nein. Mein Mann hat mehr dafür getan. Wir alle beide; aber ich nur wenig. Und doch darf gerade ich so lange um ihn bleiben. Ist das nicht ein großes Glück und ein großer Lohn?"

„Sie liebe, liebe Frau!"

Er strich ihr ehrfürchtig über die runzlige Hand, die ihm Brot und Butter herüberreichte, und sah sie fast zärtlich an.

„Aber wo ist Ihr Sohn?"

„Der ist schon früh aufgestanden. Er wollte sein Boot fertigmachen, weil er heute nach Gröde muß. Da liegt jemand krank."

„Und da fährt er immer hin?"

„Selbstverständlich! Er ist ja auch Arzt, soweit es ein guter und kluger Mensch sein kann, ohne Medizin studiert zu haben. Sehen Sie dort den Schrank? Das ist seine Apotheke. Oh, er hat schon viele kuriert, und alle glauben an ihn. Einen Arzt vom Festland holen, ist zu teuer, das kostet über dreißig Mark. Da ist es gut, daß mein Sohn helfen kann."

„Ich wollte, ich könnte es auch!"

„Sie müssen es lernen."

„Ach, ich glaube, das kann man nie lernen, das muß man von Hause aus haben."

Nach einer Weile sagte er:

„Bleibt er lange fort? Ich gehe sonst zu ihm."

„Wenn er nicht direkt in die Schule geht, kann er jeden Augenblick eintreten."

Da wollte er lieber bleiben, und während er etwas verlegen mit dem Messer spielte, sagte er:

„Ist Fräulein Gydesen von Westeroog?"

Sie nickte eifrig und lächelte:

„Ja. Sie hat noch nie anderes kennengelernt als die Hallig. Ein liebes und schönes Kind. Ihre Tante ist übrigens bei Ihnen, sie ist Ihre Hausmutter, die alte Binne."

„Was Sie sagen! Die alte Binne? Davon hat sie mir nichts gesagt, nicht einmal, als ich gestern nach Westeroog fuhr."

In diesem Augenblick trat Pastor Pohnsen ein.

„Guten Morgen! So, das wäre gemacht. Und eine gute Überfahrt werden wir haben. Sie fahren natürlich mit mir, und von Gröde aus segelt der junge Nissen Sie nach Hoogeroog hinüber. Aber jetzt muß ich in die Schule, die Gesellschaft wartet schon."

„Darf ich mit?"

„Selbstverständlich. Ich bin ja Lehrer und Schulinspektor in einer Person. Der Lehrer erlaubt es Ihnen, und der Schulinspektor hat nichts dagegen."

*

Gegen Mittag fuhren sie ab. Pastor Pohnsen saß am Steuer. Pastor Eichstädt aber setzte sich so, daß er die Hallig im Auge behielt; denn droben auf der Warft stand Inge Gydesen und blickte über die See.

Steif standen die Segel im Wind, und nach einer Stunde warfen sie Anker vor Hallig Gröde.

Dieselbe Flut trug kurze Zeit später Pastor Eichstädt nach Hoogeroog.

Ein anderer, als der er fortgesegelt war, kehrte er wieder; denn mit sich trug er Inge Gydesens Bild im Herzen.

*

Seit Wochen schon breitete sich der wolkenlose blaue Nordseehimmel über die Hallig, und durch all die weichen, warmen Sonnentage sang und klang die Sense der fleißigen Mäher.

Früh um drei Uhr standen sie schon auf, um das kurze, feste Gras zu mähen, solange noch der kühle Nachttau darauf lag. Es war eine schwere Arbeit und dauerte lange; denn das salzhaltige

Gras mußte ganz kurz geschnitten werden. Bis zur Ernte vergingen viele Wochen, obwohl die Sonne erbarmungslos heiß brannte; schwer trocknete das Gras, aber dann sandte es auch einen wundervollen, würzigen Duft aus, der die ganze Hallig füllte und den man schon von weitem spürte, wenn man im Boot von der See näher kam. Das Heu wurde in große Tücher gepackt, im Boot durch die Priele gesteuert und dann auf dem Kopfe die Warft hinaufgetragen und auf den Boden geschafft. Peter Dirksen allerdings hatte es in diesem Jahre gewagt, Lehrer Hansens Rat zu befolgen und ein Pferd vom Festland zu mieten. Jan Behrend half ihm bei der Ernte, wenn er nicht gerade bei Eiwall zu tun hatte; es kamen nämlich täglich Kutter und Dampfer von den Inseln herüber, und da hatte er mit dem Ausbooten viel zu schaffen. Wenn er dann weit von Eiwall entfernt war und von der See her das Stampfen des kommenden Dampfers hörte oder ein Boot herübersteuern sah, eilte er, so schnell es ging, zurück.

Auch heute war es so.

Eine lange Rauchfahne trieb über die Flut, ein großer Dampfer steuerte von Sylt herüber.

Jan Behrend sah ihn, als er am Westrande der Hallig Heu auflud. Was kümmerte es ihn da, daß der Wagen nur halb voll war! Jetzt hieß es schnell machen. Und er, der auf manchem Segler und Dampfer die Meere durchfurcht hatte, kletterte sorgsam auf den Wagen, nahm Zügel und Peitsche zur Hand und kommandierte mit lauter Stimme:

„Volle Kraft voraus!“

Und dahin raste das Gefährt, daß der Wagen wie ein Schiff im Sturm schwankte und tanzte. Je toller die Fahrt ging, desto lauter kommandierte Jan, als stünde er auf seiner alten Bark „Naemi“. Es war das erstemal in seinem Leben, daß er ein Pferd lenkte; was Wunder, daß er Zaum und Zügel vergaß und bei Wegbiegungen seine alten Schiffskommandos gebrauchte.

„Backbord! Stürbord!“ ging es mit lautem Rufen, und ein Glück war es, daß der alte Gaul den Heimweg schon selber kannte.

Als Jan nahe vor Eiwall war, kam ihm Pastor Eichstädt entgegen.

Da riß er die Zügel ganz straff und fuhr langsam.

Er sah nicht links noch rechts, starrte geradeaus auf den Kopf des Pferdes und rührte sich nicht, als Pastor Eichstädt ihn begrüßte. Nein, das war vorbei seit damals, seit dem Tage der Beerdigung seiner Frau. Alles war aus zwischen Jan Behrend und der Kirche. Mochte der Pastor sehen, wie er ohne ihn fertig würde, namentlich wenn viele Fremde kamen, um die Kirche zu besichtigen. Jan tat keinen Schritt hinein. Er brauchte den Pastor nicht, er hatte zu Hause Bibel und Gesangbuch, außerdem kam Bonke jetzt alle vier Wochen nach der Hallig, um drüben bei der Witwe Gerdsen zu predigen, und dessen Gemeinde wuchs. Nein, er brauchte den Pastor nicht.

Als er an ihm vorbei war, kommandierte er wieder:

„Volle Kraft voraus!"

Und dahin sauste der Wagen.

Pastor Eichstädt blickte ihm nach.

So deutlich wie dieser zeigte ihm sonst keiner, daß er von ihm abgewichen sei. Aber er wußte, wie es um viele, wohl gar die meisten seiner Gemeindeglieder stand; die trostlos leere Kirche bewies es ihm. Bitterkeit und Schmerz stiegen in ihm auf. Womit hatte er das alles verdient? Mit vollen Händen wollte er ihnen geben; sie aber schlugen seine Gaben aus. Einer nach dem anderen war so von ihm abgewichen und zu Bonke Bahnsen übergegangen. Er hatte vielleicht keinen einzigen, der wirklich fest und treu an ihm hing. Vergebens waren seine Besuche in allen Häusern gewesen; er hatte keinen halten können. Nur ein Mittel gab es: mit all seinen Anschauungen brechen, und das konnte er nicht, konnte und wollte er nicht. Er war ein Einsamer. Schmerzlich und verzagt merkte er es und fühlte es im Herzen brennen. Nur eins gab es, das ihn immer wieder mutig machte: der Gedanke an Inge Gydesen. Die würde immer zu ihm halten, fühlte er mit steigender Gewißheit. Er sehnte sich mit jedem Tage mehr nach ihr. Anfangs war es wohl nur die Sehnsucht nach irgendeinem Menschen, der seine Einsamkeit und vor allen Dingen seine Ziele und Wege teilen wollte. Mehr und mehr merkte er, daß alles Sehnen sich auf den einen Menschen richtete: auf Inge Gydesen.

Während er weiterschritt, sah er den Dampfer an der Kante

anlegen und Hunderte von Menschen sich über die Hallig zerstreuen. Das war die Welt, die große laute Welt, der er entflohen war. Ach, wie oft in diesen Wochen hatte er nach solchen Menschenströmen ausgeschaut, weil sie ihm seine Einsamkeit belebten, wenn auch nur für die kurze Stunde, in der er ihnen die Kirchentüren öffnete und sich mit ihnen unterhielt.

Heute hatte er keine Lust. Mochten sie draußen stehen und durch die Fenster hineinblicken. Er wollte ihretwegen nicht nach Hause zurück. Viel lieber ging er ins Schulhaus, um mit Lehrer Hansen zu plaudern. Dort war er jetzt häufiger als früher, trotzdem sie beide in den meisten Dingen grundverschieden waren.

Heute aber traf er ihn nicht zu Hause; der alte Hansen war draußen auf Norderoog.

Da plauderte er ein kleines Stündchen mit Frau Hansen, ging dann an den Strand, warf sich ins Gras und wartete, bis der Dampfer abgesegelt war.

Dann ging er nach Hause.

Binne, seine Wirtschafterin, stand auf dem Flur, als er eintrat.

„Heute waren aber viele vor der Kirche, Herr Pastor."

„Ja, ich habe sie gesehen. Aber ich hatte heute keine Lust, den Führer zu spielen."

„Das glaube ich wohl. Ich finde es auch gar nicht nett von Jan Behrend, daß er –"

„Lassen Sie nur", unterbrach er sie schnell, „es geht auch ohne ihn. Ist die Post schon da?"

„Ja, aber nicht für Sie, nur für mich."

„Für Sie? Ei, das ist ja etwas ganz Neues."

Dabei hatte er Hut und Rock an den Kleiderhaken gehängt und trat nun in seine Stube.

Binne folgte ihm und hatte auf einmal ein ganz unglückliches Gesicht. Verlegen strich sie mit beiden Händen die Schürze glatt und stotterte:

„Herr Pastor, es ist nur, ich meine –"

„Nun? Was ist denn? Hängt es mit der Post zusammen?"

„Ja."

„Es ist doch nichts Schlimmes?"

„Das will ich nun nicht gerade sagen. Es ist nur ein Brief von Inge, von meiner Nichte Inge Gydesen auf Westeroog."

Da drehte er sich hastig um, und er spürte, wie ihm das Blut in die Wangen schoß. Er ärgerte sich darüber und sagte daher in hartem abweisendem Ton: „Und was habe ich damit zu tun?"

„Ja, sehen Sie, Herr Pastor, sie möchte mich besuchen, und da muß ich Sie doch fragen, ob sie das darf. Da, lesen Sie selbst."

Sie reichte ihm den Brief, aber er las ihn nicht, sondern hielt seine Augen steif auf die feine, zierliche Handschrift gerichtet, lediglich um der Schrift willen. Also so schrieb sie, so fein und zierlich verschnörkelt. Sonderbar, er hatte immer gemeint, sie müßte anders schreiben – größer, fester. Und dann begann er zu lesen und freute sich der schlichten Worte des Briefes. Ja, das war Inge, ganz Inge, wie er sie kennengelernt hatte und im Herzen trug. Es sang und brauste in ihm. Sie wollte kommen, sie, nach der er sich bewußt und unbewußt all die Tage hindurch gesehnt hatte, sie, die er in seinen liebsten Träumen schon mit sich verbunden gesehen hatte. Sie wollte kommen!

Ja, durfte er sie kommen lassen? Er wußte, ihr Kommen würde von größter Bedeutung werden, und fast fürchtete er sich davor.

Aber er schüttelte diese dunklen Gedanken ab.

„Ja, gewiß, Binne, lassen Sie sie nur kommen. Sie soll mir herzlich willkommen sein. Schreiben Sie ihr das!"

„Dank! Vielen Dank, Herr Pastor! Da will ich gleich die Kammer zurechtmachen. Heinrich Petersen fährt mit seiner neuen Helgoländer Schaluppe morgen nach Westeroog; da kann er Inge gleich mitnehmen."

Eilig schlürfte sie hinaus, und Pastor Eichstädt war wieder allein.

Behaglich lehnte er sich in seinen Stuhl zurück, blies den Rauch aus seiner Pfeife in die Luft und blickte über den Schreibtisch weg durchs Fenster über die Hallig hinaus; aber seine Augen sahen nichts von der Pracht der blühenden Felder, des sonnenbeschienenen Meeres: sie sahen nur Inge Gydesens hohe, schlanke Gestalt. Und ein Lachen war in seinem Herzen, ein Glückshoffen ohnegleichen. Vergessen war, was ihm die letzten Wochen schwer gemacht hatte, versunken und vergessen wie ein flüchtiger Traum. Denn nun wußte er, daß er Inge Gydesen lieb hatte.

Am anderen Tage kam sie.

Er war selbst drunten am Kirchspriel, um sie in Empfang zu nehmen.

Es war ein frischer Tag. Hoch sprangen die Wellen an der Hallig empor und klatschten weiß und herrlich über die Kante und weit auf die Hallig hinauf.

Wie ein Sturmvogel kam Heinrich Petersens Helgoländer dahergebraust, alle Segel prall im Wind.

Der Steuermann war dabei, die Fockschote zu lösen, um sie vor dem Ufer gleich fallen zu lassen.

Inge Gydesen stand am Steuer, und ihr Kopftuch flatterte im Wind. Aber ihre Augen lachten, wenn eine Welle klatschend ins Boot sprang, als wollte sie nach ihr schnappen.

Sie hielt steif auf die Hallig zu.

Plötzlich warf sich das große Boot scharf und rasch zur Seite, und dann schurrte es an der geschützten Prielkante und lag fest.

Pastor Eichstädt kam schnell herzu, und während der Schiffer die Segel festband, sprang Inge Gydesen von der Bootskante ans Land, ohne Eichstädts dargebotene Hand zu fassen.

Solange sie im Boot war, lachten ihre Augen in freudiger Lust. Nun aber, wo sie vor Pastor Eichstädt stand, wurde sie plötzlich ernst und zurückhaltend.

„Guten Tag, Fräulein Gydesen! Willkommen auf der Hallig! Ach, wie ich mich freue!“

„Ich danke Ihnen!“ sagte sie leise.

„Aber kommen Sie, Sie sind ja ganz naß.“

„Ja, Wasser hat’s gegeben!“

Und da lachten ihre Augen wieder, als sie an die Fahrt dachte.

„Ich sah Sie schon, als Sie bei Langeneß um die Spitze fuhren. Mitunter war das Boot ganz hinter den Wellen verschwunden.“

„Es war herrlich!“

Und sie blickte noch einmal über die tanzenden, singenden Wellen zurück. Dann gingen sie nach der Kirchwarft hinauf.

„Hier droben habe ich lange gestanden und nach Ihnen ausgeblickt.“

Einen Augenblick war es ganz still zwischen ihnen. Dann kam es ganz leise über ihre Lippen:

„Ich habe Sie auch gesehen, lange bevor wir im Tief waren."

Kaum hatte sie die Worte heraus, da bereute sie sie auch und ging hastig vorwärts.

Im Schutz des Pastorats wartete ihre Tante auf sie. Nun trat sie in den Wind hinaus und begrüßte ihre Nichte, und eine halbe Stunde später saßen die drei um den Kaffeetisch, während der Sommerwind ums Haus sang.

Anfangs war Inge Gydesen scheu und zurückhaltend, bald aber legte sie die Ängstlichkeit ab und sprach und gab sich mit einer frischen, köstlichen Natürlichkeit.

Etwas ganz Neues war mit ihr ins Haus gezogen. Ihre unbekümmerte Fröhlichkeit vertrieb alles Dunkle und Trübe. Und nicht nur Pastor Eichstädt wurde von ihrer Fröhlichkeit angesteckt, sondern auch die alte Frau Binne trug den Kopf wieder hoch. Oft, wenn der Pastor glücklich sinnend in seiner Stube saß, hörte er die beiden in der Küche oder im Garten ein friesisches Lied singen und stand wohl jede Stunde von seinen Büchern auf, um in die Küche zu sehen oder die beiden mit den Augen zu verfolgen, wenn sie im Garten arbeiteten. Wenn dann der Abend kam, saßen sie zusammen auf der Sonnenbank und blickten nach Westen in die wundervollen Gluten des sterbenden Tages. Stieg dann die stille Nacht herauf und grüßten ringsum die hellen Leuchtfeuer herüber, dann sprach er oft mit leiser, weicher Stimme, daß es fast wie Gesang klang, von seinen Zielen und seinen Arbeiten, von allen Mißerfolgen, allem Undank und von seinem trotzdem fröhlichen Mut. Und er wußte, daß er in diesen Zuhörerinnen eine kleine, aber felsenfeste Gemeinde hatte. Dann kam es wohl mitunter vor, daß Inge, die mit gefalteten Händen neben ihm saß, leise sagte:

„Sie sind ganz anders als Pastor Pohnsen. Ich meine immer, er ist mehr für Männer, so hart und geradeweg. Er ist ja gut, so gut – aber so ganz anders. Wenn er gepredigt hat, dann ist es immer, als müßte man gleich Spaten und Schaufel holen, um einen Deich aufzuwerfen."

„Ja, das glaube ich. Aber bei mir?"

„Ach, Sie lachen mich gewiß aus, weil ich es nicht so sagen kann, wie ich es meine."

„Aber Inge."

Und er wandte sich voll zu ihr.

„Bei Ihnen ist es immer so, als wenn man nahe bei Gott ist; wenn Sie gepredigt haben, dann muß man beten, und kann alle Arbeit darüber vergessen."

Da drückte er ihre Hand und sagte:

„Ja, das ist es gerade, was ich will! Aber die Leute hier draußen auf Hoogeroog, die denken anders. Für die würde Pastor Pohnsen wohl besser passen. Aber ich werde es doch erreichen." –

Eines Abends saßen sie allein auf der Bank. Binne war müde geworden und zu Bett gegangen.

Es war ganz still, und der Himmel war tief und sternenlos.

Sie lehnten sich beide mit dem Rücken gegen die Mauer, und in ihren Augen leuchtete der Glanz des hellen Feuers, das von Amrum sein Licht über die See warf. Hell schimmerten die Lichter aus den Hotels in Wittdün. Ab und zu stieg aus den Dünen eine leuchtende Rakete in die schweigende Nacht hinauf.

Kein Wort sprachen sie miteinander, und es war so still, daß sie das Rieseln der Flut drunten am Prielrand hören konnten.

„Wollen wir hinunter an die Halligkante?"

Er sagte es ganz leise, ohne sie anzusehen.

Sie antwortete nicht.

Zärtlich flüsterte er ihren Namen.

Da stand sie schweigend auf und ging die Warft hinunter.

Er folgte ihr.

Stumm und dunkel lag die ganze Hallig. Wie schwarze, schwere Ballen erhoben sich die Warften aus der Ebene. Kein Fenster war hell. Alles schlief.

Als sie am Strande standen und über das Meer blickten, faßte er leise ihre Hand.

Sie duldete es, und dann standen sie und blickten schweigend hinaus.

Die Flut stieg.

Und plötzlich hub das Meer zu leuchten an. Zuerst am Ufersaum. Millionen blitzender, funkelnder Sterne warf es ans Land.

Bis zum Grund flammte es in einem grünweißen Silberlicht. Und jede Welle, die heraufspritzte, warf einen Funkenregen auf die Hallig. Dann begannen draußen die Wellen zu leuchten. Jede sich überstürzende Woge war ein Feuerbrand, hob sich, senkte sich, schob sich weiter vor und glühte und sprühte, bis sie am Strande leuchtend zerging. Ein blühendes, blitzendes Silberband umschlang die ganze Hallig.

Da gingen die beiden Hand in Hand an all dem Geleucht selig und schweigend entlang – lange, lange.

„Jetzt muß ich nach Haus!"

Sie zitterte leise.

„Noch nicht, Inge. Bleib."

Und sie blieb.

„Inge", sagte er, und es kam schwer aus ihm heraus, „Inge, ich bin so lange einsam und traurig gewesen. Ich habe mich so sehr nach einem Menschen gesehnt, der mich versteht, der so fühlt wie ich, und wollte fast verweifeln an mir und meiner Kraft. Bis ich dich sah. Da war mit einem Male Sonne, wo früher Dunkel war. Nichts als Sonne. Inge, soll es so bleiben? Ich kann nicht mehr ins Dunkel zurück. Hilf mir."

Sie stand vor ihm, hilflos und verlassen. Die Arme hingen ihr schlaff herunter, und den Kopf hielt sie tief gesenkt.

„Inge, ich habe dich lieb gehabt vom ersten Augenblick an und habe dein Bild immer im Herzen getragen. Ich lasse dich nicht mehr."

Plötzlich schlug sie beide Hände vors Gesicht und schluchzte leise in sich hinein.

„Inge!" Leise legte er seinen Arm um ihre Schultern und zog sie an sich. „Inge, hast du mich lieb?"

Sie hob den Kopf, und er sah ihre blanken Augen.

Und dann schlang sie beide Arme um ihn:

„O du, du! Was willst du mit einem dummen Halligmädchen."

– – –

Die See rauschte und sang, und die Wellen glühten und sprühten noch immer, als sie nach Hause gingen.

Aber heller sang in ihnen der Jubel, und heller glühte in ihnen die lachende, leuchtende Liebe.

„O du, wie hab' ich dich lieb!"

Und sie küßten sich lange und heiß in der weichen, träumenden Sommernacht. –

Tag um Tag verrann, und die beiden nutzten jede Stunde, als könnte es die letzte sein.

Täglich schlenderten sie über die Halligfennen, saßen an der Kante, wenn die Flut kam oder liefen zur Ebbezeit über das weite, feste Watt, das braun und hart im glühenden Sonnenbrand lag.

Er sprach mit ihr seine Predigt durch, Wort für Wort, Gedanke um Gedanke, und ihre kritiklose Zustimmung machte ihn noch fester in dem Glauben, auf richtigem Wege zu sein. Und wenn er auf der Kanzel stand und ihre Augen auf sich gerichtet sah, dann kam etwas Sieghaftes über ihn, als müßte er mit lauter Stimme ins Gotteshaus hineinrufen: „So weit will und werde ich euch alle bringen! So wie Inge Gydesen sollt ihr alle teilhaben am Reiche Gottes, das ich gründe."

Wenn er sah, daß jetzt mehr Leute in der Kirche saßen, dann glaubte er, sie seien schon auf seiner Seite, und nie kam ihm der Gedanke, daß sie nur gekommen seien, weil die ganze Hallig voll Klatsch über ihn und Inge war. Er sah auch nicht, daß sie in der Arbeit innehielten, wenn er mit Inge über die Hallig ging, daß sie die Köpfe hinter ihnen zusammensteckten und tuschelten. Und wenn er es sah, so machte er sich doch weiter keine Gedanken darüber.

Nur einmal schoß ihm eine Ahnung durch den Kopf, als er wieder einmal Jan Behrend begegnete.

Mit Inge kam er von Westerende, wo sie Bondestabe gepflückt hatten, über die Fennen geschlendert. Sie gingen nahe zusammen und freuten sich, wenn ihre Arme sich berührten, ihre Hände sich zu kurzem, leisem Druck fanden oder ihre Augen voll Glück ineinanderschauten.

Da kam Jan Behrend.

Er war auf dem Watt gewesen und hatte draußen in den Prielen Schollen gefischt.

Nun kreuzte er den Weg der beiden Liebenden, blieb stehen,

legte umständlich sein Netz ins Gras und sagte auf Friesisch zu Inge:

„Na, Inge Gydesen, noch immer auf Hoogeroog? Da kriegen wir wohl bald eine Frau Pastor?"

Pastor Eichstädt verstand nicht, was Jan sagte.

Inge aber fuhr plötzlich zusammen, wurde blaß und rot und drängte weiter, während Jan sich lachend nach seinen Netzen bückte.

Einen Augenblick sah Pastor Eichstädt verständnislos von einem zum anderen.

„Was bedeutet das, Behrend?"

„Ja, danach fragen Sie man Inge Gydesen."

Und damit humpelte er davon, sich ab und zu nach Inge umsehend, die in schnellstem Gang, fast laufend, der Kirchwarft zustrebte.

Kurz vor der Warft holte Pastor Eichstädt sie ein.

Sie hatte Tränen in den Augen, und um ihren Mund zuckte es krampfhaft von verhaltenem Schluchzen.

Er fragte sie, was Jan Behrend gesagt habe; aber sie wollte es ihm nicht sagen. Sie hatte in diesen letzten drei Wochen vor lauter Glück nur immer an das Heute gedacht, nie an die Zukunft. Sie war froh, den Tag grüßen zu können, freute sich ihrer jungen und reinen Liebe, ohne an ein Später zu denken. Und nun hatte Jan mit seinem häßlichen Lachen plötzlich die kommende Zeit vor ihr aufgerissen, und ihre Seele war voll Angst, daß alles Glück ein Ende haben würde. Wie konnte sie armes, dummes Halligmädchen die Frau des Pastors werden? Sie hatte noch nie daran gedacht. Aber nun mußte sie immer an das Wort Jans denken, und je mehr sie daran dachte, desto unmöglicher schien ihr alles; da gab es nichts anderes, als ein Ende ihres Glücks.

Pastor Eichstädt aber drang in sie, und da sagte sie ihm, was ihr Herz bedrückte.

„O du liebes, dummes Mädchen. Ich will dich ja nicht heute, ich will dich für mein ganzes Leben. Hier bei mir sollst du sein alle Tage. Ich brauche dich ja so sehr, weil ich dich so lieb habe. Und bald soll es sein. Nächste Woche fahren wir nach Westeroog hinüber zu deinem Vater; wir wollen bald unser Heim bauen."

Und er ertappte sich dabei, wie er selber nur an das Heute gedacht, sich in diesen Tagen nur des Glücks des Augenblicks gefreut hatte.

Als er ins Haus kam, hörte er, daß Lehrer Hansen und der Gemeindevorsteher Melfs dagewesen seien.

Binne wußte nicht, was sie gewollt, und meinte, die beiden seien nach der Schulwarft hinübergegangen.

Da ging Pastor Eichstädt hinüber und fand die beiden im Schulgarten zwischen den Beeten stehen.

Sie begrüßten sich und gingen ins Haus.

„Wir waren bei Ihnen, Herr Pastor, um wegen einer Halligangelegenheit mit Ihnen zu sprechen", begann Melfs, als sie sich gesetzt hatten.

„Ich war leider nicht zu Hause, ich war spazieren", meinte der Pastor. Aber das letzte kam stockend heraus, und er ärgerte sich, als er fühlte, wie unter den Blicken der Männer ihm das Blut in die Stirn stieg. Darum setzte er trotzig hinzu, als wollte er einem Widerstand von vornherein begegnen: „Mit Fräulein Gydesen von Westeroog."

„Ja, wir sahen Sie drüben an der Kante."

„Weshalb wir kommen, sind unsere Befestigungspläne. Pastor Pohnsen von Westeroog hat mir geschrieben, daß sie dort den Damm bis zum Festland bekommen; im Frühjahr fangen sie an. Einen solchen Damm können wir natürlich nicht bekommen, weil es bis zum Festland von uns aus viel zu weit und viel zu tief ist. Aber unsere Hallig müssen wir fest haben. Einen Steindamm müssen sie uns bauen, besonders im Norden und Westen. Und da müssen wir uns alle zusammentun. Sie müssen uns helfen!"

„Ich?"

„Ja, Sie!" warf Hansen dazwischen. „Sie müssen uns helfen, mit Eingaben und Bittgesuchen die Regierung geneigt zu machen. Wir müssen gemeinsam vorgehen und doch uns unsere Arbeit teilen. Denn es gilt nicht nur, mündlich und schriftlich mit der

Regierung und den Abgeordneten zu verhandeln, sondern auch hier unter den Halligleuten zu arbeiten."

„Letzteres wird doch wohl kaum nötig sein."

„O doch!"

„Ja, sehr nötig!" sagte Melfs, „denn der Wunsch nach Befestigung ist zwar groß, namentlich nach jeder Sturmflut, wenn alle sehen, wieviel die salze See wegreißt. Aber wenn alles wieder ruhig ist, dann wird alle Not vergessen, und dann wird der Wunsch durch die großen Kosten erdrückt; denn es ist ja klar, daß wir einen Teil der Kosten tragen müssen, wie drüben auf den Inseln. Nicht nur einen Teil unseres Landes müssen wir zu den Bauten hergeben, sondern auch bares Geld. So wurde mir in Schleswig gesagt, als ich mit einem Regierungsvertreter verhandelte."

„Denken Sie, eine Million wird das Projekt verschlingen, und unser Beitrag wird mindestens hunderttausend Mark betragen müssen."

„Und wir sind arm, Gott sei's geklagt. Arm geworden durch den Raub der See."

„Halten Sie denn die Eindeichung wirklich für ein Glück?" unterbrach ihn der Pastor.

Melfs lächelte überlegen und meinte dann:

„Wie könnte ich sonst dafür streben!"

„Denken Sie etwa anders darüber, Herr Pastor?"

„Allerdings, Herr Hansen, ganz anders. Ich halte sie nicht für ein Glück, vielleicht sogar für ein Unglück."

Da fuhr der alte Hansen auf:

„Herr Pastor, so können Sie nur sprechen, weil Sie die Halligen und ihre Not nicht kennen. Seien Sie erst einmal ein Leben lang hier draußen."

„Dann werde ich vielleicht auch anders sprechen. Heute aber denke ich so, wie ich gesagt habe."

„Aber das ist ja unmöglich! Jahraus, jahrein reißt das Meer große Flächen von der Kante ab, Jahr für Jahr werden unsere Felder kleiner, unsere Existenzbedingungen geringer — und das soll kein Unglück sein?"

„Nein!"

„Dann weiß ich nicht mehr, was ich sagen soll.“

Erregt ging der alte Hansen auf der weißgescheuerten Diele hin und her, stellte sich dann ans Fenster und trommelte an die Scheiben.

„Ich weiß allerdings auch nicht, wie ich das verstehen soll, Herr Pastor“, meinte Melfs.

„Wie lange Lebenszeit geben Sie der Hallig?“

„Bis zum völligen Verschwinden? Hundert bis zweihundert Jahre. Bis zum Aufhören der Existenzmöglichkeiten höchstens noch fünfzig.“

„Und dann?“

„Und dann?“ fuhr Hansen wieder herum, „dann können wir hier auf Hoogeroog es machen wie die Leute von Norderoog, Hayenshallig und wie sie alle heißen. Die sind mit dem letzten Rest ihrer Habe weggegangen und sitzen drüben hinter dem festen Wall.“

„Und das ist natürlich ein Unglück!“

Da sauste Lehrer Hansens Faust auf den Tisch nieder: „Gibt es denn ein größeres? Hier ist unsere Heimat! Unsere Heimat, Herr Pastor, auf der wir geboren und geworden sind. Nichts für ungut! Wir Friesen sind vielleicht ein wenig zu fest mit unserer Scholle verwachsen, fester als die Leute drüben, die es daher auch nie begreifen können, wie wir an diesem armseligen Stückchen Erde hängen. Die haben ja nie in Nacht und Nebel, in Sturm und Wetter um ihre Scholle kämpfen müssen wie wir, nicht einmal, nein hundertmal.“

Auch Melfs war lebhafter geworden:

„Wir sind doch auch Glieder des großen Vaterlandes, auch gegen uns hat es Pflichten.“

„Aber ich bitte Sie, meine Herren“, beruhigte Pastor Eichstädt die beiden, „lassen Sie uns alles friedlich ausmachen und hören Sie auch meine Gründe. Oft genug habe ich sie schon erörtert, wenn ich auf der Kanzel stand. Die Kirche ist allerdings ein Ort, der von den Halligleuten stark gemieden wird.“

„Das ist Ihre eigene Schuld!“ wollte Hansen dazwischenwerfen, aber er bezwang sich.

„Ich sagte Ihnen, daß ich eine Befestigung nicht für ein so

glänzendes Glück halte. Ich denke über den Untergang der Hallig etwas anders als Sie. Sie sehen immer nur auf die Existenzmöglichkeiten, ich auf ganz andere Ziele. Nicht durch den blanken Hans gehen die Eilande hier draußen unter, sondern durch die Leute selbst. Jawohl! Was will das Stück Land sagen gegenüber den inneren Werten, die hier unter der Halligbevölkerung mehr und mehr schwinden! Machen wir die Leute fest und stark, innerlich, in Gott fest und stark, dann ist es einerlei, ob sie einmal ihre Hallig verlassen müssen, um sich drüben anzusiedeln; denn dann bleiben sie, wo sie auch weilen, die, die sie sind oder von Rechts wegen sein sollen."

Der alte Hansen rückte unruhig hin und her.

Pastor Eichstädt aber fuhr unbekümmert fort:

„Sie wollen das Land befestigen, Hunderte von fremden Arbeitern herüberziehen und mit diesen fremde Art, schlechte Art. Sie werden sehen, daß mit dieser Befestigung und mit diesen fremden Leuten Unheil kommen wird, Sünde und Schande. Und vorbei ist es mit allem, was hier Sonderart ist. Hier sitzen wir einsam und allein im rauschenden Meere, unberührt von aller Welt. Ist es nicht, als wollte Gott es so, als wollte er hier draußen uns sein Reich aufrichten, eine Gemeinde seiner Getreuen gründen?"

„Nein!"

Der alte Hansen donnerte es heraus.

„Nein! Denn dann verzichten wir darauf. Er hat uns dieses Fleckchen Erde gegeben, damit wir es mit Händen und Füßen halten sollen. Dazu hat er uns unsere große Heimatliebe ins Herz gesenkt, und ich meine, solche Liebe und solche Arbeit ist auch ein Stück Religion, und eine, die uns weiterbringt."

„Herr Hansen!"

„Jawohl, Herr Pastor, so ist es. Das ist unsere Art und unser Glaube. Aber ich weiß, daß Sie diese Auffassung nicht anerkennen und daß eine unüberbrückbare Kluft zwischen Ihnen und uns hier draußen ist. Wollte Gott, Sie kämen zu uns! Denn wir können nie zu Ihnen kommen."

Pastor Eichstädt war aufgestanden, hatte seinen Hut genommen und stand an der Tür, die Hand an den Drücker gelegt, und wollte gehen.

Melfs hielt ihn zurück.

„Nein, nein, so dürfen wir nicht schließen.“

Und es gelang ihm, die beiden zu beruhigen und noch einmal das Für und Wider zu besprechen. Jeder blieb natürlich bei seiner Auffassung; aber Pastor Eichstädt versprach zuletzt, wenigstens vorläufig noch keine öffentliche Stellung zu der Frage zu nehmen.

„Kommenden Sonntag will Pastor Pohnsen herüberkommen. Es muß ja schon an einem Sonntag sein, weil wir wegen der Ernte sonst keine Zeit haben. Die Westerooger kommen alle mit, auch die von Gröde, Habel, Langeneß und Nordmarsch.“

„Also alle Halligen?“

„Ungefähr. Und da haben wir eine große Bitte. Geben Sie uns kommenden Sonntag die Kirche frei, daß Pastor Pohnsen predigen kann. Das geht nicht gegen Sie. Aber Pohnsen ist doch auf allen Halligen bekannt.“

Es dauerte lange, bis Pastor Eichstädt einwilligte. Aber schließlich gab er nach.

*

Der Sonntag war gekommen.

Stahlblau und blank stand der Himmel über der See.

Da gab es ein lustiges Bild auf den Wellen.

Von allen Halligen kamen die Boote mit vollen Segeln angerauscht. Rot, weiß und gefleckt standen sie im Wind.

Auch von Amrum herüber kam ein Boot, das trug Bonke Bahnsen und einige seiner Freunde.

Gerade als das setzte Boot an der Kante anlegte, scholl das erste Glockenklingen über die Hallig. Und lange bevor das zweite Läuten über die Fennen flog, standen schon alle Halligleute auf dem Kirchhof und warteten auf Pastor Pohnsen, der im Pastorat bei Pastor Eichstädt und Inge Gydesen stand.

Und dann trat er unter sie.

Sie drängten sich an ihn heran, um ihm die Hand zu geben.

„Tag, Pastor!"

„Wie nett, daß Pastor kommt!"

„Wie geht es Pastors Mutter?"

Ihm gegenüber wandten sie die alte Halligsitte an, ihren Pastor nie mit Herr anzureden. Es lag eine rührende Vertraulichkeit darin, und Pastor Pohnsen wurde es weich ums Herz, als er in die Friesenaugen blickte.

Von allen umringt, nach allen Seiten hin grüßend, so ging er langsam über den Kirchhof.

Vor der Tür blieb er stehen, und während wieder die hellen Glocken schwangen und klangen, rief er, das Glockenstürmen übertönend:

„Ich grüße euch, Hoogerooger, euch und eure Hallig. Es ist lange her, daß ich zu euch gesprochen habe, und als ich es das letztemal tat, da stand die Flut hoch vor den Warften, und ihr wart im Boot gekommen. Heute lacht die Sonne in wundervoller Pracht, und die See leuchtet so klar und rein wie der Himmel. Was meint ihr, wenn wir es machen wie in früheren Zeiten unsere Väter, wenn der Sturm ihre Kirche zerrissen hatte und sie kein Geld für eine neue finden konnten, weil es zuerst galt, für den irdischen Leib eine Wohnstätte zu bauen und dann für Gott? Da haben sie draußen auf der Warft gestanden oder im Gras gelegen und waren vielleicht dem Himmel näher als drinnen im dumpfen Kirchlein. Wollen wir es heute auch so machen?"

„Ja, Pastor, ja, so soll es sein!"

„Das ist recht, so laßt uns hingehen."

Und sie schoben und drängten sich langsam um die Kirche herum, ein Glückslächeln auf den Lippen, ein helles Leuchten in den Augen.

Hinter Kirche und Pastorat, hart neben dem Kirchhof, breitete sich die Warft weiter aus als nach den anderen Seiten; der Platz war so angelegt worden, um später einmal den Kirchhof vergrößern zu können. Bis an die breite Bucht, die der Priel herausgefressen hatte, neigte sich die Warft hinab. Weich und voll wuchs hier das Gras, und tausend blasse Hallignelken blickten daraus hervor, während am Prielrand die blauen Köpfe der Bondestabe und die weißleuchtenden Blätter des Wermut nickten.

„Hier wollen wir unseren Gottesdienst abhalten", sagte Pastor Pohnsen.

Wo sie gingen und standen, lagerten sie sich. Einige, namentlich die Frauen und Kinder, warfen sich ins Gras. Die Männer standen ringsumher, lehnten sich gegen die Kirchenmauer, setzten sich auf die Grabgitter oder standen frei, die um das Gesangbuch gefalteten Hände schlaff niederhängen lassend. Rund um Pastor Pohnsen, der mitten unter ihnen stand, lagerten sie sich und sahen mit stillen, gläubigen Augen zu ihm auf.

„Freunde", begann er, „ihr tragt alle euer Gesangbuch mit euch, wie ihr es immer tut. Heute wollen wir es einmal nicht brauchen. Laßt uns eins unserer friesischen Kirchenlieder singen, wie sie von unserem lieben Hansen in unsere Sprache übersetzt und euch allen bekannt sind. Laßt uns das alte Trutzlied singen, das auch gerade für uns hier draußen so herrlich paßt: ‚Ein feste Burg ist unser Gott!'"

Und sie sangen das Lied.

Wie schwere dunkle Wellen, so brauste es donnernd durch die Morgenstille, brach sich an der Kirchenmauer, kam zurück, scholl und schwoll, und es war, als wecke das alte Kampflied die weite See, daß sich die Wellen hoben und lauter rauschten und brausten.

Ergreifend klang das friesisch gesungene Lied. Selbst Pastor Eichstädt, der kein Wort davon verstand, wurde davon gepackt und blickte voll heiliger Ehrfurcht in die ernsten, zusammengekniffenen, harten Züge der Friesen ringsum. Das war wie Meeresbrausen und Möwenschreien, wie heiliger Trotz und kindliches Bitten, das war eine ganze Welt für sich.

Als das letzte Wort verklungen war, begann Pastor Pohnsen seine Predigt. Zwei Bibeltexte legte er ihnen vor: „Jesus stillt den Sturm" und „Jesus wandelt auf dem Meere".

Da nickten sie alle ringsum mit den ernsten Gesichtern; denn das waren so recht zwei Geschichten für sie, die oft in Sturm und Not auf See gewesen waren und mehr als einmal gewünscht hatten, auf den Wellen wandern zu können. Ja, das waren zwei gute Geschichten, und Pastor Pohnsen würde ihnen das schon klarmachen können. Der alte Rickertsen aber, der fast völlig taub war, ging ganz nahe an den Pastor heran, bog seinen Kopf weit vor und suchte dem Prediger jedes Wort von den Lippen zu lesen. Er hatte kein Gefühl dafür, ob er selber laut oder leise spräche, weil er natürlich auch sein eigenes Sprechen nicht hörte. Und so kam es oft, daß seine Gedanken, die er nach seiner eigenen Meinung lautlos vor sich hinmurmelte, laut und hart in Pastor Pohnsens Predigt fielen: „Das ist recht, Pastor!“ oder „Ja, ja, so denk’ ich mir’s auch!“ oder „Da bin ich nun anderer Meinung!“ oder „Damit wird der Propst auch nicht einverstanden sein. Na, einerlei, man weiter“.

Aber niemand lachte über diese Zwischenrufe. Sie kannten ja alle den alten Rickertsen und wußten, was die Halligen in all den Jahren seines Lebens von ihm gehabt hatten. Er hatte die große Sturmflut von 1825 mitgemacht, er war heute die einzige lebende Chronik aus jener furchtbaren Leidenszeit.

Nur mitunter, wenn seine Zwischenrufe zu häufig kamen, hob Pastor Pohnsen lächelnd und drohend den Finger.

„Ja, ja, Pastor, ich sage gar nichts mehr!“

Und Pastor Pohnsen predigte weiter, sprach von allem, was sein Herz füllte, wich dabei aber mehr und mehr von seinem Bibeltext ab, um von Halligschutz und Deichbau zu sprechen.

„Habt Vertrauen zu euch und eurer Kraft, dann könnt auch ihr Stürme stillen und über das Meer wandern. Seid stark und mutig. Harret aus bis ans Ende! Dann wird es gelingen, daß wir unseren Deich bekommen und wir Wind und Meer bedrohen, daß sie still werden, vor unserer Hallig sich vergebens brechen und endlich müde werden. Dann werden wir unsere Dämme haben, daß wir trocken und sicher durch das Wattenmeer gehen können, ohne Furcht unterzugehen. Seid nur nicht kleinmütig und kleingläubig. Seid stark und froh, gläubig und mutig. Dann ist Gott mit uns! Amen!“

Einen Augenblick war es ganz still. Alle standen unter dem Eindruck seiner Worte.

Dann aber kam Bewegung in sie.

Die da lagen oder saßen, standen auf, drängten sich dichter heran, als wollten sie dem Pastor danken.

Ihre Blicke flogen oft über das nahe Meer, das leise an die Kante rauschte. Und in ihren Blicken stand ein Wort geschrieben, das hieß: „Wir werden dich schon zwingen! Trutz, blanker Hans! Wir werden dich binden!"

Und noch lauter und sieghafter als das Eingangslied klang ihr friesischer Schlußchoral über die Grabsteine hin:

„Ik wit, hok is taa trauen,
Man Jesus is man Luv san grün,
Oen sin Borft is göd rauen,
Aend dat bekaan ik frai and rün.
Aenklök het man taa saien
Hat wes ok nogh saa klök;
Di Gods Uer sekt taa draien,
Ferstaakt sin evig Lok.
Ik fölg' ön man Luv's Liaram,
Wat mi man Bibel sait,
Wat ik hirr fuan taa hiaran,
Dat stönt ön Evighait."

*

Nach der Predigt setzten sich die fremden Halligleute am Großpriel ins Gras und verzehrten ihr mitgebrachtes Brot.

Es war schnell gemacht, und bald darauf versammelten sich alle bei Peter Dirksen.

Gaststube und Korridor waren dicht besetzt. Wer nicht hinein konnte, saß draußen vor den offenen Fenstern oder stieg auf das Gartengitter, um auch hineinsehen zu können.

Mitten in der Stube standen Pastor Pohnsen und der alte Rickertsen, neben ihnen Lehrer Hansen und Bonke Bahnsen. Melfs hielt sich mehr zurück.

„Bevor wir anfangen", sagte Pohnsen, und seine Stimme klang durch die Fenster weit hinaus, „laßt uns nach altem Brauch unser Friesenlied singen:

‚Wer die Heimat nicht liebt und die Heimat
nicht ehrt,
Ist ein Lump und des Glücks in der Heimat
nicht wert!'"

Andächtig sangen es die Alten und die Jungen.

Und dann begann Pastor Pohnsen noch einmal seine Pläne vor ihnen auszubreiten.

„Ich kann mich kurz fassen", schloß er, „denn ich habe ja schon in meiner Predigt gesagt, was ich euch zu sagen habe. Nun handelt es sich nur ums letzte, ums Geld. Wir müssen uns selber helfen, wenigstens zu einem Teil; dann helfen uns die anderen für den Rest."

Da wurden sie alle still, bis ein Gröder sich erhob und vorsichtig fragte:

„Und wieviel sollen wir beitragen?"

„Ungefähr hunderttausend Mark", sagte Melfs.

„Hunderttausend Mark?"

Die einzelnen Silben kamen so langsam heraus, als wären sie die einzelnen Mark der großen Summe und als müßte er, der Gröder, sie einzeln vorzählen.

„Hunderttausend Mark?"

Er sackte ganz in sich zusammen, als wäre ihm ein Bleiklotz auf den Schädel gefallen. Er gehörte zu den Ärmsten der Armen und besaß nur eine Kuh und einige Schafe.

„Das ist zuviel! Das können wir nicht!" kam es da von allen Seiten. „Wir sind arme Leute. Wo sollen wir da bleiben. Lieber die paar Jahre uns so durchschlagen, bis der Blanke Hans uns holt, als fest werden und am Hungertuche nagen." Lehrer Hansen fuhr auf und schlug mit der Hand auf den Tisch:

„Der das sagt, spricht töricht! Jeder soll doch nur nach seinem Vermögen beitragen, und wir alle tragen die Summe."

Und er begann ihnen vorzurechnen, wieviel sie gewönnen.

„Unsere ganze Hallig wird anders werden, so wie drüben Pellworm und Nordstrand. Die salze See geht uns nie mehr über die Felder. Wir können Roggen und Gerste bauen. Die Priele machen wir zu festem Land und gewinnen dadurch um ein Fünftel mehr Land als wir heute haben."

Er hatte großes Ansehen unter ihnen. Sie wußten, daß er nicht für sich und seinen Vorteil sprach; denn er hatte kein Land zu verlieren noch zu gewinnen. Und als sie ihn so stehen sahen, mit hellen Augen in der Stube umherblickend, und bald auf diesen, bald auf jenen gerichtet, da glaubten sie an ihn und sahen die ganze Sache günstiger an.

„Sollen alle Halligen auf einmal festgemacht werden?“ rief eine Stimme durchs Fenster.

„Nein, Paul Knud. Das kannst du dir doch selbst sagen.“

„Das mag schon sein. Aber wessen Hallig kommt zuerst dran?“

„Die am meisten gefährdet ist“, sagte Melfs.

„Das sind sie alle!“

„Nein, das sind sie nicht. Unsere Hallig, Hoogeroog, ist am meisten in Gefahr; sie liegt am weitesten ins Meer hinausgeschoben.“

Da fuhren sie alle drohend auf. Jeder hielt seine Hallig für die gefährdetste, und jeder wollte seine zuerst befestigt haben. Natürlich, die Hoogerooger wollten immer etwas vorauf haben, das wisse man auf allen Halligen. Als ob sie etwas Besonderes seien, weil sie mehr Felder und Kühe hätten und jeden Tag Fremde von Amrum und Föhr bei sich sähen. Nein, nein, davon könne keine Rede sein, dazu wären sie nicht gekommen. Dann müßte gelost werden, wer zuerst das Glück der Befestigung erleben solle.

Es war ein wilder Lärm und ein Drohen, als sollte es jeden Augenblick zu einer Schlägerei kommen.

Pastor Pohnsen aber stand aufrecht und ruhig unter ihnen. Er kannte seine Friesen, diese Streithähne, die immer taten, als wären sie uneinig, und dabei doch in der Stunde der Gefahr und endgültigen Entscheidung wie ein einziger Mann waren. Lächelnd kreuzte er seine Hände über der Brust und blickte in das Toben hinein.

Bonke Bahnsen aber trat rasch einen Schritt vor, richtete sich steil auf, warf den Kopf in den Nacken, krauste die Stirn, daß von den blitzenden Augen fast nichts mehr zu sehen war, und rief mit donnernder Stimme:

„Friesen! Ruhig, ihr Friesen! Ich habe mich aufgemacht und bin zu euch gekommen, um mit zu raten und zu taten; denn ihr seid wie die Kinder Israels, die in der Wüste irregingen und nicht wußten, wohin sie sollten. Und wenn ich meine Stimme erhebe, so wißt ihr, daß ich niemand zu Leide und niemand zur

Freude rede, sondern so, wie ich muß, wie einer, zu dem der Herr gesagt: ‚Ich will einen Richter setzen über mein Volk.' Vergeßt eure Eigensucht, euren Eigennutz! Betrachtet euch nicht als einzelne Teile und Halligen, sondern als eine einzige, zusammenhängende Welt, darin Glück und Wehe auf dem Spiele steht."

Darin mußten sie ihm recht geben. Und wenn er, der auf Amrum wohnte, sich für eine der Halligen als erste entschied, so tat er es sicherlich aus ehrlichster, uneigennütziger Überzeugung heraus. Und je weiter er in seinem biblischen, alttestamentlichen Tone sprach, desto mehr überzeugte er auch sie. Sie nickten und knurrten ihm Beifall zu, und der Gröder meinte:

„Is gut, Bonke. Du hast recht. Aber jeder sorgt ja zuerst für sein eigen Dach. Nun aber bin ich auf deiner Seite. Ich unterschreibe, was ihr wollt."

„Ja, ja, ist recht so!"

Der alte Rickertsen hatte von den Verhandlungen nichts verstanden. Aber seine Augen flogen wie flinke Seeschwalben von einem zum anderen, lasen die Worte von Lippen und Gesichtern, und sein Kopfnicken und Dreinrufen begleitete alles. Nun trat auch er vor. Seine Stimme knurrte wie ein verrostetes Tor, bald donnernd laut, bald lispelnd leise:

„Ich habe gehört, das heißt, ich höre ja nichts. Ihr seid nicht gleich einig gewesen, aber nun seid ihr's, und das ist gut. Ich habe die große Flut miterlebt. Als die vorbei war, da standen wir da, und alles war zerstört. Da wollte auch jeder zuerst sein Schäfchen ins Trockene bringen, jeder der erste sein. Und doch wurden wir einig, ließen Haus und Hof und begannen die Halligen fester zu machen, die Warften zu erhöhen. Nicht jeder seine eigene, nein, zuerst die, die am traurigsten zulagen. Und so hatten wir bald alles fest und fertig und sahen ruhiger den Tagen entgegen, da wir wieder Landunter hatten. Denn wir waren einig. Ich kann euch sagen, damals sahen sie im Land drüben auf uns. Und als der König kam, da staunte er mehr darüber, daß wir so einig waren, als über die zerrissenen Eilande. Und darum sage ich:

‚Wer die Heimat nicht liebt und die Heimat
nicht ehrt,
Ist ein Lump und des Glücks in der Heimat
nicht wert!'"

Er sagte es mit seiner knarrenden Stimme, und alle stimmten mit ein:

„Hurra hoch! Wir sind stolz, daß wir Friesen sind."

Pastor Pohnsen und Lehrer Hansen übernahmen es, nicht nur wieder an die Regierung zu schreiben, sondern auch selbst hinüberzufahren und, wenn es nötig sein sollte, bis an den Minister zu gehen. Sie wollten alles eindringlich darstellen, die Not der Halligen schildern und die Bereitwilligkeit der Bewohner, trotz ihrer Armut zu den Kosten beizusteuern, darlegen.

Plötzlich fiel es Pastor Pohnsen ein, daß Pastor Eichstädt nicht zugegen war. Suchend blickte er nach allen Seiten, aber vergebens.

„Wo ist Pastor Eichstädt?"

„Ja, Pastor", meinte Jan Behrend, der neben ihm stand und seine Frage hörte, „der hat anderes zu tun, der sucht eine Pastorin. Oder er hat sie schon."

„Schweig, Jan", unterbrach Hansen ihn, wandte sich an Pastor Pohnsen und teilte ihm sein Gespräch mit Pastor Eichstädt mit. –

Die Flut lief ab. Die Gäste mußten fort, sie konnten sonst nicht übers Watt kommen und mußten fürchten, festzusitzen. Und so konnte Pastor Pohnsen, so gern er es auch wollte, sich nicht länger mit Hansen über Eichstädt unterhalten. Jan Behrends Worte saßen ihm wie ein Stachel im Herzen, und fast wäre er zurückgeblieben, um sich Klarheit zu verschaffen. Doch nein. Ein anderer Tag sollte ihm Aufklärung geben. Heute wollte er bei seinen Westeroogern bleiben, mit ihnen heimsegeln, wie er mit ihnen gekommen war.

Knarrend stiegen die Segel an den Masten hoch. Tücherwinken und Abschiedsrufen hüben und drüben.

Noch einmal flog das alte Friesenlied über die Hallig.

Dann rauschten die Boote in die See hinaus, den fernen Halligen entgegen.

Droben auf der Kirchwarft standen auch zwei und sahen ihnen nach: Pastor Eichstädt und Inge Gydesen.

„Morgen folgen wir ihnen. Dann tragen wir unser Glück und unsere Liebe über die Wellen.“

*

Am anderen Tage saß Pastor Pohnsen mit seiner Mutter in seiner Laube.

Die Sonnenstrahlen huschten durch die Blätter und spielten auf Frau Pohnsens alten Händen, die bald untätig im Schoße lagen, bald eifrig an einer Nadelarbeit wirkten.

Wenn die guten Augen der alten Frau von der Arbeit aufsahen, dann lagen sie auf ihrem Sohne, der zwar ein Buch vor sich hatte und tat, als sei er von dem Inhalt gefesselt, in Wirklichkeit aber mit seinen Gedanken vom Buche ab weit, weit hinausschwärmte. Oft stand er unruhig auf, stellte sich ans Gartengitter und blickte nach Süden über das Meer hinüber nach Hoogeroog. Seine Mutter merkte es wohl, tat aber, als sähe sie nichts von seiner Unruhe. Sie wußte es wohl, daß es mit der gestrigen Versammlung nichts zu tun habe. Ihre klugen Augen sahen tiefer; es mußte etwas anderes sein, was ihren Sohn bewegte. Und sie dachte an Inge Gydesen.

Da tauchte ganz fern ein Segel auf.

Wer mochte das sein?

Pastor Pohnsen ging ins Haus, holte sein Fernrohr, schritt wieder durch den Garten auf die Warft hinaus, lehnte das Fernrohr an einen Baum und blickte nach Süden.

Er kannte das Boot. Es war Heinrich Petersens und war von Hoogeroog.

Je näher es kam, desto deutlicher sah er die einzelnen Teile. Vom Mast wehte eine blau-weiß-rote Flagge; es galt also heute die Fahrt einem frohen Ereignis.

Wie es herüberrauschte! Wie es am Bug weiß und leuchtend aufschäumte! Wie voll das Segel im Wind stand.

Näher und näher kam es.

Vor dem großen Segel standen zwei Gestalten. Scharf hoben sich ihre Formen gegen das weiße Leinen ab.

Immer deutlicher – immer deutlicher.

Langsam ließ Pastor sein Fernrohr sinken.

Er hatte die beiden erkannt.

Und er wußte in diesem Augenblick, warum Pastor Eichstädt mit Inge Gydesen nach Westeroog kam und warum die Fahne am Mast flatterte.

Eine Weile stand er noch und sah mit großen, glanzlosen Augen hinüber.

Dann ging er zurück.

Aber sein Gang war langsam und müde, und sein Gesicht sah tieftraurig aus, als wäre etwas in ihm zersprungen.

„Ja, ja", murmelte er, „so mußte es wohl kommen, so mußte es wohl kommen."

Als er seine Hand auf das Gartentor legte, stand er einen Augenblick still, blickte noch einmal über die See zurück, warf dann einen Blick auf sein schmuckes Haus, seinen freundlichen Garten, den er in diesem Jahre in froher Hoffnung besonders geschmückt hatte, schüttelte den Kopf und reckte sich dann wieder stark auf.

Die alte, gute Frau da drinnen sollte wenigstens nichts merken, und er, er würde schon damit fertig werden.

Er brachte das Fernrohr ins Haus, legte es umständlich auf die Messinghaken über dem Türbalken, zündete seine Pfeife an und ging wieder in die Laube.

Zuerst wollte er seiner Mutter sagen, daß ein Boot auf Westeroog zusteuere und wer darin säße. Aber er konnte es nicht über die Lippen kriegen, noch nicht. Er wußte, daß seine Stimme zittern würde, wenn er es sagte.

Und so griff er denn wieder zu seinem Buch.

Es war ganz still zwischen den beiden.

Die Buchblätter knisterten, die Nadeln klapperten, und ab und zu trafen sich zwei Augenpaare in Liebe und Verstehen.

Nach einer halben Stunde etwa, als Pastor Pohnsen das Boot

in der Nähe der Hallig wußte, stand er wieder auf und ging ans Gartengitter.

Er war nun ganz ruhig geworden, und seine Stimme klang fest, als er sagte:

„Da kommt Heinrich Petersens Boot von Hoogeroog."

„So, dann bringt er wohl Inge wieder zurück?"

„Ja, Mutter. Das wird es wohl sein." Und nach einigem Zögern: „Ich glaube, es ist noch jemand im Boot. Vielleicht begleitet Pastor Eichstädt sie her."

Sie antwortete nicht gleich. Dann aber sagte sie hastig: „Da will ich doch schnell in die Küche gehen. Er kommt doch zu uns ins Haus, und da will ich ihm den Kaffee warm machen. Viel Zeit wird er ja nicht haben, wenn er noch in dieser Tide wieder zurück will."

In Wirklichkeit wollte sie die beiden allein lassen, wenigstens in den ersten Minuten ihres Zusammenseins. Ihr Mutterherz riet ihr dazu, und so trippelte sie schnell ins Haus, im Hineingehen das hinter ihr herschleppende Garn nach sich ziehend.

Er blieb sitzen und stützte den Kopf in beide Hände, bis er einen Schritt auf dem festen Boden der Warft hörte.

Da stand er auf und ging ans Tor.

„Ei, sieh da! Willkommen, Herr Eichstädt. So hatte ich doch recht, als ich zu meiner Mutter sagte, Sie seien unterwegs."

„Guten Tag! Ja, ja, da bin ich schon wieder. Wie geht's Ihnen? Wir hatten gestern so wenig voneinander."

„So war es. Aber treten Sie ein. Setzen Sie sich in die Laube, der Kaffee kommt gleich. Kommen Sie allein?"

„Ja und nein." Er errötete leicht. „Fräulein Gydesen ist mitgefahren."

„So, so. Sie wollte ja schon vorige Woche kommen, und nun haben Sie sie mitgebracht. Das ist recht. Eine schöne Fahrt heute, gute Brise, glatte See."

„Gewiß."

„Was macht denn die – ich meine Fräulein Gydesen?"

Er wollte Inge sagen, aber er konnte den Namen nicht über die Lippen bringen.

„Sie ist nach Hause gegangen. Daß ich's Ihnen nur gleich sage, ich habe mich mit Inge verlobt. Deshalb bin ich hier. Ich gehe nachher hinüber zu Inges Eltern. Sie wollte erst allein mit ihnen sprechen, das ist ja begreiflich."

„O ja, durchaus begreiflich."

Pastor Pohnsen hatte das alles geahnt und in der letzten Stunde innerlich verarbeitet. Aber nun, wo es als Gewißheit, als vollendete Tatsache vor ihn hintrat, da lag es wie eine Zentnerlast auf ihm, da war er nicht so sehr Herr über sich, um alles niederdrücken zu können. Und so freute er sich, daß der andere fort und fort plauderte.

„Ich bin so glücklich, Herr Pohnsen, Sie ahnen es nicht, wie sehr. Es ist alles so schnell gekommen. Vor einem Monat noch litt ich schwer unter meiner Einsamkeit und dem Zwiespalt in meinem Verhältnis zur Gemeinde. Nun ist alles Glück und Sonne. Vorbei ist mein Alleinsein, und in Inge habe ich eine Lebensgefährtin gefunden, die meine Gedanken und Anschauungen teilt. – Aber Sie haben mir noch nicht einmal Glück gewünscht, Herr Pohnsen."

Er fuhr auf und sagte mit trockener Stimme:

„Hab' ich's nicht? Verzeihen Sie. Ich war so überrascht. Nun hole ich's nach. Glück mit Ihnen und mit Inge."

Ihre Hände ruhten eine kurze Zeit ineinander.

„Wir werden bald Hochzeit machen, noch in diesem Herbst. Ach, wie ich mich auf den Winter freue! Sie wissen ja nicht, was Einsamkeit heißt."

„Nein, das weiß ich wohl nicht", kam es bitter heraus.

„Sie haben ja immer Ihre Mutter. Ich war so ganz allein. Aber nun! Ach, wie ich mich freue!"

Pastor Pohnsen hielt es nicht länger aus, er mußte fort, mußte allein sein, und darum sagte er:

„Ich will doch sehen, wo Mutter bleibt. Sie weiß noch von nichts."

Da kam aber schon Inges schneller Schritt von der Nachbarwarft her. Man hörte, wie sie eilte.

Als sie aber Pastor Pohnsen sah, an dessen Anwesenheit sie in diesem Augenblick gar nicht gedacht hatte, stutzte sie, blieb verschüchtert draußen vor dem Gitter stehen und blickte auf Pastor Eichstädt.

„Karl", sagte sie leise, „ich wollte nur, ich komme nur –"

Verlegen hielt sie inne und zupfte an ihrem Kleide.

Eichstädt ging ihr entgegen, und da rief Pohnsen, der sich wiedergefunden hatte:

„Nur herein, Inge! Was machst du mir für Sachen! Eben habe ich mir mühsam einen Organisten herangebildet, und nun stehe ich wieder allein da. Was sind das für Geschichten?"

„Pastor!" schrie sie da plötzlich freudig auf und stürzte auf ihn zu, ihm beide Hände gebend, „ich kann ja nichts dafür! Es ist so gekommen, wie es hat kommen sollen. Und ich bin so glücklich."

Andächtig strich er ihr über die blonde Flechtenkrone und sagte mit tiefer, weicher Stimme:

„Wenn du nur glücklich bist, kleine Inge, dann ist ja alles gut, dann fliege nur in die Welt hinaus. Hier bei mir, bei uns konntest du wohl auch nicht glücklich werden. – Mutter!" rief er dann ins Haus, „Mutter, komm schnell her! Wir haben ein Brautpaar!"

Frau Pohnsen hatte hinter der halbgeöffneten Tür gestanden und alles mit angesehen. Sie wußte Bescheid und eilte darum auch nicht sehr, zu den beiden Glücklichen hinauszugehen. Als sie es doch endlich tat, lagen ihre Augen groß und voll auf ihrem Sohn, bevor sie sich zu Inge wandte. Sie hatte mit diesem einen Blick tief ins Herz ihres Sohnes gesehen, und es gab ihr einen wehen Stich. Aber niemand merkte ihren Schmerz, als sie sagte:

„Viel Glück, Inge, und auch Ihnen, Herr Pastor."

„Dank, Dank, Frau Pohnsen."

„Dann gehst du wohl bald von uns fort, Inge? Glück auf den Weg! Wir werden dich oft entbehren, du warst wie ein Kind im Hause. Ja, das warst du Inge."

Zwei junge Arme schlangen sich weich um ihre Schultern:

„Ja, so ist es immer gewesen. Aber nun müssen wir zu Vater und Mutter, Karl; sie warten schon."

Und dann gingen die beiden.

Pastor Pohnsen sah ihnen nach, wie sie um die Gartenhecke verschwanden.

Mit beiden Armen lehnte er sich schwer auf die Pforte und stand lange.

Als er sich langsam und müde umwandte, stand seine Mutter immer noch hinter ihm und sah ihn traurig an.

Dann reichte sie ihm beide Hände, ohne ein Wort zu sagen; aber in den alten, lieben Augen flackerte es.

Er umschlang ihre welken Arbeitshände, zog die alte Frau dann an sich und blickte in ihre Augen.

„Ja, Mutter, nun sind wir beide wieder allein. Du Liebe, Treue! Wie gut, daß ich dich habe."

Und er küßte ihr die durchfurchte Stirn.

*

Pastor Eichstädt und seine junge Frau hatten ihren Einzug auf Hoogeroog gehalten, und es schien, als sollte das Verhältnis des Predigers zu seiner Gemeinde besser werden.

Inge kannte alle und war allen bekannt, und so ging sie von Haus zu Haus, von Warft zu Warft, um überall ein Stündchen zu verplaudern. Es sei ihr Bedürfnis, äußerte sie oft, in ihrer alten Muttersprache zu reden. Mit ihrem Manne könne sie es nicht, und darum bäte sie alle, doch friesisch mit ihr zu sprechen. Das vertrauliche Du wandte sie dabei immer an und lächelte nur, wenn im Gespräch jemand sie mit ihrem Mädchennamen Inge Gydesen anredete. So bildete ihre ganze herzliche Art eine Brücke von den Warften zum Pastorat, und mancher ging aus diesem Grunde wieder zur Kirche.

Auch in Pastor Eichstädts Wesen war eine Änderung vor sich gegangen. Das Harte, Herbe schien er abgelegt zu haben, schien milder zu urteilen und viel mehr Herzlichkeit und Fröhlichkeit in seine Predigt zu legen.

Aber es blieb nicht lange so.

Der Herbst kam. Dick und schwer lag der feuchte Nebel über der Hallig.

Kein Sonnenschein brach durch die tiefhängenden Wolken,

und tagelang konnte man nicht einmal bis zu den Nachbarwarften hinüberblicken.

Der Regen stürzte herab. Die ganze Hallig war ein tiefer, schlammiger Brei, und wer nicht gezwungen war hinauszugehen, blieb drinnen.

Zu tun gab es für die Halligleute wenig. Wenn sie ihr Vieh gefüttert und gemolken hatten, schnitzten und hämmerten sie ein wenig an ihren Ackergeräten oder ihren aufs Land gezogenen Booten, bis die frühe Dunkelheit ihnen Einhalt gebot.

Dann fanden sich die Bewohner der einzelnen Warften abwechselnd bei dem einen oder anderen zusammen, tranken Teepünsche, spielten Karten und sangen und tanzten bis zum Schlafengehen.

Sie hatten sich im Sommer einen tüchtigen Vorrat an Rum eingebracht und halfen sich nun durch lachende, lustige Abende über die grauen, dunklen Nebeltage hinweg. Herrgott, was sollten sie anderes machen? Bücher hatten sie fast keine, und die sie hatten, waren schon wer weiß wie oft durchgelesen worden. Nebel und Sturm hinderten oft das Postboot, ihnen Zeitungen, Briefe und andere Nachrichten vom Festland zu bringen, und da wußten sie wirklich auf keine andere Weise den Tag totzuschlagen, als durch Kartenspiel und Teepunsch. Die Jungen gingen hin und wieder auf Entenjagd übers Watt; aber die Alten scheuten sich vor dem Herumwaten in Wasser und Klei.

Pastor Eichstädt waren diese Abende ein Greuel.

Er beredete sich mit Lehrer Hansen und dem Gemeindevorsteher. Er wollte versuchen, etwas anderes, Besseres an die Stelle dieser Feste zu setzen, und sprach von Unterhaltungsabenden, Vorlesungen, Gründung eines Gesangvereins.

Die beiden versprachen auch, ihn zu unterstützen, trotzdem sie an einen Erfolg nicht glaubten.

„Es ist seit Urbeginn so gewesen, und gefährlich ist's, daran zu rütteln. Pastor Pohnsen hat es fertiggebracht; aber bei dem ist alles anders. Hier wird's nichts werden. Doch immerhin, versuchen können wir es."

Es war vergebens. Was sie wissen wollten und sollten, meinten die Halligleute, das könnten sie sich untereinander erzählen.

Dazu brauchten sie nicht durch Schlamm und Klei über die nassen Fennen zu laufen. Nein, das war ihnen viel zu umständlich und unbequem. Es war ja ganz nett vom Pastor, daß er so etwas anfangen wollte, aber für sie wäre das nichts. Sie hätten von der Sonntagspredigt genug, sie brauchten nicht noch wochentags aus der Bibel etwas zu hören.

Da versuchte er, die jungen Mädchen allwöchentlich zu sammeln; sie sollten mit seiner Frau zusammen sticken und nähen, und er wollte dabei sitzen und ihnen etwas vorlesen.

Einigemal ging es gut. Dann blieb eine nach der anderen weg, und wieder sah er ein Band zerrissen, mit dem er seine Gemeinde an sich fesseln wollte.

So zog er sich mehr und mehr in sich zurück.

Aber härter und härter wurden seine Predigten, mehr und mehr wurde er zum unbarmherzigen Bußprediger.

Wenn er am Sonntagmorgen aus dem Pastorat trat und über den Kirchhof nach dem Gotteshause ging, wurde das Gespräch der wartenden Gemeinde plötzlich stumm. War es Vermutung oder Wirklichkeit – auf jeden Fall glaubte er, daß von ihm, und nicht im besten Sinne geredet worden sei. Er wußte, daß sie ihn nicht liebten, daß sie lieber einen anderen an seiner Stelle sähen. Und das machte ihn trotzig. Er war da, um die Gemeinde zu führen, und nicht sollte umgekehrt die Gemeinde ihn leiten und modeln. Und er wußte, was ihr not tat. Mit Geißeln und harten Worten mußten sie aus ihrer geistigen und körperlichen Trägheit aufgerüttelt und fähig für das Reich Gottes gemacht werden. Hier half kein weiches, laues Zureden oder gar Nachgeben! Hatte nicht auch Christus seine Peitschen über die Tempelschänder geschwungen? Und diese hier waren auch Tempelschänder, die einen durch ihre Trägheit und Gleichgültigkeit und die anderen durch ihr weltfrohes Genußleben. Als ob der Blanke Hans, der vor ihren Türen lauerte, ihnen keine Mahnung sei, so lebten sie dahin. Nun, dann wollte er ihnen ein Mahner sein, ein nimmermüder und nimmerstiller. Und ihn würden sie nicht abschütteln und totmachen, wie sie es bei dem großen Mahner da draußen durch Deiche und Dämme planten. Nein, nein, er hielt aus! Hatten sie hier draußen ihren steifen

Friesennacken, ihre harten Friesenschädel, gut – so wollte er ihnen zeigen, daß auch ein Festländer, ein „Butenminsch", seinen Willen und seine ausdauernde Kraft habe. Wenn sie nicht freiwillig kommen wollten, dann wollte er sie langsam aber stetig in das Reich Gottes zwingen, sie so formen, wie er es für richtig und wünschenswert hielt. –

Die Nebelwochen waren vergangen. Scharf wehte der Ost, hart und klar stand der Frosthimmel über dem Wattenmeer.

Tagelang hatte es schon gefroren. Aber der Blanke Hans war noch lange nicht gefesselt. Er lachte, wenn der Ostwind ihn mit den eisigen Fäusten packen wollte, bäumte sich hoch auf, daß die dünne Eisdecke, die er sich hatte gefallen lassen, klirrend zerbarst und warf die Fetzen höhnend auf die Sandbänke.

Dann sang und sprang der Wind um die Halligen, die schwarz und still vor ihm im dunklen Wasser lagen. Die Wellen hüpften an der Kante empor, singend und klingend; aber da packte sie der Ost, daß sie jählings erstarrten und wie blitzende, schneeweiße Filigranspitzen die schwarze, zerrissene Halligkante umsäumten.

Es war bitterkalt. Die Halligleute hatten ihre liebe Not, die Stuben warm zu kriegen; denn Steinkohlen hatten sie hier draußen nicht, sondern heizten mit Ditten, dem in der Sonne gedörrten Kuhdung.

Die Fenster wollten gar nicht auftauen. In manchem Hause standen daher die Kinder vor den Eisblumen und hauchten ihren warmen Atem dagegen. Wo aber noch ein Großmütterchen war, da holte es vom Bord im Pesel die alte Feuerkieke, füllte sie mit glühenden Kohlen, hielt das blanke Geschirr ans Fenster und freute sich, wie bald das Wasser in schweren Tropfen auf die Fensterbank sprang.

Aber die Hallig wurde wieder frei. Man wagte sich wieder von der Warft herunter, um nach der anderen Seite der Hallig auf Besuch zu gehen. Es war recht kalt; aber wohin sie kamen, gab es einen heißen Teepunsch, und der wärmte dann bis zur nächsten Warft, wo ebenfalls der Teekessel im Beilegeofen stand.

Am nächsten Sonntag fanden sich nur drei Besucher vor der Kirche ein. Mit kurzen Schritten liefen sie auf dem schmalen

Kirchhofsteig hin und her, um sich warm zu halten. Wenn nur der Pastor bald kommen wollte! Heute, wo nur so wenige da waren, kam es doch nicht darauf an, ob zur festgesetzten Stunde angefangen würde. Und kürzer konnte er es heute auch gern machen. Wo er nur blieb?

Pastor Eichstädt stand in seiner Arbeitsstube und blickte hinter dem Fenstervorhang versteckt hinaus. Ein bitteres Gefühl zog ihm ins Herz. Seine Stirn war gekraust, und ärgerlich biß er sich auf die Lippen.

Frau Inge stand am anderen Fenster, eingehüllt in Mäntel und Tücher und zum Kirchgang bereit.

Sie wagte kein Wort zu sagen, als sie sah, wie ihr Mann mit sich kämpfte. Sie hatte seit langem gemerkt, wie fern er seiner Gemeinde war. Ihr gegenüber hatten die Halligleute auch nie stillgeschwiegen, sondern offen ihre Meinung ausgesprochen, sie sahen ja in ihr weniger die Pastorsfrau als vielmehr eine der Ihren, die doch dieselbe Auffassung und Stellung haben müsse wie sie. Manchen bitteren Gang hatte sie getan, um den einen oder anderen umzustimmen oder gar in die Kirche zu ziehen.

„Dir zuliebe wollen wir es gern versuchen, Inge; aber das mußt du doch selber einsehen: er ist kein Pastor für uns. Gut ist er gewiß; aber er paßt nicht zu uns."

Nun war sie müde geworden. Aber je mehr sich die Kluft eigentlich ohne äußeren Anlaß vergrößerte, desto inniger schloß sie sich an ihn, desto mehr sah sie in ihm den Mann, der alles in sich verkörperte, was für sie Frömmigkeit, ja Religion bedeutete.

Mit einem Seufzer trat Pastor Eichstädt vom Fenster zurück und begann unruhig im Zimmer hin und her zu gehen. Schwer stampften seine Tritte auf, und seine Hände, mit denen er die Falten seines Talars umkrampft hielt, stieß er ab und zu wie im Streit von sich.

Ängstlich verfolgten ihn ihre Augen, und plötzlich ging sie auf ihn zu und schlang die Arme um ihn.

„Vergib ihnen, Karl, sie wissen nicht, was sie tun."

„Sie wissen es wohl", antwortete er schroff und löste ihre Arme. „Sie wissen es wohl. Sie sind wie törichte Kinder, die um schlechter Dinge, um eitlen Tandes willen das Beste von sich werfen."

„Bedenke, Karl, die kalte Kirche."

„Können sie nicht eine halbe Stunde, wie ich und du, dies bißchen Kälte ertragen um ihrer Seele Heil willen? Ist es nicht furchtbar! Sie scheuen sich, eine Stunde lang zu frieren, und wissen doch, daß sie um dieser versäumten Stunden willen eine Ewigkeit im ewigen Feuer brennen müssen. Oh, diese Toren und schwachen Seelen! Einst sind die Bekenner Jesu Christi freudig in den Tod gegangen und diese hier?"

Sie trat ans Fenster und meinte leise, selber ungläubig: „Vielleicht kommen noch einige!"

Es war töricht, die Blicke danach schweifen zu lassen. Aber doch tat sie es, um einen Funken der Hoffnung in ihm anzufachen und ihn still zu machen.

„Inge, was betrügst du dich und mich? Es wird keiner kommen, keiner."

Und wieder wanderte er unruhig hin und her, verfolgt von ihren ängstlichen Augen.

Die Kirchgänger wurden ungeduldig. Fröstelnd und nahe aneinander gedrückt standen sie im Schutz der Kirchenmauer und blickten zu den Fenstern des Pfarrhauses hinüber.

Er merkte es nicht. Aber seine Frau sah es und sagte bittend: „Karl, sie warten draußen. Es ist Zeit. Bitte, geh hinaus."

Und sie faßte ihn und führte ihn leise zur Tür.

Da ging er hinaus, hart und streng die Augen geradeaus gerichtet. All seinen Groll trug er mit in die Kirche hinein.

Seine Worte waren wie Peitschenhiebe. Und ob sie schon den Ferngebliebenen in erster Linie galten, so fühlten sich doch in dieser Stunde gerade die getroffen, die unter seiner Kanzel saßen.

Nach dem Gottesdienst trat Melfs zu ihm und sagte in seiner ruhigen Art:

„Das waren harte Worte, Herr Pastor. Aber bedenken Sie, daß die Alten auf unserer Hallig in der klingenden Kälte den Weg hierher nicht wagen, und daß auch die anderen sich davor fürchten, in diesem Eiskeller von Kirche eine ganze Stunde zu sitzen."

„Wenn eine innere Stimme sie zu Gott riefe, so würden sie schon kommen. Aber das ist es ja, daß nichts, nichts in ihnen sie zu Gott zieht. Ich muß doch auch die Kälte ertragen."

„Gewiß. Aber dafür ist es ja auch Ihr Amt."

„Herr Melfs, nicht mein Amt, sondern mein Herz macht es mir leicht. Ich bitte, das zu beachten."

„Ich zweifle nicht daran. Und wenn ich mit Ihnen die Sache anschnitt, so tat ich es, um Ihnen einen guten Rat zu erteilen. Machen Sie es doch wie Pastor Pohnsen auf Westeroog. Der schließt im Winter die Kirche und predigt in seinem Zimmer. So viel Platz ist immer da, trotzdem alle kommen. Wenn jeder nur will –"

„Immer und immer Pastor Pohnsen! Ich kann mich nicht nach anderen richten. Ich kenne meine Ziele und Wege und weiß, was ich tue und was für mich recht ist."

„Ja, ja. Ich wollte Ihnen nichts vorschreiben, sondern nur einen guten Rat geben. Heute kann ich's ja noch. Denn nächsten Sonntag werde ich bei solcher Kälte auch nicht kommen. Guten Morgen."

Und dann ging er mit schnellen, starken Schritten davon.

Pastor Eichstädt sah ihm einen Augenblick mit trotzigen Augen nach; dann ging er ins Haus.

Bei Tisch sprach er kein Wort.

Und nachher, als er in sein Zimmer ging, sagte er: „Ich muß allein sein, Inge."

Da ließ sie ihn und sah ihn erst wieder, als er Licht wünschte und sie die brennende Lampe brachte.

„Karl!" Leise und traurig kam es heraus.

„Ich weiß, was du sagen willst, Inge. Verzeih – aber ich konnte nicht anders."

„Du darfst nicht so schwer daran tragen, Karl. Es wird doch einmal der Tag kommen, an dem du recht bekommst. Hab' Geduld, so wie ich. Ich glaube an dich."

„Ja, du glaubst an mich, Inge. Wohin sollte ich sonst auch kommen, wenn du nicht an mich glaubtest."

Und sie saßen sich wieder unter der hellen Lampe gegenüber. Er war der Gebende und sie die Nehmende.

Willenlos, kritiklos nahm sie alles hin, was er ihr bot. Er war ihr Gott. Zu ihm sah sie auf, wie zu dem Reinsten und Allerheiligsten, vor ihm neigte sie sich, vor ihm schwiegen alle anderen Stimmen in ihrem Innern. Stundenlang konnte sie vor ihm sitzen und andächtig seinen Worten lauschen. Sie war seine Gemeinde. Alles, was er dieser sagen möchte, sagte er ihr und erzeugte so mitunter das Gefühl tiefster Schuld in ihr, so daß sie sich noch mehr vor ihm beugte. Zu allem sagte sie ja.

Auch heute war sie seiner Meinung, als er ihr erklärte, daß er trotz allem am Gottesdienst in der Kirche festhalten wolle. Als er aber nach einer langen Aussprache mit Lehrer Hansen zu der Überzeugung kam, daß es gut sei, einmal im Pastorat die Predigt zu halten, da hielt auch sie dieses für das beste.

Die Schulkinder sagten auf den Warften Bescheid – aber der Erfolg blieb aus.

Der kurze Wortwechsel zwischen ihm und dem Gemeindevorsteher war wie ein Lauffeuer über die Hallig geeilt, und nun trotzten sie; nur wenige saßen am nächsten Sonntag vor ihm.

Er hatte seine Gemeinde verloren.

*

Tiefer Schnee war gefallen. Die Hallig war über und über weiß und hob sich wunderbar hell und leuchtend aus der schwarzen See ab.

Meterhoch lag die weiche Decke auf den Fennen.

Keiner war da, der Weg und Steg schaufelte. Wozu auch? Küchen und Keller waren voll, jede Warft hatte, was sie brauchte. Die fünf, sechs Häuser auf jeder Warft hatten sich gegenseitig Wege gebahnt. An Unterhaltung fehlte es nicht. Nur die Kirchwarft war ganz einsam, da hier als einzig bewohntes Haus nur das Pastorat stand.

Als Inge am ersten Morgen zum Fenster hinausblickte und die weiche, weite Schneedecke sah, lachte sie. Und auch Pastor

Eichstädt freute sich der gänzlichen Abgeschlossenheit von allen anderen Warften.

Je mehr Schnee aber fiel, je höher die Decke wurde, desto drückender empfanden beide das Gefühl gänzlichen Alleinseins. Zwar hatten sie nie mit anderen als sich selbst Verkehr gehalten; aber nun, wo dieser Zustand nicht freiwillig war, fühlten sie sich doch verlassen.

Oft standen sie, wenn der Abend kam, stundenlang am Fenster und blickten in die kalte, klare Winterluft hinaus.

Hier und da winkte aus den schmalen, kleinen Fenstern der umliegenden Warften ein schwaches Licht zu ihnen herüber wie ein weicher, lieber Friedensstern.

Und dann dachte Inge an ihr kleines Elternhaus, an das kleine trauliche Stübchen, in dem sie so manchen lieben Winterabend verplaudert hatte, oder an das freundliche Pfarrhaus auf Westeroog. Da hatte sie so manchen Abend zugebracht, wenn der Sturm an den Fensterladen gerüttelt hatte. Und immer war es froh und feierlich gewesen. Pastor Pohnsen hatte aus einem seiner Dichter vorgelesen oder von seinen Reisen und der großen Welt da drüben hinter dem Wasser erzählt.

Hier war es so ganz anders. Hier klang immer nur ein Ton. Und der war schwer und ernst.

Und doch betete sie den Mann an, der sie zu gemeinsamer Lebensfahrt an sich gekettet hatte. Mitunter war es ihr sogar, als müßte sie vor ihm niederknien.

Heute aber lag alles so schwer auf ihr.

War es Heimweh? Oder war es die seit einiger Zeit in ihr aufsteigende Angst, er könnte ihrer überdrüssig werden, weil sie ihm gar nichts zu bieten hatte? Sie wollte ihm so gern eine geistige Gefährtin sein und fühlte täglich, daß sie es nicht konnte. Sie hatte ja nichts, als nur sich selbst und ihre große Liebe. Und je mehr sie fürchtete, ihm geistig nicht genügen zu können, desto mehr waltete und sorgte sie um ihn wie eine Mutter. Die grenzenlose Liebe, die die alte Frau Pohnsen ihrem Sohne entgegenbrachte, nahm sie sich zum Vorbild. So wie diese Frau, die Herz und Gedanken ihres Sohnes vollständig besaß, wollte sie sein. Und so umsorgte sie ihren Mann in einer übertrieben hausmütterlichen, altbackenen Art, die er weder ihrem Ursprunge nach verstand noch besonders beachtete, sondern als etwas Selbstverständliches hinnahm. Sie verwöhnte ihn nicht nur, sondern gewöhnte ihn auch daran, in zwar unbewußter, aber oft drükkender, herrschsüchtiger Form vollständig über sie zu verfügen. Nicht ihre Meinung galt, sondern seine. Nicht ihre Bedürfnisse wurden berücksichtigt, sondern seine. Und so dehnte er sein Herrschgebiet immer weiter aus, so daß sie selbst auf ihrem ureigensten Gebiet seinen Rat einholte und sich ihm vollständig unterordnete; je willenloser sie wurde, desto schärfer trat sein Wille hervor.

Er hatte sich ihr gegenüber bald ausgegeben, und so saßen sie oft stundenlang beieinander, ohne sich ein Wort zu sagen.

Mitunter bat sie ihn um ein Buch; aber seine Bibliothek war klein und bestand fast ausschließlich aus theologischen Werken. Die gab er ihr; aber sie las nur die Buchstaben, ihre verlangende Seele hatte nichts davon. –

Wie schwer heute wieder der Tag auf ihnen lag!

Es war so totenstill im Hause. Irgendwo knapperte eine Maus, und ein Holzwurm bohrte; schreckhaft laut kam das Geräusch durch die Stille. Es war so still, daß man hören konnte, wie die Flut drunten am Priel die Eiszacken an der Wasserkante klingend zerschlug.

Wie lange hatten sie schon am Fenster gestanden! Und immer schwerer wurde es Inge ums Herz.

„Soll ich die Lampe anzünden?“ fragte sie leise, ohne sich umzuwenden.

Es dauerte eine Weile, bis er antwortete, und seine Worte kamen eintönig und langsam:

„Nein, noch nicht. Wozu auch? Der Abend wird lang genug.“

„Wie du willst.“

Als hätte sie eine Ewigkeit verrinnen lassen, so lang kam ihr die Zeit vor, bis sie wieder sprach:

„Wie still es ist! Und wie einsam!“

„Du muß es doch kennen und gewohnt sein.“

„Kann man sich daran überhaupt gewöhnen? Du, Karl? Du

bist ja immer drüben gewesen, wo ein Schritt dich zu Menschen brachte."

„Es kommt mir vor, als wäre es tausend Jahre her, daß ich durch die hellen Straßen einer Stadt geschlendert bin."

„Erzähle mir von der großen Welt, Karl."

„Ach, die große Welt! Sie ist ja ebenso klein wie die Welt hier draußen, oder umgekehrt, unsere so groß wie die. Es steht ja doch nur im Mittelpunkt ein Stück Menschenleben."

Und er sprach zu ihr von seiner Studentenzeit, seiner Armut, seinem Hunger nach Leben und seiner grenzenlosen Enttäuschung, von seiner Sehnsucht nach Frieden und von seinen großen Plänen und Zielen.

„Und heute? Bin ich weitergekommen? Habe ich auch nur etwas erreicht? Meine Füße stehen noch auf der untersten Sprosse der Leiter, die ich von der Erde bis zum Himmel aufrichten will. Vielleicht war es doch ein Fehler, hierher zu gehen! Vielleicht hätte ich in einer großen Stadt oder in irgendeinem Gefängnis oder in den Anstalten der Inneren Mission schneller und heilsamer wirken können. Aber nein, fürchte nichts. Noch gebe ich es nicht auf. Ich will meinen Tag und meine Stunde mir erzwingen."

Er ging auf der Diele hin und her und wiederholte, was er ihr schon tausendmal gesagt hatte. Daß er immer starrer wurde, blieb ihm selbst verborgen, je tiefer er sich in seine strengen Anschauungen hinein versenkte und mehr und mehr Formelmensch wurde.

Sie war am Fenster stehengeblieben und hörte ihm zu; aber ihr Herz wurde nicht froh dabei.

Merkte er es?

Plötzlich brach er ab und sagte:

„Laß uns Licht machen."

Und wieder verlief der Abend wie alle anderen — eintönig, still, schweigend.

Einige Tage später, als Inge mit einer Handarbeit am Fenster saß und ab und zu einen Blick hinüberwarf, sah sie plötzlich drüben von der Rickelswarft zwei Männer, so schnell es der hohe Schnee ermöglichte, sich vorwärtsarbeiten.

Wohin wollten die?

Sie schienen nach der Lornsenwarft zu eilen.

Das galt keinem gewöhnlichen Besuch, dazu eilten sie zu sehr.

Kurze Zeit darauf kam auch schon Jan Behrend von seiner Warft und kletterte, sprang, watete nicht weit von der Kirchwarft vorbei durch den tiefen Schnee.

Schnell holte Inge das Fernrohr, das ihr Vater ihr mitgegeben hatte, damit es ihr im neuen Heim nicht fehle, richtete es von Warft zu Warft, von Haus zu Haus und entdeckte auf der Lornsenwarft auf Sönke Fockerts Haus ein großes dunkles Tuch, im weißen Schnee liegend.

Da fiel ihr plötzlich ein, daß Sönke Fockert krank sei. Nun riefen sie durch das Tuchsignal um Beistand. Es mußte also sehr schlimm um ihn stehen.

Inge kannte dieses Zeichen von ihrer Hallig her. Geradeso hatten die beiden einsamen Alten auf Habel einmal Hilfe herbeigeholt. Sie machten es hier draußen immer so; sie selbst war mehr als einmal mit gewesen. Und ohne sich lange zu besinnen, sprang sie auf, lief über den Flur, schlug sich ein Tuch um den Kopf und eilte zur Tür, als ihr Mann heraustrat.

„So eilig, Inge? Was hast du vor?"

„Sönke Fockert ist schwer krank, sie rufen nach Beistand, ich will hinüber."

Sie hatte die Haustür schon geöffnet und wies über das Schneefeld hinüber.

„Siehst du das Tuch?"

Als er sie verständnislos anblickte, erklärte sie ihm den alten Brauch.

„Bleib hier, Inge. Ich geh' für dich hinüber. Was willst du da?"

„Nein, ich muß hin. Ich habe bei Pastor Pohnsen so manches aus der Krankenpflege gelernt, was hier von Nutzen sein kann. Komm, laß uns eilen!"

Es war schwerer, als sie gedacht hatten. Wenn auch der Schnee leidlich fest war, so brach er doch an manchen Stellen durch, und sie sanken bis unter die Arme hinein.

„Du hättest doch lieber zu Hause bleiben sollen, Inge."

Ohne zu antworten, warf sie einen schnellen Blick zu ihm

hinüber. Keuchend arbeitete sie sich aus der Grube, in die sie gesunken war, heraus und eilte weiter.

Diesmal aber galt es noch nicht Sönke Fockerts, wenn es auch sein Haus war, das um Hilfe gerufen hatte.

Seine Frau hatte die einzige Kuh, die sie besaßen, zur Tränke geführt, die aus einem alten Steintroge bestand und vor der Stalltür stand; das Wasser wurde aus dem Feething da hineingepumpt. Auf den glatten Steinen war das schwerfällige Tier ausgerutscht und in den tiefen Feething gefallen. Da lag es nun, reckte den Kopf eben aus dem Wasser und brüllte entsetzlich.

Die Nachbarn umstanden die Grube, andere kamen hinzu, und gerade als Pastor Eichstädt und seine Frau die Warft hinaufstiegen, war die Kuh vertaut und wurde langsam heraufgezogen.

Enttäuscht meinte Pastor Eichstädt:

„Nur ein Rind! Und dabei ein Tun, als wäre die ganze Warft im Untergehen."

„Karl" – die Worte kamen schnell und kalt – „Karl, hier draußen gilt ein Rind oft so viel wie ein Mensch, und in Sturmfluten kommen erst die Tiere auf den Boden und dann wir! Das ist Halligbrauch!"

Er zuckte mit den Schultern. So hatte er es ja gar nicht gemeint; aber er sagte nichts. Helfen konnte er nicht, Inge auch nicht, und darum mahnte er zur Heimkehr.

„Gleich, gleich", sagte sie und wandte sich noch einmal zu den Männern: „Zu Hause bei uns fiel auch einmal ein Stück Jungvieh in den Feething. Vater gab ihm süßen, heißen Tee ein, und so hatte das Tier keinen Schaden vom Bad."

„Ja, ja, ist gut, Inge."

Sie gingen.

Am Fuße der Warft kam ihnen noch einer nachgelaufen: „Das war nett von dir, Inge, daß du kamst. Wir werden es dir nie vergessen, wenn du mal Hilfe brauchst."

Sie errötete; sie wußte, was er meinte.

„Danke schön, Bandix. Wir Halligleute müssen zusammenhalten."

Und wieder kämpften sie sich durch den Schnee hindurch.

Der Weg fiel Inge diesmal schwerer. Ihr Herz pochte zum Zerspringen, und oft mußte sie stehenbleiben und die Hände gegen die Brust pressen, in der es ihr mitunter wie Krampf war.

Am großen Priel konnte sie nicht mehr.

„Laß uns einen Augenblick stehenbleiben, Karl."

„Ich sagte es dir schon, du hättest zu Hause bleiben sollen."

„Laß nur, Karl", und sie lächelte müde, „es wird schon wieder besser. Wir sind zu schnell gegangen."

Endlich waren sie zu Hause.

Inge legte sich gleich zu Bett und schlief ein.

Am anderen Morgen ging es ihr wieder besser, und sie lachte ihn aus, als er besorgt tat. Sie wollte sich nichts merken lassen. Seinetwegen wollte sie sich halten.

*

Zwei Wochen später war Weihnachten.

Das Wetter war umgeschlagen. Ganz plötzlich wurde es regnerisch. Der Schnee schmolz, und als das Fest kam, war die Hallig wieder fast schneefrei. Nur hinter den Warften und in den Prielen lag es noch weiß.

Aber nun setzte ein starker Südwest ein, brach das Eis, das auf den flachen Wellen des Wattenmeeres lag, und schob es knirschend an den Strand.

Das Meer war wieder frei.

Da ging Pastor Eichstädt zu Peter Dirksen und bat ihn, er möge für ihn und auch für die Kirche einen Weihnachtsbaum mitbringen, wenn er zum Festland hinüberführe.

Der versprach es und segelte am anderen Tage nach Kleinsiel.

Mathsen, „dat Leitfüer von Kleinsiel", stand auf dem Deich und begrüßte ihn. Seine lustige rote Nase glänzte im scharfen Wind noch mehr als sonst.

„Minsch, Mathsen, wat lücht din Näs."

„Ja, Peter, dat magst woll segg'n. De Lüd meen'n, dat kummt vun't Drinken."

„Ik weet", unterbrach Peter ihn lachend, „un darbi drinkst du gar niks."

„Do ik ok nich, man blots mit gude Fründ'n."

„So as ik eener bün. Na, denn man to. Vel Tied heff ik nich. Ik mut gliek wedder torügg. Lat uns man erst de Wihnachsböm upladen, un denn nehm'n wi een to'n Afgewöhnen."

Sie hieben einige Tannen in Mathsens Garten um, luden sie ins Boot und setzten sich hinter ihre Teepünsche.

„Segg mal, Peter, wat makt de nie Preester?"

„Ja, dor is nich vel to segg'n. En guden Kerl is he, aber swatt as de Düwel. Is niks för uns. Kann mi mit em nich verdrägen.

„Heff ik mi glieks dacht. Seeg mi all so wunnerlich ut. Na, jeder na sin Haeg. Un sin Fru?"

„Sin Fru? Alln's wat rech is, en bannig nette Fru. Dat lat man gud sin. Na, nu lat uns man noch gau en Punsch krieg'n un denn mut ik los. Dat ward hüt fröher düster, un buten drivt noch vel Is."

Als er vom Deich abstieß, rief er noch einmal lachend zurück: „Bliev man op 'e Diek stahn! Din Näs lücht ja meist bit na Habel un Gröde!"

„Ach wat, du Halligbuer!" brüllte der andere ärgerlich und trabte in seinen großen klappernden Holzschuhen in seine warme Gaststube zurück. –

Zwei Tage später brannte der Weihnachtsbaum in der Halligkirche auf Hoogeroog.

Es waren heute mehr Kirchgänger da als sonst. Von allen Warften waren sie durch die Dämmerung gekommen. Die feierliche Weihnachtsstimmung trieb sie. Die meisten von ihnen hatten keinen Weihnachtsbaum. Woher sollten sie ihn auch haben? Auf der Hallig wuchsen keine Tannen. Und doch sehnten sie sich danach, nach des langen Jahres Hetze und Alltäglichkeit wieder einmal in die stillen, feierlichen Kerzen zu blikken und das geheimnisvolle Knistern der Nadeln zu hören. Auch hatte Lehrer Hansen ein neues Weihnachtslied mit seinen Schulkindern eingeübt – das wollten sie alle hören.

Inge sollte das Harmonium spielen. Hansen hatte sie darum gebeten. Sie tat es gern, trotzdem sie sich nicht wohlfühlte. –

Wie der Wind brauste.

Sie mußten alle durch die Nordertür in die Kirche hineingehen. Die Südertür ließ sich gegen den Wind kaum öffnen.

Und nun saßen sie da, dick und dicht in Mäntel und Tücher gehüllt.

Die vielen Lichter wärmten zwar den Raum etwas an, aber doch stieg der Atem der Männer und Frauen wie eine feine Nebelwolke zur Decke empor und warf die Flammen hin und her, daß sie seltsam und wunderlich flackerten und tanzten.

Leise begann das Harmonium zu spielen. Weich und lieblich schwammen die Töne durch die kleine Kirche. Dann setzten die Kinderstimmen ein:

„Stille Nacht! Heilige Nacht!
Alles schläft; einsam wacht
Nur das traute hochheilige Paar.
Holder Knabe im lockigen Haar,
Schlaf in himmlischer Ruh."

Alle anderen fielen mit ein, aber nicht laut und hart wie sonst. Sie mühten sich alle, leise und fein zu singen.

Melfs aber, der nahe am Fenster saß, sang nicht mit. Er horchte auf den Wind, der stärker und stärker wurde und um die Kirchenecke pfiff und heulte und an der Tür rüttelte und drückte.

Der Wind schien zum Sturm werden zu wollen.

Dann würde es für sie keine stille Nacht werden. Es war in den letzten Wochen so furchtbar viel Wasser in das Wattenmeer gedrängt worden, und der Wind war umgesprungen.

Vielleicht war es besser, dem Pastor Bescheid zu sagen, daß er es heute kürzer machen möge, damit alle vor der größten Sturmstärke nach Hause kommen konnten, um Brunnen und Türen mit Sandsäcken zu sichern. Dehnte er den Gottesdienst gar zu lange aus, konnten die niedrigen Fennen schon blank sein, und dann war es ein kaltes Heimwärtswandern durch das eisige Winterwasser hindurch.

Einen Augenblick wollte er es abwarten, die Kinder sollten erst ihr neues Lied singen, daran sie solche Freude hatten und wovon er in den letzten Wochen so viel gehört hatte. Schon stimmten sie an. Das Harmonium begleitete sie leise. Es war ein altes, liebes Weihnachtslied:

„Vom Himmel hoch, ihr Englein, kommt,
Eia, eia, susani, susani, susani!
Kommt singt und klingt, kommt, pfeift und trombt,
Alleluja! Alleluja!
Von Jesus singt und Maria!

Kommt ohne Instrumente nit,
Eia, eia, susani, susani, susani!
Bringt Lauten, Harfen, Geigen mit!
Alleluja! Alleluja!
Von Jesus singt und Maria!

Die Stimmen müssen lieblich gehn,
Eia, eia, susani, susani, susani!
Und Tag und Nacht nicht stille stehn,
Alleluja! Alleluja!
Von Jesus singt und Maria!

Das Lautenspiel muß lauten süß,
Eia, eia, susani, susani, susani!
Davon das Kindlein schlafen müss',
Alleluja! Alleluja!
Von Jesus singt und Maria!

Singt Fried' den Menschen weit und breit,
Eia, eia, susani, susani, susani!
Gott Preis und Ehr' in Ewigkeit!
Alleluja! Alleluja!
Von Jesus singt und Maria!

Nun war das Lied verklungen, es war feierstill. Nur der Wind brauste und stöhnte um die Kirche.

Unauffällig, als wollte er den Klingelbeutel holen, der an

jedem Sonn- und Festtag von Bank zu Bank getragen wurde, ging Melfs den Mittelgang entlang hinter den Altar, wo Pastor Eichstädt stand, und teilte ihm seine Besorgnisse mit.

„Wird es schlimm werden?"

„Man kann es nicht wissen. In dieser Zeit ist der Wind unberechenbar und kann alles bringen."

„So meinen Sie, daß Gefahr –"

„Nein, daran glaube ich nicht. Aber immerhin –"

„Natürlich! Selbstverständlich!"

*

Als die Leute aus der Kirchtür traten, wußten sie, weshalb Melfs so lange hinter dem Altar gesprochen und der Pastor, statt eine lange Predigt zu halten, nur das Weihnachtsevangelium verlesen und einige Worte und ein Gebet gesprochen hatte.

Der Sturm jagte über die Hallig, und der schneeweiße Schaum der See leuchtete durch die Dunkelheit.

Eine harte Nacht kam.

Sie nahmen die Kinder in die Mitte, faßten sich gegenseitig an und kämpften sich durch das Wetter, während Pastor Eichstädt und seine Frau allein in der Kirche blieben und die Lichter löschten.

„Laß uns schnell ins Haus gehen, Inge, und drüben unsern Baum anzünden."

„Noch haben wir keine Zeit, Karl. Wir müssen erst unseren Brunnen festmachen. Das Wasser wird vielleicht hoch kommen."

„Das mache ich. Geh du hinein und bereite inzwischen alles vor."

Sie lächelte ihn an. „Was verstehst du davon?"

Darin hatte seine Frau recht, er verstand nichts davon. Noch nie hatte er eine Sturmflut miterlebt, noch nie eine Warft gegen die salze See geschützt.

Hinter dem Haus lag ein großer Sandhaufen, für die Tage der Not dorthin geworfen. Schnell holte Inge Säcke und einen Spaten aus dem Keller und machte sich daran, die Säcke mit Sand zu füllen. Er half ihr dabei. Der Sturm riß an ihren Kleidern und drohte sie mehr als einmal umzureißen. Aber sie hielten sich tapfer und schleppten die Säcke auf den Brunnendeckel.

Ihre Brunnen waren tiefe, ausgemauerte Zisternen, die vom Dache her zu Regenzeiten gespeist wurden. Das Wasser war gelb und unsauber, aber es war doch Wasser und das einzige, was auf der Warft zu haben war. Wenn sich das Salzwasser in den Brunnen stürzte, so litten sie inmitten der brausenden See unter Wassermangel und mußten sich in großen Tonnen Süßwasser vom Festland holen lassen. Bei Sturmfluten galt daher ihre erste Sorge dem Brunnen.

So war es auch auf der Kirchwarft.

Keiner half ihnen. Die beiden mußten allein Sack auf Sack herbeischleppen und auf den Brunnendeckel stapeln, um ihn dicht zu machen.

Dann schleppten sie die übrigen Säcke in den Flur und türmten sie, nachdem die Türen geschlossen waren, zu Schutzmauern an der Schwelle auf.

Endlich waren sie fertig.

Inge trug das Abendessen auf, und nachher saßen sie am Tisch in seiner Stube, in der der Tannenbaum glühte und duftete.

Aber es wollte keine Weihnachtsstimmung aufkommen.

Pastor Eichstädt kannte die Sturmflut nicht und ängstigte sich. Inge aber fühlte sich durch die Anstrengungen der letzten Stunde und die feuchte Kälte des jagenden Sturms angegriffen und unwohl.

Und dann die Einsamkeit, die furchtbare Einsamkeit!

Ihr Gespräch wollte nicht in Gang kommen. Ihre Unterhaltung wurde spärlicher und spärlicher und schlief endlich ganz ein.

Die Hände im Schoß gefaltet, so saßen sie und lauschten auf den Sturm, der ums Haus heulte.

Vergangene Tage wurden in ihnen wach.

Inge dachte der schönen Weihnachtsfeste drüben in ihrem Elternhause auf Westeroog. Pastor Pohnsen war immer bei ihnen oder sie bei ihm gewesen, wenn die Bescherung vorüber war. Dann hatten sie geplaudert, oder der Pastor hatte Weihnachtsmärchen oder Weihnachtsgeschichten vorgelesen und nachher ein fröhliches Kartenspiel um Äpfel und Nüsse angeregt, oder sie hatten mit den kleinen knusperigen Spielpfeffernüssen, die Frau Pohnsen immer machte, „Musch" gespielt. Das war immer so schön gewesen. Wie es dort wohl heute aussah? Sie würden gewiß an sie denken und viel von ihr sprechen. Auch Pastor Pohnsen. Und plötzlich mußte sie daran denken, wie warm er ihr im vorigen Jahr unter dem Baum die Hand gedrückt und wie innig er sie angeblickt hatte. Bei dem Gedanken wurde sie rot, neigte leicht den Kopf und dachte: der liebe, gute Mensch!

Auch Pastor Eichstädts Gedanken schweiften zurück. Er hatte manches Weihnachtsfest in der großen Stadt in seiner kleinen Stube mit einigen seiner Studiengenossen gefeiert. Viel Feierlichkeit war nicht dabei gewesen, desto mehr hitziges Disputieren über theologische oder andere Streitfragen. –

Der Sturm wurde stärker.

Ab und zu zitterte das Haus unter seinen Stößen.

Der Regen stürzte vom Himmel und schlug klatschend gegen die Fenster.

„Ob das Wasser hochkommt, Inge?"

„Es wird schon auf der Warft sein, Karl."

„Und das sagst du so ruhig?"

„Ich bin ein Halligkind. Fürchtest du dich? Wir stehen doch überall in Gottes Hand."

„Ja, ja. Aber so einsam auf der kleinen Warft zu sitzen und zu wissen, daß das Wasser höher und höher steigt, ist für mich ein furchtbarer Gedanke."

„Ich habe es schon oft miterlebt. Im vorigen Winter war es auch hoch. Da trieb ein Schiffsmast an unsere Warft und stieß so hart gegen unser Haus, daß ein großes Loch in die Mauer gerissen wurde. Da hatten wir die ganze Stube voll Wasser."

„Ja, aber hier, hier –"

Unruhig ging er hin und her.

Sie aber blieb ruhig und sagte:

„Dieses Haus steht fest. Da hat es so leicht keine Not. Ich will aber einmal zusehen, wie hoch das Wasser ist."

Damit ging sie auf den Flur hinaus und ließ die Tür offenstehen, so daß der Lampenschein über die Fliesen fiel. Wie das glänzte und gleißte!

Das Wasser mußte schon vor der Haustür stehen, es sickerte zwischen den Sandsäcken durch.

„Aber sieh doch, Inge, sieh doch! Was ist das?"

„Die Flut. Sie ist heute hoch. Gib mir den Flutkalender!"

Mit den Fingern fuhr sie an der Tabelle entlang, bis sie Tag und Stunde gefunden hatte.

„Hochwasser neun Uhr" las sie und blickte nach der Wanduhr, „dann haben wir noch eine Stunde Zeit, bis die See kentert."

„Und nun?" Eine zitternde Angst sprach aus ihm. „Was sollen wir denn da machen?"

„Abwarten, Karl, sonst nichts. Und wenn es ganz schlimm wird, auf den Boden hinaufsteigen."

Er schien nur an sich zu denken und für seine Frau kein Auge zu haben, sonst hätte er gesehen, wie blaß sie war. Das war bei ihr keine Furcht, sondern die starke Aufregung des Tages und der Einfluß der Nässe und Kälte. Sie mußte sich setzen. Er aber lief immer hin und her durch alle Stuben, bald auf den Flur, bald nach der Küche, bald sah er nach der Uhr, bald horchte er auf den Sturm.

Fünf Minuten. Zehn Minuten. Und wieder fünf Minuten.

Wie entsetzlich langsam die Zeit verrann, während draußen auf dem Flur das Wasser leise rieselte und stieg.

„Du, Inge! Wird der Sturm nicht schwächer?"

Beide horchten angestrengt hinaus.

Nein, noch stieß der Sturm in unverminderter Kraft gegen das Haus.

Aber Inge, deren Ohr für die Melodie des Nordseesturmes besonders scharf war, hörte aus dem Pfeifen und Stöhnen heraus, daß er sich geworfen hatte und aus einer anderen Richtung kam.

„Es stürmt noch ebenso hart, Karl. Aber die Gefahr ist vorbei. Der Wind ist nach Osten umgesprungen und treibt die Flut zurück. Fürchte nichts mehr. Das Wasser wird fallen. Wir können ruhig zu Bett gehen."

„Nein, nein! Auf keinen Fall! Das ist ja entsetzlich!"

Stöhnend erhob er sich.

„Sei nicht böse, Karl. Aber ich muß zu Bett. Ich kann mich kaum noch aufrechthalten."

Hätte er sie nicht gestützt, so wäre sie hingefallen. Bleich und schlaff lag sie in seinen Armen.

Mühsam half er ihr ins Bett.

Er aber blieb auf bis in die Morgenstunde, bis die Flut zurückgegangen und die muschel- und tangübersäte Warft vom Wasser frei war.

Am anderen Morgen war es stiller geworden. Wohl ging ein starker Wind und peitschte die Wellen hoch und brandend an der Halligkante empor, aber die Fennen waren fast wasserleer.

Da kamen die Halligleute aus allen Häusern, besuchten sich gegenseitig und besahen die Schäden.

Auch zu Pastor Eichstädt kamen sie.

Mit Inge ging es etwas besser.

Die Frauen halfen mit Hausmitteln und Trostworten, und Frau Hansen blieb bei ihr, um gleich bei der Hand zu sein, wenn es wieder schlechter würde.

So verging der Tag.

Am Abend wurde der Wind wieder stärker. Draußen stand eine harte See. Aber heute hatte es keine Not, da der Wind von einer anderen Seite wehte.

Auf der Tonnenswarft saßen alle Bewohner der fünf Häuser bei Peter Dirksen und plauderten bei Teepunsch und den leckeren friesischen „Knerken", dem offiziellen Halliggebäck.

Ihre Gespräche drehten sich um die vergangene Sturmnacht.

Keiner hatte Furcht gehabt; sie kannten derartige Überschwemmungen und hatten sich daran gewöhnt. Seit vielen, vielen Jahren hatte das Wasser nichts zerstört an ihren Häusern, sondern nur ihre Halligkante zerrissen; warum sollte es nun auf einmal anders werden? Nur eins bedauerten sie: daß ihren Kindern das Weihnachtsfest durch Sturm und Wasser verdorben worden war. Aber das ließ sich alles nachholen, heute oder morgen oder an einem der nächsten Tage. Der Wind war zwar hart, aber eine Hochflut würde heute nicht stören.

Allerdings hatten sich auch gestern nicht alle stören lassen. Peter Dirksen erzählte davon:

„Ich ging heute morgen gleich zu Frau Frerksen, weil ihr Haus doch so gefährdet ist und die beiden alten Leute so allein sind. Das hättet ihr sehen sollen. Gar nichts gemerkt hatten die beiden. Der Sturm hatte ihnen alle Wärme aus der Stube getrieben, und darum waren sie früh zu Bett gegangen und gleich eingeschlafen. Als nun das Wetter am schlimmsten war, erwachten sie, und Sabe Frerksen stand auf, um hinauszusehen. Da sah sie die ganze Warft weiß und rief ihrem Manne zu: ‚Denk, Jörgen, es hat wieder geschneit; die ganze Warft und alle Fennen sind ganz weiß und voller Schnee!' Sie hatte keine Ahnung, daß es nicht Schnee, sondern Schaum der See war, den sie sah, und ruhig gingen die beiden zu Bett. Erst heute morgen beim Aufstehen sahen sie, wie das Wetter gehaust hatte. Die Holztreppe, die über den Wall zu ihrem Garten führt, war weggeschlagen, und vor der Haustür lag ein tüchtiges Stück Holz vom Hecktor. Das hat Sabe Frerksen zu sich genommen und aufs Bord gelegt, als Andenken. Sie meint, damit hat der liebe Gott sagen wollen: Bis hierher und nicht weiter!"

„Von See werden auch noch schlimme Nachrichten kommen. Hinter Amrum muß ja eine ganz unkluge See gestanden haben."

„Schrecklich! Und dann am Weihnachtsabend!" klagten die Frauen.

„De Preester hett ok en schöne Angst hatt!" krähte Jan, indem er liebäugelnd seine Teepunschtasse hob.

„Lat uns hüt man mit den Preester in Ruh! Sin lütte Fru —"

„Ik segg ja nix gegen de Fru!"

„Ne, aber watt dorvon blivt ok an ehr hangen. Un de hett dat nich licht."

„Na ja, denn nich. Ik kann ja ok stillswiegen."

„Un Punsch drinken! Dor hest du recht, Jan!"

Sie lachten ringsum, und der Friede war wiederhergestellt.

„Ja, ja", nahm Heinrich Boyens das Wort wieder auf, „wir werden nächstens noch viel böse Nachrichten lesen und hören. Und der Gonger wird wohl an mancher Tür anklopfen."

Die Frauen schreckten zusammen, hielten sich die Ohren zu

und schrien: „Man bloß nichts vom Gonger. Denn kann man die ganze Nacht nicht schlafen. Es ist früh genug, von ihm zu hören, wenn er da ist.“

„Ik heff em noch nie sehn!“ brummte Jan.

Aber die anderen alle hatten ihn gesehen.

„Im vorigen Herbst, als meine Frau und ich so ganz still und allein in der Stube saßen, da war es. Ich hatte meine Pfeife angezündet und las die Tondernsche Zeitung; denn wir hatten gerade ein Paket davon gekriegt, nachdem lange das Postboot nicht hatte fahren können. Mutter saß im Lehnstuhl und kramte in Peters Briefen, der ja damals auf Südamerika fuhr. Mit ’n mal kommt von draußen ein Tappen und Auftreten, daß wir beide den Kopf heben und meinen, es kommt noch Besuch. Es kommt gerade auf unser Haus zu. ‚Wer das wohl ist?‘ meint Mutter. Auf einmal ist es still, gerade auf den großen Plattensteinen unter dem Fenster, wo ich sitze. Und dann klopft es leise dreimal an. Ich merke, wie meine Beine anfangen zu zittern, und die Pfeife fällt mir beinahe aus dem Mund. Auch Mutter kriegt den Kopf hoch, und wie sie sieht, daß ich bange bin, da kriegt sie das mit so ’n furchtbaren Krampf, wird totenblaß und schreit laut auf: ‚Heinrich, der Gonger! O mein Peter! O mein Peter! Nun ist er vertrunken!‘ Und dabei schlägt sie langsam hin auf die Diele. Ja, ja.“

Die anderen alle kannten die Geschichte; aber doch saßen sie mit weit aufgerissenen Augen und starrten den Erzähler an.

„Und dann?“

„Ja, dann. Ich brachte Mutter zu Bett und ging denn raus vor die Tür. Da war eine große Wasserlache, gerade unterm Fenster. So war es doch Peter gewesen. Er war ertrunken und war gekommen, um es uns zu sagen; und aus seinem nassen Zeug war das Wasser heruntergelaufen. Zwei Monate später schrieben sie uns, daß unser Peter bei Kap Horn über Bord gefallen war. Ja, ja, der Gonger!“

„Bei Krassen Meinerts war es doch auch so in diesem Frühling. Aber ihr kennt ja die Geschichte.“

„Das ist einerlei. Erzähle.“

„Von ihm waren doch zwei Jungens mit einem Fischdampfer

nach Island gesegelt und da untergegangen. Da ist ja immer so 'n dichter Nebel. Und denn das kalte Wasser. Genug, sie waren draußen geblieben und meldeten sich eines Abends zu Hause an. Alle beide. Der alte Krassen hörte das Klopfen ganz deutlich und sah auch die beiden Wasserflecke. Aber glauben wollte er es nicht, und darum hat er auch keinen Kranz gebunden und in die See geworfen. Da kamen sie wieder und dann zum drittenmal wieder. Er wollte es nicht glauben. Aber als die beiden nicht wiederkamen von Island, da mußte er wohl an ihren Tod glauben. Und nun ist er ja so 'n bißchen wunderlich geworden und läuft im Nebel immer draußen herum und meint, er soll dem Gonger einmal begegnen."

„Was für schreckliche Geschichten! Erzählt doch lieber etwas Lustiges oder singt ein Weihnachtslied", mahnte Frau Petersen.

Aber Heinrich Boyens unterbrach sie:

„Laß man gut sein, Magdalene. Wir können uns freuen, daß es den Gonger gibt. Dann wissen wir immer Bescheid über die, die draußen auf See sind. Und wenn ich einmal draußen bleibe, und der Gonger –"

In diesem Augenblick kam etwas draußen auf der Warft näher und näher. In schnellem Laufe kam es und lief an den Fenstern vorbei.

Starr und blaß saßen die Frauen da, und auch einige Männer ließen plötzlich die Pfeife sinken.

Nun stand es vor der Tür.

Und nun pochte es laut an.

Laut auf kreischten da die Frauen und drängten aus dem Zimmer in die Küche.

Peter Dirksen aber ging beherzt auf den Flur hinaus und öffnete die Tür.

„Ist jemand da?" rief er in die Dunkelheit hinein.

„Ja, ja, ich!"

Jemand drängte sich in den Flur und in die helle Stube hinein, zerzaust und naß. Es war Pastor Eichstädt.

Sie sahen alle auf ihn, wie er naß, bespritzt von Schlamm und Wasser, mit wirrem Haar und ohne Hut vor ihnen stand.

„Herr Pastor! Was ist denn los?"

Völlig erschöpft ließ er sich auf einen Stuhl sinken.

„Meine Frau, meine Frau –"

„Ist es schlimmer geworden?"

„Ja, und keinen Arzt. Woher kriege ich einen Arzt? Meine Frau stirbt mir, wenn kein Arzt kommt."

Er war wieder aufgesprungen und stand nun mitten unter den Männern und sah flehend von einem zum andern. Helle Angst flackerte in seinen Augen.

Auch Jan Behrend sah die Angst in seinen Augen und ging hinaus, kam aber gleich wieder zurück und flüsterte Peter Dirksen auf friesisch zu:

„Wollen wir es wagen?"

„Hast du ins Wetter gesehn?"

„Ja, es ist hart, und es wird eine schlimme Fahrt. Aber ich meine, wenn Inge krank ist –"

„Du hast recht, Jan. Laß uns! Sag' du es ihm."

Jan Behrend räusperte sich, trat vor Pastor Eichstädt und sagte:

„Dann hilft es ja nichts, dann müssen wir nach Amrum."

„Sie wollen für mich nach Amrum? In dem Wetter?"

Er traute seinen Ohren kaum, als Jan ihm antwortete:

„Natürlich. Für Inge will ich hin, will sagen: für die Frau Pastor. Peter Dirksen segelt mit."

Pastor Eichstädt faßte erst ihn, dann Peter Dirksen mit beiden Armen fest an:

„Das vergesse ich ihnen nie! Aber es geht nicht, Sie können in dem Wetter nicht hinüber."

„Lassen Sie das unsere Sorge sein, Herr Pastor. Wir haben schon andere Fahrten gemacht, nicht wahr, Jan?"

Der nickte nur und lächelte überlegen. Und Peter fuhr fort:

„Am besten ist es, wenn einer nach der Ockenswarft geht und nach Amrum telephoniert, damit wir den Doktor treffen."

„Das tu' ich selbst."

„Nein, Herr Pastor. Sie gehören heute ins Pastorat. Ist Frau Hansen noch da? – Ja? Na, dann ist es gut."

Heinrich Boyens aber meinte, es sei besser, wenn auch Pastor Pohnsen geholt würde. Es wäre immerhin möglich, daß der Arzt von Amrum durch andere Pflichten verhindert sei; auf eine telephonische Antwort könnten sie ja nicht warten, die könnte frühestens in zwei bis drei Stunden da sein. Und da Pastor Pohnsen auch so ein halber Doktor sei, so wäre es sicherer, gleich auch ihn zu bitten.

„Ja, ja!" stimmte Eichstädt freudig ein, um aber gleich wieder verzagt hinzuzufügen: „Er wird nicht kommen. Die See ist zu hart."

„Der wird nicht kommen? Ach, dann kennen Sie ihn nicht. Der ist schon bei ärgerem Wetter gekommen, einmal sogar über die Eisschollen", sagte Heinrich Boyens. „Aber wir dürfen keine Zeit verlieren. Ich fahre nach Westeroog. Wer geht mit?"

„Ich!" rief Jan Behrends Sohn.

„Du?"

Sein Vater legte ihm beide Hände auf die Schultern, und seine Stimme klang seltsam weich, als er sagte:

„Ne, min Jung, dat geiht nich. Ik un du, alle beide? Ne, een is genog. Ünner Gröde steiht en fürchterliche See, un wer weet, wo 't geiht. Is genog, wenn e e n e r blivt."

Heinrich Petersen stimmte ihm bei und erklärte sich bereit, mitzusegeln.

„Un nu los, wi hebbt keen Tied to verleern."

Keiner achtete auf Pastor Eichstädts Dankesworte und Segenswünsche, keiner auf die ängstlichen Zurufe der Frauen. In aller Eile legten sie Ölzeug und Südwester an, stülpten die hohen Seestiefel hoch und gingen an die Prielkante, wo ihre Boote lagen.

Der Wind fegte steif und kalt über die See und wühlte sie hoch auf. Eine starke Brandung stand an der Halligkante. Schwarz und schwer flogen die Wolken über den Himmel, und die weißen, taumelnden Möwen schrien durch die Finsternis.

„Dat ward 'n harte Fahrt. Aber nu man los."

Sie gaben sich noch einmal die Hand:

„Glückliche Reis'! Kommt gud wedder!"

Hart knatterten die Segel im Winde und klatschten an den Mast, bis die Boote die Brandung durchsprungen hatten, und dann verschwanden sie im Dunkel.

Und während die vier Männer mit ihren beiden Booten das brausende, kochende, stürzende Meer durchkämpften, lag Pastor Eichstädt zu Hause auf den Knien und betete zu Gott um Hilfe und Rettung für sein Weib.

*

Pastor Pohnsen auf Westeroog saß mit seiner Mutter im behaglich erwärmten Zimmer.

Auf dem Tische stand ein kleiner Tannenbaum voll schneeweißer Kerzen.

Der Rauch aus seiner Pfeife stieg wirbelnd empor und mischte sich mit dem Duft der leise knisternden Zweige.

Die beiden hatten in der vorigen Nacht auch nicht viel Schlaf bekommen. Nun freuten sie sich des Friedens und kümmerten sich nicht darum, wenn der Wind in den Schornstein stieß und laut rumorte, daß ab und zu die Funken herausstoben.

„Wenn die Kerzen niedergebrannt sind, wollen wir zu Bett gehen. Ich bin doch etwas müde. Erst noch eine Tasse Kaffee, und dann werden wir gut schlafen."

„Ja, ja, du kleine tapfere Pastorsmutter, das ist recht. Weißt du, wenn ich nun wieder nach Schleswig fahre, werde ich dem Regierungspräsidenten sagen, daß er dir einen Orden schicken soll. Denn wenn du gestern den Kaffee nicht so schön warmgehalten hättest, wäre der Pastor von Westeroog elend erfroren, als er helfen mußte, Paul Knuds Schafe aus dem Wasser zu holen. Ich weiß nur nicht, welchen Orden ich ihm vorschlagen soll."

„Du solltest dich schämen, als Halligpastor eine alte Frau zum Narren zu haben."

„Hoho!"

Er fuhr auf und stellte sich streng vor sie hin, faßte sie unter das Kinn und drohte mit dem Finger.

„Was wird ein hohes Konsistorium sagen, wenn es seinen Prediger so behandelt sieht?"

„Daß es viele vernünftige alte Frauen und viele unvernünftige Pastoren gibt."

Lachend huschte sie in die Küche, um die Kuchenteller zu

holen, während er ihr glücklich nachblickte, als wäre sie seine Braut.

Eben hatte sie den Kaffee in die Tassen gegossen, als die Tür ging.

„Nanu? Wer kommt denn noch so spät?"

„Vielleicht Inges Vater."

Sie gingen beide nach dem Flur und fuhren erschreckt zurück, als sie Heinrich Boyens im wasserblanken Ölmantel vor sich stehen sahen.

„Um Gottes willen, Boyens, was ist passiert? Kommt schnell herein."

„Ich habe nicht viel Zeit, es eilt", sagte er hastig und trat schwerfällig näher. „Ich komme Inges wegen. Sie ist schwer krank, und sie haben keine Hilfe. Jan Behrend und Peter Dirksen sind nach Amrum gesegelt, um den Doktor zu holen, aber wir wissen nicht, ob er kommt, und darum –"

Pastor Pohnsen ließ ihn nicht erst ausreden.

„Gleich bin ich fertig. Mutter, bring meinen Medizinkasten her. Ich zieh' mich inzwischen an."

„Nein, nein, du darfst nicht. Bei dem Wetter."

„Mutter!"

Er sah sie mit tiefen, stillen Augen an, und da senkte sie ihren weißhaarigen Kopf.

„Ja, Hans, wenn du mußt –"

Das kam ganz leise und verzagt heraus.

Ein tiefes Mitleid mit der alten Frau zog ihm durchs Herz, als er sie so klein und zusammengesunken vor sich stehen sah.

Zärtlich strich er ihr über die Stirn, und seine Stimme zitterte, als er flüsterte:

„Es ist Inge, die mich ruft."

„Ja, ja", sagte sie mit verhaltenem Schluchzen, „ich will dich auch nicht hindern. Gott schütze dich."

Ihre zitternden Hände halfen ihm das Ölzeug festbinden.

Plötzlich schlang sie die alten Arme um ihren Sohn, streichelte seine Backen und sagte in unsäglicher Liebe: „Mein Jung, ach, mein Jung."

Er küßte ihre zuckenden Lippen.

„Leb wohl, Mutter!“

Dann stampften die beiden Männer davon, die Warft hinunter.

Frau Pohnsen blickte ihnen nach, bis der dumpfe Ton ihrer schwer aufstampfenden Seestiefel vom Sturm verschlungen wurde und ihre alten, ängstlichen Augen nichts mehr sahen.

Als sie wieder drinnen im Stübchen war, blieb sie vor dem Christusbild, das über dem Schreibtisch ihres Sohnes hing, stehen, faltete die alten, zitternden Hände und betete inbrünstig:

„Du lieber Heiland, schütz' meinen Jungen. Du weißt ja, daß er nicht das Seine sucht, sondern das Deine. Du weißt, daß er um anderer willen in Sturm und See hinausfährt und daß ihn die Liebe treibt. Und wenn er auch Inge lieb hat, Du weißt ja, lieber Heiland, daß das keine Sünde ist; denn er begehrt sie ja nicht.“

Mit einem wundervollen, rührenden Blick, in dem tiefes Weh und grenzenloses Gottvertrauen geschrieben standen, sah sie lange auf den Gekreuzigten. –

Ein Licht nach dem anderen verlosch am Baum.

Es war ganz dunkel geworden.

Da warf sich Frau Pohnsen ein großes Tuch um die Schultern, zog es warm und fest zu und ging zu Inges Eltern.

Ihre starke Seele gab ihr Kraft, alle eigenen Sorgen von sich zu werfen. Sie dachte nicht mehr an sich, sondern nur an die alten Eltern der jungen Frau. Als trüge sie selbst kein Leid, so trat sie bei ihnen ein und tröstete sie.

*

Die beiden Männer suchten den schmalen Pfad, der durch die Fennen an die Kante führte, wo das Boot lag.

„Hätten wir nicht Inges Vater mitnehmen sollen?“ meinte der Pastor.

„Nein, nein, Pastor. Das geht nicht. Die See ist zu hoch. Wenn es über Nacht stiller wird, so wird er morgen schon allein kommen.“

„Ja, ja, dann ist es wohl besser so.“

Heinrich Petersen hörte sie kommen und riß das Großsegel, das er herabgenommen hatte, wieder hoch.

„Ist Pastor auch gut warm angezogen?“ fragte er, als sie an der Kante standen und auf das tanzende Boot sprangen.

„Aber Petersen, ich bin doch seebefahren.“

„Na, denn man los!“

Wie ein wilder Renner, der lange vergebens an der Leine gezerrt hat und endlich losgekommen ist, so sauste das Boot hinaus.

Die Nacht war schwarz und kalt.

Schneeweiß kamen die Wellen herangebraust und leuchteten hell in der Finsternis.

Brüllend sprang die See am Bug hoch und stürzte klatschend ins Boot.

Der Mast bog sich wie eine Gerte, und die Segel standen zum Platzen voll Wind.

Heinrich Petersen hielt die Hand an der Fockschote, Pastor Pohnsen die seine an der Großschote; Heinrich Boyens stand hinten, preßte sich mit den Knien an der Ruderbank fest und hielt das Steuer.

Keiner sprach ein Wort.

Aber lauter und gellender heulte der Sturm, dumpfer und schauriger brüllte die Flut.

Tiefdunkle Nacht. Aber es regnete nicht mehr.

Hell stand im Westen das Leuchtfeuer von Amrum, und auch Hörnum-Feuer zeigte ihnen den Weg. –

„Wir müssen lenzen“, sagte Heinrich Petersen; aber er konnte das Öhsfaß nicht finden, mit dem sie das Wasser ausschütten. Das war im wilden Tanz über Bord gegangen.

Da riß Pastor Pohnsen seinen Südwester herunter und versuchte damit das Wasser auszuschöpfen.

„Siehst du schon etwas von Hoogeroog?“ brüllte Boyens.

Der Sturm riß ihm die Worte vom Mund; aber die beiden anderen hatten ihn doch gehört und spähten durch Sturm und Wellengischt nach vorn.

„Nein! Nichts als schwarze See!“

Weiter tanzte das Boot. Es krachte bei der wilden Fahrt in allen Fugen.

Sie hatten alle Segel gesetzt, um so schnell wie möglich heimzukommen. Wohl wußten sie, daß es dann auf Leben und Tod ging; aber es mußte gewagt werden, mochte es biegen oder brechen.

Als sie unter Gröde waren und in die Süderau hineinbrausten, ging es nicht mehr. Hier stand eine fürchterliche See. Das Boot warf sich ganz auf die Seite, als wollte es jäh in die Tiefe gehen. Bald bohrte es den Schnabel tief in die See, bald stieg es steil auf, daß die Wellen wie mit ungeheuren Hämmern gegen die Wand schlugen.

„Wir müssen reffen!"

Sie wußten es schon alle drei seit einigen Minuten, daß sie ein Reff schlagen mußten; aber keiner hatte es auszusprechen gewagt.

Als nun Heinrich Boyens es laut und kreischend rief, saßen sie alle drei einen Augenblick ganz still, die Hände an den Bootsrand gekrallt.

„Na, denn los!"

Ein hartes Zittern lief durch das ganze Boot. Es schüttelte sich und bebte wie ein zorniges, gepeitschtes Roß und sprang dann mit dem Bug steif in den Wind.

Die Segel flatterten und knatterten; es klang fast wie Schnellfeuer.

Herunter das Großsegel!

Das Wasser klatschte über Bord.

Bis an die Knie standen die Männer im Wasser. Mit maschinenhafter Geschwindigkeit krallten sich die Finger um das Segel, rollten es und banden es fest.

So, das stand! Nun das Focksegel.

Heinrich Petersen sprang nach vorn.

„Hol di fast, Hein!"

Auf und nieder! Hin und her im Taumellauf!

Und das Boot so naß und glitschig und die Taue so naß und eisigkalt.

„Los die Schote!“ Das Focksegel riß und zerrte an der Leine, rasselte nieder, flog und klatschte im Wind.

Heinrich Petersen griff mit beiden Händen danach.

Eine Riesenwelle schäumte heran, wälzte sich krachend über das Boot, als wollte sie es zermalmen.

Tief duckte sich das Boot, und als es den Schnabel wieder hob, war Heinrich Petersen verschwunden.

„Boyens! Dreh bei!“

Wie ein Trompetenstoß durchschrie der Ruf den Sturm. Boyens hatte den Sturz gesehen.

Das Boot warf sich auf die Seite.

Eine neue Welle kam, stieg steil hoch wie ein schwarzes Brett und klatschte in das Boot.

Herr, du mein Gott! Die See!

Wo war Heinrich Petersen?

Da! Da! – Nein, da! Noch hielt er sich oben. Eine Leine flog über Bord. „Hol an!“

Und dann stand er wieder im Boot und schüttelte sich, um sogleich wieder nach vorn zu springen und das flatternde Focksegel anzubinden.

„Wat 'n See! Wat 'n Water!“

Weiter und weiter durch Sturm und Wellen in die Nacht hinein. Wie spät mochte es sein?

Sie hatten keine Zeit, ihre Ölröcke aufzuknöpfen, um nach der Uhr zu sehen. Wozu auch? Ungefähr wußten sie, wie weit sie waren.

Von Hoogeroog war immer noch nichts zu sehen.

Nur ganz fern schien ein Licht tief am Horizont. Das war vielleicht das Hewer-Feuer. Es schien weiß. Dann mußten sie noch mehr nach Westen halten.

Sie brauchten sich heute nicht vor den Sandbänken zu fürchten; es war Wasser genug da, und so steuerten sie unbekümmert weiter.

„Siehst du noch nichts von Hoogeroog?“

Heinrich Petersen kroch unter dem Großsegel nach vorn und spähte hinaus. Nein, er sah noch nichts.

Sonderbar – sie mußten bald da sein. Aber kein Licht war

zu sehen. Sie wußten, daß auf der Tonnenswarft in Peter Dirksens Küchenfenster eine helle Lampe stehen würde. Aber noch war nichts zu sehen. Die Wellen gingen so hoch, daß sie den Lichtschein verschluckten.

Plötzlich brüllte Heinrich Petersen: „Land!"

Er hatte die Hallig gesehen.

Zehn Minuten später sahen sie ein Licht, noch eins, und nun eine ganze Menge. In allen Hallighäusern hatten sie Lampen ans Fenster gestellt.

Pastor Pohnsen bog sich zu Heinrich Boyens hinüber: „Wir wollen in den großen Priel hineinsteuern, dann können wir gleich an der Kirchwarft anlegen."

Und dann waren sie da.

Das Boot lag noch nicht fest, als Pastor Pohnsen schon heraussprang und, so schnell es in dem nassen Ölzeug und den schweren Seestiefeln ging, die Kirchwarft hinauflief.

Nun stand er im Flur und riß das Ölzeug ab. Es hatte bei der schweren See nicht viel genützt; er war durchnaß, und das Haar klebte in Strähnen auf der bleichen Stirn.

Schnell riß er die Stubentür auf.

„Wie geht es Inge?" Er rief es den versammelten Frauen zu, die entsetzt aufgesprungen waren und ihn anstarrten.

In diesem Augenblick trat der Arzt aus dem hinteren Zimmer herein. Er war schon vor einer Stunde gekommen, trotz Wetter und Graus.

„Sie sind wirklich gekommen, Pastor Pohnsen? Sie lieber. Sie tapferer Mensch!"

„Wie geht es Inge, der jungen Frau?" stieß er atemlos heraus.

„Beruhigen Sie sich. Die Gefahr ist vorüber. Aber ob wir das kleine Kindlein erhalten, glaube ich nicht."

„Gott sei Dank!"

Er konnte nicht mehr. Er mußte sich setzen.

Der Arzt und Pastor Eichstädt brachten ihn ins Bett. Aber er konnte nicht schlafen, sondern lag und lauschte auf den Sturm und dachte immer: Wie gut, daß Inge es durchgehalten hat.

*

Am anderen Tage war es still.

Auf allen Warften hatten sie gehört, daß der Arzt von Amrum gekommen sei. Da erinnerten sie sich ihrer Gebrechen und wollten die Gelegenheit benutzen, für den Rest des Winters ein Allheilmittel zu bekommen. Willig ging der Arzt, begleitet von Pastor Pohnsen, von Haus zu Haus.

Peter Dirksen meinte, sie sollten einmal zu Sönke Fockerts gehen, der habe es am meisten nötig, daß einer nach ihm sähe, er sei bereit, sie hinzubegleiten.

Der Alte lag stöhnend im Bett.

„Ja, ja, Peter, nun geht es zu Ende. Nun kommt die letzte Fahrt."

Peter redete ihm freundlich zu.

„Ne, laß man, Peter. Da ist nichts zu machen." Nach einiger Zeit meinte er: „Du bist doch nicht allein gekommen?"

„Pastor Pohnsen ist da."

„So, der von Westeroog?"

„Ja, und dann noch einer, von Amrum."

„Auch ein Pastor?"

„Nein, ein Doktor."

„Ich brauche keinen Doktor! Das Geld will ich sparen. Er kann doch nicht helfen."

„Geld will er auch nicht haben."

„So?"

Der Alte schien ihm nicht zu trauen und drehte sich an die Wand, als nun der Arzt und der Pastor hereintraten.

„Na, Sönke, wie geht's?"

„Schlecht, Pastor. Aber einen Doktor brauche ich nicht. Es geht auch so zu Ende. Und mit dem lieben Gott bin ich auch schon in guter Ordnung, das kann Pastor glauben."

Der Arzt beugte sich über ihn.

Nein, da war nichts zu machen.

„Wer fährt Doktor nach Amrum zurück?"

„Ich, Sönke."

„Das ist gut, Peter. Dann nimm man gleich, was ich für den Sarg brauche. Dann haben wir's. Denn lange dauert es nicht mehr. Und wenn es erst soweit ist, hat Mutter so viel zu tun. Und schwach ist sie auch man. Da wird leicht was vergessen."

Schweigend standen sie vor seinem Bett.

„Nun geht man. Ich will allein sein."

Da gingen sie hinaus.

Als sie beide nach Mittag über die See nach Hause steuerten, wimmerte die Halligglocke.

Sönke Fockerts war tot.

Und auch das armselige, winzige Wesen, das Inge geboren hatte, war für immer eingeschlafen.

Das kleine, zu früh zur Welt gekommene Menschenkind lag nun schon einige Wochen unter dem Hügel. Der Wind, der aus der See stieg, lief gerade darauf zu und spielte mit dem Perlenkranz, den freundliche Kinderhände über das Kreuz gehängt hatten.

Manche Stunde des Tages war Inge auf dem Kirchhof, harkte und ordnete den Hügel und versuchte immer wieder, in der kalten Erde ein Blümlein zum Gedeihen zu bringen.

Von der Küche aus konnte sie das Grab sehen, es lag nicht weit vom Fenster.

Oft stand sie an das Fensterkreuz gelehnt und blickte hinaus, und wenn der Regen niederstürzte, war es ihr, als müßte sie hinauseilen und das Grab mit ausgebreiteten Händen vor den Wasserfluten schützen.

Sie war noch stiller geworden als früher. Ihre Seele, ihr Sein – alles hatte sie mit ihrem Kinde eingegraben.

„Ja, ja, du hast recht", entgegnete sie ihrem Manne auf seine Vorhaltungen, „es war nur ein kleines, nicht einmal lebensfähiges Geschöpf. Aber –" und sie schrie es förmlich heraus, „es war doch mein Kind! Was wißt ihr Männer davon!"

„Aber Inge, du gehörst doch auch den Lebenden."

„Meinst du?"

Das klang unsäglich traurig.

Mit großen müden Augen sah sie ihn an.

„Hab' Geduld mit mir, Karl. Ich kann nicht anders! Und ich nehme dir ja nichts, wenn ich an meinem toten Kinde hänge."

Da ließ er sie und vertraute der Zeit.

Je mehr sie all ihre Gedanken in die Vergangenheit senkte, desto mehr vertiefte er sich in seine theologischen Schriften und in die Bücher, die ihm von des Friesenlandes Kämpfen und Stürmen erzählten. Er wollte versuchen, auf diesem Wege der Eigenart seiner Gemeinde näherzukommen und merkte gar nicht, daß er sich ein falsches Bild machte, weil er, statt am lebendigen, am toten Material studierte.

Er sprach mitunter mit Inge darüber. Durch Pastor Pohnsen hatte sie die Landesgeschichte kennengelernt, und er hoffte, ihr Interesse daran würde ihre Gedanken etwas von ihrem Kinde ablenken. Es war vergebens. Und wenn er ihr erzählte von dem, was er nun erforscht hatte, sah er zu seinem Schmerz, daß sie gar nicht zuhörte, sondern entweder gedankenlos auf die im Schoß gefalteten Hände starrte oder mit großen Augen durchs Fenster über die weißen Grabsteine blickte.

Er fand sich schwer darein. Sein Amt in der kleinen Gemeinde nahm seine Kräfte nur wenig in Anspruch, und so sehnte er sich mehr denn je nach einem geistigen Austausch. Mit dem alten Hansen vertrug er sich nicht gut. Er sah in ihm einen Gegner seiner religiösen Anschauungen und Ziele, kannte seinen großen Einfluß auf die Gemeinde und beneidete ihn im stillen oft darum.

Doppelt schmerzlich empfand er es daher, daß Inge ihm geistig nichts zu bieten hatten, daß sie beide, jeder für sich, ein Leben lebten. Früher hatte er es nie gemerkt. Da war er ja nur der Gebende gewesen, hatte sich des Gebens gefreut und sich in dem Gefühl gesonnt, in ihr einen Resonanzboden zu wissen, der alle von ihm ausgehenden Töne hell schwingend und klingend wiedergab; sie war seine Gemeinde.

Nun war es anders geworden, und nun merkte er, daß dieses Mitschwingen nur ein Wiedergeben seiner Gedanken war, daß sie Eigenes nicht gab und nicht zu geben hatte.

Sie selbst wußte von all dem nichts, dachte auch gar nicht darüber nach, sondern ging still und mit vollem Herzen wie früher neben ihm her, nur daß sie jetzt als stärksten Inhalt ihres Seins ihr totes Kind hatte.

Und so merkte sie es nicht, daß er sich leise von ihr löste, sich immer mehr in sich selbst einspann, immer mehr sein eigenes Leben lebte. Er versuchte auch gar nicht mehr, sich geistig mit ihr zu verketten; es war ja doch nutzlos.

Immer stiller wurde es zwischen ihnen, und eintönig flossen ihre Tage dahin.

Pastor Eichstädt saß den ganzen Tag über seinen Büchern und kam nur aus seinem Hause, wenn er sonntags in die Kirche ging.

Abends kam es wohl mitunter vor, daß Inge sich an das Harmonium setzte und einen Choral oder ein schwermütiges friesisches Lied spielte. Aber oft hielt sie mitten im Spiel inne, legte die Hände müde in den Schoß oder stützte den Kopf darauf, weil es ihr plötzlich in den Sinn kam, daß es Sünde und Verrat gegen ihr totes Kind sei, zu spielen und zu singen.

„Willst du nicht etwas lesen, Inge?"

„Nein, ich mag deine Bücher nicht."

„Ich kann ja aus Husum oder Kiel Bücher kommen lassen oder Pastor Pohnsen um einige bitten."

„Ach, laß nur. Ich mag nicht lesen."

Und dann saßen sie wieder stundenlang schweigend nebeneinander.

Tagaus, tagein ging das so.

Einmal überraschte er sie dabei, als sie aus einer großen Truhe ihre alte friesische Tracht herausholte und sorgsam glättend auf dem Tisch ausbreitete.

„Was willst du damit?"

„Ich weiß es nicht, Karl. Es kam nur plötzlich über mich, ich müßte die alten Sachen einmal herholen. Ich habe sie ja als Kind und als junges Mädchen getragen."

„Ja", sagte er froh, daß sie scheinbar wieder an Dingen ihrer Umwelt Gefallen fand, „ja, Inge, ich weiß, als ich dich zum erstenmal sah, trugst du dieses bunte Tuch und diese großen blanken Knöpfe."

„Sie stammen von meiner Urgroßmutter. Vielleicht sind sie noch älter. So hängen wir am Alten und Lieben."

Dabei hob sie den Kopf und blickte zum Fenster hinaus. Und dann sagte sie plötzlich leise:

„Unser totes Kind hätte auch diese Sachen tragen sollen."

„Aber Inge“, meinte er unmutig, „du treibst es nun bald zu arg. Es ist ja kaum ein Aushalten neben dir! Nichts auf der Welt kennst du, als nur das Grab da draußen. Daß ich auf der Welt bin, scheinst du nicht mehr zu wissen. Und“, fügte er milder hinzu, „an dich selbst denkst du auch nicht mehr. Alles ist tot um dich her.“

Sie antwortete ihm nicht, sondern packte schweigend und lässig die Tücher und Kleider ein und ging wortlos hinaus.

Kopfschüttelnd sah er ihr nach. Er begriff sie nicht mehr. So oft hatte er versucht, sie aus ihrem Schlafzustand zu wecken; aber er konnte das rechte Wort nicht finden und gab es auf, den Weg zwischen ihren Herzen zu bahnen. Auch dieses Reich schien zerschlagen zu sein wie das Gottesreich, das er auf der Hallig hatte gründen wollen.

Als Pastor Eichstädt einige Tage später sinnend am Fenster stand und über die Hallig blickte, sah er seine Frau mit einem Körbchen in der Hand die Warft hinuntergehen. Das war es nicht, was ihn überraschte; denn er wußte, daß Inge schon mehrfach in diesen hellen, ersten Sonnentagen auf den Fennen die schon jetzt vereinzelt blühenden Hallignelken suchte. Was ihn heute wunderte, war die Tracht, die Inge trug: sie hatte das große, bunte Seidentuch aus ihrer Truhe über die Schulter geschlagen, wie es die Halligfrauen an Werktagen zu tun pflegten. Was bedeutete das? Sie hatte sich sonst immer über die städtische Kleidung gefreut, die sie getragen, seit sie im Pfarrhause auf Hoogeroog war. Und nun plötzlich das alte, friesische Gewand?

Wie müde sie ging. War es das große Tuch, das lose über den Rücken hing und sie so alt erscheinen ließ? Oder war sie wirklich in den letzten Monaten so alt geworden?

Ab und zu blieb sie stehen, ließ sich müde in die Knie sinken, pflückte eine Blüte und ließ sie in den Korb fallen.

Am Rande des großen Priels hielt sie an. Dort standen schon die neuen Triebe des Halligwermuts, und mit leichter Mühe band sie einen großen Strauß. Sie betrachtete ihn einen Augenblick, sog lange den herben, würzigen Duft in sich und ging dann auf den Steg. Mit beiden Armen stützte sie sich auf das Geländer und begann dann eine Blume nach der anderen in das seewärts treibende Wasser fallen zu lassen.

Dann schritt sie langsam weiter, der Schulwarft zu.

Am Fuße der Warft stand sie still und blickte zurück. Einen Augenblick war es, als wollte sie umkehren, aber dann schritt sie doch vorwärts, die Warft hinauf. Aber ihre Hand zögerte, die Gartentür zu öffnen, und sie wäre wieder zurückgegangen, wenn nicht Frau Hansen, die sie von ihrem Fenster aus beobachtet hatte, aus dem Hause gekommen wäre.

„Ei, guten Tag! Guten, guten Tag! Das ist aber hübsch von Ihnen, daß Sie einmal zu uns kommen. Herzlich willkommen! Es ist lange her, seitdem Pastors- und Lehrersleute zueinander gegangen sind, und früher kannten wir es nicht anders, als daß wir uns täglich besuchten. Aber das war ja auch anders; im alten Pastorat wohnten alte Leute, und nun sind junge dort eingezogen. Und alt und jung gesellt sich nicht gern."

Frau Hansen war eine große, stattliche Frau mit einem harten, hageren Gesicht. Ein Maler, der sie einst an der Halligkante gesehen und nach langem Bitten die Erlaubnis erhalten hatte, sie zu malen, hatte von ihr gesagt, daß sie wie eine alte Wikinghäuptlingsfrau aussähe. Unrecht war das nicht; aber die Härte ihres Antlitzes wurde wunderbar gemildert, wenn sie sprach oder wenn sie ihre großen, tiefen Augen aufschlug und voll auf einen richtete. Dieses weiche Leuchten lag auch jetzt darin und überschien ihr ganzes Gesicht, als sie neben Inge stand und mit ihrer harten, knarrenden Stimme sprach:

„Sie wollten doch zu mir herein, nicht wahr? Und nun stellen Sie sich, als wollten Sie gleich wieder weiter. Nein, nein das geht nicht."

Da blickte Inge zu ihr auf und sagte leise und zag:

„Ja, ja, so ist es – ich weiß nicht – ich, ich mußte zu Ihnen, Frau Hansen, ich mußte."

Die alte Frau blickte mit scharfen Augen die junge an, die still und zusammengeduckt vor ihr stand, und sah ein Leid, das die andere nicht gestehen wollte, über das die andere sich vielleicht selber nicht klar war. Und da legte sie ihr den Arm um die Schulter und sagte – und ihre sonst so harte Stimme klang dabei fast zärtlich weich:

„Inge, liebe Inge. Das ist recht, kommen Sie nur immer zu mir.“ Aber als sie das plötzliche Erschrecken in Inges Augen sah, fügte sie hinzu: „Ich freue mich ja so sehr, daß Sie kommen. Ich bin Ihnen so dankbar. Ich kann nun glauben, meine Tochter säße bei mir. Treten Sie ein. Wir sind ganz allein. Mein Mann ist bei Melfs, wegen der Befestigung. Es ist Nachricht von Schleswig gekommen: Hoogeroog muß noch warten, es ist noch kein Geld da. Auch wollen sie erst den Erfolg auf Westeroog sehen. Da sind sie ja in vollem Gange, und mein Mann hat schon gesagt, daß er nächstens hinüber will, um die Arbeiten anzusehen.“

So schwatzte sie weiter und führte dabei die junge Frau langsam ins Haus und zum großen, roßhaarbezogenen Sessel am blumengefüllten Fenster.

„Und nun, kleine Inge, setzen Sie sich gemütlich hin. Wir plaudern ein wenig von Westeroog, und dabei müssen Sie meine frischgebackenen Knerken versuchen.“

Eilfertig lief sie zum blitzenden Beilegeofen, holte die Messingdose herab, füllte einen alten, bunten Teller bis oben mit den duftenden Kuchen und stellte sie vor Inge.

„Nun lang man zu.“

Da huschte ein dankbares Lächeln über Inges Gesicht. Mit beiden Händen griff sie nach den alten runzligen der gütigen Frau, die ihr den Teller gebracht, und es war ihr, als müßte sie sie an die Lippen führen.

„Aber Inge! Was soll das?“

„Liebe, gute Frau Hansen!“

„Na, was denn nun?“

„Ach, machen Sie nur nicht solch böses Gesicht, Sie meinen es ja doch nicht so.“

„Jungvolk!“ schnarrte sie; aber ihre Augen lachten dabei, während sie vor ihrem jungen Gast einen Kuchenberg auftürmte. „Langen Sie zu. Tun Sie, als wären Sie zu Hause.“

„Ja, Frau Hansen, so ist es auch. Als wäre ich zu Hause.“

Sie stand auf und ging im Zimmer umher, von Bild zu Bild, von Spruch zu Spruch auf den bunten, blanken Wandkacheln.

„Glück un Not,
De gan as Ebb un Flot“,

stand an der einen Wand, und gegenüber:

„Geliek as Damp un Rok verswind,
Also sünd ok de Minschenkind.“

„Das steht auch zu Hause bei uns auf den Kacheln.“

„Ich weiß, Inge, es steht in vielen Hallighäusern. Und das ist recht so; denn ‚Glück un Not, de gan as Ebb un Flot‘, das gilt nirgends mehr als bei uns.“ Sie beobachtete dabei scharf die junge Frau. „Weiß Inge davon auch schon ein Lied zu singen?“

Inge zuckte zusammen und blieb abgewandt stehen, ohne zu antworten.

Sie hatte die Hände gefaltet, schlaff hingen die Arme herunter, und ihre Augen füllten sich mit Tränen.

Frau Hansen schüttelte den Kopf langsam hin und her und ließ ihre Blicke sorgenvoll auf der jungen Frau ruhen.

Dann trat sie schonend an diese heran, legte ihr die Hand auf die Schulter und sagte mit tiefem Ernst:

„Ja, kleine Inge, also sünd ok de Minschenkind. Wir Frauen haben immer unser besonderes Maß – an Freude – ja, vielleicht; an Leid aber ganz gewiß.“

Willenlos ließ Inge sich an den Tisch führen und setzte sich nieder, und die beiden Frauen sahen sich eine Weile schweigend an.

Da brach es plötzlich wie ein Schrei über die Lippen der jungen Frau. Alles, was an Leid in ihr lag, hatte sie bisher immer allein getragen. Nun war es ihr, als säße sie zu Hause im Stübchen bei ihrer Mutter, und da quoll es wie Sturzsee hervor: ihre Sehnsucht nach ihrem Kinde, ihr Schmerz um das Verlorene, ihre trostlose Einsamkeit. Sie war ja gewiß von Westeroog her Einsamkeit und Alleinsein gewöhnt, aber nun war es doch etwas ganz anderes, nun war es – nein, das konnte sie nicht sagen, nun nicht, heute nicht, das konnte und wollte sie keinem sagen. Das war das Gefühl, daß eine Kluft zwischen ihr und ihrem Manne sei. Nicht zwischen ihrer Liebe, nein, aber zwischen allem anderen, das sie doch gemeinsam haben mußten, und von dem sie glaubte, daß sie es einst gemeinsam gehabt hatten. Und so ahnte auch Frau Hansen es nicht und meinte treuherzig:

„Es ist Heimweh, das Ihnen das Herz weh macht."

Inge, die schon jetzt bereut hatte, der alten Frau so viel ihres Innern gezeigt zu haben, nahm das Wort hastig auf, nickte einmal schnell mit dem Kopfe und stand auf:

„Ja, ja, Frau Hansen, das ist's, Heimweh, nichts als Heimweh."

„Wie lange ist es her, seit Sie zuletzt zu Hause, drüben auf Westeroog waren?"

„Ich bin noch nicht drüben gewesen, solange ich hier bin."

„Noch nicht drüben gewesen? Dann müssen Sie hinüber! Nächstens, sobald es etwas wärmer wird."

„Glauben Sie, daß das hilft?"

„Und ob es hilft! Das ist für Sie die beste Medizin. Mein Mann fährt Sie hinüber, er will doch in nächster Zeit hin."

„Danke! Das wäre schön."

Dabei schlug sie ihr großes Tuch wieder über die Schultern und wollte gehen.

„Mein Gott, was ist das? Sie tragen das Halligtuch? Das habe ich ja noch gar nicht gesehen!"

„Ja, Frau Hansen, ich hab' es wieder hervorgeholt und werde es immer tragen. Vielleicht auch den Rock und das andere, wie alle Halligfrauen. Ich weiß selber nicht, warum. Zuerst freute ich mich über die feinen städtischen Kleider; aber nun ist es mir, als sei ich noch fester an die Hallig gebunden als früher."

„Aber was sagt der Pastor dazu?"

„Dem wird es schon recht sein. Er ist ja Halligpastor."

*

Als Inge über die Fennen nach Hause ging, fühlte sie sich leichter als sonst, und sie nahm sich vor, häufiger zu Frau Hansen zu gehen. Vielleicht war es aber auch der Gedanke an Westeroog, der sie froher stimmte, so daß sie schneller schritt und leichter die Warft emporstieg als sonst. Ja, sie wollte nach Hause, auf einige Wochen, wenigstens doch auf acht Tage. In ihrem Kinderstübchen wollte sie wieder sitzen und träumen und mit Pastor Pohnsen und seiner alten Mutter plaudern. Und wie einst wollte sie wieder in der kleinen Westerooger Halligkirche das Harmonium spielen und dann von Haus zu Haus gehen und glücklich und fröhlich sein wie einst.

Der Abglanz kommender Freude lag noch auf ihrem Antlitz, als sie ins Haus trat, schneller, freier als sonst.

Ihr Mann saß am Schreibtisch und sah nicht auf, als sie eintrat. Er merkte daher auch nicht die Veränderung, die mit ihr vorgegangen war, sondern schrieb ruhig weiter.

Da lag plötzlich wieder die Last all ihrer vergangenen Tage auf ihr mit schwerem Druck und erstickte den schwachen Freudenschein in ihrer Brust. Es war wieder wie immer: eng, dunkel, schwer und einsam, entsetzlich einsam und kalt, ohne Freude, ohne Lachen und Lust.

Sie setzte sich in eine Ecke des Zimmers, legte wie immer die Hände untätig in den Schoß und blickte vor sich hin.

Nach einer langen Weile erst wandte er sich nach ihr um und sagte kurz und flüchtig:

„Warst du auf der Schulwarft?"

„Ja."

„Na."

Dann arbeitete er weiter.

Sie aber ging hinaus in die Küche und begann mit den Vorbereitungen für das Abendessen.

Nach dem Abendessen sagte sie ihm, daß sie auf einige Zeit nach Westeroog wollte.

„Ich glaube, ich habe Heimweh, Karl."

„Wann willst du fort?"

„Wenn Lehrer Hansen hinüberfährt, er will mich mitnehmen."

„Und wann kommst du wieder?"

„Ja, Karl, das weiß ich nicht. Ich möchte — aber werde nicht böse — ich möchte acht bis vierzehn Tage dableiben. Tante wird hier ja alles gern in Ordnung halten wie früher, als ich noch nicht bei dir war."

„Gewiß, Inge. Bleib, solange es dir gefällt oder bis du dich wieder hersehnst."

„Karl, das darfst du nicht sagen. Du weißt ja doch –"

„Ja, ja, Inge. Ich weiß. Es fuhr auch nur so aus mir heraus."

Und dann setzte er sich wieder an seinen Schreibtisch und nahm seine Arbeit wieder auf. –

Einige Tage später fuhr Inge mit dem alten Lehrer Hansen nach Westeroog hinüber.

Als das Boot an der Kante anlegte, standen ihre Eltern schon da und gaben ihr die Hand. Sie hatten das ihnen bekannte Boot mit dem Fernrohr gesichtet und bald ihre Tochter erkannt.

„Tag, Inge. Gut, daß du kommst. Wir haben uns schon tüchtig nach dir gesehnt."

Ihre alte Mutter machte nicht viel Worte. Aber als sie ihren Arm in den ihrer Tochter legte, sah man, wie sehr sie sich freute und mit welcher Liebe sie ihr Kind ins Haus führte. Der Vater blieb an der Kante stehen und sah den beiden nach, ohne ein Wort zu sagen.

Dann wandte er sich an Hansen.

„Schöne Brise heute, feine Fahrt gehabt. Das Boot bleibt doch bis zur nächsten Tide?"

Ohne eine Antwort abzuwarten, stieg er ins Boot und half beim Einholen der Segel und Festbinden der Ruder und Stangen.

„Ist Pastor Pohnsen zu Hause?"

„Ich glaub' nicht. Der ist den ganzen Tag auf dem Watt, als sollt' er ganz allein die Hallig festmachen."

„Kann ich mir denken. Na, dann geh' ich zu seiner Mutter und erwarte ihn da. Ich habe ja Zeit."

„Soll's nicht eine Tasse Tee bei uns sein?"

„Vielleicht nachher. Ihr habt erst einmal genug an eurer Inge. Die habt ihr lange nicht gehabt."

„Ja, ja, Hansen. Wer sollt' es denken! So 'n kleines Halligmädchen und nun Frau Pastor. Ist sie gut? Ich meine, so wie eine Halligpastorsfrau sein soll."

Der alte Hansen lachte:

„Wie sollt' es anders sein! Art läßt nicht von Art."

Dann schritten die beiden über die Fennen zu den Häusern hinauf, die still im Frühlingssonnenglanz vor ihnen lagen.

Hansen ging zum Pastorat, während der andere seinem Hause zueilte.

Von der Kirchwarft aus hatte man einen weiten Blick über Hallig und See.

Die eine Hand lässig auf die Gartenpforte gelehnt, so stand der Hoogerooger Lehrer und blickte um sich.

Welch ein Leben und Treiben! Wohl fünfzig Arbeiter waren mit Karren und Spaten am Halligufer beschäftigt. Andere schleppten große Granitblöcke herbei zu der festen Mauer, mit der die Hallig umgeben wurde. Überall ein emsiges Schaffen und Wirken. Hier wurde zum erstenmal zur Wirklichkeit, was sie auf allen Halligen seit vielen, vielen Jahren erträumt hatten. Hier wurde Land festgemacht. Wann, ach wann schlug diese Glücksstunde auch für die anderen, die schutzlos den Wellen und Winden preisgegeben waren? Wann durften sie sich ruhig schlafen legen, ohne befürchten zu müssen, in der Nacht den Wellentod im Hause zu haben?

Der alte Hansen stand lange und blickte hinaus, und die alte Frau Pohnsen, die hinter den Fenstern stand und ihn beobachtete, wußte, was in seinem Herzen vorging, und blieb drinnen, obschon es in ihr brannte, den Gast hereinzuholen. Endlich hielt sie es nicht mehr aus, trippelte, so schnell es ging, hinaus und eilte den Gartensteg entlang.

„Herr Hansen, ei, Herr Hansen! So in Gedanken? Als wenn ein junger Bursch seinem Schatz nachblickt."

Lachend reichte sie ihm die Hände.

„Ja, Frau Pohnsen", erwiderte der Angeredete ernst, „als ob ein Bursch seinem Schatz nachblickt. Sie hier auf Westeroog haben den Schatz. Wann bekommen wir ihn?"

Dann aber schüttelte er die trüben Gedanken ab und schritt plaudernd ins Pastorat hinein.

Er saß noch kaum, da hatte sie auch schon eine Tasse Kaffee vor ihn gestellt und meinte lächelnd:

„Nicht wahr, für uns alte Leute ist es doch das Beste."

Er nickte, und da fuhr sie eifrig fort:

„Was macht Inge? Man sieht und hört nichts von ihr."

„Sie wird's Ihnen schon sagen, ich habe sie mitgebracht."

„Ach, wirklich? Da habe ich erst doch recht gesehen. Mein Sohn wollte es nicht glauben, sonst wäre er gewiß zu Hause geblieben."

„Wo ist er?"

„Im Watt natürlich. Da ist er den ganzen Tag. Ich will gleich das Tuch aufs Dach legen und ihn rufen."

„Nein, nein, tun Sie es nicht. Ich geh' zu ihm hinaus, ich will ja doch sehen, wie draußen gearbeitet wird."

Sie plauderten noch eine Weile, dann brach der Gast auf, ging an die Halligkante und blickte aufs Watt hinaus.

Pastor Pohnsen hatte ihn kommen sehen und watete nun durch Schlick und flache Priele ans Land. Er trug lange Seestiefel, die er an einem um die Hüften gewundenen Riemen festgebunden hatte; sie waren bis obenhin mit Schlamm bespritzt. Seine Jacke hatte er zu Hause gelassen. Die Hemdärmel hatte er hoch hinaufgeschoben, der Hut saß ihm im Nacken, so daß der frische Seewind mit seinem schweißfeuchten Haar spielte. Sein Gesicht war von Wind und Wetter gebräunt, und ein Lachen lag darauf, als er schwerfällig die Halligkante hinaufkletterte und vor dem alten Hansen stand.

Sie grüßten sich wie zwei alte Freunde, die jahrelang im Dienst ihrer Frieseninsel gestanden hatten; sah doch der Pastor in dem alten, weißhaarigen Hansen den Beginn des Kampfes um ihre Eilande und umgekehrt dieser in ihm die sicherste Stütze in einem energischen Fortführen dieses Ringens.

„Kommen Sie mit, Herr Hansen. Sie sollen alles sehen, was wir bis jetzt gemacht haben. Wenn das so fort geht, sind wir im Herbst vollständig sicher und lachen, wenn die salze See ihre Zähne an unseren Ufern ausprobiert."

Er führte ihn um die ganze Hallig. Ein großer Teil des Ufers war schon fest, eine starke Wand aus großen Granitblöcken stützte die Kante. Nur im Süden und Osten, wo die See nicht so stark wüten konnte, weil das Festland Schutz gewährte, sparte man die Steinmauer und warf einen niedrigen Schlickdamm auf.

„Sehen Sie hier, was wir durch das Gröppeln erreicht haben. Zuerst hielt es schwer, die Westerooger herumzukriegen, aber nun haben sie eingesehen, welchen Gewinn es ihnen bringt."

An dieser Seite der Hallig hatte das Meer all das niedersinken lassen, was es anderswo geraubt hatte, und nun, zur Ebbezeit, dehnte sich ein weites, grünschimmerndes Vorland aus, das von vielen Gräben durchzogen war. Zur Flutzeit füllten diese sich allmählich wieder mit Schlamm und Kleierde. Diese wurde ab und zu wieder herausgegraben, gegröppelt und auf das danebenliegende Land geworfen, das sich so allmählich hob und nun schon über und über mit dem Queller, dem Pionier des festen Landes, bewachsen war.

„Was meinen Sie, wie lange wird es dauern bis hier unsere Schafe grasen? Aber das ist noch nichts. Sehen Sie, dort drüben, das ist mein Stolz. Jahrelang habe ich drum geschrieben, gebettelt, gescholten und gemahnt. Nun endlich haben wir den Damm zum Festland. Bald ist er fertig, und keine vier Wochen soll es dauern, dann gehe ich als erster hinüber und grüße unsere Festlandsfriesen."

Er zeigte mit ausgestrecktem Arm nach Osten, wo sich ein langer, dunkler Wall in schnurgerader Linie bis zum Festland hinüberzog. Noch war der Weg nicht fertig. Noch arbeiteten Hunderte mit Spaten und Hacke an ihm; aber man sah und wußte, daß schon heute die See bezwungen und ein sicherer Weg übers Wattenmeer geschaffen war.

„Ich muß ihn sehen. Ich muß meine Füße darauf setzen! Solches Werk ist ja der Traum meines ganzen Lebens gewesen. So ist doch nicht alles vergebens gewesen, wenn auch nicht meine, sondern Ihre Hallig zuerst den Segen genießt."

Und dann standen die beiden Führer ihrer Gemeinden auf dem Damm und blickten hinüber nach Osten, wo sich das Festland mit seinen weißen Kirchen und hohen Mühlen wie ein Traumland ausbreitete. Lange standen sie so schweigend beieinander, bis endlich Hansen die Hand seines Begleiters faßte und fast feierlich sagte:

„Das wird die Heimat Ihnen nie vergessen."

Dann gingen sie zurück, gingen aber nicht ins Haus, sondern an die Westermauer der Kirche, setzten sich dort auf die geschützte Sonnenbank und blickten eine lange Zeit schweigend über das Meer. Die Sonne war im Versinken. Ihr Licht lag in tausend blitzenden Farben auf Watt und Wellen und zuckte leuchtend auf in den blanken Geräten der Arbeiter. Es war ganz still. Nur das Stampfen eines Dampfers, der drüben zwischen Föhr und Amrum durch die Fluten zog, kam gedämpft herüber.

Als die Sonne sank, meinte Pastor Pohnsen:

„Ich will nur selbst die Betglocke ziehen. Unsere Halligleute sind alle draußen auf dem Watt, wir können da keinen entbehren."

Er ging zum Glockenstuhl, der zwischen den Gräbern stand, und schwang die Glocke, daß es feierlich durch den stillen Abend klang und weit, weit über den Wellen im leisen Rauschen starb.

Als er zur Bank zurückkam, saß der alte Hansen ganz gebückt, mit auf den Knien aufgestützten Armen, den Hut in beiden Händen, und blickte vor sich hin. Schweigend setzte er sich zu ihm.

Nach einer Weile sagte Hansen, und es klang fast wie ein altes Volkslied:

„Die lieben, lieben Halligen! So klein, so einfach, so trostlos einsam, und doch eine ungeheure Welt voll Liebe und Treue. Keiner ist unter uns, der auf ihnen nicht schon manchen lieben Menschen und manch liebes Hab und Gut verloren hat. Und doch gibt es für uns auf der ganzen weiten Gotteswelt nur eins: unsere Hallig. Sie ist uns Vater und Mutter, Bruder und Schwester. Haben wir sie darum so lieb, weil wir sie schwinden, sinken und kleiner werden sehen? Nein, und nun, wo sie fest werden, da werden wir sie noch lieber haben."

„Werden wir das wirklich?" setzte Pastor Pohnsen hinzu, lange nachdem der Alte geschwiegen. „Werden wir das wirklich?"

Erstaunt blickte Hansen auf.

„Ja, glauben Sie nicht?"

„Ach, Herr Hansen, ich fürchte mitunter, wenn ich nach

schwerer Tagesarbeit allein im Zimmer sitze und die Pläne und Karten studiere, daß wir unsere Heimat nachher gar nicht mehr so lieb haben können, weil sie ganz anders wird. Sehen Sie dort hinaus. Wie war es früher und wie wird es jetzt? Einst die zerrissene, wilde Kante voll Muscheln und Tang; nun eine ebene, gleichmäßige, tote Mauer. Sie kriegt ein anderes Gesicht.

Der Alte sah ihn lächelnd an:

„Ein anderes Gesicht? Lieben Sie Ihre Mutter weniger, weil sie mit der Zeit ein anderes Gesicht bekommen hat?"

„Damit schlagen Sie meine Befürchtungen nicht nieder. Für viel schlimmer halte ich allerdings etwas anderes."

„Noch etwas anderes?"

Hansen richtete sich auf, der ernste Ton, in dem der Pastor sprach, hatte ihn stutzig gemacht.

„Ja", sagte Pohnsen und machte sich dabei an seinen Stiefeln zu schaffen. „Noch weiß ich nicht, ob meine Befürchtungen richtig sind, und zu keinem hab' ich noch davon gesprochen. Aber mitunter bedrückt es mich doch sehr. Sehen Sie, seit vielen Monaten haben wir Arbeiter aus dem Reich bei uns. Verstehen Sie mich recht; das sind natürlich auch Menschen, brave und tüchtige dazu. Aber für uns sind sie doch Ausländer. Und mir will scheinen, als ob die Gefahr des Untergangs unserer Hallig nicht so sehr von der salzen See drohe, als von den Fremden."

„Aber Herr Pastor."

„Ich mag mich täuschen, hoffe auch, daß ich mich täusche. Und doch quält mich eine Befürchtung oft. Sehen Sie, Giede Lydiksen hat ihre Hochzeit mit einem Manne von da hinten, von Ost- oder Westpreußen, angemeldet, und die beiden Töchter von Folkert Bandixen treffen sich Tag für Tag mit zwei fremden Arbeitern von weit drunten zu heimlicher Liebschaft. Das sind drei Halligmädchen von Westeroog, drei von den fünf jungen Mädchen, die auf meiner Hallig sind."

„Und da meinen Sie, daß –"

„Jawohl", unterbrach der Pastor ihn, „da meine ich, daß das der Beginn des Unterganges ist. Wir machen unsere Hallig nach außen fest. Aber unsere Leute vermischen sich mit fremden. Es gibt ein anderes Geschlecht. Vorbei ist die Zeit, da wir hier ganz rein friesisch waren und überhaupt ein Volk für uns waren. Sehen Sie, lieber Herr Hansen, das alles haben wir damals nicht bedacht, Sie nicht, ich nicht, noch all die anderen. Nun aber muß ich oft daran denken, und oft quält es mich so sehr, daß ich wünsche, es möchte ein Sturm kommen und alles zerstören. Aber dann kommen wieder Stunden, da freue ich mich wie ein Kind, daß endlich die Arbeiten begonnen haben und ihrem Ende entgegengehen. Unser Friesentum wird wohl stark genug sein, das Fremde ohne Schaden in sich aufzunehmen. Und kann es das nicht, nun, so ist es sowieso dem Untergang geweiht, nicht mehr lebensfähig und also auch nicht lebenswürdig."

Lehrer Hansen wußte nichts zu erwidern. Er hatte sich ja oft in stillen Stunden dasselbe oder ähnliches gesagt, ohne allerdings es einem anderen gegenüber laut werden zu lassen.

Nun saßen die beiden und blickten schweigend hinaus über die See, die so ruhig dalag, als könnte sie nimmer einen Schaden anrichten. Ein heller Glanz der scheidenden Sonne lag noch immer darauf, in dem sich die Silhouette der Amrumer Dünen weit, weit hinaus spiegelte. Die Möwen kehrten heim vom Meer, und mit großen, ruhigen Flügelschlägen ruderte ein Wanderschwan durch die roten Wolken nach Norden.

Die ersten Arbeiter kehrten schon vom Watt nach Hause. Ihre schweren, kleibedeckten Seestiefel schlugen in dumpfem Takt auf die Fennen. An einer wasservollen Wehle hielten sie an, wuschen sich Stiefel und Geräte rein und gingen dann langsam und müde zu den Warften hinauf, die Halligleute in ihre Häuser, die fremden Arbeiter in die für sie erbaute Holzbaracke.

Die beiden sahen ihnen schweigend nach, bis Pastor Pohnsen seine Hände auf Hansens Schultern legte und mit zuversichtlicher Stimme sagte:

„Nicht den Kopf hängen lassen. Das Gute ist doch nicht zu töten. Sie wissen, das ist draußen und in der Kirche der Glaube, auf dem sich meine ganze Religion aufbaut. Und nun kommen Sie mit ins Haus, es wird kühl. Bis zur Flutzeit sind noch zwei Stunden, da müssen Sie erst noch essen, und dann plaudern wir noch bis zur Abfahrt zusammen."

Frau Pohnsen hatte schon lange auf sie gewartet und empfing sie vor der Tür.

„Dem Blanken Hans schnappst du die schöne, fette Hallig vor der Nase weg durch deinen Damm, und nun meinst du, es soll dem alten Hansen ebenso ergehen. Nur schnell an den Tisch, es ist alles fertig."

Das Dämmerlicht fiel durch die Scheiben und füllte die Stube mit einem warmen Schein. Darum ließ Frau Pohnsen die Lampe unangezündet auf dem Wandbord stehen.

„Es geht wohl so, bis wir mit dem Essen fertig sind, und nachher plaudert es sich so gemütlich im Dunkel."

*

Als Lehrer Hansen sich zur Heimfahrt rüstete, dunkelte es schon stark; aber der Mond, der über dem Watt stand, gab ein ruhiges Licht und beleuchtete die Bahn nach Hoogeroog hinüber.

Pastor Pohnsen ging bis zur Halligkante mit.

Noch war die Flut nicht hoch genug, noch lag das Boot fest – da setzten sich die beiden auf den Rand des kleinen Fahrzeuges und warteten. Es war so seltsam feierstill ringsum. Das kommende Wasser gurgelte und sickerte aus dem Grunde, mit singendem Geräusch zersprangen die weißen Blasen, und nur ganz aus der Ferne kam ein starkes Rauschen herüber.

Pastor Pohnsen trug etwas auf dem Herzen, dem er nicht Worte zu geben wußte. Hansen merkte es und schwieg daher still.

Endlich kam es leise durch die Stille:

„Inge ist mit herübergefahren?"

„Ja. Ich glaube, sie hatte Heimweh."

Wieder war es still.

„Sie hat niemals etwas von sich hören lassen. Und nun sagen Sie, daß sie Heimweh hat. Ist sie glücklich? Ich meine nur", setzte er hastig hinzu, „ob sie sich drüben eingelebt hat. Es ist gewiß nicht leicht, Pastor Eichstädts Gefährtin zu sein. Ich kenne ihn und auch sie."

„Er hat den Weg zu uns nicht gefunden, und ich glaube, daß

er ihn nie finden wird. Er hat es wohl auch schon aufgegeben und ist ein Einsiedler geworden."

„Und seine Frau?"

Das kam langsam und vorsichtig heraus.

„Ich weiß es nicht", erwiderte Hansen. „Sie hat schwer unter dem Verlust ihres Kindes gelitten und war lange wie tot. Nun scheint es besser zu sein. In den letzten Tagen ist sie mehrfach bei meiner Frau gewesen. Aber, so meint meine Frau, es liegt doch noch ein schwerer Druck auf ihr."

Die Flut war höher gestiegen. Leise klatschend schlug sie an das Boot.

Da erhoben sich die beiden Männer. Der alte Hansen hißte sein Segel, reichte noch einmal seinem Begleiter die Hand zum Abschied und steuerte dann in den Abend hinaus.

Pastor Pohnsen stand und sah ihm nach, bis nichts mehr zu sehen war als hinter ihm die Warften seiner Hallig und ringsumher die Leuchtfeuer der Inseln.

Er wollte zuerst geradeswegs nach dem Pastorat hinaufgehen, aber dann besann er sich und ging an der Kante weiter, um die ganze Hallig herum, und kämpfte mit sich selbst. Aber nicht sein Werk, die Halligbefestigung, machte ihm Not und Sorge — nein, er kämpfte mit den schweren Gedanken, die Inges Heimkehr in ihm geweckt hatten. Wie dunkle Sturzseen wälzten sie in ihm, und er rang mit ihnen, wie ein Schiffer mit See und Sturm. Bis weit hinaus auf den Damm ging er, so weit, daß er von seiner Hallig nichts mehr sah und keinen Laut hörte, als das Rauschen und Klatschen des Wassers und den müden Ruderschlag landwärts drängender Seevögel. Lange, lange stand er so. Und als er heimkehrte, war es spät, und die ganze Hallig war schlafen gegangen. Nur im Pastorat war Licht. Seine Mutter wachte noch. Aber er fürchtete sich nicht mehr vor ihren liebevollen, forschenden Augen. Er hatte wieder einmal alles in sich niedergerungen. Unbekümmert wie immer trat er ein:

„Nun, kleine Mutter? Immer noch auf?"

Sie faßte seine Hände, sah ihn lange an und sagte:

„Ja, mein Jung, ich wartete auf dich. Du kommst so spät und

mußt doch furchtbar müde sein. Den ganzen Tag bist du im Watt gewesen, und nun so lange allein draußen."

Da wußte er auf einmal, daß seine Mutter bis tief in sein innerstes Herz sah, und eine unendliche Weisheit lag in seiner Stimme, als er sagte:

„Du liebe, liebe Mutter. Aber nun bin ich da und bei dir. Da, wo ich hingehöre. Beinahe fürchtete ich, mich nicht nach Hause finden zu können, so weit war ich von dir fortgegangen. Aber nun bin ich da, verstehst du, Mutter? Nun bin ich wieder bei dir und zu Hause."

„Ja, ich verstehe dich wohl; ich habe dich vielleicht immer und von allen Leuten am besten verstanden. Komm ins Haus."

Ein tiefes Leid lag in ihren Worten, und plötzlich faßte der Sohn seine alte Mutter mit beiden Armen um die Brust, drückte sie an sich und sagte:

„Aber Mutter, nicht Trübsal blasen! Ich bin ja wieder da! Laß uns noch ein wenig plaudern, und dann wollen wir schlafen."

Sie lächelte wehmütig:

„Du lieber, lieber Junge."

Und dann gingen sie hinein.

Als das Licht ausgeblasen war, lag Frau Pohnsen noch lange wach und blickte mit gefalteten Händen auf das vom Mondlicht erhellte Christusbild an der Wand.

Sie konnte nicht einschlafen; denn unten hörte sie ihren Sohn in seinem Arbeitszimmer mit leisen Schritten hin und her gehen, immerzu hin und her.

Am anderen Morgen früh war er wieder auf den Beinen und stapfte in seinen langen Seestiefeln durch Klei und Schlick, als wäre er zum Aufseher über die Befestigungsarbeiten eingesetzt. Auf dem Watt kannten ihn alle, auch die fremden Arbeiter, und er kannte jeden. Anfangs hatte mancher von ihnen gelacht, wenn der Pastor, wie ein Kleiarbeiter gekleidet, bald hier, bald da ratend und oft selber tätig von Arbeitsstätte zu Arbeitsstätte gegangen war. Das Lachen war ihnen allen aber vergangen, als sie merkten, wie vertraut er mit ihren Arbeiten war, wie genau er See und Sand kannte, vor allen Dingen aber, als sie gefühlt hatten, welches Herz dieser seltsame Mann in der Brust trug. Pastor Pohnsen kommt! Das war ein Schlachtruf und wirkte zehnfach mehr als das Erscheinen oder Schelten der Bauführer. Er hatte all diese Männer, unter denen manch trotziger, unguter Bursche war, der Grund hatte, aus der weiten Welt in diese Einsamkeit zu fliehen, sogar in seine Halligkirche gewöhnt und manchen Abend in der Baracke bei ihnen gesessen und ihnen aus seinen Lieblingsbüchern vorgelesen.

Heute ging er wieder aufs Watt hinaus, schritt aber an allen Arbeitsstätten vorbei und weit hinaus bis an die äußerste Kante, wo der Flutstrom des Meeres singend und klingend vorbeirauschte. Weit, weit hinter ihm lag seine Hallig im Morgensonnenglanz. Seine liebe, kleine Hallig, um die er kämpfte und rang, in der all seine Daseinsmöglichkeiten und Daseinsbedingungen wurzelten. Ein Stückchen Welt inmitten der großen Unendlichkeit. Ein kleines Fleckchen, und doch voll derselben Kämpfe, die draußen die große Welt bewegten, die draußen dieselben Triebkräfte waren. Und dieses stete Verbundensein und Abgeschlossenwerden! Jede Ebbe, die den Meeresboden bis fast hinüber ans Festland freilegte, rief ihn hinüber, und jede Flut, die trennend dazwischenrauschte, bannte ihn wieder fest. Tagaus, tagein, immer und immer derselbe ewige Wechsel; Kommen und Gehen, Rufen und Halten. Wie in seinem Herzen!

Leise stieg die Flut höher und höher und spielte um seine Füße. Wollte sie ihn halten? Ihm zurufen: Bleib! Verliere dich nicht! Laß deine Träume nicht in uferlose Fernen treiben! Der du deine Hallig gegen die Flut stark und fest machst, mach' auch dein Herz fest.

Er kehrte um und mußte vor der steigenden Flut eilen, so schnell rauschte und sang sie hinter ihm drein, sang und rauschte sie ihr Lied in seine Ohren. Er kannte sein Heimatmeer und fürchtete es nicht. Und auch sein Singen und Rauschen hatte er verstanden.

Die Kante lag wieder vor ihm. Anders zeigte sie sich heute als vor einem Jahre. Damals schwarz, wild zerrissen, von großen, herausgewühlten Erdklumpen umsäumt. Heute leuchteten ihm schon große Strecken des hellen Granitwalles entgegen. Wie rüstig die Arbeit vorwärtsschritt! Zum Herbst würde alles fertig sein. Mochten dann nur die brechenden Sturzseen kommen – die Hallig war fest! Kein Stück ihrer kostbaren Muttererde würde sie sich entreißen lassen.

Von Arbeitsstätte zu Arbeitsstätte ging er, bis er droben auf den Fennen eine Frau stehen sah. Anfangs glaubte er, es sei Inge, verwarf aber diesen Gedanken sofort; denn die da droben stand und, die Hand schützend über die Augen gelegt, über die See blickte, trug Halligkleider. Wer aber mochte es sein? Er kannte seine Leute von weitem und wußte, daß es keine Westeroogerin sei. So weit er aber auch schaute, nirgends war am Ufer ein fremdes Boot zu sehen, das eine Fremde hergetragen haben konnte.

Nun schritt die Frau langsam weiter, und da erkannte er sie: es war doch Inge.

Er ging weder schneller noch langsamer, sprach wie sonst mit jedem Arbeiter, an dem er vorbeikam, stieg schließlich die Kante empor, reinigte seine Stiefel im Priel und ging über die Fennen.

Da erkannte Inge ihn und eilte auf ihn zu.

„So sind Sie es wirklich? Vater hat mir schon gesagt, daß ich Sie unter den vielen Kleiarbeitern nicht herausfinden würde."

Sie streckte ihm dabei beide Hände entgegen, und ein helles Leuchten stand in ihren Augen.

„Und ich hätte kaum die Pastorsfrau von Hoogeroog wiedererkannt. Also so sieht sie aus!"

Ihre Hände lagen immer noch in den seinen, und ein Gefühl sicheren Geborgenseins stieg in ihr auf. Ihre ganze Kindheit stand plötzlich vor ihr, all die Jahre und Tage ihrer Mädchenzeit, und alle holden Bilder waren eingerahmt von dem stillen Frieden des Westerooger Pfarrhauses, in dem sie immer wie ein Kind ein und ausgegangen war. Zu ihm hatte sie immer wie zu einem Vater oder doch wie zu einem älteren Bruder aufgesehen, dem sie alles sagen und bringen durfte.

Er hatte ihr gegenüber immer das trauliche Du aus den Kindheitstagen angewandt. Heute aber wollte es ihm nicht recht über die Lippen, als er immer noch ihre Hände hielt und sagte:

„Also so sieht sie aus? Die Backen sind blaß geworden und

die Augen tiefer. Aber das alte Friesenkleid ist es, das einst das Fräulein Inge trug. So ist die Frau Pastor doch ein Halligkind geblieben."

Langsam ließ er ihre Hände entgleiten. Die trübe Stimmung wollte wieder über ihn kommen.

„Komm", sagte er da hastig, „komm, wir wollen um die Hallig gehen, dort ist ja alles neu geworden!"

Sie schritten nebeneinander hart am Halligufer entlang, und er wurde nicht müde, ihr alles zu zeigen und zu erklären.

Als sie wieder auf der Warft standen und Abschied nahmen, kündigte Inge ihren Besuch für den Abend an; sie wollte wieder wie einst an dem großen Tische sitzen, und er sollte wie früher vorlesen.

Dann ging sie ins Haus.

Pastor Pohnsen sah ihr nach, und es war ganz still in ihm. Und die Stille blieb, als er zu seiner Mutter kam und ihr von seiner Wanderung erzählte.

Da wurde auch seine Mutter ruhig, und die heitere Ruhe blieb bei ihnen, als Inge abends bei ihnen unter der Lampe saß, und teilte sich dem jungen Gast mit, so daß es allen war wie einst und so, als wäre nie eine dunkle Wolke über ihr Sinnen und Träumen gehuscht.

*

Die Frühlingssonne glänzte über Hoogeroog, als Inge wieder heimkehrte.

Jan Behrend stand an der Kante und half ihr.

„Das paßt sich gut, daß Sie grade nu kommen, Frau Pastor. Ich steh' grade hier un warte auf den Kutter, der da drüben über die Nack kommt."

Von seiner Hand geführt, ging sie über das schwankende Brett vom Boot zur Hallig.

„Danke schön, Jan Behrend. Was? Fangen die Fremden schon an, die Hallig zu besuchen? Dann gibt's wieder guten Verdienst für Sie."

Schmunzelnd meinte er, das wäre nicht so arg, und sein gut

Teil Arbeit habe er doch auch davon, und das Leben wäre teuer, und den größten Verdienst von allem habe doch Peter Dirksen.

„Na, na“, lachte dieser, der über die Fennen gegangen kam und die letzten Worte gehört hatte, „alles bringst du ja doch nicht zu mir, seitdem der Postschiffer dir ab und zu ein paar Literflaschen Rum von drüben mitnimmt.“

Lachend wandte Inge sich von ihnen. Sie sah ihren Mann hinter den nächsten Warften auftauchen, und es stieg plötzlich warm in ihr auf. Die drei Wochen, die sie auf Westeroog verlebt hatte, hatten manches Unruhvolle in ihrem Herzen zur Ruhe gewiegt und manch neues Leben zur Auferstehung gebracht. Stundenlang hatte sie oft abends wach im Bett gelegen und ihr ganzes Leben an sich vorübergleiten lassen, bis alle Unrast von ihr geglitten war und das warme Gefühl für ihren Mann alles eingehüllt hatte. Eine Sehnsucht nach ihm und nach ihrem stillen Pfarrhause war in ihr wach geworden; die trieb und drängte nun nach Hause. Es sollte von nun an anders werden. Sie wollte Freude ins Haus tragen und damit die schwer lastende Einsamkeit verjagen. Sie wollte von nun an versuchen, ihrem Manne eine geistige Lebensgefährtin zu sein, und trug Glauben und Mut im Herzen. Der tägliche Umgang mit Pastor Pohnsen hatte sie mutig und gläubig gemacht. Mit dem konnte sie über alles sprechen, an allem, was ihn bewegte, nahm sie teil. So sollte es auch von nun an bei ihr zu Hause sein. Gewiß, ihr Mann war ganz anders als Pastor Pohnsen. Aber vielleicht war sie selber etwas schuld daran. Er hätte sich vielleicht viel leichter und früher in all das Fremde und Eigenartige auf der Hallig eingewöhnen können, wenn sie geholfen und die Brücke geschlagen hätte. Das wollte sie nun tun; ja, sie mußte es tun; das hatten auch Pastor Pohnsen und seine Mutter ihr gesagt. Die guten Leute! Die hatten noch heute all ihr Glück in Händen und hüteten und leiteten es wie ihr eigenes.

Je näher sie ihrem Manne kam, desto schneller ging sie.

Ein warmer Schein lag auf ihrem Gesicht, als sie vor ihm stand und mit einem frohen Lachen in der Stimme sagte:

„Ach Karl, Karl! Ich habe mich heimgesehnt, ich weiß nicht, wie sehr! Und nun freue ich mich, daß ich wieder da bin!“

Er hörte nicht die Freude in ihren Worten, sah auch nicht den Glanz in ihren Augen. Nur einen kurzen Augenblick war es, als stiege auch in ihm das alte, warme Gefühl, das sie früher verbunden hatte, auf; aber dann war er wieder kalt und gemessen und grüßte sie, als wäre sie nie fortgewesen.

Da sank alles in ihr zusammen. Aber sie wehrte sich dagegen. Sie wollte es nicht versinken und ersticken lassen. Es sollte bleiben und sollte wachsen und immer stärker und stärker werden. Und so zwang sie wieder ein Lächeln auf ihre Lippen, als sie ihren Arm in den seinen legte und neben ihm her über die Fennen ging.

Er ließ sich von ihr erzählen, wie es ihr ergangen sei und wie sie es auf Westeroog gefunden habe. Als sie fertig war und sich enger an ihn preßte und noch einmal leise sagte: „Aber nun freue ich mich, daß ich wieder da bin, bei dir", da meinte er gemessen: „Auch mir geht es so, und es ist gut, daß du da bist."

Und dann begann er, ihr in lehrhaftem Ton von seinen Arbeiten und Studien zu erzählen, brach aber jählings ab, indem er meinte, das würde sie doch nicht interessieren.

So begann es also wieder ebenso, wie es vorher gewesen war. Er wollte seine Welt für sich haben, verstieß sie daraus und wies ihr einen Kreis an, um den er sich nicht kümmerte und nicht kümmern wollte.

Ein trübes Lächeln irrte um ihre Lippen. Leise ließ sie ihren Arm aus dem seinen gleiten und ging stumm und müde neben ihm.

Auch er sagte nicht viel. In abgerissenen Sätzen erzählte er, daß es auf Hoogeroog immer noch wie früher sei. Er klopfe an die Türen, aber es werde nicht aufgemacht. Er rufe, aber es komme keiner. Mit ausgebreiteten Armen stehe er vor der Kirche, aber keiner wolle zu ihm, keiner von denen, die er haben wolle, denen es not tue. Wie ein Fremder gehe er immer noch unter ihnen trotz all seiner Sorgen und Bemühungen um sie. Ja, wenn es noch offener, ehrlicher Widerstand wäre! Aber nichts von alledem, nur schweigendes Ablehnen träte ihm entgegen. Und das mache ihn müde. Lange würde er es nicht mehr aushalten, dann würde und müsse er in seinem und der anderen Interesse die Hallig verlassen und wieder aufs Festland gehen.

Sie waren bei der Kirchwarft angelangt.

Inges Blicke flogen über die Gräberreihen hin, und ihre Augen blieben an dem Hügel haften, unter dem ihr Kind schlief. Einen Augenblick war es ihr, als müßte sie dahin eilen; aber sie bezwang sich und ging mit ihrem Manne ins Haus.

*

Der Kutter legte an und Jan Behrend schob das Laufbrett hinüber.

Eine einzige Fremde war an Bord. Sie übersah Jans hilfreich dargebotene Hand und schritt mit sicherem Gang über das schwankende Brett, so daß Jan nur mit Mühe ein anerkennendes „Donnerwetter“ unterdrückte.

Noch einmal wandte sie sich um und rief dem Kutterführer zu:

„Also nach drei Tagen kommen Sie wieder, wenn ich Ihnen nicht vorher andere Weisung sende!“

Ihre Stimme klang hell und voll und respektheischend. In ihrer ganzen Art lag etwas Befehlendes, und darum rückte der Schiffer seine Mütze etwas nach vorn und wieder nach hinten und knurrte bärbeißig:

„Jawull, wenn gute Brise is.“

Sie hatte seine Antwort nicht erst abgewartet, sondern ging, eine leichte Handtasche tragend, schnell über die Fennen der Warft zu.

„De heff ik all fröher mal sehn“, meinte Peter Dirksen und blickte ihrer schlanken, stolzen Gestalt nach. „De is nich to'n erstenmal op Hoogeroog.“

„Ne, dat markt man. De geiht veel to gau un seker op 'e Warft to. Na, denn lat er man lopen.“

Damit schob Jan sich einen neuen Priem hinter die Zähne und rief dem Schiffer, der ebenfalls der Fremden nachschaute, zu:

„Wat steihst du to kieken, as harst du fröher keen Menschen sehn. De Art hebbt wie hier all oft hatt. Kennst du ehr?“

Der Schiffer spie in weitem Bogen in die graue See:

„Ne, Jan! Se is all 'n paar Dag op Amrum wesen, ik glöv, se malt. Nu will se hier bi ju sik opholen, wahrschinlich den ganzen Sommer."

„Herr du mein Gott, denn heff ik se op 'n Hals", lachte Peter Dirksen. „Da will ik denn man gau to Hus."

Mit langen Schritten eilte er der Fremden nach. Man sah es, die war mit offenen Augen schon einmal diesen Weg gegangen; sie schien die Halligwege zu kennen, sonst hätte sie nimmer den gewundenen Pfad zwischen Prielen und Brücken gefunden. Die meisten Fremden gingen immer tapfer geradeaus auf die Warften zu; sie aber folgte den schmalen Spuren, die von dem weidenden Vieh getreten waren. Und doch stand sie plötzlich und konnte nicht weiter. Sie raffte ihr Kleid und machte Miene, über den Priel, der breit vor ihr lag, zu springen, als Peter Dirksen und Jan Behrend sich schnell näherten und ihr zuriefen, daß es nicht gehe, weil der Grund am anderen Ufer nicht fest sei.

Sie lachte und ließ die beiden Männer herankommen.

„Haha, das soll nicht gehn?"

„Ne, ne, Fräulein, das lassen Sie man bleiben. Das is nix für Ihnen bloß für solche, was von hier sind. Vergangen Sommer war auch so 'n feine Dame hier, un wie ging's? Ich hab' ihr rausgezogen, un da hatt' sie ein weißes un ein schwarzes Bein, wie 'n Zebra. Ne, ne, das is bloß was für unserein. Das sag' ich, Jan Behrend, un ich kenn' das, ich bin all jahrelang hier an 'n Strand für die Fremden, was herkommen."

„Dann werde ich's lernen. Ich bleibe nämlich längere Zeit auf der Hallig."

„So, so, un wollen malen. Ja, das hab' ich gleich gedacht, denn alle Damens, was hierherkommen, malen. Mein Haus is auch all 'n mal gemalt."

Sie unterbrach ihn und fragte, ob sie droben auf der Warft für einige Tage Unterkunft finden könne, und ging dann mit Peter Dirksen, der ihr sein Haus angeboten hatte, auf die Warft.

„Ich gedenke, den ganzen Sommer hierzubleiben, werde aber dann nicht bei Ihnen wohnen – ich will Ruhe haben und vor allen Dingen nicht immer belästigt werden. Darum werde ich versuchen, ein kleines Hallighaus zu mieten. Mir ist gesagt worden, daß drüben im Westen ein Haus leerstehe. Stimmts?“

„Ja, Fräulein, das Haus, das Sie drüben auf der Ipkenswarft sehen, ist leer. Das können Sie leicht mieten.“

„So will ich mir's heute noch ansehen.“

Damit traten sie ins Haus.

„Im vorigen Sommer bin ich mehrfach hiergewesen, allerdings immer nur für wenige Stunden. Trotzdem hat es mir gefallen. Also das Haus drüben steht leer. Wie weit ist es von hier? Eine halbe Stunde? Gut. Und an wen wende ich mich, um es zu mieten?“

Peter Dirksen gab ihr Auskunft und erklärte sich bereit, mitzugehen. Sie aber lehnte sein Anerbieten ab. Sie sei es gewohnt, allein zu handeln, und wolle es auch hier. Lieb wäre es ihr, wenn er ihr sagen könne, ob eine Frau zu haben sei, die ihr das Haus in Ordnung halte und auch für die Küche sorge.

„Das trifft sich gut, Fräulein. Heute ist unsere Pastorsfrau wiedergekommen, und da kann die alte Binne, die immer im Pastorat geholfen hat, zu Ihnen kommen; sie tut es gern.“

Sie horchte auf.

„Sind die Pastorsleute jung?“

„Ja, erst ein Jahr verheiratet.“

„Ein Jahr erst? Und woher sind sie?“

„Er ist aus Deutschland.“

„Aus Deutschland? Das ist köstlich! Sind Sie es denn nicht?“

„Natürlich. Aber ich meine, er ist ein Butenmensch und ganz von drunten her, ich glaube, aus den Bergen.“

„Und seine Frau?“

„Die ist von den Halligen.“

„Ach so!“

Die beiden interessierten sie jetzt schon viel weniger. Aber als sie nachher über die Fennen ging, beschäftigten sich ihre Gedanken doch immer mit ihnen, und sie beschloß, sie kennenzulernen. Es verlohnte sich vielleicht. Ein Festländer, der freiwillig in diese Einsamkeit ging, mußte in manchen Dingen anders als andere sein. Und daß er ein Kind dieser Eilande zur Frau genommen hatte, sprach auch für einen besonderen Menschen.

Vorerst aber hatte sie noch mit sich selbst und ihrem neuen Heim zu tun. Es war nicht schwer, es zu finden. Es lag von allen anderen abgeschieden auf einer kleinen Warft, fast hart an der Westküste der Hallig. Ein breiter Priel umschloß die ganze Warft, und sie mußte lange suchen, bis sie ein Brett fand, das lang genug war, den Graben zu überbrücken. Endlich gelang es ihr, und dann stand sie droben vor dem Hause.

Sie konnte ihr freudiges Erstaunen nicht unterdrücken, als sie das etwas verfallene Bauwerk sah. Es war ganz anders als alle anderen Halligháuser. Die ganze, allerdings nur kleine Warft war von einem Erdwall gekrönt, auf dem sich ein schneeweißes Holzgitter entlangzog, das sich seltsam rein und leuchtend gehalten hatte. Der Wall war so hoch, daß von dem Hause selbst nicht viel mehr zu sehen war als das moosbedeckte Strohdach.

Neugierig stieg sie die über den Wall führende Stiege hinauf und stand abermals überrascht still.

Ein kleiner Garten lag vor dem Hause, voll wilder Rosenbüsche. Zu beiden Seiten des gepflasterten Weges, der zur Tür führte, standen hochstämmige Rosen, und um die schöne, leuchtendgrüne Tür wanden sich in wundervollem Gewirr die Zweige zweier großer, rankender Rosenbüsche.

Da stand es für sie fest, daß sie das Haus mieten wollte.

Noch immer blieb sie in freudigem Erstaunen und nahm das Bild in sich auf. Wie ein Märchen von Dornröschen war es, so abgeschlossen, so von Rosenhecken umrankt.

Es war ihr ganz feierlich zumute, als sie die Hand auf die Messingklinke legte, und sie zuckte zusammen, als die Tür ihrem Druck nachgab und sich öffnete.

Ein großer, von bunten Kacheln geschmückter Flur lag vor ihr, an beiden Seiten von grünen, mit blankem Messing beschlagenen Türen flankiert.

Die Neugier trieb sie von einem Zimmer ins andere, und mit ihr schritt neue, jubelnde Freude über alles, was sie sah. Wohl waren die Stuben nur klein, aber in allen lag eine seltsam gedämpfte Stimmung und eine wundervolle Einheitlichkeit. Ein vergessener Stuhl stand unter dem einen Fenster. Sie setzte sich und ließ die Augen durch die offenen Türen in alle Stuben gleiten, durch all die seltsamen Töne, die das schwach hereindringende Licht auf den weißen und blauen Kacheln hervorzauberte. Und dann die Stille! Diese große, tiefe Stille, in der man das Rauschen des eigenen Blutes hören konnte!

In Gedanken füllte sie die Stuben mit all dem Hausgerät an, das sie herschaffen lassen wollte. Drüben sollte ihr Atelier sein, und hier wollte sie in müßigen Stunden träumen und sinnen. Hier sollte auch ihr Klavier stehen. Aber über die weißgescheuerte Diele dieser Stube sollten sich dicke, weiche Teppiche breiten, und die grünen Fensterbänke sollten voll saftiger, leuchtender Blattgewächse stehen. Keine Blumen – die mochte sie hier drinnen nicht; die ganze Hallig war ja ein einziger, großer Blumengarten. Und dort vor dem Wandbett wollte sie die blauen Türen abheben und statt dessen feine, dunkle Seidenvorhänge hinhängen.

Ein schwerer Schritt, der draußen über den Steig stampfte, schreckte sie aus ihren Träumen empor, und kaum hatte sie sich vom Stuhl erhoben, als auch schon ein Mann auf den Flur trat und durch die offene Tür sie musterte. Es war der Besitzer des Hauses, dem Peter Dirksen Bescheid gesagt hatte und der daher der Fremden gefolgt war.

Sie wurden bald einig, und als die Fremde langsam nach Peter Dirksens Warft schritt, sang und lachte in ihr die selige Freude darüber, daß sie einen ganzen, langen, seligen Sommer Besitzerin des Dornröschenschlößchens sein würde.

Frau Dirksen empfing sie vor der Tür und sagte ihr, daß sie schon mit der alten Binne gesprochen habe und daß diese bereit sei, ihr zu dienen.

„Das freut mich! Da will ich gleich nach Amrum telegraphieren, daß mir mein Gepäck von dort hergesandt wird. Vielleicht holt Ihr Mann es mir her. Was ich an Möbeln gebrauche, werde ich mir gleich von Hause schicken lassen."

Noch am selben Abend trug das Postboot einen Brief ans Festland, der an den Kapitän Rosenlund in Hamburg gerichtet war, und in dem Dagmar Rosenlund ihren Vater bat, ihr unverzüglich alles zu senden, was sie aufgeschrieben habe, da sie sich für alle Sommermonate hier draußen auf Hoogeroog vergraben wolle.

Dagmar Rosenlund war die einzige Tochter des reichen Schiffskapitäns Rosenlund, der viele Jahre alle Meere durchfahren und sich nun in Hamburg zur Ruhe gesetzt hatte. Auf vielen Fahrten hatte sie ihn begleitet, war in aller Herren Länder gewesen und zu einem Menschen ausgewachsen, der es gewohnt war, seinen eigenen Weg zu gehen und sich um andere nicht zu kümmern. Sie hatte in den letzten Jahren verschiedene Malerakademien besucht und wollte nun, ohne nach Ruhm, Anerkennung oder gar Absatz ihrer Bilder zu jagen, auf Hoogeroog zeichnen und malen.

Bis ihre Möbel kamen, würde mindestens eine Woche vergehen. Anfangs hatte sie geplant, diese Zeit drüben auf Amrum zu verleben, hatte aber den Gedanken schnell wieder verworfen und ging nun jeden Tag mehrmals über die Fennen zu ihrem Häuschen und freute sich des kommenden Glücks.

Endlich kam von ihrem Vater die Nachricht, daß ein nach Husum fahrender Ewer alles bringen würde, und nun stand sie täglich mit Peter Dirksens Fernrohr droben in der Bodenluke und blickte nach Süden nach dem Schiffe aus.

Und dann kam es an.

Jan Behrend, Peter Dirksen und wer sonst auf der Hallig Lust und Zeit hatte, fand sich ein, und in kurzer Frist war alles von Bord und unterwegs nach der Ipkenswarft.

Mit Feuereifer ging Dagmar Rosenlund, unterstützt von der alten Binne, die aus einem Erstaunen ins andere fiel, daran, das alte Häuschen wohnlich zu machen. Und als die Alte am Abend des zweiten Tages ihre Mitteilungslust nicht mehr bändigen konnte und auf einen Augenblick auf der Nachbarwarft vorsprach, konnte sie nicht genug von all der Pracht und Herrlichkeit erzählen.

Und sie hatte recht, das Haus war nicht wiederzuerkennen; von der Flurecke herab hing eine alte Ampel, deren weiches Licht einen geheimnisvollen Schein über die Kacheln, die grünen Türen und die dunkelbraunen Deckenbalken warf. Dagmars Wohnstube war ein glänzend erreichtes Gemisch von schlichter

Halligstube und behaglichem Großstadtzimmer. Das Klavier und alle Möbel waren tiefschwarz und hoben sich seltsam ab gegen die hellen, blanken Kacheln und die dunkelrote Decke. Dunkelrote Fenstervorhänge spannten sich vor den kleinen, glänzenden Scheiben und ließen nur gedämpft das weiche Licht über die schweren Teppiche fallen. Was aber der alten Binne am meisten Staunen und Verwunderung abnötigte, war das durch einen seidenen Vorhang verdeckte Wandbett, das das Fräulein sogar benutzte, wie sie wichtig hinzusetzte. Den Garten hatte sie ganz unberührt gelassen, dort sollte alles wachsen wie es wollte, hatte das Fräulein bestimmt; und das fand Binne merkwürdig; denn an dem Garten sei doch wirklich nichts Schönes zu finden, da hätten Pastors doch einen ganz anderen, schön geordnet und auch mit Gemüse darin.

Kein Wunder, daß die Halligleute in diesen Tagen am Westerende viel zu tun hatten und so oft an der Ipkenswarft vorbei mußten. Sie hätten gar zu gern einen Blick in all die Wunder geworfen; aber es half ihnen nichts, das Heiligtum war und blieb ihnen verschlossen.

Dagmar Rosenlund stand hinter dem Wall ihres Hauses und lächelte über das Bemühen der Neugierigen. Einmal stand sie in Versuchung, Tür und Tor zu öffnen; aber sie fürchtete, es könnte ihr diese Gutmütigkeit die Ruhe der kommenden Tage rauben und unterließ es. Nur wenn an milden Abenden die Halligmädchen über die Fennen gingen und mit leisem Singen ihre Liebesträume über die Wellen sandten, gab Dagmar ein Stück ihrer geheimnisvollen Welt preis, indem sie die Fenster weit öffnete und die weichen Töne ihres Klaviers groß und feierlich in die stille Luft hinausschwingen ließ.

Sie hatte sich bei der alten Binne erkundigt, zu welcher Zeit Gottesdienst sei; vielleicht würde sie hingehen. Diese Nachricht verbreitete sich wie ein Lauffeuer über die Hallig, und Pastor Eichstädt war nicht wenig erstaunt, als er zum erstenmal nach seiner Antrittspredigt die Kirche voll Zuhörer hatte. Von tiefer Andacht war allerdings nicht viel zu spüren; zu sehr waren Augen und Ohren nach der Tür gerichtet, um die Fremde zu suchen.

Aber Dagmar kam nicht.

Das Bild der von allen Warften herbeiströmenden Männer hatte sie so sehr gefesselt, daß sie keinen Schritt weitergehen mochte. Sie setzte sich auf ein am Prielufer liegendes Boot und ließ die Augen weit umhergehen, bis der letzte Besucher in der dunklen Kirchentür verschwunden war.

Dann erhob sie sich und schlenderte langsam zur Kirchwarft, ging zwischen den Gräbern umher, las die alten Grabinschriften, lauschte einen Augenblick auf den harten Gesang der Gemeinde und ging dann wieder nach Hause. Sie wollte den Pastor nicht in der Kirche kennenlernen. Der Prediger in ihm war ihr überhaupt gleichgültig; der Mensch interessierte sie ein klein wenig, und den wollte sie gelegentlich aufsuchen.

Ein Zusammentreffen kam schneller, als sie sich's gedacht hatte.

An einem der nächsten Tage, als dunkle Sturmwolken am Himmel standen und ihre Schatten über die Hallig trieben, stand sie in ihrem Garten und blickte über die Warften. Das knallrote Dach der Kirche leuchtete hell gegen das dunkle Gewölk und die schwarzgrünen, weichen Dächer der Hallighäuser. Das lockte sie. Sie raffte ihre Malutensilien zusammen und schritt nach der Kirchwarft, baute ihre Staffelei auf und begann eifrig und andächtig zu arbeiten. Dabei achtete sie nicht darauf, daß eine schwarze Wolkenbank sich höher und höher heraufschob, bis plötzlich ein heftiger Frühlingsregen prasselnd niederschlug. Schnell floh sie zur Kirchentür, um Schutz zu suchen. Es war vergebens, und da mußte sie im Pastorat um Obdach bitten.

Pastor Eichstädt kam ihr auf der Diele entgegen; er hatte sie von seinem Fenster aus seit einer halben Stunde beobachtet.

„Verzeihen Sie, daß ich Ihnen so ins Haus falle! Aber Sie müssen mir schon Schutz gewähren, ich bin wie ein sturmvertriebener Schiffbrüchiger."

„Bitte sehr, treten Sie ein. Ich habe schon auf Sie gewartet."

„Auf mich gewartet?" fragte sie erstaunt.

„Ja, ja", lachte er, „ich sah nämlich den Regen aus der See steigen und wußte, daß er Sie bald unter Dach und Fach treiben würde. Aber bitte, treten Sie ein."

Inge hörte das Sprechen und kam. Anfangs wollte sie gleich wieder zurücktreten, weil sie die Eintretende für eine der vielen Besucherinnen hielt, die im Sommer so oft herüberkamen, um die Halligkirche zu besehen. Als sie aber in der Fremden die Dame erkannte, die auf Ipkenswarft wohnte und von der ihr Binne soviel erzählt hatte, blieb sie, trat näher und nötigte sie in die Stube.

„Aber nur einen Augenblick, bis der Regen vorüber ist. Ich will Ihnen nicht lästig fallen."

„Wie sollten Sie uns lästig fallen! Sie wohnen ja auf der Hallig und gehören halbwegs zu uns."

„Meinen Sie?"

„Ja, wer unsere Hallig zum Wohnsitz auswählt, den sehen wir gern, zum Unterschied von all den anderen, die nur neugierig herüberlaufen; denn wer hier bleibt, der muß schon unser stilles Land liebhaben."

„Wie hübsch Sie das sagen, Frau Pastor. Wissen Sie auch, daß ich im ersten Augenblick erstaunt war, Sie in der Halligtracht zu sehen? Nun begreife ich, daß Sie sie tragen."

„Meine Frau ist von der Hallig, Fräulein –"

„Rosenlund, Dagmar Rosenlund."

Er hatte es in einem Ton gesagt, als wolle er seine Frau entschuldigen.

Dagmar hatte es herausgehört und fuhr fort:

„Und ist stolz darauf. Natürlich! Ich wäre es auch. Denn sehen Sie, Ihre Frau hat doch wenigstens eine Heimat. Wer hat das? Ich nicht. Meine Heimat ist die Großstadt. Aber du lieber Gott, eine Großstadt! Und als Heimat!"

Sie standen immer noch auf dem Flur, und wieder nötigte Pastor Eichstädt zum Nähertreten, indem er sagte: „Wir freuen uns von ganzem Herzen, wenn Besuch in unsere Einsamkeit kommt."

„Gibt es denn Schöneres als Ihre Einsamkeit? Ich freue mich unsagbar auf die Halligstille und kann mich prächtig mit dem Alleinsein abfinden."

„Sie glauben es wenigstens."

„Ja, Fräulein Rosenlund", fiel Inge ein, „auf einige Monate

können Sie es ertragen und auch wohl nur darum, weil Sie die Möglichkeit haben, jeden Tag zu reisen."

„Das können Sie doch auch!"

„Gott behüte!" rief Inge, „nur das nicht."

Pastor Eichstädt antwortete nicht gleich. Erst als sie um den runden Tisch beim Kaffee saßen, kam er darauf zurück.

„Wieder fortgehn? Aufs Festland zurück? Das ist für mich gleichbedeutend mit einer Kapitulation."

Verständnislos sah Fräulein Rosenlund von einem zum andern.

„Jawohl, mit einer Kapitulation! Mit einem Aufgeben nicht nur meiner Aufgabe, sondern meiner ganzen inneren Stellungnahme zu Gott und Christentum."

„Ihrer Aufgabe? Das verstehe ich nicht."

Inge sah ihm an, daß er eifrig wurde, und wollte daher schnell ablenken; aber keiner von beiden ließ locker.

„Was ist denn Ihre Aufgabe?"

„Einem Geistlichen gegenüber ist das eigentlich eine seltsame Frage."

„Das gebe ich nicht zu. Ihre Aufgabe ist doch schließlich überall dieselbe, und gerade weil Sie Ihre Aufgabe so betonen, als etwas Besonderes hinstellen, bin ich begierig, sie kennenzulernen."

Mit ängstlichen Augen blickte Inge ihn an und rückte unruhig hin und her. Nun fing er wieder mit dem an, was ihm seine Tage traurig und schwer machte, was ihm das feste Einwurzeln hier draußen unmöglich machte und auch auf ihr gegenseitiges Leben einen Schatten zu werfen begonnen hatte.

Er sah nicht die Bitte in ihren Augen, sondern setzte sich in Kampfstellung und sagte:

„Vorerst muß ich Ihnen erklären, daß ich freiwillig, auf meinen eigenen Wunsch hierhergekommen bin."

„Ich hörte schon davon."

„Jeder tut's nicht, und wer es tut, der tut's nicht leicht. Schwerwiegende Gründe müssen ihn treiben."

„Gewiß, und ich respektiere selbstverständlich die Ihren, ohne sie zu kennen."

„Mich trieb eine Aufgabe hierher, eine hohe Aufgabe, für

deren Erfüllung ich nur hier den rechten Ort zu finden glaubte. Ich wollte das Reich Gottes auf Erden gründen."

„Das Reich Gottes? Auf Erden? Hier?"

Sie sagte es ganz langsam mit einem tiefen Erstaunen in der Stimme, und ihre klugen Augen blickten ihn dabei groß und gespannt an.

Und dann kam es hastig über ihre Lippen:

„Nein, nein, das ist ganz unmöglich, das geht nicht, das sind nutzlose Träume, Phantastereien."

„Phantastereien nennen Sie es, Fräulein Rosenlund? Nein, so ist meine Aufgabe mir weder damals noch heute vorgekommen. Ich suchte ein Land, ganz von aller Welt abgeschlossen, eine kleine Welt für sich, in die nie eine Welle der großen, brausenden Weltströme hineinrauschte."

„Das nennen Sie doch nicht etwa ein Glück?"

„Allerdings! Und für meine Zwecke das größte Glück. Nur in einer solchen Welt kann das Reich Gottes neu erstehen. Hier glaubte ich ein solches Land gefunden zu haben. Hier, wohin kein Ton der lauten Welt dringt, hier, wo sich die Menschen mehr als anderswo auf sich selbst besinnen können, in ihre eigene Seele hineinlauschen können, hier wollte ich sie Gott näher und Gott zu ihnen bringen."

„Vor allem kommt es dann darauf an, den richtigen Gott zu wissen."

Erregt sprang er auf.

„Es gibt nur einen Gott!"

„Für Ihre Auffassung – ja. Ich kann mir aber wohl denken, daß der Gott, der den Halligleuten frommt, anders aussieht und trotzdem Gott ist und bleibt."

„Nein, das gebe ich nicht zu! Denn gäbe ich es zu, so würfe ich ja selber die Klippen vor mein Schiff, an denen alles zerschellen muß."

„Und Ihr Erfolg?"

„Er ist ausgeblieben", meinte er resigniert und setzte sich wieder. „Er ist ausgeblieben, bis heute. Aber er kommt! Er kommt ganz sicher und gewiß."

„Mit den Strömen der Welt? Denn wie ich höre, werden jetzt

die Halligen nicht nur festgemacht, sondern auch mit dem Festlande oder untereinander verbunden."

„Gott sei's geklagt, so ist es."

„Ich halte es für das größte Glück; denn ich glaube, daß die durch einen festen Uferschutz geschaffene Ruhe und Sorglosigkeit einen besseren Boden für Ihre Pläne abgibt, als dieser jetzige Zustand, wo das Heute nicht weiß, ob nicht schon morgen eine Flut alles mühsam erworbene Gut verschlingt."

Inge hatte die Hände in den Schoß gelegt und hielt ihre Augen groß und ängstlich auf Dagmar Rosenlund gerichtet. Die wagte es, dem Pastor zu widersprechen? Was sie selber noch nie, kaum in Gedanken gewagt hatte, das tat die in der ersten Stunde so frei und offen, so ungeheuer selbstverständlich. Ihr war, als müßte sie ihr die Hände abwehrend entgegenhalten und ihr zurufen: „Halt! Vergiß nicht, wem du das alles sagst." Und doch sah sie mit einer geheimen Verwunderung das schöne, stolze Gesicht der Fremden an. Wie kühn sich die dunklen Brauen über die weiße Stirn schwangen, und wie wundervoll sich das schwarze Haar wellte!

Pastor Eichstädt widersprach ihr, aber es lag jetzt eine leise Unsicherheit in seiner Stimme, und er merkte selbst, daß der Gedanke, auf Widerstand zu stoßen, ihn unruhig machte. Er war es zu sehr gewohnt, immer der Gebende zu sein. Alles, was er sagte oder tat, wurde rückhaltlos anerkannt. Hier war es auf einmal anders, und das zwang ihn, mit seinen Gedanken und Worten auf der Hut zu sein.

Dagmar Rosenlund aber lachte über seine Verteidigung, hob abwehrend beide Hände empor und sagte, indem sie zum Fenster hinaussah:

„Hören Sie auf, Herr Pastor, hören Sie auf! Sie haben sogar den Regen zum Stillstand gebracht. Da muß ich hinaus an die Arbeit. Ihre Verteidigung ist Ihnen aber nicht geschenkt, ich höre sie ein andermal an."

Sie schlug aber doch nicht wieder die Staffelei auf. Der ganze Wiesengrund war regennaß, und daher schritt sie nach Hause.

Pastor Eichstädt aber stand am Fenster und blickte ihr nach, wie sie so frisch und geschmeidig über die Hallig lief.

Inge stand hinter ihm.

„Karl“, sagte sie leise.

Aber er hörte es doch, schrak zusammen und wandte sich zu ihr: „Was ist?“

„Karl, lach’ mich nicht aus und sei auch nicht böse, wenn ich etwas Dummes sage. Ich bin ja nur ein einfältiges Halligmädchen und weiß wenig oder nichts von der Welt.“

„Und nun hast du dich natürlich mit Fräulein Rosenlund verglichen.“

„Nein“, sagte sie lächelnd, „ich und Fräulein Rosenlund! Nein, nein. Aber als ihr miteinander spracht, da war ich fast bange, daß es zu ernsthaft und zu hitzig würde. Sieh, Karl, du kennst sie ja noch gar nicht. Muß es denn sein, daß du ihr gleich vorträgst, was du tief im Herzen trägst?“

Er runzelte die Stirn und sagte härter als sonst:

„Begreifst du denn nicht, daß ich mich danach sehne, dies alles einmal mit einem klugen und gebildeten Menschen zu besprechen? Allein mit mir abmachen kann ich es nicht, und mit wem soll ich es hier denn sonst auf Hoogeroog bereden und im Für und Wider einer Disputation erhärten?“

Wie sehr er sie traf, merkte er nicht, sondern begann auf der Diele hin und her zu gehen und in heftigem Predigerton vorzutragen, was er eigentlich Dagmar Rosenlund hatte sagen wollen, daß er nämlich weder zurück wolle noch könne, weil er dann ja einen Irrtum eingestehe und allen anderen recht gäbe.

Inge wußte, daß er im Grunde genommen gar nicht zu ihr sprach, lehnte sich gegen die Tür, schlug die Arme übereinander und blickte mit müden Augen auf ihren Mann.

Er hatte ja recht, er mußte einen Menschen haben, der ihm gleich sei, der ihm ein richtiger geistiger Kamerad sein könne, um mit dem sein Innerstes auszutauschen. Sie hatte es schon aufgegeben, dieser Kamerad zu sein. Ja, wenn er sich Mühe gegeben oder es so angefangen hätte wie Pastor Pohnsen, dann wäre wohl alles anders gewesen. Aber er wollte alles gleich fix und fertig sehen und gab sich keine Mühe, die Dinge langsam sich entwickeln und reifen zu lassen.

Plötzlich schwieg er, hielt im Wandern inne und blickte seine Frau an.

„Inge, warum siehst du mich so seltsam an?"

Ein schmerzvolles Lächeln irrte um ihre Lippen. Sie bewegte den Kopf langsam hin und her, ließ die Arme schlaff niedersinken und sagte mit leiser Stimme:

„Tu' ich das? Ich weiß es selber nicht."

„Inge, sind deine Gedanken wieder draußen bei den Toten?"

Ihre Augen wurden ganz groß, als sie ihm antwortete:

„Bei den Toten? Ja, Karl, ich glaube so ist es."

„Aber du wolltest doch stark sein, Inge."

„So, wollte ich das? Ja, du hast recht. Ich will stark sein, das ist für uns beide das beste."

Sie ging hinaus in die Küche, und da mußte sie sich an der Fensterbank festhalten.

Ihre Augen hatten plötzlich ein fernes Nebelbild erschaut, und eine wilde Angst packte sie, wenn sie daran dachte, daß das Bild einmal Wirklichkeit werden könnte.

Aus dem Zimmer ihres Mannes kam Musik. Pastor Eichstädt saß vor dem Harmonium und spielte. Weich und lieblich kamen die Töne herüber und füllten das ganze Haus mit leisen Harmonien.

Langsam ließ sich Inge auf einen Küchenschemel gleiten und vergrub das Gesicht in der Schürze. Als aber die Töne schwiegen, raffte sie sich hastig auf. Nur nichts merken lassen. Stark wollte sie sein, stark und still. –

Um dieselbe Zeit schritt Dagmar Rosenlund über die Fennen ans Meer hinunter, um Muscheln zu suchen, die sie zwischen die Gartenbeete streuen wollte. Weiß und leuchtend sollten sie sein, so daß sie selbst durch den dunklen Schatten des wuchernden Geranks schimmerten. So hatte sie es drüben auf Gröde an einem kleinen Fischerhause gesehen und liebgewonnen.

Bald aber war sie des Bückens überdrüssig, setzte sich auf eine der vielen vom letzten Sturm ans Ufer geworfenen Hummerkisten, lehnte beide Ellbogen auf die Knie, stützte den Kopf auf die Hände und blinzelte mit halboffenen Augen über die graugrünen Wellen. Das leise Rauschen und Klingen wiegte sie in

Träumereien; aber immer wieder stiegen aus ihren Träumen die Worte und Bilder, die ihr der heutigeTag gebracht hatte, empor, und ihre Gedanken konnten von den beiden Menschen nicht loskommen, die sie heute im Pastorat kennengelernt hatte. Sie bemühte sich, die Züge der beiden in sich wachzurufen, aber es war ihr unmöglich, sie blieben ihr unklar und verschwommen, wie die Charakterzüge, die sie im Laufe der Unterhaltung flüchtig beobachtet hatte.

Sie beschloß daher, bald einmal wieder hinüberzugehen. Wenn sie sich auch gerühmt hatte, die Einsamkeit leicht ertragen zu können oder gar zu lieben, so mußte sie doch sich selbst gegenüber eingestehen, daß sie sich freute, im Pastorat jederzeit Zuflucht finden zu können – für alle Fälle.

Die Dämmerung stieg aus der See, griff mit weichen Händen immer höher herauf und spannte ihr dunkles Tuch über See und Strand. Kein Laut war weit und breit. Alle Halligleute waren heimgekehrt. Kein Ruf, kein Ton. Nichts als tiefe, tiefe Stille. In feierlicher Andacht nahm Dagmar das seltsame Bild dieser schweigenden Einsamkeit in sich auf, und eine Stille war in ihr, wie sie sie noch nie gekannt hatte.

Plötzlich, sie wußte selbst nicht, wie es kam, waren ihre Gedanken wieder in Hamburg, und sie mußte lächeln, wenn sie an das brausende Treiben der großen Stadt, das laute Drängen und Eilen der Menschenströme, in denen sie selbst oft behaglich geschwommen, dachte. Wenn einer sie hier sähe! In Dunkel und Einsamkeit wie ein verliebter Backfisch über die rauschenden Wellen blickend, das Herz, das törichte, wilde, jetzt so ruhige Herz voller seliger Abendträume! Ja, wenn einer sie hier sähe! Aber Gott sei Dank würde keiner sie hier sehen; denn keiner wußte, wo sie war, keiner, außer ihrem Vater.

Wie weich der Abend war! Es war, als ob der Regen auf einmal den Sommer gebracht hätte. Und wie feierlich die Dunkelheit kam. Ganz finster war es geworden, und klarer und heller leuchteten und flammten die Feuer der Leuchttürme von den Inseln herüber.

Da ging Dagmar Rosenlund heim.

Aber vor ihrem Hause blieb sie noch einmal stehen und blickte über die Hallig. Dunkel und schweigend lag sie da, überleuchtet von der roten Glut des fernen Westerhever Feuers. Aus einigen Fenstern kam ein schwaches Licht. Sie versuchte, sich nach diesen Lichtern zu orientieren, die einzelnen Warften zu bestimmen. Aber es ging nicht. Nur Schulwarft und Kirchwarft fand sie heraus, denn dort leuchteten mehr Fenster als auf den anderen Warften.

Wie friedlich all die kleinen Lichter stimmten! Wie ein Gruß von fernen, unbekannten und doch auf gleichem Wege wandernden Seelen glänzten sie zu ihr herüber.

Leise hob Dagmar die Hand und winkte hinüber:

„Gute Nacht!“ Dann ging sie ins Haus.

Die alte Binne kam ihr entgegen.

„Fräulein, Fräulein! Sie dürfen nicht so spät draußen am Watt sein, das ist gefährlich!“

„Hu, hu! Natürlich, da kann so ein Seeräuber, ein alter Wikinger kommen und mich rauben. Lassen Sie sich nicht auslachen, Binne. Aber ich sollte schelten, weil Sie hier drunten auf mich warten. Sie wissen doch, daß Sie sich nicht um mich bekümmern dürfen, sondern droben in Ihrer Stube bleiben sollen, bis ich Sie rufe.“

„Ja, ja! Ich weiß. Nichts für ungut, aber ich war so bange um Sie.“

„Aber nun haben Sie mich ja glücklich wieder. Also seien Sie ruhig, machen Sie das Abendbrot bereit, und dann dürfen Sie mir nachher Ihre Greuelgeschichte erzählen. Ich höre nämlich furchtbar gern grausige Geschichten.“

„Soll ich die Lampe anzünden?“

„Nein, ich mache selbst Licht.“

Sie ging hinein, stellte sich noch einen Augenblick ans Fenster und sah hinaus und schrak ordentlich zusammen, als Binne hereintrat und mit den Tellern klapperte.

„Ist gut, Binne! Ich mache schon Licht. Wahrhaftig, ich hatte es ganz vergessen.“

Sie zündete die Lampe an, wand ein rotes, seidenes Tuch um die Kuppel und stand und freute sich über die starke Farbenwirkung, bis Binne sie wieder aufschreckte.

Nach dem Essen bat sie die Alte, sie möge schnell abräumen und ihre Küchenarbeiten verrichten. Sie selbst wolle solange spielen und nachher die Geschichte hören.

Binne strich sich mit den Händen verlegen die Schürze und meinte:

„Ich weiß doch nicht, Fräulein, ob es gut ist, zur Nacht schlimme Geschichten zu hören."

„O doch, man träumt dann immer so schön davon und hat die Geschichte also doppelt."

„Ne, ne, ne, Fräulein was 'n Schnack!"

Kopfschüttelnd trug sie das Geschirr in die Küche und begann abzuwaschen, während Dagmar Rosenlund sich ans Klavier setzte, um zu spielen. Aber lange lagen ihre Hände müßig auf den Tasten, bis sie endlich, erst zaghaft, dann immer sicherer, über die blanken Tasten glitten und ein weiches, verträumtes Lied von Schumann durch den stillen Raum zitterte.

Sie merkte es nicht, daß Binne vorsichtig eingetreten war und nun auf der Schwelle stand und sich nicht rührte, bis der letzte Ton verklungen war. Auch dann wagte sich die Alte kaum zu rühren und stand nur immer und hielt die abgearbeiteten, runzeligen Hände gefaltet. Sie hatte in ihrem langen Leben noch nie ein Klavier weder gesehen noch gehört und kam aus dem Staunen nicht heraus, wenn Dagmar spielte. Wie war es nur möglich, daß Menschenfinger solche Musik hervorzauberten? Allerdings, wer so feine, zarte Hände hatte wie Fräulein, Finger, die so dünn und gelenkig waren, der konnte natürlich mehr als andere.

Sie blickte auf ihre eigenen, gekrümmten Hände und lächelte. Nein, die taugten dazu nichts, denen fiel es heute sogar schwer, zu stricken und zu stopfen.

„Nun, Binne, war's hübsch?"

„Ach Fräulein, wie ist's nur möglich, daß Sie das so können. Wenn ich denke, daß ich das sollte."

„Ja, das glaube ich schon. Aber dafür können Ihre Hände etwas anderes tun."

„Ach ne, Fräulein, die können nichts. Früher, da konnten sie ganz schöne Handarbeiten machen, ja, und sogar silberne Ketten, wie sie die jungen Mädchen tragen. Aber heute."

„Heute können sie auch noch viel tun, Binne, nämlich viel Gutes und viel Liebes. Ich seh' es Ihren alten, lieben Augen an, daß Ihre Finger wie richtige Mutterhände weich und lieb streicheln und schmeicheln können, trotzdem sie alt und krumm sind."

„Das sagen Sie nur so, Fräulein."

„Nein, ich meine es auch so. Und Sie sollen es auch gleich beweisen. Sind Sie in der Küche fertig?"

„Ja", sagte Binne, guckte ganz ängstlich auf Dagmar und fragte sich im stillen, was nun wohl kommen würde.

„Das ist nett. Da sind wir beide gewiß müde, Sie vom Arbeiten und ich vom Umherlaufen im Watt. Kommen Sie zu mir, Binne, Sie müssen mir noch die Geschichte erzählen, und dabei flechten Sie mir mein Haar zur Nacht ein."

Mit allen Zeichen des Schreckens hob Binne beide Hände.

„Ne, ne, Fräulein, bloß nicht, das kann ich nicht. Ich verreiß' Ihnen ja das ganze Haar."

Lächelnd blickte Dagmar sie an:

„Nur zu, Binne, ich bin nicht empfindlich, und mein Haar ist fest."

Die Alte sträubte sich noch ein Weilchen, dann holte sie Kamm und Bürste herbei, während Dagmar ihr Kleid löste und von den weißen Schultern gleiten ließ.

„Nun", fragte sie, als Binne die langen, schweren Zöpfe in den Händen hielt und sie aufzuflechten begann, „wie geht denn die Geschichte?"

Die Hand ließ ab vom Strähnen und Kämmen, und mit seltsam feierlicher Stimme begann Binne:

„So weit die salze See um Inseln und Halligen rauscht, ist Ekke Nekkepenns, des Meergottes, Reich. Weit draußen in der Tiefe wohnt er in einem kristallenen Schloß und hält Sturm und Unwetter in der Hand. Die ganze See ist sein, aber immer sieht er mit hungrigen Augen nach Inseln und Festland und reckt seine großen Hände, um alles herunterzureißen und zu verschlingen. Im Herbst und Winter versucht er es oft, und manches Dorf, mit allem was darin lebte, hat er schon geraubt. Im Sommer aber hat er es nur auf Menschen abgesehen. Dann geht er oft wie ein Fischer verkleidet über das Watt und lockt die Kinder heraus, indem er die Muscheln wie Gold und Demant leuchten läßt. Wenn aber die Wellen leise ans Ufer rauschen, dann verwandelt er sich in Schaum, schwimmt an die Halligen und wartet, bis eine Jungfrau kommt und an der Kante sitzt und hinausblickt. Namentlich im Mondlicht kommt er und singt dann so schöne Lieder, daß jedes Mädchen betört wird, sich zu den Wellen niederbeugt und dann von ihm geraubt wird."

Es war ganz still im Zimmer.

„Und dann, Binne?"

„Und dann? Dann gehen sie unter."

„Dann gehen sie unter."

Wieder war es still, ganz still.

Nach einer langen Pause sagte Dagmar, und es klang ganz leise:

„Weißt du noch mehr solcher Geschichten, Binne?"

Sie merkte es gar nicht, daß sie die alte Frau mit Du anredete, fühlte es auch nicht, daß die alten Finger den Kamm nicht mehr führten, sondern müßig das volle, schöne, herabwallende Haar wie etwas Kostbares, Heiliges trugen, und wie zwei alte Augen voller Tränen standen.

Und plötzlich brach es wie ein Schrei über die alten, zitternden Lippen:

„Ich kann nicht, Fräulein, ich kann nicht! Meine Hände zittern, ich – ich –" und dabei küßte sie die schwarze Flut des Haares.

Dagmar sprang auf.

„Aber Binne, was ist denn? Binne, liebe Binne!"

Sie war wieder ruhiger geworden und bezwang sich. Was brauchte die Fremde zu wissen, daß diese alten Finger vor langer, langer Zeit über das Haupt eines jungen Mädchens geglitten waren, das ihre Tochter war, und längst, längst untergegangen war. Nicht in der salzen See, sondern drüben hinter dem festen Wall, drüben in der großen Welt.

Seien Sie nur nicht böse, Fräulein, ich will ja gern alles tun, was Sie wünschen. Aber heute, heute –"

„Heute bist du müde, kleine Binne. Geh nur zu Bett. Ich werde auch leicht allein fertig."

„Gute Nacht, Fräulein."

„Gute Nacht, Binne."

Dann ging die Alte; aber sie konnte nicht einschlafen und lag die ganze Nacht und dachte an ihre Tochter, die auch so schwarzes Haar und so weiße Schultern gehabt hatte wie das Fräulein, und die fortgegangen war, um nie wiederzukommen.

Aber auch Dagmar konnte keine Ruhe finden.

Lange stand sie in ihrem Zimmer, faßte bald dieses, bald jenes an, ohne doch recht zu wissen, was sie tat. Und als sie im Bett lag, taumelten ihre Gedanken zwischen Binne und Ekke Nekkepenn hin und her, schlichen sich in ihre Träume und verwoben sich mit dem sonderbaren Tun der alten Binne.

Oft schrak sie auf, und als die Morgensonne durch die Fenster schien, lag sie schon lange mit wachen Augen und wartete auf den Tag. Sie hörte, wie Binne aufstand, vorsichtig die Treppe hinunterschlich und sich in der Küche zu schaffen machte.

Wie leise die Alte war! Die gute, treue Seele!

Dagmar mußte lächeln.

Dann aber kam ihr der Gedanke an ihre eigene Mutter. Sie erinnerte sich ihrer nur schwach; denn sie war noch ganz klein, als die Mutter starb. Auf einer Seefahrt war es, draußen an der Chinaküste. Das war lange her, und seit der Zeit hatten bezahlte Hände sie behütet. Aber keine hatte jemals so mütterlich für sie gesorgt, sie so rührend behütet und gepflegt wie die alte Binne. Die lief schon von früh an durch das ganze Haus, putzte und ordnete, wischte und fegte, damit alles in Ordnung sei, wenn sie aufstand. Heute wollte sie sie einmal überraschen.

„Binne!" rief sie und merkte gleich, wie die Gerufene in der Arbeit innehielt. Sie stellte sich ihr erschrecktes Gesicht vor, lachte und rief noch einmal: „Binne!"

Da kam die Alte schnell herbeigeschlurft.

„O Gott, Fräulein, sind Sie schon wach?"

„Ja, Binne, natürlich! Du bist ja auch schon wach und auf."

„Das ist ja etwas ganz anderes, ich bin alt und Sie sind jung."

„Die Jungen müßten doch erst recht früh heraus. Ich hätte auch schon längst aufstehen können, denn ich habe wenig geschlafen und bin schon vor der Sonne wach gewesen."

Sie schob die seidenen Vorhänge des Wandbettes zurück und guckte lachend aus ihrer „Höhle" heraus.

„Daran ist bloß die Geschichte schuld. Ich sagte Ihnen gleich, daß es nicht gut sei, zur Nachtzeit solche Geschichten zu hören. Aber Sie wollten es ja nicht anders!"

„Nein, Binne, ich wollte es nicht anders. Es schadet aber nichts, und du sollst mir auch noch oft Geschichten erzählen. Von dir selbst sollst du mir eine Geschichte erzählen."

„Gott bewahre, Fräulein! Von mir ist nichts zu erzählen."

„Gar nichts? Bist du denn immer allein gewesen?"

„Ach nein, mit meinem Mann lebte ich sieben Jahre zusammen, dann holte ihn die salze See."

„Hast du keine Kinder?"

„Nein, heute nicht mehr."

„Heute nicht mehr? Du sagst das so sonderbar."

Dagmar hatte sich erhoben und begann, sich anzukleiden. Sie sah dabei nicht zu der Alten hin und merkte nicht, daß Binne sich abwandte, um zu verbergen, wie es in ihrem Gesicht arbeitete und zuckte.

„Ich hatte eine Tochter", sagte sie endlich mit stockender Stimme, „und die, die hat Ekke Nekkepenn geholt."

„Ach, wie traurig. Ist sie ertrunken?"

Da konnte Binne sich nicht mehr halten, ließ sich auf einen Stuhl sinken, legte den Kopf auf die aufgestützten Arme und begann zu schluchzen.

„So nicht, Fräulein, so nicht. Drüben, hinter dem festen Wall, da ist sie untergegangen. Ich bin nie auf dem Festland gewesen und kenne es nicht. Aber ich habe gehört, wie es da zugeht, später, als alles zu spät war. Mein Kind wäre sonst auf der Hallig geblieben."

Dagmar hatte ihre Arme um die zuckenden Schultern der alten Frau gelegt und versuchte sie zu trösten.

„Ist gut, Fräulein, ist gut. Lassen Sie man. Ich bin auch schon wieder ruhig. Es kam nur so über mich, gestern schon, als ich Sie so sah. Mein Kind hatte auch so lange, schöne Haare und so weiße, weiche Arme. Lassen Sie man, ich will man an die Arbeit gehn; das ist noch das Beste, was wir armen Leute haben."

Und dann ging sie mit müden Schritten hinaus.

Dagmar sah ihr lange nach.

Gewaltsam schüttelte sie die trüben Gedanken von sich und ging hinaus. Sie wollte aufs Meer. Von Heinrich Petersen holte sie das kleine, leichte Segelboot und steuerte hinaus.

„Ja immer auf die Tonnen sehn, Fräulein, und Amrum Düne links halten", rief er ihr nach und freute sich, wie sicher und fest sie sein kleines Boot hinausschießen ließ.

Als die Flut zu ziehen begann, kehrte Dagmar zurück.

Sie steuerte in den großen Priel hinein, der an der Kirchwarft vorüberfloß, legte hier an und stieg an Land.

Einen Augenblick überlegte sie, ob sie ins Pastorat gehen solle oder nicht. Dann ging sie am Fuße der Warft entlang und gelangte, ohne gesehen zu werden, auf die Halligfennen, über die der Fußweg an der Schulwarft vorbei nach ihrer eigenen Warft führte.

Aus dem Schulhause heraus hörte sie das Harmonium schallen und blieb einen Augenblick stehen. Etwas in der Art, wie Lehrer Hansen sein Instrument spielte, fesselte sie. Sie lauschte, bis der letzte Ton verklang, und beschloß, gelegentlich ins Schulhaus zu gehen, um den Spieler kennenzulernen. Sie wollte überhaupt – ganz gegen ihre anfängliche Absicht – versuchen, allmählich alle Halligleute kennenzulernen.

Als sie nach Hause kam, fand sie Binne, die wieder ganz ruhig geworden war, zwischen den Rosen stehen.

„Sehen Sie nur, Fräulein, all die vielen Knospen! Lange dauert es nicht mehr, dann haben wir alle Büsche voller Rosen."

Lächelnd legte Dagmar ihre Hand auf Binnes Arm.

„Ja, kleine Binne. Und wenn dann die ganze Dornenhecke zu lauter Rosen geworden ist, dann kommt der Prinz, küßt Dornröschen und erlöst sie. Ob er wohl kommt?"

Die Alte sah auf.

„Wer denn? Ach so! So meinen Sie es! Haha! Ja, ein Prinz

muß es wohl sein, der mein Fräulein holt. Aber dann müssen Sie anderswo hingehen und dürfen nicht auf Hoogeroog sitzen; denn hierher verirren sich keine Prinzen."

„Vielleicht ein Prinz des Meerkönigs."

„Um Gottes willen" rief die Alte, ernst geworden, aus, „das dürfen Sie nicht sagen. Kommen Sie nur schnell ins Haus, ich habe alles bereit, und Sie sind nach der Seefahrt gewiß hungrig geworden. Ich hab' Sie draußen wohl gesehn."

„Und bist bange gewesen, nicht wahr?"

„Nein, Fräulein, bei der See nicht. Und Sie können ja Segel und Ruder führen."

„Ja, das kann ich, Binne, ich bin ein Schifferkind."

Lachend gingen die beiden ins Haus.

*

Dagmar Rosenlund hatte sich schnell auf der Hallig eingelebt, und wenn sie mit ihrem Malkasten auf den Fennen oder an der Kante stand, trat oft der eine oder andere der Halligleute plaudernd zu ihr, besah mit kritischen Augen ihr Bild und nickte wohlgefällig. Sogar Jörn Thadsens Herz hatte sie gewonnen, und das war vor ihr noch keinem Maler gelungen. Jörn war Besitzer der Halligmühle, die dem ganzen Landschaftsbilde ein besonderes Gepräge gab; was Wunder, daß alle Halligmaler – und es kamen in jedem Jahre auf drei, vier Tage einige herüber – seine Mühle auf die Leinwand zu bannen sich bemühten. Sobald Jörn es entdeckte, begann er die Flügel zu bekleiden oder abzutakeln oder die ganze Mühle bald rechts, bald links herumzudrehen. Durch kein Bitten ließ er sich erweichen und verlangte energisch für jedes Zeichnen oder Malen seines Eigentums sein gehörig Stückchen „Modellhonorar". „Ik verdeen mit min Möhl keen Geld; denn lat de Lüd betalen, de dar wat mit verdeenen." Bei Dagmar machte er eine Ausnahme, und Jan Behrend, der mehr von der Kunst zu verstehen glaubte als die anderen, meinte, das wäre etwas, darauf könnte das Fräulein sich viel einbilden; denn Jörn wäre ein ganz eigener. Und dann rekelte er sich neben der Staffelei ins Gras und schwatze drauflos, bis Dagmar ihn lachend fortschickte.

Von Heinrich Petersen hatte sie das kleine Boot für den ganzen Sommer gemietet. Der wollte zuerst nicht darauf eingehen, weil er seine neue Helgoländer Schaluppe noch nicht seeklar gemacht hatte. Als aber Jan Behrend spöttisch meinte, entweder wäre das Torfschiff überhaupt nicht seeklar zu machen und er sei beim Handel betrogen worden, oder er wäre ein Bangbüx und wage sich nicht über die Watten hinaus, da hatte das den Ausschlag gegeben, und am Tage darauf führte er sein kleines, weißes Boot in den Priel, der nach Ipkenswarft hinauflangte.

„Es is ja noch nich so richtig aufkalfatert, Fräulein, das heißt, was das so außen rum anbelangt. Aber ich dachte man, Fräulein is ja Malerin und hat Farbe genug. Für unsereins is das immer so 'ne Sache."

Dagmar lachte laut auf.

„Ja, ja, das werd' ich schon besorgen, Petersen. Wenn das Boot sonst nur gut ist, soll es seinen Anstrich auch bekommen."

Und nun segelte Dagmar bei jedem günstigen Wind über das Meer. Um alle Inseln und Halligen rauschte ihr Boot, und vor manchem stillen Stranddorf drüben am Festlandsdeich hatte sie Anker geworfen.

Die Abende vertrieb sie sich gewöhnlich am Klavier. Oft aber saß sie träumend an der Halligkante und sah nach allen Feuern aus, oder sie ging ins Pastorat, um ein Stündchen mit Pastor Eichstädt zu verplaudern. Sie wurde sich dessen gar nicht bewußt, daß sie zuletzt nur mit Eichstädt, nie aber mit seiner Frau sprach, die meistens stumm danebensaß. Ja, sie merkte es auch nicht, wenn Inge aufstand und in ihrer leisen Art hinausging.

Es war Inge schwer oder gar unmöglich, an den Gesprächen, die die beiden führten, teilzunehmen. Anfangs hatte sie oft versucht, aus der Rolle des Zurückgedrängtseins herauszutreten. Aber sie wußte nicht, wie sie es anfangen sollte, und begann in ihrer Not und Herzensgüte Gebäck und Tassen herzutragen, als könnte sie sich durch dieses Tun in den Kreis einreihen. Und saß dann doch daneben, die Hände müßig im Schoß, und mußte erleben, daß man sie und ihr Tun übersah. Dennoch wiederholte sie es immer und immer wieder, bis endlich ihr Mann sie hart anfuhr und ihr nachher, als sie wieder allein waren, Vorhaltungen machte.

Mit großen Augen sah sie zu ihm auf, neigte den Kopf langsam hin und her und sagte kein Wort.

Nur einmal kam es leise aus ihr heraus:

„Ach, Karl, das ist ja alles, was ich dir geben kann."

Verständnislos sah er sie an.

„Ach so", sagte er dann, „so meinst du es?" Und dann nach einer Weile: „Inge, du darfst nicht bitter werden. Aber du mußt doch begreifen, daß es mir Freude macht, wieder einmal mit einem geistig mir gleichen Menschen mich zu messen. Ich liebe diesen Kampf, ja mehr noch, ich kann ihn nicht entbehren, er gehört für mich zum Leben. Früher, als ich Student war, wie haben wir da oft bis tief in die Nacht disputiert, und je weiter wir in unseren Anschauungen auseinandergingen, desto schöner war der Kampf und auch der Sieg. Aber hier! Hier! Ich bin als ein Kämpfer hergekommen. Was nützt mein Kämpfen! Der Kampf war beendet, als er kaum begonnen hatte. Ohne Sieg auf irgendeiner Seite wurde er beendet, einfach, weil meine Gegner das Schwert fallen ließen, als wäre ich nicht da. Ich muß aber kämpfen. Und nun kann ich es wieder, nun, da Fräulein Rosenlund hier ist. Gönne es mir. Es dauert ja nur diese Sommermonate, dann ist es vorbei."

„Und dann kommst du wieder zu mir. Nicht wahr, das wolltest du sagen?"

„Herrgott, so darfst du das nicht auffassen. Wieder zu dir kommen! Wie das klingt! Als ob ich nicht immer bei dir wäre. Und etwas liegt auch an dir selbst; ja, ja, so ist es."

„So wird es wohl sein, Karl", erwiderte sie müde und tonlos, „aber was kann ich dafür! Ich kann dir nur geben, was ich selber habe, und nur sein, was ich selber bin. Und das ist wohl nur wenig. Aber dafür kann ich ja nichts. Gute Nacht, Karl."

Lautlos glitt sie durch die Tür.

Er stand und sah ihr nach.

Dann schritt er lange in der Stube hin und her und ließ sich endlich in einen Stuhl sinken.

Die helle Sommernacht warf ihren Schein in die Stube und füllte sie mit weicher Dämmerung.

Es war totenstill, so still, daß man die ruhelose See herüberbranden hörte.

Pastor Eichstädt aber hörte nichts davon.

Er hatte sich wieder erhoben und stand nun, lehnte sich auf die Fensterbank und blickte durch das offene Fenster hinaus über die Hallig.

Wie still sie dalag.

Weit und eben breitete sie sich aus, und klar und deutlich hoben sich die Warften mit den dunklen Strohdachhäusern.

Ganz drunten im Süden blitzte in kurzen Abständen das Helgoländer Feuer auf. Wie eine feurige Hand fuhr es über den Himmel und verschwand dann wieder. Und drüben auf der Höhe von Norderoog glühte Licht, das wie ein roter Blutstropfen auf dem Meere lag.

Wessen Licht war es?

Wessen Boot lag da draußen, in die weiche, warme Sommernacht eingehüllt?

Es lag still. Kein Wind ging über die See, der es weitertragen konnte. Es mußte Anker werfen oder sich willenlos vom Flutstrom treiben und ziehen lassen.

Wer war es?

Pastor Eichstädts Gedanken klammerten sich an das Licht. Er konnte nicht anders, er mußte dahin sehen und mußte daran denken.

Und plötzlich kam ihm der Gedanke, ob wohl Dagmar Rosenlund da draußen wäre?

Er blickte nach ihrer Warft hinüber.

Dort war alles dunkel.

Und nun wußte er auf einmal, daß er an manchem Abend so an seinem Fenster gestanden und nach der Ikenswarft geblickt und dort halb unbewußt ein warmes, helles Licht gegrüßt hatte.

Er merkte, wie ihm das Blut langsam in die Stirn stieg, und trat schnell vom Fenster zurück.

Nein, nein, nein! Er wollte nicht dort hinüberblicken! Er wollte es nicht!

Und doch zwang es ihn immer wieder.

Ob das Dagmar Rosenlunds Boot war, das draußen auf der See trieb?

Aber was ging das ihn an? Sie konnte doch tun und lassen, was sie wollte. Was kümmerte es ihn! Sie kostete die schöne Sommernacht aus. Warum sollte sie es nicht tun? Er konnte es ihr nicht wehren, weder ja noch nein dazu sagen.

Und doch stand er einen Augenblick später vor der Tür, hielt kurze Zeit inne und schritt dann über den muschelbestreuten Steig, ging über den Kirchhof, stellte sich nahe an die graue Kirchenmauer und blickte unverwandt nach Süden.

Was wollte er hier? Was suchte er hier?

War das, was in ihm brannte und ihm seine Ruhe stahl, war das Liebe? Liebe zu Dagmar Rosenlund?

Er erschrak vor sich selber, als dieser Gedanke plötzlich vor ihm auftauchte, und er wollte den Gedanken nicht weiterdenken, er wollte ihn mit Gewalt von sich abschütteln. Nein! Nein! Er wollte das nicht in sich aufkommen und groß werden lassen, es sollte unten bleiben, ganz tief unten, versunken und vergraben. Nur nicht aufkommen lassen! Die paar Sommermonate hindurch es mit Gewalt unten halten! Die paar Sommermonate! Und dann kam der Winter, der lange, tote Halligwinter. Dann war es hier wieder wie im Grabe.

Im Sommer brachen sie hier draußen immer große Sträuße der blauen Bondestabe, die hielten sich wie Heidekraut den ganzen Winter hindurch. So hatten sie dann doch ein kleines armseliges Stückchen Sommer auch in der Winternacht, oder doch die Erinnerung an einen vergangenen und die Hoffnung auf einen kommenden Sommer. Tote Blumen, die doch lebenspendend waren.

So wollte er es machen. Wie eine tote Blume im kalten Winter sollte ihm das sein, was tief innen in seinem Herzen lag –

Es war spät, als Pastor Eichstädt ins Haus ging.

Inge war noch wach, als er eintrat; aber sie stellte sich schlafend.

Die ganze Nacht blieb sie wach, und sie merkte, daß auch in seine Augen kein Schlaf kam.

Aber sie sagte nichts, auch am Morgen nicht, als sie still an ihre Arbeit ging.

*

Um dieselbe Zeit stand Dagmar Rosenlund unter den Rosen vor ihrer Tür. Sie waren alle aufgeblüht, und ein wundervoller Duft füllte die ganze Warft, umzitterte das grünbemooste Dach und schwang sich auf weichen Winden über die Hallig, so daß die Fennen voll waren von all dem Köstlichen, und die jungen Mädchen sich's zuriefen: Auf Ipkenswarft blühen die Rosen!

Heiß brannte die Sonne herab. Die Luft zitterte und flimmerte.

Von ihrem kühlen Schattenreich blickte Dagmar hinaus und verfolgte mit ihren Augen eine schneeweiße Möwe, um deren blendende Schwingen die Sonne goldene Ränder spann. Auf einmal fiel der Silbervogel jäh herab, als könnte er all das glänzende Gold nicht tragen, und ruhte nun müde auf einer Muschelbank im Watt.

Dagmars Augen wanderten weiter und sahen zwei Männer von der Schulwarft herunter und am Priel entlang nach der Kante gehen.

War das nicht Pastor Eichstädt?

„Binne!" rief sie, und gleich kam die Alte herbeigeschlurft. „Binne! Ist das nicht euer Halligpastor, der drüben über die Fennen geht?"

„Da muß ich mal den Kieker holen."

Vorsichtig legte sie das Fernrohr auf die Gartenpforte, bückte sich etwas herab und blickte hindurch.

„Jawohl, das ist Pastor Eichstädt. Und der alte Lehrer Hansen geht mit ihm. Die wollen gewiß nach Norderoog hinüber. Hansen hat neulich sein Boot in Norderoog liegenlassen, als er von Süderoog zurückkam. Der Wind war ganz eingeschlafen, und zum Rudern hatte er nicht viel Lust. Nun will er es wohl holen und mit dem Strom nach Hause treiben."

„Zu Fuß will er es holen?"

„Natürlich."

„Kann man denn zu Fuß dort hinüber?“

„Gewiß, jetzt zur Ebbzeit ist es in einer guten Stunde gemacht.“

„Dann geh’ ich mit.“

Schnell holte sie ihren breitkrempigen Hut heraus und wollte hinter den Männern hereilen, als Binne sie lachend festhielt und ausrief:

„Aber Fräulein, das geht nicht! So können Sie nicht hinüber. Was denken Sie? Das Watt ist keine Tenne! Sie sinken oft bis an die Knie in Schlamm und müssen drei breite Priele durchwaten; da steht immer Wasser.“

„Das schadet nichts!“

„Ziehen Sie wenigstens einen anderen Rock an, den Sie leicht schürzen können.“

„So viel Zeit habe ich gar nicht. Dann laufen die beiden mir davon, ehe ich an die Kante komme.“

„Nein, die müssen drunten auch erst Stiefel und Strümpfe ablegen. Ich hole Ihnen schnell den Rock. Mich wundert nur, daß der Pastor mitgeht. Ich glaube, er ist noch nie drüben gewesen. Kommen Sie nur schnell. Und während Sie sich umziehen, stecke ich Ihnen etwas Brot in den Rucksack.“

Dagmar fügte sich lachend in das Unvermeidliche und rüstete sich eilig zur Wattenwanderung. –

Die alte Binne hatte die beiden Männer richtig erkannt, die in diesem Augenblick an der Kante angelangt waren und sich auf eine Bank von Seetang und Muscheln setzten, um Stiefel und Strümpfe abzulegen.

Lehrer Hansen hatte im Sommer frühen Schulanfang und auch Schluß. Gleich nachdem er seine Schüler entlassen hatte, war er zum Kirchhof hinübergegangen, wo am Prielrand seine kleine Jolle lag, die er gebrauchte, um bei Ebbezeit sein weiter draußen liegendes, größeres Boot erreichen zu können, hatte sie weiter hinausgelegt und wollte gerade zurückkehren, als Pastor Eichstädt zu ihm trat.

Der war nach Hansens Einladung sofort bereit, mit nach Norderoog hinüberzugehen, und ließ sich kaum Zeit, Inge zuzurufen, daß sie mit dem Essen nicht auf ihn zu warten brauche.

Und nun saßen sie drunten am Watt und rüsteten sich zur Fahrt.

„Sie brauchen sich nicht so sehr zu beeilen, Herr Pastor, wir haben erst seit zwei Stunden Ebbe, und draußen ist noch recht viel Wasser. Stülpen Sie nur gleich die Hosen recht hoch herauf. Die Stiefel und Strümpfe können Sie hier lassen; sie liegen hier an der Kante so sicher wie zu Hause, werden aber lästig, wenn Sie sie den ganzen Weg übers Watt hinübertragen sollen. Aber wer kommt den da über die Fennen? Ist das nicht Fräulein Rosenlund? Sie winkt uns immer zu, sehen Sie doch."

Pastor Eichstädt richtete sich auf, und sein Herz klopfte laut und hart. Der gestrige Abend stand plötzlich klar vor seiner Seele, all seine Gedanken, die ihm in der letzten Nacht die Ruhe geraubt hatten, traten vor ihn hin und trieben ihm das Blut in die Wangen. Aber er bezwang sich und sagte in gleichgültigem Ton:

„Wahrhaftig, Fräulein Rosenlund! Sie kommt so schnell her; was will sie denn?"

„Was sie will? Mitgehen will sie natürlich."

„Jawohl!" rief Dagmar, die die letzen Worte gehört hatte, „mitgehen will sie, wenn sie darf."

„Aber gewiß! Herzlich willkommen! Sie fürchten sich ja nicht vor Klei und Wasser."

„Hahaha!" lachte sie übermütig.

„Lachen Sie nicht, Fräulein Rosenlund", sagte Hansen und sah sie mit listigen Augen an. „Schon manches Fräulein hat es versucht, ist aber nach den ersten dreihundert Schritten entsetzt umgekehrt."

„Und darum muß ich es natürlich auch tun. Warten Sie es ab." Lachend drohte sie ihm mit der Hand. „Warten Sie nur einen Augenblick, ich bin gleich fertig."

Schnell ließ sie sich nieder, zog Schuhe und Strümpfe aus, packte sie in den Rucksack, schürzte dann den Rock bis hoch über die Knie und meinte:

„Ist's hoch genug? Geht's so? Binne hat mich rein graulich gemacht."

Sie trat zwischen die beiden Männer, und dann begann der Marsch.

Anfangs war der Boden noch fest, sandig und hart, so daß sie rüstig ausschreiten konnten. Dann aber wurde der Grund weich, schlammig und feucht. Bei jedem Schritt sanken sie bis über die Knöchel hinein. Tiefer und weicher wurde es. Oft traten sie bis an die Knie hinein und schleppten sich mühsam weiter.

„Nur Mut, Fräulein Rosenlund, es wird bald anders."

Sie lachte nur und sah mit hellen, frohen Augen um sich.

Lehrer Hansen hatte recht, es kam anders. Aber besser wurde es darum doch nicht. Große, weitausgedehnte Muschelbänke erstreckten sich vor ihnen. Jeder Schritt schmerzte.

„Sie dürfen die Füße nicht gleich fest aufsetzen, sondern müssen sie in die Muscheln hineinschieben."

Weiter und weiter ging es.

Lehrer Hansen schritt tapfer voraus. Mit zusammengepreßten Lippen folgten ihm die beiden andern, nur mit Mühe einen Aufschrei unterdrückend, wenn ein Tritt gar zu schmerzhaft war.

Pastor Eichstädt war der letzte im Zuge. Seine Augen suchten den Grund ab, um eine günstige Stelle zum Zutreten zu finden. Wenn er aber aufblickte, dann sah er Dagmars hohe, stolze Gestalt vor sich herschreiten. Wie leicht und elastisch sie über das Watt hinglitt! Der Hut war ihr in den Nacken gerutscht, und ihr Haar glänzte in der hellen Sonne. Wie schön sie war! Und wie gut sie trotz ihrer städtischen Kleidung in all dieses hineinpaßte, in die große, weite Natur, in die feierliche, schweigende Einsamkeit dieser Nordseeinseln. Als wäre sie aus dieser weltfernen Natur herausgewachsen, ein Glied von ihr.

Des alten Hansen Stimme weckte ihn aus seinem Sinnen auf.

„Hallo! Nun haben wir wieder festen Sandgrund!"

Wie eine Tenne lag hier der Meeresboden ausgebreitet. So weit man sah, nichts als fester, weißgelber Sand.

„Kommen Sie! Kommen Sie!"

Bald waren die beiden Nachzügler bei ihm und hielten, aufatmend und den Schweiß von der Stirne wischend, im Marsch inne.

„So, nun haben wir den schwersten Teil des Weges hinter

uns, nun beginnt das bequeme Spazierengehen. Aber sehen Sie einmal zurück nach Hoogeroog."

Ihre Augen folgten seinem ausgestreckten Arm und hingen gebannt an dem wundervollen Bild, das sich ihnen bot.

Über dem Watt, das sie eben durchwatet hatten, flimmerte die Sommerluft wie ein Nebelmeer. Und wie auf silbernen Wolken ruhend stiegen die Halligwarften darüber empor. Dahinter aber, noch höher ragend als die fernen Häuser von Langeneß, schimmerten die weißen Hotels in Wyk, und wie Geisterschiffe die Segel ferner Wattenfahrer.

Rings um sie her nichts als das schweigende Watt, auf dem wandermüde Seevögel ruhten und in dem heißen Flimmern wie große, stumme, schützende Riesen standen.

Kein Menschenlaut weit und breit. Nichts als das eintönige Brausen der weit draußen bei Seesand sich brechenden Brandung kam durch die Stille.

„Hören Sie die Brandung?" sagte Hansen leise und fast feierlich. „Das ist die urewige salze See, das ist Ekke Nekkepenns Reich, wo er seit Anbeginn der Welt sein Wesen treibt. Es geht kaum ein Windhauch, und doch donnert draußen die Flut; es ist ihr zorniges Wüten, ihr Grimm darüber, daß es ihr immer noch nicht ganz gelungen ist, alles Land zu verschlingen. Alle sechs Stunden muß sie zurück, dann muß sie freigeben, was sie einst geraubt hat. Denn hier, wo wir stehen und gehen, war einst blühendes, lachendes Land. Sehen Sie drüben den Hügel? Dort stand einst eine große Warft, von dort läuteten einst die Kirchenglocken über die Welt, und von dort drüben im Osten, wo das Silberband des Flutstroms am dunklen Watt entlang gleitet, gingen Rungholdts weltfröhliche Männer und Frauen durch das reiche Glück ihrer gesegneten Fluren. Nun braust hier alle sechs Stunden die See und greift mit ihren nimmersatten Armen nach allem, was ihr nahe kommt."

Dagmar und Eichstädt blickten schweigend über die graue, tote Fläche.

„Auch heute noch?"

Die Frage kam wie aus weiter Ferne.

„Ja, auch heute noch. Jede Hallig kennt Leute, die zur Ebbzeit übers Watt gegangen und nicht zurückgekommen sind. Bei klarem Wetter ist es ganz gefahrlos. Wenn aber der Wattennebel kommt, dann ist alles verloren, was draußen ist.“

Sie gingen weiter.

Höher und klarer stieg Norderoog vor ihnen auf.

Aber noch hatten sie einige breite und tiefe Priele zu durchwaten, bis sie in gerader Linie auf die Hallig losmarschieren konnten.

Und dann lag das Ziel vor ihnen.

Norderoog war eine kleine, unbewohnte Hallig. Vor der großen Flut von 1825 hatten hier einige Warften gestanden. Jetzt waren sie verschwunden. In der Mitte des Eilands erinnerte eine niedrige Erhöhung an frühere Zeiten, und am Westerende, wo zur Flutzeit das Meer rauschte, lagen zerbröckelte Eisenteile, die letzten Trümmer ehemaliger Halligháuser.

Selten betrat ein Fuß diese Insel des Schweigens. Nur Jäger und stille Wattenwanderer ruhten hier auf kurze Zeit aus. Aber unbeschränkt herrschten hier Möwen, Seeschwalben und andere Seevögel; wo, soweit die Wellen ihr Lied sangen, waren sie auch sicherer als hier? Die ganze Hallig war ein einziges, wogendes Grasfeld, und über dem schneeweißen Sand, der sich um die Kante schmiegte, tummelten sich in den klaren Fluten unzählige Fische, den ewig hungrigen Vögeln eine willkommene Beute.

Kaum hatten die drei Wanderer ihren Fuß auf den festen Grund gesetzt, als eine vieltausendköpfige Schar aufschreckte. Wie ferner Donner hörte sich ihr Flügelschlagen an, als sie wie eine große, dunkle Wolke über die Köpfe ihrer Friedensstörer hinschwebten.

Ab und zu stieß aus der großen Schar einer mit zornigem Kreischen nieder, als wollte er sich auf die Menschen stürzen, und ängstlich duckte Dagmar sich.

„Das ist ja, als wollten sie uns angreifen und verjagen?“

„Wundern Sie sich darüber?“

Hansen war einige Schritte voraufgegangen und blieb nun stehen und sagte:

Kommen Sie ganz vorsichtig näher. Hier sehen Sie die Ursache des Zorns."

Mit einem Ausruf des Entzückens kniete Dagmar nieder. Vor ihr im weißen, warmen Sand hockten drei junge, eben aus dem Ei gekrochene, Seeschwalben. In rührender Zärtlichkeit neigte sie den Kopf nieder und berührte mit ihrer Wange den weichen Flaum der Tiere.

„Darf ich sie anfassen?"

Hansen nickte ihr lächelnd zu, und da hob sie die Tierchen, die keine Furcht zu kennen schienen, auf und betrachtete sie, wie ein Kind die ersten Weihnachtsgaben.

Fröhlich blickte sie wieder um sich und schrie fast auf vor Freude, als sie nicht weit von sich ein neues Nest fand.

„Da sind ja noch mehr!"

„Ja, die ganze Hallig ist voll. Sie können Tausende finden, aber kommen Sie, wir müssen zum Boot hinüber. Der Ebbstrom treibt noch, der Wind ist etwas aufgefrischt. Da werden wir bald zu Hause sein."

„Nein, Herr Hansen, ich geh' nicht weiter, noch nicht. Das ist ja zu schön! Und wenn's nicht anders geht, so fahren Sie allein, und ich laufe zu Fuß nach Hoogeroog zurück."

„Allein?"

Pastor Eichstädt hatte auf dem ganzen Wege kaum ein Wort gesagt. Seine Gedanken waren wie Sturzseen, und er fürchtete sich, etwas zu sagen. Auch hier auf Norderoog war er immer schweigend hinter Dagmar hergegangen. Nun aber trat er schnell einige Schritte vor und sagte hastig:

„Nein, nein, Fräulein Rosenlund, allein dürfen Sie nicht gehen."

„Ist's denn gefährlich, Herr Hansen?"

Der sah ins Wetter.

„Nein, durchaus nicht. Wenn Sie zur rechten Zeit von hier fortgehen, also nach zwei Stunden, und unterwegs nicht müde werden, kommen Sie sicher hinüber."

„Dann bleib' ich hier."

„Und ich mit Ihnen."

Pastor Eichstädt stieß es kurz heraus, gab dann aber gleich seiner Stimme einen anderen Ton und setzte hinzu:

„Ich bin zwar auch nicht wetterkundig; aber Herr Hansen muß es schon verantworten."

„Darüber denke ich nun immer anders, Herr Pastor", erwiderte Dagmar und sah ihn mit blitzenden Augen an, „ich verlasse mich nie auf andere, sondern tue, was ich verantworten kann. Mag's nun gut oder schlecht sein, es entspricht zum mindesten meiner Natur."

„Nun ja, wie Sie wollen", sagte Hansen, „ich muß fort. Verspäten Sie sich nicht. Spätestens nach zwei Stunden müssen Sie wieder auf dem Watt sein. Halten Sie immer auf die Schulwarft zu, Sie erkennen sie an der großen, weißen Pforte vor Bandixens Haus. Dann können Sie den Weg nicht verfehlen. Und nun gute Fahrt! Adieu!"

Sie standen und sahen dem Alten nach, wie er rüstig am Strande entlanggging, aufrecht und breitschultrig, den Hut in der Hand, daß der leichte Sommerwind mit seinem schneeweißen Haar spielte. Sie sahen ihm nach, bis er vor seinem Boot stand, dessen Mast hoch über das Watt ragte.

Dann gingen sie langsam und schweigend durch das blühende Halliggras.

In der Mitte des Eilandes prangte ein wundervolles Feld blühender Bondestabe. Tiefer glühte und leuchtete hier die lilafarbene Blume als drüben auf den bewohnten Halligen, und stärker mischte sich in das Duften der strenge Geruch des Halligwermuts.

Dagmar ließ sich nieder und pflückte im Sitzen einen großen Strauß.

„Wollen Sie nicht auch sitzen, Herr Pastor?"

Er schwieg einen Augenblick und meinte dann zögernd:

„Wollen wir nicht ganz hinuntergehen an den Strand? Dort liegt schneeweißer Sand und ein kühler Hauch kommt von der See herauf."

Ohne ihre Antwort abzuwarten, schritt er davon.

Einen Augenblick blieb Dagmar, dann erhob sie sich, folgte ihm, streckte sich neben ihm im Sande aus und blickte zum blauen Himmel hinauf, über den die weißen Wolken langsam und feierlich zur Ferne zogen. Ihre Hände spielten im Sand, hoben ab und zu die weißen Körner hoch und ließen sie durch die Finger niederrieseln, so daß das helle Sonnenlicht sich in den blanken Kristallen brach.

Nur mitunter blinzelte sie zu Eichstädt hinüber, der halb aufgerichtet neben ihr saß und die Augen über das Watt gleiten ließ, ohne ein Wort zu sagen.

Wie weich und müde die tiefe, feierliche Sommerstille auf See und Sand lagerte! Wie heimlich und traulich sie alles Denken und Wollen einlullte und wunderholde Märchenträume zauberte.

Ab und zu blitzte die helle Silberschwinge einer vorüberfliegenden Möwe im Sonnengold auf und schoß dann leuchtend fern, fern in das schimmernde Band eines träge durchs Watt ziehenden Priels.

„Sie sind ein schlechter Unterhalter“, unterbrach Dagmar plötzlich die Stille. „Erzählen Sie mir etwas.“

Sie erwartete keine Antwort, beachtete darum auch gar nicht sein Schweigen, sondern fuhr, mehr zu sich selber sprechend, in leisem, weichem Tone fort, als wollte sie ihren Träumen Worte geben:

„Große, schneeweiße Schiffe segeln über die Welt, von großen, silbernen Schwänen gezogen, und fern hinter Amrums Dünen steht Ekke Nekkepenn, schiebt immer neue Schiffe auf das blaue Himmelsmeer hinaus und blickt ihnen nach, wie sie langsam und lautlos zur Ferne gleiten. Weiße Mädchen stehen darauf, mit langen, zarten Schleiern in den aufgehobenen Händen. Aber wenn sie über den grünen Festlandsgürtel ziehen, dann flattern die Segel, die Schleier schlagen an den Mast und zerreißen in abertausend fliegende Fetzen. Und dann lacht Ekke Nekkepenn, lacht und schlägt mit den täppischen Händen in die Brandung vor Seesand, daß die Wellen hoch aufspritzen und wie Diamanten in der Sonne glitzern.“

Sie merkte nicht, wie er an ihren Lippen hing und wie gespannt er auf jedes ihrer Worte lauschte.

Plötzlich unterbrach sie sich.

„Ach, wie töricht! Lachen Sie mich nur nicht aus. Sagen Sie mir lieber, wo der alte Hansen nun ist.“

„Er treibt drüben im Strom“, kam es schwerfällig aus ihm heraus.

„Ein wundervoller Mensch! So fest und hart. Und doch so weich. Ein echter Friese. Es sind überhaupt prachtvolle Menschen hier draußen auf den Halligen.“

Als er nicht antwortete, sagte sie spöttisch:

„Oder sind Sie anderer Meinung?“

„Allerdings! Weil ich sie kenne. Sie kennen sie alle nur in Sonntagsstimmung. Ich aber bin lange genug unter ihnen gewesen, um sie anders, und wie ich glaube, auch richtiger beurteilen zu können. Ich habe mit ihnen gekämpft.“

„Ich weiß! Und Sie sind unterlegen.“

Da fuhr er hastig auf: „O nein! Ich nicht!“

„Die andern doch auch nicht. Keiner hat nachgegeben. Wer hat denn da gesiegt? Nein, nein, geben Sie es nur auf.“

Er wurde eifrig und begann, wie schon so oft, ihr gegenüber seine Grundsätze darzulegen.

Lächelnd setzte sie sich auf, guckte ihn von unten bis oben an und meinte:

„Ach, nun wollen Sie wieder streiten. Verderben Sie doch nicht den schönen Tag. Sie sehen ja schon wieder so grimmig drein wie der Erzengel Michael. Und heute wollten wir uns doch freuen.“

„Kampf ist Freude, Fräulein Rosenlund!“

„Das hört sich gewiß sehr hübsch an, aber alles zu seiner Zeit. Augenblicklich bin ich hungrig und habe mehr Freude an dem schönen Frühstück, das Binne mir eingepackt hat, als an Ihrem Kampf. Bitte, öffnen sie meinen Rucksack und holen Sie die Schätze heraus.“

„Aber Fräulein Rosenlund!“

„Nun ja, es ist doch so. Und ist es vielleicht etwas Böses? Geben Sie her.“

Er schob ihr den Rucksack hin, und mit schnellen Fingern öffnete sie ihn.

„Und nun essen Sie. Es wird schmecken. Und dann lassen Sie uns von anderen Dingen reden."

Binne hatte zum Glück gut gesorgt; denn der Marsch über das Watt hatte die beiden hungrig gemacht, und die Seevögel, die kreischend um den Ruheplatz schwirrten, schienen auch Anspruch auf das Mahl geltend zu machen. Lachend brach Dagmar einige Stücke von ihrem Brot ab und warf sie in die Luft, in der sie blitzschnell erhascht wurden. Dann fragte sie plötzlich, ohne selbst recht zu wissen, warum:

„Warum haben Sie Frau Inge nicht mitgebracht?"

Pastor Eichstädt schaute sie einen Augenblick scharf an, stand dann auf und ging an den Strand.

Sie sah ihm nach und begriff ihn nicht. Wohl war es ihr längst klar geworden, daß die beiden nichts oder doch nur sehr wenig Gemeinsames hatten, aber sie hatte sich wenig Gedanken darüber gemacht. Auch jetzt dachte sie nicht weiter darüber nach, sondern legte sich wieder in den Sand und verfolgte die sonnenbeschienenen Möwenschwingen, die blitzend über den blauen Himmel fuhren.

Er aber stand, schaute über die See und kämpfte mit den Mächten in seiner Seele. Er wollte mit Gewalt unterdrücken, was in ihm nach oben rang, nach Luft und Licht schrie und alles andere unter sich ringen wollte. Alles zwang er vor sich hin, was ihm helfen sollte und konnte: sein Weib, sein Amt und sein großes Wollen im Amt, malte alles in lieblichen Farben aus und bat und bettelte: So helft mir doch! Und stand dann doch hilflos und verlassen wie das weite, tote Watt, stand und trug brennendes Weh, da er in dieser Stunde wußte, daß er Dagmar Rosenlund mit allen Fasern seines Seins liebte und im Herzen trug.

Lange stand er so, und als er sich umwandte und zu Dagmar zurückging, war sein Gang schwer, und seine Augen waren müde und alt.

„Wir müssen heimgehen."

Das war alles, was er sagte, und es klang hart.

Ohne auf sie zu warten, ging er davon.

Fremd und sonderbar blickte sie ihm nach, raffte ihren Rucksack auf, schürzte ihr Kleid hoch und folgte ihm.

Erst draußen auf dem Watt holte sie ihn ein; das Gehen in bloßen Füßen und über das harte Gras hatte ihr Schmerzen bereitet und ihren Gang verlangsamt.

Als sie bei ihm war, beschleunigte er seinen Schritt, aber tapfer ging sie neben ihm her. Einen Augenblick später, als der Boden wieder weich und schlammig wurde und der Pastor trotzdem seinen schnellen Schritt beibehielt, ergriff sie ihn beim Arm und hielt ihn zurück.

„Aber warum laufen Sie denn so stark? Das ist ja fast als triebe Sie Furcht oder Heimweh."

„Und wenn es nun beides wäre, Fräulein Rosenlund?"

Er sagte es mit tiefer Stimme, sah sie dabei mit großen Augen an und ging weiter.

Furcht und Heimweh. Ja, das war es wohl. Er fürchtete sich vor sich selber und sehnte sich nach einem Heim, das irgendwo lag, wo er sich vor sich selber verbergen konnte und vor allen anderen Augen, die, wie er meinte, bis tief in sein Innerstes blicken konnten. Am meisten noch fürchtete er sich vor ihr, die da hinter ihm herging und die er doch lieber hatte als alles auf der Welt. Wenn nur erst der Sommer vorüber war! Dann ging sie fort. Dann war er allein, dann würde er sich selber wiederfinden. Er wagte kaum, sich nach ihr umzublicken und stand doch einen Augenblick später still und wandte sich.

Sie war weit zurückgeblieben. Mühsam stampfte sie durch den Schlamm.

Er wollte hart und trotzig sein; als er aber sah, wie schwer sie trug und im Gehen mitunter hin und her schwankte, stieg es wieder weicher in ihm auf, und er ging ihr entgegen.

„Verzeihen Sie, ich ging zu schnell. Aber ich fürchtete die Flut. Wir sind zu spät aufgebrochen."

Sie atmete schnell und schwer; dicke Schweißperlen standen auf ihrem sonnverbrannten Gesicht, und es war Angst in ihrer Stimme, als sie sagte:

„Kommt das Wasser?"

„Ja, aber seien Sie ohne Furcht, es tut uns nichts; wir kommen noch rechtzeitig ans Ufer. Geben Sie mir Ihren Rucksack, er drückt in dieser Hitze; ich hätte ihn gleich nehmen sollen."

Willenlos duldete sie es, daß er ihn von ihren Schultern löste.

„Sind Sie müde, Dagmar?"

Wie weich er das sagte.

Sie nickte.

„Ja, etwas. Ich habe mir den Fuß an einer Muschel zerschnitten und kann nicht so schnell gehen."

„So will ich Ihnen die Hand geben."

Hand in Hand schritten sie weiter.

Nach einiger Zeit bat sie ihn:

„Nehmen Sie meinen Arm. So, nun kann ich wieder tapfer ausschreiten."

Dabei blickte sie lächelnd zu ihm auf, daß es heiß und glühend in ihm aufstieg. Einen Augenblick schloß er die Augen, als hätte er in die brennende Sonne gesehen. Dann gingen sie weiter.

Das Wasser stieg höher und höher und reichte ihnen bis an die Knie, als sie am Ufer angelangt waren.

Erschöpft setzte Dagmar sich auf die Halligkante und blickte nach Norderoog zurück. So weit sie sah, nichts als blankes, ziehendes Wasser, nichts zu sehen von dem festen Meeresboden, auf dem sie gewandert waren.

„Gott sei Dank, daß wir hier sind! Das war eine anstrengende Tour, und mein Fuß brennt wie Feuer. Sehen Sie."

Sie hob ihren Fuß. Eine lange Schnittwunde zog sich darüber hin.

„Schmerzt es sehr?"

Sie nickte, und er fuhr fort:

„Warten Sie, ich will ein Tuch um den Fuß winden."

Schweigend duldete sie es, daß er vor ihr niederkniete, sein Taschentuch um ihren Fuß wand und ihr sorgfältig den Schuh darüberschob. Sie sah, wie seine Hände dabei zitterten und wie seine Brust heftig auf und nieder ging.

„Lassen Sie uns heimgehen", sagte sie leise.

Er half ihr beim Aufstehen, und Arm in Arm schritten sie nach der Ipkenswarft hinauf.

Unterwegs begegneten sie Hansen. Der hatte sie kommen sehen und rief ihnen lachend zu:

„Sehen Sie? Ich bin auch schon da. Und Sie sind ja auch eben vor dem Wasser hergelaufen."

„Ja, es war hohe Zeit."

„Sie haben sich natürlich den Fuß geschnitten. Aber fürchten Sie nichts, Salzwasser reinigt, und Binnes Salbe ist berühmt."

Eichstädt begleitete Dagmar bis ans Gartentor.

Sie hatten den ganzen Weg schweigend zurückgelegt.

Nun aber, als er vor ihrem Hause stand, und der Duft der Rosen ihn umgab, brach er in die Worte aus:

„Wie schön! Wie im Märchen von Dornröschen!"

Lachend sah sie ihn an und sagte:

„Ja, das ruft jeder aus, der hier vorbeikommt. Nur leider, der Prinz bleibt aus, und das Dornröschen schläft in die Jahrhunderte hinein."

„Aber einmal kam doch ein Prinz, und das Glück hatte ihn geleitet, so daß er gerade an dem Tage vors Schloß kam, als die hundert Jahre um waren und eine Rosenhecke statt der Dornen alles umgab. Und hier blühen die Rosen, Dagmar. Warum sollte da nicht auch der Prinz kommen?"

Mit traurigen Augen sah sie ihn an.

„So dürfen Sie nicht sprechen."

Gleich darauf hatte sie die schweren Gedanken abgeschüttelt und rief übermütig:

„Ja, und da riß Dornröschen einen großen Strauß von den Büschen und gab ihn als Gruß dem ersten, der vor das Tor kam."

Ohne darauf zu achten, daß die Dornen ihr Arm und Hände ritzten, griff sie in die Rosenbüsche, brach einen großen, leuchtenden Strauß ab und reichte ihm die duftende Pracht.

„Da, nehmen Sie, Pastor Eichstädt! Und nun kommen Sie einen Augenblick mit ins Haus, wenn Sie Lust haben."

Gerade wollte er bejahen, als Binne aus der Tür trat und in ein lautes Jammern ausbrach, weil Fräulein Rosenlund so spät wiedergekommen sei.

„Wo doch die Flut kommt, Fräulein."

Da ging Pastor Eichstädt nach Hause.

Als er um die Schulwarft herumbog und den Fußsteig nach der großen Prielbrücke einschlug, begegnete ihm Jan Behrend.

Der verzog leicht grinsend den Mund, krauste die Nase, sog den Duft der Rosen in sich und wollte sich vorbeischieben.

Aber Pastor Eichstädt ließ ihn nicht vorbei. Er hatte all die Auftritte zwischen Jan Behrend und sich vergessen, stand freundlich still und meinte:

„Nun, Behrend, wie steht's mit dem Heu?"

„Gut, Pastor", knurrte Behrend, bückte sich, hob ein Heubüschel auf, hielt es gegen die Nase und fuhr fort: „Es ist gut gewachsen und hat 'n guten Geruch. Natürlich, die Rosen von Ipkenswarft, die riechen besser, namentlich für unsereins, der bloß Kohl im Garten hat. Aber Rosen! Rosen, die hat nicht jederein und kriegt auch nicht jederein. Adieu, Pastor." Damit schob er weiter.

Pastor Eichstädt blickte ihm nach.

Was war das? Was hatte er gesagt?

Nein, nein, nicht die Worte waren das Empörende, sondern die Art, wie sie gesprochen wurden, und der Blick, der dabei jäh aus des Mannes Augen gezuckt hatte. O pfui! Pfui!

Mit schnellen Schritten ging er weiter; aber auf der Brücke blieb er stehen, lehnte sich mit den Armen auf das Brückengeländer und blickte in das ziehende Wasser.

Ach was! Nicht daran denken! Nur nicht die dunklen, trüben Gedanken aufkommen lassen!

Aber es half ihm nichts. Sie begleiteten ihn nach Hause und ließen auch da nicht von ihm ab. — —

Inge trug das Essen auf.

„Ich habe auf dich gewartet, Karl. Lehrer Hansen sagte mir, wo du seist. Ich habe nach dir ausgeblickt und sah dich kommen. So laß uns denn essen."

„Ja", sagte er dann, und es klang gewollt fest und barsch, „ich war mit ihm drüben auf Norderoog. Fräulein Rosenlund war auch mit. Es war ein schweres Heimgehen, da sie sich den Fuß an einer Muschel zerschnitten hatte."

„Ich weiß, Karl."

„Das weißt du?“

Verwundert blickte er sie an.

„Ja; denn als die Flut kam, sah ich mit dem Fernrohr nach euch aus.“

Unwillig stieß er den Stuhl zurück.

„Mit eurem Fernrohr hier! Ihr verfolgt ja jeden! Kein Mensch ist vor eurem Fernrohr sicher.“

„Nein, wir sehen alles. Es ist nun mal so Brauch bei uns Halligleuten, daß wir oft über See und Sand blicken; denn von dorther kommen unsere Freuden und unsere Schmerzen.“

„So. Na, meinetwegen.“

Nach einer Weile sagte er:

„Übrigens hat sich Fräulein Rosenlund darüber beklagt, daß du noch nie bei ihr gewesen seist, während sie oft zu uns käme. Du könntest heute einmal zu ihr gehen.“

Da legte sie die Gabel hin, lehnte sich mit gefalteten Händen im Stuhl zurück, sah ihn mit seltsamen Augen an und fragte langsam:

„Muß das sein?“

Ihr Blick peinigte ihn, er zuckte mit den Schultern, rückte unruhig auf dem Stuhl hin und her und sagte endlich unsicher:

„Nun, wie du willst. Wenn du selbst nicht das Gefühl hast, daß du hin mußt, dann will ich dich nicht zwingen.“

„Nein, Karl, ich habe das Gefühl nicht.“

„So.“

Schweigend beendeten sie ihr Mahl. Pastor Eichstädt blieb in seinem Zimmer. Sie aber ging auf die Warft hinaus, setzte sich in den Schatten der Kirche und blickte nach ihrer Heimathallig hinüber. Nein, nein, sie wollte nicht nach Ipkenswarft, auf keinen Fall. Sie wollte sich vor Dagmar Rosenlund nicht demütigen.

Und doch rüstete sie sich in der Dämmerung, um nach dem Rosenhaus zu gehen. Sie war anderen Sinnes geworden. Ihre eigenen Worte: „Wir sehen alles“, die sie ihm bei Tische gesagt hatte und die ihn so betreten gemacht hatten, trieben sie jetzt dazu, den Weg nach Ipkenswarft zu machen. Sie sehen alles. Es war genug, daß sie es sah, was in ihres Mannes Herzen vorging. Andere brauchten es nicht zu merken. Anderen durfte es nicht auffallen, daß die fremde Dame fast täglich ins Pastorat kam, während sie als Herrin des Pastorhauses nie den Weg nach Ipkenswarft fand.

Nun stand sie in ihrer Kammer und überlegte, was sie anziehen sollte. Sie hatte ihre städtischen Kleider hervorgesucht und vor sich ausgebreitet. Sollte sie die anziehen? Sie besann sich lange. Dann aber hing sie sie wieder in den Schrank und holte ihre Friesenkleider herbei. So wollte sie gehen. Wie eine Halligfrau.

Schnell machte sie sich fertig und stand dann im Arbeitszimmer ihres Mannes.

„Ich bin bereit, Karl."

Erstaunt fuhr er herum.

„Du bist bereit? Ach so, du willst also doch nach Ipkenswarft?"

„Ja. Willst — du — mit?"

„Natürlich!"

Und dann gingen sie über die Halligfennen dahin.

Inge dachte darüber nach, wie lange es wohl her sei, seit sie zum letztenmal miteinander über die Hallig gegangen waren. Es war lange, lange her, und wie ein längst verklungener Traum lag die Zeit hinter ihr. Sie dachte an den Abend, als sie am Rande des aufleuchtenden Meeres gewandelt waren und die Welt in lauter Rosen gesehen hatten.

Heute war es anders. Oder war es ein schwerer, dunkler Traum, der sie gefangen hielt? War doch noch alles wie früher? War sie ihrem Manne doch noch dieselbe wie an dem Tage, als er sie heimführte? Vielleicht bildete sie sich zu Unrecht all das Trübe ein, das sie erfüllte. Es war ja so begreiflich, daß ihr Mann sich des Zusammenseins mit Dagmar Rosenlund freute. Er brauchte einen geistigen Kameraden, brauchte Anregung, und das alles bot die Fremde ihm. Was konnte sie armes, einfältiges Halligkind ihm dagegen bieten? Nichts als Liebe, treue, sorgende, nimmermüde Liebe.

Nun standen sie vor der Ipkenswarft.

„Sieh nur, Karl, wie schön die Rosen blühen! So müßten wir unsere Hauswand schmücken.“

Er antwortete nicht, sondern stieg vorauf über den Wall und ging ins Haus.

Langsam folgte sie ihm.

Und dann saßen sie drinnen in Dagmar Rosenlunds Stube und plauderten.

Nach einiger Zeit stand Inge auf und sagte, sie wolle ihrer alten Tante Binne guten Tag sagen. Die saß droben in ihrer Kammer, und Inge blieb bei ihr, bis sie drunten die Tür gehen hörte und ihres Mannes Stimme vernahm.

Auf dem Heimwege war Eichstädt munter und aufgeräumt und plauderte in einem fort. Er merkte es gar nicht, daß sie stumm neben ihm herging.

*

Einige Wochen später waren die Befestigungsbauten und der Festlandsdamm auf Westeroog fertig. Ein großes Fest sollte gefeiert werden, und alle Halligen waren dazu eingeladen.

Inge war natürlich sofort bereit, der Einladung zu folgen; war es doch ihre Heimathallig, die sie rief. Ihr Mann hatte an der ganzen Feier wenig Interesse. Als er aber merkte, daß Dagmar hinüber wollte, war auch er bereit.

In Dagmar Rosenlunds Boot segelten sie hinüber.

Es war ein buntes Bild. Von allen Halligen und Inseln steuerten sie über die leicht dünende See. Sogar die Pellwormer und viele Festländer folgten dem Rufe. Die roten Segel der Ockholmer und Fahretofter hasteten hinter dem schneeweißen Postboot her, das der alte Seebär Wirk Matthiesen führte, und sie alle schwenkten lachend die Mütze, als der Husumer Dampfer „Thetis“, bunt über alle Toppen beflaggt, an ihnen vorbeistöhnte und sich erbot, einige von ihnen in Schlepp zu nehmen.

„Um Gottes willen nich! Wi wülln'n to rechte Tid na Westeroog, un wer mit di in Slepp is, de kummt wahrschinlich erst an, wenn't ut is“, rief Wirk Matthiesen und wandte sich zu einem

Festländer, der neben ihm auf der Steuerbank saß, und erzählte ihm:

„Das ist nämlich die ‚Thetis', wissen Sie, der Regierungsdampfer für das Wattenmeer. Wir nennen ihn immer die Teekiste. Der alte Trog macht einen Spektakel, daß man es über das ganze Watt hören kann; und wissen Sie, was er immer ruft? Passen Sie mal auf, er sagt immer: ‚Teepunsch – Teepunsch – Tee – punsch – Grog!' und dann sitzt er fest."

In demselben Augenblick riefen sie schon von allen Booten:

„Dor sitt he! Dor sitt he!"

Keins der Wattenschiffe ging so tief wie die „Thetis", und so durften sie es wagen, nahe am Dampfer vorbeizufahren, ohne festzusitzen.

Wirk Matthiesen steuerte hart daran vorbei, so daß sein Bootsrand die Scheuerleiste des Dampfers berührte.

„Smiet de Troß dal, ik nehm die in Slepp!" rief er lachend herauf und drehte dann eilig sein Boot ab, da der Führer der „Thetis" einen Eimer mit Wasser füllte und so schnell es ging an die Schanzkleidung lief. Klatschend spritzte das Wasser hinter dem davonjagenden Boot in die See, und noch lange grollte des Kapitäns Stimme hinterdrein:

„Ji olen Buttgrieper! Ji Rönnsteenschipper! Ji Kleipedder!"

Sein Schelten und Schimpfen half ihm nichts, er saß fest und mußte ein höheres Steigen der Flut abwarten. Er kam auch erst vor Westeroog an, als das Fest im vollen Gange war.

Von allen Häusern wehten die blau-weiß-roten schleswigholsteinischen und blau-gelb-roten Fahnen Frieslands, in der Mitte als altes Wappen den Grützkopf tragend, um den sich in einem Bande der alte Wahlspruch schlang: „Lever duad üs Slav!" Alle Gartentore waren mit dicken Kränzen von Bondestabe und Wermut umwunden, und dort, wo der Festlandsdamm die Hallig berührte, stand eine große Ehrenpforte mit der Inschrift: „Rüm Hart! Klar Kimming!" Und den Spruch hielten die meisten für sehr richtig; denn von nun an lag der Horizont klar vor ihnen, von nun an standen sie in bequemer Verbindung mit der ganzen Welt.

Dagmar Rosenlunds Boot mit Pastor Eichstädt und Inge war

eins der letzten. Es hatte den Kurs zu hoch auf Langeneß genommen und war nur schwer wieder in den richtigen Wind gekommen.

Nun sang und klang ihnen von der Hallig her der Jubel entgegen. Bevor sie aber am Ufer festgemacht hatten, war der ganze Schwarm nach dem Damm gegangen, um Pastor Pohnsen entgegenzugehen, der mit den meisten Westeroogern früh ans Land gefahren war und nun den Heimweg nach der Hallig zu Fuß zurücklegte.

„Hören Sie die Trompeten und Trommeln? Dahinaus müssen wir auch! Kommen Sie schnell!" rief Dagmar und blickte mit fröhlichen Augen der festlich bunten Menge nach. „Sehen Sie nur das prächtige Bild! Die blaue See, das grüne Land und all die bunten Friesenkleider! Kommen Sie!"

Pastor Eichstädt folgte ihr, und sie merkten beide nicht, daß Inge zurückblieb und ihnen mit toten, traurigen Augen nachblickte, bis sie in der Menge verschwunden waren.

Da ging Inge noch einmal ans Boot zurück, holte ihr großes, schwarzes, friesisches Spitzentuch heraus, das Frau Pohnsen ihr zur Konfirmation geschenkt hatte, legte es um die Schultern und schritt langsam über die Fennen nach der heimatlichen Warft hinauf.

Sie wußte, daß ein Anklopfen vergebens sei, und doch versuchte sie es.

Es kam niemand, sie waren alle draußen auf dem Damm.

Da ging sie durch den Garten um das Haus herum.

Mit all den fröhlichen Menschen konnte und wollte sie nicht zusammen sein. Sie wollte allein sein und sich daher durch die stets offene Hintertür ins Haus schleichen.

Als sie aber um die Ecke des Hauses bog, dort wo Pastor Pohnsens Garten sich die Warft entlangzog, stand die alte Frau Pohnsen plötzlich hinter der Hecke und sagte:

„Guten Tag, Inge!"

Inge erschrak und stand einen Augenblick still bevor sie den Gruß erwiderte.

„Also bist du doch auch zum Fest gekommen, Inge?" Das ist nett. Ich sah Heinrich Petersens Boot, das gehört ja wohl der fremden Dame, die drüben auf Hoogeroog ist, und ich meine gesehen zu haben, daß du und dein Mann in dem Boot gekommen seid."

Inge nickte und sah vor sich nieder.

„Und nun willst du zu Vater und Mutter? Das hilft dir nichts! Denk' dir, die alten Nachbarn sind mit meinem Sohn nach Fahretoft hinübergefahren und gehen über den Damm zurück."

„So, sind sie das?" meinte Inge und wandte sich, um wieder zu gehen, als Frau Pohnsen eilig die Gartentür öffnete, zu ihr hinaustrat, ihr die Hand ergriff und sagte:

„Aber das ist ja einerlei, du gehst dann eben einen Augenblick zu mir herein und wartest bis sie kommen. Wir haben frische Knerken gebacken, und der Kaffee ist klar."

Da ging ein leises Lächeln über Inges Gesicht. Sie gab der alten Frau beide Hände, und es kam ihr aus tiefster Seele, als sie sagte:

„Vielen, vielen Dank! Hier habe ich immer ein doppeltes Elternhaus, eins bei Vater und Mutter und eins bei dir, Tante Pohnsen."

„Das ist recht, Inge, bei Tante Pohnsen! Das hast du noch nie gesagt; aber das sag' man immer. Und nun komm."

Arm in Arm gingen die beiden Frauen ins Haus.

„Du siehst etwas blaß aus, kleine Inge. Na ja, die lange Fahrt über Wasser. Aber nun setz' dich bequem ins Sofa, dann wollen wir wieder wie früher eine Tasse Kaffee trinken und uns etwas erzählen, bis die anderen kommen. Nein, nein, du sollst mir nicht helfen, das mach' ich ganz allein."

Die alte Frau trippelte in die Küche und verweilte dort absichtlich länger, als nötig war. Sie hatte mit ihren alten, treuen Augen tiefer geblickt, als die junge Frau ahnte, und wollte ihr nun etwas Zeit lassen.

Als sie wieder in die Stube trat, stand Inge in der Tür, die nach Pastor Pohnsens Arbeitszimmer führte, und blickte über die alten, dunklen Möbel, die großen Bücherregale und über alles, was hier in Ecken und Winkeln stand und für ihre Jugend von Bedeutung gewesen war.

„Ja, ja, kleine Inge, hier ist's immer noch wie früher."

„Ist es das? Mir kommt es fast vor, als wäre es anders, noch schöner, noch traulicher."

Leise trat Frau Pohnsen an sie heran, umfaßte sie und sagte: „Ist es denn drüben bei dir nicht ebenso gemütlich?"

Inge zuckte zusammen.

O ja, gewiß, natürlich. Nur ist es anders, natürlich, es ist etwas anders."

Bekümmert schüttelte Frau Pohnsen den Kopf hin und her. Sie hatte sich in stillen Stunden so oft mit Inge beschäftigt und ihre Augen sahen tiefer als manch andere. Auch jetzt wußte sie, daß die junge Frau ein schweres Leid mit sich herumtrug. Aber sie wollte nicht daran rühren, sie wollte es ruhen lassen und so tun, als ahne sie nichts, bis Inge aus freien Stücken alles offenbaren würde. Es tat ihr weh, nicht helfen zu können; aber doch hielt sie es für besser, nicht vorzeitig einzugreifen. Sie zwang sich zu einer sorglosen Stimme und sagte lächelnd:

„Ja, kleine Inge, so geht's immer. Man malt sich vorher ein Bild aus, wie es wohl sein müßte, und muß nachher sich doch darin finden, wenn es etwas anders geworden ist. Es geht auch, Inge, und man findet allmählich aus allem Gutes und Schönes heraus."

„So mag es wohl sein. Aber es dauert oft gar zu lange, bis man so weit ist. Und fast kommt man dazu, das Bild zu zerschlagen, bevor man es als gut anerkannt hat. Aber nein, was sind das für Gespräche! Heute ist Halligfest, da wollen wir fröhlich sein. Alle anderen sind es auch."

„Das ist recht, Inge! Wir beide wollen uns gemütlich an den Kaffeetisch setzen und hier unser Halligfest feiern."

„Ja, so wie die anderen!"

Sie setzten sich an den Tisch, und Inge wunderte sich selber darüber, daß sie so fröhlich tun konnte.

„Denk' nur, mein Mann ist sogar mitgefahren und geht nun mit Fräulein Rosenlund zwischen allen Halligleuten hinter der Musik her den Damm hinaus."

„Ist's möglich? Paß auf, dann tritt er bald ebenso eifrig wie mein Sohn für die Befestigung von Hoogeroog ein. So ist es auch besser. Er findet sich dann leichter auf den Halligen zurecht."

Da wurde Inge wieder mutlos und meinte:

„So weit wird es nie kommen, bei ihm nicht."

In diesem Augenblick drang der Festtrubel noch lauter durch die offenen Fenster herein. Man unterschied schon deutlicher einige Stimmen, die näher und näher kamen.

„Hörst du, Inge? Jetzt singen sie das Friesenlied. Nun sind sie nahe bei der Hallig und werden bald hier sein. Paul Knud hat ein Zelt auf seiner Fenne aufgeschlagen, da wollen sie nachher alle feiern. Ach, wie freue ich mich, daß mein Sohn nach all den Mühen und Arbeiten doch sein Ziel erreicht hat!"

Lauter und lauter kam der Lärm herein.

Frau Pohnsen hatte recht gehört. Die Westerooger waren ganz nahe bei ihrer Hallig. In fröhlich singendem Zuge kamen sie vom Festland über den Damm gegangen, allen voran ihr Pastor. Hoch schwenkten sie die Fahnen, als die Gäste ihnen entgegenkamen und mit ihnen der Ehrenpforte zuschritten. Und dann hallte gemeinsam ihr Friesenlied durch die stille Sommerluft:

„Ihr Freunde, stimmt an unser Friesenlied,
Singt das Lied nun vom Heimatlande,
Daß freudiger Mut unser Herz durchzieht
Und sich fester knüpfen die Bande.
Wer die Heimat nicht liebt und die Heimat nicht ehrt,
Ist ein Lump und des Glücks in der Heimat nicht wert."

Immer und immer wieder sangen sie den Refrain, und immer lauter scholl es über die grünen Fennen:

„Wer die Heimat nicht liebt und die Heimat nicht ehrt,
Ist ein Lump und des Glücks in der Heimat nicht wert."

Vor den Warften schwenkten sie nach Norden bis sie den Steinwall am Ufer erreicht hatten und wanderten nun auf diesem entlang um die ganze Hallig herum, bis sie zu dem Festzelt auf Paul Knuds Fenne kamen, setzten sich um die Tische, nahmen ihre Brotbeutel hervor und stärkten sich nach dem langen Marsche.

Pastor Eichstädt und Dagmar Rosenlund standen eine Zeitlang abseits von allen anderen, unschlüssig, ob sie sich setzen oder wieder gehen sollten. Da rief Melfs von Hoogeroog sie heran und bot ihnen an seinem Tische Platz an.

Ringsum Rufen, Lachen und Schwatzen, bis vor jedem ein Glas Bier oder ein Teepunsch stand, und Pastor Pohnsen sich erhob.

Alle sahen auf ihn, und keiner sprach ein Wort; aber ein trotziger Stolz blitzte in den Augen der Westerooger, als wollten sie sagen: Seht auf den! Das ist Pastor Pohnsen, das ist unser Pastor, und er ist es, der das ganze Watt regiert.

Einen kurzen Augenblick lang ließ Pohnsen seine Blicke über die Versammelten gleiten, als wollte er sie zählen. Dann reckte er sich noch höher und begann zu reden. Er sprach friesisch und schilderte in schlichten, einfachen Worten den jahrhundertelangen Kampf gegen die salze See, die ungeheuren Opfer an Gut und Blut, die es aber doch nicht vermocht hätten, die Halligen zu entvölkern, weil die Heimatliebe so tief ins Herz gebrannt sei, daß sie alle Not, allen Jammer zu tragen fähig mache. Nun aber sei es anders geworden! Nun könne der blanke Hans ihnen nichts mehr anhaben, nun würde er sich am Steinwall die Zähne stumpf beißen, und lachend könnten sie seinem Toben und Wüten zuschauen. Die Gefahr sei vorüber.

„Aber“ fuhr er fort „eine andere Gefahr ist an die Stelle der salzen See getreten, die Gefahr, daß ihr euch selber verliert, euch und eurer Art untreu werdet. Ich habe oft in Sorgen den Fortschritt des Uferschutzes beobachtet, weil ich nicht ganz sicher bin, daß ihr der neuen Gefahr so werdet trotzen können wie der anderen. Haltet euch rein und stark! Denn wenn ihr euch selbst verliert, eure alte, friesische Eigenart aufgebt, dann habt ihr bald aufgehört, Friesen, Halligfriesen zu sein. Ich weiß nicht, was schlimmer ist: daß der Blanke Hans eure Warften und Inseln verschlingt, oder daß eine neue und andere Welt euch euer Friesentum raubt. Fast glaube ich, daß es besser ist, ihr liegt mit allem Hab und Gut auf dem Grunde der See, als daß ihr, an euch selbst irre und treulos geworden, auf festem Grund eure Tage dahinschleppt, ein trauriger Schatten der alten friesischen Kraft und Art. Haltet euch stark und rein. Wahrt eure alte Art! Lever duad üs Slav!"

Einen Augenblick herrschte tiefes Schweigen, und dann brauste es über die Fennen:

„Lever duad üs Slav!"

Sie drängten sich an ihren Pastor heran, drückten ihm die Hände und versicherten ihm, in alter Treue aushalten zu wollen.

„Jawohl, Pastor Pohnsen, so soll es bleiben", rief Bonke Bahnsen mit seiner harten, lauten Stimme, stellte sich neben ihn, warf seinen weißen Cäsarenkopf in den Nacken, winkte den alten, tauben Rickertsen und Lehrer Hansen heran, und so standen diese vier Führer der Halligfriesen wie trotzige Säulen und winkten den versammelten Leuten zu, während ein helles Leuchten in ihren Augen stand.

„Hurra! Hurra! Hurra!"

Das Rufen wollte kein Ende nehmen, es klang und scholl über die kleine Hallig und weit hinaus über das Meer.

Als die Männer wieder bei ihren Teepünschen saßen und das junge Volk sich um die Musikanten scharte, um ein Tänzchen zu machen, schlich Pastor Pohnsen sich fort, um nach all dem Trubel einen Augenblick allein zu sein.

Er wußte es nicht, daß Inge bei seiner Mutter war, und blieb eine Weile vor seinem Gartentor stehen und blickte mit frohen Augen über die Hallig zurück.

Sein Werk war vollendet, er hatte sein Ziel erreicht. Aber der Kampf war noch nicht zu Ende, ein schwererer kam vielleicht. Er wollte ihn durchfechten, solange noch sein Wort etwas galt, solange noch sein Einfluß stark war. In dieser Stunde aber wollte er nicht daran denken, sondern sich freuen, so weit gekommen zu sein.

Die lachende Freude lag in seinen Augen, als er ins Haus trat.

Seine Mutter kam ihm entgegen.

Sie konnte ihre Rührung nicht verbergen, als sie ihn so froh und stolz sah.

„Mein Jung, ach, mein Jung!“ sagte sie halb weinend, halb lachend und legte ihre Arme um ihn.

Da stieg es auch ihm feucht in die Augen.

Er strich ihr weich über das weiße Haar, bog ihren Kopf zurück, sah ihr in die guten, alten Augen und sagte:

„Ja, liebe Mutter, nun haben wir ein gut Stück Arbeit hinter uns. Nun können wir und alle, die nach uns kommen, uns ruhig und ohne Furcht schlafen legen; der Steindamm hütet unseren Frieden. Hörst du, wie sie lachen und singen? So viele Menschen sind wohl noch nie auf der Hallig gewesen. Aber ist Pastor Eichstädt nicht hier? Oder wenigstens Inge? Sie ist doch Westerooger Kind.“

„Das hab' ich in der Aufregung ganz vergessen. Natürlich sind sie hier. Inge sitzt drinnen.“

Da ließ er plötzlich seine Arme sinken und sagte leiser als sonst:

„Inge ist hier? Und ihr Mann?“

Bevor seine Mutter antworten konnte, stand Inge in der Tür und sah ihn mit großen Augen an.

„Mein Mann ist auf dem Festplatz zwischen all den anderen. Ich hatte keine Lust, ich wollte lieber hier die Zeit verplaudern.“

Er war wieder ruhig geworden, gab ihr die Hand und sagte mit tiefer, warmer Stimme:

„Das ist recht, Inge. Da wird sich Mutter gefreut haben; die hat zum Tanzen ja auch keine Lust mehr.“

Sie waren alle drei in die Stube gegangen. Er aber setzte sich nicht, sondern ging mit langen Schritten im Zimmer hin und her.

„Nun? Habe ich's nun recht und gut gemacht? Seht einmal hier!“

Und wieder breitete er, wie früher so oft, vor den beiden Frauen Karten und Zeichnungen auf dem Tisch aus und ging mit ihnen alle Pläne durch, die ihn bewegt hatten, seit er Pastor auf Westeroog war.

Mitten drin brach er ab, schob alles zur Seite, setzte sich Inge gegenüber und sagte:

„Nichts mehr davon; das ist erledigt und soll erst wieder hervorgeholt werden, wenn es gilt, euch Hoogeroogern Hallig- und Warftfrieden zu bringen. Aber ihr wollt ja nicht."

Inge hatte die Hände gefaltet auf den Tisch gelegt und sah schweigend vor sich hin.

„Was wollen wir nicht?"

„Es ist doch so, wie ich sage. Und der es nicht will, das ist der Halligpastor von Hoogeroog, weil für ihn ein Reich Gottes auf Erden mehr wert hat als eine feste Warft. Und so ganz unrecht hat er nicht, wenigstens dann nicht, wenn er statt Reich Gottes den Begriff festes, gesundes Volkstum setzen würde."

Er hatte es mit lächelndem Mund gesagt, um Inge nicht zu kränken, und fuhr nun fort:

„Aber wo ist er geblieben? Ich habe ihn drunten nicht gesehen."

„Ach", antwortete Frau Pohnsen an Inges Statt, „er ist mit der Malerin hingegangen, und die kann nun natürlich nicht wieder wegfinden, will am Ende noch die ganze Sache malen, wie der Professor von Berlin, der vor einigen Jahren bei uns die ganze Kirchenversammlung malte, mich mit. Denk' nur an, Inge, das Bild hatte er ausgestellt und dann war es nachher in allen Zeitschriften abgedruckt, so daß alle Fremden, die von Amrum und Föhr herüberkommen, mich gleich wiedererkennen."

Dabei stand sie auf und blickte über die See.

„Lange dürft ihr auch nicht bleiben", meinte sie dann, „das Wasser zieht schon in den Priel. Oder wollt ihr bis zur Nachttide bleiben, Inge?"

Nein, das wollten sie nicht, entgegnete Inge ihr und erhob sich schnell, um noch einmal nach ihren Eltern zu sehen.

Vor der Tür traf sie mit ihrem Mann zusammen, der sie schon bei ihren Eltern gesucht hatte und nun mit ihr und Pastor Pohnsen umkehrte. Sie begrüßten sich kurz, wechselten einige nichtssagende Worte und mußten sich dann beeilen, ans Boot zu kommen.

Dagmar Rosenlund saß schon darin, die Segel zum Abfahren bereit, und wartete auf sie.

Ein freundlicher Gruß hinüber und herüber, dann segelten sie ab.

Alle anderen Boote blieben bis zur Nachtflut; sie waren allein auf der See.

Mit leisem Singen strich der Wind langsam und träge über das Meer und konnte kaum das Segel füllen; matt und müde hing es am Mast.

Der starke Flutstrom, der von draußen hereindrängte, stand ihnen entgegen und schob das Boot aus dem Kurs.

Sie mußten kreuzen und kamen nur ganz langsam vorwärts.

Lange noch hörten sie von Westeroog her das Singen und Spielen über die leise kräuselnden Wellen herübertanzen und wandten mitunter langsam, gleichgültig den Kopf zurück nach der mählich entschwindenden Hallig.

Stunde um Stunde verrann.

Dagmar Rosenlund saß am Steuer, zu beiden Seiten von ihr saßen Eichstädt und Inge, beide halb abgewandt, den Arm auf den Bootsrand gestützt.

Es war ganz still ringsum.

Selten nur fiel ein Wort, und dann klang es fremd und kalt.

Oft ließ Dagmar ihre Augen über das ihr halb zugekehrte, blasse Antlitz Eichstädts gleiten, und ein flüchtiges Rot stieg ihr in die Stirn, wenn er ihre Augen auf sich gerichtet fühlte und sich nach ihr umblickte. Und doch mußte sie immer und immer wieder nach ihm hinsehen, als wollte sie jeden Zug in seinem Gesicht erforschen. Sie sah seine müden Augen, und es war ihr mitunter, als müßte sie ihre Hand leise über seine Stirn führen, um all die Schatten, die darauf lagen, zu zerstreuen. Denn sie wußte, woher diese Schatten und diese müden Augen kamen, und ihr Herz brannte, als sie daran dachte und sich selber sagte, daß es ihr so leicht sei, alles, alles ins Gegenteil zu verkehren, daß ihr ganzes Sinnen und Träumen so oft ihm gehörte. Liebte sie ihn? Sie wollte nicht daran denken und zwang sich zu einem heiteren Plauderton. Es half ihr aber nichts, ein Gespräch wollte nicht lebendig werden, und ihre Gedanken waren wieder bei ihm, der stumm neben ihr saß. Wenn nur ein Sturm über die See brauste! Dann hätte sie zu tun, dann würde alles Bedrükkende, Fremde aus ihrem Herzen herausstürmen und in die Weite brausen.

Die Dämmerung zog herauf, und der Wind schlief völlig ein.

Das Boot trieb ab.

Niemand schien es zu merken.

Alle saßen still, blickten in die treibende, leise singende Flut und schwiegen.

Hart schurrte das Boot an einer Seetonne vorüber, daß es leicht zu schwanken begann.

Nur Inge gab darauf acht, hob den Kopf, blickte einen Augenblick umher und sah, daß sie weit aus dem Kurs trieben und nach den Sandbänken hinüberdrängten.

Da stand sie auf, legte ein Ruder in die Dolle und begann langsam und schweigend zu rudern.

Weiter und weiter trieb das Boot.

Immer langsamer wurden die Ruderschläge, je mehr Inge daran dachte, wie oft sie als Kind glücklich und fröhlich über das Meer gerudert war. Was für ein seliges Heimfahren war das immer gewesen, dem Glück, dem Frieden entgegen.

Heute war es anders, ganz anders, und es war ihr mitunter, als ginge es dem Tode entgegen.

Zuletzt ließ sie ihre Arme sinken und flüsterte:

„Ich kann nicht mehr."

Ganz leise kamen ihre Worte durch die Stille; aber Eichstädt hatte sie doch gehört, blickte auf und sah das müde Gesicht seiner Frau.

Schweigend ergriff er das Ruder und tauchte es in die dunkle, stille Flut.

Nach einer Weile stand Dagmar auf, faßte das andere Ruder, setzte sich neben ihn und half.

Inge saß, mit dem Rücken gegen den Mast gelehnt, und blickte in den Himmel hinauf, der weich und dunkel, mit tausend Sternen bestickt, über der See stand.

Kein Laut ringsum.

Nur das Eintauchen der Ruder und das klingende Niederfallen der Tropfen klang durch den Abend.

Weiches Dunkel weit und breit.

*

Es war Nacht, als sie vor Hoogeroog ankamen, Nacht und Ebbe.

Das Boot konnte nicht an die Kante heran, sondern mußte auf den Schlickbänken etwa hundert Meter von der Hallig entfernt liegen bleiben.

Hart schurrte es auf und lag dann fest.

Einen Augenblick blieben alle drei unbeweglich auf den Bänken sitzen.

Dann erhob Inge sich, warf den Anker mit hartem Schlag in den Grund und sagte:

„Wir müssen an Land waten!"

Keiner antwortete ihr.

Sie erwartete auch keine Antwort, schürzte ihre Röcke hoch auf, zog Stiefel und Strümpfe aus, stieg aus dem Boot in das nachtkalte Wasser, das ihr bis über die Knie reichte, und ging langsam auf die Hallig zu, die sich dunkel und kaum erkennbar aus der Nacht abhob.

Kein einziges Mal sah sie sich um, auch dann nicht, als ihre Füße nicht mehr durchs Wasser wateten, sondern vorsichtig über den glitschigen Kleigrund gingen.

Sie kannte solches Wandern und schritt sicher vorwärts, schwang sich die steile Kante empor, reinigte die schlammigen Füße im Gras und ging langsam über die Fennen nach Hause.

Auf die anderen zu warten, kam ihr nicht in den Sinn. Sie ging nur immer weiter und wußte selber nicht warum, und nur ein Gedanke war in ihr lebendig: Nach Hause! Nach Hause!

Die beiden im Boot hatten ihr schweigend nachgeschaut, bis sie vom Dunkel der Nacht verschlungen war.

Dann sagte Pastor Eichstädt beklommen:

„Lassen Sie uns heimgehen."

Dagmar antwortete ihm nicht. Schwer atmend saß sie ihm gegenüber, und es dauerte lange, bis sie aufstand und schweigend das Segel am Mast festzubinden begann.

Er versuchte, ihr zu helfen, ließ es aber bald, da er einsah, daß er es nicht konnte.

Als sie damit fertig war, setzte sie sich wieder auf die Ruderbank, stützte den Arm auf die Bootskante und blickte über das Meer hinaus nach den stillen Feuern, die über die dunkle Flut glänzten.

Sie merkte es kaum, daß er Stiefel und Strümpfe abwarf und sich zum Marsch fertig machte, und schrak zusammen, als er sie rief.

„Dagmar!" sagte er wieder.

„Ja!"

Wie ein Hauch kam es aus ihr heraus, aber sie wandte sich nicht um.

„Wir müssen heimgehen."

„Ich komme."

Da schwang er sich über den Bootsrand, stand im ziehenden Wasser und wartete auf sie.

Aber sie blieb im Boot.

„Dagmar", sagte er dringender, „Dagmar, kommen Sie. Ich trage Sie hinüber, fürchten Sie nichts."

Langsam erhob sie sich und trat an den Rand.

„Fürchten Sie nichts, ich halte Sie fest und trage Sie sicher."

Er umklammerte sie mit seinen Armen, sie umschlang seinen Nacken, preßte sich fest an ihn, und dann ging er langsam, unsicher, tastend durch das Wasser und über das schlüpfrige Watt. Ab und zu glitt er aus und war nahe daran, zu fallen; aber desto fester preßte er Dagmar an sich.

Die Kante war hoch und steil, so daß er Dagmar nicht hinaufheben konnte. Da ging er hart am Ufer entlang, bis er einen Priel fand, und ging in diesen hinein und kam so, langsam aufsteigend, in die taufeuchten, duftenden Halligfennen.

Aber er stand nicht still, ließ auch seine klammernden Arme nicht, sondern schritt immer weiter, langsam, Schritt für Schritt, und sein Atem ging schwer.

Auch Dagmar ließ ihre Arme nicht von ihm. Mit geschlossenen Augen umfaßte sie ihn und ließ sich tragen, immer weiter, immer weiter. Ihr Herz hatte anfangs zum Zerspringen gepocht. Nun schlug es ganz ruhig und war voll Freude und seligen Glücks. Alles, alles hatte sie in diesem Augenblick vergessen und wußte nur das eine, daß sie den Mann liebte, der sie mit starken Armen trug, den Mann, der der Einsamste in dieser großen Einsamkeit hier draußen war. Und sie wußte, daß all ihr Streiten und Aufbäumen gegen ihn nichts anderes gewesen war als Liebe, unbewußte, unerkannte Liebe.

Er ging und ging, bis er an eine Prielbrücke kam.

Da ließ er Dagmar langsam zur Erde gleiten.

Aber seine Arme blieben um ihren Leib geschlungen. Leise näherte Dagmar ihren Kopf dem seinen, und dann riß er sie an sich und küßte sie heiß und brennend.

„Dagmar! Dagmar! O du, wie habe ich mich nach dir gesehnt! Wie hat mein Herz nach dir gebangt! Mein ganzes Leben ist nichts gewesen bis auf den heutigen Tag, nichts als eine einzige, große Sehnsucht nach dir! O du! Du!“

Und wieder brannten ihre Lippen aufeinander und wollten nicht voneinander lassen.

Eng umschlungen standen sie lange, ohne ein Wort zu sagen. Sein Atem ging schwer, und wie ein Stöhnen stieg es ihm mitunter aus der Brust. Alles, alles hatte er vergessen, alles, was schwer und dunkel hinter ihm lag. Nun hielt er das Glück, das ihm der heutige Tag gebracht hatte, und er wollte es halten und nicht lassen. An nichts anderes dachte er, nicht an sein Weib, sein Amt – nein, an nichts als nur an das Glück, das er in Händen hielt, und das ihn mit dunklen, leuchtenden Augen ansah.

„O du! O du!“

Sie wußten sich in diesem Augenblick nichts weiter zu sagen, als nur immer das eine: „O du! O du!“ und flüsterten sich's heiß und liebesselig zu. –

„Laß uns heimgehn!“

Dagmar flüsterte es leise, schmiegte sich an ihn und zog ihn mit sich fort.

Weich und warm stand die laue, sterngeschmückte, dunkle Sommernacht über der Hallig und über den beiden schweigenden Nachtwanderern.

Ganz langsam gingen sie; was kümmerte sie auch Zeit und Stunde? Vorbei an den schlafenden Warften führte ihr Fuß, vorüber an der Kirche, die sich dunkel erhob, und an der kleinen Schulwarft. Eichstädt sah von allem nichts; er schritt nur immer, ohne rechts oder links zu blicken, vor sich hin, Dagmar an der Hand führend.

So kamen sie vor der Ipkenswarft an.

Vor dem Gartenwall blieben sie stehen, gaben sich zum Abschied die Hand und sahen sich lange an.

„Gute Nacht, Dagmar."

„Gute Nacht."

Noch einmal riß er sie an sich und küßte sie heiß und verlangend.

Da scholl ein Ruf vom Meer herüber. Er kam von den anderen Halligleuten, die nun heimkehrten.

Erschreckt ließ Eichstädt seine Arme von Dagmar und trat einen Schritt zurück, rief ihr hastig ein Gutenacht zu und eilte die Warft hinunter und über die Fennen nach Hause.

Sie stand lange und sah ihm nach. Und als sie nachher im Bett lag, streckte sie die weißen Arme weit von sich, als hielten sie noch das Glück, und ihr Herz war voll Seligkeit.

Er aber ging immer langsamer, je näher er der Kirchwarft kam.

Nun er allein war, schwieg eine Freudenglocke nach der andern in ihm, und es wurde leer und tot in seiner Brust. Und eine wilde Angst stieg in ihm auf, die ihm das Blut heiß in die Stirn trieb. Was hatte er getan? Was war geschehen? Wie hatte er sich nur so vergessen können? Er rief die letzten Stunden ins Gedächtnis zurück, aber alles taumelte durcheinander, so daß es ihm unmöglich war, zu sagen, wie alles so gekommen war. Nur das eine wußte er, daß Dagmar in seinen Armen gelegen und daß er ihre jungen Lippen brennend und verlangend geküßt hatte – und daß er glücklich, unendlich glücklich gewesen war.

Und dann? Und dann?

Er preßte die Fäuste gegen die Augen und stöhnte qualvoll auf.

Ein anderes Bild war vor ihn hingetreten. Er sah seine Frau müde und verhärmt auf der Bootsbank sitzen und das Ruder führen, bis die Arme schlaff niedersanken.

Dann wieder sah er sie durch Wasser und Schlick der Hallig

entgegenwaten und im Dunkel der Nacht verschwinden. Herrgott, ja, nun fiel es ihm erst ein, daß sie ohne Abschied und Gruß gegangen war, daß sie nicht gewartet, sondern allein den Weg nach Hause eingeschlagen hatte.

Eine Blutwelle schoß ihm ins Gesicht, als er daran dachte. Er sagte sich, daß Inge alles wissen mußte, daß sie durch all die Wochen hindurch von diesem Gedanken bedrückt worden war, und eine quälende Scham stieg in ihm auf.

Nun stand er auf dem Steg, der über den großen Priel führte, stützte die Arme auf das Geländer, legte den Kopf darauf und schluchzte stöhnend.

Was hatte er getan! Was hatte er getan! Das ging so nicht weiter. Nein, nein, so ging das nicht weiter! Es mußte ein Ende gemacht werden.

Und plötzlich lachte er laut und höhnisch auf. Ein Ende machen! Als ob es hier überhaupt ein Ende gäbe! Jawohl – eins; aber das würde er nie wählen! Und so blieb ihm nur noch übrig, alles in sich zu töten und leer und gebrochen in sein Haus zurückzukehren.

War es denn überhaupt noch sein Haus? Er malte sich's aus und rief alle Tage des ersten Glückes wieder wach. Denn es war doch einmal ein Glück dagewesen, das von Morgen bis Abend gesungen und gejubelt hatte. Nun war es tot. Wer hatte es erschlagen? Sie gewiß nicht, die er vor sich sah, blaß, abgehärmt, mit großen, müden Augen. Nein, sie gewiß nicht. Aber es war tot und ließ sich nie wieder lebendig machen. Nie wieder. Auch dann nicht, wenn er heimkehrte. Und doch mußte es sein.

Er ging weiter und wollte die ganze Nacht gehen oder doch so lange, bis er sicher war, daß Inge schlafen würde. Scham und Mitleid hielten ihn ab, jetzt vor sie hinzutreten.

Als er aber die Kirchwarft still und dunkel vor sich sah, ging er mit langsamen Schritten über den Kirchhof hinauf.

Vor der Tür hielt er noch einmal an und blickte in die stille Nacht hinaus, und stand lange so.

Dann schlich er scheu und leise ins Haus, über den Flur, in seine Stube hinein.

Dabei stieß er gegen einen Stuhl und stand plötzlich still, weil er meinte, der Lärm müßte durchs ganze Haus dringen.

Aber es blieb still, so still, daß er sein eigenes Blut wallen hörte.

Auf einmal kam ein Wort durch die Stille, das klang leise und doch hart.

„Du kommst spät nach Hause!"

Dann war es wieder totenstill; nur Pastor Eichstädts schwerer Atem kam laut und stoßweise durch die Grabesstille. Mit beiden Händen stützte er sich auf den Tisch, und ein Zittern lief durch seinen Körper und war so stark, daß die Tasse, die auf dem Tische stand, leise klirrte. Aber er sprach kein Wort.

Da richtete sich Inge aus dem Stuhl, in den sie sich hineingekauert hatte, langsam empor, trat ihrem Manne gegenüber und sagte wieder:

„Du kommst spät nach Hause!"

Kein Wort entgegnete er ihr, sondern stand nur immer und starrte in ihr bleiches Gesicht, das seltsam aus dem Dunkel hervorschimmerte.

Und dann kam es leise aus ihm heraus:

„Inge."

Eine Weile wartete sie darauf, daß er weitersprechen würde. Als er aber schwieg, trat sie noch näher zu ihm heran.

„Anfangs glaubte ich, du würdest eine lange Verteidigungsrede halten. Aber du tust es nicht", sagte sie hart und kalt. „Und es ist gut so; denn was solltest du mir sagen! Ich habe auf dich gewartet bis zu dieser Stunde, und sei versichert, mehr als einmal war ich dabei, aus dem Hause zu gehen. Nicht, um dich zu suchen, bewahre! Sondern um auf irgendeiner Warft um ein Unterkommen zu bitten."

„Inge!"

Ein höhnisches Lachen kam ihr über die Lippen, als sie fortfuhr:

„Fürchte nichts! Ich habe es nicht getan – deinetwegen. Du willst ja hier ein neues Reich Gottes auf Erden gründen, und ich will nicht die sein, die den Bau hindert oder stört."

„Inge, nicht so! Nicht so, Inge!" rief er da, und es lag Qual und Weh in seiner Stimme.

„Nicht so? Ja, wie denn sonst?"

„Du mußt mich verstehen, Inge."

„Ich verstehe mich selbst nicht mehr", sagte sie leise und müde, „und du verlangst, daß ich andere verstehen soll?"

„Aber du weißt doch –"

„Nein, ich weiß nur das eine, daß ich hier lebe wie auf einer Warft, über die die salze See gerauscht und alles, alles verschlungen hat. Und nun suche ich eine neue Warft, wo Frieden und Ruhe ist und wohin kein Sturm schlägt. Laß mich ruhig aussprechen. Ich bin ja hier so lange geblieben, um es dir noch einmal zu sagen, bevor ich gehe; denn bleiben tue ich nicht."

Er griff nach ihrer Hand. Aber sie entzog sie ihm.

Als er vor seinem Eintritt ins Haus noch lange vor der Tür gestanden hatte, war das Mitleid mit ihr noch einmal stärker als je zuvor in ihm aufgestiegen und hatte ihn weich gemacht. Er wollte bleiben, wollte mit allen Kräften seine Liebe zu Dagmar Rosenlund ersticken und wollte versuchen, das alte, erstorbene Glück wieder lebendig zu machen. Alles andere sollte vergraben und vergessen sein, bis er dereinst so ruhig darüber dachte, daß er Inge alles erzählen konnte. Und nun er vor ihr stand, verstärkte sich sein Wille.

Er wollte sie halten und griff nach ihrer Hand.

„Nein, Karl, du hältst mich nicht mehr, und das wollte ich dir noch heute in dieser Stunde sagen. Es ist kein Entschluß, den ich plötzlich, jetzt, gefaßt habe. Ich habe ihn nur nicht auszusprechen gewagt all die Wochen hindurch, in denen ich spürte, daß dein Herz nicht mehr bei mir war. Nein, das ist nicht ganz richtig; denn dein Herz ist schon lange nicht bei mir gewesen, ist vielleicht nie bei mir gewesen. Aber nun es bei einer anderen ist –!"

Sie schlug die Hände vors Gesicht und wandte sich ab.

„Inge", begann er wieder, und seine Stimme klang leise und eindringlich. „Inge, laß uns nicht so voneinander gehen. Ich stehe vor dir wie ein Schuldiger."

Obwohl sie es wußte und selbst ausgesprochen hatte, zuckte

sie doch zusammen wie unter einem Peitschenhieb, als er es ihr selber sagte, und schritt langsam zur Tür.

Da trat er ihr schnell in den Weg und zwang sie zu bleiben.

„Ja, Inge, wie ein Schuldiger. Aber in diesem Augenblick, nein, in dieser letzten Stunde, wo ich mit mir gekämpft und gerungen habe, mit mir und meiner Schuld, da bin ich ein anderer."

Hastig winkte sie ihm zu schweigen.

„Nein, nein, du mußt mich hören!"

Und er begann ihr zu beichten und ihr alle Qualen und Selbstbeschuldigungen auszumalen und ihr zu schildern, wie er sich die Zukunft denke.

Sie hörte ihn kaum.

Er merkte es und wurde unsicher.

„Inge, Inge, denk' doch an unsere ersten Tage, an unsere Liebe."

„Gerade weil ich daran denke, will ich fort!"

Wie ein Schrei kam es aus ihr heraus, und dann schlug sie über den Tisch, vergrub ihren Kopf in beide Arme und schluchzte laut und bitter:

„Und ich hab' dich doch so lieb gehabt! So lieb gehabt!"

Immer wieder stieß sie es hervor, bis sie ruhig wurde und sich erhob.

„Das war ein schlechtes Wort, Karl, das hättest du nicht sagen sollen. Von unserer Liebe hättest du nichts sagen sollen. Aber das ist's ja, du hast mich nie geliebt. Und nun laß mich. Morgen oder übermorgen fahre ich nach Westeroog. Du magst sagen, daß ich zu meiner kranken Mutter will. Ich bin nur ein einfältiges Halligmädchen, aber doch meine ich, es ist gut, daß du den Grund für meine Abreise angibst; denn sonst – du weißt ja, wie deine Stellung hier auf der Hallig ist. Mit allem anderen, was nötig ist, bis wir vom Gericht geschieden werden, magst du warten, bis du selbst von der Hallig fort bist und drüben auf dem Festland eine Pfarre hast."

Dann ging sie hinaus und hinauf in ihre Kammer.

Wohl zuckte sie zusammen, als sie ihn gellend ihren Namen rufen hörte; aber sie wandte sich nicht um.

Er aber blieb in seinem Zimmer sitzen, bis die Morgensonne über See und Hallig schien.

Als die Nachmittagsflut an die Kante schlug, segelte Inge nach Westeroog. Peter Dirksen, der nach Amrum wollte, nahm sie mit.

*

Es war früh, als Dagmar Rosenlund erwachte und die seidenen Vorhänge von ihrem Wandbett zur Seite schob.

Sie hatte schlecht geschlafen – schwere Träume hatten sie oft erschreckt.

Nun lag sie und blickte mit großen, brennenden Augen zur Decke empor und dachte an die Heimfahrt von Westeroog. Aber ihre Freude war tot, und ein Gefühl von Schmerz und Scham quälte sie. In diesem Augenblick war es ihr, als hätte sie Eichstädt überhaupt nicht lieb, als müßte sie ihn hassen, als habe sie sich weggeworfen wie eine Dirne.

Sie riß die Vorhänge wieder zu und verbarg sich tief in ihre Kissen, um sich vor sich selber zu verstecken. Nur keinen sehen und sprechen müssen! Nur allein sein, ganz allein!

Sie lag und dachte und konnte ihre Gedanken nicht losmachen vom Gestern. Sie rief sich jedes Wort, jeden Zug ins Gedächtnis zurück. Und da stieg wieder die gewaltsam unterdrückte Liebe groß und stark in ihr empor.

Sie sprang auf und kleidete sich an.

Während sie ihr langes Haar kämmte, kam ihr plötzlich der Abend in den Sinn, an dem die alte Binne ihr weinend von ihrer schönen, verschollenen Tochter erzählte, die langes Haar und weiße Schultern hatte und deren Herz voll Sehnsucht gewesen.

Und da sah sie auf einmal eine stille, blasse Frau vor sich stehen mit großen, traurigen Augen. Solche Augen hatte nur eine – Inge, dieselbe Inge, deren Herz auch voll Sehnsucht nach Glück war und der sie das letzte bißchen Glück und Seligkeit raubte.

Raubte sie ihr es wirklich? Nein, nein, das war kein Raub. Sie nahm sich nur, was die andere nicht mehr besaß, nie wieder besitzen würde, und wonach ihr eigenes Herz jammerte und schrie.

Aber doch quälte der Gedanke an Inge sie immerzu und ließ sie nicht zur Ruhe kommen.

Sie blätterte in einem Buch, das offen auf dem Tische lag; aber ihre Augen liefen, ohne zu sehen, über die Seiten.

Dann versuchte sie, ein angefangenes Bild weiterzuführen, warf aber gleich unmutig den Pinsel weg und setzte sich ans Klavier. Drei, vier Akkorde schlug sie an; dann lagen die Hände wieder müßig auf den Tasten, und ihre Augen schlossen sich, als stünde ein Bild vor ihnen, das sie nicht sehen wollten.

Die alte Binne hatte das Anschlagen der Töne gehört und kam schnell herangeschlurft, erstaunt darüber, daß Dagmar schon aufgestanden sei.

Dagmar kam ihren neugierigen und besorgten Fragen zuvor, indem sie sie bat, Kaffee zu bringen; sie wolle nachher gleich zum Malen an den Strand.

Eine halbe Stunde später ging sie über die Fennen nach Westen hinaus.

Sie wollte heute allein sein und stieg daher die steile Kante hinunter auf den hier vorgelagerten, schmalen Sandstreifen. Kein Mensch konnte sie hier sehen, hier war sie sicher. Sie warf ihre Malgeräte zur Erde, setzte sich auf einen angeschwemmten Tanghaufen und blickte über die See.

Gegen Mittag ging sie nach Hause. Sie war barfüßig und konnte an der Kante entlang in den Priel hineinwaten, der nach Ipkenswarft führte; da begegnete sie keinem. Und sie wollte allein sein, wollte vor allen Dingen heute noch nicht mit Eichstädt zusammentreffen; sie wollte erst selber innerlich klar und ruhig sein.

Als die Nachmittagsflut kam, den Priel mit Wasser füllte und ihr weißes Boot schaukelte, faßte sie plötzlich den Entschluß zu segeln.

Sie rief Binne, sie möge ihre Handtasche mit den für ein paar Tage nötigen Sachen packen; es wäre möglich, daß sie unterwegs eine Insel anliefe und dort bliebe; sicher sei sie in drei Tagen zurück.

Binne schüttelte den Kopf; aber sie wagte nichts zu sagen, als sie Dagmars ernstes Gesicht sah.

„Wenn Sie ans Pastorat kommen, Binne", sagte Dagmar, und es sollte gleichgültig klingen, „so sagen Sie dort, ich sei auf einige Tage verreist; sie sollten mich also in der nächsten Zeit nicht erwarten."

Dann ging sie an den Priel hinunter, hißte das Segel und fuhr ab.

Als sie ins Wattenmeer hinaussteuerte, sah sie Peter Dirksens Boot von der Kante abstoßen.

Sie hob ihr Glas und blickte scharf hinüber.

Mit einem Ruck riß sie ihr Boot herum und änderte ihren Kurs – sie hatte Inge erkannt und ahnte, weshalb sie mit Peter Dirksen nach Norden, Westeroog entgegen, steuerte.

*

Während die beiden Boote über die See rauschten, stand Pastor Eichstädt droben auf der Warft, den Rücken gegen die graue Kirchenmauer gelehnt, und blickte den Segeln nach, bis sie im Dunst, der fern über dem Meere lagerte, verschwanden.

Dann ging er ins Haus und verriegelte die Tür.

Er konnte keine Ruhe finden. Rastlos ging er im Zimmer hin und her, Stunde um Stunde.

Als die Nacht über der Hallig stand, ging er hinaus, schritt an die Kante und wanderte langsam und mit schweren Gedanken um die Hallig herum, bis er nicht mehr weiter konnte.

Todmüde warf er sich ins Gras und starrte in das Dunkel hinaus. Was sollte nun werden?

Er lag und zermarterte sein Gehirn, faßte einen Gedanken nach dem anderen, um ihn ebenso schnell wieder fallen zu lassen.

Endlich raffte er sich auf und ging mit schlotternden Knien über die Fennen nach Hause.

Unterwegs kam er bei der Ipkenswarft vorbei.

Dort war alles still und dunkel.

Bis an den Gartenwall ging er hinauf, stützte sich mit beiden Händen schwer und müde darauf und blickte mit brennenden Augen gegen die dunklen Fenster.

Ob Dagmar wohl wieder da war?

Er wollte sie jetzt weder sprechen noch sehen, und wenn sie plötzlich heraustrate, würde er sich verstecken oder fliehen.

Aber wissen möchte er gern, ob sie schon zurückgekehrt sei oder ob sie gar der Hallig für immer den Rücken gekehrt habe.

Nichts regte sich. Nur das Aufklatschen der Flaggenschnur an die Fahnenstange unterbrach die tiefe Stille, wenn der Nachtwind um das Haus und durch den Garten fuhr, und fern in den Wiesen stöhnte mitunter ein Rind im Schlaf, oder ein Austernfischer schrie laut und schrill draußen an der Halligkante.

Langsam ging Pastor Eichstädt weiter, an den Priel hinunter, wo immer Dagmars Boot lag. Es war nicht da.

Da wußte er, daß sie noch nicht heimgekehrt war und auch nicht heimkehren würde.

Immer trüber wurde sein Sinn, immer schwerer und müder sein Gang. Oft mußte er stehenbleiben, und als er über den letzten Prielsteg schwankte, mußte er sich mit beiden Händen festhalten, um nicht herunterzufallen.

Endlich war er zu Hause.

Ohne sich zu entkleiden, warf er sich aufs Bett und fiel gleich in einen bleischweren Schlaf, aus dem er erst spät erwachte.

Nun kam es darauf an, sich über die kommende Zeit vollständige Klarheit zu verschaffen. Der Bruch mit Inge war geschehen und nie wieder zu heilen. Er hatte den Bruch vermeiden wollen. Es war sein heiliger Wille gewesen, alles, was geschehen war, zu vergessen, es wieder gutzumachen, um an Inges Seite ein neues Leben zu beginnen, wenn sie nur Vertrauen zu ihm gehabt hätte. Es sollte nicht sein. Inges Stellungnahme begriff er vollständig; sie war im Recht, und er hatte wohl Unmögliches von ihr verlangt, als er Vergeben und Vergessen von ihr forderte. Sie wollte es nicht, sie konnte es nicht und war gegangen, heimgegangen zu der kleinen, aber klaren und reinen Welt, aus der sie hervorgekommen war.

Was aber wurde aus ihm? Das nächste mußte wohl die Einleitung der Scheidung sein. Ganz kalt und nüchtern sagte er sich's.

Und dann?

Auf Hoogeroog konnte er nicht bleiben, er mußte fort.

Ja, konnte er den überhaupt in seinem Amt bleiben?

Er stöhnte tief und schwer auf.

Sein Glück konnte er nur durch die Aufgabe seines Amtes erkaufen. Er war ein Verworfener, ein Ausgestoßener, einer, der kein Recht mehr hatte, im Namen Gottes vor eine Gemeinde hinzutreten, um Segen und Fluch zu spenden. Wie manchesmal hatte er drüben in der Kirche Fluch und Strafe ausgeteilt. Aus einem ehrlichen, gottesbegeisterten Herzen war es ihm gekommen, und aus dem heißen, heiligen Willen, zu helfen, aufwärtszuführen, ein Reich Gottes zu gründen. Er hatte dabei vergessen, daß er Menschen vor sich hatte, Menschen mit all ihren menschlichen Gefühlen, Wünschen und Zielen. Welt- und menschenfremd hatte er über ihnen gestanden. Nun rang in ihm selber der Mensch gegen das Gottestum, das er gepredigt hatte, und beugte sich und klammerte sich fest und immer fester gerade an den Wunsch, diesem Menschlichen Daseins- und Mitbestimmungsrecht zuzuerkennen.

Er hatte kein Recht, auch fernerhin auf der Hoogerooger Kanzel zu stehen. Das hatte er sich verwirkt in der Stunde, als sein glücksehnendes Menschenherz stärker wurde als sein Verhältnis zu dem Gott, dem er diente.

Und er hatte sich das Recht nicht nur hier verwirkt, sondern überall. Er war fertig.

Was aber wurde dann aus ihm und Dagmar?

Dann war auch das vorbei.

Mit schweren Schritten ging er hin und her.

Nein, nein, es wurde nicht anders, wie sehr er auch sann und sann. Es gab aus dem allen keinen Ausweg, kein Wenn und kein Aber, sondern nur die nackte Tatsache, daß alles für ihn aus sei, aus und vorbei.

Oder ob er es dennoch versuchte, zu seiner Behörde nach Kiel zu reisen, um dem ihm wohlgesinnten Generalsuperintendenten alles offen und ehrlich klarzulegen, durch ihn einen Ausweg zu finden?

Er verwarf den Gedanken und nahm ihn doch immer wieder auf, bis er ihn schließlich festhielt und am nächsten Tage abzureisen beschloß. Das Postboot fuhr am Nachmittag; vielleicht konnte er noch an demselben Tage das Festland erreichen. Am Sonntag würde er noch nicht wieder zurück sein. Aber das war auch einerlei; er würde doch nicht die Kanzel besteigen. Darum ging er zum Lehrer Hansen und bat ihn, am Sonntag den Gottesdienst zu übernehmen.

„Aufs Festland wollen Sie hinüber, Herr Pastor?“ fragte Hansen und sah nach dem Wetter. „Ich fürchte, es kann nichts werden; denn wenn mich nicht alles täuscht, haben wir morgen einen solchen Sturm, daß wohl niemand segeln wird.“

„Auf jeden Fall will ich's versuchen.“

„Gute Fahrt.“

Sie gaben sich die Hand und schieden.

*

Lehrer Hansen hatte recht.

Der Himmel, der noch eben klar gewesen war, überzog sich plötzlich. Es war, als würde die ganze See von einer dicken, dunklen Staubwolke eingehüllt, so daß man wohl eine Stunde lang keine hundert Meter weit sehen konnte. Dann verzogen sich die tiefhängenden, grauen Wolken; aber der Himmel blieb schwarz und schwer.

Die Halligleute eilten an den Strand, um ihre Boote fester zu vertauen.

Auch Hansen ging zu seinem Boot hinunter.

Eben war er mit dem Verankern fertig, als Dagmar Rosenlund mit vollem Segel vor fliegendem Wind in den Priel hineinrauschte.

„Sie sind zur rechten Zeit gekommen“, meinte Hansen, der zu ihr gegangen war. „Eine Stunde später hätten Sie mit der Nußschale Ihre liebe Not haben können.“

„Wird's so arg werden?“

„Sicher, sicher! Haben Sie jemals solche Luft gesehen?“

„Wird das Wasser hoch steigen?“

„Möglich, wenn der Wind umspringt. Aber ich glaube nicht, daß es so weit kommt. Bis zu Ihrem Gartenwall wird's wohl kaum steigen, und dann hat's ja keine Not.“

„Ich fürchte mich auch nicht. Adieu, Herr Hansen. Ich bin von Hörnum gekommen, draußen um Amrum herum, und bin müde."

„Das glaub' ich schon. Da steht immer eine grobe See, da hat man schon sein Teil Arbeit. Adieu, Fräulein Rosenlund."

Dagmar ging nach der Ipkenswarft. Binne war nicht zu Hause. Die war bei einer Bekannten auf der äußersten Warft am Ostende der Hallig. Es war Dagmar ganz lieb.

Ermattet ließ sie sich in einen Sessel sinken, lehnte sich behaglich zurück und lauschte auf den Wind, der stärker geworden war und in groben Stößen ums Haus fuhr.

Die weite Fahrt über das einsame Meer hatte sie ruhiger gemacht. Stundenlang war sie ziellos und steuerlos mit dem Ebbstrom über die leise wiegende See gefahren, hatte sich treiben lassen, einerlei wohin, und hatte einen Ausweg aus den Wirren ihrer Seele gesucht.

Nun war sie still geworden. Und es stand für sie fest, daß sie die Hallig verlassen wollte, ohne erst um ihre Liebe zu kämpfen. Sie wollte vergessen und entsagen; denn immer stand das Bild der blassen, traurigen Inge vor ihr, immer sah sie sie einsam und schweigend durch das Watt und über die dunkle Hallig schreiten und im Nachtnebel verschwinden.

Aber ihr Herz war nicht froh, trotzdem sie den festen Entschluß gefaßt hatte. Nein, eine grenzenlose, tote Leere war in ihr.

Unruhig stand sie auf und ging hin und her.

Dann setzte sie sich wieder hin und stützte den Kopf in beide Hände. Ein Schluchzen schüttelte sie. Sie weinte wie ein Kind, das seinen liebsten Schatz selber zerschlagen hat und nun vor den unheilbaren Trümmern steht. Draußen auf der See war ihr ruhiger ums Herz gewesen. Aber in der eingeschlossenen Stille ihres Hauses wurde ihre Seele irr und wirr und wußte nicht ein noch aus.

Ab und zu fuhr sie schreckhaft zusammen, wenn der Sturm härter gegen das Dach stieß oder mit gellendem Pfeifen durch den Schornstein in den offenen Herd niederbrauste.

Sie sehnte sich nach einem Menschen.

Wenn nur Binne erst wieder da wäre! Dann würden die

trüben Bilder verschwinden, die drohend und düster vor ihr standen.

Wieder sah sie Inge vor sich, wie sie im Boot nach Westeroog hinübersteuerte, allein, auf die Ruderbank zusammengekauert, die Augen starr ins Weite gerichtet.

Sie hielt es nicht mehr aus. Die Stube wurde ihr zu eng.

Sie wollte hinaus und gegen den Sturm über die Fennen laufen. Vielleicht wurde sie ruhiger.

Hastig wand sie sich ein Tuch um den Kopf und ging zur Tür.

Wie der Sturm ums Haus heulte!

Er stemmte sich gegen die Haustür, und mit aller Macht drückte sie sich dagegen.

Endlich gab die Tür nach, der Sturm packte sie, schlug sie krachend zurück und sprang pfeifend und gellend in den Flur.

Sie kümmerte sich nicht darum, ließ die Tür offen stehen und ging durch den Rosengarten, in dem die Büsche windzerrissen über den Steig schleppten, nach dem Gartenwall.

Plötzlich stand sie still, hielt sich mit beiden Händen am Gartentor fest und starrte mit großen Augen hinaus.

So weit sie sehen konnte, nichts als Wellen und Schaum, und drüben an der Kante eine haushohe Brandung.

Die See war rasend schnell hochgekommen; Sturm und Flut trieben sie.

Weißer, leuchtender Schaum, so weit die Augen reichten, weißer Schaum und donnernde, graugrüne Wogen, die sich über die ganze Hallig wälzten und lachend an den dunkel gegen die See stehenden Warften und Häusern vorbeitanzten.

Wasser, Wasser, Wasser ringsum, rollendes, grollendes Wasser.

Noch war es nicht sehr hoch.

Dagmar sah drüben auf der Schulwarft den Lehrer in hohen Seestiefeln die Warft hinuntergehen und zu den Nachbarn waten.

Aber das Wasser stieg und stieg.

Sie stand am Wall und beobachtete scharf, wie es drunten an der Kante der eigentlichen Warft höher und höher heraufkroch, langsam, langsam, aber immer höher und höher.

Aber sie blieb ohne Furcht. Bis an den Wall herauf würde es nicht steigen, hatte Hansen gesagt, und sie vertraute ihm.

Die ersten Schaumflocken flogen über die Warft, hingen einen Augenblick wie weiße Rosen an den zerzausten Büschen im Garten und zergingen dann.

Mitunter kam der Schaum dicht wie Schneeflocken vorübergejagt, taumelte über das graue Dach und flatterte weiter über die schluckenden, taumelnden, zischenden Wellen.

Blauschwarz drohte der Himmel.

Die Dämmerung kam und warf blanke Farben in das Dunkel hinein; aber sie erstickten in der jagenden Hast der schwer und massig aus der See steigenden Wolken.

Höher und höher stieg die Flut, und leise begann die Angst in Dagmar Rosenlunds Seele zu kriechen.

Ob die Flut wohl schon da sei?

Dagmar stand und fragte sich in aufsteigender Angst immer und immer wieder, ob die Flut wohl schon da sei, stand und rührte doch kein Glied, bis sie sich plötzlich sagte, daß die Flut schon damals gekommen sei, als sie ihr Boot in dem Priel festgemacht hatte.

Da wurde sie wieder ruhig; denn sie wußte, daß das Wasser dann seinen Höhepunkt schon erreicht, vielleicht gar überschritten habe.

Aber nein, nein, das Wasser stieg ja immer noch. Sie sah an den Stufen, die zum Gartenwall hinaufführten, wie es höher und höher kroch.

Es überspülte eine der Stufen, stieg und stieg, kam höher und höher, leckte zur nächsten herauf, spritzte blank darüber hin, stieg und stieg und deckte dann die nächste.

Wieder packte die Angst sie mit eiskalten Fingern, rüttelte und schüttelte sie, daß ein Zittern ihr durch alle Glieder rann.

Herrgott! Kam denn niemand?

Sie riß das Tuch vom Kopf und schwenkte es im Sturm, bis ihr Arm müde niedersank.

Es war vergebens! Wer sollte jetzt wohl nach ihr ausblicken? Sie hatten ja alle mit sich selbst genug zu tun.

Wenn nur Binne hier wäre! Helfen konnte die zwar auch

nicht; aber sie würde das grauenhafte Gefühl des Alleinseins verjagen.

„Binne! Binne!“

Sie schrie es laut und gellend. Aber der Sturm zerriß ihren Schrei und warf ihn zerfetzt über die Wellen.

Das Wasser stieg und stieg. Höher und höher kroch es die Warft hinauf.

Sie lief ins Haus. Sie wollte sehen, wann Hochwasser sei. Mit zitternden Händen wühlte sie zwischen Büchern und Zeitungen, bis sie den Flutkalender fand.

Ihre Finger glitten an der Tabelle hinunter.

Da stand es. Nein, da – da – Hohlebbe – Hochwasser –

Ohne es zu wissen, sprach sie laut, was sie las.

Dann blickte sie nach der Uhr.

Gott sei Dank! Die Stunde der höchsten Flut war schon überschritten. Das Wasser mußte fallen.

Und wieder ging sie hinaus ans Gartentor und starrte über die gurgelnde Flut.

Nein!

Das Wasser fiel nicht – es stieg immer noch.

Sie riß das Tor auf und tat einige Schritte vor, als wollte sie die Flut durchwaten.

Eine große Welle rauschte heran, brach sich aufklatschend an der Warft und warf Schaum und Gischt hoch hinauf.

Entsetzt sprang Dagmar zurück und schlug das Tor zu, als könnte sie so den Wellen den Eingang verwehren, stürzte dann ins Haus, verriegelte die Tür und sank bebend und zitternd in die Knie.

Der Sturm brüllte lauter und lauter, und immer unheimlicher rauschte und donnerte die See.

Mit zitternden Händen drückte sie das Tuch fest an die Ohren, um nur nicht das Toben und Krachen zu hören, und schloß die Augen, um nicht das Gräßliche, das kommen mußte, zu sehen.

Aber es half ihr nichts. Ihre geschlossenen Augen sahen noch entsetzlichere Bilder, und ihre geschlossenen Ohren hörten doch das Donnern und Heulen.

Da raffte sie sich auf.
„Karl! Karl!“ schrie sie.
All ihre Gedanken waren plötzlich bei ihm.
Ja, der mußte helfen. Der mußte es doch wissen, in welcher Not und Angst sie war. Er mußte es wissen; denn er liebte sie ja.
All seine süßen Liebesworte rief sie sich ins Gedächtnis zurück, all seine heißen Küsse, all seine Beteuerungen.
Er mußte kommen! Und wenn alle fern blieben, er würde kommen, er ganz gewiß.
Ihre Knie schlotterten, als sie in die Stube ging.
Nach dem Fenster zu blicken wagte sie nicht.
Nur nichts sehen! Nur nichts sehen!
Sie rückte einen Stuhl in die äußerste Ecke des Zimmers, kauerte sich hinein und wartete und wartete.
Er mußte ja kommen! Er mußte ja kommen!
Keine Minute hatte sie gesessen, da sprang sie wieder auf, schlich müde ans Fenster und schrak so sehr zusammen, daß sie fast umgesunken wäre. Mit beiden Händen mußte sie sich festhalten.
Das Wasser spritzte seine ersten Wellen durch das Gartentor, und über den Kamm des Walles weg sah sie die grenzenlose, rauschende, brausende See.
Klappernd schlugen ihre Zähne aufeinander, und ihre Augen wurden noch größer und starrer und konnten sich nicht abwenden von dem Bilde, das sie sahen.
Was da draußen brüllte und krachte, das – das war der Tod.
Ja, das war der Tod!
Denn durch diese See konnte kein Boot, konnte kein Retter herübersteuern.
Langsam glitt sie in die Knie.
„Karl! Karl!“ murmelten ihre zitternden Lippen, und immer wieder „Karl! Karl!“
Wenn er sich nur nicht aufmachte, um sie zu retten! Wenn er nur selber in Sicherheit bliebe! Er durfte nicht kommen! Nein, nun nicht! Es wäre ja sein eigener Untergang. Wenn er nur nicht einen Rettungsversuch unternähme!
Gewiß, gewiß! Er würde es tun! Aber er durfte es nicht! Sie

wollte ihn warnen, wollte ihm ein Zeichen geben, daß er nicht kommen solle, daß sie nicht in Gefahr sei.

Aber wie sollte sie es machen? Kein Ruf drang durch den brüllenden Sturm bis zur Kirchwarft hinüber.

Irr und wirr war ihr zu Sinn, und ihre Gedanken flatterten wie gehetzte Möwen.

Plötzlich sprang sie auf.

Sie wußte, wie sie ihm ein Zeichen geben konnte.

Aus dem Schrank riß sie ein weißes Laken heraus, eilte die Bodentreppe hinauf, öffnete die Bodenluke und schwenkte das Tuch. Der Sturm packte es und riß es ihr aus der Hand, daß es wie ein zerfetztes Segel über die Wellen flatterte und unterging.

In demselben Augenblick sahen ihre Augen nach unten, in das Toben und Gurgeln unter ihr.

Die ganze Warft war von den Wellen bedeckt. Nichts als die Mauern ihres Hauses ragte empor. Und auf der nächsten Warft, die wohl eine Viertelstunde entfernt lag, war es ebenso; die Wellen spritzten an der Mauer empor und warfen ihr Wasser schäumend fast bis ans Dach.

Dagmar konnte die ganze Hallig überblicken.

Kein festes Land war zu sehen.

Nur die großen und höher gelegenen Warften waren noch frei, da grollten und zischten die Wogen am Fuße der hohen Erdwälle.

Wie lange noch? Wie lange noch?

Sie kroch die Treppe wieder hinunter und ging in die Stube, müde und matt.

Einen Augenblick überwand ihre Mattigkeit die Angst ihrer Seele; sie warf sich wieder in einen Stuhl und saß ganz in sich zusammengekauert.

Es wurde dunkler und dunkler, und die Zeit verrann.

Hohlebbe mußte bald sein. Vielleicht verzog sich die Flut dann so, daß sie es wagen konnte, nach der Nachbarwarft zu gehen.

Dagmar ging wieder an die Haustür.

Das Wasser war gegen seine vorherige Höhe um einen Meter gefallen und wälzte sich noch immer brausend und schäumend über die Hallig. Noch dunkler waren die Wogen, und die weißen Kämme tanzten darauf wie blanke Eisschollen.

Dagmar blieb stehen und maß das Fallen des Wassers an den Treppenstufen ihrer Warft. Es fiel immer noch, langsam, langsam, aber immer tiefer, Stein um Stein, Stufe um Stufe tiefer.

Wenn es so weiter ging, dann wurde der Weg nach der Schulwarft hinüber vielleicht passierbar. Dann war sie gerettet.

Aber Eile tat not. Sie mußte immer hinter den fallenden Wellen hergehen, um drüben zu sein, ehe die Flut wieder kenterte.

Hastig riß sie ein wärmendes Tuch aus der Lade und schlug es um die Schultern, schürzte das Kleid bis über die Knie und stand zur Flucht bereit auf der Treppe der Warft.

Langsam sank das Wasser, und hinter dem Wasser her stieg Dagmar langsam die Warft hinab, langsam, langsam.

Wie lange das dauerte! Wie entsetzlich langsam die Wellen zurückgingen.

Und dann standen sie still und sanken nicht weiter, standen wohl zwei Meter über den Fennen, als wollten sie ausruhen.

Entsetzt bückte Dagmar sich vor und starrte auf die Fluten.

Das Wasser mußte doch fallen. Es war doch Hohlebbe.

Aber es fiel nicht.

Nein, es begann wieder zu steigen, langsam, langsam, aber immer höher, immer höher.

Schon kroch es auf die Stufe, auf der Dagmar stand, schon beleckte es ihre Füße, stieg über ihre Knöchel, stieg und stieg, immer höher, immer höher.

Und vor dem Wasser her wich Dagmar Rosenlund langsam von Stufe zu Stufe zurück, bis sie wieder droben am Gartentor stand.

Die Flut kam neu heran.

Nun gab es kein Entrinnen mehr. Sie trug zu den ungeheuren Wassermassen der vorigen Flut neue Wellenberge aus dem brüllenden Ozean herein, türmte sie aufeinander und schob sie erbarmungslos über die Halligen.

Dagmar sah sie kommen, und sie wußte, was es zu bedeuten hatte.

Sie wußte, daß ihre letzte Nacht vor ihr stand, daß nur ein Wunder sie retten konnte. Und an ein Wunder glaubte sie ebensowenig wie daran, daß von einer anderen Warft Hilfe kommen könnte.

Und da wurde sie plötzlich ganz ruhig.

Hoch aufgerichtet, mit totenblassem Gesicht, aus dem die großen, dunklen Augen brannten, stand sie am Gartentor und sah die Wellenberge sich gegen die Warft schieben.

Wie lange es wohl dauern würde, bis sie von denselben Wellenbergen geholt und in die weite, schwarze, taumelnde See hinausgetragen würde?

So ruhig war sie in dieser Sekunde, daß sie versuchte, die Zeit bis zum Untergang ihrer Warft und ihres Hauses zu berechnen.

In etwa fünf Stunden war die höchste Flut. Jetzt war gerade eine Stunde nach der niedrigsten Ebbe vergangen. Sie sah, wie schnell das Wasser stieg, und wußte, daß es höchstens zwei Stunden dauern würde, bis das Wasser in Fensterhöhe stand und rauschend und zerstörend durch Stuben und Kammern brach. Dann blieb noch der Boden, der ihr vielleicht auch noch zwei Stunden Schutz gewähren konnte, wenn er nicht schon vorher unter dem furchtbaren Anprall zusammenstürzen würde.

Zwei Stunden noch! Im glücklichsten Fall drei oder vier! Soviel Zeit blieb ihr.

War es viel? War es wenig?

Einen Augenblick schauerte sie zusammen.

Aber dann kam wieder die starre Ruhe über sie. So gleichgültig, als drohe keine Gefahr, ging sie einige Schritte in den Garten hinein und suchte einige der besten, vom Sturm noch nicht zerrissenen Rosen aus, brach sie ab und trug sie ins Haus und schlug die Tür hinter sich ins Schloß. Auch die Tür, die ihre Stube vom Flur trennte, machte sie hinter sich zu, zündete die Lampe an und stellte sie auf das weiße Tischtuch. Dann zog sie die dunklen Fenstervorhänge vor; aber sie schloß die Augen dabei, sie wollte die See nicht sehen.

Mitten auf der Diele blieb sie stehen.

Wie der Sturm brauste!

Das Dach zitterte in allen Fugen, und die Sparren knackten,

als wollten sie die Fesseln sprengen, und über den Boden gellte und pfiff es in schauerlichen Tönen und überschrie das dumpfe Donnern und Brüllen der See.

„Mein Grabgesang!"

Dagmar sagte es leise vor sich hin und schrak zusammen; denn es war ihr, als hätte ein Fremder die Worte laut und hart gesprochen.

Noch zwei Stunden! Dann war es vorbei.

Beide Hände schlug sie vor ihr blasses Gesicht, und ein Zittern durchlief ihren Leib.

Zwei Stunden noch.

Die gelben und weißen Rosen waren ihr aus den Händen geglitten und lagen auf der Diele; das Lampenlicht umspielte sie und machte sie noch blasser.

Dagmars Augen blickten scharf darauf nieder, als könnte sie sich nicht besinnen, woher sie gekommen seien. Langsam bückte sie sich, hob sie auf und verflocht sie mit ihrem vollen, dunklen Haar. Sie sollten sie schmücken zur letzten Fahrt.

Dann ging sie an den Tisch, legte Papier und Feder zurecht, horchte noch einen Augenblick auf das Toben und begann zu schreiben. Ein Brief war an ihren Vater gerichtet, der andere an Pastor Eichstädt. Ihrem Vater schrieb sie nur wenige Zeilen, ein kurzes Lebewohl und daß sie wie ein echtes Seemannskind stürbe.

Der Brief an Pastor Eichstädt war länger. Sie schrieb ihm aus einem Herzen voll Liebe und Weh heraus, schilderte ihre Unrast, die ganze Verworrenheit ihrer Seele, den Kampf in ihrer Brust, und schloß: „Ich habe Dich über alle Maßen lieb, Karl. Immer, so lange ich auf der Hallig bin, habe ich Dich geliebt. Aber heute erst weiß ich, wie sehr ich Dich liebe, heute, wo ich von der Erde gehe. Und weil ich Dich nie wiedersehen werde, darum sage ich es Dir noch einmal, daß ich Dich lieb habe. Denn sei versichert, wenn heute die Sommersonne über den Fennen gelacht hätte, wie all die Wochen hindurch, wenn heute ringsum alles in Frieden und Ruhe läge, dann hätte ich Dir nichts von meiner Liebe gesagt. Ich hätte sie unterdrückt und geleugnet, um Deinetwillen, vielleicht auch um Inges und um meinetwillen. Nun aber, wo der Tod vor der Tür steht, sollst Du es noch einmal hören: Ich habe Dich lieb, lieber als alles auf der Welt."

Die Feder entsank ihrer Hand.

Noch einmal lasen ihre Augen die Zeilen durch, langsam, Wort für Wort, und als sie sich im Stuhl zurücklehnte und die Augen schloß, da sah sie dennoch die Zeilen wie flammende Zeichen.

Hatte sie recht getan? War sie sich getreu, war sie wahr geblieben?

Ja, sie konnte nicht anders schreiben; so, geradeso wie sie es geschildert, sah es in ihr aus. Und nun mochte die letzte Stunde kommen – sie war bereit.

Wie der Sturm tobte, und wie das Wasser rauschte!

Auf einmal sprang sie auf.

Ein neuer, fremder Ton war an ihr Ohr gedrungen, ein seltsames Klatschen und Rieseln.

Sie blickte zur Tür, und dann stieß sie plötzlich einen furchtbaren, gellenden Schrei aus, sprang auf den Stuhl und starrte mit aufgerissenen Augen vor sich hin.

Das – das – das war ja die Flut!

Sie war durch den Garten gerauscht, unter der Haustür durchgequollen, füllte den ganzen Flur und rieselte nun unter der Stubentür durch ins Zimmer.

Wie eine schwarze Schlange kroch ein langer, breiter Wasserstrom herein, wuchs, breitete sich aus, immer breiter, immer weiter, überrann die ganze Diele und füllte den ganzen Raum und wuchs und wuchs.

Immer mehr Wasser kam herein, immer mehr, und draußen auf dem Flur klatschte und zischte es.

Herrgott im Himmel! Nun kam es heran, leckte an den Stuhlbeinen empor, als wollte es sie fassen und herunterziehen, und stieg und stieg, und wuchs und wuchs.

Wie das schwappte und schnappte!

Wie das unheimlich schwarz leuchtete und glänzte!

Nur nicht so schnell, so furchtbar schnell!

Noch eine kurze Stunde leben, eine kleine, kurze Stunde!

Nur nicht so entsetzlich im eigenen Zimmer zugrunde gehen!

Viel lieber ins große, rauschende, tobende Meer hinausspringen, als hier drinnen ersticken!

Dagmar sprang vom Stuhl auf die Diele; das eingedrungene Wasser reichte ihr schon bis an die Knöchel.

Langsam, ganz langsam, aus Furcht vor dem Grausigen, das sich zeigen mußte, ging sie ans Fenster und schob den Vorhang ein wenig zur Seite.

Gleich ließ sie ihn wieder los; die Flut klatschte nahe unter der Fensterbrüstung und warf schon Schaum und Spritzer gegen die Scheiben.

Eine halbe Stunde würde es vielleicht noch dauern, dann brach das Wasser durch die Fenster herein.

Die Angst vor dem letzten Augenblick wurde stärker. Vor einer Stunde noch hatte sie gemeint, ganz ruhig und gefaßt zu sein. Wo aber blieb jetzt ihre Ruhe? Wo ihre Fassung?

Rettung! Rettung! Rettung! Sie dachte an nichts anderes mehr und stieß die Stubentür auf, um zur Bodentreppe zu eilen.

Ein Wasserschwall schlug ihr entgegen; fußhoch stand es im Flur, und immer noch quoll und brauste es durch Fugen und Spalten von draußen herein.

Dagmar drängte sich hindurch und stürmte die Treppe empor nach dem Boden.

Der Sturm hatte alle Luken aufgerissen und heulte unter den zitternden, knarrenden Latten entlang.

Bebend vor Angst und Grauen verkroch Dagmar sich in einem Heuhaufen, der in einer Bodenecke lag, und schluchzte und wimmerte.

Lange lag sie so.

Dann kam wieder die starre Ruhe über sie.

Sie richtete sich auf, ging an die große Bodenluke, setzte sich hier, faltete die Hände im Schoß und starrte über die nachtdunklen, weißschäumenden Wogen hinaus.

So wollte sie den Tod erwarten. So sollte er sie finden.

Wenn er krachend das schwankende Haus zu sich in die Tiefe riß, wollte sie mit hinuntergleiten, tief, tief in die schwarze, gähnende Nacht.

Und der Tod kam. Er kam näher und näher.

Schon hörte sie ihn drunten in den Stuben mit Tischen und Stühlen Fangball spielen.

Er hatte eine Mauer eingedrückt und raste und flutete nun durchs ganze Haus.

Bald würde er die Treppe emporsteigen oder durch die Bodenluke zu ihr kommen, bald – bald – in einer halben, in einer Viertelstunde – nach einigen Minuten – nun – nun –

Nun war er da!

Nun packte er sie mit kalten, nassen Armen, hob sie auf und schleuderte sie hinab.

Nun war es aus.

*

Drüben bei Peter Dirksen und auf Jan Behrends Warft waren sie glücklicher daran. Ihre Häuser lagen höher, ihre Warften waren stärker, und so konnte das Wasser ihnen nicht viel anhaben. Um die Feethinge herum hatten sie Sandsäcke aufgestapelt, um das süße Wasser vor dem Eindringen der salzen Nordseewellen zu schützen, und auch die Holzdeckel über ihren Zisternen waren gut abgedichtet.

Als der Sturm etwas ruhiger zu werden schien, trat Jan Behrend vor die Tür. Der gepflasterte Weg bis zu Peter Dirksens Haus war noch wasserfrei; aber das Wasser schwappte und klatschte über die Steine.

Er blickte sich um.

Herrgott, war das eine See!

Sein Boot hatte er hoch in den Priel hinaufgeführt und an einer langen Trosse vertaut. Wie das jetzt tanzte! Als wollte es in den Garten hinter dem Hause hineinspringen. Ob er es noch fester machte?

Versuchen wollte er es doch, zog die Schäfte seiner hohen Seestiefel herauf und watete in den überfluteten Garten hinein. Ein Lachen stand dabei in seinen Augen. Er freute sich über die Sprünge seines Bootes und dachte: Da kann die salze See lange stoßen und brechen; mein Boot ist das stärkste, das je über die

Watten gefahren ist. War es ein Wunder, daß ihn all die anderen darum beneideten und es gern kaufen wollten? Sie konnten lange bieten – er gab's nicht ab.

Seine Blicke liefen über die See.

Auf einmal warf er den Kopf in den Nacken, kniff die Augen zu, um schärfer sehen zu können, und brummte:

„Nanu? Wat is denn dat? Het de Preester sin Bettlaken ut de Dachluk hangen? Wat sall dat denn bedüden? Sin Warft liggt doch hoch genog, dar kann doch noch keen Not sien. Dar will ick doch gau to Peter Dirksen gahn."

Er hatte recht gesehen: Pastor Eichstädt hatte ein großes Laken zur Dachluke herausgehängt, um Hilfe herbeizurufen; hell flatterte es im Winde über das dunkle Dach und schimmerte durch das Abenddunkel seltsam und gespenstisch herüber.

Den ganzen Nachmittag hatte er auf der Kirchwarft gestanden und das Steigen des Wassers beobachtet. Mit seinem Fernrohr hatte er nach Ipkenswarft geblickt. Er wußte, daß diese Warft tiefer lag als die anderen. Wenn er gewußt hätte, daß Dagmar zu Hause war, so hätte er den Weg über die nasse Hallig wenigstens bis zur Schulwarft gefunden und hätte die um Hilfe angerufen oder hätte sie gebeten, Dagmar Rosenlund zu holen und die Nacht hindurch bei sich aufzunehmen. Aber von Binne hatte er gehört, daß Dagmar für einige Tage auf Amrum oder Sylt sei und daß er sie nicht erwarten dürfe.

Plötzlich sah er ein weißes Tuch aus der Bodenluke auf Ipkenswarft winken und dann über die Wellen hinausflattern.

War Dagmar doch zu Hause?

Nein, nein! Das war ja nicht möglich!

Er stellte sein Glas scharf ein und blickte wieder hinüber.

War das nicht eine Gestalt, die sich in der Bodenluke zeigte?

Sie bewegte sich, beugte sich vor, trat wieder zurück und wieder vor.

Es war kein Zweifel möglich, Dagmar war zurückgekehrt und saß nun in Not und Todesgefahr allein auf Ipkenswarft.

Und er war hier zur Untätigkeit verbannt, konnte nichts tun, nicht retten und helfen; denn auch um ihn war nichts als rauschende, schäumende, donnernde See.

Wenn er ein Boot gehabt hätte! Er wäre in die brechenden Wellen hinausgesteuert, hinüber, hinüber zu ihr.

Aber wo blieben die anderen? Warum kam von keiner Warft ein Boot, um doch wenigstens den Versuch einer Rettung zu machen?

Er wollte sie herbeirufen. Hastig riß er ein großes Laken heraus, rannte die Bodentreppe hinauf und ließ es zur Luke herausflattern. Es riß und zerrte an der Leine und knatterte wie ein Bootssegel.

Dann stürmte er wieder hinunter, riß die Haustür auf, lief zum Glockenturm und begann, die alte, große Halligglocke zu ziehen. Jammernd und hilfeflehend schrie sie durch Sturmgeheul und Wellendonnern hinaus über die Hallig.

*

Jan Behrend hatte kaum Bescheid gesagt, da war Peter Dirksen auch schon bereit. Es wurden nicht viele Worte gemacht.

„Dat hölpt nu nix; wie möt dar röwer."

Schnell zogen sie ihre Ölmäntel an, stiegen in ihre großen Seestiefel, holten Haken und Stangen aus dem Stall und gingen hinaus.

„Junge, Junge, wat 'n grobe See! Man gud, dat Fräulein nich op Ipkenswarft is, dar ward't hüt hoch stahn."

Es war ein schweres Stück Arbeit, das Boot loszuankern.

Endlich hatten sie es bis ans Haus gezogen und schoben es nun an der Warft entlang.

„Wi wölln Süden rum; denn fahrt wi de Kirchwarft in Lee an."

„Ja, Peter."

Und dann stießen sie ab.

„Verdammi, wat 'n Water!"

Sie bissen in hartem Trotz die Zähne zusammen und arbeiteten, daß die Brust stöhnte und die Muskeln sich spannten, als wollten sie zerspringen.

Sie wollten es zwingen. Wie junge Gerten bogen sich die Ruder, und das Wasser klatschte wie Sturzsee über die Bordwände.

Als sie hart in Lee der Kirchwarft waren, wurde es besser; das Wasser war etwas ruhiger, und Jan Behrend meinte:

„Peter, kannst hören? Ik glöv, de Preester lüd de Glocken! Dar is doch hüt keen Kirch?“

Peter Dirksen lachte und sagte:

„He mut ja gräsig in Angst sien, de gute Mann; denn ik meen, so hoch un seker as de Kirch liggt doch keen anner Warft.“

Pastor Eichstädt winkte und schrie ihnen zu; aber sie verstanden nicht, was er sagte.

Vor der Kirchhofspforte legten sie an und hielten das Boot am Gitter fest.

Kaum waren sie da, als auch schon der Pastor durch das Wasser platschte, ans Boot heranlief und sich hineinschwang.

„Schnell! Schnell! Wir müssen nach Ipkenswarft, Fräulein Rosenlund ist da!“

„Wer?“

Peter Dirksen sprang auf und legte dem Pastor beide Hände auf die Schultern.

„Wer ist da? Fräulein?“

„Ja, ja! Ich hab's deutlich gesehn. Sie stand in der Dachluke und winkte.“

„Wat meenst du, Jan?“

Das sagte er hart und schroff.

Jan blickte in das Toben hinaus und schwieg eine kurze Weile.

„Ja, Peter, dat is en böse See; aber dar is en Minsch in Gefahr.“

„Dat men ik ok. Denn man to!“ Und zu Pastor Eichstädt gewandt, fuhr er fort: „Wir fahren hinüber, steigen Sie nur schnell aus!“

„Ich fahre mit.“

„Das geht nicht! Es steht eine fürchterliche See.“

Statt aller Antwort löste der Pastor das Tau, mit dem die beiden ihr Boot an der Pforte befestigt hatten, so daß es sofort in die Fluten hinausschoß.

„Dammi noch mal!“ fluchte Jan und blickte dabei mit einer gewissen Bewunderung auf Eichstädt.

Zum Nachdenken blieb ihm aber nicht lange Zeit; Sturm und

Wellen packten das Boot und schleuderten es wie ein Brett im Taumeltanz umher. Ab und zu flog sein Blick mit Respekt zu dem Mann hinüber, der ohne Ölzeug und Südwester vorn im Boot stand, als könnte er nicht früh genug nach Ipkenswarft hinüberkommen.

Und nun vorwärts!

Drei Meter voraus – zwei Meter zurück. Immer wieder voraus – zurück – und doch langsam, langsam vorwärts.

Das Sturmsegel knatterte. Es war ein lächerlich kleines Stückchen Tuch und stand zum Zerplatzen stramm; aber doch half es gegen das Wetter heranzwingen.

Auch Pastor Eichstädt hatte ein Ruder ergriffen und arbeitete, daß ihm Hände und Arme schmerzten. Ein Brecher nach dem andern rollte über ihn weg; er war naß bis auf die Haut. Sein Hut war schon längst vom Sturm weggerissen worden; nun flog sein nasses Haar ihm wirr um die Stirn. Er merkte von allem nichts, biß die Zähne aufeinander und arbeitete keuchend weiter. Sie mußten es zwingen, sie wollten und mußten es zwingen!

Und sie zwangen es.

Mehr als zwei Stunden waren sie unterwegs, als sie endlich vor Ipkenswarft ankamen. Von der Leeseite steuerten sie das Haus an, da war leidlich Schutz.

Es war schon dunkel geworden, als sie ankamen; aber doch sahen sie die Verwüstungen, die das Wasser angerichtet hatte.

Herrgott, wie sah die Warft aus!

Die Westmauer war zerbrochen, die Wellen brachen herein und rauschten durch Stuben und Kammern, alles niederreißend, alles zerstörend.

Da brauchten sie niemand zu suchen, dort konnte sich kein lebendes Wesen aufhalten.

„Sie wird auf dem Boden sein, Herr Pastor."

„Jawohl! Können wir durchs Haus?"

„Nein, das geht nicht. Die Treppe wird schon weggerissen sein. Wir müssen durch die Bodenluke. Lang mal den Haken her, Jan – und nun vorwärts!"

Sie schoben das Boot ganz an die Ostmauer, schlugen die Haken ins Gebälk und hielten sich fest, damit sie nicht abgetrieben wurden. Auf und nieder sprang das Boot, als wollte es in die Luke hineinspringen.

„Ich will hinauf!“ entschied Pastor Eichstädt, „helfen Sie mir.“

„Sie, Herr Pastor?“

„Ja, wer denn sonst? Sie in Ihrem Ölzeug können nicht hinaufklettern, müssen auch das Boot halten. Und nun vorwärts.“

Das Boot tanzte und stampfte, hoch hinauf, tief hinab.

Als es wieder einmal wie ein bäumendes Roß stieg, sprang Eichstädt zu, packte die offene Luke und schwang sich hinein.

Eine weiße Gestalt lag lang ausgestreckt auf dem Boden, hob sich, streckte entsetzt beide Hände zur Abwehr aus, stieß einen gellenden Angstschrei aus und schlug dann wieder lang hin.

Eichstädt stürmte auf sie zu, kniete vor ihr nieder, hob ihren Oberkörper auf, strich ihr das dunkle, gelöste Haar, in dem noch eine gelbe Rose hing, zurück und flüsterte hastig:

„Dagmar! Dagmar! Komm zu dir! Ich bin es. Du bist gerettet. Wir sind hier mit dem Boot, um dich heimzuholen. So komm doch zu dir!“

Sie hörte seine Worte und verstand nicht, was er sagte. Sie sah ihn mit starren Augen an und wußte nicht, wen sie sah. Sie meinte, der Tod stünde vor ihr, um sie in die Tiefe zu holen, und schlug beide Hände vor das Gesicht und schrie wieder gellend auf.

„Dagmar, Dagmar, komm zu dir! So hör' mich doch! Sei mutig und stark, und komm. Die Flut braust schon durchs Haus, wir müssen eilen. Komm, Dagmar!“

Sein Zureden nützte nichts, Dagmar blieb liegen, noch immer die Hände vor das Gesicht gepreßt, und rührte sich nicht.

Peter Dirksen und Jan Behrend schrien herauf, ob er das Fräulein nicht finden könne. Er solle sich beeilen; denn eben habe die Flut die ganze Seitenwand eingerissen, und das ganze Haus stünde fast nur noch auf den Grundpfählen.

Da galt kein langes Zureden und Besinnen. Er bückte sich nieder, schlang seine Arme um Dagmar, hob sie hoch und trug sie zur Bodenluke. Wie leblos hing sie in seinen Armen. Nur als sie in der Bodenluke standen und der Wellenschaum zu ihr hinaufspritzte, klammerte sie sich plötzlich fest an ihn. Vorsichtig löste Eichstädt seine Arme und ließ Dagmar auf die Füße gleiten.

„Halt dich, Dagmar! Halt dich!"

Dann beugte er sich aus der Luke und rief:

„Paßt auf! Ich lasse sie herab."

„Halt! Ich will ein Tau hinaufwerfen!"

Die Trosse flog herauf, Eichstädt schlang sie um Dagmars Brust.

„Sei mutig, Dagmar. Wir wollen dich ins Boot hinablassen."

Mit dem Rücken gegen die Wand gelehnt stand sie da und stierte den Mann an, der das Tau um ihre Brust schnürte und mit ruhigen, milden, aber festen Worten zu ihr sprach.

Und auf einmal wußte sie, wer vor ihr stand.

Auf einmal erkannte sie ihn, ergriff seine rechte Hand, küßte sie mit kalten Lippen und flüsterte:

„Mit dir, Karl, gehe ich ans Ende der Welt. Ich meinte, der Tod sei zu mir getreten. Nun weiß ich, daß du es bist, und nun mache mit mir, was du willst."

Er entriß ihr seine Hand, strich ihr über die nasse Stirn und sprach ihr Mut zu.

„Komm, Dagmar."

Sie schwang sich aus der Luke, er hielt das Tau und ließ es langsam gleiten, bis er sah, daß Peter Dirksens Hände Dagmar Rosenlund festhielten und ins Boot hoben.

„Binden Sie das Tau im Haken fest. Ich halte hier fest, so kommen Sie am sichersten herunter."

Eichstädt folgte dem Rat, und kurze Zeit darauf war auch er sicher im Boot.

Die Taue wurden gekappt, und wie ein Sturmvogel schoß das Boot dahin.

Peter Dirksen stand am Steuer und rief Pastor Eichstädt, der neben ihm stand, zu, ob er nicht mit nach seiner Warft wolle.

Der Pastor lehnte es ab, er wolle ganz bestimmt auf der Kirchwarft bleiben; Fräulein Rosenlund solle mit ihm.

„So, so, das Fräulein auch!"

Der Wind riß Peter Dirksen die Worte vom Mund. Er wunderte sich, daß Fräulein Rosenlund im Pastorat bleiben sollte, hatte er doch selbst vor einigen Tagen Inge nach Westeroog gefahren, und, soviel er wußte, war sie noch nicht wieder hier. Aber das ging ihn nichts an. Er hatte heute seine Pflicht getan, für den Rest mochten seinetwegen andere sorgen.

Eichstädt schien seine Gedanken erraten zu haben, brachte seinen Mund nahe an Peter Dirksens Ohr und rief, daß es besser sei, wenn die Fremde in eine ihr bekannte Umgebung käme. Das Pastorat kenne sie, und das Dienstmädchen würde schon für Kleidung und Essen und Pflege sorgen.

Der Schiffer nickte, ohne sich umzusehen. So ganz unrecht schien der Pastor nicht zu haben.

„Wülln de Kirchwarft anlopen!" brüllte er durch den Sturm zu Jan Behrend hinüber.

Der hatte die ganze Zeit in tiefem Sinnen gestanden und durch Schaum und Gischt immer zu Pastor Eichstädt hinübergestarrt. Dem Manne hatte er unrecht getan, und das wurmte ihn. Der hatte heute seinen Mann gestanden! Das sollte ihm erst mal einer nachmachen. Der Pastor schien doch ein ganzer Kerl zu sein. Wahrhaftig, dem hatte er unrecht getan; und nun grübelte er darüber nach, wie er alles wieder gutmachen konnte, und wußte es nicht besser zu machen, als daß er bei der Kirchwarft aus dem Boot in die klatschenden Wellen sprang, den Pastor mit beiden Armen packte und aufs trockene Land trug.

„Herr Pastor", sagte er treuherzig, „ich werd' wieder Kirchendiener. Sie sind doch ein Halligpastor, wie er sein soll. Was ich gegen Sie gesagt hab', das nehm' ich allens zurück. Sie gehören zu uns. Adieu! Lassen Sie sich's man gut bekommen."

Dann stapfte er wieder davon, trug Dagmar ans Land und schritt, ohne sich umzusehen, wieder zum Boot zurück.

Eine Viertelstunde später waren sie zu Hause und in Sicherheit.

„Na, Jan, du seggst ja gar nix."

„Ja, Peter, dat will ik di seggn, de Preester is doch ein ganzen Kerl! Verdammi noch mal."

*

Pastor Eichstädt hatte die zitternde Dagmar ins Haus geführt.

Drinnen war es schon ganz dunkel, nur in der Küche brannte Licht. Dort saß das Mädchen und las in ihrem Gesangbuch das lange „Gebet in Sturm und Wassersnöten“ und sprang mit einem Schrei hoch, als die beiden nassen Menschen ins Haus kamen.

Dagmar war todmüde und konnte sich kaum noch auf den Beinen halten. Die wasserschweren Kleider hingen ihr wie eine ungeheure Last, und sie wäre zusammengesunken, wenn Eichstädt sie nicht gestützt hätte.

„Bringen Sie das Fräulein in die Kammer und holen Sie aus dem Schrank meiner Frau trockene Kleider, und machen Sie das Bett auf.“

Er selbst zog sich schnell um und bereitete selbst den Tee, zündete seine Arbeitslampe an und heizte den Ofen.

Nun ging er im Zimmer hin und her.

Nach einiger Zeit kam das Mädchen herein.

„Bringen Sie dem Fräulein Tee hinauf.“

„Das ist nicht nötig, Herr Pastor, Fräulein schläft schon. Sie ist gleich eingeschlafen.“

Dann ging sie.

Pastor Eichstädt war wieder allein.

In seinen Ohren lag noch immer das brüllende Heulen des Sturms und das donnernde Krachen der rollenden Wogen. Er sah auch mit geschlossenen Augen all die Bilder des Schreckens, die sich ihm draußen dargeboten hatten, und es war ihm, als säße er noch im Boot und würde von der See hin und her geworfen.

Das Mädchen brachte ihm das Abendbrot herein, aber er mochte nicht essen. Eine furchtbare Abspannung und Müdigkeit war plötzlich über ihn gekommen. Er lehnte sich im Sofa zurück und merkte, daß er sich Gewalt antun mußte, um nicht einzuschlafen. Im Hin- und Hergehen kämpfte er gegen den Schlaf; als aber alles nichts half, ging er zu Bett.

Der Sturm heulte ums Haus, die Wogen tanzten an der Warft vorbei, Schiffstrümmer wälzten sich vorüber in krachendem Taumeltanz; – hier im Hause war es ruhig und sicher, hier schliefen zwei müde Menschen der Stunde der Freiheit und des Friedens entgegen.

Und der Friede kam.

Die See kenterte und trat zurück.

Hohlebbe stand draußen hinter der Halligkante.

Wohl waren die Fennen naß und schlammig, weithin von Muscheln und Seetang überdeckt; aber keine Welle sprang mehr auf sie hinauf, ruhig dünte weit draußen die See.

Die Morgensonne stieg hell und blank aus dem Wattenmeer herauf und lag warm und freundlich auf den verwüsteten Warften. Alle Warften hatten stark gelitten, doch keine so sehr wie die niedrige Ipkenswarft: dort standen nur noch zwei Mauern und das sturmzerzauste Dach.

Die Halligleute besuchten sich gegenseitig und besahen die angerichteten Schäden.

Als Pastor Eichstädt erwachte, lag seine ganze Kammer voll Sonne.

Schnell sprang er aus dem Bett, kleidete sich an und ging in seine Stube.

Der Kaffeetisch war gedeckt; aber Dagmar war noch nicht da.

Das Fräulein sei schon auf, sagte das Mädchen.

Da stellte er sich ans Fenster und wartete.

Nach einer Weile hörte er ihren leichten Schritt die Treppe herabkommen, und er wandte sich um.

Auf dem Flur hielt der Schritt einen Augenblick an und kam dann wieder näher.

Ein leises Klopfen an der Tür – Dagmar trat ein.

Sie war totenblaß, ihre Augen waren dunkel und müde.

Schlaff lehnte sie sich gegen den Türpfosten, ließ die Arme kraftlos herabhängen, senkte den Kopf und schloß die Augen.

Es war so still, daß man ihren Atem gehen hörte.

Ein Falter, der sich vor dem Sturm ins Haus gerettet hatte, flog flügelschlagend gegen die Fensterscheiben, und von weit her hörte man den Ruf eines Halligmannes, der drunten am Priel das angetriebene Strandholz aufschichtete.

„Dagmar."

Ganz leise kam das Wort durch die Stille.

Da hob Dagmar den Kopf und sah mit großen, traurigen Augen auf.

„Dagmar!“

Es klang lauter, und Eichstädt streckte die Arme vor und ging auf Dagmar zu.

Mit einem Schrei lief sie ihm entgegen und barg ihr Haupt an seiner Brust.

„Dagmar! Dagmar! Was zitterst du so? Was macht dich so bange?“

Kein Wort konnte sie hervorbringen, glitt an ihm herunter, lag vor ihm auf den Knien, faltete die Hände im Schoß, sah zu ihm auf und bettelte:

„Karl, laß mich fort! Ich kann es hier draußen nicht mehr aushalten. Die letzte Nacht – es war zu schrecklich! Laß uns fort! Wenn du mich wirklich lieb hast, so laß uns fort, heute noch fort.“

„Dagmar, steh auf! Komm, setz dich!“

Er hob sie empor und führte sie zu einem Stuhl, legte seine Hand auf ihren Kopf und sah sie lange an.

„Dagmar, arme Dagmar! Was hast du alles gelitten! Beruhige dich und laß uns alles Kommende in Ruhe bedenken und bereden.“

„Was sollen wir noch lange bedenken und überlegen! Ich halte es nicht länger aus und weiß nur das eine, daß ich fort muß, heute oder morgen, nach Hause, nach Hamburg, zu meinem Vater. Komm mit, Karl! Bring mich hinüber.“

Als er immer noch schwieg, ergriff sie seine Hand, streichelte darüber hin und flüsterte mit ängstlicher Stimme:

„Oder hast du mich nicht mehr lieb? Sag' es ruhig, Karl, wenn du mich nicht mehr lieb hast. Kein Wort des Vorwurfs soll dich treffen; ich werde dich still verlassen und dennoch dich segnen und dir danken.“

Sie blickte zu ihm auf und sah, wie es in seinem Antlitz arbeitete und wie seine Lippen zuckten. Alles in ihm drängte nach ihr hin, die bittend vor ihm saß und nach seiner Liebe verlangte, nach seiner Liebe bangte und schrie. Kein Wort konnte er herausbringen; denn vor seinen Augen stand plötzlich Jan

Behrend, und vor seinen Ohren klangen plötzlich die Worte, die dieser gestern abend gesagt hatte, als sie auf der Kirchwarft gelandet waren. Der hatte in den paar harten Worten nicht nur seine eigene, sondern auch die Seele der ganzen Hallig offenbart, als er ihm die Hand reichte und sagte: „Sie sind doch ein Halligpastor, wie er sein soll! Sie gehören zu uns!" Er konnte das Bild nicht verscheuchen noch die Worte stumm machen, und stand und blickte über Dagmar hinweg ins Leere.

„Karl", begann sie wieder, „sieh nicht so stumm und starr vor dich hin. Sag' es mir, daß du mich liebst, oder daß deine Seele nicht mehr bei mir ist. Sag' es mir! Ich werde dir nicht zürnen, wenn ich dich auch trotzdem bitten muß, mich bis auf das Festland hinüber zu geleiten. Das mußt du tun. Mein Herz ist noch so voll von Angst, daß ich allein nicht übers Wasser fahren kann. Karl, hörst du mich? Karl."

Weich und schmeichlerisch klangen ihre Worte und zwangen ihn, daß er vor ihr auf die Knie niedersank, seine Arme um ihren Leib schlang und den Kopf in ihren Schoß barg.

„Dagmar! Dagmar!"

Sein ganzer Körper zitterte und bebte, und wie ein Schluchzen klang seine Stimme.

Unter ihren Händen, die sacht über sein Haar glitten, wurde er ruhiger, hob sein Antlitz und sagte mit feierlichem Ernst:

„Dagmar, sprich nicht so zu mir. Du weißt ja, daß ich dich lieb habe, lieber als alles auf der Welt. Aber du weißt auch, daß ich nicht frei bin, daß ich mit starken, den stärksten Fesseln gebunden bin."

Sie wußte, was er meinte, zuckte leicht zusammen und schloß die Augen, während er leise sagte: „Ich weiß es, Karl, und ich zwinge und quäle dich nicht."

„Nein, nein, Dagmar, so meine ich es nicht. Hör' mich an, einen Augenblick nur. Ich denke nicht nur an das Band, das mich vor der Welt mit Inge verbindet, sondern fast noch mehr an ein anderes. Inge weiß alles, sie hat mich schon vor einigen Tagen verlassen und ist zu ihren Eltern zurückgegangen. Ich glaube", fügte er leise hinzu, „sie hat nicht viele Stunden des Glücks an meiner Seite gehabt; wir verstanden uns nicht, und unsere Heirat war ein übereilter Schritt. Aber das andere, Dagmar!"

Er stand auf und ging mit langen Schritten im Zimmer hin und her; ihre Augen folgten ihm.

So hatte sie ihn oft, oft die Stube durchmessen sehn, wenn sie stundenlang mit ihm geplaudert oder gestritten hatte, während Inge drüben im Stuhl neben dem Beilegeofen saß oder draußen in der Küche hantierte. Dann waren oft Minuten vergangen, bis er sich innerlich klar geworden war und weitergesprochen hatte.

Sie sah ihm auch jetzt zu, folgte ihm mit ängstlichen Augen und wagte kein Wort zu sprechen.

„Ja, das andere!" kam es endlich schwer aus ihm heraus. „Wir haben hier so oft darüber gesprochen, Dagmar. Du weißt, mit welchen Plänen und Zielen ich hergekommen bin. Und nun, Dagmar? Und nun? Die Peitsche habe ich über ihren Häupten geschwungen, weil ich sie zwingen wollte ins Reich Gottes; Mensch, Mensch, und immer nur Mensch sein und bleiben wollen; weil sie nur ihr Herz, ihr eigenstes menschliches Inneres als Richter und Richtschnur anerkennen wollten, weil sie dem da drüben auf Westeroog nachliefen, der ihnen predigte: ‚Seid Menschen, dann seid ihr auch Gottes Kinder.'"

Und nun?

Er lief wieder hin und her und sah nicht, wie sie sich unter seinen Worten wand.

„Und nun, Dagmar? Nun steh' ich selbst da, fragte nicht nach Gott und Welt und Pflicht, sondern nur nach mir. Was mein Herz will, ist mir Pflicht, obschon es nach all der von mir vertretenen und gepredigten Anschauung Sünde und himmelschreiendes Unrecht ist – von mir begangen, wohl die schwerste Sünde im Himmel und auf Erden. Ja, ja, so ist es!"

Dagmar war totenblaß, als sie aufstand und zur Tür ging.

„Steht es so mit dir, Karl", sagte sie bitter, „steht es so mit dir, dann, ja dann –"

Schon legte sie die Hand auf den Türgriff, da faßte er sie an der Schulter und schrie es heraus:

„Dagmar! Dagmar! Versteh mich doch."

„O, ich verstehe dich wohl", antwortete sie und schob seine

Hand von ihrer Schulter, „dir ist das andere, deine Stellung vor der Welt, lieber als ich. Ich verstehe dich wohl, und ich zürne dir nicht darum. Aber nun laß mich. Keine Stunde mehr bleibe ich hier, noch heute will ich fort. Du brauchst auch nicht mitzufahren, ich finde schon allein hinüber."

Er schüttelte den Kopf hin und her.

„Dagmar! Dagmar! Versteh mich doch. Ganz anders meine ich es. Ich kann nur nicht dieses Unklare, Unfertige ertragen. Wo stehe ich denn? Nicht hier, nicht da. Laß mir Zeit, erst hier alles zu lösen, laß mich erst überall frei sein. Dann komme ich zu dir. Ich muß erst los sein, auch von meinem Amt los sein."

„Ja, bist du das denn noch nicht?"

„Äußerlich nicht. Und ob ich es innerlich bin, weiß ich selber kaum. Ich habe dich so lieb, Dagmar, so lieb! Aber laß mich erst frei sein! Dieser Zustand drückt erstickend auf meine Liebe."

„Wirf doch von dir, was deine Liebe kettet."

„Und dann?"

„Dann geh mit mir, nach Hause."

„Dagmar! Nein, nein! So nicht!"

In diesem Augenblick ging Jan Behrend unter den Fenstern vorbei, kratzte auf dem Scheuereisen vor der Tür seine Stiefel umständlich von Klei und Schlamm rein und trat stampfend auf den Flur. Gleich darauf klopfte er an und trat ein.

„Tag, Pastor! Tag, Fräulein! Ich wollte man sagen, ob wir nich mal nach Ipkenswarft rüberwollen, wie es da aussieht. Da sind doch wohl noch Sachen zu holen, und da wollt' ich bei helfen."

„Nein, nein", fuhr Dagmar hastig dazwischen, „das lassen Sie nur, das ist doch alles hin und nutzlos und verdorben."

„Aber die Kleider?"

Sie sah an sich herab und wurde nun erst gewahr, daß sie Inges Kleider trug, was sie ganz vergessen hatte.

„Ach ja", sagte sie und lächelte müde, „die muß ich wohl holen, die stehen in der Truhe auf dem Boden und werden wohl noch gut sein. Ich will gleich mitgehen."

„Das lassen Sie man lieber, Fräulein, das ist ein böser Weg

dorthin. Wenn Pastor mitgehen will, damit ich nicht allein in den fremden Sachen herumwühle."

Pastor Eichstädt war bereit.

Bevor die Männer auf die Warft hinaustraten, war Dagmar wieder bei ihnen.

„Jan Behrend, können Sie mich noch heute nach Pellworm fahren? Ich will fort!"

Er drehte sich lächelnd nach ihr um.

„Haben Sie Bange gekriegt, Fräulein? Ja, ja, so 'n Sturmflut ist doch ein bißchen schlimmer, als die Festländer immer meinen. Aber mit dem Fahren kann nichts werden, heute nich. Wir haben schon ablaufendes Wasser. Aber morgen früh."

„Schön, dann morgen früh. Um welche Zeit?"

„Um sechs."

Dann gingen die beiden. — — —

Auf der Ipkenswarft waren alle Stuben zerstört, Tische und Stühle zerschlagen, die Schränke umgestürzt. Es war ein trostloser Anblick. Die Bodentreppe stand noch. Sie stiegen hinauf, trugen gemeinsam die Truhe hinunter, legten sie auf die Karre, und dann fuhr Jan Behrend los.

Pastor Eichstädt blieb droben auf der Warft bei dem zerrissenen, tangbedeckten Gartenwall stehen und blickte ihm nach.

Still und ruhig lag die Hallig vor ihm, friedlich blinkte weit draußen die See.

Aber in ihm gingen die Gedanken wie wilde Sturzwellen und wollten nicht zur Ruhe kommen. Ein paarmal dachte er daran, daß es das Beste gewesen wäre, wenn er in der vergangenen Nacht auf der Sturmfahrt von den Wellen verschlungen worden sei, dann hätte alles ein Ende gehabt.

Er konnte seiner und der Liebe Dagmars nicht froh werden. Immer stand das Unklare und Verworrene vor ihm, und mit Grauen sah er dem Kommenden entgegen. Hier war er fertig, das wußte er, fertig in dem Augenblick, in dem er festen Fuß gefaßt zu haben schien. Was sollte die Zukunft bringen?

Wieder nahm er den Entschluß auf, zum Konsistorium zu gehen. Ja, das wollte er tun. Er wollte dort persönlich seine Sache darlegen, persönlich bitten, ihn von seinem Amt zu entbinden, und dann plötzlich versuchen, seinem Leben neuen Inhalt zu geben. Nicht wie ein Dieb wollte er davonlaufen, nicht wie ein Verbrecher gejagt werden, sondern frei und öffentlich den letzten Schritt tun. Er mußte es tun, um vor sich selber Ruhe zu finden, um ganz klar zu werden.

Morgen wollte er fort. Bis nach Husum konnte er mit Dagmar reisen. Dort wollte er von ihr Abschied nehmen, um erst dann ihr wieder gegenüberzutreten, wenn alles geregelt und er in einem neuen Beruf sein eigener Herr geworden war.

Glücklich über seinen Entschluß und über die Ruhe, die der Entschluß ihm gab, ging er heim.

Unterwegs begegnete er Lehrer Hansen und sagte ihm, daß er morgen früh fahren werde.

„Und nicht wahr, lieber Herr Hansen, es bleibt bei unserer Abmachung?"

„Gewiß! Selbstverständlich! Wann kommen Sie wieder?"

Pastor Eichstädt sah dem alten Mann mit einem seltsamen Blick in die blauen Augen, drückte ihm warm die Hand und antwortete:

„Ich weiß es nicht. Leben Sie wohl und grüßen Sie Ihre Frau."

Dann ging er.

*

Am andern Morgen holte Jan Behrend ihn und Dagmar Rosenlund ab.

Der Tag war trübe. Dicke Nebelschwaden schleppten sich über die Fennen und hüllten die Warften dicht und schweigend ein.

Jan Behrend ging, die Karre schiebend, rasch vorauf und war bald im Nebel verschwunden; nur das Knarren und Quietschen des Rades bezeichnete den Weg, den er ging.

Eichstädt und Dagmar folgten ihm.

Sie sprachen kein Wort miteinander.

Dagmar war mit allem einverstanden, was er beschlossen hatte, oder sie tat wenigstens so; ihr Herz aber blieb schwer.

Das Boot lag weit draußen, denn die Flut war noch nicht da.

Pastor Eichstädt setzte sich an der Kante nieder und begann, Stiefel und Strümpfe auszuziehen, um hinüberzuwaten. So war es ja immer hier, und heute tat er es zum letztenmal.

„Ne, lassen Sie man, Fräulein", brummte Jan, als er sah, daß auch Dagmar sich setzte, „ich trag' Sie rüber."

Er nahm sie in seine Arme und ging mit ihr in den Nebel hinein an das Boot, dessen Rumpf sich schwach abhob.

Eichstädt sah ihnen nach. Dann blickte er sich um, nach der Hallig zurück. Zum letztenmal. Ein schmerzliches Gefühl stieg in ihm auf. Wie im Fluge schossen die Tage vorbei, die er hier verlebt hatte, Freud und Leid, Kampf und — — ja, und Niederlage. Denn es war doch so: er floh, floh vor sich und allem, was er hier hatte bauen wollen.

Ein feines Klingen kam herüber — die Knaben läuteten droben auf der Kirchwarft die Morgenglocke.

Da stöhnte Pastor Eichstädt tief und schwer auf. Es war ihm, als wolle die Glocke ihn rufen und halten, als schlüge sie mit tausend Hämmern gegen sein Herz.

Wie sie rief! Wie sie klang!

Nun noch drei langsame, hallende Schläge.

Dann war es wieder still.

Den Kopf tief auf die Brust gesenkt, so schritt Eichstädt über das Watt an das Boot, stieg ein und sagte tonlos:

„So, Jan Behrend, nun fahren Sie, wenn Sie den Weg durch den Nebel finden können."

„Durch den Nebel? Haha! So leicht verirrt uns der Nebel nicht, Herr Pastor."

Er hatte recht, meinte Eichstädt für sich; diese Leute waren fest und sicher, die fanden ihren Weg auch durch Nebel und Nacht. Die waren anders als er.

Ganz vorn im Boot saß Dagmar Rosenlund. Sie hatte sich so gesetzt, daß das Segel zwischen ihr und den anderen stand. Pastor Eichstädt saß neben Jan Behrend.

Leise drängte sich der Wind gegen die Segel und trieb das Boot über das Meer.

Der Nebel stieg, und im Osten, über dem Festland, zeigte sich ein heller Streifen.

„Die Sonne kommt noch durch, Herr Pastor. Dann kriegen wir 'ne schöne Heimfahrt."

Wohl eine Minute verging, bevor Eichstädt antwortete.

„Ich fahre nicht mit zurück."

„So? Ein bißchen nach'm Festland?"

„Ja."

„Is auch einsam hier draußen bei uns. Da muß man mitunter mal rüber, sag' ich immer. Unsereins is ja lange auf See gefahren und kennt es, so allein zu sein. Aber doch is es 'ne Freude, wenn man mal an 'n Deich kommt."

Da Pastor Eichstädt schwieg, fuhr er redselig fort:

„Wie geht's Frau Pastor? Is ja wohl auf Westeroog, hab' ich man gehört. Ja, ja, die Inge, was unser Pastorfrau is, die is noch ganz wie unserein, kein Stolz und Hochmut. Da hat Pastor einen guten Griff getan, ja, ja. Wann kommt Pastor wieder?"

„Ich weiß es nicht."

Dabei wandte er sich ab und blickte in das gurgelnde, glucksende Wasser, das am Boot vorüberrauschte.

„Lehrer Hansen kann es ja auch leicht am Sonntag machen, der kennt es ja von all den Monaten her, wo kein Pastor hier war. Aber kommen Sie man bald wieder! Wenn ich daran denke, is es doch sonderbar. Erst konnte ich Sie gar nicht leiden, und die andern auch nich. Aber nu wissen wir, was wir haben. Und Sie sollen sehen, wenn Sie wieder da sind, da is die Kirche voll, ganz voll, bis auf den letzten Platz. Ich weiß Bescheid, ich hab' gestern auf der Hallig mit allen gesprochen, un die meinten auch alle: Unser Pastor, das is 'n Kerl."

So schwatzte er weiter, während der Rauch aus seiner kurzen Pfeife vom Winde vertrieben wurde und das grüne Pellworm höher und höher emporstieg. Er merkte es gar nicht, daß er der einzige an Bord war, der sprach.

In Pastor Eichstädt aber weckten seine Worte wieder den alten Kampf. Er hörte aus all den Reden nur immer den einen Ruf: Bleib hier! Du darfst nun nicht von uns gehen, nicht so von uns gehen, nachdem wir dir eben unser Herz geschenkt haben. Du darfst uns nicht wieder irremachen.

Es half ihm nichts, daß er sein Ohr den Stimmen verschloß,

sie klangen in seinem Innern, klangen und wollten nicht schweigen, sondern riefen und mahnten immer lauter und dringender.

Hatten sie unrecht? War es nicht ehrlicher, wenn er zurückkehrte und am kommenden Sonntag vor der ganzen Gemeinde seine Absicht kundgab? War das nicht erlösender?

Dann schied er zwar wohl wie ein Unterlegener, ein Besiegter; aber aufrecht durfte er davongehen. Was er jetzt vorhatte, war doch im letzten Grunde eine feige Flucht; er floh, weil er sich fürchtete, all den Leuten zu sagen: Seht, so war ich, so bin ich geworden, und so stehe ich heute vor euch. Ich habe kein Recht dazu, vor euch zu stehen, darum gehe ich!

Ja, das war offen und ehrlich. So war er auch noch als Besiegter ein Sieger.

Dieser Weg war der rechte und er wollte ihn gehen.

Er erhob sich von seiner Bank, ging nach vorn und setzte sich neben Dagmar, sah sie lange an und sagte:

„Dagmar, wonach sehen deine Augen?“

„Nach dem festen Lande.“

„Wir sind auf dem Wege dahin. O Dagmar, bald werden wir das Land grüßen, bald sind wir da!“

Sie freute sich über den warmen Ton in seiner Stimme, drückte ihm die Hand und sagte:

„Du siehst so fröhlich aus, Geliebter.“

„Weil ich es bin, im tiefsten Herzen bin, liebe Dagmar. Nun, von dieser Stunde an weiß ich, daß wir festes Land finden werden und auf dem richtigen Wege dahin sind. O du, sieh, wie hell die Sonne über den Wellen liegt. So soll sie auch über unserem Leben strahlen.“

„Ja, Karl, und wir wollen ihren Glanz hüten.“

Einen Augenblick später legte das Boot an.

Jan Behrend trug das Gepäck zum Postwagen, der durch die Insel bis zur Anlegestelle der Dampfer fuhr, die zum Festland segelten, verabschiedete sich und segelte gleich wieder zurück.

Eichstädt und Dagmar standen am Strande und sahen ihm lange nach.

Dann gingen sie auf dem Deich entlang nach Osten.

Die See rauschte, die Lerchen sangen, und von den Inselwiesen kam der süße Hauch der zweiten Heumahd.

Über die ganze Insel ging ihr Blick. Wohin sie sahen, nichts als Frieden und Glück.

Und in all die Stille klang Pastor Eichstädts Stimme und sprach lange, lange und eindringlich.

Als er schwieg, stand Dagmar still, legte ihm beide Arme um die Schultern und sagte ernst und feierlich:

„So tu es, Karl. Ich glaube an dich, und ich warte dein. Tu es, damit du dir selber treu bleibst. Und wisse, Karl, von heute an habe ich dich noch viel viel lieber."

„Du Gute! Du Herrliche!"

Arm in Arm gingen sie zum Dampfer.

Er brachte sie bis ans Schiff, gab ihr noch einmal die Hand und sah ihr tief in die Augen.

„Leb' wohl, Dagmar!"

„Leb' wohl, Karl!"

Dann sprang er zurück aufs Bollwerk und stand da und blickte dem Dampfer nach, bis nur noch eine schwarze Rauchfahne am Himmel zu sehen war.

*

Zwei Stunden später stand er wieder an der Stelle, wo Jan Behrends Boot gelegen hatte.

Die Flut hatte sich verlaufen, die Ebbe kam.

Hinter dem Deich lag eine Wirtschaft; dort kehrte er ein und erkundigte sich, wann ein Boot nach Hoogeroog hinübersegle.

„Heute nicht mehr, das Postboot ist schon früh gefahren, und hier sind heute auch keine Boote, da alle mit Seehundsjägern draußen sind."

„Kann ich nicht zu Fuß hinüber?"

Es drängte ihn plötzlich, so schnell wie möglich hinzukommen; er wußte selber nicht, warum.

„Ja, ich weiß nicht", gab der Wirt zögernd zurück; „es geht ja wohl, aber der Weg ist nicht leicht zu finden, er geht hinter den Buschbaken her in großem Bogen bis ganz nach der Nordostecke von Hoogeroog."

„Dann will ich's versuchen."

„Ich rate dringend ab."

„Das Wetter ist ja ruhig und sichtig."

„Trotzdem."

Pastor Eichstädt achtete nicht weiter auf den Einwurf, sondern zahlte und ging.

Trocken und eben lag das weite, graue Watt vor ihm. Groß und klar standen die Buschbaken darin und bildeten die Fährte weit hinaus nach Norden.

Die wiesen ihm den Weg. Dahin mußte er gehen. Rüstig schritt er vorwärts, ohne sich umzuschauen. Sein Blick war nur immer geradeaus gerichtet, dem Ziel entgegen, dem endlichen Frieden zu.

Er rechnete aus, wie lange es dauern würde, bis er drüben war. In drei Stunden hoffte er da zu sein. Oft war er der Hallig so nahe, daß er deutlich die Heckpfähle erkennen konnte; aber ein breiter Strom zog sich reißend zwischen ihm und seinem Ziel hindurch. Erst weit, weit nach Norden wurde er schmal und flach; da konnte man ihn durchwaten.

Nur immer an den Baken entlang, immer diesen sicheren Weisern folgen.

Er ging und ging.

Das Watt wurde schlüpfriger und weich.

Sollte die Flut schon wiederkommen?

Nein, das war nicht möglich, so weit war es noch nicht.

Aber was war das?

Wo war hier der rechte Weg?

Die Bahn verzweigte sich, nach drei, vier Richtungen hin führten die Baken.

Wo war der richtige Weg?

Er stand still und überlegte.

Weit hinter ihm lag Pellworm, und wie ein dünner, dunkler Streifen lag ganz fern im Osten das Festland, während drüben im Westen die Hallig grüßte.

Nach allen Richtungen führten die Baken. Er würde den rechten Weg schon finden, und schritt aufs Geratewohl drauflos.

Nach einer halben Stunde hatte er sich festgelaufen. Es ging nicht weiter, ein breiter Strom lag vor ihm.

Da hieß es umkehren und einen neuen Weg suchen.

Die Zeit verrann, Viertelstunde um Viertelstunde verging – wo war der rechte Weg?

Wieder schlug er eine andere Richtung ein und lief und lief.

Wieder war es vergebens. Er konnte nicht weiter.

Der Schweiß perlte in Strömen von seiner heißen Stirn.

Immer schlüpfriger wurde der Boden. Manchmal sank er bis an die Knie in den Schlick und schleppte sich mühsam wieder heraus.

Und nun kam die Flut!

Ein Singen, Surren, Rieseln ringsum.

Weit und breit war das Watt blank.

Es stieg und stieg.

Da kroch ihm die Angst ans Herz, und er rannte wie von Furien gepeitscht über das Watt.

Laut klatschte das Wasser an ihm empor.

Wo war die Furt?

Herrgott! Wo war die Furt?

Hier nicht und dort nicht – nirgends.

Vielleicht da!

Nein, da wurde das Wasser nur noch tiefer und tiefer.

Es stieg und stieg, langsam, langsam, aber immer mehr, immer mehr, kroch an ihm empor und schnappte nach ihm.

Drüben lag ein Wrackstück im Watt.

Er lief auf dasselbe zu, um sich darauf zu retten.

Aber die Flut holte ihn ein, stieg an ihm empor, bis an die Füße, bis an die Knie, bis an die Brust.

Er reckte sich hoch, warf den Kopf in den Nacken, um den Mund frei zu halten.

Aber das Wasser stieg und stieg.

Bis an den Hals kroch es, höher hinauf, bis an die Lippen.

Ein furchtbarer Schrei tanzte über die Wellen.

Zwei Arme reckten sich mit kralligen Fingern hoch empor.

Dann war alles still.

Und weiter rauschte und sang die rinnende Flut.

*

Jan Behrend stand auf seiner Warft und blickte durch sein Fernrohr, um die Sandbänke nach Seehunden abzusuchen.

Da sah er – und seine Arme ließen in jähem Entsetzen das Glas sinken –, da sah er einen Menschen draußen auf dem Watt umherirren. Der hatte eine falsche Bahn eingeschlagen, er sah es sofort. Das mußte ein Fremder sein, der das Watt nicht kannte. Wie er umherirrte! Wie er rannte! Da half kein Rennen und Schreien! Den packte der Tod und ließ ihn nicht wieder los.

Und er stand hier und konnte nicht helfen.

Keiner konnte helfen; denn in weitem, weitem Gürtel um die Hallig lag das Watt trocken. Zu Fuß hinüberlaufen war unmöglich, weil weit draußen der breite, tiefe Strom floß. Alle Boote lagen auf dem Trocknen. Bevor sie eins über den Schlick in den Strom schieben konnten, war der da draußen längst untergegangen.

Rettung war unmöglich. Und doch mußte sie versucht werden.

Er rannte um den Feething und brüllte nach Peter Dirksen:

„Peter! Peter! Dar is en Mann buten up't Watt! Und de Flot kümmt! Peter! Peter!"

Er wartete sein Kommen nicht erst ab, sondern holte Ruder und Haken aus dem Stall und lief an den Strand, wo sein Boot lag.

Hinter sich her hörte er Peter Dirksen in großen Sprüngen über Gräben und Fennen laufen.

„Wo is he, Jan?"

„Buten vör't Lei."

„Denn kriegen wi em nich mehr. Aber enerlei, wi wölln't versöken. Fat an!"

„Hü – ho! Hü – ho!"

Sie stemmten sich mit der Brust gegen das Boot und schoben keuchend vorwärts.

Das Boot hatte sich festgedrückt und festgesaugt und rührte sich kaum vom Fleck.

„Hü – ho! Hü – ho!"

Endlich gab es nach und glitt langsam und schwerfällig vorwärts.

Weiter draußen wurde das Watt weicher und nasser. Da ging es etwas schneller.

Aber die Kräfte erlahmten. Sie mußten oft innehalten.

„Kannst em noch sehn, Jan?“

„Ik weet nich.“

„Denn kriegen wi em nich.“

Dennoch schoben sie weiter.

Schon schlug das Wasser um ihre Beine.

„De Flot is dor. Lat uns versöken, to rojen.“

Eilig schwangen sie sich ins Boot, tauchten die Ruder ein und keuchten und stöhnten unter den raschen Schlägen.

Immer höher und höher stieg die Flut. Sie mußten gegen den Strom rudern. Hoch sprang das Wasser vor dem Bug auf.

„Kannst du em sehn, Jan?“

Der wandte sich hastig um.

„Ja, ik seh em. Bit an den Hals steiht he in’t Water.“

Weiter und weiter ging die wilde Fahrt.

Als Jan sich nach einer Weile wieder umblickte, war nichts mehr zu sehen.

Die ganze See lag blank vor seinen Augen.

Da ließ er die Ruder sinken, wischte sich den Schweiß von der heißen Stirn und sagte:

„Nu is he weg.“

Einen Augenblick war es ganz still.

Dann zogen die beiden ihre Mützen ab, und Peter Dirksen sagte leise:

„Denn hölp em Gott. – Denn is he verdrunken.“

Langsam trieb das Boot in der ziehenden Flut. Unberührt hingen die Ruder in den Dollen.

Nach langer Zeit meinte Peter Dirksen:

„Wer’t woll sien mag? Hest em nich kennt?“

„Ne, Peter. Aber lat uns hier ligg’n blieben, bit de Flot vorröver is. De Strom drifft em wedder her, un denn finnen wi em sach.“

Sie warfen Anker aus und blieben, bis die Ebbe kam.

Bei Hohlebbe sahen sie draußen am Rande des Stroms etwas Dunkles liegen.

„Dor liggt he!“

Eine halbe Stunde später waren sie bei ihm.

„Herr du mein Gott, uns Preester!“

Sie luden den Toten in ihr Boot und fuhren den Strom entlang, bis das Wasser wieder stieg.

Dann steuerten sie um die Hallig herum und in den großen Priel hinein, der zur Kirchwarft führte, hoben den nassen, beschmutzten Leichnam auf und brachten ihn ins Haus.

Peter Dirksen hatte auf seinem Boden einen Sarg stehen – für alle Fälle.

Den holten sie und legten Pastor Eichstädt hinein.

Jan Behrend sah noch einmal in das blasse Gesicht, und seine Stimme zitterte, als er sagte:

„Is schad, is jammerschad! Grad nu, wo he so'n richtigen Halligpreester wer.“

Wie ein Lauffeuer hatte sich die Nachricht auf der Hallig verbreitet. Nun kamen sie alle herbeigelaufen.

Der Sarg wurde in die Kirche getragen, die großen Kerzen angezündet, und Jan Behrend übernahm die erste Totenwache.

*

Am Tage darauf kam ein Boot von Westeroog herübergesegelt, darin saßen Pastor Pohnsen und Inge.

Wieder waren alle Halligleute in der Kirche versammelt und blickten stumm auf den Sarg.

Leise klang das Harmonium, als sie ihn hinaustrugen.

Pastor Pohnsen sprach lange und eindringlich.

Und als das Grab den Toten aufgenommen hatte und die Halligleute sich langsam zerstreuten, sagte er schlicht und warm zu Inge.

„Komm nun, Inge. Wir wollen heimgehen. Hier ist deine Heimat nicht mehr; sie war es vielleicht nie. Sei getrost. Vergiß, was der Tote an dir und sich selbst gefehlt hat. Wir alle sind Menschen, und er hat schwer gelitten im Kampfe mit fremden Mächten. Komm und versuch im alten Heim ein neues Glück zu finden, das Glück des Kindheitsfriedens. Du bist bei treuen Freunden."

Dankbar blickte sie zu ihm auf und gab ihm die Hand:

„Hab Dank!"

Dann fuhren sie wieder heim.

Hell lag die Sonne auf See und Sand.

Freundlich und gegen Sturm und Wetter geschützt tauchte Westeroog aus den Wellen.

Und als die beiden ans Land stiegen, sangen die Halliglerchen jubelnd in den blauen Himmel hinein.

„Hörst du, Inge, wie die Lerchen uns grüßen?"

Sie nickte stumm und blickte zur Höhe.

Dann aber ging sie schneller und schneller.

Ihre suchenden Augen hatten die alte Frau Pohnsen entdeckt, die mit gefalteten Händen und hoffnungsfrohen Augen droben am Gartentor des Pastorats stand.

„Inge, kleine Inge", sagte sie mit zitternder Stimme, als sie ihren Arm um sie schlang.

Lange standen sie so.

Pastor Pohnsen ließ sie und ging ins Haus; seine Augen leuchteten, als er die Schwelle überschritt.

Seine Mutter aber strich Inge übers helle Blondhaar und sagte warm:

„Inge, weißt du, was wir sagen, wenn jemand von drüben oder den Inseln zu uns kommt? Willkommen auf der Hallig! Und das sage ich in dieser Stunde auch zu dir, kleine Inge: Willkommen, tausendmal willkommen auf der Hallig!"

Ihre Stimme brach, sie konnte nicht weitersprechen, und die alten, guten Augen standen ihr voller Tränen.

Da preßte die junge Frau ihre warmen Lippen auf den Mund der alten Frau Pohnsen, und mit tiefem Schluchzen quoll es aus ihr heraus:

„Liebe, liebe Tante Pohnsen, wer ist je so gut zu mir gewesen wie du? Wie eine Mutter bist du zu mir!" –

Klingend sprang die See an die steinernen Uferdämme, hell rauschte die Brandung, und hoch durch den wundervollen Himmel flog ein silberweißer Schwan; seine großen Schwingen leuchteten wie Engelsfittiche.

Und weit und breit nichts als Stille und Frieden und trauliches Geborgensein.

Die beiden Frauen standen vor der Warft.

„Nochmals willkommen daheim!“

Leise schlug die Halligglocke an.

Pastor Pohnsen war selbst über den Kirchhof zum Turm gegangen und zog gläubig und feierlich die Abendglocke, daß ihr Friedensschall weit über See und Sand hinüberklang.

Kaum war der letzte Ton verklungen, da leuchteten rings in weiter Runde die ersten hellen Feuer auf, die stillen Feuer, die allen irrenden Schiffen den Weg zum Friedenshafen weisen.

ULISSES SPIELE

Achim Mehnert, 1961 in Köln geboren, hat bereits mehrere PERRY RHODAN- und ATLAN-Romane für die größte Science-Fiction-Serie der Welt beigesteuert. Neben seinem Lieblingsautor Philip K. Dick schätzt der langjährige COLONIACON-Mitveranstalter besonders William Voltz, Thomas Ziegler und Iain Banks. Ferner hegt der Autor eine große Leidenschaft für Rockmusik und ist Fußballanhänger – natürlich des 1. FC Köln.

Achim Mehnert

Die geträumte Welt

Erster Band der Polychora-Trilogie

Originalausgabe

Ulisses Spiele
Band US71034

Titelbild: Arndt Drechsler

Redaktion: Sabine Kropp
Lektorat: Michael Thiesen
Satz und Layout: Ralf Berszuck
Umschlaggestaltung: Ralf Berszuck

Besuchen Sie unsere Website *http://www.ulisses-spiele.de*

Printed in Germany 2012

ISBN 978-3-86889-168-3

Kleines Who is Who

Aliken Hantoon – ein weiblicher Korporal der Solaren Flotte entwickelt eine unerwartete Fähigkeit

Angen-Math – der eitragende Wanderer durch die Sphären spürt dem Rätsel seiner Herkunft nach

Atlan – der Arkonide findet sich als Zentralfigur einer Prophezeiung wieder

Berich Lursen – ein »Hoher« muss sich »Niederen« fügen

Buchanan Churl, Eigen Korth, Fyderus Ynster und Lars Roupol – vier Raumsoldaten begleiten Atlan durch eine Welt voller Geheimnisse

Das Orakel – in der kleinen Positronik lebt das Bewusstsein einer alten Maschine

Denzen Hesper – der »Frischling« rät zur Vorsicht

Die Fünf – niemand kennt die mächtigen Herrscher Polychoras

Feynrich – Atlan geht dem »Hohen« an den Hals

Faun Malkovoch – wie immer ist der Erste Wesir ergebener Diener seiner Herrin

Galverin Schmidt – dem Korporal mangelt es nicht an Selbstbewusstsein

Ganus a That – der Mann vom Mars will dem Rätsel auf den Grund gehen

Glitter – die Macht der Auflösung ruft Widerwillen hervor

Harlon Darter – einem kleinen Mann ist ein anderer kleiner Mann Vorbild

Itter Krispen und Ropander Tin – der Archäologe und der Epsaler erlebrn die Schrecken der Irrealität

Jeanery Harrison – die Generalin bittet den Lordadmiral an Bord

Kyle Griffin – ein Rebell wagt sich weit vor

Myriam Weyport – die Plophosgeborene sorgt sich um ihre Kollegen

Oberst Kalafarr – ein Kommandant verschwindet mitsamt seinem Schiff

Palster Weiren – für den Schaumbeherrscher kommt Hochmut vor dem Fall

Perry Rhodan und Julian Tifflor – der Großadministrator und der Solarmarschall gefallen sich als Geheimniskrämer

Pirl Crisp – ein junger Mann will dem Erlöser helfen

Saken Dasch, Ainut Hernason und Tirfin »Black Finger« Surget – das ungleiche Trio beherrscht eine dubiose Welt am Rand von Scutum-Cux

Serena – Atlan ignoriert ihren Augenaufschlag

Sheyfun – der ferronische Hyperphysiker wird blass

Tarquosch, die Krücke – ein Zwerg befreit Insekten aus Bernstein

Tipa Riordan – die Chefin der Piraten ist einer größeren Sache auf der Spur, als ihr lieb sein kann

Gorken Tansith – der oberste Feuerdiener ist Tante Tipa ein Dorn im Auge

Vernil Grosz – ein kleiner Leutnant muss einem Lordadmiral Befehle geben

Zhyr-Krit – der Ara bekommt einen unerwarteten Patienten

Kapitel 1

6. September 3126

Die Übertragung war stetig schlechter geworden. Einzig ein statisches Rauschen blieb als letzter Nachhall. Nachdem auch es verklungen war, herrschte gespenstische Stille.

Ganus a That starrte in den Bildschirm, obwohl es darin nichts mehr zu sehen gab. Schwärze füllte den holographischen Kubus aus, und für Sekunden legte sie sich als düsterer Schatten auf a Thats Gemüt. Er hatte kommen sehen, was geschehen würde, es aber nicht wahrhaben wollen. Dennoch brachte ihn die Lawine der Ereignisse nicht von seiner Haltung ab. Auch nachdem das Desaster eingetreten war, dachte er nicht daran, seine Linie zu ändern.

»Wir haben sie verloren. Die Zone hat sie verschluckt und wird sie nicht wieder preisgeben.«

Das Krächzen riss den Marsianer der a-Klasse aus seiner Erstarrung. Er desaktivierte den Monitor und richtete seine Aufmerksamkeit auf Denzen Hesper, seinen Kollegen mit den strähnigen roten Haaren. Dem sezierenden Blick aus Hespers wässrigblauen Augen schien kaum etwas zu entgehen.

»Das Abreißen der Verbindung muss nicht gleich bedeuten, dass ihnen etwas zugestoßen ist.«

»Ich fürchte aber, dass es ihnen nicht gut geht. Was wir eben gesehen haben, war ... unheimlich. Mir läuft es noch immer kalt den Rücken hinunter.«

»Kriegen Sie sich wieder ein, Herr Kollege.« *Frischling.* So pflegte a That den zwanzig Jahre jüngeren Terraner bei sich zu nennen. »Es gibt eine wissenschaftliche Erklärung für die Vorgänge.«

»Die wir mit all unserer Ausrüstung nicht finden.« Hespers Stimme klang fast trotzig. Er sah sich nach Zustimmung heischend um.

Myriam Weyport, die zierliche Plophosgeborene, und der Epsaler Ropander Tin ließen nicht erkennen, was sie dachten. Beide galten als übervorsichtig mit der Äußerung ihrer Ansichten. Während Hesper den Konflikt mit a That nicht scheute, hielten sie sich häufig zurück, um den Marsianer nicht zu einem der cholerischen Anfälle zu provozieren, für die er bekannt war.

»Wir stellen weitere Erkundungen und die Suche nach einer wissenschaftlichen Deutung hinten an«, versuchte die blonde Plophoserin Gelassenheit zu demonstrieren. »Zunächst sollten wir uns darauf einigen, was wir unternehmen, um den Verbleib unserer Kollegen zu klären.«

»Wir überlassen sie nicht ihrem Schicksal«, stellte der Marsianer unmissverständlich klar.

»Sie plädieren dafür, eine weitere Suchmannschaft in die Zone zu schicken?« Ropander Tins dunkle Bassstimme drückte Zweifel aus.

»Sie etwa nicht?«

Der Epsaler zuckte unentschlossen mit den Achseln. Bei einem extrem muskulösen Humanoiden, der nur 1,60 Meter groß, aber dafür ebenso breit war und dessen Kopf auf einem äußerst kurzen Hals saß, wirkte die Geste linkisch. Wie immer, wenn er die Wortführung und Entscheidung lieber dem Marsianer überließ, verknotete er die Finger seiner mächtigen schaufelartigen Hände ineinander.

»Ich lehne es kategorisch ab, weitere Leben aufs Spiel zu setzen«, protestierte Denzen Hesper.

Ganus a That straffte seine hagere Gestalt. Von dem Frischling hatte er nichts anderes als Widerspruch erwartet. Allerdings, gestand er sich ein, war dessen ablehnende Haltung nicht unbegründet. Unerklärliche Phänomene spielten sich in dem Bereich ab, den sie die Störungszone nannten. In jüngster Zeit hatte sich bei den Wissenschaftlern der schlichte Begriff »Zone« für die Ausdehnung der Störungen eingebürgert, die im Inneren des Mondes »Nacht« auftraten. Die Wissenschaftler waren zu einigen wenigen Antworten gelangt, die von einer weitaus größeren Zahl Fragen übertroffen wurden. Um der Zone ihre Geheimnisse zu entreißen, waren in den vergangenen Monaten mehrere Forscherteams in Richtung der Magmakammer vorgestoßen und mit jenen unerklärlichen Phänomenen konfrontiert worden, die man als strukturelle Störung des Universums interpretierte. Nun war eine Expedition verloren gegangen, und keiner von ihnen hatte eine Vorstellung davon, was aus den Männern geworden war. Hespers Vorbehalte waren daher durchaus nachvollziehbar.

»Wir lassen unsere Leute nicht im Stich«, ließ a That keinen Zweifel daran aufkommen, wie er sich den nächsten Schritt vorstellte.

»Nur zu. Allerdings bezweifle ich, dass sich Freiwillige finden, die zu einem Vorstoß mit ungewissem Ausgang bereit sind. Maßen Sie sich an, jemanden für ein potenzielles Selbstmordkommando einzuteilen?«

Scharf sog der Marsianer die Luft ein. Es gelang ihm gerade noch, die harsche Entgegnung, die ihm auf der Zunge lag, zu unterdrücken. Der Frischling versuchte ihn zu provozieren. Wahrscheinlich wartete Hesper nur auf eine Bestätigung, um a That der Überheblichkeit bezichtigen zu können. Natürlich besaß der Marsianer seinen Kollegen gegenüber keine Weisungsbefugnis. Sie waren eine homogene Gruppe, darauf legte die Chefin wert. Sie hatte keinen von ihnen mit höherrangigen Kompetenzen ausgestattet. Stattdessen hatte sie den Wissenschaftlern das Orakel zur Seite gestellt, das sich zu a Thats Verwunderung bisher schweigend verhielt.

»Auf eine solche Idee würde Ganus nicht kommen«, behauptete Myriam Weyport diplomatisch.

»Richtig. Wir holen unsere Kollegen aus der Zone heraus.«

»Wie wollen wir das anstellen, ohne dass sich wiederholt, was geschehen ist?«

Ganus a That spürte Zorn in sich aufsteigen. »Uns wird etwas einfallen«, entfuhr es ihm. »Schwere Schutzanzüge, dazu Kampfroboter.«

»Die Anzüge haben der Gruppe nichts genützt.«

»Außerdem gab es keinen Feindkontakt«, erinnerte der Epsaler. »Gegen wen sollen die Roboter vorgehen? Gegen *was?*«

»Wir finden es heraus. Dazu brauchen wir nicht nur unsere Fähigkeiten und unsere Ausrüstung, sondern ein bisschen Zuversicht.« Andernfalls war das Projekt gefährdet. Nur wenn es sich als sicher herausstellte, würde es weiter betrieben werden. A That wollte herausfinden, was es mit der Zone auf sich hatte, ihr die Geheimnisse entreißen, die die Forscher bisher nur wenig durchschauten. Der Verlust oder das unerklärliche Verschwinden von Menschen waren der Zukunft des Projekts wenig zuträglich. Zumindest musste geklärt werden, was mit ihnen geschehen war und wie man ähnliche Fehlschläge künftig würde vermeiden können.

»Ich bin strikt dagegen«, widersprach der Rotschopf. »Jeder weitere Versuch ist viel zu gefährlich. Das wissen wir nun endgültig. Es wäre grob fahrlässig, die bisherigen Fehlschläge zu ignorieren.«

»Es gibt Argumente dafür und dagegen. Eine salomonische Entscheidung wäre es, wenn du selbst einen weiteren Vorstoß anführen würdest, Ganus a That«, meldete sich das Orakel mit sonorer Stimme.

In der Raumecke stand regungslos ein GLADIATOR. Der terranische Kampfroboter hatte sich während der ganzen Diskussion nicht ein einziges Mal gerührt. In seinen stählernen Händen hielt er ein silbernes Tablett. Das darauf ruhende Gerät von Ballgröße fiel erst auf den zweiten Blick auf. Die leistungsfähige Minipositronik glänzte metallisch im Schein der künstlichen Beleuchtung. Sie war das eigentliche Orakel. Das Orakel war a That suspekt, da es eine Reihe einer Positronik unangemessener Eigenheiten an den Tag legte und sich zuweilen verklausuliert und umständlich ausdrückte. Da es sich nun in die Diskussion einbrachte, war seine Aussage umso eindeutiger.

»Ich schließe mich nicht aus«, sagte a That.

»Das ist Wahnsinn!«, beharrte Denzen Hesper auf seinem Standpunkt. »Ich weigere mich, an einer Expedition ins Ungewisse teilzunehmen.

»Ich habe es begriffen.« *Frischling.*

»Wollen Sie mir deshalb Vorwürfe machen?«

»Mich würde interessieren, wie die Chefin die Lage beurteilt«, enthob Weyport den Marsianer einer Antwort.

Die Anregung kam a That nicht ungelegen. Ohnehin war überfällig, die Chefin über die Entwicklung zu unterrichten. Seit ihrem letzten Besuch auf Nacht waren einige Wochen vergangen. Er hatte keine Ahnung, in welchem Teil der Milchstraße sie mit der BUTTERFLY kreuzte. Das Orakel als ihr Stellvertreter und Statthalter in der unterirdisch verborgenen Forschungsstation war jedoch jederzeit über ihren Aufenthaltsort unterrichtet.

Vor a Thats geistigem Auge spulten sich bizarre Bilder ab. Sie erschreckten ihn, waren faszinierend und verstörend zugleich. Er gewahrte einen Raum, dessen Abmessungen sich nicht definieren ließen. Eis bildete eine Blase, eine Art Kokon, durch den die verschollene Forschergruppe sich vorantastete. Zumindest sahen die verschwommenen Wände, der Boden und selbst die Decke des unüberschaubaren Refugiums aus wie aus Eis geformt. Sie schienen näher zu rücken, dann weiter entfernt zu sein, gewannen an materieller Stabilität und zerfaserten gleich darauf zu diffusem Trugwerk. Die letzten visuell übermittelten Eindrücke seiner verschollenen Kollegen verblassten und entließen den Marsianer in die Wirklichkeit.

»Ich stimme Ihrem Vorschlag zu, Myriam. Ist jemand dagegen?«

Niemand meldete sich. Noch zur selben Stunde setzte Ganus a Thart einen gerafften und kodierten Hyperfunkspruch ab.

Lustlos stocherte Tipa Riordan in dem Essen, das sie sich hatte auftragen lassen. Seit Tagen hatte sie kaum einen Bissen hinunterbekommen. Bongorischer Blumenkohl blickte sie vorwurfsvoll an, und die kunstvoll pochierte Venutenlende ertrank in der gelblichen Soße, in die sie sie mit ihrer Gabel missmutig hineinstieß.

Eigentlich hätte ihre Laune bestens sein müssen. Auf abenteuerlichen Wegen war ihr ein Speicherkristall in die Hände gefallen, der angeblich Hinweise auf ein uraltes technisches Artefakt von unschätzbarem Wert enthielt. Zwar war es ihr bisher nicht gelungen, das verschlüsselte

Datenpaket zu knacken, doch sie war guter Dinge, dass sich das in Bälde ändern würde. Zu diesem Zweck war sie auf dem Weg ins Newton-System. Sie hatte ihre Verbindungen zu den Wissenschaftlern auf Kopernikus spielen lassen und einen Experten gefunden, der mit Anliegen wie dem ihren vertraut war. *Angeblich.* Hieß es. Große Sorgen, vergeblich zu der terranischen Kolonialwelt zu fliegen, machte sie sich nicht. Ihre Quellen waren verlässlich. Eine Tipa Riordan lockte man nicht ohne stichhaltige Argumente durch die halbe Galaxis.

Dennoch hatte ihr etwas die Stimmung verdorben. Die kaum mehr als anderthalb Meter große Piratin schnaubte und schob den Teller von sich. Nein, ihr war nicht nach Essen zumute, mochte es auch noch so köstlich sein. Sie sah auf, als sich das Schott zu der kleinen Messe öffnete, in der sie sich allein aufhielt. Ihr Erster Wesir Faun Malkovoch trat ein.

»Hatte ich nicht deutlich zum Ausdruck gebracht, ungestört sein zu wollen?«, maßregelte sie ihn. Der Hüne senkte demutsvoll den Kopf. Er setzte zum Sprechen an, doch Tipa Riordan kam ihm zuvor. »Außerdem ist dein Platz als mein Stellvertreter in der Zentrale, solange ich mich dort nicht aufhalte.«

»Verzeihung Ma'am«, brachte Malkovoch hervor. »Wir haben einen dringenden Funkspruch empfangen.«

»Du kommst her, um mir das persönlich zu sagen? Weshalb hast ihn nicht durchgestellt?«

»Weil ich Sie nicht erreichen konnte.«

Er hatte recht. Sie hatte den Interkomanschluss in der Messe desaktiviert. Auch ihr Armbandkom hatte sie ausgeschaltet. Sie presste die ohnehin schmalen Lippen ihres zahnlosen Mundes zu einem Strich zusammen. Ohne triftigen Grund hätte der Erste Wesir sie nicht belästigt. Also waren Umstände eingetreten, die eine rasche Informationsweitergabe erforderlich machten. Die Piratin seufzte. Sie hatte eine ungute Vorahnung.

»Der Funkspruch kam von Nacht?«

»So ist es. Ich habe ihn aufgezeichnet.«

»Ich habe es geahnt.« Tipa Riordan erhob sich so schwungvoll, dass der Stuhl gefährlich wackelte. Wie meistens war sie vollständig in schwarzes Leder gekleidet. Zu einer engen Lederhose trug sie bis zu den Waden geschnürte Sandalen, dazu eine schwarze Lederjacke, die von einem breiten Gürtel zusammengehalten wurde. Ein Mikroprojektor aus siganesischer Fertigung zum Aufbau eines HÜ-Schirms war darin untergebracht. »Wann ist der Funkspruch eingegangen?«

»Vor etwas mehr als fünf Minuten.«

»Dann hast du auf dem Weg zu mir ganz schön getrödelt«, schalt Tipa ihren Stellvertreter. Sie packte ihren Gehstock und begab sich zum Ausgang. »Komm schon. Worauf wartest du? Unterwegs kannst du mir erzählen, worum es geht. Ich hoffe, meine Leute haben einen Durchbruch errungen.«

»Davon kann keine Rede sein.«

»Sondern?«

»Es ist zu weiteren Komplikationen gekommen. Ein Forscherteam ist bei der Untersuchung der Störungszone verschwunden.«

Tipa Riordan erschrak heftig. Sie hatte es kommen sehen. Die Anlage, die sie auf Nacht betrieb, entwickelte sich zu einem scheinbar unerschöpflichen Reservoir an Schwierigkeiten.

»Einzelheiten!«, verlangte sie. »Was heißt verschwunden?«

»Das scheint den Wissenschaftlern auf Nacht nicht ganz klar zu sein.«

Unwillkürlich beschleunigte die Piratin ihre Schritte. Sie wusste, wie sie auf andere wirkte. Wer sie und ihre Fähigkeiten nicht kannte, unterschätzte sie zwangsläufig. Ein unbedarftes Gegenüber sah in ihr eine alte Frau mit lederartiger, runzeliger Haut, die sich straff über die Wangenknochen spannte. Sie hatte die silbergrauen Haare nach oben gesteckt, wo sie zu einem turmhohen Haarnest gerieten. Was großmütterlich und altbacken aussah, tarnte verschiedene Waffen und Mikrogeräte. Tipas vorspringendes Kinn und die scharf geschnittene, gekrümmte Nase verliehen ihr große Ähnlichkeit mit einem Raubvogel. Ihr leicht vornüber gebeugter Gang und die scheinbare Hilfsbedürftigkeit, mit der sie sich auf ihren Gehstock stützte, hatte jedoch schon manch einen falsche Schlüsse ziehen lassen, indem er sie als schwache Greisin wahrgenommen hatte statt als veritable Anführerin einer Piratenhorde. Man sah ihr nicht an, dass sie Trägerin eines Zellaktivators war. Das lebensverlängernde Gerät war ihr im biologischen Alter von 125 Jahren von Perry Rhodan ausgehändigt worden. Auch der Stock, auf den sie sich stützte, war weit mehr als das, was er zu sein schien. Mit den darin verborgenen Ortungs- und Sendegeräten, dem Paralysator, Impulsstrahler und Desintegrator sowie der hydraulischen Vorrichtung, die der gebrechlich wirkenden Frau Sprünge über fünf Meter und mehr erlaubte, war er ein kleines Wunderwerk der Technik. Alles in allem war Tipa Riordan ein wandelndes Waffenarsenal, das gegen alle Eventualitäten gefeit war.

Nur nicht gegen die Geschehnisse auf Nacht, dachte sie grimmig, nachdem Faun Malkovoch seinen Bericht abgeschlossen hatte.

»Um alles muss ich mich selbst kümmern«, beschwerte sie sich. »Ist es da ein Wunder, dass ich sogar das beste Essen kaum noch vertrage? Es schlägt mir auf den Magen.«

»Das ist nicht möglich, Ma'am. Schließlich tragen Sie einen Zellaktivator.«

»Papperlapapp, mein Junge. Was weißt du schon, wie sich ein Zellaktivator auf mein körperliches Wohlbefinden auswirkt? Und wie das spurlose Verschwinden meiner Leute?«

»Wir fliegen ins Gainbal-System?«, fragte Faun Malkovoch anstelle einer Antwort.

»Unverzüglich.«

»Und Ihre Vereinbarung mit den Wissenschaftlern auf Kopernikus?«

»Die können warten. Ich werde meinen Verbindungsmann kontaktieren und ihn unterrichten, dass ich auf unbestimmte Zeit verhindert bin.«

»Damit habe ich gerechnet. Ich war deshalb so frei, die Linearetappe unterbrechen zu lassen.« Im Gefolge der Kommandantin betrat der Erste Wesir die Zentrale der BUTTERFLY.

Tipa Riordan ließ sich in einen schweren Gliedersessel fallen. Auf dem Panoramaschirm zeichnete sich der Sternenozean des Einsteinraums ab. Die BUTTERFLY pflügte mit halber Lichtgeschwindigkeit durch interstellaren Leerraum, stetig beschleunigend. Die gewohnten Bilder auf dem zentralen Monitor lockten keinen Hund hinter dem Ofen hervor, eine weltraumerprobte Piratin wie Tipa schon gar nicht. Sie verlangte eine Funkstrecke nach Nacht, um sich von den Forschern noch einmal persönlich in Kenntnis setzen zu lassen.

Der Marsianer Ganus a Thart, mit dem sie verbunden wurde, wiederholte im Prinzip, was sie bereits von ihrem Stellvertreter erfahren hatte. Allerdings kam nun die Unsicherheit dazu, die sie a Tharts Bericht entnahm. Er wusste nicht weiter, plädierte jedoch dafür, unter allen Umständen eine Expedition auszusenden, um die Vermissten zu suchen. Im Prinzip stimmte Tipa ihm zu. Andererseits wollte sie keine weiteren Wissenschaftler verlieren. Sie fühlte sich für ihre Leute verantwortlich.

»Lässt sich kein Funkkontakt herstellen?«

»Nachdem er einmal abgerissen war, ließ er sich nicht wieder aufbauen. Die Bildverbindung war schon vorher unterbrochen.«

»Schickt Sonden hinein.«

»Das haben wir getan. Sie ereilte das gleiche Schicksal wie unsere Leute.«

»Der Kontakt zu ihnen ging verloren?«

»So ist es. Sollen wir den Versuch wiederholen?«

»Ja«, entschied Tipa Riordan. »Über unsere weitere Vorgehensweise entscheide ich vor Ort«, kündigte sie an und beendete die Verbindung. Das Gehörte war verwirrend. Schon bei früheren Vorstößen war es zu Zwischenfällen gekommen, doch nie so dramatisch wie in diesem Fall. Die Störungszone schien sich auszudehnen und sich der Forschungsstation zu nähern. Wenn das zutraf, blieb auf absehbare Zeit keine Alternative zu einer Evakuierung.

»Wir sind auf dem Weg ins Gainbal-System.« Faun Malkovoch hatte inzwischen die entsprechenden Befehle an die Zentralebesatzung weitergegeben.

Die Piratin nickte knapp. Ihre vierhundertköpfige Besatzung funktionierte so gut wie der Kreuzer. Auch für einen Raumer wie die BUTTERFLY fing das Leben mit 66 Jahren erst so richtig an, und die hatte das Schiff inzwischen erreicht. Es war damit, wie Tipa manchmal scherzend anmerkte, so verlässlich wie ein Mann in den besten Jahren. Sie vertraute dem zweihundert Meter durchmessenden Prachtstück, das auf der Zelle eines terranischen Angriffskreuzers der TERRA-Klasse basierte, uneingeschränkt. Zu seinen technischen Spezifikationen, die in einem Dreiviertel der Feuerkraft eines Flottenkreuzers gipfelten, kamen kleine vergnüglich Extras wie eine luxuriöse Saunalandschaft und das Schwimmbad, das Tipa hatte einbauen lassen.

Perlen vor die Säue. Viel zu selten gönnte sie sich die Muße, sich den Annehmlichkeiten der BUTTERFLY hinzugeben.

Ihre Gedanken drifteten zum Mond Nacht ab, auf den sie bereits im Jahr 3090 aufmerksam geworden war. Als Freibeuter der Sterne musste man Augen und Ohren überall haben. Tipa Riordans Anhängerschaft bestand nicht allein aus der Besatzung der BUTTERFLY. Sie unterhielt eine ganze Reihe von Stützpunkten und geheimen Stationen und wurde unentwegt mit Informationen versorgt. Damals hatte sie vom *Kult der feurigen Wiedergeburt* erfahren, der auf dem Planeten Nancanor sein Unwesen trieb. Der arkonidische Wissenschaftler Naron Falton hatte dort nach einer Schwachstelle im Universum gesucht, die laut seinen Aussagen Zugang in eine andere Welt bieten sollte – und sie auf Nancanor angeblich gefunden.

Die Neugier hatte Tipa Riordan ins Gainbal-System getrieben, zum innersten Planeten Nancanor und schließlich zu dessen Mond Nacht. Auf Nancanor war sie auf nichts gestoßen, was für sie von Interesse gewesen wäre. Auf Nacht jedoch hatten die von den Wissenschaftlern im Newton-System optimierten Einrichtungen der BUTTERFLY ein bemerkenswertes physikalisches Phänomen registriert, dem nachzugehen sich lohnte. Unter dem Deckmantel merkantilen Interesses hatte Tipa in den folgenden Jahren einen geheimen Beobachtungsposten eingerichtet, tief unter der Mondoberfläche gelegen. Die heutige, größtenteils aus Wissenschaftlern und Technikern bestehende Besatzung umfasste vierzig Mann. Wendete sich das Schicksal in Form unbekannter Kräfte nun gegen sie?

»Lineareetappe programmiert«, vernahm die Piratin die Stimme ihres Stellvertreters. »Übergang steht unmittelbar bevor ... Eintritt in den Linearraum vollzogen.«

Die Darstellung im Panoramaschirm änderte sich schlagartig, als die Kalupschen Kompensationskonverter die BUTTERFLY aus dem gewohnten Raum-Zeit-Gefüge in die Librationszone zwischen Normal- und Hyperraum beförderten. Wo eben noch die Sternbilder des Einsteinuniversums zu sehen gewesen waren, zeichneten sich nun die Schlieren des Linearraums ab. Die fließenden Gebilde hüllten das Schiff ein und schienen es auf seinem Weg zu begleiten. Dabei war dort draußen nichts. Was Tipa Riordan zu sehen bekam, war eine optische Darstellung dessen, was die Positronik an irrealen Daten zu interpretieren versuchte und nicht anders zu visualisieren wusste. Raumfahrern war dieser Anblick vertraut, doch er blieb auf ewig unwirklich.

So unwirklich wie die Vorkommnisse auf Nacht, zog Tipa eine Parallele zu den sich zuspitzenden Ereignissen.

Ihre Wissenschaftler hatten im Inneren des Mondes eine strukturelle Störung des Universums entdeckt. Die Bezeichnung an sich klang in den Ohren der Piratin widersprüchlich. Denn die Struktur des Universums war bis heute nicht vollständig und längst nicht schlüssig erkundet. Daher war es vermessen, von einer Störung zu sprechen, die womöglich einen ganz normalen Bestandteil des Universums bildete, mit dem die Menschheit bisher bloß noch nicht konfrontiert worden war. Darüber ins Grübeln zu geraten war indes müßig. Die Zwischenfälle auf Nacht mussten geklärt, die Verschollenen gerettet werden, ohne dass es zu weiteren Verlusten kam.

Tipa Riordan machte sich größere Sorgen, als sie zu erkennen gab. Die folgenden Orientierungsphasen und Linearetappen verbrachte sie schweigend.

Am 8. September 3126 erreichte die BUTTERFLY das Gainbal-System.

Kapitel 2

8. September 3126

Nach der letzten Linearetappe stand Gainbal schimmernd im Zentrum des Panoramaschirms. Beiläufig registrierte Tipa Riordan die daneben eingeblendeten Daten. Es handelte sich um eine blaue Sonne vom Typ A mit der etwa doppelten Masse des Zentralgestirns des Solsystems. Die Oberflächentemperatur betrug rund 8000 Grad Kelvin. Gainbal gehörte zu einer langgestreckten Ballung aus etwa 120.000 Sonnen, die einen stark strukturierten Ausläufer des Scutum-Cux-Spiralarmes bildeten. Der Stern war 9920 Lichtjahre von Terra entfernt und lag zu Tipas Missfallen in relativer Nähe zum Einflussbereich des Carsualschen Bundes. Seit Jahrzehnten war die galaktopolitische Lage instabil. Die Piratin fürchtete deshalb schon lange, der Bund könne auf die Idee kommen, seine Finger nach Nancanor und Nacht auszustrecken. Bisher war er offenbar nicht auf die Vorgänge auf dem kleinen Mond aufmerksam geworden. Um die Besatzung der Station und die wichtigsten Ausrüstungsgegenstände notfalls evakuieren zu können, war auf Nacht eine Korvette geparkt.

Nancanor, der innerste Planet, lag im Anflugkorridor der BUTTERFLY. Da sein Bahnradius mit nur 0,1 Astronomischen Einheiten sehr klein war, galt er mit seinen rund hundert Erdmassen als sogenannter »heiße Jupiter« der Planetenklasse IV-V.

Regungslos betrachtete Tipa Riordan die Bilder der schmutzigen, rötlich-braunen Kugel, die sich aus Schichten heißen Heliums und Wasserstoffs zusammensetzte. Eine feste Oberfläche gab es nicht, und der vermutlich diamantartige Kern des Riesen war bis heute nicht zweifelsfrei nachgewiesen worden. Die Piratin rümpfte die Nase. Weiße Siliziumwolken zogen über das Antlitz der lebensfeindlichen Welt. Die Temperaturen in den oberen Atmosphäreschichten betrugen am Tag 900 bis 1100 Grad Kelvin, die Tagesdauer belief sich auf fünf irdische Tage, ein Umlauf um die blaue Sonne beanspruchte 8,16 Tage.

»Kontakt zu Asther herstellen und unser Eintreffen ankündigen. Ich will vermeiden, dass man mir vorwirft, mich anzuschleichen wie eine Diebin.«

Der Funker bestätigte und führte den Befehl aus. Während der Pilot eine leichte Kurskorrektur vornahm, schaltete seine Kommandantin eine Ausschnittvergrößerung.

Nancanor war nicht im eigentlichen Sinne besiedelt. Zwischen den rasch dahinziehenden Siliziumwolken hing ein verwinkeltes Habitat unterhalb der Atmosphärengrenze. Es bestand im Kern aus einer ausrangierten, fünfzehnhundert Meter langen Springerwalze und einer vierhundert Kilometer tiefer gelegenen Anlage namens Perya. Dieses Konglomerat setzte sich aus einem Dutzend kleiner Einheiten zusammen und war durch einen stabilisierten Feldtunnel mit Asther verbunden. Das gesamte Habitat hatte man mittels Antigravfeldern in einem geostationären Orbit verankert. Durch atmosphärische Prozesse waren die Temperaturen mit 500 Kelvin vergleichsweise moderat.

Der Pilot hatte die Geschwindigkeit gedrosselt und navigierte mit konzentrierter Aufmerksamkeit. Durch die Nähe zur Sonne gestaltete sich jedes Manöver als schwierig. Tipa Riordan war in diesem Augenblick für die technisch hervorragende Ausstattung des Kreuzers besonders dankbar.

Ein Schiff mit weniger ausgefeilter oder schlecht gewarteter Ortungstechnik navigierte buchstäblich auf Sicht.

Überhaupt waren Nancanor und das Habitat weitgehend auf sich allein gestellt. Der Planet verfügte über keinen Anschluss an irgendeine Hyperfunkkette und hatte dadurch nur sporadischen Kontakt zur Zivilisation. Deshalb wurden in ausreichender Nähe vorbeifliegende Schiffe gern als Relais benutzt.

»Saken Dasch übermittelt seine Empfehlung«, meldete der Funker. »Er äußert sein Erstaunen darüber, dass die BUTTERFLY Asther schon wieder anfliegt und lädt Sie zu einem persönlichen Gespräch ein.«

Tipa Riordan merkte auf. »Schon wieder, was? So hat er sich ausgedrückt?«

»Ja, Ma'am.«

»Verstehe.« Der Akone war also hellhörig geworden. Im vergangenen halben Jahr hatte Tipa, bedingt durch die Vorfälle in ihrer geheimen Mondstation, Asther dreimal angeflogen.

»Das gefällt mir nicht.« Faun Malkovoch trat an die Seite der Kommandantin. »Je freundlicher Saken Dasch ist, desto misstrauischer ist er. Das Triumvirat argwöhnt schon lange, dass Sie beabsichtigen, Einfluss auf die Belange Nancanors zu nehmen.«

»Ich weiß, mein Junge. Deshalb wäre es dumm, die Einladung abzuschlagen. Das würde ihn nur noch hellhöriger machen.«

Außerdem war, wer auf Asther und Perya Geschäfte machen wollte, auf das Wohlwollen des herrschenden Triumvirats angewiesen. Zwar handelte es sich bei Saken Dasch, der Plophoserin Ainut Hernason und dem Naat Tirfin »Black Finger« Surget um eine von der Bevölkerung gewählte Regierung, doch das hinderte das Triumvirat nicht an willkürlichen Entscheidungen. Wessen Nase besonders dem Naat nicht passte, dem wurde das Andocken am Habitat verweigert. Die Piratin hatte den drei Herrschenden mehr als nur einmal versichert, dass sie nicht vorhatte, sich in die internen Angelegenheiten Nancanors einzumischen. Man glaubte ihr nicht. Wer sich selbst kaum vertraute, der traute anderen erst recht nicht, schon gar nicht der erfolgreichen und als gewieft bekannten Piratenlady.

»Soll ich mit Ihnen aussteigen?«

Tipa Riordan nickte. Die Begleitung ihres Ersten Wesirs konnte nicht schaden, auch wenn ihr klar war, dass es vorrangig auf ihr diplomatisches Geschick ankam. Sie lächelte still in sich hinein. Bei vielen galt sie im persönlichen Umgang als verschroben, schroff und wenig umgänglich, besonders bei dem Arkonidenscheich Atlan, der sie lieber auf einem Strafplaneten als in der Kommandozentrale eines Raumschiffs gesehen hätte. Doch sie war durchaus in der Lage, über ihren Schatten zu springen, solange sie sich dabei selbst treu blieb. Söhnchen Rhodan wusste ein Lied davon zu singen.

Jedenfalls kam sie nicht umhin, auszusteigen und sich an Bord der Springerwalze zu bemühen. Es war ihr unmöglich, die Mondstation auf direktem Weg von der BUTTERFLY aus zu erreichen. Dafür benötigte sie den geheimen Transmitter, der Asther mit Nacht verband.

Nach dem Andockmanöver hatte sich Tipa Riordans Aufregung gesteigert. Sie konnte sich des Eindrucks nicht erwehren, dass das Triumvirat Verdacht geschöpft hatte. Das unterschiedliche Trio hatte keine Ahnung von den Geschehnissen, die sich im Mondinneren abspielten. Energetische Aktivität drang kaum an die Oberfläche und wurde weitgehend durch die Emissionen der nahen Sonne überlagert, trotzdem ließ sich nicht ausschließen, dass einmal etwas durchschlug und ortungstechnisch aufgefangen wurde. Die Piratin hatte keine Ahnung, was beim Verschwinden der Wissenschaftler geschehen war. Womöglich waren sie auf bislang unentdeckte unterirdische Einrichtungen gestoßen und hatten unbeabsichtigt ein Energiegewitter ausgelöst.

Tipa Riordan wurde bereits in dem speziell hergerichteten Eingangsbereich für Händler und Besucher erwartet. Ein untersetzter Terraner stand am Zugang zur Andockrampe und stierte ihr ungeniert entgegen. Tipa hatte einen gewissen Bekanntheitsgrad erlangt, ein Umstand, der beileibe nicht nur positive Aspekte beinhaltete. Dass sie allerlei nützliche Verbindungen besaß, hatte sich herumgesprochen. Zuweilen kam ihr entgegen, dass sie sogar schon mit dem terranischen Großadministrator Perry Rhodan kooperiert hatte. In anderen Fällen erwies sich diese Bekanntschaft als nachteilig für die Geschäfte. Es war ein schwieriger Balanceakt, einerseits die Vorteile der eigenen Prominenz auszuschöpfen und andererseits aus dem Verborgenen heraus zu agieren.

Der Terraner stellte sich als Neeson Gald vor. Er solle die Besucherin zum Triumvirat führen. Zu weiteren Aussagen war er nicht zu bewegen. Es war Tipa Riordan, die sich auf ihren Gehstock stützte, egal. Ihre Überlegungen beherrschten das ungleiche Herrschertrio. In den Gängen und Korridoren, die sie teils zu Fuß, teils mittels Förderbändern zurücklegten, wich Faun Malkovoch nicht von der Seite seiner Herrin.

Unterwegs hatte sie Muße, sich umzuschauen. Seit ihrem letzten Besuch hatte sich auf den ersten Blick nichts verändert. Das hatte es seit Jahren nicht. In der alten Springerwalze schien die Zeit stillzustehen. Tatsächlich lagen die Dinge anders. Rund neunhundert Angehörige verschiedener Völker lebten derzeit noch in Asther, dem Hafen für den Export ausgefallener chemischer Verbindungen, die in den Gasschichten Nancanors geerntet wurden. Sie versuchten, am hauptsächlich von den Bewohnern Peryas erzeugten Wohlstand teilzuhaben, indem sie gefährliche Expeditionen in den extrem heißen Gasozean des Planeten unternahmen. Immer wieder war es dabei zu Katastrophen mit Toten gekommen. Die Tätigkeit in der turbulenten Hölle war vielen zu gefährlich, anderen letztlich nicht ergiebig genug. Daher war die Bevölkerungszahl in den letzten Jahren stark rückläufig. Der Handel starb allmählich aus, wodurch ein dauerhaftes Überleben der Kolonie zweifelhaft geworden war.

Neeson Gald führte sie in einen Bereich, den sie bei früheren Besuchen nie betreten hatte. Das besagte jedoch nichts. In einem Schiff dieser Größenordnung konnte man wochenlang umherstreifen, ohne zweimal an den gleichen Ort zu gelangen. Die nicht einmal tausend Einwohner verloren sich darin. Gewisse neuralgische Bereiche der Walze waren zwar durch Kraftfelder und positronische Sperren gesichert, doch die meisten Orte waren frei zugänglich. Auch wurde man nicht auf Schritt und Tritt von Überwachungseinrichtungen observiert. Weder die drei Herrschenden noch die Bevölkerung Nancanors hatten mit Aktivitäten feindselig gesinnter Gruppen zu rechnen. Andernfalls wäre es Tipa Riordan nicht möglich gewesen, seit Jahren einen geheimen Transmitter an Bord zu unterhalten.

Vor der gebückt gehenden Frau glitt ein Schott beiseite. Mit einer Handbewegung forderte Neeson Gald sie und ihren Begleiter zum Eintreten auf. Tipa kam der Aufforderung nach. Sie zweifelte nicht daran, in diesem Augenblick von einer Vielzahl unsichtbarer Einrichtungen durchleuchtet zu werden, denen ihre versteckten Waffensysteme nicht entgingen.

»Willkommen auf Asther, Tipa Riordan. Als Handelsreisende und Geschäftsfrau sind Sie uns jederzeit willkommen«, begrüßte sie ein kräftiger Mann, der sie um doppelte Haupteslänge überragte. Saken Daschs samtbrauner Teint und die dunklen, ins Rötliche spielenden Haare erinnerten an die Abstammung des akonischen Volkes von den Lemurern. »Unser Gruß gilt selbstverständlich auch Ihrem Begleiter. Ihr Erster Wesir Faun Malkovoch, wenn ich mich richtig erinnere?«

»Guten Tag, Sir.« Malkovoch hieb sich nach alter Begrüßungssitte der Weltraumpiraten mit der Faust drei Mal kräftig unters Kinn. Er wankte ein wenig, hatte sich aber kurz darauf wieder unter Kontrolle.

»Sehr richtig«, bestätigte Tipa Riordan, den Akonen gerade eben so lange musternd, dass er es nicht als unfreundlich werten konnte.

Gleich zu Beginn machte er seinem Ruf alle Ehre. Er galt als feinfühlig und diplomatisch. Tipa hielt seine zuweilen übertrieben wirkende Höflichkeit für Fassade. Was hinter der wohlwollenden Maske steckte, ließ sich nur schwer abschätzen. Die Piratin beging jedenfalls nicht den Fehler, sich von seinem Auftreten blenden zu lassen.

Bei den beiden anderen Anwesenden, Ainut Hernason und Tirfin Surget, bestand diese Gefahr erst gar nicht. Die junge Plophoserin mit den harten Wangenknochen und der zierlichen Stupsnase war eine kühle Taktiererin mit Hang zu gelegentlichen Anflügen von Jähzorn, das Hauptinteresse des Naats galt Machterlangung und Machterhalt. Er hatte aus seinen Ambitionen nie einen Hehl gemacht. Die Wichtigkeit jedes Handelspartners für die Prosperität des

Habitats und für die Legitimation seiner eigenen Stellung erkannte er an, sein Vertrauen zu gewinnen war jedoch nahezu unmöglich.

»Ich freue mich über den großen Bahnhof. Je häufiger ich Nancanor besuche, desto mehr Aufmerksamkeit wird mir offensichtlich zuteil.«

»Ehre, wem Ehre gebührt.« Ainut Hernason machte eine einladende Geste. »Nehmen Sie Platz. Ihr Wesir auch.«

Tipa ließ sich nieder. Malkovoch verschränkte die Arme vor der Brust und positionierte sich neben ihr.

»Faun steht lieber.«

»Ganz wie er will.«

Der Bereich, in den Neeson Gald sie geführt hatte, war eine Mischung aus Regierungssitz, Technikzentrale und Besprechungsraum. Von einer großzügig angelegten Sitzlandschaft blickte Tipa auf einen Holoschirm, der ungehinderten Blick auf Perya vorgaukelte. Ringsum angeordnet, verbreitete die Blütenpracht exotischer Pflanzen einen süßlichen Duft. An zwei Wänden erstreckten sich positronische Bauelemente, Eingabeeinheiten und eine kleine Funkstation. Monitore zeigten Abschnitte des Walzenraumers. Es handelte sich um Lagerräume und öffentlich nicht zugängliche Sektionen.

»Ich weiß die Ehre, die mir zuteil wird, zu deuten. Das Maß an Aufmerksamkeit, das Sie einer rechtschaffenen Fahrenslady entgegenbringen, wäre mit Misstrauen treffend umschrieben.« Tipa Riordan hatte nicht vor, um den heißen Brei herumzureden. Sie hielt ihre Worte für ausreichend bedachtsam gewählt, um noch als diplomatisch durchgehen zu können. Ihre Sinne waren angespannt. Die Befürchtung, dass etwas von ihren Aktivitäten auf Nacht ans Tageslicht gekommen war, ließ sie nicht los.

»Das klingt nach schlechtem Gewissen«, sagte Hernason.

»Ganz gewiss nicht.«

»Also ist ihr dritter Besuch auf Asther innerhalb eines halben Jahres Zufall?«

»Nein, kein Zufall. Ich wickle Geschäfte ab.«

»Darf man fragen, was für Geschäfte?«, erkundigte sich Tirfin Surget mit grollender Bassstimme. Der Sessel erbebte, als sich der drei Meter große, füllige Naat darauf niederließ. In sitzender Position reichten seine langen Arme bis auf den Boden.

Tipa versuchte im schwarzhäutigen Gesicht des klobigen Hünen zu lesen. Es gelang ihr nicht. Der Blick aus den drei Augen, die seinen großen, haarlosen Kugelkopf dominierten, taxierte sie.

»Fragen dürfen Sie, aber erwarten Sie keine Antwort. Solange man sich keine Verstöße gegen die Regeln des Habitats erlaubt, sind die Gedanken frei und Geschäfte nicht für die Ohren Dritter bestimmt. Oder haben sich die Bestimmungen geändert, Black Finger?«

»Nein.« Surget ging nicht auf die Nennung seines Spitznamens ein. »Es sei denn, Ihre angeblichen Geschäfte sind nur vorgeschoben.«

Die Piratin fühlte sich ertappt. »Wie meinen Sie das?«

»Uns sind Gerüchte zu Ohren gekommen.« Die Plophoserin hob die Stimme. Der Vorwurf in ihren Worten war nicht zu überhören. »Asther ist ein lukrativer Ort, um Geschäfte zu machen, besonders wenn man eine Führungsposition inne hat. Es heißt, Sie liebäugeln damit, Einfluss auf die Politik unserer Kolonie zu nehmen.«

»Und damit auf die Politik des Triumvirats? Unsinn!« Tipa Riordan gab dem Ersten Wesir ein Zeichen.

»Meine Herrin ist dankbar für Ihre Erlaubnis, auf Nancanor ungestört ihren Geschäften nachgehen zu können. Geschäften, die, es braucht nicht ausdrücklich erwähnt zu werden, mit den hier geltenden Bestimmungen konform gehen«, erklärte Faun Malkovoch. »An mehr ist ihr nicht gelegen. Die häufige Wiederholung von unhaltbaren Gerüchten erhöht nicht deren Wahrheitsgehalt. Meine Herrin wäre dankbar für die Akzeptanz dieser Tatsache. Statt Ihr Augenmerk fälschlicherweise auf uns zu legen, wäre es geraten, sich auf eine andere Gruppierung zu konzentrieren.«

»Sie wagen es, uns Vorschriften zu machen?«, empörte sich Hernason. »Damit erreichen Sie nur das Gegenteil. Ich werde Sie nicht aus den Augen lassen, Piratin.«

»Nur die Ruhe, Ainut«, wirkte Saken Dasch auf die Plophoserin ein. »Ich bin sicher, Miss Riordan wollte nur ihre Besorgnis zum Ausdruck bringen.«

»So ist es«, bestätigte Tipa. Sie hatte ihren Stellvertreter angewiesen, den letzten Satz in die Runde zu werfen.

»Seien Sie bitte so freundlich, uns zu verraten, welche Gruppierung Sie meinen«, bat der Akone mit gekünsteltem Lächeln.

»Daran besteht kein Zweifel! Es geht um den obersten Feuerdiener Gorken Tansith und den Kult der feurigen Wiedergeburt«, warf Tirfin Surget ein. »Oder irre ich mich?«

»Durchaus nicht. Ich halte Tansith für einen gefährlichen Mann. Mit dem Primus inter Mori haben Sie sich eine Laus in den Pelz gesetzt, die Sie so schnell nicht wieder loswerden. Auf Perya leben meines Wissens etwa fünfhundert Seelen. Wie viele davon entfallen auf den Kult?«

»Mit hundertsechsundsiebzig Personen stellt der Kult die größte Bevölkerungsgruppe auf Perya«, gab Dasch bereitwillig preis. »Er zahlt eine immense Summe für das permanente Wohnrecht. Was werfen Sie Gorken Tansith vor?«

»Dass er der zwielichtige Aufseher über eine Horde verdummter Idioten ist.« Tipa Riordan fing einen warnenden

Blick des Wesirs auf. Es hieß, der Kult breite seine Macht bereits seit 3102 über Perya und Asther aus und habe Tirfin Surget gekauft. »Ich halte die Machenschaften des Kults für kriminell. Tansith schafft es, Ihnen die USO auf den Hals zu hetzen oder gar den Carsualschen Bund auf den Plan zu rufen. Mir könnte das gleichgültig sein, wären dann nicht auch meine Geschäfte gefährdet.«

»Genug davon«, brummte der Naat. »Sie beschweren sich über unsere Vorbehalte Ihnen gegenüber und erheben schwere Anschuldigungen gegen Habitatsangehörige, mit denen wir bisher keine Probleme hatten.«

»Das kommt noch.«

Ainut Hernason erhob sich. »Ich pflichte Surget bei. Sie versuchen von sich selbst abzulenken, indem Sie einen Nebenkriegsschauplatz eröffnen. Ich denke, wir haben genug gehört. Diese Unterhaltung führt zu nichts. Ich schlage vor, dass Sie uns nun verlassen und Ihren Geschäften nachgehen.«

»Mir werden also keine Beschränkungen auferlegt?« *Natürlich nicht. Nicht ohne triftigen Grund. Das würde sich bei anderen Handelspartnern der Kolonie herumsprechen und ein schlechtes Licht werfen.*

»Vorläufig nicht. Finden wir heraus, dass Sie etwas gegen Nancanor im Schilde führen, ändert sich das ganz schnell. Sie finden den Weg allein, oder soll ich Neeson Gald rufen, damit er sie führt?«

»Nicht nötig.«

Black Finger erhob sich und drehte sich auf seinen kurzen Säulenbeinen um. Mit schaukelndem Gang bewegte er sich zum Ausgang. Erleichtert verließ die Piratin den Raum. Ihre Befürchtungen, das Triumvirat hege einen begründeten Verdacht gegen sie, hatten sich glücklicherweise nicht bestätigt.

»Die Plophoserin ist nicht gut auf uns zu sprechen. Ich fürchte, sie wird uns noch Ärger bereiten«, sagte Faun Malkovoch.

Tipa Riordan schüttelte den Kopf. »Um sie brauchst du dir keine Sorgen zu machen.«

»Wie Sie meinen, Ma'am.«

Tipa lächelte still in sich hinein. Der Erste Wesir wusste nicht, dass Ainut Hernason auf der Gehaltsliste seiner Herrin stand. Weder übte Tipa Einfluss auf die Belange Asthers aus, noch hatte sie das vor. Sie schützte nur ihre Geheimoperation auf Nacht. Hernasons Aufgabe bestand darin, mögliche unliebsame Beobachtungen unter den Teppich zu kehren und die Piratin gegebenenfalls mit Informationen zu versorgen. Bisher war dieser Plan aufgegangen. Da die Plophoserin gegen Tipa scheinbar die harte Linie fuhr, hegten Saken Dasch und der Naat keinen Zweifel an ihrer Loyalität. Wozu es bis auf diesen einen speziellen Punkt auch keinen Grund gab.

Die gebückt gehende Frau seufzte. Die Dinge gestalteten sich kompliziert – aber wann taten sie das einmal nicht?

Sie verzichtete darauf, direkt zum Transmitter zu gehen, sondern legte ein paar Umwege ein. Erst als sie sicher war, dass sich weder Neeson Gald noch ein anderer Verfolger an ihre Fersen geheftet hatte, begab sie sich in den abgeschiedenen Schiffsbereich, in dem das Transportgerät in einer längst vergessenen Kammer untergebracht war. Durch bloßen Zufall war der Transmitter nicht zu entdecken. Nachdem sie die von einem Mittelsmann eingerichteten Sicherungen überwunden und die Kammer betreten hatte, vertrauten sie und der Erste Wesir sich dem Gerät an, das für einen Nichteingeweihten nicht anders aussah als jeder beliebige ausgemusterte Kleingutcontainer.

Tipa Riordan lauschte dem Bericht der Wissenschaftler mit zunehmender Besorgnis. Die sogenannte strukturelle Störung des Universums dehnte sich aus und wurde damit zu einer Bedrohung für die unterirdische Forschungsstation.

»Besteht Gefahr für die Kernblase?« So wurde die Station intern bezeichnet.

»Nicht unmittelbar«, antwortete Ganus a That. »Allerdings lässt sich nicht voraussagen, wie lange wir hier unten noch sicher sind.«

»Sie empfehlen, unsere Zelte abzubrechen?«

Der Marsianer schüttelte entschieden den Kopf. »Auf keinen Fall. Ich fordere, dass wir eine Suchmannschaft hinter unseren verschollenen Kollegen herschicken.«

»Sie fordern, ich verstehe.« Tipa Riordan wusste, dass a That im Gegensatz zu seinen Kollegen vor keinem Konflikt mit seiner Chefin zurückscheute. »Anderslautende Meinungen?«

»Die gibt es durchaus«, meldete sich Denzen Hesper zu Wort. »Die Störzone ist zu weit vorgedrungen. Es steht zu befürchten, dass wir weitere Leute verlieren.«

»Diese Gefahr bestand von Anfang an. Sie hat sich vergrößert, lässt sich durch eine umsichtige Vorgehensweise aber relativieren.«

Die Piratin betrachtete den in einer Ecke stehenden GLADIATOR, den Träger des Orakels. Das Innenleben der kleinen Positronik war nur ihr bekannt. Sie hatte eine Kopie des Bewusstseins des uralten lemurischen Wachroboters Calipher hineingeladen, Calipher-SIMs genaugenommen. Der eigenwillige Robot, der stets für eine Überraschung gut war, hatte vor knapp fünfzehn Jahren während der Monolith-Krise von sich reden gemacht. Um Tipa zu ärgern, sprach das Orakel gerne verklausuliert und in Rätseln, hatte aber in der Vergangenheit häufig erstaunlichen Weitblick gezeigt, weshalb Tipa ihm seinen Namen verliehen hatte.

»Du bezeichnest das Eindringen der verschollenen Expedition als nicht umsichtig?«

»Wäre es das gewesen, würden wir diese Diskussion nicht führen.«

Tipa schluckte die Kröte. Sie war die Launen der Minipositronik gewöhnt. Unflätige Phasen wechselten sich mit charmanten oder hochintelligenten Phasen ab. Eine der Marotten des Orakels war die Weigerung, selbst einen Roboter zu steuern. Stattdessen kommandierte es den Trägerroboter, manchmal sogar auf akustischem Weg. Tipa akzeptierte seine Eigenwilligkeiten zähneknirschend, da sie unter keinen Umständen auf seine Fähigkeiten verzichten wollte. Sie fürchtete, das Orakel durch eine Umprogrammierung in seiner Leistungsfähigkeit zu beeinträchtigen. Seit 3113 fungierte es mittlerweile als ihr Statthalter auf Nacht. Als sehr launenhafter Statthalter, wie die Wissenschaftler immer wieder monierten.

»Du sprachst davon, die Gefahr für eine Rettungsmission zu relativieren, Orakel. Auf welche Weise könnte das geschehen?«

»Indem man mir die Koordination überträgt. Sträflicherweise wurde ich zuvor zu wenig in den Ablauf der Expedition eingebunden.«

Düstere Wolken umflorten die Augen des Marsianers. »Es gab nichts einzubinden. Die bestehenden Gefahren waren bekannt, daher gingen unsere Kollegen mit äußerster Behutsamkeit vor.«

Nicht behutsam genug. »Was ist mit der Sonde geschehen, die Sie zuletzt hineingeschickt haben?«

»Sie ging verloren, wie die anderen«, brummte Hesper. »Ein weiterer Beweis dafür, dass die Kernblase nicht mehr lange sicher ist. Die Störzone schickt sich an, uns zu überrollen.«

»Dramatisieren Sie die Ereignisse nicht, Herr Kollege«, tadelte a That.

»Von Dramatisieren kann keine Rede sein. Die Lage ist dramatisch.«

Tipa Riordan stimmte dem jungen Terraner zu. Die Kernblase umfasste mehrere aus Kunststoff vorproduzierte Kuppeln in der großen Magmakammer, hermetisch gegen die Umgebung abgedichtet und mit einer atembaren Atmosphäre versehen. Die Kammer war eine natürlich entstandene Kaverne auf der planetenabgewandten Seite des Mondes. Vor Jahrhunderten hatten Springer dort eine Bergwerksanlage gegraben, geradewegs durch einen längst erodierten Vulkankegel hindurch. Sie hatten nach »Schneeflocken« geschürft, einer besonderen Hochdruck-Modifikation von Diamanten mit fraktaler Strukturausbildung. Dabei hatten sie einen vierzehn Kilometer tiefen, senkrecht abfallenden Schacht in die frühere Magmakammer getrieben und diese wiederum zu einem vierhundert Meter durchmessenden, kuppelförmigen Hohlraum ausgehöhlt. Von dort führten zahlreiche längst nicht mehr katalogisierte Stollen und Schächte ins Innere des Mondes.

Das Bergwerk war schon vor Jahrhunderten aufgegeben worden und in Vergessenheit geraten. Heute existierte neben der Transmitterverbindung nach Asther ein 120 Meter durchmessender Schacht zwischen Kammer und Mondoberfläche. Er war mit einer ausgeklügelten Luftschleusenanlage versehen, um sperrige Fracht zu transportieren. In der Regel erfolgte das während der häufigen Sonnenstürme und war bislang unentdeckt geblieben. Am Ende des Schachts war eine Korvette als Fluchtraumschiff geparkt. Sollte ein Rückzug nötig werden, hatte Tipa nicht vor, die wertvolle Ausrüstung zurückzulassen.

Im Laufe der Jahre waren physikalische und hyperphysikalische Labors sowie umfangreiche Analysesysteme eingerichtet worden. Das Herzstück der Anlage bildete ein Würfel von achtzig mal achtzig mal achtzig Metern, nämlich jene Hochleistungspositronik, die Tipa von der USO für ihre während der Monolith-Krise geleisteten Dienste erhalten hatte. Noch heute dachte sie mit Vergnügen daran zurück, dass dem Beuteterraner Atlan nichts anderes übrig geblieben war, als der Bezahlung zuzustimmen.

Im Augenblick tendierte das Vergnügen der Piratin allerdings dem Nullpunkt entgegen. Denn als sie die Station hatte einrichten lassen, lag das Zentrum der Störung noch acht Kilometer unterhalb der Magmakammer. Inzwischen war es bis in die Nähe der Forschungsstation vorgedrungen. Vielleicht musste Tipa die Einrichtung früher evakuieren, als ihr lieb war. Vielleicht – diese Vorstellung nagte noch wesentlich stärker – war sie sogar gezwungen, die USO über die Ereignisse zu unterrichten. Durch ihre Kontakte zur United Stars Organisation wusste sie, dass deren hohe Tiere ein Auge auf die Kolonie geworfen hatten. Es war geplant, Nacht in ein paar Jahren als USO-Stützpunkt zu benutzen.

»Aus den Aufzeichnungen geht hervor, wie weit unsere Leute vorgedrungen sind?«

»Ja«, bestätigte Ganus a That zögernd.

»Aber?«

»Die Daten sind unzuverlässig, da die Übertragung, besonders am Ende, nur noch bruchstückhaft zu uns durchkam«, erklärte der Epsaler Ropander Tin. »Offenbar fand eine Wechselwirkung zwischen den Impulsen und den unerklärlichen Phänomenen statt. Hinzu kommt, dass die

Umgebung, durch die sich unsere Kollegen bewegten, in Veränderung begriffen war.«

»Die Gegebenheiten können sich jetzt also anders darstellen als noch vor ein paar Stunden oder gar vor zwei Tagen?«

Der Marsianer bestätigte das und verringerte damit Tipa Riordans Hoffnung, eine Spur der Verschollenen zu finden. Sie fragte sich, was mit ihnen geschehen sein mochte. Irgendetwas Unheimliches, ahnte sie. Vom Wesen dieser Bedrohung vermochte sie sich jedoch keine Vorstellung zu machen. Waren die Forscher einem unsichtbaren aber nichtsdestotrotz physisch existierenden Gegner zum Opfer gefallen? Sie spielte mit dem Gedanken, kampferprobte Weltraumsöldner aus der BUTTERFLY anzufordern. Einstweilen entschied sie sich dagegen, behielt sich die Option aber vor. Ein Einsatztrupp stand auf Abruf bereit und konnte in kürzester Zeit vor Ort sein.

»Dieser Widerspruch ist nicht der einzige seiner Art«, sagte der zur Korpulenz neigende Geologe Jasper Kreesh. »Ich erinnere an die Aussagen früherer Forschergruppen. Sie behaupteten, in Höhlen aus Wassereis vorgedrungen zu sein. Auf Nacht dürfte es überhaupt kein Wasser geben.«

»Die Berichte wurden durch Aufnahmen von Sonden bestätigt.«

»Durch Aufnahmen von Sonden, die nicht zurückkehrten. Wir müssen uns also fragen, ob da unten noch mehr ist als nur Eis. Existiert im Zentrum der Störzone vielleicht eine Art von Leben, das so fremdartig ist, dass wir es bisher nicht nachweisen konnten?«

A That verdrehte die Augen. Seine Mimik zeigte unmissverständlich, was er von Kreeshs Theorie hielt. »Im Vakuum im Mondinneren kann nichts überleben.«

»Wie erklären Sie sich dann, dass ein paar unserer Vorgänger sicher waren, eine fremdartige Landschaft gesehen zu haben?«, ereiferte sich der Geologe.

»Gar nicht. Diejenigen, die das behaupteten, gaben weitere wirre Details zu Protokoll. Ihre psychische Verfassung machte eine Behandlung mit Psychopharmaka nötig.«

»Das ist aber nicht alles«, drang Kreesh auf den Marsianer ein. »Wir haben zum Zentrum hin eine Zone wieder zunehmender Stabilität entdeckt.«

Tipa Riordan horchte auf. Diese Information war ihr bisher nicht zugetragen worden. »Darf ich das als gesicherte Tatsache annehmen?«

Der Geologe nickte.

A That schüttelte verständnislos den Kopf. »Ganz sicher nicht. Um einen Beweis darüber zu erlangen, müssen wir eine weitere Expedition auf den Weg bringen.«

»Angenommen, das Zentrum der Störungszone stabilisiert sich tatsächlich wieder«, grübelte die Piratin, »was würde das bedeuten? Dass sie sich nicht ausdehnt, sondern in ihrer Gesamtheit in unsere Richtung wandert?« Sie blickte in ratlose Gesichter. Entweder hatten sich die Wissenschaftler noch nicht mit dieser Frage auseinandergesetzt, oder keiner von ihnen hatte eine halbwegs vertretbare Antwort parat.

A That zuckte mit den Achseln.

»Ich bin geneigt, Ihnen zuzustimmen«, wandte Tipa sich an den Marsianer.

»Wir leiten die Suche in die Wege?«

»Drei Personen, mehr nicht. Dazu ein Kontingent Roboter.«

»Ich gehe«, sagte a That entschlossen.

Tipas grüne Augen blitzten. Soviel Wagemut hätte sie dem Marsianer nicht zugetraut. Er wusste um die Möglichkeit, ebenfalls in der Störzone zu verschwinden. Es sprach für ihn, dass er sich an vorderste Front begab, statt andere vorzuschicken.

»Einverstanden.«

»A That und seine Begleiter benötigen unterwegs die Unterstützung des Orakels. Das hat es selbst behauptet. Es sollte die Expedition begleiten«, schlug Faun Malkovoch vor.

Der GLADIATOR löste sich aus seiner Ecke und steuerte Tipa Riordan an. »Will Ihr Erster Wesir mich loswerden, Sternenfreibeuterin? Die Erforschung der Störungszone führte bei früheren Vorstößen zu extremen mentalen Belastungen. Es traten Fälle von beginnendem Wahnsinn auf, die mit Psychopharmaka behandelt werden mussten, wie Ganus a That soeben treffend feststellte. Auf eine uns unbekannte Weise wirken diese Belastungen sogar auf Positroniken. Das Verschwinden der Sonden ist ein signifikanter Hinweis. Ich koordiniere den Einsatz von hier aus und rege an, statt meiner den ersten Wesir zu schicken.«

Malkovoch schielte auf die Piratin hinab. »Ich weise darauf hin, dass dieser Vorschlag ein Minimum an Ernsthaftigkeit vermissen lässt, Ma'am.«

»So wie die das Fehlen eines intakten Geisteszustands vermuten lassende Idee, meine Existenz in der Störungszone aufs Spiel zu setzen«, konterte das Orakel.

»Genug!« Tipa hieb mit ihrem Gehstock auf den Boden. »Ihr bleibt beide an meiner Seite. Ansonsten obliegt die Zusammensetzung des Einsatzteams Ganus a That.«

Kapitel 3

8. September 3126

Der Einstieg in das Höhlenlabyrinth außerhalb der Kernblase zeigte keine Auffälligkeiten. Felsgestein umgab die drei in Schutzanzügen steckenden Männer. Der Marsianer der a-Klasse, Ropander Tin und der Archäologe Itter Krispen schwebten mit geschlossenen Helmen durch einen natürlich entstandenen, senkrecht abfallenden Schacht. Das Funksystem Ganus a Thats war auf Dauerbetrieb geschaltet, seine Helmkamera aktiv. Jedes Bild und jeder Ton wurde in die Zentrale der Station übertragen, wo Tipa Riordan und zahlreiche Spezialisten die Expedition überwachten.

Und das Orakel, das a That immer suspekt gewesen war.

Er kannte sich mit positronischen Einrichtungen aus. Deren Arbeitsabläufe und Reaktionen folgten einem Schema und unterlagen übereinstimmenden Mustern. Beim Orakel wich beides von der Norm ab. Mehr als einmal hatte er Hinweise darauf entdeckt, dass in der Minipositronik Fragmente eines Geistes steckten, der nicht allein auf Rechenoperationen basierte. Untermauert wurden diese Beobachtungen durch das Verhalten des Orakels, das zuweilen an das eines egozentrischen, zänkischen Individuums erinnerte. All das hatte auch keine Ähnlichkeit mit dem Wesen von Biopositroniken, die mit Zusätzen posbischen Zellplasmas ausgestattet waren. Die schnippischen Bemerkungen, die das Orakel vor wenigen Stunden gegenüber Faun Malkovoch hatte fallen lassen, stützten a Thats Überlegung, dass weit mehr in der Positronik steckte, als man ihr ansah.

»Der Schacht weitet sich«, riss ihn Itter Krispens gutturale Stimme aus seinen Überlegungen.

Die von den Anzugscheinwerfern und den GLADIATOR-Robotern geworfenen Lichtkegel wischten über graubraunes Gestein. Sedimentstrukturen zeichneten sich in den Felsen ab, die die Männer beim Abwärtsschweben flankierten. Diesen Weg hatten auch die Angehörigen des verschollenen Kommandos genommen. Bis hierhin hatten ihre Messgeräte keine Unregelmäßigkeiten erfasst. Das war jetzt nicht anders. A That überwachte die auf die Helminnenseite geworfenen Daten, die seine Instrumente lieferten. Gleichzeitig wurden sie in die Station übermittelt und vom Orakel und der Hochleistungspositronik ausgewertet.

Die unter ihnen liegende Höhle weitete sich zu einem Durchmesser von dreißig Metern. Der Grund war geprägt von unregelmäßigen Gesteinsformationen, zwischen denen Durchgänge in tiefere Bereiche wie gähnende Schlünde klafften.

»Stalagmiten und Stalaktiten«, drang Krispens Stimme aus dem Helmempfänger des Marsianers. »Der Mond hat vor langer Zeit also Wasservorkommen in nicht unerheblichem Ausmaß besessen.«

Eine für die Mission nutzlose Information. A Thats Assoziation zu Niederschlägen auf Nacht rief ihm die auf der planetenabgewandten Mondseite herrschenden Temperaturen von 80 Grad Celsius in Erinnerung, hauptsächlich hervorgerufen durch den Wärmetransport einer dünnen, stark metallischen und silikatreichen Atmosphäre, die sich in Form von »Regen« und »Schnee« bemerkbar machte.

Von Wasser konnte keine Rede sein. Auf der Nancanor zugewandten Seite herrschten sogar Temperaturen von bis zu 860 Grad Celsius, die Oberflächenschwerkraft betrug 0,7 Gravos.

Nacht war der zweite von sechs und mit 0,44 Erdmassen der größte Mond des Gainbal-Systems, in vielen seiner Eigenschaften dem solaren Merkur verwandt und mit seiner gebundenen Rotation ein Einseitendreher wie Luna. Er umlief Nancanor einmal in 8,16 Tagen und lag dadurch permanent exakt im Zentrum des Planetenschattens. Das machte ihn zu dem unangenehm dunklen Ort, dem er seinen Namen verdankte. Trist und lebensfeindlich genug, war er immer noch anheimelnder als die Monde Eins und Drei bis Sechs, stark deformierte und ausgeglühte Gesteinsbrocken, die umgangssprachlich mit ihren Nummern bezeichnet wurden, weil weder die Springer noch später die terranischen Kolonisten es für nötig befunden hatten, ihnen individuelle Namen zu verleihen.

Weitere für die Mission unerhebliche Informationen, verscheuchte a That diese Gedanken.

Gesichert von den Robotern folgten die Männer einem Durchlass im Höhlenboden und drangen tiefer in das Labyrinth vor. Sie orientierten sich an der Stoßrichtung ihrer verloren gegangenen Kollegen und der nicht wieder aufgetauchten Sonden. Vergeblich ortete a That nach Lebenszeichen.

»Keine Bioimpulse, keine Energieemissionen«, murmelte er.

»Es ist, als hielten sich die Verschollenen nicht mehr auf Nacht auf«, überlegte Ropander Tin.

»Oder sie sind tot«, malte der Archäologe die denkbar schlechteste Alternative.

»Befänden sich ihre Leichen in der Nähe, würden wir trotzdem noch Zellkernschwingungen auffangen«, gab a That zu bedenken.

»Nicht unbedingt. Vielleicht existiert in den Höhlen eine natürliche Abschirmung, so schwach, dass wir sie nicht ermitteln können, aber ausreichend, um Biozeichen und Energiesignaturen zu unterdrücken.«

Krispens Erklärung leuchtete a That nicht ein. Seine sonstigen Anzugsysteme arbeiteten einwandfrei. Die Taster registrierten eine unübersichtliche Vielzahl von Hohlräumen.

»Die Übertragung arbeitet einwandfrei?«, erkundigte er sich.

»Positiv«, bestätigte das Orakel. Es lieferte eine Datenkette, die mehrere Koordinaten enthielt, von wo aus die Verschollenen Wasserstandsmeldungen gesendet hatten.

Beim Vordringen schenkte das Kommando diesen Orten besondere Aufmerksamkeit, ohne Hinweise zu entdecken. Die Gruppe hatte sich mittlerweile drei Kilometer von der Kernblase entfernt, ohne mit Unregelmäßigkeiten konfrontiert zu werden. Dennoch fühlte sich a That desto unbehaglicher, je tiefer sie vordrangen. Er gab normalerweise nicht viel auf Ahnungen, jetzt konnte er sich ihnen nicht entziehen. Mehrmals ertappte er sich dabei, sich umzusehen. Unwillkürlich erwartete er das Verschwinden eines seiner Begleiter.

Unsinn! Wissenschaftlich nicht haltbare Befürchtungen.

Doch wie viel von den mit der Störzone zusammenhängenden Phänomenen war wissenschaftlich haltbar? Geschweige denn zu erklären?

»Ich registriere eine Gasansammlung vor uns.« Aufgrund seiner gedrungenen Gestalt, der Kleinwüchsigkeit und der enormen Körperbreite war der Epsaler selbst im Zwielicht nicht zu verkennen. »Es hat sich in dem Durchgang vor uns zu einer Blase gesammelt und reicht bis in eine Höhe von drei Metern.«

»Ich nehme eine Probe.« A That aktivierte eine Sonde und fing ein paar Gasmoleküle ein. Die Positronik seines Anzugs benötigte nur Sekunden für die chemische Analyse und übermittelte die Daten in die Zentrale.

Beim Durchflug durch die Blase gewahrte er Lichtimpulse in der vor ihnen liegenden Kammer. Die Scheinwerferkegel huschten über kristalline Strukturen, zuckten unruhig hin und her wie in einem sich in Bewegung befindlichen Kaleidoskop, bei dem jede Winkeländerung neue Trugbilder erschuf. Myriaden Lichtreflexe empfingen die Forscher.

»Eiskristalle«, stellte Itter Krispen fest.

»Sie haben den neuralgischen Bereich erreicht«, meldete sich das Orakel. »Von dort an hatten ihre Kollegen mit Problemen zu kämpfen.«

A That verharrte freischwebend in dem Hohlraum. Seine Sinne waren angespannt, seine Aufmerksamkeit auf die Auswertung des von der Positronik gefilterten Datenstroms auf seiner Helmscheibe gerichtet.

»Keine Auffälligkeiten, keine Unregelmäßigkeiten«, las er ab.

»Ich mache darauf aufmerksam, dass sie nicht übergangslos eintraten, sondern schleichend. Ich erwarte, dass Sie in Kürze mit Schwierigkeiten in Form von Realitätsveränderungen konfrontiert werden.«

»Danke für die Warnung.« *Allein wäre ich nicht darauf gekommen.*

Zunächst änderten sich nur die optischen Eindrücke. Gestein und Erdreich wurden zunehmend von Eis bedeckt. An manchen Stellen war es schmutzig und matt wie erblindetes Glas, an anderen von beeindruckender Reinheit und ließ erkennen, was sich dahinter verbarg.

Das Höhlenlabyrinth verzweigte sich weiter. Hohlräume, in denen eine Korvette Platz zum Manövrieren gefunden hätte, wechselten sich mit Engpässen ab, in denen Männer und Roboter zum Passieren eine Kette bilden mussten. Das Gelände wurde unübersichtlicher, wozu beitrug, dass sich Eisflächen als spiegelnde Reflektoren erwiesen, die das Licht der Scheinwerfer verstärkten und in unberechenbaren Winkeln zurückwarfen, als gebündelte Kegel geringen Winkels, viel öfter jedoch in unzählige Stränge zerfasert, die an Lichtvorhänge am Boden eines sonnengefluteten Waldes erinnerten.

Der Marsianer schickte zwei Roboter vor. Keiner der drei Männer sprach ein Wort. A That vernahm die monotonen Geräusche seines eigenen Atems im Empfänger. Wieder sah er sich nach seinen hinter ihm schwebenden Kollegen um. Er fragte sich, ob sie sein Gefühl der Beklemmung teilten. Das Wissen, dass die zwei Tage zurückliegende Expedition diesen Weg eingeschlagen hatte, war bedrückend.

»Die Bilder flackern. Es gibt sekundenlange Aussetzer in der Übertragung.« Unwillkürlich zuckte a That bei der Übermittlung des Orakels zusammen.

»Bestehen Bedenken, tiefer hinabzusteigen?«

»Diese Frage stellt Tipa Riordan Ihnen.«

Längst waren sie in den Bereich der expandierenden Störzone vorgedrungen, zumindest wenn a That den positronischen Hinweisen Glauben schenkte. Er selbst spürte keine Beeinträchtigung. Nichts schien sich verändert zu haben.

Es gibt sekundenlange Aussetzer in der Übertragung.

»Tin, Krispen, alles in Ordnung?«

»Ja«, antwortete der Epsaler einsilbig.

Der Archäologe brachte ein knappes, kaum wahrnehmbares Nicken zustande. Sie fühlten sich nicht wohl in ihrer Haut, genau wie a That. Das war widersinnig, da es bisher zu keinem Zwischenfall gekommen war.

»Keine Bedenken. Keine Schwierigkeiten bisher, Orakel. Der reinste Spaziergang.«

»Ein Spaziergang, der einige Sekunden des Nachdenkens erforderte, um zu einer Antwort zu gelangen.«

Du mich auch. Als a That seine Aufmerksamkeit wieder auf den Weg vor sich richtete, erschrak er heftig. Eine Wand schwarzen Eises ragte vor ihm auf und fiel ins Bodenlose. Unter dem Marsianer blieb eine Abbruchkante zurück.

»Haltet mich für verrückt, aber ich hatte eben den Eindruck, dass das Eis abdunkelte.« Tins Stimme schien auf Umgebungstemperatur zu gefrieren.

»Sie hatten den Eindruck, Ropander? Haben Sie die Veränderung im Licht gesehen?«

»Nein, das nicht.«

»Itter?«

»Ich habe in eine andere Richtung geschaut.«

A That verringerte die Leistungsabgabe seines Aggregats und spähte durch die Helmscheibe. Auch er selbst hatte die Mauer aus Schwärze eben noch nicht wahrgenommen. Waren sie alle drei abgelenkt gewesen? Bei einer unerklärlichen Veränderung hätten die Roboter reagiert. Sofern der Vorgang nicht ihre positronischen Gehirne beeinflusst hatte. Er rief sämtlichen Daten ab und stieß auf eine Auffälligkeit, die er sich nicht erklären konnte.

»Orakel, sind wir noch auf dem Weg, den unsere Kollegen genommen haben?«

»Positiv. Ich habe die Bilder Ihrer Übertragung soeben abgeglichen. Ihre Verwirrung ist verständlich. Die Umgebung gestaltet sich anders, als wir sie von den Aufnahmen der Verschollenen kennen. Anscheinend hat sich seitdem die Beschaffenheit der vor ihnen liegenden Höhle verändert.«

»Unmöglich. Eine mehrere Meter dicke Eisschicht kann sich nicht von jetzt auf gleich umgestalten«, entfuhr es Itter Krispen.

Der Marsianer sparte sich eine Antwort, da sie es besser wussten. Und es war soeben vor ihren Augen geschehen. Oder litten sie, ohne es zu erkennen, unter einer Beeinträchtigung ihrer Wahrnehmungsfähigkeit? Hatte der erwartete Realitätsverlust eingesetzt?

Der Epsaler flog mit ausgestreckten Armen voraus und stemmte sich gegen das Eis. »Massiv«, verkündete er. »Kein Trugbild. Ich fürchte, in dieser Richtung kommen wir nicht weiter.«

»Aber das müssen wir. Meinen Daten zufolge sind die anderen an dieser Stelle weiter vorgedrungen. Ist das richtig, Orakel?«

Die Bestätigung aus der Zentrale kam gleich darauf. A That leuchtete die Wand auf der Suche nach einem Stollen ab. Es war aussichtslos. Vielleicht fanden sie weiter unten eine gangbare Passage. Er rief über Funk nach den vorausgeschickten Robotern und verlangte zu erfahren, weshalb sie keine Warnung gegeben hatten. Sie meldeten sich nicht, auch nicht als er sie ein zweites Mal anfunkte.

»Das gefällt mir nicht. Die Metallburschen werden doch nicht ebenso verschwunden sein wie die Sonden.«

»Ich hatte darauf hingewiesen, dass die Phänomene auch auf Positroniken wirken«, meldete sich das Orakel.

»Sehr hilfreich.« A That unternahm einen weiteren Versuch, die beiden Roboter zu kontaktieren, danach gab er die Versuche auf.

»Und nun?«, fragte Ropander Tin. »Kehren wir um?«

»Wollen Sie das etwa?«, polterte a That verärgert. »Zum Aufgeben sind wir nicht hergekommen, ich jedenfalls nicht.«

»Schon gut, beruhigen Sie sich. Ich habe auch keine Lust, erfolglos abzubrechen.«

»Es liegt an Ihnen, meine Herren«, empfing der Marsianer Tipa Riordans Stimme.

»Wir finden eine Lösung, Chefin.«

»Sollen wir mit Desintegratoren einen Durchgang schaffen?«, fragte ein GLADIATOR.

»Nein.« Unterbewusst schreckte a That vor dem Einsatz von Waffen zurück. Außerdem war er sicher, dass sie damit nichts erreichen würden.

»Hier ist eine Spalte im Eis, drei Meter hoch. Sie erstreckt sich über eine Länge von hundert oder mehr Metern.« Der Archäologe hatte sich ein Stück weit von der Gruppe entfernt. Er beleuchtete einen Aufriss, der im Eis und dem dahinterliegenden Berg verschwand. Eben setzte er auf dem schwarzen Untergrund auf und machte Anstalten, weiter vorzudringen.

»Warten Sie!«, hielt ihn a That zurück. Er war unschlüssig, ob die klaffende Spalte schon vor einer Minute existiert hatte. Sie wirkte auf ihn wie ein Versuch, die Männer in eine bestimmte Richtung zu dirigieren, wie eine Einladung geradezu – doch wer hätte die hier unten aussprechen sollen? Außerdem wollten sie ohnehin in diese Richtung vorstoßen. Er schickte einen weiteren GLADIATOR vor. »Du entfernst dich nicht weiter als vierhundert Meter«, instruierte er die Maschine, während er und der Epsaler sich zu Krispen gesellten.

Zügig drang der Roboter vor. Die Scheinwerferstrahlen folgten ihm und hielten ihn im Fokus der Männer, bis sie ihn nur noch als daumengroße Gestalt sahen. Dann blieb er stehen.

»Vor mir liegt eine weitere Höhle«, funkte er. Die Distanz, die er überwunden hatte, ließ sich nur schwer abschätzen.

»Wie weit bist du vorgedrungen?«

»Vierhundert Meter.«

»Seltsamer Zufall«, brummte der Epsaler. »Exakt die Strecke, die Sie ihm zugestanden haben, Ganus.«

»Eigentlich zu seltsam für einen Zufall«, wunderte sich Itter Krispen.

»Dem stimme ich ausdrücklich zu«, übermittelte das Orakel. »Ich rate dringend davon ab, die vor Ihnen liegende Passage zu benutzen.«

»Aus welchem Grund?«

»Haben Sie vergessen, dass ich Sie vor baldigen Realitätsverzerrungen warnte? Ich halte die offensichtliche Umstrukturierung des Geländes vor Ihnen für eine Auswirkung der Störungszone.«

»Was siehst du voraus, Orakel?«

»Sähe ich etwas voraus, gäbe ich es von mir aus preis, ohne mich bitten zu lassen.«

Der Marsianer presste die Lippen aufeinander. Er verwünschte die elende Minipositronik für die unterschwellige Zurechtweisung. Er rief den Roboter. »Herrschen an deinem Standort stabile Verhältnisse?«

»Definieren Sie stabile Verhältnisse«, bat der GLADIATOR.

»Beobachtest du Veränderungen des Geländes? Kommt es zu Umstrukturierungen der Felsformationen?«

»Negativ.«

Die Antwort gab für a That den Ausschlag. Er flog in die Spalte hinein und folgte ihrem Verlauf. Krispen und Tin schlossen sich ihm kommentarlos an, die Roboter bildeten den Abschluss. Das schwarze Eis schluckte das Licht. Der Stollen kam a That erdrückend eng vor, obwohl die Anzeigen die Messungen des Archäologen bestätigten. Nach den ersten hundert Metern kamen ihm seine Bedenken so albern vor wie Denzen Hespers Schwarzmalerei. Seine Helmscheibe lieferte ihm unveränderte Werte.

»Ich habe es ja gesagt. Übertriebene Panikmache.« Seine Worte waren an Ropander Tin und Itter Kripsen gerichtet. Da beide schwiegen, drehte er den Kopf. Der Epsaler und der Archäologe waren nicht da. Wo er sie zu sehen erwartet hatte, hatte sich der Spalt geschlossen. Das schwarze Eis brach zusammen. Es verschüttete den Gang. Schon musste es seine Kollegen und die Roboter unter sich begraben haben.

Für einen Moment griff Panik nach a That. Er bekam die Kontrolle für sein Antriebsaggregat zu fassen, drehte die Leistung hoch und jagte davon.

»Ropander! Itter!«, bellte er in sein Helmmikrofon.

Keine Antwort. In seinem Empfänger herrschte Totenstille. Hinter ihm spielte sich der Einsturz in völliger Lautlosigkeit ab. Kein Geräusch war zu hören. Dafür dröhnten seine Atemzüge wie Paukenschläge durch den Helm. Der Marsianer raste durch den Spalt und hatte den Eindruck, dem jenseitigen Ende keinen Meter näher zu kommen. Hinter sich wähnte er ein gefräßiges Maul, das ihn jeden Augenblick zu verschlingen drohte.

»Orakel, hörst du mich?«

Die Positronik meldete sich nicht.

Hektisch spähte a That zurück. Das Eis war mit einem Mal schwärzer als die schwärzeste sternenlose Nacht. Es mahlte hinter ihm her, und dann war es heran.

Kapitel 4

3. September 3126

Ich nahm die Ankündigung über das bevorstehende Ende der letzten Linearetappe kommentarlos zur Kenntnis. Schon auf die vorherigen Meldungen hatte ich nicht reagiert. Meine einzige Regung bestand darin, gelegentlich den Arm anzuwinkeln und die Zeitanzeige meines Armbandkoms mit den Chronos in der Zentrale der VALAIN abzugleichen. Es war eine überflüssige, gar sinnlose Geste, die ich dennoch stoisch wiederholte.

Du hättest die Ankunft im Glomar-Sektor in deiner Kabine abwarten sollen, vernahm ich das Wispern des Extrasinns. *Von einem weit über Zehntausendjährigen darf man etwas mehr Gelassenheit erwarten.*

Ich stimmte meinem stummen Gesprächspartner zu, bis zu einem gewissen Grad zumindest. Jedoch konnte ich mich nicht daran gewöhnen, zu einem Rendezvous in der Ewigkeit bestellt zu werden, ohne über die Hintergründe informiert zu sein. Der hundert Meter durchmessende Kurierkreuzer raste der Ortungsstation Glomar entgegen, gelegen am Rand des Perseus-Arms, 15.050 Lichtjahre von Terra entfernt. Mein Ausflug genoss allerhöchste Priorität, trotzdem tappte ich nicht gern im Dunkeln.

Dahinter kann nur einer stecken.

Und wer?

Dein Barbarenfreund. Es würde mich nicht wundern, wenn du wieder einmal für sein Solares Imperium die Kastanien aus dem Feuer holen musst.

Ich hatte die Antwort des Logiksektors erwartet. Perry Rhodan traute ich solche Geheimniskrämerei zu. Bei meinem Freund konnte ich aber auch davon ausgehen, dass sie keiner Nichtigkeit entsprang. Wenn Rhodan auf diese Weise zu einem konspirativen Treffen lud, ging es um nicht weniger als die Geschicke der Galaxis.

Ein Grinsen huschte über mein Gesicht. Die Geschicke der Galaxis oder eben eine Nummer kleiner. Ging es nicht immer darum? Hinter mir lag eine Mission, die ich mit viel Fingerspitzengefühl und diplomatischem Geschick bewältigt hatte. Mein nächstes Ziel wäre Quinto Center gewesen, wo ich mich auf den aktuellen Stand hatte bringen wollen. Im Einsatz war man von den Tagesgeschäften der USO abgeschnitten, das galt auch für deren Lordadmiral. Ich erwartete den Einwurf des Extrasinns, dass ich mich überhaupt nur deshalb so oft an vorderste Front begäbe, um dem leidigen Tagesgeschäft zu entgehen. Zu meinem Erstaunen behielt er seine Meinung für sich.

Ich merkte auf, als sich die Darstellung in der Bildübertragung änderte. Die typischen Schlieren, visuelle Begleiterscheinungen eines Fluges durch den Halbraum, verschwanden von den Schirmen. An ihrer Stelle erspähte ich Sternkonstellationen, wie es sie in dieser oder ähnlicher Form millionenfach gab. Diese hier hatte ich bereits gesehen. Mein fotografisches Gedächtnis benötigte nur einen Sekundenbruchteil, um sie zuzuordnen. Sie besaßen weder strategische Bedeutung für die USO noch für das Solare Imperium. Glomar war ein vorgeschobener und bestens gesicherter Horchposten abseits der nächsten vielbeflogenen Routen. Auffällig war nur die Sternendichte am Rand des Perseus-Arms, ansonsten gab es nichts Besonderes zu sehen. Die Ortungsstation war etwa eine halbe Lichtstunde von den Koordinaten der VALAIN entfernt, doch ich glaubte nicht, dass sie unser eigentliches Ziel war.

»Ortung?«, bellte die Stimme der Kommandantin Vesper Languy durch die Zentrale.

»Ein Kugelraumer in Warteposition«, kam die prompte Meldung. »Durchmesser zweitausendfünfhundert Meter.«

Ein Ultraschlachtschiff, ging es mir durch den Kopf. Mein Blick flog zum Ortungsmonitor. Gegen diesen Giganten war mein Kreuzer kaum mehr als ein lästiges Insekt.

»Identifikation möglich?«, verlangte Languy zu wissen.

»Offene Kennung. Terranisches Ultraschlachtschiff ANISAPH des 18. Schweren Schlachtverbands.«

»Die ANISAPH ruft uns«, meldete der Funkoffizier. »Kommandantin General Jeanery Harrison bittet den Lordadmiral, an Bord zu kommen.«

Vesper Languy sah zu mir herüber, eine gedrungene, vierschrötige Terranerin mit forschenden Augen. Sie wartete auf meine Reaktion. Ich dachte kurz nach. Weder hatte ich zuvor von der ANISAPH noch von deren Kommandantin Jeanery Harrison gehört. Der 18. Schwere Schlachtverband indes besaß einen glänzenden Ruf. Weshalb ein Ultraschlachtschiff dieses Verbands hier draußen kreuzte, erschloss sich mir noch nicht. Ich war sicher, in Kürze eine Erklärung zu erhalten.

Ich erhob mich aus dem Gliedersessel. »Dann wollen wir mal. Freundliche Gastgeber soll man bekanntlich nicht warten lassen.«

Jeanery Harrison, die mich persönlich empfing, war äußerlich das Gegenteil von Vesper Languy, eine großgewachsene, schlanke Frau um die Sechzig. Ihre langen, feuerroten Haare waren im Nacken zusammengebunden. Sie trug die typische lindgrüne Uniform der Solaren Flotte, bestückt mit den Insignien eines Generals.

»Willkommen an Bord, Lordadmiral«, begrüßte sie mich. »Es ist mir eine Ehre, Sie auf der ANISAPH begrüßen zu dürfen.«

»Ich danke Ihnen, General. Ich wüsste nur gern, was wiederum mir diese Ehre verschafft. Daher würde ich gern auf jede Art von Formalität verzichten.«

»Ganz in meinem Sinne, Sir.« Harrison machte eine einladende Geste und ging voraus. »Ich bin sicher, wir sehen uns später sowieso noch.«

Unschlüssig, wie ich die Bemerkung interpretieren sollte, folgte ich ihr.

In einem solaren Ultraschlachtschiff hatte ich mich bereits geraume Zeit nicht mehr aufgehalten. Seit über siebenhundert Jahren bildeten diese fliegenden Festungen das Rückgrat der Solaren Flotte. Ich erinnerte mich gut daran, wie Perry Rhodan seinerzeit mit der CREST III, dem ersten 2500 Meter durchmessenden Kugelriesen der GALAXIS-Klasse, über der Stützpunktwelt Gleam aufgetaucht war und mich in maßloses Erstaunen versetzt hatte. Und die CREST III war nur der Prototyp der folgenden Serienproduktion gewesen.

Nostalgische Anwandlungen, Kristallprinz? vernahm ich ein lautloses Raunen. Ich ignorierte es.

Harrison führte mich durch eine Reihe von Korridoren. Kurz dachte ich an die VALAIN, die mit geringer Geschwindigkeit nahe dem Horchposten kreuzte. Vesper Languy erwartete meinen stündlichen Bericht. Obwohl feststand, dass ich an Bord eines Ultraschlachtschiffs so sicher war wie in Mutters Schoß, hatte sie darauf bestanden. Harrison blieb vor einem Zugang stehen und berührte eine Kontaktplatte. Vor uns fuhr die Tür beiseite. Die Kommandantin salutierte.

»Lordadmiral Atlan ist eingetroffen, Sir. Bitte, Lordadmiral.«

»Danke, General.« Ich trat ein und fand mich in einem kleinen Besprechungsraum mit spartanischer Einrichtung wieder. Um einen Konferenztisch waren Stühle drapiert, in die rückseitige Wand hatte man einen Komanschluss und ein Positronikterminal integriert. Zwei alte Weggefährten erwarteten mich.

Quod erat demonstrandum, meldete sich der Extrasinn.

»Hallo, alter Mann«, begrüßte mich Perry Rhodan und schüttelte mir die Hand.

»Hallo, Barbar. Ich dachte mir schon, dass du für dieses kleine Versteckspiel verantwortlich bist. Neigst du neuerdings zu dramatischen Inszenierungen? Ein Zusammentreffen hättest du einfacher gestalten können. Dein Haus am Goshun-See, ein Gläschen Wein ...«

Der Großadministrator des Solaren Imperiums schüttelte den Kopf. »Verzeih mir das beinahe konspirative Vorgehen. Ich habe meine Gründe dafür.«

»Die Sie in Kürze erfahren werden, Lordadmiral.« Der zweite Anwesende reichte mir die Hand. Es war der Zellaktivatorträger Julian Tifflor, als einer von Rhodans engsten Vertrauten mit einer wechselvollen Geschichte behaftet.

»Schön, Sie mal wieder zu treffen, Julian. Gut sehen Sie aus.«

»Alter Schmeichler.« Ein sanftes Lächeln umflorte Tifflors braune Augen. Obwohl auch er über tausend Jahre alt war, hatte er sich stets einen Hauch von jugendlichem Charme bewahrt. Er ließ sich auf einem Stuhl nieder, Rhodan und ich folgten seinem Beispiel.

»Ich nehme an, es ist dir recht, dass ich auf einen offiziellen Empfang verzichtet habe?«

»Sehr recht sogar, Perry. Von Empfängen und übertrieben höflicher Diplomatie habe ich für die nächste Zeit genug. Was beides angeht, hat meine zurückliegende Mission auf Falanta-IV sich als äußerst strapaziös erwiesen.«

»Sind Sie bei der USO neuerdings für diplomatische Belange zuständig, Sir?« Tifflor konnte ein Grinsen nicht unterdrücken.

Ich galt gemeinhin nicht als der geduldige Diplomat wie Rhodan. Mir hing mehr den Ruf eines harten Hundes an, der zupackte, wenn andere noch redeten. Teilweise mochte diese Einschätzung zutreffen. Dass ich auch anders konnte, hatte ich just bewiesen.

»Es sind harte Zeiten, das brauche ich euch beiden nicht zu sagen. Man muss nehmen, was kommt. Was sollen die Angehörigen der USO von mir denken, wenn ich als Lordadmiral nicht mit gutem Beispiel vorangehe?«

»Dann war bestimmt eine Dame in hochrangiger Position im Spiel«, frotzelte Perry.

Tifflor kam meiner Replik zuvor. »Ihre Mission war erfolgreich?«

»Ja, das war sie. « Ich winkte ab. »Sie war überwiegend von Langeweile geprägt und ist nicht weiter erwähnenswert. Spannt mich nicht auf die Folter. Weshalb sitzen wir hier zusammen?«

»Es geht um die USO.« Rhodan wurde schlagartig ernst. »Genauer gesagt, um das künftige Zusammenspiel zwischen dem Solaren Imperium und der USO.«

»Gibt es an der derzeitigen Konstellation etwas zu bemängeln?«, wunderte ich mich.

»Es geht um den Status deiner Organisation, Atlan.«

Ich hob auffordernd die Hände. »Ich höre.«

»Die USO entwickelt sich zu einem immer stärker werdenden galaktischen Machtfaktor. Die meisten deiner Operationen verlaufen verdeckt, viele davon kommen niemals an die Öffentlichkeit. Gerade das bewirkt aber, dass sowohl Regierungen als auch Geheimdienste verschiedener Machtblöcke mit Argusaugen auf die USO schielen. Und je größer der Einfluss der USO wird, umso mehr schaut man auch auf das Solare Imperium, ganz speziell die ehemaligen terranischen Kolonien«, dozierte Rhodan.

»Das ist nichts Neues. Besonders der Carsualsche Bund, das Imperium Dabrifa, die Zentralgalaktische Union sehen sich als Konkurrenten des Solaren Imperiums, politisch wie militärisch. Hinzu kommen ein paar Splitterreiche, nicht mehr als Leichtgewichte.«

»Die Lage hat sich verschärft«, ergriff Tifflor das Wort. »Schuld daran sind sicherlich die Nachwirkungen der Monolith-Krise. Man betrachtet uns noch argwöhnischer als zuvor. Es gibt bereits Stimmen, die vor einer antiterranischen Koalition einiger Machtblöcke warnen.«

Davon hatte ich noch nichts erfahren. Dabei hörten meine Agenten normalerweise das Gras wachsen. »Dazu wird es nicht kommen. Die verschiedenen Gruppierungen sind untereinander zerstritten. Das einzige, was sie verbindet, ist ihre Abneigung gegen das Solare Imperium.«

»Diese Tatsache könnte eines Tages den Ausschlag geben, doch damit können wir uns ein andermal beschäftigen. Derzeit geht es um unsere aktuelle Schwächephase. Das Imperium muss vorsichtig auftreten. Eine zu enge und zu offensichtliche Verbindung mit der USO würde auch deine Organisation schwächen.«

Rhodans Argumentation hatte etwas für sich. Die in der Vergangenheit bewährte Zusammenarbeit zwischen dem Imperium und der USO war seit jeher einigen ein Dorn im Auge. Manche Zeitgenossen sahen in mir nicht den Lordadmiral einer unabhängigen Einrichtung, sondern

Rhodans Speichellecker. Dabei war nicht unsere Freundschaft der Grund für unsere Zusammenarbeit, sondern unsere gemeinsamen Ansichten über Stabilität und galaktischen Frieden.

»Du regst an, den Schulterschluss zwischen uns zu lockern?«, entnahm ich seinen Ausführungen.

»Nein, sondern ihn noch besser zu verbergen als in der Vergangenheit. Keiner von uns kann sich eine Schwächung der USO leisten. Du nicht, weil du dich irgendwann selbst Feindseligkeiten ausgesetzt sähest, und ich nicht, weil ich eines wichtigen Instruments beraubt würde.«

»Die USO lässt sich nicht instrumentalisieren, auch nicht von dir, Barbar«, wies ich meinen Freund zurecht.

»Der Ausdruck war unglücklich gewählt, verzeih.«

»Er änderte aber nichts an den Tatsachen, Atlan. Sie wollen die USO eigenständig halten, das verstehen wir. Nichts anderes liegt in unserer Absicht«, ereiferte sich Tifflor.

»Nein, und ich stimme Perry Rhodan durchaus zu«, gestand ich. »Jedwede Flottenoperation gegen das Solare Imperium ist trotzdem undenkbar. Selbst ein schwächelndes Imperium spielt militärisch weiterhin in einer anderen Liga als die Konkurrenz. Galaktopolitische Konflikte finden auf einer anderen Ebene statt.«

»Auf der von Agentennetzwerken«, bestätigte Rhodan. »Das weiß keiner besser als du, Atlan. Deine Spezialisten und die Solare Abwehr mischen bei diesem Spiel kräftig mit. Nur muss die SolAb zurückhaltender vorgehen als andere Geheimdienste, da wir sonst wieder mit den ewig gleichen Vorwürfen von Großmannssucht und expansionistischen Ambitionen überschüttet werden.«

Ich konnte Perrys Zwiespalt nachvollziehen. Er sah sich als Diener der Menschheit und würde keinen Fußbreit Raum gegen antiterranische Tendenzen preisgeben.

Andererseits war er nun einmal der Diplomat in bestem Sinne, der zu verhindern versuchte, dass man dem Solaren Imperium ungerechtfertigt am Zeug flicken konnte. Jede offenkundige Aktivität des Imperiums würde eine weitere Separationswelle nach sich ziehen. Der Zusammenhalt der solaren Welten stand auf tönernen Füßen und erforderte behutsames Fingerspitzengefühl wie auch Entschlossenheit.

»Der konkrete Anlass für dieses Treffen erschließt sich mir bisher nicht«, machte ich Rhodan darauf aufmerksam, dass wir all das auch über Hyperfunk hätten erörtern können.

Tifflor schaute mich unverwandt an. »Es geht um die Agentenoperationen der verschiedenen Dienste, Atlan. Sie ranken längst nicht mehr nur um politische Einflussnahme. In zunehmendem Maße sind ihr Ziel neuartige Technologien, um das Imperium zu schwächen. Wir erlangten Kenntnis von bislang unbekannten Gruppen, die bereits aktiv sind oder in Kürze aktiv werden.«

»Wir? Die Solare Abwehr?«

Rhodan nickte.

Du solltest deinen Stall ausmisten, meldete sich der Extrasinn. *Rhodans SolAb läuft deinen Spezialisten den Rang ab.*

Ich nickte stumm in mich hinein. Was ich hörte, behagte mir ganz und gar nicht. War die USO nicht über die Aktivitäten dieser ominösen Gruppen unterrichtet, oder war ich tatsächlich nicht auf dem Laufenden? Das eine war so unverzeihbar wie das andere.

»Worum geht es den Unbekannten?«

»Um Terra und seine Basen, was sonst. Es geht um eine kontinuierlich voranschreitende Untergrabung der Vormachtstellung des Solaren Imperiums. Steter Tropfen höhlt den Stein. Irgendwann führt diese Taktik zum Erfolg.« Rhodans Miene drückte Besorgnis aus. »Deshalb haben wir den Plan entwickelt, in Zukunft dringend benötigte neue Technologien künftig besser zu schützen.«

Auf einmal begriff ich, wie der Hase lief. »Terra denkt an Entwicklung und Erprobung unter dem Schutzmantel der USO.«

»So ist es«, gab Tifflor zu.

Ich dachte über die Idee nach. Im Grunde hatten sich Perry und Tifflor die Sache gut überlegt. Die USO war gegen Agentenangriffe besser gerüstet als ein Staatsgebilde. Geheimnisse waren bei uns schon immer länger geheim geblieben als an anderen Stellen. Zudem würde uns niemand in dieser uns zugedachten Rolle vermuten. Ganz glücklich war ich trotzdem nicht mit der Idee. Ein heraufziehender Technologiekrieg erforderte besondere Maßnahmen, wollte man dabei nicht ins Hintertreffen geraten. Stimmte ich aber dem Vorhaben meiner Freunde zu, ließ ich mich und die USO auf eine gewisse Weise vereinnahmen.

»Ich habe dein Zögern erwartet«, räumte Rhodan ein.

»Bisher weiß ich nicht einmal, von welchen neuen Technologien überhaupt die Rede ist. Geht es um bestimmte Projekte?«

»Auch diese Frage habe ich erwartet.« Rhodan erhob sich von seinem Stuhl und schritt in den rückseitigen Bereich des Raums. Er blieb vor dem Komgerät stehen und setzte einen offenbar vorbereiteten Funkimpuls ab. Ich ahnte, dass mir eine Überraschung bevorstand. Rhodans Verhalten ließ keinen anderen Schluss zu. Er wechselte zum Positronikanschluss und nahm eine Schaltung vor. Im nächsten Moment baute sich in der Raummitte über dem Tisch eine Holoprojektion auf. Ich sah meinen Freund erwartungsvoll an.

»Ich zeige dir ein Beispiel aus der Ideenschmiede unserer Tüftler«, kündigte er an. »Ich habe ein weiteres Schiff ins System gerufen. Es wird in einer Minute eintreffen.«

Ich fühlte mich ein wenig überfahren. »Also schön, Perry. Was hat es Aufsehenerregendes an Bord?«

Ein Lächeln umspielte die Lippen meines Freundes. Ich kannte ihn, er war sich seiner Sache ziemlich sicher. Das war nicht verwunderlich, begriff ich keine Minute später. In dem Holo zeichnete sich ein Raumer ab, den ich auf den ersten Blick als Schlachtschiff mit achthundert Metern Rumpfdurchmesser identifizierte. Es war ein Schiff der STARDUST-Klasse, basierend auf den Einheiten der alten Imperiumsklasse des Tai Ark'Tussan. Es war unmarkiert, besaß keine Namenskennung. Auf den zweiten Blick fielen mir die zahlreichen Modifikationen an der Außenhülle auf. An mehreren Stellen waren pockenartige Halbkugeln zu sehen, dazu bizarre Antennenkonstruktionen. Ich entdeckte eine Art nach außen offenen Trichter im Polbereich, dessen Funktion sich mir nicht erschloss. An den Ringwulst waren zusätzliche Segmente angeflanscht, die wie willkürlich platziert wirkten.

»Was ist das?«, fragte ich.

»WAV-E«, sagte Rhodan.

Dein Barbarenfreund hat dich geködert, Kristallprinz, wisperte der Extrasinn amüsiert.

»Du hast meine Neugier geweckt, Perry«, gab ich zu.

»Möchtest du mehr erfahren?«

»Nichts hält mich jetzt noch davon ab.«

»Fein.« Rhodan setzte einen weiteren Funkspruch ab. Er nickte Tifflor und mir auffordernd zu. »Wir begeben uns in die Zentrale. Dort wirst du Zeuge einer Vorführung.«

Das ließ mich voraussehen, dass mir weitere Überraschungen bevorstanden. Wir verließen den Konferenzraum und vertrauten uns einem Gleitband an, das uns in die Zentrale tragen sollte.

Unterwegs versuchte ich Rhodan weitere Informationen über die WAV-E zu entlocken. Mir entging nicht, dass er sich wand. Noch wollte er offenbar nicht zu viel von dem preisgeben, was die Terraner sich hatten einfallen lassen. Ich ahnte, dass die an der Außenhülle des Kugelraumers sichtbaren Modifikationen technische Funktionen besaßen, die für uns absolutes Neuland darstellten. Es war also nicht verwunderlich, dass Rhodan Industriespionage anderer Machtblöcke befürchtete.

»WAV-E entspringt einer Nebenlinie des von Geoffry Abel Waringer initiierten Projekts Laurin«, überwand er sich zu einer Erklärung.

»Laurin«, wiederholte ich unwillkürlich. Alles in mir spannte sich an.

»Ja. Das Projekt, das in Zukunft das Solsystem vor Feinden schützen soll. Herzstück ist der Bau eines Antitemporalen Gezeitenwandlers auf dem Merkur«, bestätigte er.

»Antitemporaler Gezeitenwandler? Du weißt, was ich von Eingriffen in den Zeitablauf halte. Wir kennen das Zeitfeld der Uleb-Technologie. Ich brauche dir nicht zu sagen, wie heikel derlei Vorgänge sind. Wir haben es in der Vergangenheit erlebt.«

»Ich habe es nicht vergessen. Entsprechend groß sind die Sicherheitsmaßnahmen.« Mehr wollte Rhodan dazu nicht sagen. »Obwohl Geoffry und seine Leute schon einige Zeit daran arbeiten, befindet sich das Projekt weiterhin in der Entwicklungsphase. Bis zu seiner Fertigstellung können durchaus weitere Jahrhunderte vergehen. Bei WAV-E liegt der Fall etwas anders.«

»Wofür steht die Bezeichnung WAV-E?«

»Nebensächlich.«

»Darf ich zumindest davon ausgehen, dass das E für den fünften Prototypen eurer Versuchsreihe steht?«

Rhodan lächelte. »Du darfst. Der Startschuss wurde im Jahr 3012 gegeben. Seither sind auch wieder einhundert Jahre ins Land gezogen. Das Konzept beruht auf Notizen und einem Dossier Arno Kalups. Technisch steht es dem Relativschirm der Posbis näher als dem von dir genannten ATG-Feld der Uleb.«

Die Terraner verfolgen zwei konkurrierende Entwicklungslinien, machte mich der Extrasinn auf eine Merkwürdigkeit aufmerksam. *Das Dossier des verstorbenen Hyperphysikers Kalup gegen die aktuellen Forschungen Waringers, dem wohl bedeutendsten lebenden Hyperphysiker, der sich mit dem ATG-Feld der Uleb beschäftigt. Bedeutet das womöglich, dass Waringer Kalups Notizen kritisch beurteilt und einen anderen Weg für sinnvoller hält?*

»Wenn ich dich richtig verstehe, treibt ihr zwei konkurrierende Entwicklungslinien voran.«

»Wir experimentieren lediglich in zwei verschiedene Richtungen«, warf Tifflor ein. »Ein Konkurrenzbild lässt sich daraus nicht ableiten.«

»Wäre es nicht sinnvoller, das terranische Wirtschaftsministerium würde sich auf eine einheitliche Linie konzentrieren? Ihr zersplittert eure Kräfte.«

»Wären wir immer nur eingleisig gefahren, wären wir irgendwo am Wegesrand nicht weitergekommen. Dann hätten wir nie zu deinen Arkoniden aufschließen können, Beuteterraner«, scherzte Rhodan.

Er wich meiner Neugier weiterhin aus, und er gab sich nicht einmal Mühe, das vor mir zu verbergen. Er ließ mehr Fragen offen, als er beantwortete. Das war nicht typisch

Perry. Ich drängte ihn nicht, da offensichtlich war, dass ich an diesem Tag keine Hintergründe in Erfahrung bringen würde. Vielleicht war die Vorführung, die er mir angekündigt hatte, dazu angetan, ein wenig Licht in diese Sache zu bringen.

Wir stiegen von dem Gleitband, benutzten einen Antigravschacht, der uns auf das äquatorial gelegene Hauptdeck beförderte, und gingen das letzte Stück zu Fuß. Beim Betreten der Zentrale bemerkte ich die Anspannung. Die Versammelten schienen fest mit der Vorführung gerechnet zu haben. Also war meine Anwesenheit von vornherein als gesichert angenommen worden. Perry und Tiff hatten mich klassisch ausmanövriert. Der Blick, den ich von Jeanery Harrison auffing, bestätigte diese Vermutung. Ihre zunächst für mich belanglos klingende Bemerkung hallte in meinen Ohren nach.

Ich bin sicher, wir sehen uns später sowieso noch.

Während ich mich umsah, nutzte ich die Gelegenheit, die verabredete Meldung an Vesper Languy abzusetzen. Die zentrale Zelle der ANISAPH war, wie bei Schiffen dieser Klasse üblich, durch eine eigene Panzerung besonders geschützt. Sämtliche Stationen waren besetzt, der Panoramaschirm zeigte den umliegenden Raum. Es gab mehrere freie Sitzgelegenheiten. Ich erwartete, dass Rhodan mir Platz anbot. Er schielte zum Zentraleschott und schien auf etwas zu warten.

»Status, General?«, fragte er.

»Sämtliche Vorbereitungen sind abgeschlossen, Großadministrator«, meldete Harrison. »Wir haben Beobachtungsposition bezogen, die WAV-E ist bereit. Wir warten nur noch auf unsere übrigen Gäste.«

Ich spitzte die Ohren. »Noch jemand, mit dem du Katz und Maus spielst, Barbar?«, raunte ich Rhodan zu.

Ehe er antworten konnte, öffnete sich das Schott. Zwei Terraner traten ein. Zwischen ihnen flogen drei gut zehn Zentimeter große Siganesen, deren Haut ähnlich lindgrün war wie die Uniformen der solaren Flotte. Sie ließen sich von ihren Antigravs bis zu Rhodan tragen, setzten auf dem Boden auf, salutierten wie ihre terranischen Kameraden und stiegen wieder nach oben, um optisch mit uns auf Augenhöhe zu sein. Das Ganze hatte etwas unfreiwillig Komisches. Mir versetzte es einen leichten Stich. Die kleinwüchsigen Kolonialterraner von Gladors Stern erinnerten mich auch nach über zwanzig Jahren noch an meinen Freund, den hochverdienten USO-Spezialisten Lemy Danger, der anno 3102 in Quinto-Center gestorben war, weil ich es nicht geschafft hatte, ihm einen Zellaktivator zu organisieren.

»Lordadmiral Atlan.« Rhodan deutete auf mich. »Atlan, ein Forscherteam, das soeben mit einer Fähre von der WAV-E herübergekommen ist. Die Wissenschaftler werden der Vorführung von hier zuschauen, um weitere Erkenntnisse zu sammeln.«

Bei den beiden Terranern handelte es sich um den Hyperphysiker Earl Fleinen und den Paratron-Technologen Henning Vrom. Die Siganesen lernte ich als Tyll Coster und Primo Quanz kennen, ihres Zeichens Temporalmechaniker und Mikroingenieur. Der verbliebene Siganese besaß die Frechheit, sich auf meiner Schulter niederzulassen.

»Es ist mir eine Ehre, den Chef des legendären Lemy Danger kennenzulernen Lordadmiral«, flötete er. »Gestatten, Harlon Darter, 192 Jahre jung, Angehöriger des Experimentalkommandos der SolAb und Mitglied des Entwicklungsteams, das an der kalupschen ATG-Technik der WAV-E arbeitet. Als Hyperphysiker war ich vor diesem

Einsatz am Projekt Laurin für die Relativzeitkompensationskonverter zur Annullierung des Grenzschichtfeldes und andere technische Spezifikationen zuständig.«

Ich wendete den Kopf und betrachtete Harlon Darter, dessen Dreistigkeit kaum zu überbieten war. Rhodan räusperte sich vernehmlich.

»Mister Darter, hätten Sie wohl die Güte, ein wenig räumlichen Abstand zu Lordadmiral Atlan zu gewinnen.«

»Natürlich, Sir. Verzeihung, Lordadmiral.«

Nachdem Darter sich von meiner Schulter in die Luft erhoben und ich ihm einen indignierten Blick hinterhergeschickt hatte, begrüßte ich die fünf Männer, bei denen es sich zweifellos um Koryphäen des irdischen Forscherteams handelte. Ich unternahm erst gar nicht den Versuch, ihnen mehr zu entlocken als ihrem obersten Chef. Natürlich hatte er sie zu absolutem Stillschweigen vergattert.

Rhodan dirigierte uns zu ein paar freien Gliedersesseln. Ich nahm zwischen ihm und Tifflor Platz. Die Siganesen schwebten kurzerhand auf eine Konsole und ließen sich darauf nieder.

Die Offiziere an ihren Stationen und die Wissenschaftler brachen in zielgerichtete Hektik aus. Ich hatte solche Minuten vor richtungweisenden Ereignissen oft genug miterlebt. Für einen Außenstehenden mochten die Handgriffe und die hin und her wechselnden Meldungen chaotisch wirken, doch sie waren alles andere als das. Jeder in der Zentrale wusste genau, was er zu tun hatte. Ausgerechnet Perry, Tiff und ich als Beobachter bildeten die Ausnahmen. Ich verschränkte die Arme vor der Brust und machte es mir gemütlich.

»Oberst Kalafarr, hier Rhodan«, rief mein Sitznachbar den Kommandanten des Testraumers über einen offenen Funkkanal. »Es kann losgehen. Sie haben grünes Licht.«

»Genießen Sie die Show, Großadministrator«, antwortete der mir unbekannte Offizier.

»Das werden wir. Nur bringen Sie uns die WAV-E und ihre Besatzung wohlbehalten zurück, Oberst.«

»Sie haben mein Wort, Sir. Kalafarr, Ende.«

»Ich nehme an, du hast keinen Anfänger für diese Mission ausgewählt«, sagte ich. Trotz all meiner Erfahrung konnte ich mich der Faszination des Augenblicks nicht entziehen. Wissenschaftliches Neuland zu betreten war immer wieder eine Herausforderung. Routine eignete man sich dabei auch als relativ Unsterblicher nicht an. Über Jahrtausende hinweg war ich Zeuge zu vieler Fehlschläge und Tragödien geworden.

»Der Oberst ist ein außergewöhnlich erfahrener Raumfahrer, der einen ausgewählten Expertenstab befehligt«, ließ mich der an einen Kraftsportler erinnernde Earl Fleinen mit grollendem Basston wissen. »Die Besatzung der WAV-E besteht aus zweihundert auf ihrem jeweiligen Spezialgebiet erfahrenen Männern und Frauen.«

»Zu denen unter normalen Umständen auch Sie gehören.«

»Wir alle fünf«, sagte Harlon Darter. Ein unsichtbarer Verstärker hob die dünne Stimme des Siganesen auf den Lautstärkepegel eines Terraners an.

Meine Aufmerksamkeit wurde von der Darstellung im Panoramaschirm beansprucht. Das Schlachtschiff nahm Fahrt auf, ohne aus dem Fokus der Aufnahmegeräte zu weichen. Mehr noch als zuvor sprangen mir die baulichen Modifikationen ins Auge. Sie deformierten die Kugelform und verliehen der WAV-E einen Hauch der bizarren Konstruktion eines Posbiraumers.

»Der erste echte Feldversuch mit kompletter Mannschaftsstärke.« Henning Vrom war ein dürres kleines Männchen, das sich in der zwei Nummern zu großen Flottenuniform fast verlor. Der Paratrontechnologe seufzte schwermütig. »Ich wünschte, ich wäre an Bord.«

»Das geht uns allen so«, pflichtete ihm Primo Quanz bei.

»Es werden sich ausreichend weitere Gelegenheiten bieten«, tröstete ich ihn.

»Für das erste Mal gibt es keinen Ersatz.« Der Mikroingenieur grinste über sein lindgrünes Gesicht.

»Wohin geht es?«, überging ich die Anzüglichkeit. »In die Vergangenheit oder in die Zukunft?«

Earl Fleinen starrte mich an.

»Relativschirm der Posbis, ATG-Projekt der Uleb. Was erwarten Sie? Ich kann eins und eins zusammenzählen.«

»In die Zukunft«, bestätigte Rhodan meine Vermutung. »Keine zwei Sekunden in die Zukunft.«

Womit die WAV-E nicht mehr in unserem Raum-Zeit-Gefüge existierte. Verlor man sich in der Zeit, machte es keinen Unterschied, ob man eine Sekunde weit weg war oder über fünfzigtausend Jahre, wie damals als die CREST III durch den Vario-Zeittransmitter der Meister der Insel tief in die Vergangenheit geschleudert worden war.

Die WAV-E absolvierte einen Schwenk, bremste ab und bezog, relativ zur ANISAPH gesehen, eine stabile Position. Mein Blick saugte sich an der Bildschirmdarstellung fest. Um die Kugelzelle des Schlachtschiffs entstand ein kaum wahrnehmbares Flimmern. Ich hielt es für eine Fehlfunktion des Schirms, doch dann intensivierte es sich.

»Feld ist aktiviert. Versetzung in die Relativzukunft wurde eingeleitet«, vernahm ich eine Stimme.

Weitere Meldungen jagten einander. Datenkolonnen huschten durch die Terminals der einzelnen Stationen, zu schnell als dass ein menschliches Auge ihnen folgen konnte. Sie erfassen und auswerten schon gar nicht. Dafür war die Positronik zuständig. Sie filterte nach primär relevanten Informationen und versorgte die Funktionsträger damit.

»Vorgang läuft ab wie vorausberechnet«, meldete jemand. »Keine Abweichung zu früheren automatischen Testflügen.«

»Verzerrung der Raum-Zeit-Struktur. Aufriss wird etabliert.«

Eine silbrige Korona verwandelte die WAV-E in einen Tropfen trägflüssigen Quecksilbers. Da niemandem erhöhte Unruhe anzumerken war, ging ich davon aus, dass sie ihre Richtigkeit hatte. Düster grüne Streifen bildeten sich in dem Silber, ein vor der Schwärze des Weltalls anmutig aussehender Vorgang, der sich mit nichts, was ich jemals gesehen hatte, vergleichen ließ. Ich erwartete einen Blitz, einen spektakulären Lichteffekt beim Übergang der WAV-E in die Relativzukunft. Nichts dergleichen geschah. Sie verschwand von einem Moment auf den anderen aus der optischen Wahrnehmung. Zugleich verloren Orter und Taster den Kugelraumer aus der Erfassung. Sämtliche Messinstrumente griffen ins Leere. Es war, als wäre die WAV-E niemals dort draußen gewesen.

»Wie lange?«, wollte ich wissen.

»Zwei Minuten«, antwortete Tyll Coster. »Das ist genügend Zeit für umfangreiche Messungen.«

Ich warf einen beiläufigen Blick auf mein Armbandchrono. Eine halbe Minute war verstrichen. In der Zentrale war Stille eingekehrt. Alle hockten regungslos an ihren Stationen. Die Menschen konnten jetzt so wenig ausrichten wie die Instrumente der ANISAPH.

»Habe ich das eben richtig verstanden? Die bisherigen Testläufe erfolgten ohne Besatzung?«

»Ausnahmslos.« Darter warf sich stolz in die Brust.

»Probleme?«

»Keine nennenswerten. Deshalb war die Besatzung der WAV-E ganz scharf auf den ersten bemannten Flug.« Rhodan schien die Ruhe selbst zu sein. Wie es in seinem Inneren aussah, wusste er allein.

Wie gebannt starrte ich auf die Stelle, an der ich die WAV-E zuletzt gesehen hatte. Dort existierte nichts als Schwärze. Ich war gespannt auf die optischen Effekte bei ihrer Rückkehr.

»Eine Minute fünfundfünfzig Sekunden«, stieß jemand aus. »Noch vier Sekunden ... drei ... zwei ... eins. Rückkehr jetzt!«

Der Schirm blieb dunkel. Ich winkelte meinen Arm an, suchte die Bestätigung des Chronos. Die veranschlagten zwei Minuten waren überschritten. Nichts geschah. Das Schiff blieb verschwunden. Ich registrierte, dass Rhodan sich aus seinem Sessel in die Höhe stemmte. Was mochte in meinem Freund vorgehen? Er räusperte sich, wollte etwas sagen.

»Da ist sie, die WAV-E!«, gellte eine Stimme durch die Zentrale.

Eine Phalanx von Messinstrumenten fiel über den Achthundert-Meter-Raumer her und nahm ihn unter die Lupe. Weitere Schirme erwachten hektisch flackernd zum Leben. Ich betrachtete das Abbild der WAV-E. Sie war äußerlich unverändert, dennoch war es zu einem Zwischenfall gekommen. Bei einem Unternehmen wie diesem wurde jede Sekunde der Vorausplanung penibel genau umgesetzt. Entstanden Abweichungen, war höchste Wachsamkeit geboten.

»Funkkontakt herstellen!« Jeanery Harrison zeigte keine Regung.

Erste Meldungen folgten. Es gab keine messtechnischen Veränderungen. Die WAV-E hatte keinen sichtbaren Schaden davongetragen.

»Sämtliche Energiesignaturen stimmen mit denen von vor der Vorführung überein.«

Das besagte nichts, solange keine Klarmeldung von Oberst Kalafarr einging. Die war primäre Pflicht nach einem solchen Testlauf. Rhodan war der gleichen Meinung.

»Wo bleibt die Funkverbindung?«, drängte er.

Ich sah zur Funkstation hinüber. Die Reaktion des diensthabenden Leutnants alarmierte mich. Er deutete ein Kopfschütteln an, hantierte hektisch an seinen Eingabeeinheiten. Auch General Harrison erhob sich nun von ihrem Platz.

»Leutnant?«

»Es kommt kein Kontakt zustande. Wir kommen drüben an, aber niemand antwortet.«

»Schwankungen im Energiehaushalt der Aggregate der WAV-E. Verschiedene Bordsysteme fallen aus.«

»Jetzt erst?«

»Positiv. Bis eben gab es keine Störungen.«

Geordnete Hektik brach aus. Längst hatten sich die fünf von der WAV-E vor einem Terminal versammelt und führten eigene Messungen durch.

»Ich empfange eigenartige Anzeichen«, meldete ein Ortungsoffizier. »Sie stellten sich mit Verzögerung ein. Zunächst waren sie nicht da, als hätten sie ein paar Sekunden benötigt, um in unserer Zeit anzukommen.«

»Also ebenso zeitverzögert wie die Energiefluktuationen und der Ausfall einiger Teilsysteme?«

»Jawohl, Kommandantin.«

»Ich bestätigte«, verlautbarte Harlon Darter. Der Hyperphysiker machte einen ratlosen Eindruck. »Tut mir leid, ich kann mit diesen Werten nichts anfangen.«

»Das hilft mir nicht weiter. Ich brauche Rückschlüsse darauf, was drüben geschehen ist«, forderte Rhodan.

»Schwierig zu sagen, Sir. Selbst die Positronik liefert jetzt zunehmend Datenmüll. Sie erfasst die eingehenden Daten als verworren. Sie lassen sich rechnerisch nicht bestimmen.«

»Das heißt, die Positronik ist zu keiner Auswertung in der Lage?«, fragte Harrison.

»Richtig.«

Ich bekam Fetzen von Diskussionen mit. Mit einem solchen Zwischenfall hatte niemand gerechnet. Alle waren von einem reibungslosen Ablauf ausgegangen, da die vorausgegangenen Tests positiv verlaufen waren. Andernfalls hätte Rhodan die Vorführung mit voller Mannschaftsstärke nicht angeordnet.

»Was ist geschehen?« Er rieb an der kleinen Narbe auf seinem rechten Nasenflügel. Sie hatte sich weißlich verfärbt, ein Zeichen für seine Erregung.

»Jeder Schritt war eine exakte Kopie der früheren Versuche«, rekapitulierte Primo Quanz. »Kein Parameter wurde geändert. Was jetzt passiert ist, hätte also auch schon zuletzt geschehen müssen. Entweder bei jedem Versuch oder gar nicht.«

Ich verkniff mir den Kommentar, dass an den Fakten nicht vorbeizukommen war.

Harlon Darter stellte sich auf der Konsole auf Zehenspitzen. »Ich habe nur eine Erklärung. Es ist eingetreten, was der Großadministrator befürchtet hat.«

»Ein Sabotageakt, Sir«, sprach Harrison aus, was mir bei den Worten des Siganesen durch den Kopf ging.

Sofort wurde die Möglichkeit aufgeregt diskutiert. Nach dem, was Rhodan kurz zuvor unter sechs Augen mit Tifflor und mir erläutert hatte, erschien mir die Befürchtung plausibel. Das hieß aber, dass jemand mehr über dieses Projekt und die Versuche wusste als bisher angenommen.

»Volle Sicherheitsüberprüfung«, ordnete Rhodan mit jener schnellen Entschlossenheit an, die ihm seinen Ruf als Sofortumschalter eingebracht hatte. »Vollen Alarm für Raumüberwachung. Nach Hinweisen für Schiffsbewegungen suchen.«

Augenblicklich sprang die Sicherheitsmaschinerie des Flottenschiffs an. Allen war klar, worauf der Großadministrator anspielte. Wenn eine konkurrierende Gruppierung wie der Carsualsche Bund Wind von dem Testlauf bekommen hatte, musste ein militärischer Schlag einkalkuliert werden, mit dem sich die Unbekannten in den Besitz der neuen Technologie zu bringen versuchten. Mit unmarkierten Schiffen und unter Ausschaltung sämtlicher Zeugen konnte das Solare Imperium später niemanden an den Pranger stellen, geschweige denn für den Tod des Großadministrators und des Lordadmirals zur Verantwortung ziehen.

Mich hielt nichts mehr auf meinem Platz. Ich eilte zur Funkstation und verlangte eine Verbindung zur VALAIN. Vesper Languy wunderte sich über meine unplanmäßige Kontaktaufnahme. Ich verlangte zu wissen, ob die VALAIN irgendwelche Schiffsbewegungen geortet hatte. Das war nicht der Fall. Ich ordnete erhöhten Alarm an, ohne zu erklären, was geschehen war, und kündigte an, mich erst bei Bedarf wieder zu melden.

Auch die Einrichtungen der ANISAPH hatten nichts registriert. In den angrenzenden Raumsektoren waren definitiv keine Schiffe unterwegs.

»Eine militärische Bedrohung können wir also ausschließen«, sagte Harrison.

Auf der WAV-E ist etwas vorgefallen, das sich von den vorherigen Testläufen unterscheidet. Die Wissenschaftler irren also, wisperte der Extrasinn. *Entweder ist etwas ihrer Auf-*

merksamkeit entgangen, oder es sind Umstände eingetreten, die aufgrund physikalischer Gesetzmäßigkeiten und sämtlicher Sicherheitsvorkehrungen als unmöglich eingestuft wurden. Dass sie einen entscheidenden Fehler begangen haben, kann ich mir angesichts der Hoffnungen, die sie in die neue Technologie setzen, nicht vorstellen.

Was würdest du als unmöglich definieren?, gab ich zurück.

Die Antwort auf deine Frage findet sich vermutlich in der WAV-E.

Schon vernahm ich Rhodans Stimme. »Bergungstrupps vorbereiten. Wir gehen an Bord der WAV-E.«

»Wir, Perry?«, wandte ich mich an meinen Freund.

»Erwartest du, dass ich abwarte und Däumchen drehe? Ich will wissen, wie es um unsere Leute steht.«

»Das erfährst du auch von hier aus. Du hörst doch, dass niemand eine Aussage darüber machen kann, was in der WAV-E geschehen ist. Bis wir verlässliche Informationen erhalten, müssen wir von einem Fehlschlag ausgehen, den niemand überlebt hat.«

Rhodans Wangenknochen traten hart hervor. Seit seine Barbaren von Larsaf III in den Weltraum vorgestoßen waren, hatte er bei Kommandoeinsätzen an vorderster Front gestanden. Manchmal musste man ihn vor sich selbst schützen.

»Dein Platz ist in der Zentrale der ANISAPH. Bei der gegenwärtigen galaktopolitischen Lage wäre dein Tod eine Katastrophe«, redete ich ihm ins Gewissen. »Als Großadministrator des Solaren Imperiums bist du unersetzlich. Wenn du das nicht einsiehst, bist du in dieser Position ohnehin fehlbesetzt.«

Seine graublauen Augen funkelten, er setzte zu einer harschen Antwort an. Dann nickte er knapp. »General, lassen Sie die Bergungstrupps zusammenstellen.«

»Ich werde mich einem der Trupps anschließen«, sagte ich und erwartete seinerseits Widerspruch. Stattdessen nickte Rhodan erneut.

»Deine Rolle wird die eines Beobachters sein. Du hast dem Gruppenführer gegenüber beratende Funktion, keinerlei Befehlsgewalt über die Truppen des Solaren Imperiums.«

»Selbstverständlich nicht.« Wobei sich die Dinge zuweilen anders entwickelten als geplant, räumte ich gedanklich ein.

Kapitel 5

8. September 3126

Er fiel aus der Schwärze geradewegs in eine von Lichteffekten überbordende Höhle. Das gefräßige Maul aus schwarzem Eis blieb hinter ihm zurück. Ganus a That war dem Schlund entkommen und fand sich in einer Umgebung wieder, deren Glitzern und Funkeln ihn geblendet die Augen schließen ließ. Er dachte an seine Begleiter, bremste seinen Flug ab und warf sich herum. Er blinzelte, konnte wieder sehen.

»Was ist passiert, Ganus? Sie sind plötzlich wie von Sinnen losgeprescht.«

Ropander Tins Stimme versetzte a That einen gelinden Schock. Die wuchtige Gestalt des Epsalers schälte sich aus der hinter ihm zurückbleibenden Dunkelheit. Itter Kripsen kam zum Vorschein, hinter ihm die Roboter. Der drei Meter hohe Spalt klaffte wie eine Wunde im schwarzen Eis. Die Passage war nicht zusammengebrochen.

»Ganus, verstehen Sie mich? Ist Ihr Helmfunk in Ordnung?«

»Wir erwarten eine Erklärung für Ihr merkwürdiges Verhalten«, meldete sich Tipa Riordans Minipositronik.

Der Marsianer rang nach Worten. Er war einer Illusion aufgesessen. »Du hattest recht, Orakel. Ich bin soeben einer Veränderung meiner Wahrnehmung zum Opfer gefallen. Ich erlebte eine eigene Realität.« A That schilderte in knappen Sätzen, was ihm widerfahren war.

Tin sah ihn überrascht an. »Sie sagten, Sie haben uns angerufen?«

»Ja.«

»Ich habe Sie nicht gehört.«

»Ich auch nicht«, sagte Krispen.

»Anscheinend habe ich mir sogar meine eigenen Worte nur eingebildet.«

»Das war aller Voraussicht nach nur ein Vorgeschmack auf die Phänomene, mit denen Sie noch tiefer im Inneren der Störungszone konfrontiert werden«, unkte das Orakel. »Die Realitätsverzerrung, die Sie ereilte, belegt die graduelle Zunahme der Störung von außen nach innen hin. Wir gehen bislang davon aus, dass es sich um eine strukturelle Störung des Universums an sich handelt. Das bedeutet, dass der Verlust Ihrer Begleiter sich genauso gut als Tatsache hätte herausstellen können.«

»Mutmaßungen«, murmelte a That, ohne dem Orakel guten Gewissens widersprechen zu können. Der Zwischenfall hatte ihn stärker mitgenommen, als er zugab. Es war eine schauderhafte Vorstellung, sich in einer Pararealität zu verlieren, ohne es überhaupt zu bemerken. Diesmal hatte die Pseudowirklichkeit ihn wieder aus ihren Klauen entlassen. Wenn aber nun genau das der Trugschluss war? Wenn Tin und Krispen unter Tonnen schwarzen Eises begraben lagen und er sich ihre Unversehrtheit nur einbildete?

Lass das, sonst wirst du verrückt.

Er führte eine Reihe von Messungen durch, deren Ergebnisse er nur beiläufig zur Kenntnis nahm. Seine Aufmerksamkeit wurde von den Lichteffekten beansprucht, die eine Orientierung erschwerten. Wabernde Leuchterscheinungen geisterten durch die Höhle und machten eine Bestimmung der Abmessungen unmöglich. Lichtbögen spannten sich durch den Hohlraum, wurden von Blitzen geschnitten, mit denen sie sich zu gleißenden Entladungen vereinigten.

»Schutzschirme einschalten.«

Seine Begleiter kamen der Aufforderung nach. Ihre Individualschirme bauten sich auf.

»Wir rücken weiter vor?«, fragte Tin.

A That nickte. »In diese Richtung. Orakel, wie ist die Qualität unserer Übertragung?«

»Derzeit störungsfrei.«

Die Auskunft beruhigte den Marsianer nur wenig. Wie trügerisch die Lage war, hatte er soeben am eigenen Leib erfahren. An der Spitze der kleinen Gruppe setzte er den Weg fort.

Von nun an begleiteten die Männer permanent Leuchterscheinungen, zu denen sich alsbald Nebel gesellte, der die Orientierung zusätzlich erschwerte. Er hatte keinen erkennbaren Ausgangsort. In manchen Bereichen kroch er über den Boden, erhob sich und formte bizarre Auswüchse, in denen sich das Licht spiegelte. In anderen fiel er in dichten Schwaden von der Decke. Die Umgebung wurde immer unwirklicher. Nacktes Felsgestein bekamen die Männer nicht mehr zu sehen. Sie flogen durch eine sich ständig verändernde Eishöhle. Einmal hatte a That den Eindruck, dass sich Ropander Tin in einem Nebelschleier wie in einem undurchdringlichen Kokon verstrickte und zu einem grotesken Gebilde transformiert wurde, das nichts Menschliches mehr an sich hatte.

Täuschung. Illusion. Trugbilder. Doch mit jeder verstreichenden Minute wuchs seine Befürchtung, dass die Pseudorealität zur Wirklichkeit wurde. Immer öfter schaute er unauffällig zu seinen Kollegen hinüber. Er ertappte sich dabei, Nichtigkeiten an das Orakel durchzugeben, nur um dessen Stimme zu vernehmen. Das bedeutete immerhin, dass es noch da war. Tatsächlich jedoch, begriff der Marsianer, ging es ihm darum, bestätigt zu bekommen, dass er und die beiden anderen noch existierten.

»Ich frage mich, ob die Verschwundenen dasselbe gefühlt haben wie wir«, sagte Itter Krispen. »Sie beide spüren es ebenfalls, nicht wahr? Ich bin doch bestimmt nicht der Einzige?«

»Nein.« Die Stimme des Epsalers schien aus weiter Ferne zu kommen.

»Ihre Stimmmuster transportieren Anzeichen einer einsetzenden Krise«, stellte das Orakel fest. »Bei einer Zunahme der Stresssymptome breche ich die Mission ab.«

»Keine Krise«, fauchte a That. Es gelang ihm gerade noch, eine wenig feine Schmähung zu unterdrücken. Er war unschlüssig, ob sie seinem aufbrausenden Temperament oder der Situation geschuldet war.

Ein geräumiger Stollen entließ Männer und Maschinen in die nächste Kaverne. Vor ihnen weitete sich eine unüberschaubare Blase. Lichtreflexe geisterten umher und badeten die Eishöhle in verwirrende Effekte. Sie schufen Bewegungen, wo keine existierten. Die Scheinwerfer waren hier überflüssig. A That versuchte Einzelheiten zu erkennen. Es gelang ihm nur mit äußerster Konzentration. Die Strukturen unterlagen Veränderungen, denen sie besser nicht zu nahe kamen. Er gewann den Eindruck, dass ein kilometerdicker, in stetiger Bewegung begriffener Eispanzer sie umgab.

»Es kommt mir vor, als befände sich überhaupt kein Gestein mehr unter dem Eis.«

Krispen stieß eine Verwünschung aus. »Noch etwas anderes stimmt nicht mit unseren Informationen überein. Meine Instrumente geben einen Höhlendurchmesser von annähernd zwei Kilometern an.«

»Unmöglich«, protestierte der Epsaler. »Frühere Erkundungen durch Sonden ergaben keine Hohlräume dieser Größe.«

»Sie sollten sich von der Vorstellung verabschieden, dass im Bereich der Störung der Begriff unmöglich existiert«, belehrte ihn a That. »Hier unten ist alles möglich.«

Wie zur Bestätigung seiner Worte bildete sich weit vor ihnen eine kugelförmige Leuchterscheinung. Sie schwoll an, schimmerte in Rot, pulsierte in Gelb und verging in einer lautlosen Eruption. Licht ergoss sich in alle Richtungen und flutete, bevor die Männer Schutz suchen konnten, über sie hinweg. Für einen Moment hing der Marsianer bewegungslos im Vakuum, gehalten von unsichtbaren Kräften, und machte gleich darauf einen unkontrollierten Satz nach vorn, worauf sich seine Fluglage wieder normalisierte.

»Das war jedenfalls keine Einbildung«, schimpfte Ropander Tin, der dieselbe Erfahrung gemacht hatte. »Etwas hat mich gepackt.«

»Physisch?«

»Ich habe eine Berührung gespürt, bei der es mir kalt den Rücken hinunterlief.«

A That horchte in sich hinein. Ihm war es anders ergangen. »Ich glaubte mich für zwei oder drei Sekunden in einem anderen Raum aufzuhalten. In einer anderen Daseinsebene, schätze ich.«

»In der Art einer interdimensionalen Versetzung?«, wollte das Orakel wissen.

»Ich wünschte, ich hätte eine Antwort darauf.«

Dem Archäologen entfuhr ein überraschter Ausruf. »Ich sehe eine Art Himmel.«

A That legte den Kopf in den Nacken. Der Nebel war ein wenig aufgerissen. Die Lichteffekte tobten dafür umso heftiger. Baumstammdicke Blitze rasterten die Höhle auf. Die Eruptionen der Miniatursonnen ähnelnden Gebilde, die auf verschlungenen Bahnen umherhuschten, verstärkten sich. Zwischen den vielfältigen Phänomenen waren tatsächlich Ausschnitte von etwas zu erkennen, das a That mit dem Begriff Himmel assoziierte. Ein grüner und grauer Himmel, der kaum zu erkennen war.

»Das sollten wir uns aus der Nähe ansehen«, schlug Ropander Tin vor.

»Unterstehen Sie sich«, hielt a That ihn zurück. Einen Moment lang bildete er sich ein, den Blick auf mehr als nur Himmel zu erhaschen. Er gewahrte wogendes Grün, wie den Ausschnitt eines sich im Wind wiegenden Feldes. Schon verhüllte der Nebel den Anblick wieder. *Eine weitere Illusion.* »Auch wenn wir weder Maschinen noch eine Ursprungsquelle anmessen können, toben sich da oben gewaltige Energien aus.«

»Unsere Schutzschirme sind aktiviert.«

»Aber womöglich nicht widerstandsfähig genug.«

»Kein Risiko eingehen«, erreichte Tipa Riordans Stimme die Männer.

Die Warnung der Piratenlady amüsierte den Marsianer. Die ganze Expedition war ein einziges, unkalkulierbares Risiko. Trotzdem hatte die Chefin recht. Sie brauchten ihr Glück nicht über Gebühr zu strapazieren. Er merkte auf, als die Anzugpositronik ihn mit einem auf die Helminnenseite projizierten roten Lichtpunkt auf eine Entdeckung hinwies.

»Lebenszeichen!«

»Die Verschollenen?«

»Das weiß ich nicht, Orakel. Ich erhalte Kursvektoren zum Ausgangsort der Bioimpulse. Ropander, Itter, es geht nach unten.«

Die Männer schwebten zum Höhlenboden hinunter, die Roboter bildeten einen Kreis um sie. Eisstrukturen wuchsen ihnen entgegen, gigantische Gebilde, die sich in

Sekundenschnelle aus dem glänzenden Untergrund erhoben. A That umflog sie und gewahrte eine in einer Nische liegende Gestalt.

»Ein Mensch«, kommentierte Tin die Beobachtung.

»Lebt er?«

»Offensichtlich. Flache Atmung. Seine Brust hebt und senkt sich kaum merklich.«

»Ich hoffe, er kann über den Verbleib seiner Kollegen Auskunft geben«, meldete sich Tipa Riordan.

Nebeneinander landeten die drei Männer. A That sah sofort, dass es sich nicht um einen der Verschollenen handelte. Der auf dem Rücken liegende Mann trug aufwendige Kleidung, die aber schon vor langer Zeit aus der Mode gekommen war. Auf den Marsianer wirkte seine Erscheinung archaisch.

»Er gehört nicht zu unseren Leuten.« A That ließ die Kamera über das Gesicht des Unbekannten wandern. Die Augen hinter der Helmscheibe waren geschlossen. Er machte sich an eine schnelle Untersuchung des ungefähr 1,70 Meter großen Mannes. »Es handelt sich um einen Terraner. Ich schätze sein Alter auf siebzig bis achtzig Jahre. Keine sichtbaren Verletzungen. Seine Anzugsysteme funktionieren.«

»Versuchen Sie ihn aufzuwecken, Ganus«, verlangte die Piratin.

Vorsichtig schüttelte a That den Unbekannten. Seine Bemühungen zeigten keine Wirkung. Er scheute davor zurück, ihm eine belebende Injektion aus der Notfallausrüstung zu verabreichen. Aus den Augenwinkeln erhaschte er eine Bewegung.

»Da passiert etwas«, warnte ihn Krispens Stimme.

Ein Stück des Eises verschwand. Es schmolz nicht, sondern löste sich binnen Sekunden zu einem wabernden, schnell rotierenden Gebilde aus schwarzem Dunst auf. Es gestattete keinen Blick in sein Inneres. Der Vorgang spielte sich lautlos und gespenstisch ab, und schon wuchsen neue Strukturen. Im Licht schimmernde Obelisken formten sich. Sie sogen einen Teil der grellen Erscheinungen in sich auf.

»Der Auflösungsprozess geht weiter«, warnte das Orakel. »Ziehen Sie sich aus dem unmittelbaren Gefahrenbereich zurück.«

Diesmal hatte Ganus a That nichts gegen die Entscheidung der Minipositronik einzuwenden. Er wies einen Roboter an, den Bewusstlosen aufzunehmen. Nur ein paar Meter entfernt klaffte plötzlich ein mannsgroßes Loch im Eis. Die ausgezackten Ränder näherten sich den Männern.

»Raus hier!«, trieb der Marsianer seine Kollegen an, während der GLADIATOR den Unbekannten wie eine Feder hochhob.

Der Rückzug geriet zur Flucht, denn weitere Teile der Höhle begannen sich umzugestalten. Unter verwirrenden Lichteffekten rasten die Männer dem Spalt entgegen, durch den sie eingedrungen waren. Archaische Furcht befiel a That, dass er sich vor ihnen schloss und ihnen den Rückweg verbaute. Oder, schlimmer noch, sie beim Durchfliegen der Passage einschloss und begrub. So wie er es sich schon zuvor eingebildet hatte. Wurde die Pseudorealität zur Wirklichkeit, konnte kein Rettungstrupp der Welt sie mehr herausholen.

»Das Licht und die Veränderungen bleiben hinter Ihnen zurück. Der Spalt ist stabil.« Das Orakel schien a Thats Gedanken zu erahnen.

Vor a That flog der Roboter mit dem Unbekannten. Vielleicht konnte der Terraner ein paar Antworten liefern. Zumindest auf die Frage nach seiner Identität und wie er an diesen Ort gelangt war. Die wenige hundert Meter lange Passage kam dem Marsianer endlos vor. Er spürte sein Herz rasen, als er den jenseitigen Ausstieg erreichte. Ropander Tin und Itter Krispen waren noch da, die Roboter, bis auf die beiden schon früher verschwundenen, vollzählig. Unwillkürlich schaute a That hinter sich. Dass die Spalte nicht zusammengebrochen war, erschien ihm jetzt beinahe wie ein Wunder. Er ballte seine Hände zu Fäusten, um des Zitterns Herr zu werden.

Viel hätte nicht gefehlt, und er wäre in Panik geraten. Die Erkenntnis erschütterte ihn. Er erinnerte sich an kein Ereignis in seinem Leben, das ihn dermaßen aufgewühlt hatte. Auch jetzt konnte er noch nicht glauben, dass es vorbei war.

Während des Rückflugs zur Kernblase wartete er auf eine weitere Laune der Störzone. Erst beim Erreichen der Station fühlte er sich halbwegs sicher.

Kapitel 6

3. September 3126

Während wir uns dem Achthundert-Meter-Raumer der STARDUST-Klasse näherten, entdeckte ich keine Positionslichter an der Außenhülle der WAV-E. Sämtliche Schotts und Hangarzugänge lagen im Dunkeln. Die Space-Jet flog auf ein Schleusenschott zu, dessen Umrisse sich im Scheinwerferkegel des Diskus abzeichneten.

Leutnant Vernil Grosz, ein Hüne von zwei Metern Körperlänge, und vier ihm unterstellte Raumlandesoldaten hatten ihre Helme geschlossen. Weiterhin waren zwei Angehörige des technischen Dienstes mit von der Partie, nämlich der für die Bedienung der allgemeinen Ortungs- und Analysetechnik zuständige Korporal Galverin Schmidt und seine in der Bedienung spezieller, vom siganesischen Team bereitgestellter Ortungstechnologie geschulte Kollegin Aliken Hantoon, ebenfalls im Korporals-Rang stehend.

Insgesamt waren zwanzig solcher Bergungsgruppen unterwegs, um aus verschiedenen Richtungen mit unterschiedlichen Zielen in die WAV-E einzudringen. Die Männer und Frauen, aus denen sie sich zusammensetzten, hatten zahlreiche gefährliche Situationen simuliert und trainiert. Sah man von den Wissenschaftlern ab, stellten sie permanente Einsatzteams an Bord von Space-Jets oder Shifts. Jedes dieser Teams war für einen Einsatz über mehrere Tage bis hin zu Wochen ausgerüstet und mittelschwer bewaffnet. Es handelte sich um Eliteraumfahrer des Solaren Imperiums. Lediglich die Techniker und Wissenschaftler verfügten über nur minimale Kampferfahrung.

Harlon Darter hockte auf dem Kontrollpult des Waffenleitstands. Die fünf Forscher von der WAV-E hatten sich den Bergungstrupps angeschlossen. Darter, wie ich in der Rolle eines Beobachters und Beraters, hatte sich nicht davon abbringen lassen, jene Gruppe zu begleiten, der Lemy Dangers ehemaliger Dienstherr angehörte. Ich hatte nichts dagegen, solange er nicht wieder auf die Idee kam, sich auf meine Schulter zu setzen. Abgerundet wurde unser Einsatztrupp durch zwei GLADIATOR-Roboter des Modells TKR 3000-R4, die spezielle Analysesysteme bei sich trugen.

»Der von Rhodan kodierte Überrangbefehl zeigt keine Wirkung«, sagte der Pilot der Jet. »Das Schleusenschott der WAV-E öffnet sich nicht.«

Die technischen Störungen fingen also schon vor Betreten des Schlachtschiffs an. Sie schienen umfangreicher zu sein, als von der ANISAPH ermittelt.

Denk an die wirren Daten, die die Positronik nicht auswerten konnte, erinnerte mich der Extrasinn. *Es lässt sich nicht absehen, welche Verhältnisse uns im Inneren der WAV-E erwarten.*

Wir werden es gleich erfahren.

»Müssen wir aussteigen?«, fragte Darter.

»So ist es.« Ich schloss den Helm meines Raumanzugs. »Haben Sie ein Problem damit?«

»Selbst der größte Siganese geht in der Unendlichkeit des Weltalls viel schneller verloren als der kleinste Terraner ... oder Arkonide«, scherzte der Hyperphysiker.

Nachdem wir unsere Vorbereitungen abgeschlossen hatten, begaben wir uns in den kleinen Laderaum auf Deck 3, wo ein Shift untergebracht war. Wir verließen den Diskus durch eine Personenschleuse, die sich automatisch hinter uns schloss. Ich zündete das Impulsaggregat meines Rückentornisters. Vor mir erhob sich die Wandung der WAV-E wie ein stählernes Gebirge in alle Richtungen.

Leutnant Grosz' Raumsoldaten bildeten die Vorhut. Zwei Männer machten sich an dem manuellen Öffnungssystem des Schotts zu schaffen. Es war für Fälle wie diesen angelegt und wurde häufig bei havarierten Schiffen benötigt.

»Warten Sie«, vernahm ich Galverin Schmidts Stimme im Helmempfänger.

»Was ist los, Korporal?«, wollte Grosz wissen.

»Ich orte energetische Impulse, die eben noch nicht da waren. Ich strahle noch einmal den Überrangbefehl ab.«

Obwohl ich den Versuch für überflüssig hielt, mischte ich mich nicht ein. Weder wollte ich die Autorität des Leutnants in Frage stellen noch in das Gefüge seiner Gruppe eingreifen. Zu meiner Verblüffung fuhr das Schott auseinander. Düsteres Licht glomm hinter der Öffnung, durch die wir ins Schiffsinnere schwebten.

»Das sieht nach einer Einladung aus«, kommentierte Harlon Darter den Vorgang. »Die Besatzung scheint aufgewacht zu sein.«

»Das bezweifle ich. Ich orte nämlich keine Lebenszeichen«, unkte Schmidt.

Geduldig warteten wir ab, bis sich das Schott hinter uns geschlossen und sich die Schleusenkammer mit Luft gefüllt hatte. Ich kontrollierte die Anzeigen meines Multifunktionsarmbands. Die angezeigten Werte waren in Ordnung. In der WAV-E herrschten die gewohnten Bedingungen. Zumindest war die Besatzung nicht erstickt oder explosiver Dekompression zum Opfer gefallen.

Noch bevor wir die Kammer verließen, empfingen wir eine Meldung von der ANISAPH. Mehrere Gruppen hatten die gleiche Erfahrung gemacht wie wir. Beim zweiten oder dritten Abstrahlen des Überrangbefehls hatten sich Hangars oder Personenschleusen vor ihnen geöffnet. Andere Teams waren hingegen gezwungen gewesen, sich manuell Zugang zu verschaffen. Außerdem empfing man inzwischen teilweise verständliche Daten, mit denen die Positronik etwas anfangen konnte. In manchen Bereichen der WAV-E schienen sich die technischen Einrichtungen zu erholen. Nur die Besatzung meldete sich weiterhin nicht. Harlon Darters Bemühungen blieben erfolglos.

»Folgen Sie mir.« Der Siganese schwebte in Kopfhöhe voraus und übernahm die Führung unserer Gruppe.

Ich öffnete meinen Helm und faltete ihn im Nacken zusammen. Galverin Schmidt und Aliken Hantoon taten es mir gleich, ebenso Harlon Darter, im Gegensatz zu Vernil Grosz' Raumsoldaten. Sie hielten ihre Kombistrahler erhoben, als rechneten sie mit einem Angriff. Ich wusste nicht, was ich von der Situation halten sollte. Ich machte mir Sorgen um die Besatzung. Da sich niemand meldete, waren alle entweder bewusstlos oder tot. Innerlich bereitete ich mich darauf vor, alsbald auf Leichen zu stoßen.

Einstweilen hielt ich mich weiter im Hintergrund. Zwar hätte ich mich mit verbundenen Augen in jedem Schlachtschiff zurechtgefunden, doch in diesem Schiff waren zahlreiche Umbauten vorgenommen worden. Zu dieser Aussage hatte sich Rhodan vor unserem Aufbruch verleiten lassen, ohne mit Einzelheiten herauszurücken. Mir war klar, dass die Modifikationen genau wie die an der Außenhülle mit dem experimentellen Charakter der WAV-E zu tun hatten.

Die ersten Gänge, deren Verlauf wir folgten, lagen verlassen vor uns. Schon hier, in der Peripherie, stellte ich bauliche Veränderungen fest. Zwar folgten die Gänge und

Korridore dem üblichen System, doch verschiedentlich waren Zwischenwände entfernt worden, um voluminösen Einrichtungsgegenständen Platz zu machen. Ich hielt sie für Maschinenbauteile, deren Bedeutung ich nicht durchschaute.

»Gehören diese Aggregate zu der geheimnisvollen Technologie, zu der sich Rhodan nicht äußert?«, fragte ich. »Sie scheinen sich über mehrere Ebenen zu erstrecken.«

»Sie füllen fast ein Drittel des unteren Rumpfs aus«, gab der Siganese zögernd Auskunft. »Die Komplexität ist der Aufgabe der Anlage angemessen.«

»Was ist eigentlich unser genaues Ziel?« Auch darüber hatte sich Rhodan vor unserem Aufbruch ausgeschwiegen.

Wortlos flog Darter ein Stück voraus.

»Das Kernstück der Anlage«, erklärte Vernil Grosz. »Ihm gilt unsere vorrangige Aufmerksamkeit.«

»Unsere vorrangige Sorge gilt der Besatzung«, widersprach Schmidt.

»Sie irren sich, Korporal. Mein Auftrag lautet, den wichtigsten technischen Bestandteil des Experiments zu sichern. Es darf unter keinen Umständen in falsche Hände geraten.«

»Worum handelt es sich dabei?«

»Mister Darter kennt seine Beschaffenheit und den Ort, an dem wir es finden«, antwortete der Leutnant.

»Wir sollten darin eingeweiht werden. Schließlich wissen wir nicht, was uns auf dem Weg dorthin erwartet. Es kann sich als wichtig herausstellen, dass jeder einzelne unserer Gruppe über die Einzelheiten unterrichtet ist.«

»Das haben Sie nicht zu entscheiden, Korporal.«

»Sie etwa, Leutnant? Harlon Darter ist uns als Berater zugeteilt, doch wie ich die Sache sehe, geht ohne ihn gar nichts. Wie verhalten wir uns, wenn wir getrennt werden oder ihm etwas zustößt?«

Unwillkürlich erwartete ich, dass der Leutnant seinen Untergebenen zurechtwies. In der ANISAPH hatte ich mich in aller Eile über die Angehörigen unserer Bergungsgruppe informiert. Ich wusste gern, mit wem zusammen ich mich in ein ungewisses Abenteuer stürzte. Mein fotographisches Gedächtnis breitete Galverin Schmidts Daten vor mir aus.

Das Spezialgebiet des Zweiundvierzigjährigen war Hyperortung. Er war kein Raumsoldat, hatte aber die übliche Kampfausbildung der Solaren Flotte absolviert. Seine Erscheinung war so unauffällig wie sein Werdegang. Der schlanke, 1,70 Meter große Terrageborene war im Alter von 20 Jahren als Mannschaftsdienstgrad in die Flotte eingetreten, hatte mit 23 ein dreijähriges Studium der angewandten Hypertechnik begonnen und im Anschluss daran Dienst auf verschiedenen Schiffen versehen. Seine Karriere hatte früh stagniert. Im Grunde war sie nie richtig in Schwung gekommen, weil Schmidt lieber redete als handelte. Er galt zwar als zuverlässig und verstand es, sich zu integrieren, war andererseits jedoch ein Einzelgänger. Er begründete das mit introvertierten Zügen, Vorgesetzte hingegen bescheinigten ihm eine rechthaberische Art, weil er Dinge grundsätzlich besser wusste als andere. Er dachte zuweilen weiter und sah abstrakte Zusammenhänge, ließ aber jegliche Fähigkeit zu Selbstkritik vermissen. In seiner Akte wurde er unverblümt als Besserwisser bezeichnet, der sich gern auf moralisch hohen Grund zurückzog. Ignorierte man ihn, neigte er leicht zu Zorn. Insgeheim fühlte er sich anderen überlegen, hielt sie in den meisten Fällen einfach für zu dumm, um seine Überlegenheit zu akzeptieren.

Alles in allem ein Mann von bemerkenswertem Mittelmaß, urteilte der Extrasinn.

Ich fragte mich, wie Schmidt durch die psychologischen Tests der Solaren Flotte gekommen war.

Trotzdem ist seine Anmerkung berechtigt, fand mein Logiksektor. *Vom Forschungsteam der WAV-E leben noch fünf Mann, von denen einer der Siganese ist. Hier ist etwas Unerklärliches geschehen. Keiner von uns ist in Sicherheit, auch Darter nicht.*

Nur Sekunden waren vergangen, und ich erwartete eine Auseinandersetzung zwischen Leutnant Grosz und dem Korporal. Zum Glück besann sich Harlon Darter.

»Wir sind auf dem Weg zum experimentellen Miniatur-ATG, soviel kann ich sagen. Dessen Sicherung genießt Priorität. Ich brauche wohl keinem von Ihnen zu sagen, dass meine Sorge dennoch meinen Kollegen gilt. Ich hoffe, wir finden bald heraus, was mit ihnen geschehen ist. Sie müssen sich doch melden.«

Das taten sie aber nicht. Wir drangen weiter durch verlassen daliegende Korridore vor. Ich lauschte auf Geräusche, die auf die Anwesenheit von Menschen hindeuteten. Nur ein unterschwelliges Summen tief aus dem Schiffsinneren war zu vernehmen. Die Aufmerksamkeit von Schmidt und Hantoon war auf die mobilen Ortungsgeräte gerichtet.

»In diesem Bereich müsste sich ein Wartungstrupp aufhalten«, sagte Darter.

»Immer noch kein Kontakt?«

Der Siganese schüttelte den Kopf. Seine erfolglosen Bemühungen deckten sich mit den laufend eintreffenden Meldungen aus der ANISAPH. Dort wurden die Beobachtungen sämtlicher Bergungstrupps gesammelt, ausgewertet und Wesentliches an alle weitergeleitet. Die einzige Auffälligkeit bislang war die Abwesenheit von Menschen.

Wir gelangten an einen quer verlaufenden Gang, an den sich eine teilweise unverkleidete Halle anschloss. Vor uns erstreckte sich ein verwirrender Komplex von Aggregaten. Sie gaben mir einen Eindruck von den Ausmaßen des Technologiewusts, der in die WAV-E gestopft worden war. Ich entdeckte Bauelemente, die durch Decke und Boden in andere Ebenen reichten.

»Auf zehn Uhr, Sir!« Eigen Korth, einer der Raumsoldaten, fuhr herum, die Waffe im Anschlag.

Ich erhaschte eine Bewegung, mehr zu erahnen denn zu erkennen. Ein diffuser Schatten humanoider Gestalt bewegte sich zwischen zwei Maschinenblöcken. Er schwebte über dem Boden, verharrte, schien sich zu orientieren.

»Korporal?«, bellte Grosz.

»Nichts, ich erhalte keine Anzeigen«, antwortete Galverin Schmidt.

Bewegung kam in den Schatten. Er wandte sich nach links und drang in ein Aggregat ein. Sekunden später kam er auf der anderen Seite wieder zum Vorschein. Er wölbte sich zu Kugelform, dabei stetig verblassend, und löste sich auf.

»Was war das?«, entfuhr es Buchanan Churl.

Die Soldaten sicherten in alle Richtungen. Wir standen wie angewurzelt da und lauerten darauf, dass das Phänomen zurückkehrte. Es blieb verschwunden. Harlon Darter flog zwischen die Maschinen. Fyderus Ynster und Lars Roupol huschten hinter ihm her, um ihm Deckung zu geben gegen etwas, das sie nicht begriffen. Ich verständigte mich mit dem Extrasinn. Er war so ratlos wie ich. Während wir noch dastanden und überlegten, kam eine Meldung von der ANISAPH. Es war zu einer weiteren bizarren Begegnung gekommen, für die es keine Erklärung gab.

Darter kehrte zurück. Er zuckte mit den schmalen Schultern. »Die Erscheinung ist verschwunden.«

»Sie hat nichts mit den Versuchen zu tun? Wurde also zuvor nicht gesichtet?«, vergewisserte ich mich.

»Nein, Lordadmiral.«

»Ich registriere etwas«, machte Aliken Hantoon auf sich aufmerksam. Die schlanke, durchtrainierte Schwarzhaarige mit den blausten Augen, die mir jemals untergekommen waren, überprüfte ihre Sensoren.

»Lassen Sie hören, Korporal.«

»Es gab einen kurzzeitigen Ausbruch exotischer Teilchen auf subatomarer Ebene«, las die 27 Jahre alte Technikerin die ermittelten Daten ab.

»In direktem Zusammenhang mit der Schattenerscheinung?«

»Ich glaube nicht. Die zeitliche Übereinstimmung war nicht gegeben.«

»Korporal Schmidt?«

Der Angesprochene schaute zu Hantoon hinüber, einen Augenblick zu lange, wie mir schien. Linkisch fuhr er sich durch sein schütteres braunes Haar. »Ich erhalte keine Werte.«

»Ist es möglich, dass es sich bei dem Schatten um ein Besatzungsmitglied handelt? Hat vielleicht eine Umwandlung stattgefunden?«, fragte Grosz.

»Es gibt keinen Hinweis darauf. Ausgeschlossen ist es deshalb nicht. Ich ziehe eine andere Möglichkeit in Betracht«, spekulierte Schmidt. »Nämlich dass die zweihundert Personen an Bord den Zwei-Sekunden-Rücksprung aus der Relativzeit nicht vollständig mitgemacht haben.«

»Sie meinen, sie sind dort geblieben, wohin das Experiment sie brachte?«

In Schmidts kantigem Gesicht flackerte es nervös. »Nein. Vielmehr sind sie innerhalb dieser Zeitspanne verloren gegangen. Sie schwirren immateriell zwischen Jetztzeit und der Relativzeit, in der sie sich zwei Minuten lang aufhielten.«

Harlon Darter hatte aufmerksam zugehört. Nun schüttelte er entschieden den Kopf. »Das Miniatur-ATG schafft einen zeitlichen Ausgangs- und einen zeitlichen Zielpunkt. Es findet eine unmittelbare Versetzung statt, bei der es zu keinem Kontakt mit der dazwischenliegenden Zeitspanne kommt.«

»Das ist doch Theorie, die Sie nicht belegen können«, brummte Schmidt. »Würde die Wirklichkeit Ihren und den Überlegungen Ihrer Kollegen folgen, hätten wir keinen Haufen von Fragen am Hals.«

»Der Relativzeitkompensationskonverter schließt die von Ihnen dargestellte Möglichkeit aus.«

»Tut er das? Ein Scheitern des Testflugs schließt er jedenfalls nicht aus.«

»Schon gut, meine Herren«, mischte ich mich ein. Mit Streitereien war uns nicht geholfen. Ich hatte das Gefühl, dass Schmidt es genau darauf anlegte. Er warf seiner Kollegin einen unauffälligen Blick zu.

Galverin Schmidt hegt an Aliken Hantoon nicht ausschließlich berufliches Interesse, teilte der Extrasinn meine Vermutung. *Auf jeden Fall sind die beiden sich schon früher über den Weg gelaufen. Schmidt gehört zur Besatzung der Korvette ANI-K-12, Hantoon ist derANI-K-11 zugeordnet. Beide Korvetten sind im gleichen Hangar der ANISAPH untergebracht. Es ist nahezu ausgeschlossen, dass es zu keinen Berührungspunkten zwischen den beiden Korporals kam.*

»Mister Darter, wir setzen unseren Weg fort. Übernehmen Sie wieder die Führung«, entschied der Leutnant.

Wie gehabt positionierte sich der Siganese an der Spitze unserer Gruppe. In der Folgezeit erhielten wir Kenntnis von ähnlichen Zusammenstößen, wie wir ihn eben erlebt hatten. Mehrmals war von exotischer Materie die Rede. Darüber sollten sich die Positronik und die Eierköpfe in der ANISAPH die Köpfe zerbrechen. Bedenklich war, dass noch niemand auf einen der Menschen gestoßen war, nach denen wir suchten. Hatten sie die Katastrophe kommen sehen und sich allesamt in die Zentrale geflüchtet? Warum meldeten sie sich dann nicht?

Wenig später begegneten wir einem Roboter. Er machte einen unversehrten Eindruck auf mich. Die Raumsoldaten gingen auf Nummer sicher und legten auf ihn an.

»Bleib stehen«, forderte ich die Maschine auf.

Sie reagierte weisungsgemäß. »Kann ich Ihnen helfen?«, erkundigte sie sich.

»Wir suchen die Menschen, die sich an Bord aufhalten. Wo finden wir sie?«

»Sie sind nicht mehr an Bord«, schnarrte die Maschine.

Der siganesische Hyperphysiker raste so dicht heran, dass er beinahe mit dem Roboter zusammengestoßen wäre. »Erkläre das. Haben sie die WAV-E verlassen?«

»Nein, sie verschwanden einfach. Es wurde bereits nach ihnen gesucht. Kein Einziger ist zurückgeblieben.«

»Sie verschwanden? Konkretisiere das«, verlangte Schmidt. »Auf welche Weise geschah das? Wo halten sich die Menschen jetzt auf?«

»Darüber besitze ich keine Kenntnis.«

Wir stellten weitere Fragen, ohne etwas in Erfahrung zu bringen. Wieder kam eine Meldung von der ANISAPH. Mehr und mehr Bordsysteme der WAV-E kehrten in den Bereitschaftsstatus zurück. Rhodans Überrangbefehl griff jetzt. In die Systeme des Experimentalraumers ließ sich von außen eingreifen. Die Positronik erhielt zunehmend verwertbare Daten.

»Es ist uns gelungen, Zugriff auf die Speicher und die Aufzeichnungen der internen Schiffskameras zu erhalten.« Diesmal meldete sich Rhodan selbst. »Wir übermitteln sie an die Roboter. Machen Sie sich selbst ein Bild.«

Ich kannte Perry gut genug, um zwischen den Zeilen zu lesen. Er war aufgewühlt, beinahe erschüttert. Einer unserer beiden GLADIATOR-Roboter empfing die Übertragung. Galverin Schmidt aktivierte einen zur Ausrüstung gehörenden Projektor. Vor uns entstand ein Kubus, in dem sich die Zentrale der WAV-E in dreidimensionaler Darstellung abzeichnete. Sie war voll besetzt. Zusätzliche Instrumente und Sitzgelegenheiten waren installiert worden, um möglichst viele Fachleute ins Zentrum des Geschehens einzubinden. Es herrschte hektische Geschäftigkeit. Nichts deutete auf einen Zwischenfall hin. Das änderte sich Sekunden später.

»Meine Güte«, entfuhr es einem der Raumsoldaten.

Ich achtete nicht auf ihn, sah nur den hochgewachsenen Terraner, der an einem Messgerät arbeitete. Seine Darstellung wurde undeutlich. Als sie sich wieder stabilisierte, sah er sich in alle Richtungen um, als habe er Schwierigkeiten, sich zu orientieren. Dann wiederholte sich der Vorgang – und setzte sich fort. Die Umrisse des Mannes zitterten, gerieten aus der Form. Er wurde durchscheinend. Sekundenlang sah man seine Eingeweide, das Pulsieren seines Blutkreislaufs. Wie durch eine gallertartige Blase hindurch gewahrte ich die hinter ihm liegenden Maschinen. Während in der Zentrale Durcheinander ausbrach, verlor der Mann jeglichen Zusammenhalt. Er verwehte geradezu.

»Er hat sich aufgelöst«, krächzte Aliken Hantoon.

»Mister Darter?« Das war Vernil Grosz' Stimme.

»Ich habe keine Erklärung dafür.«

Weitere Bildeinspielungen folgten in schneller Folge. In ihnen wiederholte sich, was wir soeben gesehen hatten. Die Besatzung der WAV-E löste sich auf. Auch die Maschinen wurden von der Entstofflichung erfasst, doch sie stabilisierten sich immer wieder, als hielten unsichtbare Beharrungskräfte sie fest. Nebelschleier entstanden aus dem Nichts heraus und waberten durch die Zentrale. Kameras hatten in anderen Schiffssektionen ähnliche Bilder eingefangen. Was immer geschehen war, es blieb nicht auf einen bestimmten Bereich beschränkt, sondern hatte die gesamte WAV-E erfasst. Die beiden Techniker blickten sich verstohlen um. Keiner von uns sprach ein Wort. Ich ließ die Eindrücke auf mich wirken. Vielleicht lag Schmidt mit seiner Theorie gar nicht so falsch.

»Irgendeinen Hinweis auf die Ursache muss es geben, Mister Darter.«

»Nein. Die Bilder zeigten ganz normalen Bordbetrieb innerhalb des ATG-Feldes«, rutschte es dem Siganesen heraus. Unschlüssig schwebte er vor der Holoprojektion.

»Von Normalität kann keine Rede sein.« Schmidt hob einen Arm und deutete auf die Projektion. »Eine verwaiste Zentrale. Leere Gänge und Hallen. Mehr ist nicht zurückgeblieben. Zweihundert Männer und Frauen können sich nicht einfach in Luft aufgelöst haben.«

»Genau das ist aber geschehen. Zumindest wissen wir jetzt, weshalb wir auf keinen Menschen gestoßen sind«, versetzte der Leutnant mit militärischem Pragmatismus.

»Äußerste Vorsicht ist geboten«, meldete sich wieder Rhodan. »Was der Besatzung zugestoßen ist, kann sich jederzeit wiederholen. Sobald es zum ersten Vorfall dieser Art kommt, lasse ich die Aktion abbrechen.« Er beendete die Verbindung.

Ich registrierte Grosz' Zögern. »Wir behalten weiter unser ursprüngliches Ziel im Auge, Leutnant?«

»Richtig, Lordadmiral«, besann er sich. Er gab seinen Leuten einen Wink. »Weiter, Männer. Mister Darter hat eine Aufgabe zu erfüllen.«

Kapitel 7

8. September 3126

Der Unbekannte war in die Medosektion der Forschungsstation gebracht worden, ohne bisher das Bewusstsein wiedererlangt zu haben. Obwohl sie die Bild- und Tonübertragung der Expedition verfolgt hatte, ließ sich Tipa Riordan den Vorstoß aus Sicht Ganus a Thats, Ropander Tins und Itter Krispens schildern. Auf diese Weise kamen die psychischen Belastungen der drei Männer viel eindringlicher zur Geltung als durch die bloße Übertragung. Die Piratenlady ahnte, dass die Wissenschaftler nicht alles preisgaben, was sich in ihnen aufgestaut hatte. Besonders der Marsianer machte einen verstörten Eindruck, der nicht mit seiner Persönlichkeit in Einklang stand. Aufgrund der Nachwirkungen, mit denen die Teilnehmer früherer Expeditionen zu kämpfen gehabt hatten, ordnete sie eine umfassende Untersuchung durch einen Psychologen an.

»Sie werden sich anschließend in die Medosektion begeben und durchchecken lassen.«

»Ich halte das für unnötig. Ich fühle mich blendend«, begehrte a That auf.

»Keine Widerrede. Das Orakel hat Ihr Verhalten beobachtet. Das gilt für jeden von Ihnen.«

»Nach den letzten Bildern können Sie froh sein, dass Ihnen der Rückzug gelungen ist. Andere hatten weniger Glück«, ließ sich das Orakel vernehmen, um sogleich das Thema zu wechseln. »Ihre Aufnahmen haben die letzten Zweifel ausgeräumt, dass sich in der Störungszone eine

Eiswelt etabliert hat. Wahrscheinlich hat sie im exakten Zentrum ihren Ursprung und dehnt sich nun immer weiter aus.«

»Leider erlangten wir keine neuen Hinweise darauf, dass dort eine Umkehr eintritt und es zu einer Stabilisierung kommt«, sagte a That.

Tipa bedauerte diese Tatsache ebenfalls. Eine Bestätigung hätte zu Hoffnung Anlass gegeben, dass sich ein möglicher Bereich, in dem sich stabile Verhältnisse etablierten, ebenso ausdehnen würde, wie es derzeit die Störungszone tat. Vielleicht sogar, bevor die Phänomene bis zur Kernblase vorgerückt waren. Es wurde immer unwahrscheinlicher, dass es gelingen könnte, die Station dem drohenden Verhängnis zu entziehen. Die Piratin scheute davor zurück, eine weitere Suchmannschaft loszuschicken. Die Dringlichkeit, die USO in Kenntnis zu setzen, wuchs und mit ihr die Gefahr, die Einrichtung auf Nacht zu verlieren. Bekam der Carsualsche Bund etwas von den Ereignissen mit, würde es nicht lange bis zu einer Okkupation dauern.

»Es würde helfen, das Problem, mit dem wir konfrontiert werden, zu verstehen«, sagte das Orakel. »Es sind zahlreiche Spezialisten zugegen, deren Kompetenzen ich in Zweifel ziehe.«

A That warf der nur ballgroßen Positronik einen vernichtenden Blick zu. Tipa Riordan war bekannt, wie wenig geschätzt Calipher-SIMs Kopie bei einigen ihrer Leute war, besonders bei dem Marsianer.

»Wir haben Bilder dessen, was wir als Himmel auffassten, übertragen. Statt anderen mangelnde Kompetenz vorzuwerfen, solltest du in Zusammenarbeit mit der Großpositronik eine Analyse der Aufnahmen erstellen«, warf Itter Krispen dem Orakel vor.

»Das habe ich getan.«

»Mit welchem Ergebnis?«, fragte Tipa.

»Ich stimme der Definition einer Art Himmel zu, Sternenfreibeuterin. Dabei wird es nicht bleiben. Ich sage mehr als nur diesen einen Himmel voraus.«

»Wie meinst du das?«

»Bei der Höhle handelt es sich anscheinend um einen in sich stimmigen Bereich innerhalb dessen, was wir als strukturelle Störung des Universums bezeichnen. Die dort auftretenden Phänomene, also Veränderungen geologischer Beschaffenheit, Lichteffekte und andere Instabilitäten, scheinen in einem Kontext zu stehen und miteinander zu interagieren. Das Zentrum der Störungszone liegt noch wesentlich tiefer. Es wäre nur logisch anzunehmen, dass sich weitere Kammern anschließen, in denen bestimmte Vorgänge ablaufen.«

»Das würde sich mit unserer Ortung zahlreicher Hohlräume unterschiedlicher Größe decken, von denen wir früher keine Ahnung hatten«, gestand a That.

»Diese Schwächung des Universums setzt sich demnach zum Zentrum hin immer weiter fort. Weil etwas hineingelangt ist, das für stabilisierende Verhältnisse sorgt, bildet sich dort womöglich eine Zone der Ruhe.«

»Wie im Auge eines Hurrikans?«

»Mit viel gutem Willen könnte man den Vergleich heranziehen«, antwortete das Orakel.

»Du sprichst nicht mehr von einer Störung, sondern von einer Schwächung des Universums«, stutzte der stämmige Hyperphysiker Sheyfun, den seine blaue Haut und die kupferfarbenen Haare als Ferronen identifizierten. »Du vermutest einen Durchgang in ein anderes Universum?«

»Nein, es handelt sich nicht um eine hyperphysikalische Störung.«

»Wie kannst du dir dessen so sicher sein?«, wollte Tipa Riordan wissen.

»Ich beziehe mich auf die Ergebnisse eingehender Analysen, die ich in Zusammenhang mit der Großpositronik erstellt habe. Dies sei nur nebenbei zur Zufriedenheit von Itter Krispen erwähnt.«

»Genug der Spitzfindigkeiten«, verlangte Tipa. »Zu welchen Schlüssen seid ihr gekommen?«

»Wir haben es mit einer Störung auf Ebene der Naturgesetze selbst zu tun. Auf deren allerunterster Ebene«

»Auf Ebene der Naturgesetze?«, echote Ganus a That. »Du sprichst von deiner Quantenschaum-These?«

»Exakt.«

Die Piratenlady stützte sich schwer auf ihren Stock. »Wäre wohl jemand so freundlich, mir zu erklären, wovon die Rede ist? Aber bitte in einfachen Worten, die auch ein Laie versteht.«

»Wir bewegen uns auf den Gebieten der Quantenphysik und der allgemeinen Relativitätstheorie. Quantenschaum bezeichnet das, was wir als Ebene der Naturgesetze verstehen«, führte das Orakel aus. »Und zwar auf einer Planck-Länge von unter zehn hoch minus fünfunddreißig Metern. Im Prinzip entstehen dort kleine Blasen in der Raumzeit. Es werden nicht nur Materie und Energie geschaffen, sondern auch die Grundkräfte der Natur und damit die Struktur des Universums an sich. Das Universum kann sich, populär ausgedrückt, gewisse Mengen an Energie borgen und daraus virtuelle Teilchenpaare erschaffen, eben jenen sogenannten Quantenschaum.«

»Immer langsam mit den jungen Pferden. Sicher, diese Theorie ist auf Terra seit dem zwanzigsten Jahrhundert bekannt. Sie wurde jedoch niemals großmaßstäblich durch Feldversuche bestätigt«, fuhr Denzen Hesper der Minipositronik in die Parade.

»Ganz ruhig, mein Junge.« Tipa Riordan runzelte die Stirn. Auch sie mochte kaum glauben, was sie hörte. »Du hältst so etwas für möglich, Orakel?«

»Es ist in ausgeklügelten Laborexperimenten empirisch bewiesen.«

»Aber du kannst mir kein Beispiel dafür nennen, wo solche Vorgänge nachgewiesenermaßen in der Natur zu beobachten waren?«

»Nein. Bisher zumindest nicht.«

»Hm.« Tipa kratzte sich nachdenklich am Schopf. »Wie kommst du auf die Idee, dass bei den Vorgängen auf Nacht dieser ... Quantenschaum seine Finger im Spiel hat?«

»Wie gesagt, die Großpositronik und ich sind aufgrund umfangreicher Berechnungen zu diesem Schluss gekommen. Der letzte Vorstoß unserer Leute lieferte ausstehende Hinweise.«

»Du ergehst dich wieder einmal in Rätseln, Orakel«, monierte Ropander Tin die kargen Aussagen der Positronik.

»Ein wichtiger Aspekt ist uns selbst eben erst klar geworden. Die Großpositronik wurde hauptsächlich deshalb in der Kernblase installiert, um die Veränderungen der Störungszone und die mit ihr einhergehenden Effekte zu beobachten. Sie hat aber, ohne dass uns das zunächst bewusst war, eine viel wichtigere Rolle gespielt als die der Datenerfassung und Auswertung. Sie hat dazu beigetragen, die auftretenden Phänomene in einem gewissen Rahmen zu stabilisieren.«

Sheyfun stieß einen heiseren Pfiff aus. Seine Miene hellte sich auf. »Das ist eines der quantenmechanischen Gesetze. Ein Beobachter beeinflusst das Ergebnis seiner Beobachtungen. Da die Großpositronik auf die Störungen konzentriert war, hat sie diese dadurch abgekühlt und stabilisiert. Sie kann mit dem Großteil des empfangenen Datenmülls zwar nichts anfangen, wirkt aber auf andere Weise.«

»Die Positronik hat die Ausdehnung der Störzone also verlangsamt? Ohne ihre Anwesenheit in der Kernblase wären wir andernfalls schon überrollt worden?«, hakte die Piratenlady nach.

»Das ist wahrscheinlich. Der Grad der Verlangsamung lässt sich indes nicht berechnen. Ich behaupte allerdings, dass der Quantenschaum verantwortlich ist für die Eishöhlen und die beobachteten Phänomene.«

Trotz seiner exzentrischen Anwandlungen behauptete das Orakel selten etwas, dessen es sich nicht sicher war. Ausnahmen von der Regel gab es aber auch in seinem Fall, so sporadisch sie auch waren. Tipa Riordans Sorge wuchs in zweierlei Hinsicht. Zum einen war die Situation in der Station emotional wie physikalisch extrem angespannt. Die psychischen Ausfälle ihres Personals waren dafür ebenso Beleg wie die wissenschaftliche Erfolglosigkeit, den auftretenden Phänomen erfolgreich zu begegnen. Rein technisch gab es keinen Ansatzpunkt, von dem aus man die Bedrohung hätte angehen können. Zum anderen sah sie die Gefahr, dass die Ausbreitung der Störzone immer weiter voranschritt, ohne sich aufhalten zu lassen. War es denkbar, dass sie sich über den Mond hinaus ins Weltall ausdehnte? Tipa fürchtete das Schlimmste.

»Wieso geschieht es hier und jetzt?«, stellte Ropander Tin eine entscheidende Frage.

»Eine Laune der Natur? Ich weiß es nicht«, gestand das Orakel. »Ich nehme an, dass das Zusammenspiel der elementaren Kräfte auf der Ebene des Quantenschaums gestört ist. Die Folge ist, dass sich Realitäten auflösen und neu formieren, so wie es mehrmals bei den Eisstrukturen geschehen ist.«

»Kann es dabei zu Wechselwirkungen mit dem Beobachter kommen?«, fragte a That.

»Durchaus.«

»Ist Ihnen so etwas passiert, Ganus?«

Der Marsianer nickte seiner Chefin zu. »Es wäre möglich. Ich erinnere an den Spalt im Eis. Zunächst hat ihn keiner von uns gesehen, dann war er auf einmal da. Vielleicht entstand er nur, weil wir nach einer Passage Ausschau hielten.«

»So könnte es gewesen sein«, versicherte das Orakel.

»Bei unserem Flug durch den Spalt fürchtete ich, er könne einstürzen. Daraufhin sah ich, wie genau das in meinem Rücken geschah. Gleich darauf wiederum erwies sich die Katastrophe als Realitätsverschiebung, die nicht der Wirklichkeit entsprach.«

»Das war eine zur Auswahl stehende Möglichkeit. Genauso gut hätte sich der Spalt tatsächlich hinter Ihnen verschließen und Ihre Kollegen verschlucken können. Insofern kann man nicht sagen, dass sie nicht der Wirklichkeit entsprach. Sie hätte sich zur Wirklichkeit entwickeln können. Das gestörte Zusammenspiel auf der Ebene der Naturgesetze eröffnet die Option zur Auflösung und Neuformierung bestehender Realitäten. Eine Wechselwirkung des Quantenschaums mit einem Beobachter beinhaltet die Gefahr, aus seinen Gedanken eine völlig neue Realität zu schaffen.«

»Auch eine, in der er selbst nicht überleben kann?«

»Oder die geeignet ist, ihn gerade noch überleben zu lassen«, orakelte die Minipositronik.

Entsetzen zeichnete sich in a Thats Zügen ab. Tipa schauderte. Sie stellte sich vor, dass es durch einen unbewussten Gedanken zu einer Interaktion mit dem Quantenschaum kam, der zur Vernichtung des Mondes oder gar des ganzen Sonnensystems führte.

»Um es noch einmal zu verdeutlichen«, schob das Orakel hinterher. »In der betroffenen Zone verliert das Universum immer mehr von seinem Zusammenhalt. Es ist ein Szenario vorstellbar, in dem es sich unwiederbringlich auflöst, zumindest in der Form, in der wir es kennen.«

»Hast du einen Vorschlag, was wir dagegen unternehmen können? Zunächst wäre es schon hilfreich, den Prozess zum Stillstand zu bringen.«

Abermals bedauerte das Orakel. Auch die Wissenschaftler schienen am Ende ihrer Weisheit angelangt. Tipa entschied, sich in die Medosektion zu begeben, um sich persönlich vom Zustand des Fremden zu überzeugen. Sie instruierte a That, Tin und Krispen, sich zur Untersuchung ebenfalls dort einzufinden. Als sie die Zentrale der Kernblase verließ, schloss sich ihr der Trägerroboter des Orakels an.

Kapitel 8

3. September 3126

Ich vernahm ein seufzendes Geräusch, ohne dass es mir gelang zu lokalisieren, aus welcher Richtung es kam. Es schien aus allen Richtungen gleichzeitig auf mich einzudringen.

»Was ist das?«, fragte Aliken Hantoon.

Galverin Schmidt hielt inne. »Es klingt künstlich. Ich bezweifle, dass es von einem Lebewesen stammt.«

»Es kommt aus der Richtung, in die wir uns bewegen«, wagte Harlon Darter eine Bestimmung.

»Dafür gibt es keinen Anhaltspunkt.« Schmidt ließ seiner Skepsis freien Lauf. »Die Sensoren zeigen nichts an, was Aufschluss gibt.«

»Ich vertraue meinen feinen Sinnen.« Der Siganese schickte sich an vorauszueilen.

Leutnant Grosz hielt ihn mit einem harschen Wink zurück. Er bedeutete seinen Männern, sich an die Spitze zu setzen. Sie verteilten sich zu beiden Seiten des Korridors und rückten vor, während Schmidt und Hantoon mit den Analysegeräten beschäftigt waren. Mehrmals hatten sie unglaubwürdige Sensordaten empfangen, die keine Auswertung zuließen. Der Korridor war an dieser Stelle stark gekrümmt und bog sich nach links. Wir tasteten uns vorsichtig voran. Meine geschulten Instinkte warnten mich vor einer lauernden Gefahr. Ich sog die Luft ein.

»Riecht das jemand?«

»Es müffelt moderig, wie brackiges Wasser«, sagte Darter.

Eine Abzweigung geriet in mein Blickfeld. Eine trübe Lache hatte sich am Boden gesammelt. Nebelschwaden waberten über der Oberfläche.

Der Siganese schaute zur Decke empor. »Es gibt hier keine Versorgungsleitungen, die leck sein könnten.«

Ich hielt ratlos nach einer Quelle Ausschau, von der das Wasser stammen konnte. Das tiefe Seufzen drang aus dem Tümpel hervor, über dem sich der Nebel zu einer dichten Decke zusammenzog. Dahinter erregte eine weitere Bewegung meine Aufmerksamkeit. Ein Teil der Korridorwand begann sich aufzulösen. Der Vorgang ähnelte dem Verschwinden der Besatzung. Die durchscheinende Materie gab den Blick auf einen unübersichtlichen Maschinenkomplex frei, der nicht in Mitleidenschaft gezogen wurde.

»Können wir diese Stelle umgehen?«, fragte Schmidt.

»Ja, durch ein paar Seitengänge.« Harlon Darter zog sich langsam zurück.

Vernil Grosz bewegte sich ein Stück weiter. Wenige Schritte vor der Lache blieb er stehen. »Ist diese Erscheinung real, oder bilden wir sie uns bloß ein?«

»Sie ist so real wie Sie und ich«, versicherte Schmidt. »Ich registriere einen Ausbruch exotischer Teilchen, die sich einer näheren Analyse entziehen. Auf jeden Fall ist dort vor uns etwas, und ich rate dringend davon ab, es zu berühren.«

»Können Sie ausschließen, dass wir an einer anderen Stelle von derartigen Erscheinungen heimgesucht werden?«

»Natürlich nicht. Ich bin Wissenschaftler, kein Hellseher.«

»Und ich lehne zeitraubende Umwege, die keine Sicherheit garantieren, ab.« Grosz hob einen Arm, um seine Männer weiter vorrücken zu lassen.

»Halt!« Mein Einwand kam mir schneller über die Lippen, als ich beabsichtigte. Aber ich hatte nicht vor, die Soldaten in ihr mögliches Verderben laufen zu lassen.

»Lordadmiral, Sir!« Der Hüne starrte mich an.

Du hast nur beobachtende Funktion, keine Befehlsgewalt, erinnerte mich der Extrasinn an Rhodans Direktive.

Es ist überflüssig, mich darauf aufmerksam zu machen. Mir lag nichts an Kompetenzgerangel mit dem Gruppenführer. Noch weniger jedoch würde ich gegen meine Überzeugung handeln. »Ich wollte nur einen Rat anbringen, Leutnant.«

»Bitte, Sir.« Der offene Tonfall zeigte mir, dass Grosz sich nicht persönlich angegangen fühlte.

Bevor ich zum Sprechen ansetzen konnte, riss die Nebeldecke auseinander. Der Boden des Korridors kam zum Vorschein, frei von jeglichem Brackwasser.

Der Siganese nahm ein paar Messungen vor. »Es gibt keine Rückstände von Flüssigkeit.«

In gleichem Maß, wie sich der Nebel verflüchtigte, ließ der Geruch nach. Die Korridorwand baute sich wieder auf. Der Vorgang ging so schnell vonstatten, dass er sich kaum verfolgen ließ.

»Ich habe alles aufgezeichnet. Die Bilder wurden gerade an die ANISAPH übermittelt«, teilte uns Galverin Schmidt mit.

»Offenbar fielen wir doch einer Täuschung zum Opfer«, sagte Grosz.

»Nein, wir wurden mit einer Pseudorealität konfrontiert.«

»Ist das nicht lediglich eine andere Umschreibung für eine Illusion?«

»Keineswegs.« Der Korporal verdrehte die Augen, als versuche er einem unverständigen Kind zum wiederholten Mal einen simplen Sachverhalt nahezubringen. »Die Strukturveränderungen geschahen tatsächlich. Wir bildeten uns die Entstofflichung der Wand nicht ein. Bestimmte physikalische Voraussetzungen entfernten sie aus diesem Raum, möglicherweise sogar aus dieser Zeit. Ebenso waren das Wasser und der Nebel real, wenn auch nur für eine kurze Dauer. Diese Pseudorealität schien sich nicht lange halten zu können.«

»Dann bestand nur geringe Gefahr für uns.«

»Falsch.« Schmidt stieß empört die Luft aus.

»Die verschwundenen Menschen bleiben offenbar verschwunden«, warf Darter beschwichtigend ein. »Zudem steht zu befürchten, dass diese Pseudorealitäten, wie der Korporal sie treffend nennt, ihre Verweildauer in unserer Existenzebene verlängern, je näher wir dem Miniatur-ATG kommen. Auch werden sie in zunehmendem Maße auftreten.«

Was bedrohlich klang, schien Galverin Schmidt zusätzlich zu motivieren. Er nahm ein paar schnelle Messungen vor und ging ohne Aufforderung weiter.

Harlon Darters Ankündigung bestätigte sich. Mehrmals wurden wir mit Veränderungen der Schiffsstruktur konfrontiert. Materie gestaltete sich um, nahm eine andere Form an oder verschwand ganz, um nach einer Weile wieder die Lücke zu schließen, die sie hinterlassen hatte. In anderen Sektionen der WAV-E blieben solche Vorgänge die Ausnahme, wie wir auf Rückfrage erfuhren. Ich ging daher davon aus, dass wirklich der Gezeitenwandler dafür verantwortlich war. Wir benutzten einen Antigravschacht, nachdem wir uns von seiner Funktionstüchtigkeit überzeugt hatten. Das Feld trug uns eine Ebene höher. Darter schwang sich aus der Öffnung und bedeutete uns, ihm zu folgen.

»Wie weit ist es noch?«, fragte Leutnant Grosz.

»Am Ende dieses Korridors gibt es eine Abzweigung. Dort halten wir uns links bis zu einer Halle, in der der ATG untergebracht ist.«

»Ich hoffe, Sie schalten ihn umgehend ab.«

»Wie kommen Sie darauf, dass der Wandler noch in Betrieb ist?«, wunderte sich der Siganese.

»Würden diese Pseudorealitäten bei ausgeschaltetem Zustand entstehen?«

»Der Miniatur-ATG schafft sie nicht.«

Eine kühne Behauptung, raunte der Extrasinn. *Bisher tappt Darter im Dunkeln, genau wie die Techniker.*

Seltsamerweise nahm ich dem Siganesen seine Behauptung ab. »Was wir bisher erlebt haben, waren keine temporalen Phänomene.«

»Ich deute einen Zusammenstoß verschiedener Realitäten.« Schmidt ließ kaum noch von seinen Messungen ab. »Die Verzerrungen erwecken den Anschein einer Kollision zweier oder mehrerer Daseinsebenen. An den Orten, an denen Materie erscheint oder verschwindet, könnte es zu einer interdimensionalen Überlappung kommen.«

»Es gibt keine Werte, die darauf hindeuten.« Es war das erste Mal, dass Aliken Hantoon Schmidt mit Überzeugung widersprach. »Ich ermittle Teilchenschauer auf der Ebene der Planck-Länge. Wir haben es durchaus mit physikalischen Vorgängen zu tun. Diese sind jedoch in unserem eigenen Universum verankert.«

»Ihre Meinung, Korporal Schmidt?«, fragte Grosz.

»Die Ansicht meiner Kollegin hat einiges für sich. Für eine bessere Bewertung muss ich weitere Messungen vornehmen.«

Ich registrierte die zunehmende Anspannung meiner Begleiter. Bevor wir die Abzweigung erreichten, die der Siganese angekündigt hatte, stach mir wieder der brackige Geruch in die Nase. Wir passierten eine Art Tür zu unserer Linken, vor der Darter abrupt innehielt. Da ich mit der Bauweise dieses Schiffstyps bestens vertraut war, überraschte mich seine Reaktion nicht.

»Wenn hier kein Umbau vorgenommen wurde, dürfte es diesen Zugang nicht geben.«

»Sie haben recht, Lordadmiral. Hier befand sich vor kurzem noch eine massive Wand.«

»Eine weitere Umwandlung?«

»Anscheinend. Zurückbleiben, bitte.«

Die Korporals nahmen eine eingehende Sensorenerfassung vor. Minuten verstrichen ereignislos. Galverin Schmidt suchte Blickkontakt zu seiner Kollegin, den sie für einen kaum merklichen Moment erwiderte, um sich sogleich wieder auf ihre Arbeit zu konzentrieren. Sie schien verwirrt. Sie deutete ein Kopfschütteln an. Ich fragte mich, ob es Schmidt galt oder den Daten, die sie erhielt.

»Keine ungewöhnlichen Anzeigen. Die Tür ist stabil.«

»Aber für wie lange? Wir wissen inzwischen, wie rasch sich die Verhältnisse in der Nähe des Miniatur-ATGs verändern können«, warnte Schmidt.

Harlon Darter verließ sich weiterhin auf seine eigenen Sensoren. »Ich messe eine Passage auf der anderen Seite an. Leichte Seitwärtsneigung. Sie führt offenbar zum ATG. Wir sollten uns dort drin umsehen.«

»Einverstanden.« Grosz wies einen Roboter an, den Durchgang zu öffnen.

Ich hätte eine andere Entscheidung getroffen. Bis zum eigentlichen Zugang vordringen und diesem folgen. Wir hätten dann zwangsläufig auf den unbekannten Gang stoßen müssen. Beide Vorgehensweisen konnten sich als richtig oder falsch herausstellen, deshalb griff ich nicht in die Befehlsstruktur ein.

Was Hantoon als Tür bezeichnet hatte, wies eher die Gestalt einer anachronistischen Luke auf, wie man sie in alten Raumfrachtern fand. Es gelang dem GLADIATOR mühelos, den Durchgang zu öffnen. Er zwängte sich hindurch in einen in Dunkelheit liegenden Gang und signalisierte, dass keine Bedrohung vorlag. Nacheinander folgten wir dem Roboter. Der Geruch wurde intensiver. Ich hatte das Gefühl, von einem sanften Luftzug gestreift zu werden. Die Soldaten aktivierten ihre Helmscheinwerfer und offenbarten einen schimmernden Nässefilm.

»Die Wände sind feucht. Es sieht aus, als liefe Wasser von der Decke herab«, sagte Leutnant Grosz.

Darüber hinaus sah der Gang vor uns aus wie jeder andere in einem Raumschiff. Er war ziemlich stark gekrümmt und führte genau in die Richtung, die der Siganese auf anderem Weg hatte einschlagen wollen.

»Wie weit, Mister Darter?«

»Rund fünfzig Meter.«

Eine überschaubare Entfernung – sofern es zu keinen Überraschungen kam. Korth und Ynster bildeten die Spitze, Roupol und Churl die Nachhut, eskortiert von jeweils einem GLADIATOR. Wir kamen zügig voran, verloren aufgrund der starken Krümmung des Korridors schnell den Einstieg aus den Augen. Mein Unterbewusstsein wollte mich auf einen Widerspruch aufmerksam machen, als Darter eine Warnung ausstieß.

»Keinen Schritt weiter.« Der Siganese hielt abrupt inne. »Ich erhalte neue Werte. Etwas stimmt mit der Raumzeit nicht. Irgendetwas geschieht.«

»Was?«

»Ich weiß es nicht, aber ich empfehle, dass wir uns verdrücken.«

Diesmal wartete ich nicht auf eine Entscheidung des Leutnants. »Sie haben es gehört. Rückzug!«

Wir hasteten den Weg zurück, den wir gekommen waren. Wieder spürte ich einen Hauch, kühl jetzt. Er packte mich im Nacken wie eisige Finger. Die Scheinwerferkegel wischten über Stahl, wo zuvor die Luke gewesen war. Eine massive Wand versperrte uns den Durchgang. Ich vernahm einen wütenden Fluch. Wir saßen in der Falle.

»Da kommen wir nur mit Waffengewalt durch.«

Ich stimmte Grosz zu. »Harlon, wie machen sich die veränderten Werte der Raumzeit bemerkbar? Besteht Gefahr für uns?« Unwillkürlich war ich dazu übergegangen, den Siganesen mit seinem Vornamen anzureden.

»Schwer zu sagen, Lordadmiral. Ich glaube nicht.«

»Sie glauben nicht?«, wiederholte der Leutnant.

»Richtig, ich verlasse mich auf meinen Bauch. Dem traue ich gerade mehr als den Sensoren.«

»Einverstanden, Harlon. Kein Waffeneinsatz«, entschied ich über Grosz' Kopf hinweg. »Wir sollten die bisher erlebten Strukturveränderungen berücksichtigen. Es ist nicht gesagt, dass sich vor uns nur eine Wand befindet. Etwas ganz anderes kann sich dahinter verbergen. Womöglich sogar der Leerraum.« Denn ich erinnerte mich an den Widerspruch, der mir aufgefallen war, just bevor Darter Alarm geschlagen hatte. »Wie weit sind wir Ihren Sensoren zufolge vorgedrungen, Harlon?«

»Gut zwanzig Meter.«

»Das Scheinwerferlicht ließ sich trotz der Korridorkrümmung ein gutes Stück weit verfolgen. Dieser Gang ist wesentlich länger als die fünfzig Meter, die er eigentlich sein sollte.«

»Das ist mir ebenfalls aufgefallen«, sagte Galverin Schmidt.

»Warum haben Sie Ihre Beobachtung nicht gemeldet, Korporal?«

»Weil ich mich nicht lächerlich machen wollte, Leutnant. Ich dachte, ich sitze einer weiteren Täuschung auf.«

»Von jetzt an wird jede Beobachtung gemeldet. Ob es sich um eine Täuschung handelt, können wir danach entscheiden. Habe ich mich klar ausgedrückt, Korporal?«

»Sie waren nicht zu überhören, Sir, Leutnant.«

»Und keine Extratouren. Ohne ausdrücklichen Befehl trennt sich niemand von der Gruppe.« Abschätzend betrachtete Grosz die Stahlwand. Auch sie war von einem feuchten Film bedeckt. »Wenn dieser Gang nicht zu unserem eigentlichen Ziel führt, dem Miniatur-ATG, wohin dann?«

»Ich weiß es nicht«, gestand der Siganese.

»Schauen wir nach«, übernahm der Leutnant die Initiative. »Vielleicht finden wir einen zweiten Ausgang. Korporal Schmidt, Korporal Hantoon, neue Daten?«

»Negativ«, sagte Hantoon.

»Jedenfalls keine verlässlichen Daten«, murrte Schmidt.

»Bald gibt es auch keinen Funk mehr. Die Verbindung wird schlechter.« Buchanan Churl klopfte gegen seinen Helmempfänger. »Ich empfange mehr Störgeräusche als Fragmente der Übermittlung aus der ANISAPH.«

Ich hob mein Armband vor den Mund und fasste in aller Kürze die aktuelle Entwicklung zusammen. Vorsichtig drangen wir weiter vor. Bis zu der Stelle, die wir bereits zuvor erreicht hatten, geschah nichts. Nach der doppelten Wegstrecke empfing uns diffuser Lichtschein. Ich hielt nach einer Quelle Ausschau. Es gab keine. Die feuchten Wände selbst schienen das Licht zu emittieren. In den brackigen Geruch mischte sich ein süßlicher Duft, und der Helligkeitspegel nahm weiter zu. Bald herrschte ein düsteres Halbdunkel, in dem wir uns nötigenfalls ohne Scheinwerfer zurechtfinden würden.

Ich horchte auf, als ich keckernde Laute vernahm. Ein flinker Schatten huschte uns entgegen. Wie auf einen stummen Befehl hin brachten die Raumsoldaten ihre Strahler in Anschlag. Der Schatten entpuppte sich als Vierbeiner von rund zwanzig Zentimetern Länge, der mich entfernt an eine terranische Echse erinnerte. Sie starrte uns aus großen Augen an. Nach ein paar Sekunden regungslosen Kauerns ergriff das Geschöpf die Flucht.

»Harlon?«

»Keine Ahnung, Lordadmiral. Wir hatten keine Tiere an Bord.« Der Siganese fuhr sein Aggregat hoch und raste den Gang entlang.

Bevor ich hinter ihm hereilen konnte, setzte eine Veränderung der Umgebung ein. Der Gang, durch den wir uns bewegten, verlor seine baulichen Charakteristika. Sämtliche Winkel bildeten sich zurück, machten unregelmäßigen Formen Platz. Der Korridor wölbte sich, erfuhr eine Ausdehnung in Breite und Höhe. Ehe wir uns versahen, war er zum Bestandteil einer Felsenhöhle geworden. Im Zwielicht spannte sich über uns ein natürlich gewachsener Felsendom.

Wäre er auf natürliche Weise entstanden, hieße das, dass ihr an einen anderen Ort versetzt wurdet. Befindet ihr euch hingegen noch in der WAV-E, mag zwar real sein, was euch umgibt, aber es wurde auf andere Weise geformt, monierte der Extrasinn meine Formulierung völlig zu Recht.

Schmidt und Hantoon vertieften sich in ihre Messungen. Ich rief nach Harlon Darter, ohne ihn zu erreichen. Ernüchtert ließ ich meinen Arm sinken.

»Der Funk ist ausgefallen.«

Die Soldaten bestätigten, dass auch ihr Anzugfunk betroffen war. Vor uns weitete sich die Höhle, hinter uns lag ein steinerner Gang. Leutnant Grosz schickte Korth und Ynster zurück. Sie sollten herausfinden, wie weit er sich erstreckte und ob er am Ende immer noch von der stählernen Platte verschlossen wurde. Während die beiden Soldaten unterwegs waren, machten wir uns an die Untersuchung der Höhle. Sie durchmaß rund hundert Meter, wie die Sensoren ermittelten. In der Mitte hatte sich ein See gebildet, der von einem schmalen Bachlauf gespeist wurde. Mannshohes Gesträuch erhob sich an seinem Rand. Ringsum zweigten Stollen ab.

»Die Wände sind mit Flechten bewachsen«, stellte Galverin Schmidt fest.

»Energieemissionen?«

»Negativ. Dafür empfange ich schwache Lebenszeichen, vermutlich von kleinen Tieren.«

»Lässt sich bestimmen, ob wir noch in der WAV-E sind?«, wollte der Leutnant wissen.

»Nein, aber das bezweifle ich. Die Sensordaten geben leider nicht viel her. Ich gehe davon aus, dass ich mehr sagen kann, wenn es uns gelingt, diese Höhle zu verlassen.«

Die beiden Raumsoldaten kehrten von ihrer Erkundung zurück. Sie brachten keine guten Nachrichten. Der Korridor existierte nicht mehr, die Einstiegsluke nicht und auch nicht die stählerne Wand. Wo sie uns den Weg versperrt hatte, verzweigte sich ein unübersichtliches Labyrinth aus Höhlengängen.

»Da hinten ist es stockfinster«, sagte Korth. »Ohne Scheinwerfer sieht man die Hand vor Augen nicht.«

Meine Sorge um den Siganesen wuchs. Er war auf sich allein gestellt. Vielleicht hatte er sich verirrt. »Wir müssen nach Harlon Darter suchen.«

»Dieser Dummkopf hätte bei uns bleiben sollen«, schimpfte Schmidt.

»Mäßigen Sie sich, Korporal.«

»Sie haben Alleingänge ausdrücklich untersagt, Leutnant.«

»Darter steht außerhalb der militärischen Organisation«, nahm ich den Siganesen in Schutz.

Umso dümmer ist es, sich auf eigene Faust in Gefahr zu begeben.

Ich konnte den Einwand des Extrasinns nicht kontern, weil er zutraf. Zum Glück brauchte ich das Thema nicht zu vertiefen, denn über dem See entdeckte ich Darter. Er kam auf uns zugeflogen. Mir lag eine harsche Zurechtweisung auf der Zunge.

»Ich entschuldige mich in aller Form, bei jedem von Ihnen«, kam er mir zuvor. »Ich war bei der Veränderung des Korridors nur ein paar Meter vor Ihnen und wollte schon umkehren, als sich eine unheimliche Kraft meiner bemächtigte. Ich wurde mit einer Geschwindigkeit transportiert, die deutlich über der maximalen Leistungsfähigkeit meines Anzugaggregats liegt. Es war das zweite Mal, dass meine Sensoren eine Unstimmigkeit der Raumzeit anzeigten. Ich hatte das Gefühl, in einer Blase mit eigenem Zeitablauf zu stecken.«

»Wohin wurden sie befördert?«

Darter deutete hinter sich. »Das ist das reinste Labyrinth da drüben. Zum Glück habe ich Ihre Stimmen vernommen, sonst hätte ich mich hoffnungslos verfranst. Per Funk kam ich nicht zu Ihnen durch.«

Ich setzte den Hyperphysiker darüber in Kenntnis, dass auch unsere Funkgeräte ausgefallen waren.

Der Siganese kratzte sich am Schopf. »Was unternehmen wir, Lordadmiral?«

»Wir suchen nach einem Ausgang.«

Vernil Grosz nickte. »Am besten hinter uns. Es ist logisch, dass wir uns in die Richtung wenden, aus der wir gekommen sind.«

»Wenn wir uns nicht mehr in der WAV-E aufhalten, ist es völlig egal, in welche Richtung wir vordringen«, fand Schmidt. »Da hinten sind wir vorhin schon einmal gescheitert. Es wäre also sinnvoll, es vor uns zu versuchen.«

Ich spähte über den See zur anderen Seite hinüber. »Ich bin ebenfalls dafür, unser Glück dort drüben zu versuchen.« Damit der Korporal nicht auf die Idee kam, dass ich ihn unterstützte, fügte ich hinzu: »Und zwar aus einem einzigen Grund, nämlich weil dort bessere Lichtverhältnisse herrschen als hinter uns.«

Hinter der Helmscheibe furchte sich die Stirn des Leutnants. Er klappte seinen Helm zurück und gab den vier Raumsoldaten ein Zeichen, seinem Beispiel zu folgen. »Ihre Meinung, Mister Darter?«

»Leider sehe ich keinen Sinn darin umzukehren. Denn egal in welche Richtung wir uns bewegen, wir haben unbekanntes Terrain vor uns. Dies ist nicht die WAV-E, die wir kennen. Wir sind in einer anderen Realität gelandet.«

Ich merkte auf. »In einer anderen Realität?«

»In einer Art von Realität«, konkretisierte der Siganese seine Behauptung. »Deswegen empfangen unsere Sensoren Datenströme, mit denen sie kaum etwas anfangen können. Die GLADIATOR-Positroniken sind damit überfordert.«

»Wie finden wir in unsere eigene Realität zurück?«, fragte der Leutnant.

»Grundvoraussetzung ist, uns mit der Welt vertraut zu machen, in die es uns verschlagen hat. Wir müssen die Höhlen verlassen«, forderte Schmidt.

»Diese Richtung, Leutnant?«

Grosz nickte mir zu und gab den Befehl zum Aufbruch. Wir umgingen den See und entschieden uns für den geräumigsten Höhlengang. Es hätte mich nicht gewundert, wenn das Wasser sich vor unseren Augen in etwas anderes verwandelt hätte. Das Gleiche galt für die Höhlenstruktur an sich, doch einstweilen blieb sie stabil.

Wir drangen vor, ohne dass es zu Zwischenfällen kam. Trotzdem blieb die unterschwellige Befürchtung, abermals in einem toten Gang zu stecken und umkehren zu müssen. Sie zerstreute sich, als es vor uns heller wurde. Unbewusst hatte ich die Führung der Gruppe übernommen. So entdeckte ich den von Sonnenlicht gefluteten Durchgang als erster. Wir legten einen weiteren halben Kilometer zurück, bis sich die Höhle vor uns öffnete und ins Freie entließ.

»Das dürfte der Beweis sein, dass wir nicht mehr in der WAV-E sind«, sagte Harlon Darter.

Wir standen am Grund eines tiefen Tals, das sich in alle Richtungen emporwölbte. Ein Wald, aus dem vereinzelte Tierrufe drangen, erstreckte sich in die Ferne. Zwischen den bis zu hundert Meter hohen Bäumen wuchsen mannsgroße Farne, die im Sonnenlicht blau und türkisfarben funkelten. Die Baumkronen, rot belaubt und sich im Wind wiegend, waren zu einem grobmaschigen Netz verwachsen, in dem ich Bewegungen ausmachte. All das trat in den Hintergrund angesichts des phantastischen Anblicks, der mich gefangen nahm.

Ein leuchtender Ball prangte am Himmel, scheinbar zum Greifen nahe.

»Eine Sonne«, las Darter ab, was seine Sensoren ihm offenbarten. In einer Höhe von zwanzig Kilometern schwebte sie über unseren Köpfen.

Kapitel 9

8. September 3126

»Wieso folgst du mir?«, wollte die Piratenlady wissen. Sie bewegte sich durch einen von der Zentrale zur Medosektion führenden Verbindungsgang. Neben ihr ging der humanoide GLADIATOR, der das Orakel auf einem Silbertablett vor sich hertrug. Gegen den hünenhaften Roboter wirkte Tipa Riordan noch kleiner und zerbrechlicher als sonst.

»Weil ich etwas zu sagen habe, das ich nicht vor Ihren Leuten ansprechen wollte.«

»Heraus mit der Sprache. Du weißt, dass meine Geduld begrenzt ist, besonders was dich angeht.«

»Was mich angeht, ist Ihre Geduld unbegrenzt. Jedes Bestreben, mir einen anderen Eindruck zu vermitteln, ist sinnlos und untergräbt Ihre eigene Glaubwürdigkeit«, antwortete das Orakel unbeeindruckt.

Tipa seufzte. »Zuweilen bedaure ich, eine Kopie von Calipher-SIMs Bewusstsein in diese Konservendose geladen zu haben. Was liegt dir also auf dem Herzen, Blechjunge?«

»Ihre Einschätzung der Lage. Ich fürchte, Sie messen der Situation nicht die adäquate Bedeutung bei. Die Gefahr des ausbrechenden Quantenschaums kann gar nicht groß genug bewertet werden. Darin stimme ich mit der Großpositronik überein.«

»Darin stimmen wir alle überein. Zerbrich dir nicht meinen Kopf.«

»Es ist meine Aufgabe, mir Ihren Kopf zu zerbrechen, ehrwürdige Sternenfreibeuterin. Offenbar ist es vonnöten, dass ich mir den Kopf der ganzen Galaxis zerbreche. Zuweilen habe ich den Eindruck, ich sei der Einzige, der dazu in der Lage ist. Sie sollten Maßnahmen ergreifen, um das Unheil aufzuhalten, bevor es unkontrollierbar wird.«

»Ich dachte, was in der Störzone geschieht, sei unkontrollierbar. Du bist ja nicht in der Lage, mir brauchbare Vorschläge zu unterbreiten. Oder habe ich dich vorhin falsch verstanden?«

»Nein. Eine Option sehe ich allerdings darin, die United Stars Organisation hinzuzuziehen.«

»Du meinst diesen verhinderten Kristallprinzen.«

»Sie haben bereits mit ihm kollaboriert. Vergessen Sie nicht, dass ich auf Chonosso Zeuge der entscheidenden Auseinandersetzung mit Malcher und den Silberherren wurde. Dort haben Sie und der Träger des Lichts erfolgreich interagiert, Sternenfreibeuterin.«

Mit »Träger des Lichts« hatte Calipher-SIM damals Atlan bezeichnet. Die Piratin rümpfte verächtlich die Nase. Die Vorstellung, bei dem Arkonidenjüngelchen den Kotau machen zu müssen, schlug ihr gleich wieder auf den Magen. Dennoch war bezeichnend, dass ihr weitsichtiger Ratgeber den gleichen Schluss gezogen hatte wie sie.

»Ich habe bereits daran gedacht. Sobald ich es als unumgänglich ansehe, nehme ich Kontakt zu ihm auf.« Damit war das Gespräch für Tipa beendet. Es behagte ihr nicht, sich von dem Orakel in die Ecke drängen zu lassen.

In der Medostation versah Zhyr-Krit Dienst, einer von mehreren galaktischen Medizinern, die in Tipa Riordans Sold standen. Der hoch aufgeschossene Ara stand über seinen Patienten gebeugt. Ein weißer Kittel schlotterte um seine hagere Gestalt. Er wandte den Kopf, als Tipa und der GLADIATOR den Raum betraten.

»Ist unser Findelkind inzwischen wach geworden, Doc?«

»Er hat sein Bewusstsein bisher nicht wiedererlangt. Ich muss dazusagen, dass ich auf den Einsatz stimulierender Medikamente verzichtet habe, da ich sie für überflüssig halte. Ich bin nämlich überzeugt, dass der Terraner von allein wieder zu sich kommt.«

»Wann?«

»Eine Prognose ist schwierig. In Kürze, denke ich.«

Die Piratin betrachtete den auf eine Gravoliege Gebetteten. Sie stimmte mit Ganus a Thats erster Einschätzung überein. Der Unbekannte war zwischen siebzig und achtzig Jahre alt. Er war drahtig, ein bisschen zu sehr vielleicht. Ein paar Pfund mehr auf den Rippen hätten ihm nicht geschadet. Krank wirkte er allerdings nicht, und Verletzungen hatte er in den unterirdischen Höhlen keine davongetragen. Er war an verschiedene Diagnosegeräte angeschlossen, die seine Körperfunktionen überwachten. Medizinische Daten füllten einen Monitor. Tipa warf einen Blick darauf, ohne aus ihnen schlau zu werden.

Wer bist du? Wie bist du ganz allein in die Störzone gelangt?

Sie spielte mit dem Gedanken, dem Ara die Verabreichung eines Stimulans zu befehlen. Doch sie kannte Zhyr-Krits Dickköpfigkeit. Wenn es um seine Patienten ging, ließ er sich nicht gern etwas sagen, sondern pochte auf seine hohen ethischen Grundsätze als Mediziner. In dieser Hinsicht hatten die heutigen Aras kaum noch etwas mit ihren Vorfahren gemein, die in der Frühzeit des Solaren Imperiums ohne moralische Hemmschwellen geforscht hatten.

»Haben Sie herausgefunden, was ihm fehlt?«

»Seine Körperfunktionen sind einwandfrei. Er ist in gutem physischen Zustand, wenngleich ein wenig zu mager.«

»Eine überaus humorvolle Einschränkung, wenn ich bedenke, dass sie von einem Ara stammt«, warf das Orakel ein.

»Ich bewerte meinen Patienten unter den physiognomischen Eigenschaften eines Terraners«, konterte Zhyr-Krit. Er fasste seine Chefin ins Auge. »Ich habe schon von verschiedener Seite gehört, ihr Orakel beherrsche meisterhaft die Kunst despektierlicher Bemerkungen. Diese Bewertung ist nicht ganz von der Hand zu weisen.«

»Es ist gerade heraus, manchmal ein wenig zu sehr«, nahm Tipa Riordan die Minipositronik in Schutz.

»Zu gerade heraus? Sie meinen, so wie mit meinem Ratschlag zur Kontaktaufnahme zu einem möglichen Verbündeten, nämlich unter vier Augen?«, lamentierte das Orakel.

Tipa überhörte die Anspielung. »Ich muss erfahren, wer dieser Mann ist.«

»Ich habe Genproben genommen«, eröffnete der Ara. »Möglich, dass der Unbekannte irgendwo verzeichnet ist, aber Nancanor ist nicht der Nabel der Welt. Die Speicherbänke der Kolonie haben nichts ergeben, obwohl ich noch auf weitere Auswertungen warte.«

»Benutzen Sie das Hyperfunkrelais und zapfen Sie alle verfügbaren Quellen an.« Die Piratin hatte Vorsoge getroffen und sich auf logistischem Weg auf zahlreiche Eventualitäten vorbereitet. Zu ihrem kleinen Netzwerk, das die abgeschiedene Kolonie mit der Außenwelt verband, gehörte ein geheimer Richtsender zu einem Hyperfunkrelais in einem nahe gelegenen Sonnensystem. Auf diesem Umweg vermochte sie mit der halben Galaxis in Verbindung zu treten.

»Sofern seine Daten irgendwo gespeichert sind, lüften wir seine Identität«, zeigte sich Zhyr-Krit zuversichtlich.

»Gut, aber leider stehe ich unter Zeitdruck, denn ich befinde mich in einer kniffligen Lage. Wir alle hier, Doc. Der Station droht eine Gefahr, die sich noch nicht überschauen lässt. Es könnten jederzeit Umstände eintreten, die es erforderlich machen, Ihren Patienten aufzuwecken. Er ist womöglich im Besitz von Informationen, die ich benötige. Bemühen Sie sich also, dass er vorher zu sich kommt.«

»Das ist meine Aufgabe, und der messe ich höchste Priorität bei.«

Die Piratenlady wurde einer Antwort enthoben, da ihr Armbandkom anschlug. Ganus a That bat sie, unverzüglich in der Zentrale zu erscheinen. Er klang verstört, deshalb machte sie sich sofort auf den Weg. Als sie eintrat, war die Aufregung in der Zentrale fast wie mit Händen zu greifen.

»Was gibt es? Gute Neuigkeiten, hoffe ich.«

Die Mienen der Versammelten drückten aus, dass das Gegenteil der Fall war. Zwei Männer hockten vor einer Funkanlage und redeten aufgeregt aufeinander ein. Tipa bekam kein Wort von ihrem Disput mit. Dafür registrierte sie, dass in Sheyfuns Gesicht das Blau einen Ton blasser war als gewöhnlich. Der Ferrone schüttelte ungläubig den Kopf.

»Sämtliche Messeinrichtungen arbeiten ununterbrochen«, fand a That die Sprache wieder.

»Das weiß ich. Standardprozedur. Ich wünsche keine Selbstverständlichkeiten zu hören.«

Der Marsianer stockte kurz. Er schien sich besinnen zu müssen. »Ja, natürlich, Ma'am«, haspelte er. »Gar nicht selbstverständlich ist, dass wir Daten empfangen haben. Es handelt sich um zerrissene Fragmente, die auf den ersten Blick keinen Sinn ergeben. Die Großpositronik ist mit der Entschlüsselung beschäftigt. Vielleicht gelingt es ihr, die Daten in einen Kontext zu bringen.«

»Ich bestätigte«, meldete das Orakel. »Bisher ist der Positronik kein Erfolg beschieden.«

Tipa Riordan verstand die Aufregung nicht. »Feststellen, woher die Datenfragmente stammen. Lässt sich der Ausgangsort ermitteln? Irgendwer muss sie schließlich gesendet haben.«

»Das ist es ja eben. Soweit wir das feststellen können, gibt es keinen Ausgangsort – jedenfalls nicht in unserer Zeit.«

Tipa ließ die Worte in sich nachhallen. »Nicht in unserer Zeit? Was soll das heißen?«

Ganus a Thats Lippen bebten. »Die Datenfragmente«, er rang mit den Händen, »stammen aus einer möglichen Zukunft. Das ist bislang die einzige gesicherte Erkenntnis.«

Kapitel 10

3. September 3126

»Es ist eine Kunstsonne, weitgehend hinter Dunst verborgen.« Leutnant Grosz hatte den Kopf in den Nacken gelegt.

»Inmitten einer Blase«, fügte Galverin Schmidt hinzu. Mit Verbissenheit widmete er sich den Sensoren. »Wir befinden uns in einer Hohlwelt, vermutlich künstlich geschaffen. Die Blase besitzt einen Durchmesser von annähernd vierzig Kilometern.«

»Sie erhalten eindeutige Messergebnisse?«, fragte ich.

»Andernfalls würde ich keine konkrete Zahl nennen, sondern von einer Schätzung sprechen.« Das Gesicht des Korporals zeigte keine Regung. Er machte eine weit ausholende Geste. »Was wie Berge aussieht, ist die Innenwand dieser Blase. Die Kunstsonne schwebt in ihrem Zentrum.«

Vermutlich wurde sie von Antigraveinrichtungen an ihrer Position gehalten. Ich taxierte Schmidt kurz. Er machte auf mich den Eindruck eines Mannes, der etwas beweisen musste. Entweder uns oder sich selbst. Dann widmete ich mich der Sonne, zu der ich emporschauen konnte, ohne meine Augen zu beschirmen. Durch den Dunst, der bis dicht über die Baumwipfel reichte, war sie nur bruchstückhaft zu sehen. Ich nahm den atemberaubenden Anblick in mich auf. Durch die Schwaden erkannte ich Landschaftsausschnitte. Der Wald setzte sich dort oben fort.

»Die Schwerkraft wirkt zur Innenwand hin«, sagte Aliken Hantoon. »Theoretisch ist die gesamte Hohlsphäre begehbar. Ich halte es jedoch für möglich, dass die Schwerkraft nur bis zu einer gewissen Höhe reicht.«

»Ihre Sensoren bestätigen Korporal Schmidts Daten? Wir haben es mit einer Blase von vierzig Kilometern Durchmesser zu tun?«

»Ja, Sir.«

Der Spezialist für Hyperortung wandte sich in meine Richtung. Seine Augen flackerten.

Achte darauf, dass Schmidt die Moral nicht untergräbt. Seine Integrität lässt zu wünschen übrig, riet mir der Extrasinn.

Ich lasse ihm ein wenig Spielraum. Der Leutnant ist sein Vorgesetzter.

»Auf jeden Fall wissen wir jetzt, dass wir die WAV-E verlassen haben, auf welchem Weg auch immer«, grübelte Harlon Darter.

»Das ist nicht erwiesen.« Schmidt starrte mich noch immer an. »Auf dem Weg zum Gezeitenwandler erlebten wir die ersten Realitätsverschiebungen. Ich erinnere daran, dass der Korridor, der eigentlich nicht hätte existieren dürfen, viel länger als die von Darter genannten fünfzig Meter war. Spätestens von da an ließen sich die auftretenden Pseudorealitäten nicht mehr einschätzen. Nicht nur die Struktur veränderte sich, Entfernungen verloren anscheinend an Bedeutung. Das dürfte also auch für andere Parameter gelten. Ich halte es nicht für ausgeschlossen, dass wir noch an Bord der WAV-E sind, dies aber nicht erkennen.«

»Ihre Theorie lässt sich nicht widerlegen«, räumte ich ein und kontrollierte meinen Armbandfunk. Er war weiterhin funktionslos. »Ich halte sie aber für wenig wahrscheinlich. Wir hatten zwar Funkschwierigkeiten, doch der Kontakt zur ANISAPH blieb erhalten, bis wir uns in den Höhlen wiederfanden. Ich stimme Harlon Darter zu. Vermutlich war das der Moment, in dem wir versetzt wurden.«

»Vermutlich, aber nicht gewiss.«

»Was sagen die Berechnungen der Roboter?«

»Sie stimmen mit Ihrer Meinung überein«, gab Schmidt zerknirscht zu.

»Wir wurden also in ein Objekt unbekannter Herkunft verschlagen und sind für die Besatzung der ANISAPH verschollen«, resümierte Aliken Hantoon. »Wir selbst wissen nicht einmal, wo wir gelandet sind. Wo sollen wir mit unserer Suche anfangen? Mir kommt diese Blase wie ein Gefängnis vor, in dem wir eingesperrt sind.«

Die Sensorsystemanalytikerin klang verzweifelt, was ich ihr nicht verdenken konnte. Im Gegensatz zu mir war sie an solche Situationen nicht gewöhnt. Schmidt auch nicht. Das war eine mögliche Erklärung für sein aggressives Auftreten. Ich hatte mich zahlreiche Male an mir unbekannten Orten wiedergefunden und den Heimweg suchen müssen, daher blieb ich gelassen. Die Aufklärung und das Sammeln von Informationen hatten in einem solchen Fall Vorrang. War erst eine möglichst umfassende Bestandsaufnahme erfolgt, ergab sich die daraus resultierende Zielsetzung meistens von selbst. Ich lächelte Hantoon aufmunternd zu.

»Nachdem wir die Umgebung erkundet haben, wissen wir mehr«, versprach ich ihr.

»Dabei halten wir zugleich nach der Besatzung und den Wissenschaftlern der WAV-E Ausschau«, wies Grosz die Soldaten an. »Da wir hier angekommen sind, besteht die Möglichkeit, dass auch sie an diesen Ort befördert wurden. Lassen sich Lebenszeichen anmessen?«

»Nur äußerst schwach. Eindeutig nicht von Menschen, sondern von kleinen Tieren wie der Echse«, antwortete der Siganese.

Der Leutnant ließ die Funkausrüstungen überprüfen. Wie mein Armbandkom waren sie ausgefallen. Trotz der räumlichen Nähe erhielten wir nicht einmal untereinander Kontakt. Mehr als Störungen und moduliertes Rauschen war nicht zu vernehmen. Grosz ordnete eine positronische Auswertung an, um den Grund der Störungen zu ermitteln. Unter Anleitung der Korporals begannen die GLADIATOR-Roboter mit der Entschlüsselung. Meine Hoffnung, dass sie einen brauchbaren Erfolg erzielten, war gering. Ich sah mich um, als Darter einen überraschten Pfiff ausstieß.

»Harlon?«

»Das ist ... eigenartig, wirklich sehr eigenartig«, murmelte er.

Ich versuchte einen Blick auf die Anzeigen seiner Instrumente zu erhaschen. »Was ist eigenartig?«

»Ich registriere in unserer Nähe Veränderungen im subatomaren Bereich.«

»Was bedeutet das?«

»Ich fürchte, das kann ich Ihnen nicht sagen, noch nicht.« Der Siganese war auf einmal geistesabwesend.

Beiläufig nahm ich zur Kenntnis, dass Schmidt und Hantoon die Köpfe zusammensteckten. In Zusammenarbeit mit den Robotern widmeten sie sich demselben Problem wie Darter. Grosz ließ sie gewähren.

»Ich schlage vor, dass wir anderen uns an die Erkundung der Gegend machen, Lordadmiral. Währenddessen betrachten wir den Höhlenausgang als provisorische Basis.«

»Einverstanden, Leutnant.«

Der Gruppenführer schickte Korth und Ynster sowie Roupol und Churl als Zweierteams los, während er und ich uns zusammen auf den Weg machten. Es wurde vereinbart, uns nach spätestens drei Stunden wieder zu sammeln.

Der Wald wartete mit einer Vielzahl von Tierlauten auf. Die meisten drangen aus den Baumwipfeln herab, in denen Schwärme buntgefiederter Vögel nisteten. Einmal entdeckten wir eine Echse ähnlich der, die in den Höhlen unseren Weg gekreuzt hatte. Es herrschten Temperaturen um die zwanzig Grad. Die nur spärlich belaubten Kronen gestatteten reichen Sonneneinfall, da die Dunstschwaden sich zurückzogen. Die Kunstsonne hing wie ein blassgelbes Auge in der Mitte der Blase. Sie spendete angenehmes Tageslicht, ohne die Augen zu überfordern.

Wir befinden uns in einer künstlich geschaffenen Welt, meldete sich der Extrasinn. *Es ist damit zu rechnen, dass die Erbauer Überwachungseinrichtungen installiert haben und jeden eurer Schritte beobachten.*

In dem Fall stellt sich die Frage, weshalb wir an diesen Ort entführt wurden. Ziel ist es daher unter anderem, einen der Unbekannten ausfindig zu machen.

Wenn er sich finden lassen will.

Mit vierzig Kilometern Durchmesser ist die Blase überschaubar, zeigte ich mich zuversichtlich.

Wer sagt, dass es die einzige ihrer Art ist? Die verzweigten Höhlensysteme mögen ins Leere laufen. Sie könnten aber auch zu weiteren Sphären führen.

Daran hatte ich noch nicht gedacht. Ich teilte die Überlegung dem Leutnant mit. Er hatte eigenen Gedanken nachgehangen, wie er mich wissen ließ.

»Unsere Bergungsmission ist ebenso fehlgeschlagen wie der Feldversuch der WAV-E. Weder haben wir Hinweise auf den Verbleib der Wissenschaftler gefunden, noch ist es gelungen, den Gezeitenwandler zu sichern. Ich fürchte, jedem weiteren Team, das der Großadministrator in die WAV-E schickt, droht das gleiche Schicksal wie uns.«

»Perry Rhodan wird sich seine nächsten Schritte genau überlegen. Er schickt niemanden unbedacht ins Feuer.« Aber er gab auch niemanden auf. Wie würde Perry sich verhalten, wie ich mich selbst an seiner Stelle?

Du würdest alle Warnungen ausschlagen und selber nachsehen, du Narr, säuselte der Extrasinn. *Haben wir es nicht just erlebt?*

Hoffentlich kommt Perry nicht auf diese Idee.

»Ob die anderen Bergungsteams und meine Kameraden sich noch in der WAV-E aufhalten?«, grübelte der Leutnant.

»Sofern sie sich von dem Miniatur-ATG fernhalten, sind sie wahrscheinlich halbwegs sicher.«

Zwischen dem Unterholz hielten wir Ausschau nach Spuren, die auf die Anwesenheit von Menschen hindeuteten. Mit meinem Komarmband versuchte ich eine Kontaktaufnahme. Sie kam weder zu den Verschollenen noch zu Harlon Darters Gruppe oder den anderen Raumsoldaten zustande.

Wir gelangten an einen Bach, der den moosüberzogenen Untergrund teilte. Jeder meiner Schritte federte, und ich sank in dem grünen Belag ein. Grosz blieb am Bachufer stehen. Er spähte in beide Richtungen. Es war nichts zu sehen, was uns einen Anhaltspunkt geliefert hätte. Vielleicht war es töricht anzunehmen, wir seien am gleichen Ort herausgekommen wie die zweihundert Personen, nach denen wir suchten. Vielleicht war es sogar zu optimistisch zu denken, sie seien überhaupt noch am Leben. Wir entschieden spontan, dem Gewässer in Fließrichtung zu folgen.

Der Bach schlängelte sich in Windungen zwischen den Bäumen hindurch. Das Gelände fiel unmerklich ab. Wir passierten ein paar Kolonien bunt blühender Bodengewächse, die uns bis zu den Knöcheln reichten. Sie dufteten betörend. Daumengroße Insekten tummelten sich in den Kelchen, von denen wir uns tunlichst fernhielten. Bislang verhielt sich die Natur uns gegenüber friedlich, doch ich wusste, wie schnell ein scheinbares Idyll ins Gegenteil umschlagen konnte.

»Wissen Sie, ob irgendeine Art von Verbindung zwischen Korporal Schmidt und Korporal Hantoon besteht?«, erkundigte ich mich bei Grosz.

»Sie meinen eine persönliche Beziehung, Lordadmiral?«, fragte er vorsichtig zurück.

»Mir ist beider Verhalten aufgefallen. Schmidt versucht sich vehement in den Vordergrund zu spielen, wohingegen Hantoon mir fast introvertiert vorkommt.«

»Sie ist zurückhaltend und still, fast schon schüchtern. Das ist richtig, ändert aber nichts an ihrer Intelligenz. Sie denkt erst und handelt dann. Grundsätzlich ist das eine löbliche Einstellung. Sie kann aber zu Problemen führen.«

»Inwiefern?«

»Korporal Hantoon überlegt manchmal ein wenig zu lange, was sie in schwierigen Situationen in Zeitnot bringt.«

»Sie meinen Situationen, in denen man besser einmal seinem Instinkt folgen sollte?«

»So ähnlich, Sir. Haben Sie ein Problem mit Hantoon?«

»Nein, durchaus nicht. Mich interessierte nur, ob sich Ihre Einschätzung des Korporals mit der meinen deckt.«

»Deckt sie sich?«

»Weitgehend, Leutnant.« Mir gingen die weiteren mir bekannten Informationen über die Sensorsystemanalytikerin durch den Kopf. Ihre Eltern waren 3093 von der asiatisch geprägten Kolonialwelt Chonosso zurück auf die Erde umgesiedelt, wo das Mädchen in Sydney zur Welt gekommen war. Im Alter von einundzwanzig Jahren war

Aliken in den Flottendienst eingetreten und hatte eine Ausbildung auf dem Spähkreuzer MIRIAN des 18. Schweren Schlachtverbands absolviert. Mit dreiundzwanzig, kurz nach Beendigung ihrer technischen Ausbildung, war die MIRIAN in ein Scharmützel mit Schiffen des Carsualschen Bundes geraten. Ihre besonderen Leistungen dabei hatten ihr eine vorzeitige Beförderung eingebracht. Mit sechsundzwanzig schließlich war sie auf die ANISAPH versetzt worden.

»Ich habe den Eindruck, hinter Ihrer Frage steckt mehr, als Sie zugeben, Sir.«

Ich lächelte. Der Hüne war ein aufmerksamer Beobachter. »Ich will ehrlich sein, Leutnant. Ich weiß es selbst nicht so genau. Ich mag mich irren, aber es kam mir so vor, als würde Schmidt sich mehr für Hantoon interessieren, als es in unserer Lage angebracht ist.«

»Sollte das zutreffen, ist dieses Interesse einseitig. Hantoon nimmt Schmidt wahr, mehr Aufmerksamkeit schenkt sie ihm nicht. Wünschen Sie, dass ich ein Auge auf die beiden werfe?«

Ich schüttelte den Kopf. »Nicht mehr als in der Befehlsstruktur üblich.«

Nach einer Stunde Marsch hatte sich die Umgebung kaum verändert. Lediglich die Baumkronen waren dichter belaubt, und die Vogelschreie blieben hinter uns zurück. Ich ertappte mich dabei, mich umzusehen, weil ich eine fremde Präsenz spürte. Ein unangenehmes Gefühl bedrängte mich, ein dräuender Druck von etwas, das ich nicht als körperliches Wesen einordnete, sondern als Entität unbestimmter Gestalt. Doch da war niemand. Wir waren allein. Ich hielt inne und beobachtete den Wald hinter uns.

»Stimmt etwas nicht, Lordadmiral?«

Ich kam mir albern vor. »Ist Ihnen etwas aufgefallen, das auf einen verborgenen Begleiter hindeutet, Leutnant?«

»Nein, Sir. Allerdings kann man sich hier Geräusche einbilden, die nicht existieren.« Grosz deutete nach vorn. »Der Bach stürzt dort vorn über eine Klippe.«

Das Wasser fiel nicht tief. Es ergoss sich in eine Senke, in der sich ein See mit Abfluss auf der anderen Seite gebildet hatte. Am linken Uferbereich erstreckte sich nacktes Felsgestein, hinter dem pilzähnliche Gewächse die Bäume verdrängten. Die Stiele erreichten die Ausmaße von kleinen Häusern. Wulstige Krempen schoben sich über die Kanten. Ich zuckte zusammen, als ich eine Bewegung ausmachte.

»Leutnant, da unten halten sich Lebewesen auf.«

»Ich sehe sie, Sir. Sie wirken amphibisch. Mehr kann ich aus der Entfernung nicht erkennen.«

»Das geht mir auch so.« Ich brauchte nicht lange zu überlegen. Das Verhalten der Wesen ließ sie halbwegs intelligent erscheinen. »Sehen wir sie uns aus der Nähe an.«

»Zeigen wir uns ihnen?«

»Fürs Erste halten wir uns zurück. Ich bin neugierig, was sie da treiben.«

Im Schutz der Bäume näherten wir uns der Senke. Es handelte sich tatsächlich um halbamphibische Kreaturen, von denen sich rund zwei Dutzend am Seeufer aufhielten. Sie waren etwa halb so groß wie wir und bewegten sich in gebückter Haltung. Wir drangen bis zu den vorderen Riesenpilzen vor.

»Sie haben ein paar dieser Gewächse ausgehöhlt und benutzen sie als Wohnraum«, flüsterte Grosz.

Künstliche angelegte Kanäle führten Wasser aus dem See durch Löcher am Fuß der Pilze. Ich sah eine Kreatur ins Freie kommen. Sie glitt durch die Öffnung und schwamm mit eleganten Bewegungen auf den See hinaus, in dem sich mehrere Artgenossen versammelt hatten. Ihr Treiben schien dem Vergnügen zu dienen. Einen anderen Sinn konnte ich ihrem Gebaren nicht zuordnen. Zwischen den Pilzhäusern lagerte eine ausladende Steinplatte.

»Auf dem Stein liegen Fische«, sagte der Leutnant. »Sie haben den Tisch gedeckt.«

»Fragen wir, ob sie uns einladen, mit ihnen zu speisen.«

»Sie erwecken nicht den Eindruck, mit Fremden wie uns vertraut zu sein. Wir werden Aufsehen erregen.«

Das war meine Absicht. Ich hoffte, mit unserem Auftritt irgendwen aus seiner Deckung zu locken. Traf die Vermutung des Extrasinns zu, wurden Grosz und ich beobachtet. Ich trat hinter dem Pilz hervor und ging auf den Stein zu. Jetzt bot sich mir Gelegenheit, die Amphibienwesen eingehender zu betrachten. Sie waren unbekleidet. Grüne Schuppenhaut bedeckte ihre Körper einschließlich des Gesichts, das von hervortretenden Glubschaugen mit Nickhäuten dominiert wurde. Sie bewegten sich auf zarten, zerbrechlich wirkenden Extremitäten. Unbeeindruckt von unserer Ankunft gingen sie ihren bisherigen Tätigkeiten nach. Mein Räuspern, mit dem ich auf mich aufmerksam machen wollte, erzielte keine Wirkung.

Sie nehmen euch nicht wahr, folgerte mein Logiksektor.

Der Leutnant griff zu drastischeren Mitteln. Er näherte sich einem der Schuppenwesen und berührte es an der Schulter. Zumindest war das seine Absicht, doch seine Hand glitt durch die Kreatur hindurch. Mit einem ungläubigen Ausruf zog er sich zurück.

»Haben Sie das gesehen, Lordadmiral?«

Ich bejahte und dachte nach.

»Bilden wir uns diese Wesen nur ein?«

»Nein. Ich glaube, sie existieren in einer anderen Realität als wir.«

»Wieso sehen wir sie, sie uns hingegen nicht?«

Ich hatte keine Ahnung. Ich begab mich zum nächstgelegenen Pilzhaus und legte eine Hand darauf. Die Wand war feucht und warm, also in derselben Realität verankert wie wir. Ich zog meinen Strahler und schaltete in Desintegratormodus. Mir lag nichts daran, etwas zu zerstören. Ich wollte nur eine Ahnung bestätigt sehen.

»Was haben Sie vor?«, fragte Grosz. »Soll ich sie unterstützen?«

Ich schüttelte den Kopf, legte auf den Pilz an und tippte den Auslöser meine Waffe an. Der Desintegratorimpuls hätte die Bindungskräfte zwischen den Molekülen neutralisieren und die getroffene Materie zu feinem Staub auflösen müssen, doch die Pilzmasse blieb unversehrt.

»Sind die Waffen ausgefallen?«

Ich betrachtete die Ladestandsanzeige meines Strahlers. »Nein, sie funktionieren. Aber nicht nur diese Wesen sind in ihrer Teilrealität vor uns sicher, sondern auch alles, was ihrem direkten Lebensraum angehört. Teile davon sind für uns zwar real existent, doch wir können sie nicht negativ beeinflussen. Ich nehme an, es würde uns auch nicht gelingen, ihr Wasser oder die Beutefische zu vergiften.«

»Wie ist das möglich, Sir?«

Zum zweiten Mal innerhalb von Minuten musste ich meine Ratlosigkeit eingestehen. Hinzu kam, dass der Versuch einer Kontaktaufnahme mit den Amphibien gescheitert war. »Es sind Schattenwesen, die unsere Gegenwart nicht wahrnehmen, obwohl wir einen Raum mit ihnen teilen.« Ich machte eine auffordernde Geste.

»Wir gehen einfach weiter?«

»Uns bleibt nichts anderes übrig, Leutnant. Oder haben Sie eine bessere Idee?«

Vernil Grosz schüttelte den Kopf. »Dieser Misserfolg ist enttäuschend«, gestand er. »Allem Anschein nach ist es uns nicht möglich, mit den Bewohnern dieser Hohlsphäre zu kommunizieren. Wie sollen wir an Informationen gelangen, wenn wir uns nicht verständigen können?«

»Es ist nicht gesagt, dass diese Verhältnisse überall in der Blase herrschen.« Insgeheim hegte ich die Befürchtung, dass aber genau das der Fall war.

»Lordadmiral Atlan und Leutnant Grosz werden von den Auswertungen der Positronik nicht begeistert sein«, unkte Aliken Hantoon.

Galverin Schmidt machte eine wegwerfende Handbewegung. »Der Funk funktioniert eben nicht, so einfach ist das. Wenn die beiden Schlauköpfe meinen es besser zu können, sollen sie sich selbst mit den Robotern auseinandersetzen.«

»Diese beiden Schlauköpfe, wie Sie sie nennen, sind Ihre Vorgesetzten«, warf Harlon Darter ein, der mit eigenen Messungen beschäftigt war.

Es behagte Schmidt nicht, dass der Siganese seine Ohren überall hatte. »Ich meinte es nicht despektierlich. Ich finde nur, im Vergleich zu dem, was wir gerade untersuchen, tritt der Funk in den Hintergrund.«

»Wir untersuchen nicht, wir raten herum. Wir bewegen uns auf einer Ebene, der wir bei den bekannten Technologien der Milchstraße bisher noch nie begegnet sind.«

»Umso dringlicher ist es, dass wir ihr unsere ungeteilte Aufmerksamkeit widmen.« Schmidt wandte sich an Hantoon. »Was sagen Sie dazu, Aliken?«

Die schwarzhaarige Frau spitzte die Lippen. Sie legte sich ihre Worte sorgsam zurecht. »Wir sind auf dem Weg, Erkenntnisse zu gewinnen, die zur Neufassung einiger anerkannter Standardwerke führen könnten.«

Ein Lächeln huschte über Schmidts Gesicht. »Sage ich doch.« Unauffällig betrachtete er Alikens durchtrainierten Körper. Sie war eine ausgesprochene Schönheit. An Bord der ANISAPH gab es nicht viele Frauen ihrer Klasse, schon gar nicht im technischen und personellen Umfeld des elenden Hangars, in dem ihre Einsatzkorvetten untergebracht waren. Falls sie in der Vergangenheit mitbekommen hatte, dass er Interesse für sie zeigte, ließ sie sich das nicht anmerken.

Er dachte an Atlan. Der Arkonide hatte Aliken schöne Augen gemacht. Das war Schmidt nicht entgangen. Atlans Jahrtausende währendes Liebesleben mit unzähligen Partnerinnen war in der Solaren Flotte ein beliebtes Gesprächsthema, natürlich hinter vorgehaltener Hand. Wer wollte es sich schon mit einem Unsterblichen verderben? Galverin war kein Dummkopf. Keine Frau der Welt konnte dem Werben des mächtigen Lordadmirals der USO widerstehen. Frauen waren berechenbar, das musste man stets berücksichtigen. Aliken stellte in dieser Hinsicht bestimmt keine Ausnahme dar.

Ich werde dich vor dir selbst schützen, dachte er. *Und vor dem Lordadmiral.*

Schmidt verdrängte seine trübsinnigen Überlegungen. »Haben Sie gehört, Darter? Wir sind auf dem besten Weg, Geschichte zu schreiben.«

»Wir sind auf dem Weg, an der Oberfläche von etwas zu kratzen, das wir nicht begreifen«, winkte der Siganese ab.

Schmidt hielt ihn für einen Langweiler. Darters Qualifikation in allen Ehren, doch sie nützte ihm nichts. Er blickte mit Scheuklappen in die Welt hinaus. Sollte er ruhig den Schnabel halten und sich in Bescheidenheit üben. Schmidt war das nur recht. Er würde derjenige sein, der Atlan und dem Leutnant mögliche sensationelle Erkenntnisse unter die Nase rieb.

»Ich registriere gewaltige Teilchenschauer«, sagte Darter. Er streckte einen Arm aus. »Sie nehmen weiter zu und kommen aus dieser Richtung.«

Schmidt folgte dem Hinweis. Was er sah, übertraf bei Weitem jede Veränderung, deren Zeuge sie in den vergangenen Stunden geworden waren.

Wir stießen auf zwei weitere Pilzdörfer mit amphibischen Bewohnern. Was wir zuvor erlebt hatten, bestätigte sich. Es gelang nicht, Kontakt zu den geschuppten Kreaturen herzustellen, weil sie uns nicht wahrnahmen. Die Zeit war gekommen, uns auf den Rückweg zu machen. Bis dahin hatten wir keine Spur der Verschollenen gefunden. Statt wieder dem Bachverlauf zu folgen, schlugen wir uns durch den Wald.

»Wie gehen wir vor, wenn meine Leute ebenfalls erfolglos zurückkehren?«, fragte Grosz.

»Wir hören uns an, ob die Sensoren Harlon Darter und Ihre Korporals weitergebracht oder die Positroniken der Roboter neue Ergebnisse berechnet haben. Andernfalls weiten wir unsere Suche aus.«

Ich dachte an die Möglichkeit weiterer Blasen. Rhodan hatte Oberst Kalafarr, den Kommandanten der WAV-E, als erfahrenen Raumfahrer bezeichnet. Wo auch immer die ihm unterstehenden Raumsoldaten und die Wissenschaftler herausgekommen waren, sie würden Hinweise hinterlassen, um eine Suchmannschaft auf sich aufmerksam zu machen. Außerdem blieben Angehörige der Solaren Flotte und hochqualifizierte Spezialisten nicht untätig. Sie suchten von sich aus nach Mitteln und Wegen für eine Rückkehr.

Ein greller Blitz jagte über den Himmel. Ich hob den Kopf und gewahrte Leuchterscheinungen. Der Dunst hatte sich wieder verstärkt und führte einen aberwitzigen Tanz auf. Das eigentliche Schauspiel, von dem ich mich nicht lösen konnte, fand viel weiter entfernt statt. Bizarre Lichter geisterten über einen von Wald bedeckten Ausschnitt der Wandung.

Der Leutnant blieb stehen. »Die Bäume lösen sich auf. Die ganze Landschaft verschwindet.«

Ich hielt neben Grosz inne. Was bis eben von Grün bedeckt gewesen war, wurde zu einer wabernden weißen Masse. Sie flackerte und versuchte, Strukturen zu bilden. Wallend geriet sie in Bewegung, wie Teig, der sich aufblähte. Der Vorgang streckte sich von Sekunden zu Minuten. Wenn er von Geräuschentwicklungen begleitet wurde, drangen sie nicht bis zu uns herunter. Ich schätzte, dass das Phänomen einen Bereich von mehreren Quadratkilometern umfasste. Jede davon betroffene Materie wurde umgewandelt. Nach etwa drei Minuten erlahmte der Vorgang. Erwartete ich, er sei abgeschlossen, kehrte er sich nun um. Aus der weißen Masse formte sich die Landschaft, die dort zuvor bestanden hatte.

»Eine Pseudorealität wie die Umwandlung der Korridore der WAV-E in Höhlengänge?«, krächzte Grosz.

»Die Höhlen blieben stabil.«

Das kann sich bei eurer Ankunft am Basislager geändert haben, malte der Extrasinn ein Szenario, das sogar mich vor kaum lösbare Probleme gestellt hätte. Gegen Phänomene, denen ein Hauch von Magie anhaftete, tat man sich mit

Wissen und Erfahrung schwer. *Außerdem warte ab. Die Umwandlung ist nicht abgeschlossen. Sie beginnt von Neuem.*

Wieder verging der Wald, verlor Form und Farbe. Unter vielfarbigen Lichteffekten kehrte sich die weiße Masse hervor. Ich fragte mich, ob sie nur die direkte Innenseite der Blase bedeckte oder tiefer reichte. Diesmal setzte sich der Vorgang weiter fort als zuvor. Die Landschaft löste sich nicht einfach auf. An ihre Stelle trat etwas anderes, dessen Strukturen sich jetzt deutlicher herauskristallisierten. Natürlich steckte keine Magie dahinter. Es gab, davon war ich überzeugt, eine wissenschaftliche Erklärung.

»Schaum«, sprach der Leutnant die Assoziation aus, die sich mir aufdrängte. »Das ist ein gewaltiges Feld aus Schaum. Wohin führt das?«

Seine Frage beantwortete sich wenig später. Der Prozess verlangsamte sich und kam zum Stillstand. Unwillkürlich wartete ich auf das Einsetzen einer neuerlichen Rückverwandlung, doch sie trat nicht ein. Ich schien auf einen von schaumartigen Strukturen bedeckten Ozean zu blicken, den unbekannte Kräfte auf einer Fläche von mehreren Quadratkilometern zum Einfrieren gebracht hatten.

Und zwar in kurzer Zeit, meldete sich der Extrasinn. *Du kannst von Glück reden, dass der Vorgang sich nicht weiter ausgedehnt hat, Kristallprinz. Er hätte die ganze Innenseite der Blase überfluten können.*

Und weiter hinaus ins Weltall dringen? Die Vorstellung jagte mir einen gehörigen Schreck ein. Was ich soeben erlebt hatte, beinhaltete eine Gefahr von unvorstellbaren Ausmaßen. Argwöhnisch schielte ich zu dem weißen Feld empor. Auf einmal hatte ich es sehr eilig, zu unseren Leuten zurückzukehren.

Kapitel 11

3. September 3126

Für einen zufällig anwesenden Beobachter hätte es ausgesehen, als entstünde das flirrende Gebilde geradewegs aus dem Nichts heraus. Es bildete sich zaghaft zwischen einigen Bäumen. Regungslos über dem Boden schwebend, orientierte es sich. Der ihm innewohnende Geist registrierte nicht nur neun Wesenheiten, die kurz zuvor noch nicht da gewesen waren. Er vermochte sie sogar aus der Ferne zu unterscheiden. Es handelte sich um sieben biologische und zwei künstliche Einheiten.

Besonders die künstlichen Einheiten lockten.

Doch sie waren so unverständlich wie die anderen. Die zwei und die sieben hatten eins gemeinsam. Es waren fremde Geschöpfe, die nicht mit Polychora interagierten.

Ihr Vorgehen geschah nur bedingt zielgerichtet. Das deutete auf eine latente Unsicherheit hin. Diese wiederum verlangte eine Informationssuche. Daraus ließ sich ableiten, dass die Einheiten die Akzeptanz eines festgelegten Sektors verweigern würden.

Feine Sinne lenkten das Gebilde. Es war neugierig. Es verließ den Ort, an dem es sich als Zone scheinbarer Instabilität gebildet hatte und machte sich auf die Suche. Ohne sich seiner Intention bewusst zu sein, ließ es sich von dem primitiven Geist führen, der auf nicht sichtbarer Ebene in es eingebettet war. Zunächst bewegte es sich in eine Richtung, ungelenk und kaum fähig zu kontrolliertem Vorgehen, doch schnell passte es sich den Erfordernissen an. Kaum messbare Zeitintervalle vergingen, in denen es lernte, erprobte, verbesserte und uneingeschränkte Bewegungsmöglichkeiten erlangte.

Die Einheiten waren in der Nähe. Die Neugier wuchs. Ihre Präsenz wirkte wie ein Lockruf. Sie wussten es nicht. Sie wussten gar nichts. Doch sie überstrahlten die Natur Polychoras. Sie störten. Sie verdarben.

Bald schon würden sie sich anpassen und nur noch schwer wahrnehmbar sein. Nicht jedoch für das Gebilde, das sich flirrend zwischen den Bäumen bewegte. Es durcheilte die Blase. Die Energie, die es für seine Existenz und jede Aktion benötigte, entnahm es dem Schaum. Wo es sich auflud, sich sättigte, hinterließ es einen wirbelnden Teilchenschauer, den es auf seine ganz eigene Art gewahrte. Aufbau und Vergehen bedingten einander. Das eine war nicht vorstellbar ohne das andere.

Einmal noch verharrte das Gebilde. Die Blase umgab es wie eine unregelmäßig geformte Hohlkugel. Die Neugier wurde übermächtig. Es lauschte mit seinen unfehlbaren Sinnen. Es suchte. Erfolg stellte sich ein. Wieder löste es sich zitternd und setzte seinen Weg fort.

Es bewegte sich bis zum lokalisierten Ziel.

Bis zu jenem Bereich, der die Einheiten aufgenommen hatte.

Kapitel 12

3. September 3126

»Ich nehme an, Sie haben die Umgestaltung der Landschaft verfolgt«, empfing mich Harlon Darter.

»Umgestaltung? Für mich sieht es so aus, als sei sie verschwunden.« Ich blickte zu dem weißen Feld empor. Die Leuchterscheinungen hatten nachgelassen. Einzelne Blitze huschten über die betroffene Zone. Ich suchte nach den treffenden Worten. »Ich sehe ausgedehnte Schaumstrukturen, sonst nichts.«

»Schaum. Strukturen«, meldete sich Galverin Schmidt zu Wort. »Genau darum handelt es sich.«

»Zunächst erwarte ich eine Meldung zum Zustand unserer Funkausrüstung«, fuhr ihm der Leutnant in die Parade. »Wieso empfangen wir außer dem modulierten Rauschen nur Störungen?«

Schmidt zuckte mit den Achseln. »Die Positroniken der Roboter sind weiterhin mit der Entschlüsselung beschäftigt. Wenn Sie mich fragen, ist das vergebliche Liebesmüh.«

»Ich frage Sie aber nicht«, gab Grosz mit ruhiger Stimme zurück. »Ihre primäre Pflicht war klar. Das schließt nicht aus, dass sie sich daneben weiteren Aufgaben widmen können.«

Der Korporal presste die Lippen zu zwei blutleeren Strichen aufeinander. Die Wangenknochen in seinem ohnehin kantigen Gesicht traten hart hervor. Ich sah eine Auseinandersetzung voraus, verzichtete jedoch darauf, mich einzumischen. Zu meiner Überraschung ergriff Aliken Hantoon Partei für den Ortungsspezialisten.

»Wir haben die Roboter mit sämtlichen zur Verfügung stehenden Daten gefüttert, Sir. Mehr konnten wir nicht tun. Nun ist es Sache der Positroniken. Deshalb haben wir uns anderen Untersuchungen zugewendet.«

»Mit Ergebnissen, die möglicherweise sogar Sie interessieren, Leutnant«, schnaufte Schmidt.

Die Provokation war unüberhörbar. Ich ahnte, dass es zwischen ihm und Grosz, unabhängig von ihren Dienstgraden, zu einem großen Knall kommen würde, wenn wir einen Heimweg fanden. Innerhalb unserer kleinen Gruppe konnten wir keine Feindseligkeiten brauchen.

»Reißen Sie sich zusammen, Korporal«, appellierte ich an Schmidt. Ich las in seinen Augen, wie er meine Aufforderung bewerte. Er betrachtete sie als Parteinahme zugunsten des einzigen Flottenoffiziers. Es war mir gleichgültig, was er dachte, solange er es für sich behielt und seine Pflicht erfüllte. »Und jetzt reden Sie. Was hat es mit dem von Ihnen angesprochenen Schaum auf sich?«

Die Antwort kam Schmidt nur mit Widerwillen über die Lippen. »Wir gehen davon aus, dass es sich bei dem beobachteten Phänomen um eine Manipulation des Quantenschaums auf subatomarer Ebene handelte.«

Grosz verzog verständnislos das Gesicht. Ich hingegen erinnerte mich an meine Ausbildung, in der ich mich mit verschiedenen wissenschaftlichen Disziplinen beschäftigt hatte. Daher kannte ich den Begriff aus dem Bereich der Quantenphysik. Darter bestätigte das.

»Diese Vorgänge spielen sich in Gefilden ab, die auf der Ebene der Planck-Länge liegen. Dort existiert ein schaumartiges Netzwerk aus Strings, deren Knoten jegliche Materie erzeugen. Oder anders ausgedrückt, dabei werden die kleinsten Bausteine der Realität selbst manipuliert.«

»Das ist hier passiert?«, fragte der Leutnant zögernd.

»Wir haben Teilchenschauer angemessen, die diesen Rückschluss erlauben«, bestätigte Schmidt. »Die optischen Begleiterscheinungen hängen unübersehbar dort oben am Himmel.«

»So etwas geschieht doch nicht ständig? Ansonsten würde sich die Welt, wie wir sie kennen, nicht halten. Es käme zu permanenten Veränderungen jeglicher Struktur, welche die Stabilität des Universums verhinderten.«

»Sie irren sich«, setzte der Korporal nach. Es schien ihm Freude zu bereiten, seinem Vorgesetzten, der ihn eben noch vor aller Augen gemaßregelt hatte, übers Maul fahren zu dürfen. »Das Netzwerk aus Strings verändert sich sogar ständig. Dies geschieht jedoch mit einer von der Natur vorgesehenen Kontrolle, die verhindert, dass die Prozesse aus dem Ruder laufen. Manipuliert man das Netzwerk auf andere Weise, manipuliert man Raum und Zeit. Manipuliert man die Knoten, erzeugt man Materie und Energie.«

»Theoretisch«, relativierte Darter Schmidts Ausführungen. »Ein Eingriff in diesen Mikrokosmos ist nicht möglich.«

»Nicht für uns, aber was besagt das schon?«

»Die dazu notwendige Technologie ist nicht einmal theoretisch vorstellbar. Das gilt nicht nur für die Menschheit, sondern für alle bekannten Milchstraßenvölker.«

»Halten wir uns denn im bekannten Einsteinraum auf?«, hakte ich nach.

»Sie denken an eine Hyperraumblase, Lordadmiral?«

»Ja, derlei habe ich schon früher kennengelernt.«

»Definitiv nicht«, beschied Schmidt. »Die Sensoren belegen, dass diese ganze Enklave im Normalraum besteht. Die Umgebung wurde nicht aus kondensierter Energie gestaltet. Ebenso schließe ich den Einsatz von Nanotechnologie kategorisch aus.«

»Harlon?«

»Ich stimme dem Korporal zu. Die ermittelten Werte lassen keinen Spielraum für andere Denkmodelle zu.«

Dennoch verwarf ich die grundsätzliche Idee nicht. Die Welt, in die es uns verschlagen hatte, kam mir vor wie die Erweiterung des Konzepts einer universellen Blase, wie sie beispielsweise im Hyperraum existierten.

»Es fängt wieder an.«

Ich wusste sofort, was Hantoon meinte. Ich sah hinauf zu dem weißen Feld. Es wurde durchscheinend und hinterließ eine Beschaffenheit, die ich nicht definieren konnte. Ein Meer aus Blitzen entlud sich ins Innere der Blase, hinter dem sich Felsformationen bildeten und wieder zerfielen.

»Wir müssen also davon ausgehen, dass diese Veränderungen eine unmittelbare Gefahr für uns darstellen«, sagte Grosz.

»Richtig, Leutnant. Sie können spontan an jeder Stelle der Innenwand auftreten. Auch da, wo wir uns gerade aufhalten. Was dabei mit uns geschehen würde, lässt sich nicht absehen.«

»Was bewirkt diese Veränderungen?« fragte ich und sprach meine Sorge aus, das Phänomen könne sich in den Weltraum fortsetzen.

»Das ist nicht ausgeschlossen. Es hängt davon ab, wodurch es zustande kommt. Wir müssen ermitteln, was es auslöst.«

»Im Gegensatz zu Korporal Schmidt mache ich keinen Auslöser dafür verantwortlich«, sagte der Siganese. »Ich sehe das Problem genau aus der gegenteiligen Warte. Diese Welt wurde durch Manipulation des String-Netzwerks künstlich geschaffen.«

»Eben behaupteten Sie noch, das sei unmöglich.«

Darter überging Schmidts Einwurf. »Die uns umgebende Realität scheint real und dennoch künstlich zu sein. Sie wird durch unbekannte Vorrichtungen stabilisiert.«

»Durch Maschinen?«

»Möglicherweise.«

»Die Umgestaltungen«, ich schaute skeptisch zum Himmel, »lassen auf Fehlfunktionen schließen. Sie denken, die Maschinen oder was immer für die Stabilisierung dieser Welt verantwortlich ist, haben Schäden davongetragen?«

»Aus Altersgründen möglicherweise. Oder die künstliche Welt ist im Laufe der Zeit zu komplex geworden, um vollständig unter Kontrolle gehalten werden zu können.«

»All diese Ausführungen lassen für mich nur einen Schluss zu. Irgendjemand hat die Blase in ihrer Ganzheit erschaffen. Es handelt sich um eine Technologie.«

»Für die, wie ich bereits erklärte, nicht einmal ein theoretischer Ansatzpunkt existiert.«

»Wir sind nicht das Maß aller Dinge. Was wir nicht beherrschen, ist für andere dennoch möglich. Sie haben es eben selbst eingeräumt, Darter«, sagte Schmidt.

Der Siganese nickte. Ihm schien nicht wohl in seiner Haut zu sein, doch im Moment ging uns das wohl allen so. Außer Galverin Schmidt vielleicht. Ich wurde nicht schlau aus dem Mann.

Inzwischen waren die beiden anderen Suchteams zurückgekehrt. Die Soldaten hatten nicht mehr in Erfahrung gebracht als Grosz und ich. Es gab keinen Hinweis darauf, dass die von der WAV-E Verschwundenen wirklich hier gestrandet waren. Korth und Ynster waren ebenfalls nur auf die Amphibienwesen gestoßen. Sie teilten meine leidvolle Erfahrung des misslungenen Versuchs einer Kontaktaufnahme. Immerhin ließ sich ableiten, dass die Amphibien die einzigen intelligenten Bewohner der

Blase waren. Damit war uns nicht geholfen. Ich sprach das Problem an.

»Wenn wir in dieser Blase keine Hinweise finden, müssen wir sie anderswo suchen.«

Schmidt nickte nachdenklich. »Sie vermuten also auch, womit ich mich gerade beschäftige, Lordadmiral. Diese Blase ist kein einzelnes Konstrukt, sondern Teil von etwas Größerem. In Kürze werden weitere Messauswertungen vorliegen. Bis dahin bitte ich um Geduld.«

Ein wenig später einsetzendes Hungergefühl wies mich auf ein weiteres Problem hin, mit dem wir uns beschäftigen mussten.

Der Bach, an dem wir uns niedergelassen hatten, funkelte in der Sonne. Während Schmidt und Hantoon weitere Daten zusammenstellten, entfachte ich ein Feuer und widmete mich dem Fischfang. Eine Angel war schnell hergestellt. Bald zappelte ein silbern glänzender Fisch daran. Der Bach war voll von ihnen. Verhungern würden wir nicht. Trinkwasser stand uns ebenfalls in unbegrenzter Menge zur Verfügung. Ich dachte an die Echsen, die wir gesehen hatten. Sie waren ein weiterer Fleischlieferant, auf den wir ausweichen konnten. Die künstlich erschaffene Welt ernährte nicht nur die Amphibien, sondern auch uns. Das brachte mich zu einer Überlegung, die ich Harlon Darter vortrug.

»Haben die unbekannten Schöpfer dieser Lebensblase die Schattenwesen hier angesiedelt?«

Der Siganese hatte darauf so wenig eine befriedigende Antwort wie die anderen. Schmidt hielt es sogar für möglich, dass die Amphibien ebenso wie alles andere künstlich generiert worden waren. Dieser Theorie wollte ich mich nicht anschließen. Leben aus dem Nichts heraus, indem man auf eine uns unbekannte Weise das Netzwerk aus Strings veränderte, erschien mir zu bizarr. Ich ging davon aus, dass die Amphibien nach dem Bau der Blase hergebracht worden waren.

Und wie verhält es sich mit den Fischen, den Echsen und den Vögeln? brachte der Extrasinn einen berechtigten Einwand vor. *Wurden sie von anderen Welten geholt und hier ausgesetzt oder aus dem Mikrokosmos der Planck-Ebene erschaffen?*

Mich schwindelte bei solchen Überlegungen. Sie rührten an die Grundfesten der Schöpfung. Es gab auf Terra wie auf den meisten von Intelligenzen bewohnten Welten Glaubensgemeinschaften, die an dieser Stelle das Wirken einer göttlichen Macht ins Spiel gebracht hätten. Ich verließ mich lieber auf die Wissenschaft, musste allerdings zugeben, dass sie mich auf eine harte Probe stellte. Zumal viele meiner Fragen weiterhin auf Antworten warteten.

Wir sichteten weitere Auflösungserscheinungen und Strukturveränderungen an der Innenhülle der Blase. Veränderungen, ähnlich der zuerst beobachteten, schienen hier an der Tagesordnung zu sein, wobei dieser Ausdruck reichlich unzutreffend war. Die Lichtverhältnisse blieben nämlich konstant, einen Wechsel zwischen Tag und Nacht schien es nicht zu geben. Die Instabilitäten wanderten gewissermaßen, doch keine von ihnen blieb von Dauer. Nach einer Weile setzte sich stets eine Neugestaltung der Landschaft durch.

»Etwas greift ein, das die Auflösung dieser Welt unterbindet. Automatische Einrichtungen oder eine beobachtende Instanz, jedenfalls ein ordnendes Element«, theoretisierte Darter.

»Wir werden beobachtet?« Ich dachte an das merkwürdige Gefühl, das mich bei der ersten Erkundung beschlichen hatte.

»Fühlen Sie sich denn beobachtet?«

»Ich hatte die Ahnung von etwas Fremden in meiner Nähe, das mich begutachtete.«

Der Siganese hob die Schultern. »Ich weiß es nicht, Lordadmiral. Das würde aber dazu passen, dass ein Prinzip der Ordnung die Instabilitäten auf räumlich begrenzte Bereiche beschränkt hält und sie nach einer Weile ausgleicht.«

In unseren Gedankenaustausch hinein meldete sich Schmidt. »Aliken und ich haben zahlreiche weitere Hohlräume angemessen. Leider kann ich kaum konkrete Zahlen nennen, da die Sensoren nur vage Ergebnisse liefern. Es ist wie mit den positronischen Auswertungen der Funkstörungen. Wir erhalten Anhaltspunkte, sind aber gezwungen, uns den Rest zusammenzureimen.«

Ich sah dem Leutnant an, dass er damit so unzufrieden war wie ich. Den Technikern ließ sich kein Vorwurf machen. Wir waren von den Messergebnissen unserer Instrumente und den Rechenkünsten der Positronik abhängig.

»Ich höre, Korporal.«

»Wir stecken inmitten eines miteinander verbundenen Geflechts aus Blasen wie dieser hier. Die meisten besitzen mehr oder minder sphärische Form. Es gibt ein paar wenige Ausnahmen, über deren geometrische Gestalt ich nicht spekulieren möchte. Stellen Sie sich das Innere eines Schwamms vor. In einem solchen sitzen wir nämlich gewissermaßen. Die genaue Anzahl lässt sich nicht ermitteln.«

»Die Größenverhältnisse gleichen den hiesigen?«, fragte Grosz.

»Nein, sie variieren stark. Bei rund zehn Kilometern Größe fängt es an. In Ausnahmefällen besitzen die Blasen Durchmesser bis zu zweitausend Kilometer.«

Das waren die Abmessungen eines kleinen Mondes. Wenn das Konglomerat aus Miniaturuniversen aus, wie

Schmidt es ausgedrückt hatte, Quantenschaum gebildet worden war, übertraf die dahinter stehende Technologie bei Weitem alles uns Bekannte. Darters Zwiespalt war verständlich.

»Die Besatzung der WAV-E kann in jeder dieser Blasen gestrandet sein«, sagte der Leutnant.

»So ist es. Es ist nahezu aussichtslos, sie in dem Labyrinth zu finden.«

Es gibt eine weitere Unwägbarkeit, raunte der Extrasinn. *Du bezeichnest die Amphibien als Schattenwesen, und ihr habt keine Vorstellung, wie sie an diesen Ort gelangt sind. Auf dieselbe Weise wie die Verschwundenen der WAV-E? In dem Fall ist damit zu rechen, dass Rhodans Wissenschaftler ebenfalls zu Schattenwesen geworden sind, mit denen keine Verständigung möglich ist.*

Zuweilen verwünschte ich seine Logik. Ich sprach aus, was er mir soeben dargelegt hatte, und blickte in betroffene Gesichter. Schmidt machte einen nachdenklichen Eindruck.

»Oder die Amphibien nehmen uns nicht wahr, weil wir die Schattenwesen sind.«

»Mutmaßungen bringen uns nicht weiter, das Sammeln von Informationen hingegen schon. Wir machen uns auf den Weg und erkunden die angrenzenden Sphären. Erfolgversprechendere Optionen sehe ich nicht.«

Gedanklich war ich zu derselben Entscheidung gelangt. Mir gefiel Grosz' Pragmatismus. Ich blickte auf mein Armband. Nach terranischer Zeitrechnung waren die Abendstunden angebrochen. »Unabhängig vom gleichbleibenden Sonnenstand sollten wir unseren gewohnten Rhythmus beibehalten. Diese Stelle ist für ein Nachtlager so gut wie jede andere. Lassen sich Übergänge zu den umliegenden Weltenblasen ermitteln, Korporal?«

Schmidt bestätigte. Der Leutnant legte unseren Aufbruch für die frühen Morgenstunden des folgenden Tages fest. Die Roboter ersparten uns das Aufstellen von Wachen.

»Ich empfange ein Signal« meldete Harlon Darter. »Ganz schwach, aber eindeutig auf Funkbasis. Die Signale sind verzerrt.«

»Besser verständlich als unsere Funkkommunikation?«

»Wir müssen die Signale von den Positroniken der Roboter rekonstruieren lassen, doch ein paar Informationen liefern meine Sensoren.« Der Siganese verstummte.

»Was ist los, Harlon?«

»Es handelt sich um ein schwaches Notsignal der Solaren Flotte. Es identifiziert sich mit der Kodenummer der WAV-E.«

»Sehr gut, Mister Darter«, lobte der Leutnant. »Die WAV-E befindet sich also in Funkreichweite – sofern wir unseren Funk wieder zum Laufen bringen. Hauptsache, sie ist in der Nähe. Dadurch besteht die Chance, über sie in unsere Welt zurückzukehren.«

»Ja. Oder besser, nein«, stammelte der Siganese verstört. »Ganz so einfach dürfte das nicht werden. In jeden Notruf eines Schiffs der Flotte ist ein Datum eingebettet, um die Aktualität des Signals anzuzeigen. Das Zeitsignal von der WAV-E nennt als Datum das Jahr 3378.«

»Die Roboter sollen das auswerten. Offenbar handelt es sich um einen Fehler.«

Darter schüttelte den Kopf. »Das glaube ich nicht.«

»Sie behaupten, das Notsignal kommt aus der Zukunft?«

»Zweihundertzweiundfünfzig Jahre aus der Zukunft, um genau zu sein. Nehmen wir allerdings an, dass es aktuell ist, hieße das, dass wir um diese Zeitspanne in die Zukunft versetzt wurden.«

Es entspann sich eine heftige Diskussion. Mit dem Einsatz des Antitemporalen Gezeitenwandlers hatte die Katastrophe begonnen. Einige von Rhodans hochrangigsten Wissenschaftlern waren verschwunden. Was vorher kein an dem Versuch Beteiligter für möglich gehalten hatte, war eingetreten. Es ließ sich daher kaum abschätzen, welche zusätzlichen Effekte aufgetreten waren. Weder schloss ich eine Versetzung der WAV-E in die Relativzukunft aus, von der aus sie das Notsignal in die Vergangenheit geschickt hatte, noch hielt ich es für ausgeschlossen, dass wir selbst ins Jahr 3378 geraten waren. Wobei mir die zweite Möglichkeit wesentlich unsympathischer war. Die Meinungen darüber, welche der beiden Alternativen zutraf, waren gespalten.

Zwei Stunden später hatten wir immer noch keinen Konsens erlangt. Während der Rest der Gruppe sich zum Schlafen niederlegte, jagten sich meine Gedanken. Da ich nicht müde war, hockte ich mich ans Bachufer. Auch die Erörterung des Problems mit meinem Logiksektor ergab keine hilfreichen Hinweise. Irgendwann drang das tiefe Schnarchen des Leutnants an meine Ohren. Ich spielte mit dem Gedanken, mich trotz mangelnder Müdigkeit zusammenzurollen und nach Schlaf zu suchen.

Die Warnung eines GLADIATORS hielt mich davon ab. Am gegenüberliegenden Bachufer trübte eine fremde Erscheinung die Luft.

Mit einem Satz war ich auf den Beinen. Ich hatte wieder dieses drückende Gefühl von Unbehagen, das mich bei meiner Erkundung mit Grosz ein paar Sekunden lang befallen hatte. Es ging von diesem Ding aus, das empfand ich deutlich. Das, und mehr noch. Ich empfing eine Art von

Bewusstsein, unsagbar fremd und mit nichts zu vergleichen, was ich kannte.

Es handelte sich um eine Zone von Instabilität, von ganz anderer Natur allerdings als die strukturellen Veränderungen der Landschaft, deren Zeuge wir geworden waren. Die Abmessungen zu definieren gestaltete sich schwierig, da die Erscheinung keine bestimmte Form beibehielt. Sie durchmaß grob einen Meter, bauschte sich, bildete Einschnürungen. Ein sanfter Windzug ließ sie vibrieren. Was sich dahinter befand, war verschwommen, undeutlich. Ich sah den Ausschnitt eines Baumstamms auf groteske Weise verzerrt, so als schaute ich durch ein billiges Prisma aus Glas, dessen Hunderte geneigter Facetten die Umgebung brachen und psychedelische Lichteffekte hervorriefen. Es funkelte irisierend. Flirrendes Lametta. Wie eine Kaskade silbriger Konfetti. Umherwirbelnde Partikel in einer Schneekugel.

Glimmer. Die Bezeichnung wurde ihm am ehesten gerecht.

Während ich noch überlegte, wie ich mich verhalten sollte, kam Bewegung in das Ding. Es schwebte auf den Bach hinaus, auf mich zu.

Es registriert dich, warnte der Extrasinn. *Ich halte die Erscheinung für kein natürliches Phänomen. Es scheint zur Interaktion fähig zu sein.*

Und gefährlich?

Lass es nicht darauf ankommen, du Narr.

Das hatte ich nicht vor. »Leutnant!«, schrie ich, um die anderen aus dem Schlaf zu reißen.

Grosz fuhr in die Höhe. Aus den Augenwinkeln erhaschte ich weitere Bewegungen. Die Soldaten kamen auf die Beine. Darter erhob sich in die Luft. Glimmer hatte den Bach überwunden. Neugierig, wie es sich verhalten würde, wich ich zur Seite hin aus. Es machte meine Bewegung mit, völlig lautlos.

»Waffen!«, bellte Grosz.

Die Soldaten zogen ihre Kombistrahler. Ich zweifelte, ob dem Glimmer damit beizukommen war.

»Ich spüre das Ding«, sagte der Siganese. »Es ist unangenehm.«

Die surreale Zone ließ von mir ab, orientierte sich zu einem GLADIATOR.

»Zurückziehen und physischen Kontakt vermeiden!«, befahl ich.

Der Roboter wich aus, das Phänomen setzte nach. Es bewegte sich nicht besonders schnell, war dafür umso hartnäckiger. Der GLADIATOR schien es anzulocken. Es hatte mich wahrgenommen, schien aber eine gewisse Affinität zu positronischen Elementen zu besitzen. Unschlüssig hielten die Soldaten ihre Waffen erhoben. Ich wollte auf deren Einsatz verzichten, solange er sich vermeiden ließ. Vielleicht war die seltsame und von einem Bewusstsein beseelte Erscheinung harmlos.

»Nicht schießen. Abwarten.«

Die Erscheinung näherte sich dem Roboter. Es war abzusehen, dass er sich einer direkten Berührung nicht mehr lange würde entziehen können. Schlimmstenfalls nahm er irreparablen Schaden, der ihn unbrauchbar machte.

»Ich muss etwas unternehmen, Lordadmiral.«

Ich sah keinen anderen Ausweg. »In Ordnung, Leutnant. Schießen Sie.«

Grosz feuerte. Ein Energiestrahl durchdrang Glimmer, als sei es nicht vorhanden. Der Strahl richtete nichts aus. Dann besann das glitzernde Stieben sich. Es ließ von dem GLADIATOR ab und schwebte auf den Leutnant zu. Bevor er den Auslöser erneut betätigte, kehrte es um und entfernte sich mit mäßiger Geschwindigkeit. Wir sahen ihm nach, bis wir es zwischen den Bäumen aus den Augen verloren.

»Was war das?«, fragte Aliken Hantoon. »Es wirkte lebendig auf mich. Zugleich bereitete es mir ein unterschwelliges Gefühl von Übelkeit.«

Alle bestätigten, die Begegnung als unangenehm empfunden zu haben, gar als bedrohlich. Ich ahnte, dass eine körperliche Berührung mit Glimmer uns nicht gut bekommen würde. Dummerweise war der Erscheinung mit Strahlern nicht beizukommen.

»Dieses Ding haben wir nicht zum letzten Mal gesehen«, orakelte Harlon Darter.

Ich stimmte ihm zu. Glimmer nahm uns wahr, und das erste Zusammentreffen hatte es noch neugieriger gemacht.

Kapitel 13

4. September 3126

Am nächsten Morgen wuschen wir uns im Bach, tranken und aßen den Fisch, der vom Vorabend übrig geblieben war. Wir kamen überein, uns an den Zeitintervallen zu orientieren, die auf der Erde und damit an Bord terranischer Raumschiffe herrschten. Nach dem Frühstück machten wir uns auf den Weg. Galverin Schmidt hatte die ungefähre Richtung ermittelt, aus der das Notsignal gekommen war. Auf eine Erklärung für den Zeitindex der Sendung hoffte ich vergeblich. Die Positroniken waren mit ihren Berechnungen zu keinem schlüssigen Ergebnis gekommen. Die Diagnose unserer früheren Funkschwierigkeiten blieb ebenso fruchtlos. Dafür verbesserte sich die Leistung der Messinstrumente, als würde sie durch die zunehmende Verweildauer in dieser Welt zum Positiven hin beeinflusst. Auch der Funk selbst stabilisierte sich auf einem niedrigen Niveau. Ein paar kurze Tests bestätigten, dass wir untereinander wieder Kontakt herstellen konnten. Wie sehr die Reichweite beschränkt war, würden wir unterwegs herausfinden.

Der Leutnant bestimmte Fyderus Ynster und einen GLADIATOR zum Zurückbleiben für den Fall, dass sich der Zugang wieder öffnete. Sie marschierten zu dem Höhlenausgang, durch den wir gekommen waren. Der Rest unserer Gruppe brach auf, um nach dem Ursprung der empfangenen Signale zu suchen. Wir benutzten unsere Flugaggregate, um in geringer Höhe über den Baumwipfeln zu schweben, und hielten nach Besiedelung Ausschau. Außer den Amphibien entdeckten wir keine Intelligenzwesen. Ein halbes Dutzend Pilzdörfer überflogen wir, ohne wahrgenommen zu werden.

Der Wald war von Wasserläufen mit zahlreichen Seen durchzogen und bot ideale Lebensbedingungen für die Geschuppten. Sah man von den Kleintieren ab, waren sie die einzigen Bewohner dieser Weltenblase. Harlon Darter äußerte die Vermutung, die Lebensblase sei speziell in Hinblick auf ihre Bedürfnisse geschaffen worden. Der Siganese und Galverin Schmidt führten hitzige Diskussionen darüber, wie die Blase, wie das gesamte Konglomerat entstanden war. Beide, wie auch Hantoon, nahmen unablässig Messungen vor, die der Korporal von der Positronik auswerten ließ.

Die Auflösungserscheinungen begleiteten uns. Immer wieder entdeckten wir Bereiche, wo sie die bestehenden Strukturen buchstäblich verschwinden ließen und nach einer Weile in gleicher oder anderer Form zurückbrachten. Die Sensordaten warfen mehr Fragen auf, als sie Antworten lieferten. Darter und Schmidt stritten sich über ihre Interpretation. Besonders der Korporal war von seiner Auslegung der Geschehnisse überzeugt und rückte keinen Schritt davon ab. Ich war froh, dass sie sich zumindest auf einen gemeinsamen Nenner einigten. Die uns umgebende Realität entstammte der kleinsten vorstellbaren Struktur des Universums. Sie bildete sich in den unvorstellbar winzigen Dimensionen der Planck-Länge auf dem Grund des Quantenschaums.

Nach gut einer Stunde flogen wir auf eine Felswand zu, die von Vorsprüngen und uneinsehbaren Klüften geprägt war. Wir waren auf dem richtigen Weg, doch wie weit entfernt der Ursprung der Signale lag, hatte sich nicht ermitteln lassen. Aufgrund ihrer stark voneinander abweichenden Dimensionen war unbestimmt, wie viele Lebensblasen zwischen uns und dem Sender lagen.

»Ganz in der Nähe existiert ein Durchgang.« Schmidt bemühte die Sensoren und tastete nach Hohlräumen. Die Soldaten unterstützten ihn bei seiner Suche, indem sie die Felswand abflogen und sich auf ihre Augen verließen.

Darter und ich nutzten die Gelegenheit, um Informationen über die Schwerkraftverhältnisse zu sammeln. Gemächlich stiegen wir an der Felswand empor. Es bestätigte sich, dass die Schwerkraft zur Innenwand hin wirkte. Auch in ein paar hundert Metern Höhe streckten sich uns Pflanzen entgegen. Wir passierten ein dicht bewachsenes Stück Wald, das einen sandigen Bereich in Besitz genommen hatte. In knapp einem Kilometer Höhe brach die Schwerkraft plötzlich ab.

»Bis hierhin hätten wir zu Fuß gehen können«, sagte der Siganese. »Nur ein paar Schritte weiter würden wir abstürzen.«

Wir wiederholten unseren Vorstoß an ein paar anderen Stellen. Das Resultat war überall das gleiche. Es dauerte nicht lange, bis Galverin Schmidt sich meldete. Er hatte den Einstieg zu einem Höhlensystem entdeckt, das er für die Verbindung zur nächsten Hohlsphäre hielt. Als wir bei den Soldaten landeten, hatten sie den Zugangsbereich schon gesichert. Er war von Felsvorsprüngen überdeckt und trotz seiner Abmessungen aus der Luft kaum zu entdecken gewesen.

»Der Korporal hat die richtige Stelle gefunden«, empfing Grosz mich.

»Ich und die Sensoren. Nicht zu vergessen Korporal Hantoon.«

Das Lob ließ die Sensorsystemanalytikerin äußerlich unbeeindruckt. Ein kaum wahrnehmbares Zucken um die

Mundwinkel, das mir mehr verriet als eine freudige Antwort, konnte sie jedoch nicht unterdrücken. Grosz mochte mit seiner Einschätzung richtig liegen, dass sie Schmidt an Bord der ANISAPH kaum eines Blickes gewürdigt hatte. Jetzt stellte es sich für mich anders dar. Der Korporal war drauf und dran, sich ihre Beachtung zu erarbeiten.

»Bereiten Sie sich auf eine Überraschung vor, Lordadmiral.«

Grosz übernahm die Führung, gefolgt von den beiden Korporals. Der GLADIATOR und Grosz schalteten ihre Scheinwerfer ein. Ich erwartete, auf eine Höhle zu stoßen. Stattdessen änderte der von Felsgestein und Erdreich flankierte Gang nach ein paar hundert Metern seine Beschaffenheit. Er ging nahtlos in einen stählernen Schacht über, der nicht weniger ausladend war als der hinter uns liegende Höhlengang.

Der Durchmesser beträgt an die hundert Meter, machte mich der Extrasinn aufmerksam. *Eine solche Bauweise ist für Fußtruppen völlig überdimensioniert.*

Du siehst darin einen Verkehrsweg für Fahrzeuge, die zwischen den einzelnen Blasen verkehren?

Er eignet sich sogar für kleine Schiffe. Eine Korvette würde problemlos hindurchpassen. Dass wir bisher auf keine technischen Einrichtungen gestoßen sind, ist belanglos. Wir kennen das Alter dieser Anlage nicht. Vielleicht wurde dieser Schacht seit Jahrtausenden nicht mehr benutzt.

Für so alt hältst du sie?

Für noch viel älter.

»Energieanzeigen?«, erkundigte ich mich.

»Negativ.«

Darter ließ sich von seinem Anzug tragen, wir anderen gingen zu Fuß. Der Schacht war vollkommen gleichmäßig gestaltet. Es gab keine Unregelmäßigkeiten und weiterhin keine Anzeichen von Technik. Nach einem Marsch von einem Kilometer griffen wir auf unsere Flugaggregate zurück und kamen zügiger voran. In der Ferne erwartete uns ein Meer aus Farben.

»Ganz so, wie wir es erwartet haben. Eine weitere Hohlsphäre.«

Übergangslos kam es zu einem Temperatursturz. Fröstelnd zog ich die Schultern zusammen. Der Schacht entließ uns in eine Welt aus blauem Eis. Zwischen mächtigen Gletschern spannten sich kristalline Brücken, von denen Farbkaskaden tropften. Wo sie auf den Boden fielen, wurden sie unter Erzeugung heller Glockentöne absorbiert. Die Luft war erfüllt von Licht und Musik. Die Leuchterscheinungen verdichteten sich zur Mitte der Blase hin. Sie woben die zentral platzierte Kunstsonne in einen pulsierenden Kokon.

»Faszinierend«, sagte Schmidt. »Diese Blase unterscheidet sich grundlegend von der vorherigen. Ich wage die Behauptung, dass es hier so viele unterschiedliche Welten wie Sphären gibt.«

Ich hielt die Folgerung des Korporals für übereilt. Seine Begeisterung für die vor uns liegende Welt konnte ich hingegen nachvollziehen. Sie überschwemmte mich mit visuellen Eindrücken. Die Brücken veränderten ihre Positionen. Im Zusammenspiel mit den Bergen aus Eis führten sie einen absonderlichen Tanz auf. Sie umringten einander, verschmolzen und gebaren neue Ausläufer, die sich schlangengleich zwischen den Kristallgraten wanden. Sekundenlang vergaß ich die Kälte, doch sie holte mich gleich wieder ein. Ich aktivierte die Heizung meines Anzug. Auf das Schließen des Helms verzichtete ich.

»Sehen Sie die drei Gebilde auf der Brücke?«, wandte Buchanan Churl sich an den Leutnant. »Ich hielt sie für Leuchterscheinungen, aber sie bewegen sich gezielt.«

»Sie folgen dem Brückenverlauf und benutzen einen der wendelförmigen Abstiege.«

»Sind das Lebewesen, Sir?«

Jetzt sah ich, worauf Buchanan hinwies. Es waren flatterhafte Gestalten, ohne sichtbare Extremitäten und nur entfernt humanoid. Mit viel gutem Willen ließ sich das obere Körperende als Kopf einordnen. Dass sie ein paar Handbreit über dem Boden schwebten, erkannte ich erst, als sie den Grund erreichten. Mit ihrer filigranen Gestalt und den in verschiedenen Farben leuchtenden Körpern fielen sie zwischen den Blitzen und all den Lichterscheinungen kaum auf. Da ich einmal auf sie aufmerksam geworden war, entdeckte ich immer mehr von ihnen. Eine unüberschaubare Schar war in ständiger Bewegung begriffen. Sie schlossen sich zu Gruppen zusammen, begleiteten einander und trennten sich wieder, um sich anderen Artgenossen anzuschließen.

Es handelt sich um Intelligenzwesen, nahm der Extrasinn eine Einschätzung vor.

»Wir sollten versuchen, Kontakt herzustellen«, schlug Vernil Grosz vor. Er hatte denselben Schluss gezogen wie mein Logiksektor.

»Ja, Leutnant. Warten Sie.« Diesmal hielt ich mich nicht mit Taktieren auf, sondern ging in die Offensive. Ohne eine Antwort abzuwarten, stieg ich steil nach oben und steuerte eine große Gruppe der unscheinbaren Wesen an. Sie hatten sich auf einem ausladenden Eisberg versammelt.

Es ist kein Eis, schoss es mir durch den Kopf. Was ich für einen Gletscher gehalten hatte, war trübes Glas, von dem keine Kälte ausging. Sie hatte einen anderen Ursprung, der sich nicht ermitteln ließ.

Immer noch vernahm ich die an Musik gemahnenden Klänge. Die Wesen hingegen gaben keinen Ton von sich.

Keinen zumindest, den zu hören ich in der Lage war. Ich setzte zum Sprechen an und erkannte die Sinnlosigkeit nach den ersten Worten, als zwei der Flatterwesen durch meinen Körper hindurchschwebten. Das Resultat meiner Bemühungen unterschied sich nicht von dem beim Zusammentreffen mit den Amphibien. Ernüchtert flog ich zu der Gruppe zurück.

»Schattenwesen?«, fragte Harlon Darter.

Ich nickte. »Sie haben meine Anwesenheit nicht bemerkt. Sie leben in ihrer eigenen Teilrealität, die keine Schnittpunkte mit unserer Realität aufweist.«

»Zwei Versuche, zwei Fehlschläge«, sagte Galverin Schmidt tonlos. »Das wird sich wiederholen. Beim nächsten Mal, beim übernächsten Mal und immer so weiter.«

»Sie scheinen sich sehr sicher zu sein.«

»Ja, weil es offensichtlich ist. Gleichgültig wie viele Völker in diesem Konglomerat aus Miniaturuniversen leben, es ist nicht vorgesehen, dass es zu Kontakten zwischen ihnen kommt. Ansonsten hätten sie sich in ihren Lebensräumen längst vermischt. Der Verbindungsschacht, den wir benutzten, ist frei zugänglich. Doch weder sind Amphibienwesen hierhergekommen, noch sind die hiesigen Intelligenzen zu den Amphibien vorgedrungen. Ich behaupte, sie sind dazu nicht in der Lage. Von keiner der hier herrschenden Teilrealitäten kann man in eine andere gelangen.«

»Das klingt plausibel«, gab der Siganese zu.

Obwohl mir mein Verstand etwas anderes sagte, lehnte ich Schmidts Erklärung ab, weil sie bedeutet hätte, dass wir von weiteren Kontaktversuchen absehen konnten. Ich war nicht bereit, das zu akzeptieren. Ohne es zu beabsichtigen, hatte der Korporal aber eine Idee in mir entstehen lassen.

»Unsere bisherigen Beobachtungen erinnern mich an eine Arche, in der irgendwer dafür Sorge trägt, dass Feindseligkeiten zwischen den Bewohnern ausgeschlossen sind. Man könnte die verschiedenen Teilrealitäten als friedensstiftende Maßnahme sehen. Es gibt keine Auseinandersetzungen um Lebensräume oder Ressourcen.«

»Irgendwer?«, wiederholte Schmidt. »Sie erwägen die Existenz eines Unbekannten, der im Hintergrund die Fäden zieht, Lordadmiral? Eines Wesens, das all das hier aus dem Quantenschaum geschaffen hat?«

»Ich schließe diese Existenz vorläufig nicht aus.« Ich blieb mit Absicht vage, da ich bislang mehr Theorien vernommen als Beweise erhalten hatte. »Aus welcher Richtung kam das Notsignal der WAV-E?«

Schmidt deutete hinter sich.

»Wir setzen unseren Weg fort«, entschied der Leutnant. Er wies Lars Roupol an, Funkkontakt zu Fyderus Ynster herzustellen. Er kam zustande, nur beeinträchtigt von ein paar Störgeräuschen.

»Ich bitte darum, unseren Aufbruch zu verschieben«, sagte Schmidt.

»Mit welcher Begründung, Korporal?«

»Ich glaube, dass wir mehr Informationen erlangen, wenn wir uns intensiver mit einer bestimmten Lebensblase beschäftigen, statt planlos vorzudringen.«

»Wir folgen durchaus einem Plan. Wir ermitteln den Ausgangsort des Notsignals. Ich bin sicher, dort werden wir verwertbare Erkenntnisse gewinnen. Dort steht Ihnen mehr Zeit als hier zur Verfügung. Unterwegs sammeln Sie bitte jeden Fetzen an Information. In ihrer Gesamtheit werden die Daten noch sehr wichtig für uns sein, auch wenn wir ihnen im Einzelfall keine Bedeutung zumessen.«

»Wie Sie wünschen, Sir.« Schmidt zeigte ein Lächeln.

Ich war mir nicht sicher, ob es aufrichtig gemeint war. Ich sprach ihm nicht ab, dass er sich darum riss, zu einem glücklichen Ausgang unserer Mission beizutragen. Ich fand aber, dass er dabei den falschen Weg beschritt. Statt sich zurücknehmen und Teamarbeit zu leisten, versuchte er seine eigenen Vorstellungen über unsere Vorgehensweise durchzusetzen. Eigeninitiative war löblich, solange man sich nicht darin verrannte. Dabei hätte auch ich unter anderen Umständen gern mehr über die beiden Völker erfahren, auf die wir gestoßen waren. Doch davon abgesehen, dass sich uns diese Option nicht bot, gab es andere Prioritäten. Es ging möglicherweise nicht nur um das Leben der zweihundert Verschollenen von der WAV-E, sondern um unser eigenes. Oder zumindest um die Rückkehr in unsere eigene Welt.

Und sogar noch um viel mehr, dachte ich, je intensiver ich mich gedanklich mit den Ausmaßen dessen beschäftigte, was der Quantenschaum laut Darter und Schmidt zu bewerkstelligen in der Lage war.

Der zur nächsten Hohlsphäre führende Schacht war durch ein Schleusensystem gesichert. Aliken Hantoon ermittelte einen Blasendurchmesser von über vierhundert Kilometern. Wir mussten zur gegenüberliegenden Seite und dort einen Ausgang suchen. Ohne unsere Flugaggregate wäre diese Aufgabe nicht zu bewältigen gewesen. Die vor uns liegende Schleuse war die erste technische Einrichtung, auf die wir stießen.

Gegenüberliegend ist bei sphärischer Form ein Punkt über euch am Himmel. Auch wenn ihr euch scheinbar permanent in einer Ebene bewegt, folgt ihr dem gekrümmten Verlauf der Blasenwandung, korrigierte mich der Extrasinn.

Sieh mir meine unzutreffende Formulierung nach, alter Besserwisser, frotzelte ich meinen inneren Plagegeist.

Der Öffnungs- und Schließmechanismus war durch zwei Kontaktplatten simpel gestaltet. Jedes Wesen mit einem Mindestmaß an Intelligenz wäre damit zurechtgekommen.

»Da die Schotts sich problemlos öffnen lassen, dienen sie nicht als Sperre«, wunderte Eigen Korth sich. »Welche Bewandtnis haben sie?«

Galverin Schmidt lieferte die Erklärung. »Die nächste Blase ist mit einer Methan-Ammoniak-Atmosphäre geflutet, für uns absolut tödlich. Ohne Schutzanzüge müssten wir die Sphäre auf einem anderen Weg umgehen.«

»Demzufolge wird sie voraussichtlich von Methanatmern bewohnt.«

»Helme auf und Anzüge schließen«, befahl Grosz.

Wir passierten das Schleusensystem und verließen es auf der anderen Seite. Es kam mir ein wenig befremdlich vor. Wer Welten aus Quantenschaum generierte, sollte die Trennung unterschiedlicher Atmosphären auf elegantere Weise regulieren können. Doch vielleicht handelte es sich um einen bewusst installierten Hinweis, damit ein Sauerstoffatmer in dem Methan-Ammoniak-Gemisch nicht elend erstickte und umgekehrt.

Deine Überlegung läuft ins Leere, du Narr, schalt mich der Extrasinn. *An wen sollte eine solche Warnung gerichtet sein? Wenn zutrifft, was du annimmst, nämlich dass die einzelnen Völker auf ihren jeweiligen Lebensraum in dieser Arche und in ihre jeweilige Teilrealität beschränkt sind, scheiden sie aus. Wer außer ihnen kommt in Frage?*

Unfreiwillig versprengte Besucher wie wir? Mein Konter nahm dem Extrasinn den Wind aus den Segeln. Dabei entsprang er Ratlosigkeit, und das blieb dem Logiksektor nicht verborgen.

»Was für eine trostlose Einöde«, kommentierte der Siganese den Anblick, der sich uns bot.

Eine endlos erscheinende Wüstenlandschaft erstreckte sich bis zum Horizont. Ich hielt vergeblich nach Hinweisen auf Besiedelung und eine Zivilisation Ausschau. Neben der obligatorischen, zentral positionierten Sonne, die in diesem Fall einen tiefroten Stich aufwies, gab es nur wenig zu sehen, was Aufmerksamkeit verdiente. Gelbliche Schwaden zogen träge über das sandige Land.

»Zahlreiche in Auflösung begriffene Zonen«, machte Schmidt uns auf ausgedehnte Felder aufmerksam. Manche bestanden aus weißem Schaum, andere waren gänzlich aus der Wirklichkeit entfernt und hatten diffuse Flecken hinterlassen. Nicht nur die Sphäre schien in diesen Bereichen zu enden, sondern das Universum. So stellte ich mir eine Enklave vor, in der das Ende von Zeit und Raum gekommen war.

»Gespenstisch«, brachte der Siganese meine Empfindungen auf den Punkt.

Wir benutzten wieder unsere Flugaggregate. Das unter uns dahinziehende Land war von Trockenheit geprägt. Die karge Vegetation bestand aus vereinzelten Krüppelbäumen, knorrigen Gehölzen ohne Belaubung. Nirgendwo gab es Schatten. Nach Wasser spähte ich vergeblich. Ich hielt es für unwahrscheinlich, dass hier intelligente Wesen lebten. Es gab nichts, wovon sie sich hätten ernähren können. Oder das gesamte Biotop einschließlich allem, was zum Leben nötig war, war unterirdisch angelegt.

Da wir nichts entdeckten, was eine Untersuchung lohnte, flogen wir mit hoher Geschwindigkeit. Die Zonen der Auflösung verhielten sich in dieser Blase anders, als wir es zuvor erlebt hatten. Nur in teilweisen Bereichen schälte sich neue Landschaft daraus hervor. Ich machte meine Begleiter darauf aufmerksam.

»Der Prozess der Neugestaltung ist fast zum Erliegen gekommen«, sagte Darter.

»Ich nehme an, der Quantenschaum kann die ihm zugedachte Aufgabe nicht erfüllen«, überlegte Schmidt. »Er ist mit den erforderlichen Strukturveränderungen überfordert.«

»Wieso hier und nicht in den anderen Blasen?«

»Vielleicht ist sie älter. Sie spekulierten, die Arche sei im Laufe der Zeit möglicherweise zu komplex geworden, um sie vollständig unter Kontrolle zu halten, Lordadmiral.«

»Ja.«

»Was wir sehen, könnte ein Beleg dafür sein. Die Erschaffung all dieser Hohlsphären mit ihren speziellen Lebensräumen hat sich sicher über einen langen Zeitraum hinweg vollzogen. Stellen wir uns die Dimensionen vor. Dabei können durchaus Millionen Jahre vergangen sein. Wenn immer neue Blasen dazugekommen, ist es verständlich, dass andere auf der Strecke bleiben.«

»Die Generierung von Welten aus Quantenschaum unterliegt quantitativ keinen Beschränkungen«, widersprach Darter. »Im Gegensatz zu Hypertechnologie benötigt er keine Energiequelle, um Materie zu schaffen. Er zieht die Energie aus sich selbst.«

»Wohl aber braucht er Kontrolle und Stabilisierung. Ist sie nicht oder in zu geringem Umfang vorhanden, geschieht genau das da.«

»Könnte Glitter das ordnende Element sein, von dem Sie sprechen, meine Herren?«

»Auf keinen Fall«, lehnte Schmidt meinen Vorschlag kategorisch ab.

»Harlon?«

»Wir haben bei dem Glitter zwar eine Art Bewusstsein gespürt, aber ich glaube es nicht. Die Erscheinung besaß keinen stabilisierenden Charakter. Halten Sie mich für verrückt, aber ich hatte vielmehr den Eindruck, sie sei eine Art Werkzeug, das der Einschüchterung dient. Denken Sie daran, dass uns allen in seiner Nähe unbehaglich wurde. Glitter beinhaltet eine bedrohliche Aura.«

Ich fasste Schmidts Schweigen als Zustimmung auf.

Leutnant Grosz machte uns auf viele Kilometer hohe Säulen in der Ferne aufmerksam. Ich hielt sie für schlanke Türme von kühner Architektur. Bei der Annäherung revidierte ich meinen Eindruck. Es waren gewaltige Fontänen aus Sand, die himmelwärts strebten.

»Da vorn scheint ein Sturm zu herrschen, der den Sand emporschleudert«, sagte Darter. »Als Siganese halte ich es für besser, wir umfliegen ihn.«

»Wir sehen uns das an«, entschied ich aus einem Bauchgefühl heraus. In seinem Schutzanzug bestand für Darter selbst in einem Wirbelsturm keine Gefahr.

Wir unterlagen einem weiteren Irrtum. In der Nähe der Säulen regte sich kein Lüftchen. Die gigantischen Staubwirbel waren zur Bewegungslosigkeit erstarrt.

»Künstliche Schwerkraftfelder?«

Darter hatte bereits mit den Messungen begonnen. »Negativ. Überhaupt keine energetische Aktivität. Ich mache mir keinen Reim darauf.«

»Ich schon.« Schmidt fasste eine der Auflösungszonen ins Auge. »Die beiden Phänomene passen zueinander. Sie untermauern meine Überlegung. Diese Blase liegt im Sterben. Sie erfährt keine Erneuerung aus dem Quantenschaum und ist deshalb zum Untergang bestimmt. In einigen tausend Jahren wird sie kollabieren.«

Ich horchte auf. »In einigen tausend Jahren?«

»Wir müssen uns davon lösen, in unseren alltäglichen Zeitspannen zu denken. Dieser Welt werden wir damit nicht gerecht.«

Am Boden entdeckten wir steinerne Artefakte. Wir landeten und unterzogen sie einer Untersuchung. Sie stützten Schmidts Ausführungen. Sie waren viele zehntausend Jahre alt und weitgehend zerfallen.

»Das dürften einst Gebäude gewesen sein.«

Jetzt waren die halb im Sand vergrabenen Artefakte nicht einmal mehr Ruinen, aus denen sich Schlüsse auf die Erbauer ziehen ließen. Es ließ sich nicht bestimmen, wie die Gebäude zu ihrer Blütezeit ausgesehen haben mochten.

»Die Spezies, die diese Sphäre einst bewohnte, ist schon vor langer Zeit ausgestorben.« Darter stand am Rand eines Quaders und stocherte mit einem Fuß im Sand. »Mich würde der kausale Ablauf interessieren. Starben die Unbekannten, weil die Blase verging, oder war es umgekehrt? Ging es durch das Aussterben der Bewohner auch mit der Sphäre zu Ende?«

Niemand von uns hatte eine Antwort auf diese Frage. Unstrittig war nur, dass sich der Zerfall über einen langen Zeitraum hinweg vollzogen hatte. Ich schaute auf mein Komarmband. Stunden waren verstrichen seit unserem Aufbruch. Unter anderen Umständen hätte ich eine Rast eingelegt, um uns zu stärken. Doch wir besaßen weder Nahrungsmittel noch Wasservorräte. Ich registrierte, dass Aliken Hantoon sich von der Gruppe entfernte. Zwischen den Gesteinsresten verlor ich sie aus den Augen.

»Hier!«, vernahm ich Sekunden später ihre Stimme im Helmempfänger. Sie drohte vor Erstaunen zu kippen. »Sehen Sie sich das an.«

Wir liefen zu ihr hinüber. Ich glaubte meinen Augen nicht zu trauen. Hantoon stand am Rand einer kleinen

Oase, die aus nicht viel mehr bestand als einem Quell und ein paar üppigen Staudengewächsen, die über und über behangen waren mit exotisch aussehenden Früchten.

»Das gibt es doch nicht. Kann mich mal jemand kneifen, damit ich wieder zu mir komme?«, platzte es aus Darter heraus. »Gerade eben habe ich an einen Schluck frisches Wasser gedacht.«

»Analyse«, verlangte der Leutnant.

Schmidt lieferte sie als erster. »Das ist tatsächlich Wasser, frei von atmosphärischen Verunreinigungen.«

»Wir sehen nicht die Wirklichkeit. Die Quelle entspringt an dieser Stelle, und das Wasser versickert gleich wieder im Boden.« Buchanan Churl ging in die Hocke und schöpfte ein wenig Flüssigkeit. Sie erwies sich als real.

»Hat da jemand auf unsere Wünsche reagiert?«, fragte Hantoon.

»Was wollen Sie damit sagen, Korporal?«

»Dass diese Welt uns auf irgendeine Weise unterstützt.«

»Indem sie auf unsere Gedanken reagiert?«, fragte ich skeptisch.

»Vielleicht geschieht es nicht bewusst«, sinnierte der Siganese. »Nehmen wir als gegeben hin, dass die Lebensblasen sich aus Quantenschaum gebildet haben. Gehen wir weiterhin davon aus, dass eine uns unbekannte Entität ursächlich dafür verantwortlich ist. Dann könnte sie aus einem unterbewussten Impuls heraus auch dies hier geschaffen haben.«

»Und wenn schon!« Lars Roupol winkte ab. »Sie tut uns keinen Gefallen damit, weil wir uns nicht an dem Wasser laben können. Wenn wir die Helme abnehmen, ersticken wir.«

»Hat vor unserer Landung jemand die Quelle gesehen?«, wollte Grosz wissen.

Es wurde übereinstimmend festgestellt, dass sie bei unserer Annäherung nicht existiert hatte. Wenn wir keiner kollektiven Illusion aufsaßen, war sie soeben aus dem Nichts entstanden.

Pararealitäten, für euch durchaus existent, erinnerte mich der Extrasinn.

»Die Überraschungen gehen weiter«, verkündete Schmidt, der unaufhörlich Messungen vornahm. »Es hat sich eine mit Atemluft gefüllte Blase um die Oase gebildet. Sie schließt uns mit ein und sperrt das Giftgas aus. Wir können die Helme abnehmen. Es besteht keine Gefahr. Leutnant?«

»Die Versuchung ist verlockend, trotzdem gehen wir das Risiko nicht ein. Ich setzte keinen von Ihnen der Gefahr aus, dass wir einem Schwindel zum Opfer fallen.«

»Das wird nicht geschehen.« Bevor wir eingreifen konnten, hatte Schmidt seinen Helm geöffnet und schob ihn in den Nacken. Ein Lächeln huschte über sein Gesicht.

»Also schön, Helme öffnen.« Grosz' Gesicht verhärtete sich. »Das wird ein Nachspiel haben, Korporal. Das Flottenkommando wird sich mit Ihrem Fall beschäftigen.«

»Wie Sie meinen, Sir.« Mehr hatte Schmidt dazu nicht sagen.

Wir tranken und aßen von den Früchten. Sie hatten einen lieblichen Geschmack, der mich an den süßer Trauben erinnerte.

Du solltest dir bei dem unbekannten Wohltäter ein Glas Wein bestellen, spöttelte der Extrasinn.

Mir war nicht nach Scherzen zumute. Die Verärgerung des Leutnants war verständlich. Schmidt hatte gegen einen direkten Befehl verstoßen. Zum anderen war der Hüne für das Leben seiner Leute verantwortlich. Nachdem wir uns gestärkt hatten, verschlossen wir unsere Anzüge wieder. Ich registrierte eine huschende Bewegung, hektisches Flimmern, das sich soeben zwischen den Stauden bildete. Unwohlsein befiel mich.

»Glimmer!«, stieß ich aus. »Abstand halten.«

Schon hielten die Soldaten ihre Kombistrahler in den Händen. Es war ein Reflex. Wir hatten erlebt, dass der Erscheinung mit Strahlen nicht beizukommen war. Das Glimmer war größer als beim ersten Auftauchen. Es hatte Mannsgröße. Zitternd hing es in der Luft. Ich spürte das unterschwellige Bewusstsein, das ihm innewohnte.

Es orientiert sich.

Bewegung kam in die Wolke. Sie schwebte auf den GLADIATOR zu, der rasch auswich. Das Glimmer änderte seine Richtung und glitt auf Aliken Hantoon zu. Dabei streifte es eine Fruchtstaude. Wo es in Berührung kam, verwandelte sich das Pflanzenstück in leuchtenden Schaum, der sich in einer Folge winziger Blitze auflöste. Ihres Haltes beraubt, sackte die Pflanze in sich zusammen.

Harlon Darter stieß eine derbe Verwünschung aus. Nun wussten wir, was das Gebilde anrichtete. Ich tastete nach meinem Strahler, zog ihn. Es war eine Geste der Hilflosigkeit.

»Zurück, Aliken!«, schrie Schmidt.

Hantoon bewegte sich rückwärts, schneller als zuvor. Das Glimmer passte sich ihrer Geschwindigkeit an. Bildete ich mir das nur ein, oder trieb es die Frau gewollt vor sich her? Es schien höllisches Vergnügen an der Treibjagd zu haben.

Der Leutnant hetzte hinterher und brachte sich in eine Schussposition, aus der er den Korporal nicht gefährdete. Wieder erwies sich der gleißende Energiestrahl als untauglich. Unbeeindruckt setzte das funkelnde Etwas seinen

Weg fort. Durch seine unzähligen Facetten sah ich Hantoon wie in Tausende winzige Fragmente aufgerastert. Ich merkte, dass sie kurz davor war, in Panik zu geraten.

»Wir müssen etwas unternehmen!«, forderte Schmidt.

Die Raumsoldaten machten Anstalten, sich dem Glimmer zu stellen. Es hätte ihr Ende bedeutet. Ich verscheuchte sie mit hektischen Gesten und unternahm einen Versuch der Verzweiflung. Hastig stellte ich meinen Kombistrahler auf Desintegratormodus. Als ich sicher war, Hantoon nicht zu gefährden, krümmte ich den Zeigefinger um den Abzug.

Das Glimmer ließ von der Verfolgung ab. Es verharrte, begann sich aufzulösen. Das Flirren ließ nach. Das Stück Raum, das es besetzte, fiel optisch in sich zusammen. Für einen Moment schuf die Kontraktion einen leeren verwaschenen Fleck, dann nahm der Raum wieder vertraute Gestalt an.

»Ich danke Ihnen, Lordadmiral.« Hantoon atmete schwer. »Viel hätte nicht gefehlt, und ich ... ich ...«

»Schon gut, Korporal. Immerhin wissen wir jetzt, wie diesem Gebilde beizukommen ist. Energie macht ihm nichts aus, aber auf Desintegratorstrahlen reagiert es allergisch«

Schmidt maß mich eingehend. »Erst bei den Amphibien und nun hier. Das Glimmer ist nicht auf eine Blase beschränkt. Wir werden also weiterhin mit ihm konfrontiert werden.«

Er schloss die Lippen und wandte sich ab. Ich hatte erwartet, dass er seinen Worten noch etwas hinzufügte, eine Vermutung oder eine weitere kühne Behauptung. Er ließ mich ratlos zurück. Ein wenig hatte ich sogar das Gefühl, dass er etwas vor uns verschwieg. Ich verscheuchte den Gedanken, weil er abwegig war. Wir saßen alle in einem Boot.

Selbst wenn Schmidt eine Aversion gegen Grosz oder mich hegte, schadete er sich selbst, wenn er sein eigenes Süppchen kochte.

Nachdem wir die restlichen Früchte von den Stauden gepflückt und in die Taschen unserer Schutzanzüge gestopft hatten, gab der Leutnant den Befehl zum Aufbruch.

Kapitel 14

5. September 3126

Einsetzende Dunkelheit empfing uns, der düstere Schein einer fast schwarzen Sonne, die in einer goldenen Aureole badete. Ich brauchte meine Augen nicht abzuschirmen, um sie zu betrachten. Ihr Licht genügte, um hügeliges Land zu enthüllen. Die sanft geschwungenen Höhenzüge waren mit Bäumen bewachsen, die zwischen sie gebetteten Täler ineinander verschlungen. Umso steiler ragten die Bergmassive auf, welche die Sphäre umgaben. Ihr Durchmesser betrug weniger als zwanzig Kilometer, was eine erhebliche Krümmung der Wände mit sich brachte. Es war die erste Blase, deren Lichtverhältnisse an Abend gemahnten.

»Eine Welt des ewigen Zwielichts«, sagte Harlon Darter, der sich an meiner Seite hielt.

»Sie glauben nicht, dass es hier hellere Phasen gibt?«

»Nein.«

Auch nach unserer Zeiteinteilung war der Abend angebrochen. Wir hätten uns ohnehin bald einen Ort für die Nachtruhe suchen müssen. Der Zufall bescherte uns einen Lebensraum, der unseren Ruhegewohnheiten entgegen kam. Ich selbst kam dank der belebenden Impulse des Zellaktivators mit wenig Schlaf aus, doch ich musste auf die Bedürfnisse meiner Begleiter Rücksicht nehmen.

Du bemühst den Zufall? Es ist nicht ausgeschlossen, dass die Arche wieder eure Gedanken liest und von euch angestrebte Verhältnisse schafft.

Ich lehnte die Spekulation des Extrasinns ab. Bei den seltenen Gelegenheiten, wo eine Wechselwirkung stattfand, beschränkte sie sich auf einen eng gesteckten, überschaubaren Raum, nicht auf eine ganze Lebensblase.

Willst du die Fähigkeit der Arche zu globaleren Anpassungen an eure Bedürfnisse ausschließen?

Nein, gestand ich. An unserem dritten Tag in dem Konglomerat der multiplen Lebensinseln schloss ich gar nichts mehr aus.

Wir flogen auf das hügelige Land hinaus. Zwei Felder struktureller Auflösung stachen mir ins Auge, ein drittes bildete sich soeben. Es erinnerte an eine ausgedehnte Gewitterfront. Wetterleuchten irrlichterte über die Blasenwandung, heller als die schwarze Sonne in ihrem Zentrum. Ich fragte mich, was mit uns geschehen würde, wenn wir uns in einem Bereich losbrechender Auflösungserscheinungen aufhielten. Es gab keine Vorwarnungen, wann und wo sie einsetzten. Es geschah ganz plötzlich, ohne vorherige Hinweise auf die bevorstehende Veränderung. Ich lauschte auf die vertraute Stimme des Extrasinns. Mein Berater schwieg, was ich in diesem Fall für ein schlechtes Zeichen hielt.

»In der Ferne brennen zahlreiche Feuer«, sagte Vernil Grosz.

Damit war unser Ziel vorgegeben. Galverin Schmidt und Aliken Hantoon hielten sich seit einiger Zeit ein wenig abseits von uns. Sie flogen mit ausreichendem Abstand, um sich unterhalten zu können, ohne dass wir Ohrenzeugen ihrer Gespräche wurden. Es mochte sich um private Themen handeln, die sie erörterten, mir war dennoch nicht wohl bei ihrem Verhalten.

In dem Zwielicht leuchteten die Feuerstellen weithin sichtbar. Auf dem Weg dorthin begegnete uns ein Schwarm mannsgroßer geflügelter Wesen. Sie kamen nicht nahe genug heran, um Einzelheiten erkennen zu lassen. Majestätisch zogen sie vorüber und wurden schon bald wieder von dem schwarzen Hintergrund verschluckt.

Nach einem Flug über drei Kilometer gelangten wir zu einem Dorf. In den Kronen mächtiger Bäume hingen Bauten, die mich an große Vogelnester erinnerten. Flügelwesen, die fast meine Körpergröße erreichten, wohnten darin. Die Geflügelten saßen in Gruppen um die Feuer herum. Tatsächlich glichen sie Vögeln mit farbenprächtigem Gefieder. Manche tranken aus bauchigen Humpen. Wir landeten zwischen zwei Feuerstellen. Unsere bisherigen Erfahrungen bestätigten sich.

Der Siganese schüttelte niedergeschlagen den Kopf. Der Stimmverstärker, den er trug, war so eingestellt, dass mir sein Seufzen nicht entging. »Schon wieder Schattenwesen, die uns nicht bemerken.«

»Ich habe nichts anderes erwartet.« Schmidt kontrollierte seine von den Sensoren ermittelten Daten. »Sie gehören einer anderen Teilrealität an, zu der wir keinen Zugang erhalten. Finden wir uns mit der Tatsache ab, dass diese Verhältnisse in der gesamten Arche bestehen. Wer sich immer noch etwas anderes vormacht, lügt sich in die eigene Tasche.«

Ich stimmte dem Korporal zu. Auch Grosz hatte sich mit den Gegebenheiten abgefunden. Bis zum gestrigen Abend hatten wir weitere Blasen durchquert, ohne zwei sich gleichenden Kulturen begegnet zu sein. Den ganzen heutigen Tag war es nicht anders gewesen. Mit keinem der Völker hatten wir kommunizieren können. So wie jetzt zum wiederholten Male. Von den angeregten Gesprächen der Geflügelten, die durch eine reichhaltige Gestik unterstützt wurden, hörten wir nichts. Es war ein eigenartiges Schauspiel, Augenzeuge einer Unterhaltung zu werden, die sich für uns in völliger Lautlosigkeit abspielte, doch ich begann mich daran zu gewöhnen.

Wir machten uns an die Erkundung der Ansiedlung. Als wir uns anschließend wieder zusammenfanden, taten wir es ohne neue Erkenntnisse. Immerhin gab es auch hier Früchte, die nicht unserem Zugriff entzogen waren. Sie wuchsen an zahlreichen Stellen an Büschen, waren also nicht gezielt für uns erschaffen worden. Sie schmeckten süß und sättigten.

Ein Vogelwesen erhob sich vom Boden und ging mit angelegten Flügeln zum Dorfrand hinüber. Obwohl für ein Leben in der Luft geboren, bewegte es sich auf seinen dünnen Beinen anmutig. Zwischen zwei Feuerstellen tat es plötzlich einen Satz, ohne seinen Bewegungsablauf zu verändern. Es war, als würde ein Stück des Raums fehlen.

Ich sprach den Gedanken aus.

»Für mich sieht es so aus, als habe nicht der Vogel einen Sprung gemacht, sondern die Zeit«, sagte Schmidt.

»In deren Realität oder in der unseren?«, fragte der Leutnant.

Der Korporal folgte dem Weg, den der Geflügelte beschritten hatte. Nichts geschah. Schmidt drehte sich um und kam zurück. Wieder blieb er von dem Phänomen verschont.

»Es handelt sich um eine Unstetigkeit im Zeitablauf«, erklärte er. »In diesem Fall betrifft sie nur die Bewohner dieser Sphäre. In einem anderen Fall könnten genauso gut wir davon erfasst werden.«

»Der Geflügelte schien es überhaupt nicht bemerkt zu haben. Er hat dadurch keine Veränderung erfahren«, sagte Darter.

»Keine, die uns auffällt, doch darauf verlasse ich mich nicht. Ich halte es für möglich, dass seine persönliche Wahrnehmung von unserer abwich. Er kann durchaus einen messbaren Zeitabschnitt durchlebt haben, während für uns als außenstehende Beobachter keine Zeit verging. Ich verzichte darauf, diese Erfahrung zu machen.«

Noch einmal ließen wir die Ereignisse nach unserer Ankunft in der Arche Revue passieren. Ohne dass wir dies vereinbart hätten, hatte sich der Begriff Arche für die rätselhafte Sphärenvielfalt im Sprachgebrauch unserer Gruppe inzwischen fest etabliert. Das Bild, das wir uns von der Arche machten, gestaltete sich differenzierter als zu Beginn, ohne dass sich Erklärungen ergaben. Es hatte sich bestätigt, dass die Blasen Heimstätten für die unterschiedlichsten Völker darstellten. Sie waren auf die jeweilige Spezies mit ihren Eigenarten zugeschnitten. Es gab kein ersichtliches System in der Anordnung. Zu meinem Leidwesen handelte es sich ausschließlich um Schattenwesen, mit denen keine Verständigung zustande kam. Ich teilte Schmidts Einschätzung, was das Zustandekommen einer Verständigung anging. Ich hatte die Hoffnung aufgegeben, auf ein Wesen zu treffen, das uns nicht durch eine ungreifbare Teilrealität entzogen war.

Die Übergangszonen zwischen den einzelnen Sphären bestanden aus Schächten von wenigen Metern bis zu vielen Kilometern Länge und Durchmesser. Ohne unsere Anzüge mit den Flugaggregaten wäre unsere Suche nach dem Herkunftsort des Notsignals aussichtslos gewesen. Sie hätte Wochen und Monate in Anspruch genommen. Die Schächte gestalteten sich unterschiedlich. Manche waren offen, andere mit Schleusensystemen versehen, wie wir es erlebt hatten. Hier und da stürzten sogar Wasserfälle hindurch, und man bekam nasse Füße. Einige Übergangszonen waren mit Gasbarrieren versehen, die den atmosphärischen Gegebenheiten der anliegenden Lebensblase entsprachen.

Mancherorts existierten ausgedehnte Zonen der Instabilität. Sofern sie eine feste landschaftliche Struktur zurückerlangten, nahm der Prozess einen längeren Zeitraum in Anspruch. Er musste so langsam ablaufen, dass wir ihn bei unseren Beobachtungen nicht registriert hatten. Anderenorts kamen und gingen Störungen ohne erkennbares System in Minutenschnelle. Besonders im Gedächtnis haften geblieben waren mir jene Bereiche, deren Verwandlung auf Wechselwirkung mit unserem Verstand zu beruhen schienen. Ein paar Mal war es uns so vorgekommen, als hätte die Umwelt unterschwellig auf unsere Anwesenheit reagiert, um uns das Überleben und Vorwärtskommen zu erleichtern. Zwar waren es stets nur Kleinigkeiten gewesen, an denen wir das festgemacht hatten, doch sie waren kein Produkt unserer Einbildung. Zu einem so offensichtlichen Zwischenfall wie der Entstehung der Oase war es allerdings nicht mehr gekommen.

Hinweise auf die Erbauer hatten wir nicht gefunden. Auch das Alter der Arche ließ sich nicht abschätzen. Wir stimmten darin überein, dass sie sehr alt war, ohne eine genauere Bestimmung vornehmen zu können. Zeugnisse ausgestorbener Völker ließen auf Millionen von Jahren der Besiedelung schließen.

Mit der Zeit an diesem Ort ist es wie mit der Stabilität der Hohlsphären, monierte der Extrasinn. *Sie ist nicht gerade ein verlässlicher Parameter.*

Ich musste an die Blase mit den erstarrten Sandfontänen denken. Wir hatten weitere Hinweise gefunden, dass der Zustand der Arche schlecht war. Es schien nur eine Frage der Zeit zu sein, bis das Gebilde kollabieren würde.

Natürlich würde das nicht von heute auf morgen geschehen, sondern sich wiederum über einen langen Zeitraum hinziehen. Dennoch ließ sich das Ende absehen. Was würde aus den Zivilisationen werden, die an Bord der Arche lebten?

Es wird ihnen geschehen wie den Unbekannten, von denen ihr nur die halb verschüttete Ruinenlandschaft gefunden habt, sagte mein Logiksektor voraus. *Sie werden untergehen.*

»Das muss zu verhindern sein.« Unbewusst hatte ich die Worte ausgesprochen.

»Was muss zu verhindern sein, Lordadmiral?«, fragte Grosz.

»Dass die durch den Quantenschaum ausgelösten Veränderungen zum Untergang führen. Irgendwo sitzt jemand mit außergewöhnlichen Fähigkeiten und Möglichkeiten. Die verschiedenen Völker sind mit wichtigen Eigenschaften ihres jeweiligen Lebensraums in eine eigene Teilrealität verschoben. Zwischen ihnen gibt es untereinander so wenig Kommunikation wie mit uns. Oder ist jemand anderer Meinung?« Ich erntete einvernehmliches Kopfschütteln. »Diese Trennung der Völker dient vermutlich ihrem eigenen Schutz. Sie gegeneinander zu verschieben, verhindert die Gefahr von Streitigkeiten. Irgendwo muss also jemand sitzen, der diesen Effekt steuert.«

»Eine Theorie, die sich nicht beweisen lässt«, gab Schmidt zu bedenken.

»Bei unserem derzeitigen Wissensstand nicht. Für mich ist es aber die vernünftigste. Deshalb gehe ich noch weiter. Der Unbekannte, der die Teilrealitäten schafft, ist auch als Einziger fähig, auf den Quantenschaum einzuwirken. Die mangelhafte Stabilität der einzelnen Blasen wirkt sich verderblich aus. Stellen Sie sich vor, was geschähe, wenn mehrere Völker Zugriff auf diese Technologie hätten.«

Harlon Darter dachte in die gleiche Richtung wie ich. »Ein komplettes Chaos würde ausbrechen und den Untergang der Lebensblasen beschleunigen. Diese Intelligenz wirkt noch in anderer Art als Kontrollinstanz. Manche Eingriffe lässt sie zu, andere nicht. Es gelang Ihnen nicht, das Pilzhaus der Amphibien zu beschädigen, Lordadmiral. Offenbar können wir in bewohnten Gebieten nur so weit in die Umgebung eingreifen, wie es uns gestattet wird.«

»Aber von wem? Schon die ganze Zeit grübele ich darüber nach, wer die Arche erschaffen hat. Wahrscheinlich derjenige, der in der Lage ist, den Quantenschaum zu manipulieren«, sagte Grosz. »Welchem Volk mag er angehören?«

»Keinem uns bekannten. Ist Ihnen aufgefallen, was die Spezies, denen wir bisher begegneten, gemeinsam haben?«

»Was denn?«

»Sie sind unterschiedlichster Abstammung, aber es befinden sich keine galaktischen Völker darunter. Kein einziges von ihnen stammt aus der Milchstraße.«

»Das lässt Sie vermuten, dass die Arche aus einer anderen Galaxie kommt?«

Ich nickte. »So ist es.«

»Wir können die ganze Nacht hier sitzen und uns die Köpfe heiß reden. Leider kommen wir mit all unseren Spekulationen nicht weiter.« Schmidt erhob sich aus unserer Runde.

»Schlagen Sie eine Alternative vor«, forderte der Leutnant.

»Dazu bin ich so wenig in der Lage wie Sie«, gab Schmidt humorlos zurück. »Morgen früh setzen wir unseren Weg in die Richtung fort, aus der das Notsignal der WAV-E kam.

Etwas anderes steht meiner Meinung nach überhaupt nicht zur Debatte.« Er stapfte davon, um Abstand zu uns bemüht.

Grosz schickte ihm einen finsteren Blick hinterher. »Die zunehmend pessimistische Sichtweise des Korporals fällt mir auf die Nerven. An Bord eines Schiffs würde ich ihn austauschen lassen.«

»In dieser glücklichen Lage sind wir nicht, und dummerweise hat er recht, was unsere Optionen anbelangt.«

»Glauben Sie wirklich, dass wir die WAV-E entdecken? Müsste sie nicht eigentlich da zu finden sein, wo wir sie zuletzt sahen, nämlich hinter uns?«

»Ich wünschte, ich hätte eine halbwegs glaubhafte Antwort auf Ihre Frage, Leutnant«, gab ich zu. Mir lag nichts daran, ihm oder einem anderen Mitglied unserer Expedition etwas vorzumachen.

Aliken Hantoon erhob sich wortlos und folgte Schmidt, der sich unter einem Baum niedergelassen hatte. Sie setzte sich neben ihn, und kurz darauf waren die beiden Korporals in ein Gespräch verwickelt.

»Wir sollten etwas schlafen«, regte ich an.

Die Soldaten legten sich nieder. Harlon Darter wünschte eine gute Nacht und bettete sich auf den weichen Untergrund. Der GLADIATOR verharrte bewegungslos an Ort und Stelle. Eine Weile saß ich noch wach da und beobachtete Blitze und feuriges Wetterleuchten. In den Felsen bildete sich eine neue Zone der Auflösung. Der Vorgang war gespenstisch, besonders wenn ich mir ausmalte, wohin er führen konnte. Schließlich streckte ich mich aus, verschränkte die Arme unter dem Kopf und schloss die Augen.

»Du hast dich auffallend zurückgehalten.«

Aliken Hantoon lächelte flüchtig. »Das ist meine Art. Wäre mir nach Widerspruch zumute gewesen, hätte ich mich geäußert. Ebenso wenn ich alternative Vorschläge hätte. Zu meinem Bedauern habe ich keine. Das finde ich fast noch befremdlicher als unsere Lage. An Bord der ANISAPH habe ich mich nie so hilflos gefühlt wie hier, nie so bar jeglicher Aussicht, die Initiative ergreifen zu können. Ich möchte den Dingen einen Schub geben, sie in eine bestimmte Richtung anleiten. Das scheint in dieser Welt, in die es uns verschlagen hat, aussichtslos.«

Zufrieden nahm Galverin Schmidt zur Kenntnis, dass Aliken ihn ebenfalls duzte, ohne viel Aufhebens darum zu machen. »Du brauchst dir deswegen keine Vorwürfe zu machen. Sogar der Arkonide mit all seiner Erfahrung ist aufgeschmissen. Wenn man von jemandem eine Lösung erwarten kann, dann von ihm.«

»Die Situation ist auch für den Lordadmiral neu.«

»Verteidige ihn nicht. Wie oft mag er in ähnlich verfahrenen Lagen gesteckt haben? Hätte er nicht stets einen Ausweg gefunden, wäre er nicht hier. Ich erwarte mehr von ihm, als er zeigt. Und der Leutnant redet ihm nach dem Mund. Ist dir ihr Verhalten nicht aufgefallen?«

»Was meinst du?«

»Ihre Arroganz uns gegenüber. Sie verlangen Vorschläge, nehmen gutgemeinte Ratschläge aber nicht ernst.«

»Du fühlst dich von ihnen übergangen?«

»Ja.« Und das war milde ausgedrückt. Es rumorte in Schmidt, weil er gegenüber Atlan und Grosz eine untergeordnete Rolle einnahm. Er sah seine Bemühungen nicht gewürdigt. Hinzu kamen seine persönlichen Gefühle. Er betrachtete den Arkoniden als Nebenbuhler um die Gunst Alikens. Mit keiner Regung gab sie zu verstehen, was sie von ihm hielt. Er überlegte nach einem Ansatzpunkt, um sie aus der Reserve zu locken.

»Sie legen sich zum Schlafen nieder«, sagte Aliken.

Schmidt spähte hinüber. Als letzter streckte der Arkonide sich aus. Die Geflügelten saßen an ihren Feuern. Einige gingen verschiedenen Tätigkeiten nach. Sie machten keine Anstalten, sich zur Ruhe zu begeben. Das zeigte, dass die Nachtphase dieser Sphäre trotz des Zwielichts nicht bevorstand.

Die schlanke Frau richtete sich auf. »Es bildet sich eine weitere Zone der Auflösung.«

Schmidt schaute in die Richtung ihrer ausgestreckten Hand. Die Veränderung ging rasch vonstatten. Unter Lichteffekten verloren die Felsen ihre Struktur. Er sah nicht nur das Bedrohliche des Phänomens, sondern die Möglichkeiten, die sich daraus ergaben. Unterwegs hatten sie mehrfach unterschwellig Einfluss auf ihre Umgebung genommen. Was unbeabsichtigt zustande kam, musste sich gewollt erst recht bewerkstelligen lassen.

»Ich spüre den Quantenschaum. Ich ahne, dass ich ihn beeinflussen kann«, murmelte Schmidt.

»Wie?«

Er hob nachdenklich die Schultern. »Ich überschaue es nicht, aber es existiert eine Affinität. Ich kann sie nicht definieren, noch nicht. Sie wird sich verstärken.«

»Wie kannst du dir so sicher sein?«

»Das bin ich nicht.« Oder doch? Was er empfand, war zu vage für eine konkrete Benennung. »Teilst du dieses Gefühl nicht?«

Für einen Moment schloss Aliken die Augen. Als sie sie wieder öffnete, zeichnete sich Ratlosigkeit in ihrem Blick ab. »Tut mir leid. Vielleicht machst du dir etwas vor. Doch wenn nicht, solltest du deine Beobachtung dem Leutnant oder Atlan melden.«

»Um wieder von oben herab abgekanzelt zu werden? Nein, ganz gewiss nicht. Ich möchte nicht, dass du etwas davon erwähnst. Es bleibt unter uns, einverstanden?«

Aliken nickte wortlos.

»Gut.« Schmidt rückte ein wenig näher an sie heran. »Lass uns schlafen.«

Er konnte keinen Grund nennen, doch auf einmal konnte er den kommenden Tag kaum noch erwarten.

Ein Warnruf riss mich aus dem Schlaf. Ich war sofort wach und sprang auf die Beine. Der GLADIATOR hatte den Alarm ausgelöst. Die Soldaten schreckten auf, ebenso etwas abseits von uns Schmidt und Hantoon. Ich sah mich nach Harlon Darter um. Der Siganese hatte die Systeme seines Anzugs aktiviert und schoss himmelwärts.

»Flugaggregate einschalten!«, schrie ich. »Weg vom Boden!«

Um uns waberte eine Zone der Auflösung. Der Vorgang lief rasend schnell ab. Schon verwandelte sich der Untergrund in ein leuchtendes Gitter aus weißem Schaum. Lichter huschten wie Elmsfeuer umher und griffen nach unseren Anzügen. Ohne die Warnung des Roboters hätte uns die Instabilität im Schlaf verschlungen. Die Geflügelten wurden transparent, schwanden dahin. Bäume und in den Kronen hängende Nestbauten verloren ihre Form und verwehten. Die Flammen der Feuer vereinigten sich mit aus dem Schaum kriechenden Blitzen.

Ich nahm die Eindrücke im Bruchteil einer Sekunde in mir auf, schon in der Luft schwebend. Es war mir gelungen, mich zu erheben, bevor es zu einem Kontakt mit dem sich ausbreitenden Weiß kam. In aller Eile sah ich mich nach meinen Gefährten um. Allen war die Flucht gelungen. Ich wollte zum Sammeln rufen und zum Rückzug in eine gemeinsame Flugrichtung. Lediglich ein heiseres Krächzen entrang sich meiner Kehle.

Sie kommen nicht von hier fort, schoss mir die stumme Mahnung des Extrasinns durch den Kopf.

Ich beobachtete, was Darter und den Soldaten widerfuhr, als hätte es des Hinweises meines Logiksektors bedurft, um die Realität zu erkennen. Sie hingen in der Luft wie eingefroren. Der Siganese wurde durchscheinend. Die lindgrünen Uniformen der Flottenangehörigen verblassten, gerieten fahlweiß. Sie lösten sich vor meinen Augen auf. Ich konnte nicht allen auf einmal helfen. Treffender, nicht einem von ihnen vermochte ich zu helfen. Was hätte ich unternehmen sollen, um sie in der Wirklichkeit festzuhalten?

Dir ergeht es so wie ihnen, du Narr, plärrte der Extrasinn. *Du löst dich auf.*

Ich hielt es für Unsinn, doch dann erkannte ich die Wahrheit. Ich bewegte mich nicht. Mein Aggregat versagte, und meine körpereigenen Kräfte ließen mich im Stich. Ich löste mich tatsächlich auf, bei vollem Bewusstsein, war zum hilflosen Spielball einer Macht geworden, gegen die ich nichts ausrichtete. Es gelang mir nicht einmal, einen Finger zu rühren. Es geschah zu schnell, um Überlegungen anzustellen.

Keine Überlegung der Welt kann dir jetzt noch helfen.

Der Siganese war bereits verschwunden. Die anderen folgten ihm nach. So wie ich.

Entsetzt starrte ich meine Arme an, meine durchscheinenden Hände. Ich sah das Gewebe unter der Haut, die Muskelstränge. Blut pulsierte durch die Adern. Seine Farbe verging wie ausradiert. Von meinem Schutzanzug war nichts geblieben. Ich war unbekleidet und doch nicht nackt. Was von mir übrig war, glich einem dahinziehenden Schemen. Einem Abdruck im Raum, dessen Umrisse verblassten.

Das Dorf war fort. Mit ihm die Flügelwesen. Als ich nach Grosz' Soldaten Ausschau hielt, tat ich es erfolglos. Schmidt und Hantoon, eben noch vor mir, existierten nicht mehr.

Deine Gedanken verwehen. Das Wispern des Extrasinns erreichte mich aus unendlicher Ferne. Ich hatte ihn nie zuvor panisch erlebt. In diesem Moment war es soweit. Noch einmal rief er mich, flüsternd, flehend. Der Sinn seiner Mitteilung erschloss sich mir nicht mehr.

Der Extrasinn erlosch. Er starb.

Ich starb ... Nach diesem letzten Gedankenfragment blieb nichts von mir zurück.

Kapitel 15

6. September 3126

Du und ich, wir sind noch hier.

Das Flüstern des Extrasinns ließ mein Denken einsetzen. Es war, als würde ich aus tiefem Wasser an die Oberfläche gelangen. Zunächst war es dunkel, und ich sah nichts. Ich verließ mich ausschließlich auf meine Gefühle. Dann wurde es stetig heller. Ich tauchte aus einem Strudel auf. Widerwillig entließ er mich, gab mich preis. Wo war ich? Ich öffnete die Augen. Über mir prangte die schwarze Sonne. Sie schwamm in einer goldenen Aureole, die überhell aus dem Zwielicht hervorstach.

Der Nachhall von etwas, das ich soeben erfahren hatte, hielt sich in meinem Geist. Ich ignorierte ihn, richtete mich auf und kam in die Höhe. Ich hatte auf dem Rücken gelegen. Nun stand ich. Das Ende, das mich ereilt zu haben schien, war nicht gekommen. Ich befand mich immer noch – oder wieder? – in der Sphäre mit den Geflügelten. Ihr Dorf umgab mich, die Bäume mit den Nestbauten. Dazwischen brannten Feuer.

»Lordadmiral, wie geht es Ihnen?« Vernil Grosz näherte sich mir.

»Alles in Ordnung, Leutnant. Bei Ihnen?« Ich war erstaunt, dass mein Sprachzentrum wieder funktionierte und mir die Worte über die Lippen kamen.

»Keine Nachwirkungen. Ich erinnere mich. Ich habe mich aufgelöst. Ich habe jede Phase bis zum Ende bewusst mitbekommen.«

Die Raumlandesoldaten Eigen Korth, Lars Roupol und Buchanan Churl standen nur wenige Schritte von uns entfernt. Galverin Schmidt und Aliken Hantoon lagen unter einem Baum. Sie erhoben sich soeben. Ich hielt nach Harlon Darter Ausschau.

»Ich bin hier«, vernahm ich die Stimme des Siganesen.

»Sammeln!«, rief Grosz.

Darter kam auf mich zugeschwebt. Auch die anderen gesellten sich zögerlich zu uns. Noch drückten ihre Minen Orientierungslosigkeit aus. Das war kein Wunder, wenn sie mein Erlebnis teilten, woran ich nicht zweifelte. Da der Leutnant die Meldungen seiner Untergebenen einholte, hatte ich Minuten später die Bestätigung.

»Ich hielt mein Ende für gekommen.« Das Vorkommnis schien den Siganesen besonders mitgenommen zu haben. »Ich habe nicht erwartet, irgendeinen von Ihnen je wiederzusehen.«

»Ich erinnere mich an einen unvorstellbaren Geist«, sagte Schmidt. »Er berührte meinen Verstand. Das war keine Einbildung. Es kam zu einem Kontakt.«

Ich lauschte auf den Nachhall in meinem Kopf. Er hatte an Intensität verloren, aber ein Echo war geblieben. Es stammte wahrhaftig von dem unsäglich fremden Geist, mit dem ich in Kontakt gekommen war. »Ich wurde bei vollem Bewusstsein aufgelöst, dann jedoch ...« Ich zögerte, wollte korrekt definieren, was ich empfunden hatte.

Dann jedoch haben die Systeme der Arche dich rekonstruiert, half mir der Extrasinn auf die Sprünge.

Zutreffender ließ sich der Vorgang nicht ausdrücken. Als ich die Worte meines stummen Ratgebers aussprach, erntete ich uneingeschränkte Zustimmung. Jedem von uns war das Gleiche widerfahren.

»Die Instabilität hätte uns also fast verschlungen«, sagte Darter. »Wir wurden ebenso aufgelöst wie die Landschaft. Wieso hat der Quantenschaum uns wieder freigegeben?«

»Weil gewisse Mechanismen die Auflösung umkehrten, so wie wir es mehrfach beobachtet haben.« Schmidt tippte sich mit dem Zeigefinger gegen die Stirn. »Ich bin sicher, dass der Geist, von dem ich sprach, uns gerettet hat. Ich spüre ihn, hier drin.«

Ich lauschte in mich hinein. Das Fremde war in der Tat anwesend. Es war in uns, um uns herum. Unterschwellig nur und indifferent, ähnlich wie kosmisches Hintergrundrauschen. Vorhanden zwar, aber ohne Mitteilungskraft. Genau ließ es sich nicht lokalisieren.

»Dieses Fremde will unseren Tod also nicht? Es hat ihn willentlich verhindert?«, fragte Grosz.

»Nein, wir wurden wie die Landschaft rekonstruiert«, sagte ich. »Ich bin sicher, dass diese Systeme der Arche, die wir gespürt haben, erst durch unsere Auflösung auf uns aufmerksam geworden sind. Sie wissen jetzt von unserer Existenz, von unserer Anwesenheit in der Arche.«

»Trotzdem haben sie uns gerettet.«

Der Zwischenfall schien Schmidt zusätzliche Sicherheit verliehen zu haben. Empfing er mehr als ich? »Es wäre fatal, deshalb anzunehmen, dass uns keine Gefahr droht. Das Gegenteil ist der Fall. Wir sind gerade so davongekommen. Beim nächsten Mal kann es anders ausgehen. Es *wird* anders ausgehen.«

»Ich beurteile die Lage zuversichtlicher, Lordadmiral.«

Ich betrachtete Schmidt, versuchte zu ergründen, was hinter seiner Überzeugung steckte. »Dauert der Kontakt an, Korporal?«

»Wenn Sie damit meinen, ob ich zu einer Verständigung fähig bin – nein, da muss ich Sie enttäuschen.« Schmidts

Blick wanderte zu Hantoon. Beider Gesichtsausdruck verwirrte mich. Etwas knisterte zwischen ihnen. Sie tauschten ein schnelles, kaum merkliches Lächeln aus und ließen gleich wieder voneinander ab. Was geschah zwischen ihnen? Außer mir hatte es niemand mitbekommen.

»Sie scheinen amüsiert zu sein«, stellte ich fest.

»Lordadmiral?«, fragte Grosz.

»Ihre Korporals haben mich verstanden, Leutnant.«

»Ich habe sogar eine Menge verstanden.« Schmidt straffte seine Gestalt. Er benahm sich wie jemand, der körperlich zeigen wollte, dass er just dabei war, über sich selbst hinauszuwachsen.

Reine Kompensation seiner Mittelmäßigkeit, urteilte der Extrasinn.

Nein, da ist mehr, antwortete ich ihm. *Etwas ist mit ihm geschehen. Und nicht nur mit ihm, sondern auch mit Hantoon. Etwas verbindet die beiden, und sie sind sich darüber im Klaren.*

»Sie fragen mich nach meinem Rat, Lordadmiral?«

»Jederzeit, Korporal Schmidt.«

»Nein, ganz gewiss nicht. Ich mache mir keine falschen Vorstellungen über die Bedeutung, die Sie mir beimessen.« Schmidt kokettierte. »Aber Sie haben recht. Ich habe Einblick erhalten. Einblick in Dinge, die ich nicht beschreiben kann. Wir sind nicht so machtlos, wie wir glauben. Wir besitzen Einfluss.«

»Wovon sprechen Sie, Korporal? Drücken Sie sich deutlich aus«, verlangte der Leutnant.

»Deutlicher kann ich es leider nicht, Sir. Oder vielleicht doch?« Schmidt hob seine Hände, betrachtete sie sinnend. Unwillkürlich erwartete ich, dass er etwas anstellte, das uns alle in Erstaunen versetzte, doch er ließ sie wieder sinken. Beiläufig registrierte ich, dass Harlon Darter Zugriff auf die Positronik des Roboters nahm.

»Ist Ihnen nicht wohl, Korporal Hantoon?«, fragte Grosz.

»Mir geht es gut, Sir«, flüsterte Aliken Hantoon. Sie hatte die Augen geschlossen. Ihre Gesichtszüge waren entspannt. Sie hob eine zur Faust geballte Hand und öffnete sie mit der Handfläche nach oben. Die Luft begann zu flimmern. Konturen schälten sich aus dem Nichts. Es war der umgekehrte Vorgang wie bei unserer Auflösung. Etwas formte sich in Hantoons Hand, nahm Gestalt an. Sekunden später hatte sich eine Blume gebildet.

»Eine irdische Rose.« Churl starrte die Blume aus aufgerissenen Augen an. »Wie haben Sie das gemacht?«

»Korporal!«, drängte Grosz.

Die Sensorsystemanalytikerin öffnete die Augen. Sie kam mir beinahe verlegen vor. »Ich weiß es nicht, aber ich war sicher, dass es klappt.«

Ich achtete auf Schmidts Reaktion. Im Gegensatz zu allen anderen war er nicht im mindesten überrascht. »Etwas Ähnliches wollten Sie eben demonstrieren, nicht wahr?«

»Kann schon sein.«

»Was ist das für eine Fähigkeit? Sie sind in der Lage, in der Arche eine eigene Pseudorealität zu generieren?«

»In äußerst bescheidenem Umfang. Ich habe das Gefühl, ich kann auf unsere Umgebung einwirken. Wir haben das unterwegs bereits getan, unwillentlich. Denken Sie an die Oase, die uns mit Früchten versorgte. Kraft unseres Geistes scheint uns das nun bewusst möglich zu sein.«

»Nur Ihnen und Korporal Hantoon?«

Schmidt lächelte der Frau zu. »Ich bin nicht so vermessen, für den Rest unserer Gruppe zu sprechen. Sie müssen am besten wissen, was Sie sich zutrauen, Lordadmiral.« Die letzten Worte klangen wie eine gezielte Provokation.

Ich wandte mich Hantoon zu. »Haben Sie eine Erklärung für diese außergewöhnliche Fähigkeit?«

Sie schüttelte den Kopf. »Ich bin nicht weniger überrascht als Galverin.«

Ich horchte auf. Sie nannte Schmidt beim Vornamen. Die beiden duzten sich, was zu Beginn unserer Mission nicht der Fall gewesen war. Ich hatte ein gewisses Interesse Schmidts an ihr beobachtet. Anfangs mochte es nur das Interesse eines Mannes an einer Frau gewesen sein, nun zeichnete sich zwischen beiden eine Interaktion in eine andere Richtung ab. Etwas hatte begonnen, dessen Entwicklung sich nicht absehen ließ.

»Gewähren Sie uns eine Kostprobe Ihrer Fähigkeiten, Korporal«, forderte Grosz.

Schmidt furchte die Stirn. »Soll ich eine weitere Blume generieren? Ich halte es für sinnlos, eine Menagerie zu produzieren. Ich muss mir meiner Fähigkeit erst bewusst werden, bevor ich einen Fehler begehe. Ich werde sie zu gegebener Zeit einsetzen, sobald wir sie benötigen.«

Er gefällt sich in dieser Rolle, interpretierte der Extrasinn Schmidts Verhalten. *Er genießt die Bedeutung, die er so unerwartet erlangt hat.*

Ich hoffe, er vergisst darüber nicht seine Pflicht und die Verantwortung seinen Kameraden gegenüber.

Vor allem war fraglich, wie weit die Macht der beiden Korporals reichte. Hantoons Demonstration mit der Rose vermittelte Harmlosigkeit. Wozu sah sich Schmidt befähigt?

Harlon Darter konfrontierte uns mit den Ergebnissen seiner Auswertung. Die Positronik des GLADIATORS lieferte keine zusätzlichen Informationen. Er war zusammen mit uns aufgelöst worden. Seine Aufzeichnungen endeten etwa zeitgleich mit meinen Wahrnehmungen. Sie setzten wieder ein, als ich mein Bewusstsein zurückerlangt hatte.

Wir kontrollierten unsere Anzugsysteme. Sie hatten keinen Schaden davongetragen. Sogar der Funkkontakt zu Fyderus Ynster kam zustande. Er bot keine Neuigkeiten.

»Setzen wir den Weg fort«, sagte der Leutnant.

Ein Blick auf mein Armband verriet mir, dass ich ein paar Stunden geschlafen hatte. Nach terranischer Zeitrechnung waren die Morgenstunden des 6. September angebrochen. Wir erhoben uns in die Luft und flogen in das hügelige Land hinaus.

Atlan traute ihm nicht, das war Galverin Schmidt nicht entgangen. Als Lordadmiral der USO war der Arkonide es gewohnt, an der Spitze einer Hierarchie zu stehen und alle nach seiner Pfeife tanzen zu lassen. Seine Erfahrung und seine Qualifikation waren unbestritten, doch die Routine umgarnte ihn wie schleichendes Gift. Der Zahn der Zeit hatte ihn unflexibel werden lassen. Statt auf Kompetenz und Fähigkeiten achtete er vorrangig auf Dienstgrade. Deshalb suchten er und Leutnant Grosz den Schulterschluss.

»Der Arkonide fürchtet unsere neuen Fähigkeiten, Aliken.«

Hantoon wandte den Kopf in seine Richtung. »Wieso sollte er das? Sie bedeuten keine Bedrohung. Im Gegenteil, vielleicht erweisen sie sich als hilfreich.«

»Ich stimme dir zu. Aber Atlan ist es gewohnt, die Kontrolle zu behalten. In gewisser Weise sind wir ihm jetzt überlegen. Damit kommt er nicht zurecht.«

»Findest du nicht, du übertreibst?«

»Das finde ich ganz und gar nicht. Ist dir nicht aufgefallen, wie er uns bei deiner kleinen Demonstration gemustert hat?«

»Er war überrascht, mehr nicht.«

Schmidt lachte. »Du musst noch viel lernen.«

»Und du fühlst dich weiterhin geringgeschätzt?«

»Drücken wir es anders aus. Ich fühle mich zu Höherem berufen.«

»Kannst du das genauer ausdrücken?«

Die Frage hatte Schmidt befürchtet, da ihm eine Antwort darauf fehlte. Natürlich konnte er, da Atlan und ein Leutnant der Bergungsgruppe angehörten, nicht die Führung über die Expedition übernehmen. Danach stand ihm nicht der Sinn. Er hatte eine Befähigung erlangt, die ihm mehr abverlangte. Es wäre töricht gewesen, sie nicht auszunutzen und mit ihrer Hilfe Wege zu beschreiten, an die er im Traum niemals gedacht hätte. Unversehens war etwas eingetreten, mit dem er im Leben nicht gerechnet hätte. Eine Welt voller Wunder stand ihm offen. Er scheute davor zurück, Aliken in seine Gedanken einzuweihen. Sie waren noch zu diffus. Um Aliken zu beeindrucken, brauchte er einen handfesten Plan. Eine Idee zumindest, was er mit seinen Kräften anfangen sollte.

Mit seinen Kräften. Beinahe hätte er laut aufgelacht. Er spürte sie in seinem Inneren, doch vielleicht täuschten sie ihn. Bisher hatte er sie nicht erprobt. War das erst geschehen, konnte er den vor ihm liegenden Weg vielleicht besser erkennen. Er hätte auf die Forderung des Leutnants eingehen und eine Demonstration abliefern sollen. Aber er war kein Zirkustier, das auf Befehl durch einen Reifen sprang. Er legte keinen Wert darauf, sch als Attraktion zu präsentieren, die das Publikum begeisterte. Auch ohne Schaustellerkünste würden sie noch früh genug begreifen, zu welchen Leistungen er fähig war.

»Willst du mir nicht auf meine Frage antworten?«, bohrte Aliken.

»Ich möchte etwas Außergewöhnliches leisten«, wich er aus. »Etwas, das die Menschen beeindruckt.«

»Du kannst mehr als bloß Blumen erschaffen«, vermutete sie.

»Ja.« Obwohl er es nicht ausprobiert hatte, zweifelte Schmidt nicht daran.

»Ich auch.«

»Bist du sicher?«

»Völlig.«

»Wir sind ihnen überlegen, und das wissen sie. Atlan schaut dauernd zu uns herüber.« *Er soll nicht auf die Idee kommen, Aliken Avancen zu machen.*

»Kein Wunder. Wir sondern uns von den anderen ab. Das hat etwas Konspiratives an sich.« Sie grinste. »Nicht vergessen, wir sind Befehlsempfänger, Korporal Schmidt.«

»Wir sind Seelenverwandte. Der Zufall hat uns dazu gemacht, oder das Schicksal. Nenne es, wie du willst.«

»Sei nicht so ernst, Galverin.«

»Diese verdammte Arche ist Anlass genug zu Ernsthaftigkeit.«

»Ja, ich pflichte dir bei. Glaubst du, wir finden die WAV-E?«

»Wir finden sie, dafür sorge ich.« Schmidt sagte es nicht, um Aliken zu beruhigen. Eine durch nichts zu erschütternde Gewissheit veranlasste ihn zu seinem Versprechen. Seine neu erlangten Kräfte würden ihm dabei helfen, es zu erfüllen. Er zweifelte nicht daran, dass sie auf dem richtigen Weg zur WAV-E waren. Das Schiff wartete auf sie.

Es wartete auf ihn. Auf ihn und Aliken.

Mich plagte Skepsis, ob wir uns nicht von Verzweiflung leiten ließen. Das Notsignal von der WAV-E war drei Tage alt. Es kam aus einer Richtung, in der sich das Schiff nicht befinden konnte, wenn ich dem gesunden Menschenverstand folgte. Allerdings musste man, was das anging, in der Arche eine Menge Zugeständnisse machen. Das änderte nichts am Prinzip von Aktion und Reaktion. Ich reagierte, und das gefiel mir nicht. Ich schätzte es ganz und gar nicht, mir mein Vorgehen von den Umständen diktieren zu lassen.

Seit unserer vorübergehenden Auflösung hatten wir zwei weitere Lebensblasen durchquert. Viele hundert Kilometer lagen inzwischen hinter uns. Sie gaben mir einen Hinweis auf die enorme Größe der Arche. Wenn sie im Glomar-Sektor kreuzte, wo wir in die WAV-E eingedrungen waren, konnte sie den Systemen der ANISAPH und der VALAIN nicht entgehen. Das galt auch für die Ortungsstation Glomar.

Finde dich damit ab, dass eine räumliche Versetzung an einen Ort stattgefunden hat, an dem Rhodan dich zuletzt suchen wird. Wobei du noch gut weggekommen bist, wenn du nicht sogar in einer anderen Zeitebene gestrandet bist. Ich fürchte, das von der WAV-E empfangene Zeitsignal 3378 ist zutreffend.

Wieder einmal verstehst du es, mir Mut zu machen, tadelte ich den Extrasinn. *Es wundert mich, dass sich bei soviel positivem Zuspruch nicht Generationen von Absolventen der ARK SUMMIA nach dem Erweckungsvorgang ihres Logiksektors in den Selbstmord geflüchtet haben.*

Angesichts deiner eigenen Skepsis über dein Vorgehen steht dir die Rolle des Spötters schlecht zu Gesicht.

Damit lag mein stummer Mahner nicht ganz falsch.

Wir flogen über karges Ödland, ohne auf Bebauung durch intelligente Wesen zu stoßen. Auch in dieser Blase zeigten sich Auflösungserscheinungen, die nach kurzer

Zeit eine Reparatur erfuhren. In der Ferne schimmerte die rückseitige Begrenzung der Sphäre, eine Wand aus rotem Gestein. Eingebettet im Fels glitzerten kristalline Adern. In jedem weiteren Lebensraum, in den wir vordrangen, zeigte sich die Geographie der Arche anders als zuvor, als wollte uns der Quantenschaum eine Ahnung seiner unendlichen Gestaltungsmöglichkeiten geben.

Harlon Darter machte mich auf eine äsende Tierherde aufmerksam. Die grazilen Vierbeiner, terranischen Rehen nicht unähnlich, hatten sich an einem Wasserloch versammelt. Unsere Annäherung versetzte sie nicht in Panik. Sie hoben nicht einmal den Kopf.

»Sind das Schattenwesen?«, fragte Eigen Korth.

»Ganz gewiss nicht«, versicherte der Siganese. »Ich frage mich nur, wer sie angesiedelt hat.«

»Vielleicht haben sie den Weg aus einem anderen Biotop herübergefunden.«

»Leutnant, wenn ich mir die Bemerkung erlauben darf«, meldete sich Lars Roupol. »Ein schmackhaftes Wildbret wäre eine angenehme Abwechslung zu den Früchten der vergangenen Tage.«

Roupols Anregung fand enthusiastische Unterstützung. Schmidt und Hantoon standen den Soldaten mit ihrer Begeisterung nicht nach. Grosz verringerte seine Geschwindigkeit.

»Was halten Sie davon, Lordadmiral?«

Gegen ein gebratenes Stück Fleisch hatte ich nichts einzuwenden. »Warum nicht, Leutnant?«

»Soll ich ein Tier erlegen?«, bot sich der GLADIATOR an.

»Nein«, hielt der Leutnant ihn zurück. »Sie haben es gehört, meine Herren. Die Jagd ist eröffnet. Aber kein sinnloses Abschlachten. Ein Tier genügt. Ich erwarte Sie mit der Beute am Wasser.«

Die drei Raumsoldaten preschten davon. Grosz' Schachzug war geschickt. Indem er seine Männer zum Austoben von der Leine ließ, nahm er ein wenig den Druck von ihnen, der sich über die Tage aufgebaut hatte. Schmidt und Hantoon verzichteten darauf, sich an der Jagd zu beteiligen. Der Siganese blieb neben mir, grinste aber übers ganze Gesicht.

Plötzlich kam Bewegung in die Herde. Die Tiere drehten die Köpfe und rannten wie auf ein unhörbares Kommando hin los. Sie erwiesen sich als schnell und geschickt.

»Sie haben uns bemerkt«, vernahm ich die Stimme des Siganesen.

»Das hatten sie bereits zuvor.« Ich entdeckte ein weiteres Wesen, das sich dem Wasserloch näherte. Seine Größe war schwer zu bestimmen. Aus der Luft sah es aus wie ein riesiger gepanzerter Käfer. »Ich glaube eher, die Tiere fliehen vor diesem Besucher.«

»Schon wieder ein Schattenwesen«, seufzte der Leutnant.

Daran zweifelte ich. »Ein Schattenwesen? Warum schaut der Fremde dann in unsere Richtung? Er nimmt uns wahr.« Zwar entdeckte ich keine Augen, doch der Käfer hatte das vordere Körperdrittel aufgerichtet und uns zugewandt.

»Das Wesen unternimmt keine Anstalten, die Vierbeiner zu verfolgen. Es verharrt«, sagte Schmidt.

»Ich wette, es wartet auf uns. Ein ganz schöner Brocken ist das, nicht nur aus Sicht eines Siganesen.« Darter korrigierte seinen Flug und schwebte dem Boden entgegen.

In der Hoffnung, endlich ein paar Antworten zu erlangen, folgte ich ihm. Grosz, Schmidt und Hantoon landeten neben mir. Wir hielten gebührenden Abstand zu dem massigen Wesen, dessen Körper aus drei Segmenten bestand, nämlich einem anderthalb Meter langen und einen Meter breiten, gepanzerten Hinterleib, einem Mittelrumpf, der halb aufgerichtet war und in einer hornigen Ausstülpung endete, und einem aus ihr hervorstehenden Kopf, bei dem ich unwillkürlich an einen Tintenfisch denken musste. Insgesamt war es annähernd drei Meter lang und entsprechend respekteinflößend.

»Das Wesen trägt Kleidung. Das lässt in der Tat auf Intelligenz schließen«, stellte Darter fest.

Im Gegensatz zu dem bunt gescheckten Körper und der auffälligen Maserung des Panzers war die Kleidung unauffällig. Sie bestand aus derbem Stoff und war mit zahlreichen Taschen verschiedener Größe besetzt. Ich hielt nach einer Waffe Ausschau, entdeckte aber nichts, was zur Besorgnis Anlass gegeben hätte.

Rund um den Kopf des Tintenfischwesens waren sechzehn Tentakeln angeordnet, von denen jeder ein einzelnes, bewimpertes Auge trug. Die Tentakel streckten sich uns entgegen, die Augen, ausnahmslos von intensivem Blau und beeindruckender Schönheit, musterten uns ausgiebig. Dann deckte uns das Wesen mit einem Schwall glucksender Geräusche ein, die klangen, als würde es Halbverdautes wieder hinauswürgen. Ich aktivierte den standardmäßig zur Ausrüstung meines Schutzanzugs gehörenden Translator.

Bis auf die unsteten Bewegungen der Tentakel verharrt das Wesen regungslos. Ein typisches Zeichen für Intelligenz, flüsterte der Extrasinn. *Es vermeidet hastige Bewegungen, um keine falsche Reaktion zu provozieren.*

Ich nannte meinen Namen und gab ein paar Belanglosigkeiten von mir, um den Tintenfisch zum Weiterreden zu animieren. Er begriff, worauf ich hinaus wollte, und setzte seine Litanei fort. Der Translator meines Anzugs nahm das unbekannte Idiom auf, und seine Positronik analysierte die Grundstruktur der Sprache. Nach wenigen Minuten war die Basis für eine Verständigung geschaffen. Als sie ohne Holpern und abgehackte Passagen möglich war, begann ich von vorn. Ich stellte mich und meine Begleiter vor, darunter die drei Raumsoldaten, die inzwischen mit einem erlegten Beutetier zu uns gestoßen waren.

»Mein Name lautet Angen-Math. Ich bin ein Wanderer.«

»Die Verständigung funktioniert«, freute sich der Siganese.

»Habt ihr daran gezweifelt?«, gluckste Angen-Math. »Ihr besitzt eine technische Einrichtung, die uns die Kommunikation ermöglicht. Das habe ich gleich begriffen.«

»Das war der nicht der Grund meines Zweifelns. Bisher begegneten wir in der Arche nur Schattenwesen, die in einer anderen Realität als wir existieren.«

»Arche?«, fragte Angen-Math. »Ich bin mit diesem Begriff nicht vertraut.«

»Wir umschreiben damit eine Einrichtung, in der Angehörige verschiedener Spezies zu einem bestimmten Zweck untergebracht werden. Meist geht es darum, ihnen in der Arche ein Überleben zu sichern, das sonst gefährdet wäre.«

»Das hört sich löblich an. Es gibt hier tatsächlich unüberschaubar viele verschiedene Völker.«

»Einigen davon sind wir begegnet. Wir nehmen sie zwar wahr, sie uns hingegen nicht. Wir konnten uns mit keinem der Schattenvölker verständigen.«

»Ich gehöre einem der verschobenen Völker an. Das ist meine Bezeichnung für sie.«

»Trotzdem teilst du eine Realitätsebene mit uns. Hast du eine Erklärung dafür?«

»Nein. Ich habe den Kontakt zu meinem Volk verloren, vor langer Zeit schon. Der Weg zu ihm ist mir verloren gegangen. Seitdem streife ich auf der Suche nach Informationen durch die unendlichen Sphären.«

»Unendlich?«, fragte ich, da ich annahm, dass der Begriff willkürlich gewählt war.

»Sie sind nicht unendlich«, bestätigte Angen-Math. »Doch wenn man so lange auf der Suche ist wie ich und so viele Sphären durchstreift hat, erscheinen sie einem unendlich. Eine wird gefolgt von der nächsten und der übernächsten. Und so geht es immer weiter.« Angen-Math nannte eine Zahl von ihm durchwanderter Blasen, die mich erschaudern ließ.

Deutlich hörbar stieß Harlon Darter die Luft aus. »Ich stelle gerade eine Berechnung an. Du warst stets zu Fuß unterwegs, also ohne technische Hilfsmittel?«

»So ist es«, bestätigte unser neuer Bekannter.

»Bei einer Marschgeschwindigkeit, die sich ungefähr mit der unseren deckt, und unter Berücksichtigung der Zahl an Sphären, die er durchwandert hat, komme ich zu dem Ergebnis, dass Angen-Math seit sechshundert Jahren terranischer Zeitrechnung unterwegs ist.«

Nach unseren Maßstäben war dieses Wesen also uralt. »Welchem Volk gehörst du an?«, wollte ich wissen.

»Wie ich schon sagte, ich bin ein Wanderer. Ein eitragender Wanderer.«

Wanderer klang ausweichend. Ich glaubte nicht, dass dies die Bezeichnung für sein Volk war. Doch ich nahm es widerspruchslos hin, da er offensichtlich nicht bereit war, darüber zu reden. Aufhorchen ließ mich der Zusatz.

»Eitragend? Du bist also weiblichen Geschlechts?«

»Ich bin ein Eiträger, keine Eiträgerin.« Damit schien dieses Thema für Angen-Math erledigt zu sein. Ich ließ es dabei bewenden.

»Hast du jemals einen Ausgang gefunden?«, stellte Grosz die Frage, die mir schon die ganze Zeit auf der Zunge lag.

»Nein. Meine Erfahrungen haben mich gelehrt, dass nur sehr wenige Wege bestehen, die in die Arche hineinführen. Einen Weg nach draußen scheint es überhaupt nicht zu geben.«

»Das ist Unsinn«, tat Schmidt die Ausführungen ab. »Wo man hineinkommt, kann man auch wieder hinausgehen.«

»Wie im Fall der WAV-E?«, hielt ihm der Siganese entgegen.

»Ganz bestimmt sogar. Durch die WAV-E werden wir wieder in unsere eigene Welt gelangen.«

Es war mir unerklärlich, woher Schmidt seine Gewissheit nahm. Ich hatte bemerkt, dass Angen-Math unsere Bezeichnung Arche kurzerhand übernommen hatte. Es war schwierig, ihn einzuschätzen. Er machte einen offenen, einen ehrlichen Eindruck auf mich. In weiter Ferne fasste ich einen sich auflösenden Ausschnitt der Blasenwand ins Auge.

»Weißt du, was dort geschieht?«

Umständlich drehte Angen-Math sich auf drei massigen Beinpaaren um, die seinem Hinterleib entsprangen und jeweils vier Gelenke besaßen. »Schaumphasentechnologie. Nicht gut, gar nicht gut. Du siehst es ja selbst. Wie sagtest du noch, lautet dein Name?«

»Atlan.«

»Atlan«, wiederholte der Wanderer. »Ja, richtig, Atlan.«

Kapitel 16

6. September 3126

Angen-Math ließ den Namen des weißhaarigen Mannes auf sich einwirken. *Atlan*. Der Klang rührte etwas in dem Wanderer an. Er glaubte, diesen Namen schon früher vernommen zu haben. Seine Erinnerungen glitten in die Vergangenheit, doch es gelang ihm nicht, den richtigen Augenblick zu erhaschen, an dem er ihn gehört hatte. Oder täuschte er sich? Eine lange Zeit lag hinter ihm, in der einiges durcheinandergeraten konnte.

Ihm entging nicht, dass Atlan und dessen Begleiter ihn auszuhorchen versuchten. Angen-Math fand das nicht schlimm. Von seiner Vergangenheit abgesehen hatte er nichts zu verbergen. Die ging nur ihn allein etwas an, keine Fremden. Deshalb verschwieg er, dass er mit dem Volk der Salipir in Zusammenhang stand, und zwar auf eine Weise, über die er sich unschlüssig war. Sonstige Informationen waren nicht vertraulich. Wer in den Sphären strandete, suchte Informationen. Er selbst verhielt sich nicht anders.

»Ihr wollt die Arche verlassen«, sagte er, bevor Atlan ihm eine weitere Frage stellen konnte. Der Begriff Arche und dessen Bedeutung gefielen ihm ausgesprochen gut. Diese Interpretation lenkte von anderen Möglichkeiten ab. Auch das war gut. Atlan und seine Begleiter dachten in positiven Bahnen, sie schöpften keinen Verdacht. Das schien eine Eigenart ihres Volkes zu sein. Es wäre dumm von ihm gewesen, sie in die wahre Natur und Funktion Polychoras einzuweihen.

»Das ist unser primäres Ziel«, sagte Atlan.

»Deshalb fragt ihr nach den Informationen, die ich über die Arche besitze.«

»Das ist zutreffend.«

Angen-Math hob das obere seiner beiden Tentakelpaare und spielte mit den feingliederigen Fingerbüscheln. Das Schicksal verhalf ihm zu einer unerwarteten Gelegenheit. »Ich habe das gleiche Ziel, seit langer Zeit schon. Daher möchte ich mich eurer Gruppe anschließen.«

»Im Gegenzug für deine Informationen?«

»Du bist klug.«

Der weißhaarige Mann zögerte. Angen-Math war nicht bereit, eine ablehnende Antwort zu akzeptieren. Er musste die sich ihm bietende Gelegenheit unter allen Umständen nutzen. Sie kam vielleicht nie wieder. Er entschied, Atlan einen Köder hinzuwerfen, über den der weißhaarige Mann nicht hinweggehen konnte. Atlan hatte die Namen der Besucher genannt, ohne zu erwähnen, welchem Volk sie angehörten. Es war nicht nötig, denn Angen-Math war diesen Wesen schon früher begegnet.

»Ich kenne die Menschen«, sagte er. »Ich meine nicht dich und deine Begleiter. Ich habe miterlebt, wie andere Menschen hier strandeten und sich in der Vergangenheit zu einer Kultur etablierten.«

»Du meinst Menschen wie uns?«

»Ja.« Angen-Math hatte sich nicht getäuscht. Seine Eröffnung fesselte die Besucher. Sie rückten näher an ihn heran. Der Kleinwüchsige mit Namen Harlon Darter, bei dem es sich um einen Frischling kurz nach dem Schlüpfen handeln musste, schwebte auf ihn zu.

»Berichte uns von diesen anderen Menschen«, bat er.

Angen-Math raschelte freudig erregt mit seinen Fingerbüscheln. Die Dinge entwickelten sich zu seinem Wohlgefallen.

Ich hatte nur unsere Namen genannt, von Menschen aber nichts preisgegeben. Der Wanderer besaß viel weiterreichende Informationen, als ich angenommen hatte. Ich hatte nichts dagegen, dass er sich uns anschloss.

Er besitzt kein Flugaggregat, machte mich der Extrasinn aufmerksam. *Er wird euch aufhalten.*

Das nehme ich in Kauf, für eine Weile zumindest.

»Du darfst dich unserer Gesellschaft anschließen«, sagte ich, da Angen-Math nach Darters Aufforderung zum Sprechen abwartete.

Der Wanderer richtete seinen Mittelrumpf zu voller Höhe auf. Ich erkannte ein kompliziertes, knöchernes Gelenk, das als Verbindung zum gepanzerten Hintersegment diente. Dem Mittelrumpf entsprangen zwei Tentakelpaare, von denen das untere dick und kräftig, das obere dünner und länger war. Seine sechzehn anderen Tentakel richtete er dergestalt aus, dass er jeden von uns im Auge behielt. Auch den GLADIATOR sparte er nicht aus.

»Was ist nun mit diesen Menschen?«, bedrängte ich ihn.

»Sie haben eine Kultur errichtet«, setzte Angen-Math an. »Eine primitive Kultur zwar, aber eine Kultur. Sie beschränken ihre Anwesenheit nicht auf eine Sphäre. Gruppen von ihnen haben sich in verschiedenen Bereichen der Arche niedergelassen.«

Das war typisch für Menschen, dachte ich. Sie fanden sich nicht mit einer unbefriedigenden Lage ab. Sie drangen in unbekannte Regionen vor, um eine Verbesserung ihrer Lebensqualität zu erlangen. Dabei wurden sie von Neugier und Forscherdrang getrieben. Ich hatte den Weg von Rhodans Barbaren hinaus ins Weltall von Anfang an verfolgt. Bei den Ausdehnungen der Arche waren unsere Aussichten, auf eine der versprengten Gruppen zu treffen, dennoch verschwindend gering.

»Sind die Menschen zu Schattenwesen geworden?«, stelle Grosz eine naheliegende Frage.

»Nein, sie sind wie ihr und ich. Wenn ihr auf sie stoßt, könnt ihr euch mit ihnen verständigen.«

»Weißt du, auf welche Weise sie in die Arche gelangt sind?«

»Darüber gibt es keine verlässlichen Informationen. Ich vermute, dass sie irrtümlich von einem Rettungssystem geborgen und in mehrere Blasen gebracht wurden. Denn das war die eigentliche Aufgabe der Arche, müsst ihr wissen. Sie wurde vor Äonen von einem technisch weit fortgeschrittenen Volk erbaut, um die Bewohner einer Galaxis vor einer großen Katastrophe zu retten. Ihr seht, eure Bedeutung des Begriffes Arche ist zutreffend.«

»Was war das für eine Katastrophe?«

Darüber besaß Angen-Math keine Kenntnis. Er konnte weder erläutern, welche Zeitspanne sich hinter den von ihm genannten Äonen verbarg, noch war ihm der Name des fortschrittlichen Erbauervolkes bekannt. Er langte mit dem dünnen Tentakel in eine der unzähligen Taschen seiner Kleidung und zog eine gallertartige Breikugel hervor. Mit den feingliedrigen Büscheln, die ein Äquivalent zu unseren Fingern darstellten, stopfte er sich den Klumpen in den lippenlosen Mund, der die Vorderseite seines Kopfes dominierte. Unter schmatzenden Geräuschen verzehrte er den Brei.

»Marmus«, erklärte er. »Es wird von den Rinden bestimmter Bäume ausgeschieden und ist äußerst nahrhaft. Ich habe in einem Wald, den ich vor ein paar Tagen durchstreifte, einen Vorrat abgeerntet. Leider neigt er sich dem Ende entgegen. In Kürze werde ich gezwungen sein, mir andere Nahrung zu besorgen. Aber nicht schlimm, gar nicht schlimm. Man findet überall etwas zu essen, dafür sorgt die Arche. Schade ist es trotzdem um das Marmus. Es ist köstlich. Wollt ihr probieren?« Der Wanderer zog einen weiteren Klumpen hervor und bot ihn feil.

Wir lehnten dankend ab. Nur Galverin Schmidt griff zu. Er steckte sich den Brei in den Mund und begann zu kauen. Nach seinem Gesichtsausdruck zu schließen, mundete ihm das Marmus.

»Das ist unvorsichtig, Korporal. Wir wissen nicht, ob das Marmus für uns schädliche Stoffe enthält«, schalt ihn Grosz.

»Wir wollen mehr über die Arche herausfinden, Leutnant. Dazu sollten wir jede Möglichkeit nutzen. Das umfasst für mich eine Probe der sich bietenden Nahrungsmittel.«

»Ich stimme Ihnen zu. Trotzdem hätte Mister Darter vor dem Verzehr eine Analyse vornehmen können.«

»Wie Sie sehen, trage ich keinen Schaden davon.«

Schmidt war sich dessen vorher sicher, raunte der Extrasinn. *Er ist kein Dummkopf, der seine Gesundheit leichtfertig aufs Spiel setzt. Er wusste, dass er das Marmus bedenkenlos zu sich nehmen kann.*

Ich wandte mich wieder an den Wanderer, weil mich eine Frage beschäftigte. »Wie bist du eigentlich in die Arche gelangt?«

»Ich weiß es nicht«, blubberte der Tintenfischartige. »Ich erwachte in einer Stadt, in einem wahren Kunstwerk phantastischer Architektur. Niemand bewohnte sie. Ich war allein. Wie ich dorthin gelangte und alles was davor war, hatte ich vergessen.«

»Wohin willst du dich wenden, wenn es uns gelingt, einen Ausgang aus der Arche zu finden?«

Der Wanderer produzierte einen grollenden Laut. Er klang nach Schwermut und Ratlosigkeit.

Er war in der Stadt der Salipir zu sich gekommen, erwacht aus einem Konservierungsschlaf. Daran erinnerte Angen-Math sich durchaus. Die Schönheit der Stadt hatte ihn in den Bann geschlagen, noch bevor er erste Überlegungen über seine Vergangenheit anstellte. Wie lange sein Schlaf gedauert hatte und weshalb man ihn auf diese Weise konserviert hatte, wusste er nicht. Sein früheres Leben lag im Dunkeln. Manchmal befielen ihn Erinnerungsschübe, die durch äußere Ereignisse ausgelöst wurden. Bisher hatten sie ihn mehr verwirrt, als ihm Einzelheiten über sich selbst zu verraten.

Er war mit den Salipir verwandt, und die Salipir waren späte Nachkommen der Erbauer Polychoras. Soviel stand fest. War er also selbst ein Salipir? Gehörte er gar zu den Erbauern? Warum erinnerte er sich dann nicht besser an sie? Warum zweifelte er daran, dass sie so ausgesehen hatten wie er? Noch etwas war Angen-Math bekannt. Die Salipir standen in einem engen – und durchaus nicht positiven – Verwandtschaftsverhältnis zu den Marodeuren. Das konnte bedeuten, dass er ein zurückgebliebener Marodeur war. Eine Vorstellung, die ihn schreckte. Die Überlegungen quälten ihn seit Jahren. Er war tatsächlich allein erwacht, aber stets davon ausgegangen, nicht der einzige zu sein. Und so suchte und suchte er.

Man hatte ihn seines Gedächtnisses beraubt, dachte er bitter. Nur sie konnten dafür verantwortlich sein, die Marodeure. Er verabscheute sie. Daher verbot es sich von allein, Atlan ein mögliches Verwandtschaftsverhältnis zwischen ihm und den Marodeuren einzugestehen.

»Einstweilen bleibe ich bei euch«, sagte er. »Später eröffnen sich mir vielleicht andere Optionen.«

Atlan schien damit zufrieden zu sein. Wieder deutete er zu einer Zone der Auflösung. Die Instabilitäten erschreckten Angen-Math. Er hielt sich von ihnen fern, so gut es ging. Bisher war es ihm gelungen. Manchmal hielt er das für unglaubliches Glück, da sich die Auflösungserscheinungen nicht immer ankündigten. Zuweilen kam es zu einem spontanen Zerfall von Strukturen, der so schnell ablief, dass er abgeschlossen war, ehe man sich versah.

»Schaumphasentechnologie, so hast du dich eben ausgedrückt«, sagte Atlan. »Woher kennst du diese Bezeichnung?«

»Ich bin Wissenschaftler. Oder besser, ich war Wissenschaftler bei meinem Volk.« Angen-Math wurde ganz schwermütig. »Das ist so lange her, dass ich mir unnütz vorkomme.«

»Das bist du keineswegs. Für uns bedeutest du sogar eine große Hilfe.«

»Ich danke dir für deine freundlichen Worte.« Atlans Lob tat dem Wanderer gut.

»Sie sind ernst gemeint. Der Name Schaumphasentechnologie lässt vermuten, dass sie auf der Basis von Quantenschaum funktioniert.«

»Das ist zutreffend.«

»Wir nehmen an, dass sie aus dem Schaum heraus entsteht, ohne auf externe Energiequellen angewiesen zu sein. Sie zieht die Energie zu ihrer Erschaffung aus dem Schaum.«

Angen-Math war beeindruckt. Atlan hatte behauptet, mit seinen Gefährten erst vor wenigen Tagen in Polychora angekommen zu sein. Dafür hatten die Menschen und ihr unheimlicher Roboter eine Menge herausgefunden.

»Was wisst ihr noch über die Schaumphasentechnologie?«

»Damit ist unser Wissen fast erschöpft«, gestand Harlon Darter. »Wodurch kommt es zu den Auflösungserscheinungen?«

»Durch das Fehlen externer Energie.« Angen-Math hatte nicht zuviel versprochen. Er war gewillt, all sein Wissen an die Menschen zu vermitteln. Sie sollten sehen, dass auf ihn Verlass war. »Dadurch kommt es zu einem Verlust von Kohärenz und Stabilität. Die aus dem Schaum erzeugten Produkte sind nicht dauerhaft existent. Je umfangreicher die Manipulation des Schaums, desto geringer die Stabilität. Das Erzeugnis verliert seine Form. Es verwandelt sich in unbeabsichtigter Weise.«

»Es löst sich in einen Schauer exotischer Teilchen auf«, ergänzte Galverin Schmidt.

»Richtig.«

»Träfe das zu, hätte sich die Arche in den Äonen ihrer Existenz längst vollständig aufgelöst«, warf Atlan ein. »Es existiert also ein stabilisierendes Element.«

Der Wanderer schwenkte seine oberen Tentakel. »Die Stabilität geschaffener Strukturen wird nur durch konstantes Nachjustieren erreicht«, bestätigte er. »Die dazu erforderliche Steuerung kann von einem lebendigen Geist oder einer Maschine vorgenommen werden. Stellt es euch so vor, dass Schaumphasentechnologie Materie, Energie und Raum einerseits und Geist andererseits miteinander koppelt. Dadurch werden Vorstellungen realisiert.«

»Auch beginnender Wahnsinn?«

»Das kann geschehen.«

»Diese Vorstellung ist wenig vertrauenerweckend«, sagte Atlan.

Trotz der Fremdartigkeit des weißhaarigen Mannes empfand Angen-Math die Sorgen, die Atlan sich machte. Sie waren mehr als begründet.

»Das ist es, wozu sie fähig sind, Korporal?«, wandte ich mich an Hantoon.

»Galverin und ich sind es.«

»Warum nur Sie beide? Warum nicht auch wir anderen?«, fragte Grosz. »Dafür muss es einen Grund geben.«

»Vielleicht übersteigt unsere Imaginationskraft die Ihre«, versuchte sich Schmidt an einer Erklärung.

Buchanan Churl räusperte sich vernehmlich. Gemeinsam mit Korth und Roupol hatte er das erlegte Tier gehäutet und ausgenommen. »Ich war neugierig und habe es versucht. Ich habe mir Korporal Hantoons Demonstration zum Vorbild genommen und mich bemüht, mittels meiner Gedanken eine Blume zu erschaffen. Sie gestaltete sich recht mickerig, aber es ist mir gelungen.«

»Das hätten Sie melden müssen«, blaffte der Leutnant seinen Untergebenen an.

»Ich hielt es nicht für wichtig, Sir.«

»Möglicherweise besitzen wir alle diese Fähigkeit.«

»Das ergründen wir später.« Zunächst wollte ich mehr von Angen-Math erfahren. »Legen Sie eine Feuerstelle an, um das Fleisch zu braten.«

Buchanan zog seinen Strahler. Bevor er Zweige des Unterholzes in Brand setzen konnte, bildete sich eine Senke, wenige Schritte vom Wasser entfernt. Holzscheite türmten sich darin, die knisternd zu brennen begannen. Während Buchanan seine Waffe noch unentschlossen in der Hand hielt, prasselte bereits ein munteres Feuer, über dem sich eine Aufnahmevorrichtung für das Wildbret erhob.

»So ist es einfacher.« Schmidt machte eine einladende Geste. »Unterhalten wir uns doch am Feuer weiter, während das Fleisch brät.«

Schmidt birst vor Selbstzufriedenheit, machte sich der Extrasinn bemerkbar. *Seine Kräfte sind viel weitreichender, als er es bisher gezeigt hat. Ich halte die Entwicklung für gefährlich. Du hast es in der Vergangenheit oft genug erlebt. Ein Gefühl überlegener Macht entwickelt sich schnell zu Hybris.*

Der Korporal ist immer noch ein geschulter und der Disziplin verpflichteter Soldat.

Ein Angehöriger der Solaren Flotte ist für Verlockungen genauso anfällig wie deine Spezialisten. Muss ich dich an Reuben Timbuna und Saul Ratcliffe erinnern?

Nicht nötig. Der Stachel der zu Verrätern gewordenen Spezialisten saß tief. Nicht nur die Aussicht auf Unsterblichkeit durch einen Zellaktivator korrumpierte und ließ alle Ideale vergessen, sondern auch die Verlockung überlegener Macht, wie sie sich Galverin Schmidt bot.

»Gab es die Auflösungserscheinungen schon immer?«, setzte ich mein Gespräch mit Angen-Math fort.

»Sie existieren, seitdem ich denken kann. Sie gehen auf das Wirken der Marodeure zurück.«

»Marodeure?« Eine weitere Gruppierung schien in die undurchsichtigen Ereignisse verstrickt zu sein. »Wer sind sie?«

»Sie sind ein legendäres, ebenfalls technisch hochentwickeltes Volk. Die Marodeure haben sich dem Diebstahl von Technologie verschrieben, und zwar ohne Rücksicht auf die Konsequenzen für die Bestohlenen. Es heißt, sie hätten die Erbauer der Arche, die Salipir, getötet oder vertrieben. Dann unterwanderten sie die Steuersysteme Polychoras mit kybernetischen Viren.«

»Polychora?«, echote Schmidt. »Lautet so der Name der Arche?«

»Ja.«

Ich lauschte dem Klang des Namens nach. Polychora sagte mir gar nichts. »Wer sind diese Marodeure?«

»Sie existieren seit Millionen Jahren und verfügen über gottgleiche Macht.«

»Gottgleich? Doch wohl eher nicht. Legenden neigen zu Übertreibungen.« Schmidt ließ sich auf dem Boden nieder und blickte versonnen in die Flammen.

Ich dachte über Angen-Maths Ausführungen nach. Er teilte sein Wissen bereitwillig mit uns, das rechnete ich ihm hoch an. Ich hörte auf meine Instinkte und schenkte ihm Vertrauen. Allerdings war mir nicht entgangen, dass er sich bei wesentlichen Bestandteilen seiner Ausführungen auf Vermutungen verließ. Es mochte eine Menge Wahrheit darin stecken, aber ich hielt es für geraten, nicht alles für bare Münze zu nehmen. Immerhin kannte ich nun den Namen der Arche. Sie hieß Polychora. Wenn es uns gelang, ihr zu entfliehen, fanden wir vielleicht einen Hinweis auf Polychora in irgendwelchen galaktischen Datenbanken. Dem widersprach jedoch meine Einschätzung, dass die Arche aus einer anderen Galaxis stammte und noch nie mit Milchstraßenvölkern in Kontakt gekommen war.

»Was ist aus den Marodeuren geworden?«, fragte Harlon Darter.

»Sie sind verschwunden.«

»Genau wie die Erbauer?«

»Ja.«

»Warum haben die Marodeure kybernetische Viren in die Steuerung der Arche gepflanzt?«

»Ich weiß es nicht«, bedauerte Angen-Math. »Niemand außer den Marodeuren hat es jemals erfahren. Die Instabilitäten stellen eine große Gefahr dar. Bisher werden die Auflösungserscheinungen zumeist korrigiert, bevor sie sich unkontrolliert ausbreiten. Doch stellt euch vor, was geschehen würde, wenn sie aus der Arche entkämen oder Polychora kollabieren würde.«

Ich nickte stumm in mich hinein. Die Folgen wären unabsehbar. Das gesamte Universum fußte auf der Basis von

Quantenschaum. Angenommen, die aus dem Ruder laufende Schaumphasentechnologie würde aus der Arche ins Weltall entfleuchen, wie weit würde sie sich ausbreiten? Solange bis sie jegliche Struktur in ihren ursprünglichen Zustand zurückverwandelt hatte? Das würde das Ende von allem bedeuten, was ich kannte. Das Ende dessen, was ich stets als Natur des Universums akzeptiert hatte.

»Manche Instabilitäten scheinen übrigens mit einem Verstand ausgestattet zu sein«, riss mich der Wanderer aus meinen Gedanken. Ich ahnte, worauf seine Bemerkung abzielte.

»Du meinst Glitter.« Ich beschrieb ihm das Phänomen, mit dem wir konfrontiert worden waren. Zuletzt hatte das Glitter uns in Ruhe gelassen, doch genau jetzt hatte ich wieder das Gefühl, dass es sich in der Nähe herumtrieb und uns beobachtete.

»Es löst Ausschnitte dessen auf, was wir als Realität erleben. Zum Glück umfasst Glitter nur räumlich eng begrenzte Zonen. Der Schaum, aus dem die Struktur der Sphären besteht, bricht manchmal großflächig zusammen. Er kann sich immer weiter ausbreiten.«

»Bis zur Größenordnung der Arche?«, fragte der Siganese.

»Die zerstörerische Wirkung kann die Abmessungen einer Galaxis erreichen.«

Das war die Bestätigung für meine schlimmsten Befürchtungen. Unsere Sensoren hatten uns die ganze Tragweite nur erahnen lassen. Nun wurden wir aus berufenem Mund darauf hingewiesen. Angen-Math übertrieb nicht, davon war ich überzeugt, sondern zeichnete ein realistisches Bild dessen, was vorstellbar war. Ich blickte in betretene Gesichter. Niemand sprach ein Wort. Meine Begleiter mussten verdauen, was sie soeben erfahren hatten.

Buchanan Churl wies uns darauf hin, dass das Fleisch gar sei. Alle waren dankbar für die Ablenkung. Sie bot Gelegenheit, das Gehörte sacken zu lassen und für sich selbst zu verarbeiten. Ich griff zu und ließ mich auf dem Boden nieder, wobei ich Angen-Math beobachtete. Für seine Körpergröße bewegte er sich recht flink. Es zeigte sich, dass seine sechs Beine als Arme dienen konnten, analog dazu die Füße als Hände. Er ergriff ein Stück Fleisch und beäugte es argwöhnisch. Die sechzehn an seinem Kopf angeordneten Tentakel trugen nicht nur seine Augen, sie ließen sich zudem als weitere Greif- und Esswerkzeuge benutzen.

»Was ist das für ein Verstand, der dem Glitter innewohnt?«, nahm ich den Faden unserer vorangegangenen Unterhaltung wieder auf.

»Es belastet mich, über diesen Geist zu reden.« Angen-Math hantierte mit dem Fleischbrocken. Er probierte ein wenig, spuckte aus und warf den Rest weg. »Nicht gut, gar nicht gut. Es schmeckt schauderhaft. Mein Marmus geht zu Ende.« Er zog eine Kugel aus seinen Taschen und ließ sie sich schmecken.

»Du kannst davon haben, soviel du willst«, bot Galverin Schmidt dem Wanderer an.

»Hier wachsen nicht die richtigen Bäume.«

»Auf Bäume bin ich nicht angewiesen.« Vor Schmidt zeichneten sich Umrisse in der Luft ab, aus denen kleine Kugeln sprossen.

Angen-Math ließ ein kehliges Gluckern ertönen. »Du hast Marmus geschaffen?«

»Ich hätte stattdessen auch die passenden Bäume wachsen lassen können.«

»Wie ist dir das gelungen? Du bist kein Erbauer.«

»Dennoch beherrsche ich den Schaum, in bescheidenem Umfang.«

»So muss es sein. Anders lässt sich deine Schöpfung nicht erklären.« Der Wanderer raffte die Breikugeln zusammen und verstaute sie in leeren Taschen seiner Kleidung.

Schmidts Vorführung behagte mir nicht. Ich hatte das Gefühl, er habe die Gelegenheit bewusst genutzt, um auf sich und seine neue Gabe hinzuweisen.

Stelle ihn auf die Probe, regte der Extrasinn an.

»Also schön, Korporal, verhungern müssen wir nicht. Wie weit reichen Ihre Fähigkeiten? Oder verbergen Sie das lieber vor uns?«

»Warum sollte ich?« Ein Lächeln umspielte Schmidts Mundwinkel.

Tiefes Grollen drang in diesem Augenblick an meine Ohren. Jenseits des Wasserlochs wölbte sich der Boden und brach auseinander. Erdreich und Gestein spritzten davon. Aus dem Aufriss erhob sich ein Felsen von der Größe eines Mehrfamilienhauses. Er zitterte, wie von unsichtbaren Titanenfäusten geschüttelt, neigte sich seitwärts und schlug zu Boden. Die Erschütterung pflanzte sich bis zu uns fort.

Aliken Hantoon senkte den Kopf, um ihr Gesicht zu verbergen. Ihr Lächeln entging mir dennoch nicht. Schmidt biss betont gleichgültig in sein Stück Fleisch.

»Zufrieden, Lordadmiral?«

»Sehr zufrieden, Korporal.« In der Tat war ich mehr als beeindruckt. Ich zeigte es nicht offen. Ohnehin balancierte Schmidt auf der Grenze zur Selbstüberschätzung wie auf einem schmalen Grat. Ich wandte mich an den Wanderer. »Du hast meine letzte Frage nicht beantwortet.«

»Wie lautete sie?«

»Was kannst du uns über den Geist sagen, der Glitter innewohnt?«

Angen-Math wand sich. Augenscheinlich widerstrebte es ihm, darüber zu reden. »Ich legte bereits dar, dass Bewusstsein die Produkte der Schaumphasentechnologie stabilisiert«, begann er umständlich. »Entweder das Bewusstsein eines Lebewesens oder die Nähe einer intelligenten Maschine. Die Salipir haben mit Erfolg eine Technologie entwickelt, in ihre Schaumphasenprodukte einen künstlichen Geist einzuarbeiten. Dieser primitive Geist hat sich über die Jahrmillionen verändert und agiert teils bewusst, teils unkontrolliert, wie es bei Glimmer geschieht.«

»Ziemlich erschreckend«, fand ich.

»Erschreckend? Das ist faszinierend.« Schmidts Augen leuchteten.

Theoretisch mochte vorstellbar sein, was Angen-Math den Salipir andichtete. Dass es in der Praxis funktionierte, erschien mir zweifelhaft. Ich sprach meine Skepsis unmissverständlich aus.

»Wir reden nicht länger nur von theoretischen Möglichkeiten«, brachte sich Aliken Hantoon in das Gespräch ein. »Unsere Beobachtungen sollten uns eines Besseren belehren. Das Unbehagen in der Nähe von Glimmer erfasste uns alle. Nicht einmal Ihr Zellaktivator bewahrte Sie davor, Lordadmiral. Wir haben diesen Geist gespürt. Er hat uns berührt.«

»Wie lautet Ihre Meinung, Harlon?«, fragte ich den Siganesen.

»Da kann was dran sein. Bewusstsein an sich ist zweifellos eine Struktur. Es existieren ernsthafte Theorien, die von einer individuellen Energiekonstanten von möglicherweise sechs- oder noch höherdimensionalem Charakter ausgehen, die das Bewusstsein eines intelligenten Lebewesens erzeugen soll«, dozierte der Hyperphysiker. »Vielleicht ist es das, was man Seele nennt. Leider reichen unsere wissenschaftlichen Errungenschaften derzeit noch nicht aus, das messtechnisch zu erfassen, aber wenn Bewusstsein sich strukturell definieren lässt, halte ich es für möglich, dass ein Bewusstseinsabdruck stabilisierende Wirkung auf Quantenschaumprodukte ausübt. Ich will auch nicht ausschließen, dass im Umkehrschluss das Bewusstsein bei einer derartigen Wechselwirkung eine Erweiterung erfährt. Das alles ist selbstverständlich hochspekulativ und hält bei unserem Kenntnisstand keiner wissenschaftlichen Überprüfung stand.«

»Natürlich nicht.« Ich kaute lustlos auf einem Stück Fleisch und versuchte mir einen Reim auf unsere Lage zu machen. Hatte das sogenannte ATG-System in der WAV-E etwas mit den Vorgängen in und um Polychora zu tun?

Du entwickelst unangebrachte Schuldgefühle, Kristallprinz, mahnte mich der Extrasinn.

Ich war unschlüssig, ob sie wirklich unangebracht waren. »Angen-Math, die Instabilitäten in der Arche finden statt, seit du denken kannst, sagtest du?«

»So ist es.«

»Haben sie sich in den vergangenen Tagen intensiviert? Hast du einen merklichen Anstieg festgestellt?«

»Nein. Es ist keine signifikante Veränderung eingetreten. Das wäre mir nicht entgangen. Denk daran, dass ich ständig unterwegs bin.«

Der Feldversuch der WAV-E hatte sich also nicht nachteilig auf Polychora ausgewirkt. Trotzdem bestand zwischen beiden eine unerklärliche Verbindung. In einem Moment waren wir noch in der WAV-E gewesen und kurz darauf, nach Passieren des Höhlensystems, in der Arche.

»Schaumphasentechnologie schafft Welten aus dem Nichts«, hörte ich Angen-Math sagen. »Doch letztlich ist sie tödlich unkontrollierbar. Der Wahnsinn ist auf seine Erschaffer zurückgeschlagen, und er dauert bis heute an.

Wenn der Ausbreitung der Instabilitäten kein Einhalt geboten wird, werden sie in den finalen Untergang führen.«

Ich stimmte dem Wanderer zu.

»Außerdem halte ich die Marodeure für böse. Irgendwo sind sie weiterhin aktiv. Das weiß ich.«

»Woher?«

»Ich weiß es einfach.« Angen-Math verzehrte eine weitere von Galverin Schmidt geschaffene Marmus-Kugel. Sie schien ihm ebenso gut zu munden wie das Marmus, das er selbst geerntet hatte.

Meine Gedanken eilten mir voraus, vorrangig zu den Menschen, die sich in Polychora aufhalten sollten. Durch welchen Zufall auch immer sie in die Arche gelangt waren, wir durften sie nicht ihrem Schicksal überlassen.

Wie stellst du dir ihre Rettung vor?, fragte der Extrasinn zu Recht. *Angen-Math ist seit sechshundert Jahren unterwegs. Das gibt dir einen Hinweis auf die Größe der Arche. Wie willst du die Menschen finden?*

Ich habe keine Ahnung, gestand ich zerknirscht. An meiner Entschlossenheit änderte das nichts. Dabei war mir klar, dass sowohl diese Menschen als auch die Verschollenen von der WAV-E keine Priorität genossen. Die von Polychora ausgehende Bedrohung besaß eine Dimension, die, so zynisch sich das anhören mochte, ein paar Menschenleben in den Hintergrund treten ließ. Es ging nicht nur um den Fortbestand der Arche, sondern möglicherweise der gesamten Milchstraße. Dass die Marodeure weiterhin aktiv waren und eine Gefahr darstellten, wurde angesichts dessen ebenfalls zur Nebensache. Zu einer Nebensache allerdings, die ich nicht aus den Augen zu verlieren gedachte.

Ich fuhr in die Höhe, als sich ein mittlerweile vertrautes unangenehmes Gefühl meiner bemächtigte. »Glitter ist in der Nähe.«

An den nervösen Reaktionen meiner Begleiter erkannte ich, dass sie meine Wahrnehmung teilten. Wir sahen uns um, doch von dem Glitter war nichts zu sehen. Da es nach unserer Zeitrechnung erst früher Nachmittag war, entschied ich mich nach kurzer Absprache mit dem Leutnant für den Aufbruch.

Kapitel 17

6. September 3126

Ich lauschte. Außer den Geräuschen, die wir verursachten, war nichts zu hören. Zu sehen war ebenfalls kaum etwas. Wir bewegten uns durch ein Höhlensystem, das mich an jenes erinnerte, in das wir von der WAV-E aus gelangt waren. Ebenfalls labyrinthisch aufgeteilt, war dieses hier noch unübersichtlicher in seiner Wabenstruktur. Ein hinter uns liegender, kilometerlanger Schacht mit Metallwänden hatte uns zwischen Felsen entlassen, deren Enge bedrückend wirkte.

Ohne unsere Scheinwerfer hätte uns tiefste Nacht umfangen. Die Sensoren offenbarten eine weitere Sphäre mit für uns lebensfreundlichen Bedingungen. Der dorthin führende Weg gestaltete sich bizarr zerklüftet. Eine Vielzahl von Gassen und Durchlässen schien darauf angelegt, uns in die Irre zu führen. Manche steinernen Pfade endeten vor Felswänden, andere krümmten sich unerwartet und fanden ihre Fortsetzung in einer Richtung, die uns von dem vor uns liegenden Ziel wieder entfernt hätte.

»Warum erschaffen Sie nicht einen geradlinigen Schacht, der uns die Freiheit entlässt, Korporal?« Lars Roupols Vorschlag war scherzhaft gemeint.

»Um die Höhlenstruktur zusätzlich zu schwächen?«, gab Galverin Schmidt humorlos zurück. »Sie ist ohnehin nicht allzu stabil. Ein Eingriff könnte sie zum Einsturz bringen. Probieren Sie es selbst.«

»Niemand unternimmt irgendwelche Experimente«, unterband Leutnant Grosz jeden Versuch, schöpferische Kräfte anzuwenden.

Vor unserem Aufbruch hatten wir festgestellt, dass Grosz und die Raumlandesoldaten in äußerst bescheidenem Umfang dazu befähigt waren. Das galt sogar für Harlon Darter. Es gelang ihnen, mittels ihrer Willenskraft Kleinigkeiten zu erschaffen, weit entfernt von dem, was Schmidt und Hantoon zustande brachten. Ich selbst war davon ausgenommen, wofür ich keine Erklärung fand.

Das Licht meines Scheinwerfers entriss der Dunkelheit verwachsene Felsformationen, teilweise so dichtgedrängt, dass allein der Siganese die Passagen benutzen konnte. Er bildete unser einköpfiges Erkundungsteam. Mehrmals sahen wir uns gezwungen, umzukehren und einen anderen Weg einzuschlagen. Nur langsam tasteten wir uns voran. Das dräuende Unwohlsein begleitete uns. Wenn nicht andere unbekannte Gründe dafür verantwortlich waren, trieb sich ständig Glitter in unserer Nähe herum. Studierte es unser Verhalten? Die ganze Zeit erwartete ich, dass es uns im Licht der Scheinwerfer entgegentrat. Je weiter wir vordrangen, desto mehr begann ich mich damit abzufinden, dass es sich aus purer Neugier in unserer Nähe aufhielt.

Die Situation änderte sich dramatisch, als die Sensoren einen baldigen Ausstieg aus den Höhlen ankündigten. Ein Ausruf Darters drang aus meinem Empfänger. Der Siganese war ein Stück vorausgeflogen.

»Harlon, was ist passiert?«, rief ich ihn.

»Hier ist Glitter. Es bringt einen Durchgang zum Einsturz.«

»Unverzüglich umkehren!«

»Ich komme. Ich ...« Darters Worte gingen im Getöse der zusammenbrechenden Felsen unter. Der Siganese antwortete auf keinen weiteren Anruf.

»Er wurde verschüttet«, zischte Grosz.

Er brauchte keinen Befehl auszugeben. Für Gefahrensituationen wie diese waren die Flottenangehörigen ausgebildet. Die drei Raumsoldaten bewegten sich in die Richtung, in die wir den Siganesen hatten fliegen sehen. Mit gezogenen Strahlern drangen sie zwischen den Felsen vor. Der GLADIATOR, mit den Asimovschen Robotergesetzen ohnehin auf die Rettung von Leben programmiert, stapfte neben ihnen her. Ich griff nach meiner Waffe und schickte mich an, ihnen zu folgen. Eine schwere Hand packte meine Schulter und hielt mich fest. Ich fuhr herum.

»Was soll das, Leutnant?«

»Verzeihung, Lordadmiral.« Grosz ließ mich los. »Ich kann Ihnen nichts befehlen, sonst täte ich es. Aber ich appelliere an Ihre Vernunft. Dafür ist die Flotte zuständig. Sie dürfen sich nicht in Gefahr begeben.«

Mir lag eine harsche Entgegnung auf der Zunge. Ich schluckte sie, wenn auch widerwillig, hinunter. Beinahe trotzig verschränkte ich die Arme vor der Brust. Ich nickte, bevor der Extrasinn auf die Idee kam, mir Zurückhaltung aufzuerlegen. Leise hörte ich die Stimmen der vorrückenden Soldaten. Sie gaben sich gegenseitig Deckung, soviel bekam ich mit. Die Felsen hatten sie verschluckt. Vergeblich hielt ich nach ihrem Scheinwerferlicht Ausschau.

»Da ist Darter!«, rief jemand. Die Worte klangen hohl, von dem Stollen zurückgeworfen. »Er ist bewusstlos.«

Hoffentlich wirklich nur bewusstlos, schoss es mir durch den Kopf.

»Ich habe ihn. Er lebt.«

»Nichts wie raus hier.«

»Glitter! Hinter dir, Eigen!«

»Da drüben auch, Buchanan.«

Ein wüster Fluch folgte. Die Soldaten riefen wild durcheinander. Donnern überlagerte ihre Stimmen. Die Einstürze setzten sich fort.. Eine dichte Staubwolke drang aus dem Tunnel hervor. Mannsgroße Gesteinsbrocken regneten von der Decke herab und versperrten den Zugang. Sie wogen Tonnen. Sie zu Staub aufzulösen, würde eine Kettenreaktion nach sich ziehen.

»Desintegratoren gegen das Glitter einsetzen«, gab Grosz mit ruhiger Stimme durch. Er hielt seinen Kombistrahler in der Hand, einen Angriff auch auf uns befürchtend. Angen-Math war zur Regungslosigkeit erstarrt.

»Wir haben das Glitter abgewehrt. Es hat stützende Felsnadeln aufgelöst. Das war kalkuliert.« Roupol war kaum zu hören. »Der Zugang ist verschüttet. Wir kommen nicht mehr raus.«

»Verletzte?«

»Keine außer Darter.«

»Ruhe bewahren, Männer. Wir graben uns durch«, kündigte Grosz an.

»Negativ, Leutnant. Soviel Zeit bleibt uns nicht.« Die Worte kamen gehetzt. »Das Glitter kommt zurück. Ich fürchte, es ist noch nicht zufrieden. Wir brauchen einen verdammten Tunnel.«

Eine letzte Chance blieb, einen Fluchtweg für die Soldaten zu schaffen. Grosz hatte denselben Gedanken. Er kam mir zuvor.

»Korporal Schmidt, Korporal Hantoon, kommen Sie da durch?«

»Unsere Fähigkeiten werden gebraucht. Wer sagt es denn?« Schmidt zögerte keinen Augenblick. Hantoon hielt sich an seiner Seite.

Wieder war ich versucht, mich ihnen anzuschließen. Ein energisches Kopfschütteln des Leutnants machte mir klar, dass das nicht meine Aufgabe war. Ich verwünschte die Tatsache, ihm recht geben zu müssen. Dennoch fiel es mir schwer, andere die Kastanien aus dem Feuer holen zu lassen.

Weil du gegen jede Vernunft auch bei der USO ständig an vorderster Front agieren musst.

Fall mir nicht in den Rücken, raunzte ich den Extrasinn an, während ich verfolgte, was Schmidt und Hantoon taten.

Das Gestein vor ihnen wich zur Seite. Die Wände stabilisierten sich. Risse und Löcher in der Decke füllten sich mit fugenlosem Fels. Zwischen den tonnenschweren Felsbrocken entstand in Sekundenschnelle eine Gasse, frei von Staub und Geröll. Die Korporals stürmten hinein, sich ihrer eigenen Arbeit völlig sicher.

»Es wird eng.« Unüberhörbar hatte Buchanan Todesangst. »Wir wehren das Glitter ab, aber es bildet sich neu. Lange halten wir es nicht mehr auf Distanz.«

»Hilfe ist unterwegs«, gab Grosz durch.

»Das Gestein löst sich auf. Vor uns bildet sich eine Öffnung.«

»Das sind Schmidt und Hantoon.«

Wieder riefen die Männer wild durcheinander. Das Glitter schien aus mehreren Richtungen auf sie einzudringen. Galverin Schmidts Stimme übertönte alle anderen.

»Alle raus hier, nun macht schon!«

Das Geräusch heftigen Atmens mischte sich mit dem Trampeln von Stiefeln. Ein ungläubiger Schrei schwoll an und endete jäh. Ich war sicher, dass er von Schmidt stammte.

»Korporal, kommen Sie.« Das war Korth.

Dann Roupol: »Ich hole ihn da raus.«

»Nein.« Wieder Korth. »Zu spät. Er löst sich auf.«

Mir lief es kalt den Rücken hinunter. Die gebrüllten Wortwechsel drangen kaum zu mir durch. Noch hielt die

Gasse in die Freiheit. Ich starrte auf den Durchgang und erwartete, Glitter aus der Mündung flirren zu sehen. Der Strahler glitt wie von selbst in meine Hand. Roupol stürmte in die Höhle, dahinter Korth. Ihnen folgte Buchanan, der den Siganesen trug. Den Abschluss bildete der GLADIATOR.

»Korporal Schmidt? Korporal Hantoon?«, fragte der Leutnant tonlos.

Buchanan schüttelte den Kopf. »Wir haben sie verloren. Nichts mehr zu machen. Sie wurden aufgelöst«, krächzte er.

»Sind Sie sicher?« Ich wollte es nicht wahrhaben.

»Ja, Lordadmiral«, sagte Roupol. »Sie verschwanden vor meinen Augen. Das verdammte Glitter.«

Wir zogen uns langsam zurück, den Durchgang gegen ausbrechendes Glitter sichernd. Keine Zone der Instabilität drang daraus hervor. Die Gier des Glitters war gestillt, dachte ich. Für eine Weile war seine Mordlust erloschen. Wahrscheinlich unterstellte ich dem unheimlichen Geist eine völlig unzutreffende Intention, doch die Assoziation zu einem gewissenlosen Killer blieb.

»Wir versuchen es da drüben«, trieb ich die Männer an.

Lars Roupol rührte sich nicht. Wie auf ein Wunder wartend, hielt er die Gasse im Auge.

»Später ist Zeit zum Trauern.« Meine Worte klangen harscher als beabsichtigt, doch die Lebenden gingen vor.

Wir suchten nach einer gangbaren Passage und wurden fündig. Das Glitter ließ uns in Ruhe. Unbehelligt gelangten wir an einen Ausgang aus dem Höhlenlabyrinth. Eine gelbe Kunstsonne spendete Licht und Wärme.

Wir rückten vor, bis wir sicher waren, dass uns kein Glitter aus den Höhlen folgte. Das Gelände war unübersichtlich. Zum Glück konnten wir weiterhin auf unsere Flugaggregate zurückgreifen. Angen-Math entwickelte auf seinen drei Beinpaaren ein beachtliches Tempo, dem wir unsere Fluggeschwindigkeit anpassten. Nach etwa zwanzig Kilometern Wegstrecke kam ein Bach in Sicht. Wir landeten, um zu trinken und den Staub aus der Höhle abzuwaschen.

Ich spürte die Niedergeschlagenheit der drei Raumsoldaten, die Augenzeugen des Todes von Schmidt und Hantoon geworden waren. Als Angehöriger der Solaren Flotte war man mit dem Gedanken vertraut, im Einsatz zu sterben. Doch es kam auf die Art und Weise an, wie es geschah. Von etwas Unheimlichem aufgelöst zu werden, das sich keiner von uns richtig erklären konnte, nagte an den Nerven der Männer. Auch jetzt sahen sie sich ständig um. Dass das Glitter in den Höhlen zurückgeblieben war, besagte gar nichts. Es konnte sich jederzeit an jedem Ort bilden.

Harlon Darter gesellte sich zu den Soldaten. »Ich verstehe Ihre Trauer«, sagte er. »Und ich teile sie. Korporal Schmidt und Korporal Hantoon haben ihr Leben gegeben, um das meine zu retten. Das werde ich Ihren Kameraden nie vergessen. Auch Sie haben Ihr Leben für mich aufs Spiel gesetzt.«

Lars Roupol hob den Kopf. »Sie brauchen sich keine Vorwürfe zu machen. Wenn einer Anlass dazu hat, dann ich. Ich war nur wenige Schritte von Schmidt und Hantoon entfernt, als sie sich auflösten. Ich hätte sie packen und fortzerren müssen.«

»Unsinn.« Buchanan klopfte seinem Kameraden aufmunternd auf die Schulter. »Ich habe dich davon abgehalten, weil ich wusste, was sonst geschehen würde. Auch du wärest jetzt tot.«

»Das wissen wir nicht.«

»Das wissen wir sogar ganz genau«, mischte ich mich ein. »Glitter ist absolut tödlich. Eine Berührung damit hätte keiner von Ihnen überlebt.«

»Ich wünschte, ich hätte es versucht.«

»Schluss damit!«, polterte Grosz. »Ich will kein Selbstmitleid hören.«

Roupol schielte seinen Vorgesetzten an. »Sie haben leicht reden, Leutnant. Sie waren nicht vor Ort und konnten nicht eingreifen.«

»Aber ich habe die Korporals ins Feuer geschickt«, gab der Leutnant zu bedenken. »Das ist meine Aufgabe. Ich bin ihr nachgekommen – so wie Sie es taten. Sie haben umsichtig gehandelt, und das war richtig. Für potenzielle Selbstmörder ist kein Platz in der Solaren Flotte.«

Ich dachte daran, dass ich dem Befehl des Leutnants nicht widersprochen hatte, obwohl ich um die Gefahr gewusst und obwohl ich mich selbst nicht in Gefahr begeben hatte. Das Geschehene war tragisch, es änderte aber nichts an der Richtigkeit der Entscheidungen.

»Es ist immer traurig, Freunde zu verlieren«, gluckste Angen-Math. »Dafür bieten diejenigen Trost, die einem bleiben. Mir ist niemand geblieben. Ich habe mein Volk verloren. Ich besitze keine Freunde.« Der Wanderer schwenkte seine Augententakel über die Versammelten. »Doch ich habe euch getroffen und bin nicht länger allein. Das ist ein großer Trost. Deshalb stelle ich mich und meine Fähigkeiten in euren Dienst. Vielleicht kann ich den Verlust eurer Freunde ein klein wenig kompensieren.«

Seine Worte zauberten ein zaghaftes Lächeln in Roupols Züge. Ich zweifelte nicht an Angen-Maths Loyalität. Er freute sich ehrlich, auf uns gestoßen zu sein. Die Erfahrungen, die er in sechshundert Jahren Wanderschaft durch die Arche gesammelt hatte, konnten sich noch als unschätzbar wertvoll erweisen.

In den nächsten Stunden ereigneten sich keine Zwischenfälle. Wir flogen in geringer Höhe und hielten nach Hinweisen auf ein Schattenvolk Ausschau, während Angen-Math zu Fuß lief. Er war ausdauernd und zäh. Ich hatte ihn angewiesen, uns zu winken, sobald er eine Rast benötigte. Er machte keinen Gebrauch von dem Angebot, und er wurde nicht langsamer. Das Land zeigte keine Anzeichen von Besiedelung. Anscheinend flogen wir durch eine unbewohnte Sphäre. Erst als wir sie annähernd durchquert hatten, entdeckte ich in der Ferne flache Gebäude. Sie erstreckten sich am Ufer eines Sees, zu dem ein türkisblauer Fluss führte. Ich wies die anderen darauf hin.

Harlon Darter meldete sich Sekunden später. Er hatte ein paar rasche Messungen vorgenommen. »Ich erhalte abweichende Werte zu den Lebensräumen der Schattenwesen. Die Bauwerke befinden sich nicht in einer anderen Teilrealität.«

»Sie sind in unserer Daseinsebene verankert?«

»Ja. Außerdem empfange ich Lebenszeichen. Wir sollten zu Fuß weitergehen, um keinen Aufruhr auszulösen.«

Wir landeten und teilten Angen-Math unsere Entdeckung mit. Ich hatte den Eindruck, dass die Nachricht ihn bewegte.

»Hast du eine Ahnung, was das für Wesen sind?«

»In diesem Bereich Polychoras war ich noch nie.« Der Wanderer zögerte und richtete zwei Augententakel auf mich. »Die einzigen Wesen, welchen ich begegnete, die keinem verschobenen Volk angehörten, waren Menschen wir ihr.«

»Soll ich vorausfliegen und die Lage erkunden?«, bot Darter an.

Grosz lehnte ab. »Wenn es wirklich Menschen sind, besitzen sie womöglich technische Einrichtungen, mit denen sie die Emissionen Ihrer Aggregate anmessen. Wir bleiben zusammen.«

»Wer mögen diese Menschen sein?«, grübelte Eigen Korth. »Nichts gegen Angen-Maths Beobachtungsgabe, aber ich traue ihm nicht zu, uns von ähnlich aussehenden Humanoiden zu unterscheiden.«

»Ich irre mich nicht«, versicherte der Wanderer. »Sie sind euch nicht nur ähnlich, sie sind genau wie ihr.«

»Ausgeschlossen ist das nicht«, verteidigte ich ihn. »In der Vergangenheit verschwanden immer wieder terranische Raumschiffe in den Tiefen des Alls. Zivile Handelsschiffe, von denen man nie eine Spur fand, Privatyachten und abhanden gekommene Kolonistenraumer. Selbst die Explorerflotte ist einiger Einheiten verlustig gegangen, über deren Verbleib keine Gewissheit besteht.«

Die Vorstellung, auf eine Explorer-Besatzung oder deren Nachfahren zu stoßen, elektrisierte Harlon Darter. Er verriet, schon immer ein Anhänger der Explorerflotte gewesen zu sein. »Als ich noch klein war, hatte ich immer zwei Träume«, gestand er. »Ich wollte entweder Kommandant einer EX oder Mitglied im Thunderbolt-Teams des Paladin werden.«

»Als du noch klein warst?«, wunderte sich Angen-Math. »Du bist doch klein.«

»Für einen Siganesen bin ich ganz schön groß, wenngleich natürlich nicht so groß wie der große Lemy Danger.«

»Seien Sie dankbar, dass Sie nicht wesentlich größer sind, Harlon. Sonst müssten Sie jetzt wie wir zu Fuß gehen«, sagte ich.

»Hätten alle hier meine Körpergröße, bräuchte keiner von uns zu Fuß gehen«, konterte der Siganese schlagfertig.

Bald vernahmen wir Wasserrauschen. Wir wandten uns nach Westen, bis wir an den Fluss mit dem türkisblauen Wasser gelangten. Von nun an gestaltete sich die Orientierung einfach, da wir wussten, dass der Fluss zu der menschlichen Ansiedlung führte. Sobald die ersten Gebäude in unserem Blickfeld auftauchten, hielten wir inne und suchten Deckung. Es handelte sich um zumeist eingeschossige Bauten, nicht viel komfortabler als Hütten, zwischen denen eine halbwegs befestigte Straße verlief. Fahrzeuge entdeckte ich nicht, dafür zweibeinige Humanoiden. Aus der Ferne glichen ihr Aussehen und ihre Bewegungsabläufe denen von Menschen.

Darter ließ den GLADIATOR Aufnahmen machen, die er vergrößerte und uns vorspielte. Wir betrachteten die Bilder eingehend und kamen zu dem einhelligen Schluss, dass Angen-Math sich nicht geirrt hatte.

»Es sind tatsächlich Menschen«, sagte Grosz. Er erhob sich aus der Deckung. »Stellen wir uns ihnen vor. Die Waffen unter der Kleidung verbergen.«

Auf dem Weg zu den Gebäuden begutachtete ich die Umgebung. Es war nichts zu sehen, was den Menschen als Nahrungsquelle diente. Weder entdeckte ich Felder noch Produktionsanlagen. Dafür waren die Häuser zu klein. Es blieb die Möglichkeit des Fischfangs.

Oder sie sind in der Lage, alles zum Leben Notwendige aus Quantenschaum zu produzieren, so wie Galverin Schmidt es mit dem Marmus für Angen-Math tat, spekulierte der Extrasinn.

»Sie sind auf uns aufmerksam geworden«, gluckerte der Wanderer. »Einige sammeln sich auf der Straße.«

Rund ein Dutzend Personen sahen uns neugierig entgegen. Ihre Unruhe war nicht zu verkennen. Unverständliche Rufe wurden laut, worauf weitere Menschen ins Freie kamen.

Angen-Math hielt sich im Hintergrund. »Wahrscheinlich sind sie nur mit Schattenwesen vertraut und haben noch nie Besuch erhalten.«

»Hallo«, sagte ich. Bei all meiner Erfahrung fiel mir nichts Besseres ein.

Sieben Männer, acht Frauen und drei Jugendliche hatten sich versammelt. Sie trugen rohe Kleidung und unförmiges Schuhwerk Mir fielen ihre schmalen Gesichter auf, die auf Entbehrungen und Enthaltsamkeit schließen ließen. Diese Menschen besaßen nicht die Fähigkeit, Produkte aus Quantenschaum zu erschaffen. Sie machten auf mich den typischen Eindruck von Schiffbrüchigen nach einer Havarie auf einem unbewohnten Planeten, die mit dem Wenigen auskommen mussten, was sie mit sich führten.

Waffen gehören auf jeden Fall dazu, machte mich der Extrasinn auf die Handfeuerwaffen aufmerksam, mit denen alle ausgerüstet waren. Es handelte sich um alte Schießeisen mit Projektilmunition.

»Wir grüßen euch«, sagte der größte der Männer. Er trat einen Schritt vor und musterte uns der Reihe nach. Bei dem Siganesen und Angen-Math verharrte sein Blick besonders lange. Dann fasste er wieder mich ins Auge. »Ich bin Thelen Drafos. Ihr seid keine Schattenwesen.«

»So wenig wie ihr«, antwortete ich.

»Wir sind Menschen«, sagte der Leutnant. »Wir stammen von der Erde.«

»Ihr seid nicht nur Menschen, sondern zudem Angehörige der Solaren Flotte, wie eure Anzüge beweisen.« Ein finsterer Zug umflorte seine Augen. Unwillkürlich rückte er ein paar Schritte von uns ab. Ein paar andere taten es ihm gleich, während die restlichen auf einmal Freude erkennen ließen.

»Atlan!«, rief eine Frau. »Es ist der Arkonide!«

Ich zuckte überrascht zusammen. *Wundert dich das, alter Narr?,* kommentierte der Extrasinn. *Du bist im Imperium ja nicht gerade ein Unbekannter.*

Ich habe nicht den Eindruck, dass diese Leute in letzter Zeit im Imperium waren, gab ich bissig zurück.

Unter den Versammelten entspannten sich heftige Wortgefechte. Ich versuchte, möglicht viel aufzuschnappen. In der hitzigen Atmosphäre gelang es kaum.

»Geht, sofort«, verlangte der Mann, der sich als Thelen Drafos vorgestellt hatte.

»Aber warum?«, fragte Vernil Grosz. »Wir sind gekommen, um euch zu retten.«

»Zu retten? Ihr seid töricht, wenn ihr das wirklich glaubt. Mit Atlans Ankunft beginnt sich die Prophezeiung zu erfüllen. Das Ende der Welt ist gekommen. Wir werden alle sterben.«

»Du irrst dich«, versuchte ich den Mann zu beruhigen. Hinter ihm drohten die Streitereien zu eskalieren.

Drafos tastete nach seiner Waffe. Ich registrierte, dass die Soldaten Abwehrhaltung einnahmen. Der GLADIATOR rückte vor, um mich abzuschirmen. Ich begriff nicht, was hier geschah, doch auf keinen Fall wollte ich der Auslöser für einen Kampf sein. Dazu waren wir nicht hergekommen. Ich beschloss, auf Zeit zu spielen.

»Wir gehen.«

Einer der Jugendlichen betrachtete mich aus großen Augen. Ich schätzte ihn auf sechzehn oder siebzehn Jahre.

Er schien nicht Drafos' Meinung zu sein. Enttäuschung zeichnete sich in seinen Zügen ab. Ich vernahm Zurufe, die mich verteufelten, und ein paar wenige, die mich zum Bleiben aufforderten. Diese Option bestand nicht, wollte ich nicht an sinnlosem Blutvergießen schuld sein.

Ich drückte mich an dem Roboter vorbei, gab Grosz ein Zeichen und folgte dem Straßenverlauf. Die unbefestigte Straße entfernte sich in gerader Linie, so dass ich sah, wie sie scheinbar anstieg, tatsächlich aber Wölbung und der nach außen gerichteten Schwerkraft der Blasenwandung folgte. Zu beiden Seiten flankierten uns die Gebäude. Aus der Nähe betrachtet, erwiesen sie sich als simpel gestaltet, um nicht zu sagen primitiv. Sie passten zu der schlichten Kleidung ihrer Bewohner und deren archaischen Waffen.

Wir verließen die kleine Stadt am rückwärtigen Ausgang. Ich begriff nicht, weshalb die offenkundig einsam lebenden Menschen uns nicht einfach willkommen hießen. Offene Ablehnung verfolgte uns, Feindseligkeit beinahe, und bis zuletzt erwartete ich einen Übergriff, der uns zur Selbstverteidigung gezwungen hätte. Dann blieben die Gebäude hinter uns zurück. Wir marschierten ein Stück weiter, bis ich es für geraten hielt, wieder die Flugaggregate zu benutzen. An einem sich in die Höhe erstreckenden Waldstück plante ich eine Lagebesprechung.

»Ein Mensch folgt uns.« Mit den Augen seiner rundum beweglichen Kopftentakel hatte Angen-Math den Verfolger bemerkt, ohne sich umzusehen.

»Wir warten.« Ich blieb einfach stehen und sah der einzelnen Gestalt entgegen. Es überraschte mich nicht, dass es sich um den jungen Mann handelte, der mich zuvor so intensiv gemustert hatte.

»Ich bin Pirl Crisp«, keuchte er. Wieder starrte er mich an wie ein Weltwunder. »Bist du wirklich der legendäre Atlan?«

»Ich bin Atlan.«

»Woher kennen diese Menschen Sie, Lordadmiral?«, fragte Darter.

Ich zuckte mit den Achseln. »Vielleicht kann uns Pirl ein paar Erklärungen geben.«

»Ich weiß nur von der Prophezeiung.«

»Damit weißt du mehr als wir«, gab ich ratlos zu.

Ein Lächeln huschte über das Gesicht des Jungen. Er wandte sich kurz um. »Man sieht nicht gern, dass ich hinter euch hergelaufen bin. Kommt, da hinten erhebt sich ein Wall.«

»Lordadmiral?«

Ich machte eine auffordernde Geste. »Sie haben es gehört, Leutnant.«

Wir schlossen uns dem Jungen an. Er führte uns hinter einen Erdwall, über dessen Rücken sich Dornenranken zogen. Wir nahmen auf dem Boden Platz, während sich der Siganese auf Angen-Maths Panzer niederließ. Der Wanderer erhob keine Einwände. Zur Sicherheit legte ich den Kopf in den Nacken und hielt nach Instabilitäten Ausschau. Ich entdeckte eine große und eine kleinere in Auflösung begriffene Zone. Nichts deutete auf die Nähe von Glimmer hin.

»Du bist es wirklich. Die Prophezeiung hat nicht gelogen. Du bist gekommen, um uns aus dem Joch der Unfreiheit zu erlösen. Generationen warteten darauf. Ich hätte nie geglaubt, dass ich zu denjenigen gehören werde, die deine Ankunft miterleben«, sprudelte es aus Crisp heraus.

»Ganz langsam, Pirl«, bremste ich seinen Redefluss. »Wir haben keine Ahnung, wovon du überhaupt sprichst. Was hat es mit dieser ominösen Prophezeiung auf sich?«

Der Junge stockte. Misstrauisch beäugte er den Wanderer. »Die Prophezeiung bestand schon bei meiner Geburt.

Sie kündigt uns dich als Retter an. Sie weissagt, dass Atlan kommen, uns vom Joch der Fünf befreien und zurück ins Paradies führen wird.«

»Das klingt ganz nach einer Messias-Mission«, warf Darter feixend ein.

Ich teilte seine Belustigung nicht. Dazu war die Lage zu ernst. Ich hatte den Eindruck, dass unsere bisherigen Schwierigkeiten erst den Anfang darstellten. »Nennt die Prophezeiung einen Ort, an dem dieses Paradies wartet?«

»Irgendwo. Jedenfalls nicht in Polychora.«

»Polychora ist fürwahr kein Paradies«, bemerkte Angen-Math. »Diese Zeiten sind seit Äonen vorbei.«

Beim Anblick der Instabilitäten zweifelte ich nicht daran. »Du erwartest also, dass ich dich rette?«

»Mich – und alle anderen, die von den Fünf unterdrückt werden.«

Der Ausdruck war zum zweiten Mal gefallen. Ich fragte den Jungen danach.

»Die Fünf sind die Herrscher über alle Menschen in Polychora. Ihre Namen sind unbekannt. Sie haben nur wenige Vertraute, die ihre Identität kennen.«

»Woher kennt ihr die meine? Ich fürchte, ihr verwechselt mich.«

»Die Prophezeiung erwähnt deinen Namen, und sie hat dich deutlich beschrieben. Du hast gesehen, wir haben dich auf Anhieb erkannt.«

»Ja.« Diese Tatsache behagte mir nicht. »Offenbar sind nicht alle deiner Meinung, dass ich als Retter komme. Ihr seid untereinander zerstritten.«

»Für viele bist du ein Verderber, den die Marodeure schicken. Man kann die Prophezeiung so oder so interpretieren.«

Wie praktisch, Beuteterraner.

Ich merkte auf. Von den Marodeuren hatte auch Angen-Math gesprochen. »Was kannst du mir über die Marodeure sagen?«

»Nicht viel, aber jeder weiß über sie Bescheid. Sie sind das absolut böse.«

Du polarisierst, Kristallprinz, spottete der Extrasinn. *Entweder Messias oder Teufel. In diesem Fall kannst du dir deine Anhängerschaft sogar aussuchen. Führst du dein Volk in die Freiheit, oder läutest du das Ende der Welt ein?*

Ich ignorierte ihn und fasste, an den Jungen gewandt, zusammen: »Ihr seid meinetwegen also zerstritten. Wie viele Einwohner hat denn eure Ansiedlung?«

»Keine fünfzig. Insgesamt herrschen die Fünf über ein paar tausend Menschen.«

»Und wo halten sich all diese Menschen auf?«, fragte Eigen Korth.

»Sie leben in der Stadt aus Eis und Stahl.« Crisp senkte unbehaglich die Stimme. »Die gesamte Einwohnerschaft ist gespalten. Du kommst als Retter oder als Bote der Marodeure. Es heißt, dass deine nahende Ankunft sogar eine Spaltung unter den Fünf heraufbeschworen hat. Es droht ein Krieg. Das ist noch nie geschehen, seit unsere Vorfahren vor langer Zeit in Polychora eintrafen.«

»Vor wie langer Zeit?«

»Vor mehreren Generationen.«

»Lordadmiral.« Grosz sah mich eindringlich an. »Es wäre hilfreich zu wissen, auf welche Weise die Vorfahren dieser Menschen hier anlangten.«

Anscheinend dachte er dasselbe wie ich. Aber das war widersinnig. Ich fragte dennoch: »Waren eure Vorfahren Raumfahrer, Pirl?«

»Ja, ein Schiff brachte sie nach Polychora.«

»Ist der Name überliefert?«

»Es hieß WAV-E.«

Nun war es heraus. Ich stieß die Luft aus. Harlon Darter hätte vor Überraschung fast das Gleichgewicht verloren. Buchanan Churl schüttelte den Kopf. Er glaubte kein Wort. Andererseits hatte ich dem Jungen den Namen der WAV-E nicht in den Mund gelegt. Er hatte ihn von sich aus genannt, ohne dass einer von uns ihn zuvor erwähnt hatte.

»Verfolgt ihr eine Zeitrechnung, die euch von euren Vorfahren überliefert wurde?«

»Nein.«

Der Siganese hatte sich in die Luft erhoben. »Du behauptest, deine Vorfahren seien vor mehreren Generationen in Polychora angekommen?«

»Das ist die Wahrheit«, versicherte Crisp.

»Die Wahrheit ist auch, dass wir die WAV-E vor drei Tagen verloren haben«, sagte Lars Roupol. »Das ergibt doch keinen Sinn.«

Darter wiegte nachdenklich den Kopf. »Wer weiß. Denken Sie an das Notsignal, das ich von der WAV-E empfangen habe, nachdem wir in der Arche gestrandet sind. Das eingebettete Zeitsignal datierte aus dem Jahr 3378.«

»Sie meinen«, Grosz' sonst jungenhafte Stimme klang auf einmal wie ein Reibeisen, »wir wurden um rund zweihundertfünfzig Jahre in die Zukunft verschlagen?«

»Ich begreife das nicht. Was bedeutet das?«, fragte der Junge.

»Ich fürchte, wir sind genauso ratlos wie du, Pirl.« Unwillkürlich musste ich wieder an den experimentellen Gezeitenwandler denken, der in der WAV-E installiert war. »Anscheinend ist der Versuch aus dem Ruder gelaufen.«

»Sie denken, die Wirkung des ATG-Feldes äußerte sich anders als bei den vorausgegangen Tests?«

»Das frage ich Sie, Harlon.«

»Der empfangene Zeitindex des Notsignals deutet drauf hin.«

»Aber?« Der Hyperphysiker wirkte verwirrt. »Es gelingt mir nicht, die Zeitdaten, mit denen wir uns konfrontiert sehen, in einen Kontext zu bringen. Wir enterten die WAV-E im Jahr 3126. Zu diesem Zeitpunkt befand sich die Besatzung nicht mehr an Bord. Unseres Wissens drang sie nur zwei Minuten in die Zukunft vor, muss also dort verloren gegangen sein. Angenommen, sie sei während dieser zwei Minuten in die Arche gelangt, wie können inzwischen Generationen von Nachkommen gelebt haben? Es liegen gerade drei Tage hinter uns seit dem missglückten Experiment.«

»Es sei denn, die Zeitangabe 3378 ist zutreffend.«

»In dem Fall, Lordadmiral, wurden wir in die Zukunft transportiert und sitzen hier fest. Keine sehr angenehme Vorstellung, wenn Sie mich fragen. Unsere Versetzung kann nur während der kurzen Spanne unserer Suche in der WAV-E stattgefunden haben. Hat die WAV-E genau da einen zweiten, einen ungewollten Zeitsprung durchgeführt, nicht über zwei Minuten, sondern über mehr als zwei Jahrhunderte?«

»Oder sie befindet sich auch in diesem Moment im Jahr 3126, und lediglich wir wurden versetzt. Wir waren der einzige Bergungstrupp, der dem Gezeitenwandler nahe kam. Womöglich existierte ein räumlich begrenztes Zeitfeld, das uns willkürlich in die Zukunft schleuderte.«

»In dem Fall würden wir kein Notsignal von der WAV-E aus dem Jahr 3378 empfangen.«

Wohl wahr, räumte ich ein.

»Wovon redet ihr eigentlich?«, wollte Crisp wissen.

»Das ist schwierig zu erklären, Pirl.«

»Das merke ich. Ihr begreift es offenbar selbst nicht.«

»Das ist wenig schmeichelhaft, aber es stimmt«, gestand ich ein. Ich war mit meinem Latein am Ende. »Du erwähntest die Stadt aus Eis und Stahl. Leben dort die Tausende Menschen, über die die Fünf herrschen?«

»Ja, Atlan.«

»Auch die Fünf selbst?«

»Ja. Zumindest wird es so behauptet.«

»Angen-Math, kannst du das bestätigen?«

»Über diese Dinge ist mir nichts bekannt.«

»Wie herrschen die Fünf über euch?«

»Sie verändern Dinge. Sie schaffen Zustände nach ihrem Gefallen. Ihre Macht ist unermesslich, ebenso die Pracht, die sie in der Stadt aus Eis und Stahl erzeugt haben.«

Ich begriff. »Sie setzen Schaumphasentechnologie in großem Umfang ein und ziehen Vorteile aus ihrer Fähigkeit. So nennen wir die Erschaffung dieser Produkte, Pirl. Wo finden wir die Stadt aus Eis und Stahl? Wir benutzten Flugaggregate, um zu euch zu gelangen. Außer eurer Siedlung entdeckten wir keine Stadt.«

»Die Stadt aus Eis und Stahl liegt in der nächsten Welt. Sie bedeckt den Berg der Götter, der die Erde mit dem Himmel verbindet.«

»Das klingt ziemlich mystisch«, fand der Leutnant. »Mit der nächsten Welt meinst du die nächste angrenzende Sphäre? Einen Hohlraum wie diesen hier?«

»Ich habe sie einmal gesehen, als ich die Grenzschicht erkundete. Sie ist anders geformt als unsere Welt.« Der Junge suchte nach Worten. »Wir leben in einer annähernd runden Blase. Dort ist es, als befände man sich im Inneren eines platt gedrückten Balles, bei dem die Decke den Boden berührt. Es tut mir leid, ich kann es nicht besser erklären.«

Harlon Darter kratzte mit seinen kleinen Fingern eine Zeichnung in den Boden. Sie stellte einen geschlossenen, voluminösen Reifen dar. »Sieht sie etwa so aus?«

Pirl Crisp nickte eifrig.

»Das ist keine Sphäre«, sagte Grosz beim Betrachten der schematischen Darstellung, »sondern ein Torus.«

Der Junge deutete auf eine bestimmte Stelle. »Dort ist der Einstieg, den ich benutzte. Man kann ihn nicht verfehlen, da die Straße zu ihm hinführt.« Sein Finger wanderte zur Mitte der Zeichnung. »Hier erhebt sich der Berg der Götter.«

Ich nahm an, dass mit den Göttern die ominösen Fünf gemeint waren. Legte ich den Lebensstandard von Pirls Leuten als Maßstab zugrunde, musste ihnen die Gestaltung aus Quantenschaum als wahres Wunder vorkommen. Wer diese Fähigkeit beherrschte, konnte sich mühelos als Gott über jene erheben, die nicht damit gesegnet waren. Jedenfalls war klar, wohin wir uns begeben mussten.

»Wenn uns jemand Antworten auf unsere Fragen liefern kann, sind es die Fünf«, wandte ich mich an Grosz.

»Das Problem ist, dass Sie überall erkannt werden, Lordadmiral. Wir haben es eben erlebt.«

»Es wird weitere Widerstände gegen unsere Anwesenheit geben, besonders wenn wir Kontakte aufnehmen, um Nachforschungen anzustellen. Die Fünf werden kein Klingelschild an der Tür haben und uns hereinbitten«, sagte Darter. Er tippte sich gegen die Brust. »Unsere Anzüge sind auch nicht eben unauffällig.«

»Tragt sie nicht so offen zur Schau«, schlug Crisp vor. »Es sind Ausrüstungsgegenstände und Kleidung unserer Vorfahren von der WAV-E im Umlauf, selbst Anzüge wie die euren. Sie haben die Zeit überstanden. Tarnt euch ein wenig mit Umhängen, und ihr erregt weniger Aufsehen.

Dein Gesicht werden die meisten Menschen durch die Beschreibung der Prophezeiung allerdings erkennen, Atlan.«

Die Mittel, die uns zur Verfügung standen, genügten nicht, um eine Maske zu machen. Es bot sich eine andere Lösung. Mit seinen bescheidenen Fähigkeiten schuf Buchanan eine cremeartige Substanz, die ich zu gegebener Zeit im Gesicht auftragen würde. Sie hielt zwar keinem Vergleich mit Biomolplast stand, würde aber immerhin meine Züge entstellen. Das musste reichen. Der Junge verfolgte das Entstehen der Paste mit sichtlicher Verängstigung. Ich beruhigte ihn mit der Versicherung, dass unsere Fähigkeiten nicht besonders weitreichend seien.

»Auch die deinen nicht?«

»Im Gegensatz zu meinen Gefährten besitze ich diese Gabe überhaupt nicht.«

Das überraschte Pirl. Offenbar war er davon ausgegangen, dass ich als der Erlöser aus seiner Prophezeiung über die Schöpferkraft der Fünf verfügte.

»Bei der Maschine und eurem Tentakelfreund sind Umhänge sinnlos«, sagte er und schaute scheu zu dem Wanderer hinüber. »Er sieht gefährlich aus.«

»Angen-Math?«

»Ja.«

»Er ist ein friedfertiger und hilfsbereiter Zeitgenosse.«

»Wenn du das sagst, Atlan.«

»Wir machen uns auf den Weg«, entschied ich.

»Ich begleite euch«, platzte es aus Crisp heraus. »Ich zeige euch den Weg.«

»Ich halte das für keine gute Idee«, wehrte der Leutnant ab.

»Aber ich habe diesen Weg bereits zurückgelegt. Ihr braucht also nicht zu suchen. Außerdem habt ihr keine andere Wahl, als mich mitzunehmen. Schließlich weiß ich, was ihr vorhabt. Wenn ihr mich zurücklasst, könnte ich auf die Idee kommen, euch zu verraten.«

Ich war überzeugt davon, dass der Junge das unterlassen würde. Trotzdem stimmte ich zu. Gemeinsam machten wir uns auf den Weg.

Kapitel 18

6. September 3126

Ich sehe also gefährlich aus, dachte Angen-Math. Die Worte des jungen Menschen verdrossen ihn. Er glaubte nicht, dass ein Mensch aus seinem Äußeren Rückschlüsse auf sein Wesen ziehen konnte. Wahrscheinlich lag es an seiner Größe, dass der Junge sich ängstigte.

Der Wanderer versuchte die Einschätzung zu verdrängen. Es gelang ihm nicht. Pirl Crisp hatte an einen wunden Punkt gerührt, den Angen-Math seit jeher mit sich herumtrug. Die fehlenden Informationen über seine Herkunft beschäftigten ihn stärker, als er sich selbst eingestehen wollte. Es gab einige Ungereimtheiten, für die er nie eine Erklärung gefunden hatte.

Er richtete seine Kopftentakel so aus, dass er alle Menschen und den Roboter im Auge hatte. Der Winzling, der zwar auch ein Mensch war, aber ein Siganese genannt wurde, hatte sich wieder auf seinem Panzer niedergelassen und ließ sich tragen. Angen-Math erhob keinen Einwand. Er spürte die Last überhaupt nicht.

Wieso bezeichne ich mich als Wissenschaftler?, fragte er sich.

Die Erinnerung war in ihm verankert. Er war genau das, ein Wissenschaftler. Er verstand mehr von Schaumphasentechnologie, als er sich erklären konnte. Er wusste nicht, woher er sein Wissen bezog. Offenbar hatte er es sich vor langer Zeit angeeignet, oder es war ihm vermittelt worden.

Von wem? Von den Salipir? Von den Marodeuren?

Er wünschte, er hätte eine Antwort gefunden. Die Unkenntnis seiner Vergangenheit machte ihm zu schaffen. Was war gewesen, bevor er in der leuchtenden Stadt der Salipir erwacht war, voll ausgewachsen und mit all seinem Wissen behaftet? Er fürchtete, dass ein dunkles Geheimnis hinter seiner Existenz steckte. Es gab Augenblicke, in denen er froh war, nicht darüber Bescheid zu wissen, doch die meiste Zeit verlangte es ihn nach der uneingeschränkten Wahrheit, so niederschmetternd sie auch sein mochte.

Zuweilen log er. Das gestand er sich ein. Er tat es nicht aus Böswilligkeit, sondern aus Verlegenheit und Scham über seine Unkenntnis.

Wie die dumpfe Ahnung des Sachverhalts, ein Wissenschaftler zu sein, gab es einen weiteren Zwiespalt, der ihn belastete. Obwohl es ihm niemand gesagt hatte, maß er sich eine hohe Resistenz gegen die meisten Arten von Strahlung zu. Woher sie sowie seine generelle körperliche Widerstandsfähigkeit rührten, lag im Dunkel der Vergangenheit verborgen. Einst hatte er einen Traum geträumt. In den diffusen Bildern, an die er sich nach dem Aufwachen kaum erinnerte, waren sein Körper, das Gewebe und sogar sein Gehirn mittels Schaumphasentechnologie optimiert worden. Die Optimierung war auf quantenmechanischer Ebene erfolgt und vollständig in seinen Körperbauplan integriert.

Bis heute war es ihm nicht gelungen, den Traum zu deuten. Beinhaltete er einen Funken Wahrheit, oder stellte er lediglich eine wirre Ausgeburt des Unterbewusstseins dar? Manifestation der Ängste, die ihn umtrieben? Angen-Math hatte keine Ahnung, welcher Art die Verbesserungen sein sollten, denn er spürte sie nicht. Falls sie existierten, verbargen sie sich erfolgreich vor ihm. Sämtliche Bemühungen, den unbewiesenen Optimierungen seines Körpers und seines Geistes gedanklich auf die Schliche zu kommen, waren fehlgeschlagen. Was das anging, war er heute so schlau wie vor ein paar hundert Jahren.

Er war sicher, dass Anhaltspunkte zu erlangen wären, wenn er nur über Wesen und Aussehen der Salipir Bescheid wüsste. Zuweilen grübelte er tagelang am Stück über dieses Rätsel, bis es ihm endlich gelang, sich von den Selbstzweifeln zu lösen. Doch es dauerte nie lange, bis sie sich erneut einstellten.

»Runter von der Straße, Angen-Math. Hörst du nicht?«

Der Wanderer schreckte hoch. Er war dermaßen in Gedanken versunken gewesen, dass er alles um sich herum vergessen hatte. Auch Atlan, der ihn von der Straße drängte.

»Was ist geschehen?«

»Der GLADIATOR hat Bioimpulse angemessen. Jemand kommt uns entgegen.«

Angen-Math eilte auf seinen sechs Beinen hinter den Menschen her und duckte sich hinter eine Geländeerhebung. Ein paar Minuten vergingen, bis der sanfte Wind Geräusche herübertrug. Angen-Math schob einen Tentakel übers aufgetürmte Erdreich.

Ein von zwei Reittieren gezogener Wagen holperte die Straße entlang. Vornüber gebeugt hockte ein Mensch auf dem Kutschbock und lenkte das Gefährt. Er sah nicht nach links oder rechts. Die Zugtiere blökten, als er sie mit einem Stock antrieb, und zogen ihren Gang an. Die Verborgenen warteten, bis der Wagen schaukelnd in der Ferne verschwunden war.

»Wer war das?«, fragte Atlan. »Er kam aus dem Torus.«

»Der alte Krenich. Er bringt Nahrungsmittel in unsere Ansiedlung«, erklärte Pirl Crisp. »Wir sind von den Lieferungen abhängig. Würden sie ausbleiben, wären wir gezwungen, durch die Grenzschicht zu gehen. Doch sie treffen regelmäßig ein. Jemand versorgt uns.«

»Damit ihr bleibt, wo ihr seid?«, fragte Atlan.

»Darüber habe ich nie nachgedacht.«

Angen-Math fand das verwunderlich. Ihn hätte die Neugier nach dem Absender der Versorgungstransporte angetrieben. Er glaubte, dass sie Teil eines bestimmten Systems waren, das im Gleichgewicht gehalten wurde. Das würde es wahrscheinlich nicht mehr lange bleiben. Wenn die Worte des Jungen zutrafen, würde Atlans Ankunft in Polychora für große Umwälzungen bei den Menschen sorgen.

Ein Erinnerungsschub fiel mit Gewalt über den Wanderer her. Es stimmte, Atlan spielte für die Menschen in Polychora eine wichtige Rolle. Er war Teil ihres Schicksals, und seine Ankunft war vorhergesehen. Das galt für diejenigen Menschen, die ihn freudig erwarteten, gleichermaßen wie für jene, die ihn verteufelten und am liebsten gleich wieder davongejagt hätten.

Wieso hatte ich das vergessen?, dachte Angen-Math gequält. *Wieso besinne ich mich plötzlich wieder?*

Schon kehrten seine Zweifel zurück.

Der Metallschacht durchmaß zweihundert mal zweihundert Meter. Eine unbekannte Vorrichtung verhinderte, dass uns Licht aus der hinter uns liegenden Sphäre in den Schacht folgte. Wir waren wieder auf die Scheinwerfer unserer Anzüge angewiesen. Auch von vorn drang kein Licht bis zu uns durch. Schnell war ermittelt, dass die Verbindung zwischen den beiden Welten gut drei Kilometer lang war. Sie zu überwinden und überhaupt bis an ihren Einstieg zu gelangen, musste den Jungen einen Tagesmarsch gekostet haben. Er verriet, sich heimlich im Versorgungswagen des alten Krenich versteckt zu haben. So hatte er sich unbemerkt an sein Ziel tragen lassen. Den Rückweg zu seinem Dorf war er marschiert.

Die Sensoren lieferten uns den Beweis, dass wir uns auf ein Toroid zu bewegten. Es besaß einen Durchmesser von hundertzweiundzwanzig und eine lichte Weite von sechzig Kilometern.

»Ich messe enorme Teilchenschauer an«, las Harlon Darter die Messergebnisse ab. »Die Zahl der Instabilitäten ist in dem Torus viel größer als in den anderen Sphären.«

»Wir müssen also doppelt auf der Hut sein. Bei jedem unserer Schritte kann sich Glitter bilden.«

»Sobald jemand Glitter in unserer Nähe entdeckt, sofort mit Desintegrator abwehren«, ordnete der Leutnant an.

Das Licht vor uns war plötzlich da, als würde es an einer gewissen Stelle von einem unsichtbaren Vorhang abgeschirmt. Der Schacht entließ uns in ein bewaldetes Gebiet. Wir stiegen hinaus und erstarrten. Ein phantastischer Anblick erwartete uns.

Vor uns erstreckten sich ausgedehnte Waldgebiete, die in alle Richtungen sanft anstiegen. Da der Schwerkraftvektor zur Außenwand hin wirkte, bedeckten die Wälder die Innenseite, durchzogen von filigranen Adern, die sich von unserer Position aus als Flüsse nur erahnen ließen. Auf der gegenüberliegenden Seite zeichneten sie sich als haarfeine Linien ab. Viele von ihnen speisten einen großen See, der die Ausmaße einer Stadt besaß. Städte allerdings entdeckte ich keine. Dafür zahlreiche kleine Siedlungen, manche nicht mehr als winzige Pünktchen.

Darters Messergebnisse bestätigten sich. Ringsum tobten Zonen der Auflösung. Weiße Felder bildeten sich, die der Schaum kollabierenden Landschaftsstrukturen entriss. An anderer Stelle gestalteten sie sich neu. Die Instabilitäten wechselten rascher, als wir es zuvor erlebt hatten. Wir waren im Mittelpunkt des sich durch die Arche ziehenden Chaos angekommen.

Die ersten Eindrücke verblassten hinter dem zentralen Kern der außergewöhnlichen Welt. Wie magisch zog ein gigantischer Berg meinen Blick an. Aus zwei Richtungen erwuchsen Kegel, die sich zur Mitte hin stetig verjüngten und auf halber Höhe miteinander verschmolzen. Sie stellten sich mir als Berg dar, der seinen Durchmesser bis auf eine Höhe von rund dreißig Kilometer verringerte und darüber wieder breiter wurde. An seiner schmalsten Stelle durchmaß der Doppelkegel immer noch zwei Kilometer.

Alles eine Frage der Perspektive, die aus den herrschenden Gravitationsbedingungen resultiert, erklärte der Extrasinn.

Sekundenlang standen wir einfach da und ließen den Anblick auf uns wirken.

»Es ist kalt hier«, fand Darter seine Sprache wieder.

Da er es aussprach, registrierte ich den Temperatursturz ebenfalls. Ich hob einen Arm und deutete zum Zentrum der beiden Kegel hinauf. »Der Zentralkegel ist zur Mitte hin vereist. Das sieht aus, als ob sich riesige Gletscher wie ein Band um ihn herumwinden.«

Die Vereisung erstreckte sich über eine Höhe von mehreren Kilometern.

»Am Übergang der beiden Kegel spielen sich Auflösungserscheinungen ab«, machte uns Angen-Math aufmerksam.

Ich musste genauer hinschauen, um seinem Hinweis zu folgen. Zuerst waren mir die Instabilitäten in dem schmutzigen Grauweiß des Eises nicht aufgefallen, da sie zudem von ausgedehnten und unsteten Lichteffekten umwabert wurden. Nun entdeckte ich sie. Man hatte den Eindruck, der Doppelkegel hätte begonnen, sich von seinem Zentrum her aufzulösen. Zwischen tobenden Blitzen zogen Schwaden dahin, in denen Wetterleuchten geisterte. Im Eis selbst lagen seltsame Strukturen verborgen.

Der uns zugewandte Teil des Kegels war von einer Stadt überkrustet. Ich glaubte, Wohnbereiche und Gassensysteme unterscheiden zu können.

»Der graugrüne Bereich ist die Stadt aus Eis und Stahl?«, fragte ich.

»Er oder die darüber liegenden Strukturen. Ich weiß es nicht«, sagte Pirl Crisp.

»Wir werden es herausfinden«, sagte der Siganese entschlossen.

»Ihr wollt dort hinaufsteigen?« Der Junge schauderte. »Niemand, den ich kenne, weiß, was einen dort oben erwartet. Außerdem bedeutet das eine wochenlange Kletterpartie.«

»Nicht mit unsere Ausrüstung. Wir benutzen die Flugaggregate.« Ich machte mir nichts vor. Die Aggregate waren eine willkommene Hilfestellung. Sie konnten uns an der Bergwand emportragen. Da wir aber keine Ahnung von den dortigen Verhältnissen hatten, kamen wir nicht umhin, Informationen zu sammeln und uns allmählich vorzutasten. Was sich in der Ferne abzeichnete, besaß eine gewaltige Ausdehnung. Die Fünf zu finden glich der berühmten Suche nach einer Stecknadel im Heuhaufen.

Bei ihrer Machtfülle werden sie sich an herausgehobener Stelle aufhalten, schränkte der Extrasinn ein.

Richtig. Es bleibt dennoch ein unüberschaubares Areal. Zudem haben wir keine Ahnung, in welchen Kategorien die Fünf denken. Vielleicht pflegen sie sich unters gemeine Volk zu mischen.

Sicher nicht. Crisp sprach vom Joch und der Unterdrückung durch die Fünf. Das schließt eine Fraternisierung der Herrschenden mit dem unterjochten Volk aus.

Der Extrasinn hatte recht. Hoffentlich waren wir nicht in eine Auseinandersetzung geraten, die aus sozialen Konflikten rührte. In deren Wirren hineingezogen zu werden, hätte zu allem Überfluss noch gefehlt.

Genau danach sieht es aber aus, versetzte der Logiksektor.

Lars Roupol entdeckte ein Dorf, keine zwei Kilometer von uns entfernt. Durch die Krümmung der Wandung war es scheinbar in der Höhe versetzt. Man hätte meinen können, es schwebte, aber auch dieser Eindruck entstand unter der überall nach außen gerichteten Gravitationsvektorierung.

»Das Dorf ist bewohnt. Zwischen den Hütten steigt eine dünne Rauchfahne auf. Versuchen wir, uns bei den Bewohnern mit anderen Kleidungsstücken einzudecken?«

»Was besitzen nichts zum Eintauschen«, stellte der Leutnant klar.

»Es gibt Notlagen, in denen es erforderlich ist, unkonventionell vorzugehen.«

Grosz warf seinem Untergebenen einen scharfen Blick zu. »Sie wollen die Bewohner bestehlen? Das ist nicht die Vorgehensweise Angehöriger der Solaren Flotte.«

»Nein, Sir, natürlich nicht. Ich bitte um Verzeihung.«

Nach der Zurechtweisung konnte ich schlecht eingestehen, dass ich Roupol zustimmte. Die Kräfte der Soldaten waren zu schwach ausgeprägt, um aus dem Quantenschaum etwas zu erschaffen, das sich als Tauschobjekt verwenden ließ. Für Galverin Schmidt wäre es kein Problem gewesen. Ich benutzte die von Buchanan geschaffene Paste, um mein Gesicht halbwegs unkenntlich zu gestalten.

»Wie sehe ich aus?«, fragte ich.

»Schauderhaft«, urteilte der Siganese. »Das Zeug sieht aus wie ranziges Fett. Wer Ihr Antlitz kennt, lässt sich davon nicht aufs Glatteis führen, Lordadmiral.«

»Die Menschen hier kennen mich nur aus der Beschreibung in der Prophezeiung. Es wird schon reichen«, zeigte ich mich zuversichtlich. »Betrachten wir es als Test.«

Wir marschierten los und passierten bald ein Feld, auf dem sich Bohnenranken reihten. Anscheinend hatten die Nachfahren der WAV-E-Besatzung in bescheidenem Umfang ihnen noch bekannte Dinge aus der Vergangenheit geschaffen. Ihre Fähigkeiten, sich die Phasenschaumtechnologie nutzbar zu machen, gingen kaum über die der Raumsoldaten hinaus.

Das dürfte für den überwiegenden Teil der hiesigen Menschenpopulation zutreffen. Die wenigen, deren Kräfte aus der Masse herausragen, schaffen daraus eine Machtposition. Ein besseres Beispiel als die Stadt aus Eis und Stahl kann es nicht geben.

Noch haben wir die Stadt nicht gesehen, relativierte ich die Aussage des Extrasinns. *Vielleicht verbirgt sich dahinter mehr Schein als Sein.*

Zwei Frauen arbeiteten auf den Feldern. Ihre mühevolle Tätigkeit schockierte mich. Sie bestellten den Boden mit einfachsten Geräten.

Grosz spähte zu ihnen hinüber. »Das sind die Nachfahren terranischer Raumfahrer? Kaum vorstellbar. Sie wenden Methoden wie im Mittelalter an.«

Ich stimmte dem Hünen zu. Allerdings hatte ich schon häufig erlebt, wie Angehörige technisch hochentwickelter Zivilisationen einen Rückschritt auf der Entwicklungsleiter gemacht hatten. Einige waren nicht nur in die Primitivität zurückgefallen, sondern in die Barbarei. Letztlich war es den Menschen der Erde nach dem Zusammenbruch des lemurischen Reiches nicht anders gegangen, und ich hatte später zehntausend Jahre lang miterlebt, wie sie sich aus diesen Niederungen wieder emporgearbeitet hatten. Von einem derartig tiefen Einschnitt schienen die Nachfahren der Raumfahrer von der WAV-E verschont geblieben zu sein.

Die beiden Frauen wurden auf uns aufmerksam und unterbrachen ihre Arbeit. Zögernd kamen sie zu uns herüber. Jenseits der Gebäude gewahrte ich weitere Menschen. Sie alle waren in derbe Hosen und schmucklose Hemden gekleidet. Weitere Felder schlossen sich an, auf denen Obst und Gemüse wuchsen. In Pferchen blökten und grunzten Tiere. Die Hütten glichen denen in Pirls Dorf.

Die Frauen begrüßten uns freundlich.

»Kommt ihr aus einem anderen Dorf?«, fragte die eine.

»Nein«, sagte die andere. »Sieh sie dir an. Betrachte ihre Bekleidung. Das sind Raumanzüge der Solaren Flotte.«

Die Erinnerung daran war tatsächlich nicht verloren gegangen. Nach mehreren Generationen hielt ich das für bemerkenswert. Aber vielleicht wurden auch die Schutzanzüge explizit in der Prophezeiung erwähnt. Ich überlegte, um eine schlüssige Erklärung für unsere Aufmachung zu liefern.

»Palster Weiren trägt ebenfalls einen solchen Anzug.«

»Wer ist Palster Weiren?«, fragte Grosz.

»Wer seid ihr? Wollt ihr als Besucher euch nicht zunächst einmal vorstellen? Mein Name lautet Jasmin, und sie ist Serena.«

»Ich stimme dir zu, Jasmin. Unser Verhalten war nicht besonders höflich.« Ich nannte die Namen meiner Begleiter, auch den von Angen-Math. Die Frauen schienen sich weder über den Wanderer noch über den GLADIATOR zu wundern. Mich selbst stellte ich als Mascaren vor.

Weitere Dorfbewohner gesellten sich zu uns. Zumindest auf Anhieb wurde ich nicht erkannt, was mir gefiel. Ich schaute zu den Gebäuden hinüber, als von dort eine Stimme ertönte.

»Besucher? Zusätzliche Arbeitskräfte sehe ich immer besonders gern.«

Zwischen den Hütten trat ein Mann hervor. Genauer, er schwebte in einer hauchdünnen, golden funkelnden Blase eine Handbreit über dem Boden. Er war stämmig gebaut, fast korpulent, und besaß ein rundes Mondgesicht. Am Körper trug er einen in Wadenstiefeln steckenden, farbenprächtigen Overall, der am Kragen und auf den Schultern mit prunkvollen Stickereien besetzt war. Die Haupthaare waren zu einem Nest getürmt, während sein zu Zöpfen geflochtener Bart bis auf die Brust hinabreichte.

»Palster Weiren?«, vermutete ich.

»In der Tat.« Er musterte uns eingehend. »Ein paar versprengte Menschen mitsamt einem Tier und einem positronischen Erzeugnis. Wem habt ihr diese Maschine gestohlen? Keiner von euch sieht so aus, als sei er fähig, sie aus dem Schaum zu schaffen.«

Angen-Math war so klug, Palster Weirens Irrtum, er sei lediglich ein Tier, nicht aufzuklären. Das konnte uns eventuell zum Vorteil gereichen. Der Mann in der durchscheinenden Kugel war mir auf Anhieb unsympathisch. Zudem verfügte er offensichtlich über besondere Fähigkeiten.

»Nicht genug damit, dass ihr euch diese Maschine angeeignet habt«, fuhr er fort. »Ihr tragt nachgebildete Schutzanzüge unserer Vorfahren. Ich würde darauf wetten, dass auch sie nicht euer Eigentum sind. Und was haben wir da? Einen kleinen Mann. Ganz erstaunlich. Entstammt er dem Schaum, oder hat er nach seiner Geburt das Wachstum verweigert?« Weiren stieß ein meckerndes Lachen aus. »Und dich kenne ich, Bursche. Du stammst aus Thelen Drafos' Dorf.«

»Mein Name lautet Pirl Crisp, und Drafos weiß, dass ich hier bin«, beeilte der Junge sich zu sagen.

»Ganz bestimmt ist Thelen nicht darüber unterrichtet. Er würde dir niemals gestatten, diese Reise zu unternehmen.«

»Ich gehe, wohin ich will. Niemand hat über mich zu bestimmen. Ich habe meine Freunde begleitet.«

»Nicht so überheblich, Junge.« Palster Weirens Stimme gefror. Er wandte sich mir zu.

Indirekt hat Crisp zugegeben, dass ihr nicht aus der Welt des Toroids stammt.

»Ihr kommt von außerhalb?« Weirens Worte bestätigten die Warnung des Extrasinns. Eindringlich musterte er mich, dann weiteten sich seine Augen. Er vermutete etwas.

Die beiden Frauen verhielten sich abwartend. Sie begriffen das Geschehen nicht. Aufmerksam geworden, ließen die anderen Menschen von ihren Tätigkeiten ab und näherten sich uns.

»Lass meine Freunde in Ruhe«, verlangte der Junge.

»Ich werde mir Gewissheit verschaffen und anschließend entscheiden, wie mit euch zu verfahren ist. Ich kontaktiere Thelen Drafos.« Weiren zog einen kleinen Kasten aus der Tasche. Ich hielt ihn für ein Funkgerät.

Hier archaische Geräte zur Bodenbearbeitung, dort Funk. Da hast du deinen sozialen Konflikt, Arkonide.

»Du wirst niemanden kontaktieren«, fauchte Crisp.

Der Hinweis des Extrasinns hallte in mir nach. Der unerwartete Vorstoß des Jungen überraschte uns alle. Bevor einer von uns reagieren konnte, sprang er auf Palster Weiren zu. Er griff durch die Blase hindurch und schlug dem Dicken das Gerät aus der Hand. Weiren schrie wütend.

»Nicht, Pirl!« Mein Versuch einzugreifen kam viel zu spät.

Ich gewahrte ein Flirren der Luft. Für einen Moment erwartete ich das Erscheinen von Glitter. Stattdessen bildete sich eine Wolke wirbelnder Eiskristalle. Flinker, als das Auge folgen konnte, fielen sie über den Jungen her. Sie kontrahierten, komprimierten sich zu einem Eisüberzug. Stocksteif schlug Pirl der Länge nach hin.

Angen-Math stieß sich mit seinen Beinpaaren vom Boden ab. Mit einer Schnelligkeit, die ich ihm nicht zugetraut hätte, flog er auf Palster Weiren zu. Weiren blieb keine Zeit für eine Abwehrbewegung. Ich vernahm ein hässliches Knacken. Gleich darauf lag der Dicke mit verrenktem Hals neben Crisp. Die goldschimmernde Blase war erloschen.

Ringsum herrschte Entsetzen. Serena bückte sich und sah nach Pirl.

»Fasst an«, stieß sie aus. »Wir tragen ihn hinein. Vielleicht können wir noch etwas für ihn tun.«

Hilfreiche Hände unterstützten sie dabei, den regungslosen Jungen in die nächste Hütte zu tragen. Ich ging in die Hocke. Eine flüchtige Untersuchung bestätigte Weirens Tod. Für ihn kam jede Hilfe zu spät.

»Du hast ihn getötet«, sagte ich zu Angen-Math.

»Ich habe das nicht beabsichtigt.« Der Wanderer war über seine Tat so perplex wie ich. Die Hälfte seiner Tentakelaugen war auf den Toten gerichtet, die andere Hälfte auf mich. »Ich habe nicht über mein Handeln nachgedacht. Es geschah reflexartig. Palster Weiren griff den jungen Menschen an, da unternahm ich etwas. Es geschah einfach.«

Ich begab mich in die Hütte, in der die Dorfbewohner mit Crisp verschwunden waren. Sie war schlicht, aber halbwegs behaglich eingerichtet. Der Junge lag auf einer Lagerstatt, frei von Eis. Seine Brust hob und senkte sich kaum merklich.

»Er lebt«, empfing mich Jasmin. »Einstweilen.«

»Einstweilen?«

»Es lässt sich nicht sagen, ob sich sein Zustand stabilisiert. Manchmal geschieht es, manchmal nicht. Man kann keinen Einfluss darauf ausüben.«

»Ihr seid mit dem, was geschehen ist, vertraut«, folgerte ich.

Die Menschen schwiegen, peinlich berührt. Ich ahnte um die Hintergründe.

»Palster Weiren hat euch auf diese Weise unter Kontrolle gehalten. Bei Gehorsamsverweigerung benutzte er seine Fähigkeiten, um euch zu bestrafen.«

»Ist er ...?« Serena kaute auf ihrer Unterlippe.

»Ja, er ist tot. Er kann euch nichts mehr anhaben.« Ich registrierte keine Freude, nicht einmal Erleichterung.

»Er beherrschte den Schaum. Keiner von uns tut das. Wir waren ihm ausgeliefert.«

»Künftig seid ihr frei.«

»Nicht für lange. Ein anderer wird kommen und an seine Stelle treten. Wenn nicht heute, dann morgen.«

»Warum geht ihr nicht weg?«

»In den anderen Dörfern ist es wie hier. Es würde keinen Unterschied bedeuten. In die Stadt aus Eis und Stahl? Dort sollen die Verhältnisse noch viel schlimmer sein. Jedenfalls für diejenigen, die die Schaumphasentechnologie nicht beherrschen.«

»Euch stehen zahlreiche andere Welten offen, zu denen ihr ziehen könnt.«

»Das ist uns verboten. Man würde uns holen und hierher zurückschaffen. Man würde uns bestrafen.«

Serenas Erklärungen erschütterten mich. »Wer?«

»Ich ... ich weiß es nicht.« Bebend beugte sie sich über den Jungen und kümmerte sich um ihn.

Ich verließ die Hütte und schilderte die vorausgegangene Unterhaltung. Die Soldaten hatten unterdessen den Toten untersucht. Sein Genick war gebrochen. Angen-Math war nicht nur außerordentlich schnell, er besaß zudem enorme Körperkräfte. Ich glaubte ihm, dass er einem Reflex gefolgt war, um den Jungen zu schützen. Aber er hatte zielgerichtet und kompromisslos wie ein ausgebildeter Kämpfer agiert. Er behauptete, sich nicht daran zu erinnern, in der Vergangenheit solche Fähigkeiten besessen zu haben. Sie gegen andere Lebewesen eingesetzt zu haben schon gar nicht. Er machte einen ratlosen Eindruck auf mich, deshalb drang ich nicht weiter in ihn.

»Weirens Funkgerät ist simpel, aber es erfüllt seine Funktion«, teilte mir Vernil Grosz mit. »Was machen wir mit ihm?«

»Das ist unsere Angelegenheit.« Ein paar Leute traten aus der Hütte. Serena war unter ihnen. Sie schien sich gefangen zu haben. »Wir begraben ihn. Ich glaube nicht, dass er Freunde hatte, die nach ihm suchen werden. Höchstens Thelen Drafos. Notfalls behaupten wir, Weiren sei zur Stadt aus Eis und Stahl aufgebrochen.«

Ich zog meine Waffe und zerstrahlte das Funkgerät des Toten, damit man es nicht anmessen konnte. Die Menschen wichen vor mir zurück.

»Woher hast du diese Waffe?«

»Keine Sorge, sie wurde nicht mit Schaumphasentechnologie geschaffen.«

»Du hast sie mitgebracht?« Serena kam dicht heran. Zaghaft streckte sie eine Hand aus und berührte mein Gesicht. »Das ist Farbe.«

»So etwas Ähnliches.«

»Wer bist du? Bitte sage mir die Wahrheit.«

Trotz des warnenden Blickes von Grosz brachte ich es nicht fertig, Serena anzulügen. Ich enthüllte meine wahre Identität. Sofort setzten heftige Diskussionen ein. Zu meiner Verwunderung zweifelte kein Angehöriger der Dorfgemeinschaft meine Worte an. Alle ließen ihrer Freude freien Lauf und zeigten sich zuversichtlich, vom Joch der Fünf befreit und ins Paradies geführt zu werden. Das hatte ich schon einmal gehört. Erneut wurde die ominöse Prophezeiung bemüht. Was sie behauptete und voraussagte, leuchtete mir nicht mehr ein als zuvor. Woher wussten die Menschen in der Arche, dass ich bei ihnen auftauchen würde?

»Ihr könnt die Schaumphasentechnologie nicht nutzen?«

»Sieh dir unsere Lebensbedingungen an. Wir besitzen so gut wie keine Technik.« Serena machte eine umfassende Geste, die das ganze Dorf einschloss. »Denn wir haben die Fähigkeit, den Quantenschaum zu beeinflussen, nicht. Nur wenige Menschen können die Systeme Polychoras für sich nutzbar machen, allen voran die Fünf. Diejenigen, die es vermögen, beherrschen uns. In ihren Augen sind wir minderwertig.«

»Minderwertig?«, echote Harlon Darter. »Wie kann jemand so selbstgerecht sein, den Wert eines anderen Menschen zu bestimmen?«

»Unsere Existenz steht nicht im Einklang mit der Welt. So wurde es uns beigebracht.«

»Das ist falsch«, empörte sich der Siganese. »Ihr seid nicht weniger wert als die Fünf.«

Serena schlug die Augen nieder. »Ihr seht an uns, dass es zutrifft. Gegen die Mächtigen richten wir nichts aus.«

»Aber alles wird sich ändern!«, rief jemand. »Atlan ist erschienen, um uns zu befreien.«

»Ja, das ist wahr.« Schüchtern ergriff Serena meine Hand. »Es ist doch wahr, oder nicht, Atlan?«

Da hast du den Salat, Kristallprinz, meldete sich der Extrasinn. *Du hättest besser deine blaublütige Klappe gehalten. Nun sieh zu, wie du da wieder rauskommst.*

»Wir werden die Fünf suchen«, versprach ich. Das entsprach der Wahrheit. Alles andere würde sich zeigen, sobald es uns gelungen war, die Unbekannten ausfindig zu machen. Ich kam auf den eigentlichen Grund unseres Besuchs zu sprechen.

»Kleidung? Wir helfen dir gern mit allem, was wir besitzen. Ihr wollt eure Schutzanzüge ablegen?«

»Nein, das geht nicht. Wir benötigen ihre Technik. Es genügt, sie nicht allzu demonstrativ zur Schau zu stellen.« Wie Palster Weirens Reaktion gezeigt hatte, wurden in dieser Welt Raumkombis der Solaren Flotte hergestellt. Natürlich nur von jenen, die dazu befähigt waren.

Mein Blick wanderte zu dem gewaltigen Berg hinüber, tastete sich hinauf zu dem Bereich aus Eis. Von dort aus weiter zu den Lichteffekten und den brodelnden Schleiern. Schließlich zu der Zone tosender Instabilität, die sich anschickte, den Berg aufzulösen. Oder die zumindest diesen Anschein erweckte. Das Bild fraß sich in meinen Verstand. Gleichgültig, was ich diesen Menschen versprach, mir blieb gar nichts anderes übrig, als sie vor dem drohenden Untergang zu retten.

»Wie geht es dem Jungen?«

»Sein Zustand hat sich ein wenig stabilisiert. Er ist noch nicht aufgewacht. Morgen früh werden wir wissen, wie es um ihn steht. Wir würden uns freuen, wenn ihr bis dahin bei uns bliebet.«

Da nach unserer Zeitrechnung ohnehin der Abend gekommen war, nahm ich das Angebot dankend an. Man stellte uns eine leerstehende Hütte zur Verfügung, die über fließendes Wasser und sanitäre Einrichtungen verfügte. Ich genehmigte mir eine ausgiebige Dusche und streckte mich auf einer einfachen Lagerstatt aus, darüber grübelnd, wie die Legende über mein Erscheinen in Polychora zustande gekommen war. Wer hatte in der Vergangenheit vorausgesehen, dass ich eines Tages die Arche betreten würde? Ohne zu einer halbwegs schlüssigen Antwort gelangt zu sein, schlief ich ein.

Kapitel 19

7. September 3126

Am nächsten Morgen standen wir früh auf. Nachdem wir unsere Vorbereitungen abgeschlossen hatten, servierten uns die Dorfbewohner ein Frühstück, das für ihre Lebensumstände reichhaltig und vielfältig ausfiel. Zu selbstgebackenem Brot reichten sie Wurst und Käse mit ungewohnten Geschmacksnoten, dazu sehr rahmhaltige Milch und Fruchtsäfte. Sie packten Vorräte ein, die ein paar Tage lang vorhalten würden, und händigten uns grobmaschige Hemden und Hosen aus, die wir bequem über unseren Anzügen tragen konnten.

Zu meiner Erleichterung erfuhr ich, dass Pirl Crisp aufgewacht war. Der Junge brauchte Schonung, würde die eisige Attacke, der er zum Opfer gefallen war, aber überleben. Serena versprach, sich um ihn zu kümmern, bis er kräftig genug war, um sich auf den Heimweg zu machen. Es freute mich, das zu hören. Ich dankte ihr, ohne auf den Augenaufschlag einzugehen, den sie mir gönnte.

Kurz darauf verabschiedeten wir uns. Noch einmal wurde mir deutlich zu verstehen gegeben, welche Hoffnung die Menschen in mich setzten. Für sie war es beschlossene Sache, dass ich sämtliche Hindernisse überwinden und sie in ein nicht näher beschriebenes Paradies führen würde.

In dichtem Pulk ließen wir die Wandung des Torus hinter uns und flogen auf den Doppelkegel zu. Ein faszinierendes Bild begleitete uns, ein trügerisches Idyll. Egal in welche Richtung wir schauten, überall erstreckte sich von

Wasserläufen durchzogene Waldlandschaft. Ausgenommen davon war der gigantische Berg, der vor uns aufwuchs und einen stetig größer werdenden Ausschnitt meines Blickfeldes ausfüllte. Heftige Leuchterscheinungen tobten im Zentrum, wo die beiden Kegel verschmolzen. Blitze zuckten in die Weite des Toroids hinaus. Die in Auflösung begriffene Materie verlor Struktur und Zusammenhalt. Die mahlenden Wirbel vermittelten mir einen Eindruck von der Gewalt der tobenden Kräfte.

Schaumphasentechnologie schafft Welten aus dem Nichts. Doch letztlich ist sie tödlich unkontrollierbar. Der Wahnsinn ist auf seine Erschaffer zurückgeschlagen, und er dauert bis heute an. Wenn der Ausbreitung der Instabilitäten kein Einhalt geboten wird, werden sie in den finalen Untergang führen.

So hatten Angen-Maths Worte gelautet. Je länger ich mich auf das überbordende Chaos konzentrierte, desto fester war ich von ihrem Wahrheitsgehalt überzeugt. Menschen – und das schloss Arkoniden mit ein – waren nicht dafür geschaffen, in die elementaren Grundzüge der Schöpfung einzugreifen. Die Einbildung, mit annähernd göttlicher Schöpfungskraft Welten aus dem Nichts schaffen zu können, endete zwangsläufig in einer Katastrophe. Ich hatte es oft genug erlebt, wenn maßlose Selbstüberschätzung intelligente Wesen zu Hybris trieb.

Wer waren die Unbekannten, jene Fünf, die sich über ihre Mitmenschen erhoben und gottgleich agierten, ohne sich um die Konsequenzen ihres Tuns zu scheren?

Wir näherten uns der Stadt gewissermaßen von unten her. Sie hing hoch oben im Berg wie sich türmende Waben. Bald sah ich nur noch den Berg vor mir. Einzelheiten zeichneten sich in der Wand ab. Felsformationen, Zinnen und Vorsprünge, zerklüftete Einschnitte und kupferfarbene Adern. Hier und da hatten sich dörre Gehölze einen kargen Lebensraum erschlossen.

Eisiger Wind pfiff mir um die Ohren. Waren die Temperaturen im Dorf bereits unangenehm gewesen, fielen sie nun noch tiefer. In der vereisten Gletscherzone herrschten zweifelsohne Minusgrade. Zum Glück hielten unsere Anzüge die Kälte ab, und die darüber gezogenen Kleidungsstücke spendeten zusätzlich Wärme.

Ich flog an der Felswand entlang, die nun unter mir zu liegen schien, weil die Schwerkraft immer noch auf die Außenwand des Torus wirkte. Das änderte sich schlagartig, als sich die Stadt vor uns abzeichnete. Der Schwerkraftvektor kippte.

Es war Wahnsinn! Der reine Wahnsinn!

Wäre ich zum Fliegen erschaffen worden, besäße ich Flügel, dachte Angen-Math. »Ich bin ein Wanderer, kein Vogel.«

Er sah in einen Abgrund, der ihm endlos tief vorkam und in alle Richtungen reichte. Daran änderte die Tatsache nichts, dass sie auf den Berg zuflogen. Würde er stürzen, fiele er nicht in Richtung des Berges, sondern den weiten Weg zurück zur Außenwand, um dort zu zerschellen. Es würde nicht viel von seinem am Boden zerschmetterten Körper übrigbleiben. Er benutzte seine sechs Beine als Arme, die Füße als Hände. Als Greifklauen wäre in diesem Fall zutreffender gewesen, denn er klammerte sich mit aller Kraft an seinen stählernen Träger.

»Lass mich bloß nicht los«, gluckerte er missgestimmt.

Der GLADIATOR, an den er mittels eines Prallfeldes gefesselt war, gab keine Antwort. Wahrscheinlich kam dem Roboter allein die Vorstellung eines solchen Unglücks zu abwegig vor, um darauf einzugehen. Mit einer stoischen

Gelassenheit, die allein Maschinen zu eigen war, folgte er Atlan und den Raumsoldaten. Den kleinen Harlon Darter sah Angen-Math nicht.

Er versuchte sich abzulenken, indem er darüber reflektierte, was vor der Schlafphase geschehen war. Er fand keine Erklärung für seinen tödlich verlaufenen Angriff auf Palster Weiren. Er hatte Atlan die Wahrheit gesagt. Zeit seiner Wanderung durch Polychora hatte er nie ein ähnliches Verhalten offenbart. Zwar lag das daran, dass sich zuvor nie die Notwendigkeit eines Kampfes ergeben hatte, doch allein die Vorstellung, zu einer solchen Tat fähig zu sein, war ihm fremd gewesen.

Und davor?, bohrten einmal mehr nagende Zweifel in ihm, als hätten sie nur auf einen Anlass gewartet, um sich in Erinnerung zu rufen.

»Davor«, plärrte Angen-Math. »Gar nichts war davor.«

Aber eben das wusste er nicht. Ihn befiel wieder die quälende Ungewissheit. War er vor seinem Erwachen in der leuchtenden Stadt der Salipir womöglich ein Kämpfer gewesen? Die Vorstellung war dermaßen grotesk, dass er sie nicht akzeptieren konnte. Verscheuchen ließ sie sich dennoch nicht. Wenn es aber nun doch so gewesen wäre ... der Wanderer spann den Faden weiter. Hatte er für die Salipir gekämpft, in ihrem Namen und in ihrem Auftrag? War er in andersartige gefährliche Aktivitäten verstrickt gewesen? Weshalb besaß er dann keine Erinnerung an ihr Aussehen? Oder war er gar ihr Gegner gewesen? Nein, das schloss er aus. Etwas verband sie und ihn. Die Affinität, die er empfand, besaß keinen feindlichen Charakter.

Vor Verzweiflung löste er zwei Hände und trommelte damit auf den Rücken des Roboters. Der tumbe GLADIATOR zeigte keine Reaktion.

Angen-Math betrachtete die Instabilität zwischen den beiden Bergkegeln. Sie kündete von Atlans Ankunft in Polychora, und sie bot ihm einen Weg in die Freiheit. Wie kam er darauf? Angestrengt lauschte er in sich hinein. Er fand keinen Hinweis, der seine Zuversicht begründete.

Der gewaltige, in seiner Mitte geschnürte Berg war ins Gigantische angewachsen. Angen-Math glaubte städtische Strukturen auszumachen. Die Gruppe hatte den unteren Bereich der Stadt fast erreicht. Die Felswand offenbarte grüne Sprenkel inmitten geometrischer Muster. Der Wanderer fiel gewissermaßen auf die sie beherbergende Bergflanke zu. Dann kippte sie unter ihm weg, stellte sich aufrecht, und der Roboter veränderte seine Fluglage.

Die Änderung ging so schnell vonstatten, dass Angen-Math einen entsetzten Schrei ausstieß. Dabei wusste er ganz genau, dass sie lediglich in eine Zone anders vektorierter Schwerkraft eingetreten waren.

Gewaltige Elemente hingen im Berg, künstlich geschaffene Strukturen in Wabenform. Als Terrassen fraßen sie sich ins Gestein. Ich sah einen menschlichen Lebensraum vor mir, dessen Struktur einzigartig war. Er schien wie ein Organismus gewuchert zu sein. Ein paar wenige Ebenen ließen sich optisch voneinander unterscheiden, doch das überwiegende Areal bestand aus einem verwinkelten, unüberschaubaren Konglomerat miteinander verwobener Versatzstücke von ausufernder Architektur.

Ich drosselte meine Fluggeschwindigkeit. Eine Art Rampe ragte auf uns zu. Lebewesen entdeckte ich keine. Ich landete auf der Rampe, die sich uns wie eine stählerne Zunge entgegenstreckte. Meine Gefährten setzten neben mir auf.

Ich blickte nach unten. Hier war der Ausdruck zutreffend, da der Schwerkraftvektor nicht zur Außenwand hin wirkte. Unsichtbare Vorrichtungen sorgten dafür, dass die gerichteten Gravitationsbedingungen der Stadt unabhängig von denen des Torus wirkten. Hätte ich einen Schritt ins Leere getan, wäre ich an der Felswand entlang gestürzt, die hier schon ziemlich steil abfiel. Ein geübter Bergsteiger wäre bis in diese Höhe gelangt, doch über unseren Köpfen wurde der Aufstieg ständig beschwerlicher. Ohne technische Ausrüstung war er kaum zu bewältigen. Das kündigte an, dass die Stadt von Antigravröhren, Treppen oder anderen Einrichtungen durchzogen war, mittels derer man von einer Etage zur nächsten gelangte.

Eine Bauweise gegen jede Vernunft, erdacht von einem überlegenen Intellekt. Oder von einem Geist, dessen schöpferische Fähigkeiten ihn jedes Maß hat verlieren lassen. So nahe an der Klippe zum Wahnsinn, wie du an diesem Abgrund stehst, urteilte der Extrasinn.

Ich zog mich vom Rand der Rampe zurück. *Die Fünf?*

Die Frage kannst du dir selbst beantworten.

Unsere Informationen waren nicht besonders weitreichend, beinhalteten aber eine Kernaussage. Niemand außer den Fünf mit ihren überragenden Schaffenskräften kam in Frage. Sie allein waren in der Lage, dem Quantenschaum eine solche Enklave abzuringen.

»Beeindruckend«, sagte Buchanan Churl.

Eigen Korth wirkte verkniffen. »Ich würde es anders ausdrücken. Unheimlich. Ein Architekt, der eine solche Struktur entwirft, denkt in eigenen Kategorien.«

»Er ist ein wenig durchgeknallt«, bemühte Harlon Darter einen populären Vergleich. Der Siganese schwebte über dem Abgrund. »Sie ist gewaltig. Ach, was sage ich – pompös! Sie erstreckt sich über eine Höhe von schätzungsweise fünf Kilometern. Ihre Komplexität übertrifft alles, was ich kenne. Nicht einmal mit Antigravtechnik und Fesselfeldern ließe sich diese Architektur unfallfrei umsetzen.«

Angen-Math war vom Rücken des Roboters gestiegen und schüttelte sich kräftig. »Schauderhaft. Auf einen solchen Höllenritt verzichte ich gerne.«

»Dazu kommen die Begleiterscheinungen«, überging Darter den Einwurf des Wanderers. »Weiter oben ist der Berg vereist und darüber tobt die instabile Zone. Ich werde das unangenehme Gefühl nicht los, dass sie sich ausbreitet und dabei ist, den Berg zu verschlingen.«

Ich zweifelte nicht daran, wie die Stadt entstanden war. »Hier ist Schaumphasentechnologie im Spiel.«

Niemand widersprach. Es war die einhellige Meinung, dass die Stadt aus Quantenschaum erschaffen worden war. Das ließ befürchten, dass auch sie ihre Form nicht für die Ewigkeit bewahren konnte. Sie war anfällig für Auflösungserscheinungen. Ich nahm an, dass sie ihre Stabilität der Gegenwart ihrer Schöpfer verdankte, deren Geist permanent regulierend auf den Schaum einwirkte.

Wir machten uns an die Erkundung der Umgebung. In der Nähe unseres Landeplatzes hielten sich keine Menschen auf. Vor uns erstreckte sich Naturlandschaft. Einzelne Bäume wuchsen in einer grünen Aue, die von trüben Tümpeln durchzogen war. Woher das Licht kam, ließ sich nicht ermitteln. Wir flogen mit mäßiger Geschwindigkeit landeinwärts. Angen-Math bevorzugte es, am Boden zu bleiben, nachdem er eine despektierliche Bemerkung über den GLADIATOR gemacht hatte.

»Hier lebt niemand. Die Menschen halten sich offenbar weiter oben auf.« Wir flogen so dicht beieinander, dass Vernil Grosz' Stimme mühelos zu mir herüberdrang.

»Pirl sagte, die Fünf herrschen über ein paar tausend Menschen. Die müssen sich in einer Stadt dieser Größe geradezu verlaufen.« Das verhielt sich wie mit der Besatzung eines Ultraschlachtschiffs. Darin konnte man spazieren gehen, ohne einem Kameraden zu begegnen.

Es dauerte nicht lange, bis wir Geräusche vernahmen. Es gelang mir nicht, sie zu lokalisieren. Ebenso wenig entdeckte ich eine mögliche Quelle. Der Grund dafür offenbarte sich mir nur Minuten später. Der grasbewachsene Untergrund stieg an einer Stelle steil an. Er wand sich wie eine ausladende Freitreppe und führte nach oben. Als wir seinem Verlauf folgten, schwollen die Geräusche an. Sie kamen aus einer quaderförmigen Halle, in der sich das Gras im Eingangsbereich fortsetzte und dann in ein Dickicht quellender Algen überging. Gigantische Wasserbassins reihten sich bis zur rückwärtigen Hallenwand. Dunstschwaden waberten über der moderigen Flüssigkeit.

Ich rümpfte die Nase. Fauliger Geruch lag in der Luft, so penetrant, dass er mir fast den Atem raubte. Der Siganese klappte seinen Helm zu und bediente sich am Luftreservoir seines Tanks. Ich vergewisserte mich, dass Angen-Math den Anschluss nicht verlor. Er lief über einen Steg zwischen den Becken hindurch.

»Offenbar werden die Algen abgeerntet und weiterverarbeitet. In der Ferne erstrecken sich baumstammdicke Röhren und ein Geflecht von Leitungen.« Harlon Darter flog neben meinem Kopf.

»Zu welchem Zweck?«

»Irgendetwas wird aus ihnen hergestellt. Nährstoffe vielleicht.«

Ich dachte an Pirl Crisps Dorf und die dort eintreffenden Versorgungslieferungen. Wir benutzten die Bassins als Deckung. Vergeblich hielt ich nach Erntemaschinen

Ausschau. Stattdessen entdeckte ich Menschen, die die Arbeit von Automaten verrichteten. Sie mühten sich mit einfachen Mitteln. Viel mehr als ihre Hände und archaische Geräte besaßen sie nicht. Die Zustände waren noch rückständiger als in Serenas Dorf.

Ich bedeutete meinen Gefährten, unauffällig zu bleiben. Fürs erste hielt ich es für sinnvoller, aus dem Hintergrund zu beobachten und Informationen zu sammeln. Wir bewegten uns so, dass die Algenplantagen zwischen uns und den Menschen blieben, die einen ärmlichen Eindruck machten. Ich empfand Mitleid mit ihnen, denn es war offensichtlich, dass ihr Lebensinhalt in dieser stupiden Tätigkeit bestand.

Angen-Math achtete darauf, nicht gesehen zu werden. Bevor er den Arbeitenden zu nahe kam, wechselte er auf einen quer verlaufenden Steg über, lief bis zur seitlichen Wand und setzte dort seinen Weg in den rückwärtigen Bereich fort. Jenseits der Bassins trafen wir uns mit ihm. Die Ernte wurde durch Reinigungstanks geleitet und gelangte durch die Rohre aus dieser Halle in einen anderen Bereich.

Es fiel uns nicht schwer, einen Durchschlupf zu finden, durch den wir in eine weitere Halle gelangten. Sie war angefüllt mit Nährstofftanks, die im schummrigen Licht nur vage zu erkennen waren. Ich atmete feuchten Dunst, der süßlich roch. Der Gestank war hinter uns zurückgeblieben, das verstörende Bild nicht. Auch hier arbeiteten Menschen unter einfachen Bedingungen. Sie führten Reinigungstätigkeiten durch und bestellten die Tanks.

»Warum werden für diese Arbeiten keine Maschinen eingesetzt?«, fragte Grosz mit Abscheu in der Stimme. »Palster Weiren hat davon gesprochen, dass es aus Quantenschaum geschaffene Roboter gibt. Wieso setzt man die Menschen dieser Plackerei aus?«

»Weil den Herrschenden an keiner Änderung gelegen ist. Ich fürchte, wir sehen erst den Anfang der gesellschaftlichen Spaltung, die unter dem Joch der Fünf entstanden ist«, sagte ich mit Grimm im Bauch.

Die Geschichte wiederholte sich. Bei meinem Gang durch die Historie von Larsaf III war ich in zahlreichen Epochen und bei vielen Kulturen Zeuge gesellschaftlicher Missstände geworden. Zahlreiche Formen der Ausbeutung und Unterdrückung zogen sich quer durch die terranische Geschichte. Manchmal kam mir die Idee der Gleichberechtigung vor wie eine schöne Utopie, die sich nicht umsetzen ließ, weil immer irgendwer da war, der über besondere Fähigkeiten verfügte, welche er zu seinem eigenen Vorteil einsetzte.

Du tust deinen Barbarenfreunden Unrecht, wenn du dieses Verhalten allein ihnen vorwirfst, raunte der Extrasinn.

Das mache ich nicht. Es scheint sich um einen universellen Grundsatz zu handeln, von dem ich die Arkoniden nicht ausnehme. Entstammte doch auch ich selbst einer aristokratisch-feudal geprägten Gesellschaft.

Wir gelangten an einen Schacht, der in eine höhere Ebene führte. Ein aufwärts gepoltes Feld wies ihn als Antigravschacht aus. Ich spähte nach oben. Viel war nicht zu sehen. Wir vertrauten uns dem Feld an und ließen uns in die Höhe tragen. Die Menschen bemerkten uns nicht. Der Schacht entließ uns in der Nähe von flachen, quaderförmigen Gebäuden, die wie natürlich entstanden in das Felsgestein eingepasst waren. Zu unserer Rechten prangte eine gewaltige Öffnung im Berg, durch die die Waldlandschaft des Torus zu sehen war, eine Miniatur in weiter Ferne. Völlige Stille herrschte. Von unten drangen keine Geräusche herauf.

»Die Gebäude sehen verlassen aus«, sagte Harlon Darter.

Wir durchsuchten die Häuser der Reihe nach. Sie lieferten keine Hinweise. Ich mutmaßte, dass die eine Ebene tiefer arbeitenden Menschen in ihnen wohnten. Eine Bestätigung dafür fanden wir nicht. Sie waren aufgeräumt und in weitgehend wohnlichem Zustand, konnten aber auch schon vor längerer Zeit verlassen worden sein. Die technische Einrichtung war bescheiden, die Lebensqualität jener, die hier lebten oder gelebt hatten, nicht minder. Der Entwicklungsstand der WAV-E-Besatzung schien in Vergessenheit geraten zu sein, zumindest in diesem Bereich der Stadt.

Wir drangen weiter vor, ohne auf Menschen zu stoßen. Es bestätigte sich, was ich erwartet hatte. Ein System von Antigravschächten und Aufstiegen durchzog die Stadt. Unbemerkt rückten wir weiter vor, und ganz allmählich begann sich die Umgebung zu verändern.

Hütten und einfache Gebäude bekamen wir bald nicht mehr zu sehen. Manche Bauten besaßen eine Gestalt, die ich nur schwer terranischer Architektur zuordnen konnte. Sie bildeten Einheiten mit dem Berg und der Flora, in die sie eingebettet waren. Groteske Pflanzen wucherten wild. Noch ließ sich an alten Strukturen ablesen, dass sie einem Feingeist entstammten und einst der Untermalung und kontrollierten Verschönerung der Lebensbereiche gedient hatten. Irgendwann war ihr Wachstum explodiert, weil man sie sich selbst überlassen hatte. In gewisser Weise ließ sich diese Beobachtung auf die Häuser übertragen. Sie kamen mir unwirklich vor, wie von naiver, verspielter, fast kindlicher Vorstellungskraft geschaffen, die Selbstzweck war. Das Erscheinungsbild der Schöpfung stand im Vordergrund, die Bedürfnisse derjenigen, die darin leben sollten, hinten an. Die Infrastruktur orientierte sich nicht länger am Menschen, sondern umgekehrt.

Wir folgten dem Verlauf einer gewundenen Rampe. Stetig ansteigend, führte sie zwischen pompöser werdenden Enklaven hindurch. Manche Fassaden funkelten und schimmerten. Nach Menschen hielten wir weiterhin vergeblich Ausschau. Wir stießen auf ein aus glänzendem Marmor errichtetes Portal, von dem Arkadengänge in ein halbes Dutzend Richtungen abzweigten. Die zunehmend verwinkelten Strukturen machten eine Orientierung schwierig.

Wir bewegten uns weiter bergauf. Aus den Gassen wurden Stimmen zu uns herübergetragen. Auf ein Handzeichen Grosz' hin hielten dessen Männer inne. Wir lauschten und entschieden uns für einen gewölbten Gang, der sich über eine in die Tiefe fallende Felsspalte spannte. Darin hingen zur Bewegungslosigkeit erstarrte Wolken aus smaragdgrünen Farbkugeln. Mir blieb keine Zeit, mir Gedanken über ihren Sinn zu machen, denn die Stimmen schwollen zu einem Lärmen an. Die Schreie klangen wütend. Ich bildete mir ein, meinen Namen zu vernehmen.

»Das kommt von dort«, entschied Harlon Darter, der bis auf Höhe der Arkaden gestiegen war. »Ein großer Platz. Ich sehe ein paar Dutzend Menschen.«

Wir liefen los, folgten der Krümmung der Gasse. Keine halbe Minute später lag der Platz vor uns. Groteske Gebilde überzogen ihn, nach meinem Verständnis bar jeglichen Sinns und doch von beeindruckender Erhabenheit. Die Artefakte boten ausreichend Deckung. Wir huschten in geduckter Haltung weiter, während der Siganese uns in der Luft vorauseilte.

»Wir sammeln uns hinter der konkaven Skulptur, Leutnant.«

Grosz nickte. Ich war dankbar, dass er kein Kompetenzgerangel anzettelte. In unserer Position trennten uns keine zwanzig Meter vom Geschehen. Zwei groß gewachsene Menschen sahen sich den wütenden Schmähungen drei Dutzend aufgebrachter Widersacher ausgesetzt. Die beiden waren in farbenprächtige Stoffe gewandet, in weitgeschnittene Hosen und über Hemden getragene Umhänge, die vor der Brust von Spangen gehalten wurden. Alle anderen trugen einfache Kleidung, die derjenigen ähnelte, die wir in Serenas Dorf erhalten hatten.

Die Auseinandersetzung, deren Zeugen wir wurden, drohte zu eskalieren. Bisher war es nicht zu Handgreiflichkeiten gekommen, doch sie standen unmittelbar bevor.

»Es geht um Sie, Lordadmiral«, machte mich Grosz aufmerksam.

Ich vernahm den Inhalt der Auseinandersetzung mit Unbehagen. Ich werde als Retter kommen, hieß es, als Befreier. Ich stehe bereits vor den Toren der Stadt und sei auf dem Weg, um die Unterjochten zu erlösen und ins Paradies zu führen. Die Prophezeiung begann mich zu verfolgen.

»Anscheinend wissen die Menschen, dass Sie hier sind«, sagte Buchanan Churl. »Die Kunde von Ihrer Gegenwart in Polychora hat schon die Runde gemacht.«

»Wie ist das möglich?«, wunderte sich Lars Roupol.

Ich konnte es mir denken. »Thelen Drafos hat uns über Funk angekündigt.«

»Aus welchem Grund? Er wollte uns möglichst schnell loswerden. Weshalb verbreitet er die frohe Kunde?«

»Er hat unsere Ankunft nicht als frohe Kunde weitergeleitet, sondern als Warnung. Er hat seine Freunde darauf vorbereitet, dass wir kommen. Er war mit Palster Weiren vertraut. Er selbst hat vermutlich keinen Zugriff auf den Quantenschaum, zieht aber Vorteile daraus. Er hat sich jenen angedient, die die Schaumphasentechnologie beherrschen. Nachdem er Palster Weiren nicht erreichte, wandte er sich an andere. Das lässt sich nicht geheim halten. Auch diejenigen, die in mir ihren Erlöser sehen, wissen Bescheid.«

Unsere Tarnkleidung würde uns also nicht viel nützen. Angen-Math und der GLADIATOR waren unverkennbar. Eine mehrköpfige Gruppe Soldaten war ebenfalls nicht zu übersehen, wenn man nach ihr Ausschau hielt.

Die beiden Buntgekleideten traten den Rückzug an. Die anderen machten sich an die Verfolgung und setzten nach. Sie liefen an der Rückseite des Platzes entlang, aufgehalten von Hindernissen, die aus dem Nichts heraus entstanden. Von einer weiteren Verfolgung sahen sie ab, als die ersten von ihnen stürzten und sich Verletzungen zuzogen. Ich zögerte, mich zu zeigen. Das hätte die Lage weiter verkompliziert. Ich teilte Grosz meine Bedenken mit.

»Bisher kommen wir gut voran. Wir scheinen auf dem richtigen Weg zu sein. Um die Fünf zu finden, müssen wir aber zwangsläufig Informationen von den Stadtbewohnern einholen. Dauerhaft können wir nicht unsichtbar bleiben«, gab der Leutnant zu bedenken.

Ich war voll und ganz seiner Meinung, wollte die Preisgabe unseres Aufenthaltsortes aber noch hinauszögern.

Kapitel 20

7. September 3126

Donnerhall begleitete die Explosion, gefolgt von gleißendem Feuerschein. Für einen Moment schloss ich geblendet die Augen. Unser weiterer Aufstieg war bis eben unbemerkt geblieben. Als ich die Augen wieder aufschlug, begriff ich, dass der Angriff nicht uns galt. Diesmal hatte uns kein Lärm vorgewarnt. Aus einem Tunnel kommend, erhaschten wir nur einen Blick auf die beiden verfeindeten Gruppen, bevor das Chaos ausbrach.

Wieder zeigte sich das Gefälle. Mehr noch als zuvor fiel mir auf, wie sehr die Menschen sich unterschieden. Die in der farbenfrohen Kleidung wirkten jung und schön. Kraftvoll jenen gegenüber, die sich kränklich und von der Last der täglichen Mühsal gebeugt sahen, weil sie sämtliche Arbeiten verrichteten und sich darüber hinaus mit kräftezehrenden Alltagsproblemen abzumühen hatten. Doch in diesem Moment erhoben sie sich gegen ihre Unterdrücker. Der Sprengsatz, den sie geworfen hatten, war nur der Anfang. Bewaffnet mit eisernen Werkzeugen stürmten sie los.

Herren und Sklaven. Eine treffendere Unterscheidung wollte mir nicht einfallen.

Es schmerzte mich, dass sie meinen Namen riefen und sich im Glauben an ihre Prophezeiung ins Verderben stürzten. Deutlich in der Unterzahl, wichen die Herren zurück, während die Sklaven blind vor Wut rasten. Die Ankündigung meines Erscheinens verlieh ihnen den Mut der Verzweiflung. Ich gestand ihnen allerdings keine Aussicht zu, die Auseinandersetzung siegreich zu gestalten. Ich erwartete vielmehr, dass eine Kraft aus dem Nichts sie aufhielt und in ihre Schranken wies. Ich lauerte geradezu darauf, wie sich dies gestalten würde. Längst hatte ich Partei ergriffen und bereitete mich darauf vor, in den Kampf einzugreifen.

Der Bürgerkrieg zeichnet sich nicht länger ab. Er hat soeben begonnen. In deinem Namen, lamentierte der Extrasinn.

Ein unbehagliches Gefühl befiel mich. Meine Eingeweide zogen sich zusammen. Ich kämpfte dagegen an.

»Glitter!«, schrie Harlon Darter.

Die flirrenden Zonen bildeten sich gleich an mehreren Stellen. Sie standen in der Luft, setzten sich in Bewegung. Ihr Ziel waren die unterlegenen Menschen. Wo sie sich bewegten, glaubte ich wieder in billige Prismen zu blicken, die die Realität verzerrten, sie in Fragmente auflösten und unwirklich anmutende Darstellungen schufen.

Das sind keine zufälligen Bewegungen. Das Glitter wird gelenkt.

Grosz fuhr zu mir herum. »Lordadmiral?«

Ich gab meine Zurückhaltung auf. »Waffen! Desintegratormodus! Wir schlagen das Glitter zurück.«

Die Raumsoldaten handelten mit antrainierter Schnelligkeit. Mit gezückten Kombistrahlern warfen sie sich zwischen das Glitter und die versklavten Menschen. Deren Herren wichen verwirrt zurück. Die Entwicklung überraschte sie. Wenn sie gewarnt worden waren, zeigten sie das nicht. Sie benahmen sich, als seien sie es gewohnt, dass immer alles so ablief, wie sie es planten. Die Kontrolle über die Lage zu verlieren brachte sie aus dem Gleichgewicht.

Glitter näherte sich mir. War es Zufall, oder hatte es mich entlarvt? Ich empfand den unterschwelligen Geist in der Zone wandernder Instabilität. Aus seiner unsagbaren Fremdartigkeit ragte ein Schatten, der bedrohlich auf mich fiel. Ich löste den Desintegrator aus und sah das auf mich zukommende Gebilde flattern. Es hielt inne und unternahm gleich darauf einen weiteren Versuch, sich mir zu nähern. Es wollte nicht aufgeben, als sähe es sich seiner Aufgabe verpflichtet. Es wurde in der Tat geleitet. Daran bestand für mich in diesem Augenblick kein Zweifel. Das Glitter war von bemerkenswerter Zielstrebigkeit.

Ich betätigte den Auslöser erneut, während ich aus den Augenwinkeln verfolgte, wie die meisten Menschen flohen. Das Glitter verflüchtigte sich. Ein Teil löste sich auf, offenbarte den dahinterliegenden Raum in seiner natürlichen Gestalt. Der Rest wehte davon, ein desorientierter Hauch. Die Raumsoldaten wehrten die anderen Glitterzonen ab. Eigen Korth kam kurzzeitig in Bedrängnis, als er von zwei Seiten angegangen wurde, doch der Leutnant eilte ihm zur Hilfe und befreite ihn aus der misslichen Lage.

»Verschwindet!«, rief ich den verbliebenen Menschen zu, die das Geschehen zögernd beobachteten. »Bringt euch in Sicherheit!«

Sie gehorchten, machten, dass sie fortkamen. Für den Augenblick war ich erleichtert.

Eine äußerst trügerische Sicherheit, monierte der Extrasinn. *Auf Dauer können sie weder dem Glitter noch ihren Herren entrinnen. Schlussendlich werden sie immer unterliegen.*

Nicht, wenn es mir gelingt, sie zu befreien. Prophezeiung hin oder her, längst stand meine primäre Aufgabe für mich fest. Ich konnte nicht zulassen, dass Glitter dazu eingesetzt wurde, hilflose Menschen im Zaum zu halten. Ich war entschlossen, mit allen mir zur Verfügung stehenden Mitteln gegen die dafür Verantwortlichen vorzugehen. Unwillkürlich erwartete ich den Einwurf des Extrasinns, dass meine Optionen beschränkt seien, doch er enthielt sich eines Kommentars.

Auch die Herren hatten inzwischen das Weite gesucht. Sie hatten eingesehen, dass sie diesen Kampf verloren hatten. Einen bunt Gekleideten sah ich gerade noch davonlaufen. Ich aktivierte mein Flugaggregat und jagte hinter ihm her.

»Den Lordadmiral unterstützen!«, vernahm ich die an seine Leute gerichtete Stimme des Leutnants.

Ich raste durch einen Gang, vorbei an Gebäuden, die gigantischen Orchideen nachempfunden waren. Hier und da war der strahlende Glanz der Fassaden von Patina überzogen. Der Flüchtige war zu Fuß unterwegs. Trotz seiner Fähigkeit, den Quantenschaum zu manipulieren, schienen ihm andere Möglichkeiten nicht zur Verfügung zu stehen. Ich holte ihn rasch ein. Ein paar Passanten wurden auf mich aufmerksam. Sie hielten sich im Hintergrund, versuchten wahrscheinlich zu begreifen, was vor ihren Augen geschah.

»Stehen bleiben, Freundchen.« Ich packte den Mann und landete neben ihm. »Unterhalten wir uns ein wenig.«

Er schrie auf wie am Spieß. Erst als ich ihn schüttelte, hörte er auf damit, sackte regelrecht in sich zusammen und gab seinen Widerstand auf – dachte ich, bis ich eine mannsgroße Zone Glitter gewahrte.

»Du kannst es steuern, nicht wahr?« Ich packte ihn am Kragen. »Schluss damit, sofort.«

Die Soldaten kamen herangehetzt. Harlon Darter war schon da. Er zischte an meinem Gesicht vorbei und deckte das Glitter mit seinem Desintegrator ein. Es schrumpfte auf die Hälfte seiner Größe und zog sich zurück. Grosz und seine Männer sicherten.

»Es genügt. Wenn du weiteres Glitter schaffst, drehe ich dir den Hals um«, drohte ich meinem Gefangenen.

»Ich habe es nicht geschaffen«, keuchte er in meinem Griff. Ich ließ etwas lockerer, damit er atmen konnte.

»Du hast es herbeigerufen.«

»Ja.« Sein Eingeständnis signalisierte eine gewisse Kooperationsbereitschaft.

»Wie lautet dein Name?«

»Feynrich.«

»Das ist alles?«

»Ja.« Er zitterte in meinem Griff. Obwohl er einen jungenhaften Eindruck machte, war ich sicher, dass er wesentlich älter war, als seine Gesichtszüge verrieten. »Du bist die Nemesis Atlan. Du bist gekommen, um uns alle zu töten.«

»Du irrst dich«, beteuerte ich. »Mir liegt nichts daran, irgendwen zu töten. Ich bin auf der Suche.«

»Deinetwegen werden wir alle sterben.« Er schien meine Worte nicht einmal vernommen zu haben. »Die Prophezeiung hat wahr berichtet. Die Marodeure haben dich entsandt, um das Paradies zu zerstören, das wir geschaffen haben.«

»Ein Paradies? Das hier?« Feynrich schien jeden Sinn für die Realität verloren zu haben.

»Mit dir kommt das Verderben«, fuhr er fort. »Mit dir kommt der Umsturz.«

Ich begriff. »Du fürchtest nicht, von mir persönlich umgebracht zu werden. Du hast Angst davor, dass jene Menschen dich töten, die ihr unterdrückt, du und deinesgleichen.«

Feynrich sah sich um. Er hoffte, dass unter den Beobachtern einige waren, die zu seinen Gunsten eingriffen. Niemand tat ihm den Gefallen. Da sie sich halbwegs verborgen hielten, fiel mir die Einschätzung schwer, ob es sich ausschließlich um Unterdrückte handelte, die kein Interesse daran hatten, ihm beizustehen, oder ob vereinzelte Herren darunter waren, die passiv blieben, weil sie unsere Waffen fürchteten.

»Was willst du von mir, Todbringer Atlan?«, überwand Feynrich sich.

»Vor allem interessiert mich, warum ihr die Menschen unterdrückt, die nicht eure Fähigkeit besitzen.«

»Du meinst die, die nicht die Schaumphasentechnologie beherrschen?«

»Wen sonst?« Mein Zorn wuchs. Ich sah zu Grosz hinüber. Der Leutnant signalisierte mir, dass die Lage unter Kontrolle war. Kein Glitter griff uns an.

»Wir unterdrücken sie nicht. Sie leben ihrem Wesen entsprechend. Wir alle streben nach Einklang mit dem Produkt unserer Schöpfung, doch nicht alle sind fähig, ihn zu erlangen. Sie tragen nichts zum Erhalt unseres Paradieses bei, daher steht ihre Existenz nicht im Einklang mit der Welt.«

Diesen esoterisch verbrämten Unsinn hatte ich bereits aus Serenas Mund vernommen. Mir drohte die Galle hochzukommen bei dieser Überheblichkeit.

Du irrst dich, Kristallprinz, meldete sich der Extrasinn. *Von esoterisch verbrämtem Unsinn kann keine Rede sein. Man hält sich in dieser Welt nicht mit Reden auf. Es wurden Fakten geschaffen. Der Unterschied zwischen denen, die die Schaumphasentechnologie beherrschen, und jenen, die ihr machtlos gegenüberstehen, ist real und lässt sich nicht leugnen.*

Das nimmt dem Hochmut der Herrschenden nichts von seiner Verwerflichkeit. Habe ich deinen Worten etwa einen Anflug von Verständnis deinerseits zu entnehmen?

Durchaus nicht. Ich versuchte lediglich, dir die Lebensumstände dieser Menschen so zu verdeutlichen, wie sie sich objektiv betrachtet darstellen. Eine Bewertung überlasse ich dir.

Objektiv betrachtet? Ich dachte gar nicht daran, die offensichtlichen Ungerechtigkeiten der sich uns offenbarenden gesellschaftlichen Spaltung unter dem Aspekt der Objektivität zu bewerten.

»Es steht für dich also im Einklang mit der Welt, wenn deine Landsleute leiden und darben, nur weil ihnen eine zweifelhafte Fähigkeit abgeht?«, wandte ich mich an Feynrich.

»Du bist der von den Marodeuren geschickte Todbringer. Wie kann ich erwarten, dass du den Wert unseres Paradieses begreifst? Du bist ebenso blind wie jene, denen das Paradies aufgrund ihrer Unfähigkeit nicht zugetan ist.«

Ich begriff, dass ich mit Feynrich nicht reden konnte. Für ihn war seine Welt im Lot. Er kannte keine andere und war nicht in der Lage, die moralisch zweifelhaften Aspekte der gesellschaftlichen Trennung zu analysieren. In seinen Augen hatte alles seine Richtigkeit. Ich konnte ihm nicht einmal Boshaftigkeit unterstellen, weil er es nicht besser wusste. Das relativierte meinen Abscheu jedoch in keiner Weise. In dieser Welt gab es nur eine Adresse, wo ich hoffen konnte, auf offene Ohren und geringere Begriffsstutzigkeit zu stoßen.

»Ich suche die Fünf.«

»Ich kenne ihren Aufenthaltsort nicht.«

»Sie leben in dieser Stadt. Das weiß ich«, behauptete ich.

»Das stimmt, doch die Stadt ist groß.«

Meine Laune war schlecht. Auf inhaltslose Allgemeinplätze reagierte ich daher unwirsch. Um es zu demonstrieren, verstärkte ich den Griff um den Hals meines Gefangenen wieder. Er krächzte und schnappte nach Luft.

»Ich habe keine Ahnung, wo die Fünf sich aufhalten. Sie sind oben, weiter oben«, japste er. »Wenn sie überhaupt noch fünf sind. Es heißt, sie haben sich gespalten. Ein Gerücht macht die Runde, einer von ihnen habe sich gegen die anderen gewandt und sei getötet worden, vielleicht auch nur vertrieben.«

»Wohin?« Traf die Behauptung zu, herrschte auch unter den Fünf nicht länger eitel Sonnenschein im Paradies. Diese Tatsache musste ich mir zunutze machen. Ein Renegat in Reihen der Mächtigen kam mir sehr gelegen, um die Herrschaftsstruktur aufzubrechen. »Wohin, habe ich gefragt.«

»Ich kann es dir nicht sagen. Das ist die Wahrheit, auch wenn du mich umbringst. Ist es das, was du willst, Todbringer Atlan? Dann tue es, Abgesandter der Marodeure, oder lass mich gehen.«

Der Ausbruch überraschte mich. Ich stieß Feynrich von mir. »Verschwinde«, riet ich ihm. »Mach, dass du weg kommst, bevor ich es mir anders überlege.«

Er stolperte davon, hektische Blicke über die Schulter werfend. Anscheinend rechnete er mit einem Schuss in den Rücken. Nachdem er sich weit genug von mir entfernt hatte, bedachte er mich mit einem wüsten Fluch und tauchte zwischen den Häusern unter.

»Wir sollten ebenfalls das Weite suchen«, schlug Grosz vor. »Feynrich wird den Zwischenfall nicht auf sich beruhen lassen. Ich erwarte, dass er umgehend Alarm schlägt und unter seinesgleichen verbreitet, dass wir hier sind. Es wird nicht lange dauern, bis Glitter nach uns sucht. Ihnen ist bewusst, dass wir für unser Eingreifen einen Preis zu zahlen haben?«

»Ja.« Von nun an war unsere ohnehin bescheidene Tarnung nichts mehr wert. Das zwang mich dazu, eine Konsequenz zu ziehen, die dem Leutnant nicht gefallen würde.

Wir hatten uns zurückgezogen. In diesem Fall hieß das, wir waren höher hinaufgestiegen. Ich ging dazu über, die Stadt nicht als flächige Enklave zu betrachten, sondern als dreidimensionales Gebilde. Wir hockten in einem leeren Gebäude und bedienten uns an den Vorräten, die man uns in Serenas Dorf mitgegeben hatte. Auf dem Weg hierher waren wir nicht aufgehalten worden, hatten aber mitbekommen, dass die Jagd auf uns eröffnet war. Unterstützer und Gegner standen sich unversöhnlich gegenüber. Meine Anwesenheit polarisierte und trug an die Oberfläche, was bisher unterschwellig gegärt hatte. Ich hoffte, einen wie auch immer gearteten Erfolg zu erringen, bevor das Machtgefälle zwischen Unterdrückern und Unterdrückten zu einem Flächenbrand führte, der sich nicht mehr eindämmen ließ.

»Eine Minderheit der Menschen in Polychora hat Einfluss auf die Systeme der Arche«, fasste ich das Bild zusammen, das sich aus den bisher gewonnenen Bruchstücken zusammensetzte. »Sie beherrscht die Schaumphasentechnologie und nutzt sie für ihren Vorteil. Das gilt besonders für die Fünf. Das Ausmaß der Einflussnahme unterscheidet sich graduell, nur die Fünf scheinen hoch über allen zu stehen.«

»Ob ihnen die Gefahr für die Arche bekannt ist?«, überlegte Vernil Grosz.

»Bei ihrer Machtfülle können sie die Auflösungserscheinungen nicht übersehen«, gluckerte Angen-Math. »Ich halte es für möglich, dass sie Interesse daran haben, Polychora zu verlassen. Möglicherweise ist das sogar der Grund für ihr Zerwürfnis. Ich bin sicher, sie haben die Mittel, einen Ausgang zu erzeugen.«

»Du bist sicher?«

»Sagen wir, ich nehme es an.«

Ich beäugte das tintenfischähnliche Wesen. Verschwieg der Wanderer etwas? Seit unserem Zusammentreffen verhielt er sich loyal. Das hieß nicht, dass er nicht doch etwas vor uns verbarg.

»Wenn die Fünf in der Lage sind, einen Ausgang aus der Arche zu schaffen, sind wir bei ihnen richtig, um Kontakt zum normalen Universum herzustellen. Unser Übergang von der WAV-E in die Arche hat die Möglichkeit aufgezeigt. Was in die eine Richtung funktioniert, funktioniert auch in die andere«, zeigte der Leutnant sich zuversichtlich.

»Deshalb werde ich zu den Fünf vorstoßen«, kündigte ich entschlossen an. »Dies und die Rettung der unterjochten Menschen sind mein primäres Ziel.« Es schlossen sich an die Stabilisierung der Arche sowie die Rettung der Schattenvölker und schließlich die Erbeutung der Schaumphasentechnologie. Die letzten beiden Vorhaben standen allerdings eindeutig im Hintergrund.

Leutnant Grosz ließ von seinem Mahl ab. »Sie, Lordadmiral? Sie meinen, *wir* stoßen zu den Unbekannten vor.«

»Nein.« Ich hatte intensiv darüber nachgedacht.

»Würden Sie das bitte erklären?«

»Gern, Leutnant.« Ich wies ihn auf meine vorangegangen Überlegungen hin. »Unser Eindringen hat sich herumgesprochen. Als Gruppe, zumal mit Angen-Math und dem GLADIATOR, fallen wir von nun an überall auf. Unser Weg kann haargenau verfolgt werden. Ich brauche aber Bewegungsfreiheit, um die Fünf ausfindig zu machen. Meine bescheidene Tarnung wird hilfreich sein. Ein bewaffneter Konflikt kommt nicht in Frage. Oder wollen Sie in die Verlegenheit geraten, auf andere Menschen schießen zu müssen?«

»Selbstverständlich nicht.«

»Dazu wird es aber zwangsläufig kommen, wenn wir mit unserem ganzen Tross weiterziehen. Sie halten sich deshalb bedeckt und warten hier, bis ich sie nachhole. Wir bleiben in Funkkontakt.«

»Ich protestiere, Lordadmiral. Ihre Rolle war von vornherein als die eines Beobachters ausgelegt. Es war keine Rede davon, dass Sie ohne unsere Rückendeckung losziehen.«

»Die Bedingungen haben sich geändert.« Ich bedachte Grosz mit einem Lächeln. »Ich denke, ich brauche Sie nicht darauf aufmerksam zu machen, dass ich Ihnen in dieser Hinsicht ein paar tausend Jahre an Erfahrung voraus habe?«

»Nein, Sir. Dennoch bin ich für Ihre Sicherheit verantwortlich.«

»Die lassen Sie mal meine Sorge sein.«

»Der Großadministrator würde mich kielholen lassen, wenn es diese disziplinarische Maßnahme in der Solaren Flotte gäbe.«

»Natürlich würde Rhodan das. Aber wie Sie gerade treffend sagten, müssen Sie damit nicht rechnen. So schlimm wird es also nicht werden.« Ich hatte keine Lust, über meinen Entschluss zu diskutieren. »Meine Entscheidung ist getroffen, Leutnant.« Mit einer harschen Handbewegung erstickte ich aufkommenden Widerspruch im Keim.

»Wie Sie meinen, Lordadmiral.« Grosz stocherte in seinem Essen. Plötzlich schien es ihm so wenig zu schmecken wie meine Anordnung. Wir wussten beide, dass wir uns gewissermaßen in einer Grauzone der Befehlskette bewegten. Zum einen hatte ich mich einer Expedition der Solaren Flotte angeschlossen und Grosz' Kommando unterstellt, so dass ich eigentlich nicht das Recht hatte, eine solche Entscheidung zu treffen. Zum anderen war ich der

Lordadmiral der USO, einer autonomen Macht, und entsprechend nicht dem Befehl eines Flottenoffiziers unterworfen.

Leutnant Grosz nickte verstimmt. Offenbar sah er ein, dass die Soldaten, Angen-Math und der GLADIATOR mir Klötze am Bein gewesen wären.

»Ich gebe offiziell zu Protokoll, dass ich mich dem Protest des Leutnants anschließe«, verkündete Harlon Darter. »Vier Augen sehen bekanntlich mehr als zwei.«

»Wie recht Sie haben, Harlon. Deshalb werden Sie mich begleiten – ihr Einverständnis vorausgesetzt.«

»Mein Einverständnis?« Der Siganese salutierte so zackig, wie er es sich aus Berichten über Lemy Danger abgeschaut hatte. »Mein Einverständnis ist gewährt, Lordadmiral.«

»Zufrieden, Leutnant?«

Grosz verdrehte die Augen. »Besser als nichts.«

Wir diskutierten verschiedene Optionen, die ich bei meinem Vorgehen hatte. Da es zu viele Unwägbarkeiten gab, war es aussichtslos, einen kalkulierten Plan auszuarbeiten. Der Konsens gab nicht mehr her, als dass Darter und ich uns trotz der unruhigen Lage quer durch die Stadt aus Eis und Stahl durchschlagen würden.

Da der Tag sich dem Ende entgegenneigte, setzte ich unseren Aufbruch für den nächsten Morgen fest. Ich kam dank des Zellaktivators mit wenig Schlaf aus, der Siganese nicht.

Atlans Entscheidung stieß bei Angen-Math auf Enttäuschung, doch er konnte ihr nicht zuwider argumentieren. Er an Stelle des Weißhaarigen hätte die gleichen Schlüsse gezogen und Anordnungen erlassen. Daher wäre es kurzsichtig gewesen, Atlan vom Gegenteil überzeugen zu wollen. Angen-Math hätte sich damit nur verdächtig gemacht.

Er suchte nach einem Ausgang aus Polychora, das hatte er eingestanden. Als welch große Chance er die Instabilität oberhalb der Eiszone betrachtete, behielt er für sich. Sonst hätte er die Fragen beantworten müssen, weshalb er sich denn so sicher sei. Das vermochte er jedoch nicht. Er konnte schlecht zugeben, dass er auf Wissen zurückgriff, dessen Herkunft ihn selbst vor Rätsel stellte.

In gleicher Weise verhielt es sich mit seinem Wissen, dass die Fünf sehr wohl in der Lage waren, einen Ausgang aus Polychora zu schaffen. Ein wenig bestimmte Taktik sein Schweigen. Es würde der Moment kommen, an dem Atlan ihn vielleicht nicht mehr benötigte – oder ihn nicht mehr zu benötigen glaubte. Es war klug, dann noch ein paar Informationshäppchen von Wert in die Waagschale werfen zu könne. Angen-Math bezeichnete das als graduelle Wertsteigerung.

Sie wird sich für mich bezahlt machen. Davon war er überzeugt. Und indem sie sich für ihn bezahlt machte, zogen auch Atlan und die Menschen einen Vorteil daraus.

Kapitel 21

8. September 3126

Der Turm erhob sich einen halben Kilometer hoch, ein filigranes Bauwerk von anmutiger Eleganz. Seine in goldenem Licht badenden Spitzen ragten in einen prachtvollen Dom hinauf, der aus weißem Gestein errichtet war. Es fiel schwer, seinen Sockel zu bestimmen. Seit geraumer Zeit gelang es Harlon Darter und mir kaum noch, die einzelnen Ebenen der Stadt zu unterscheiden. Sie wuchsen ineinander und waren zu einem komplexen Labyrinth verwoben, das jeder architektonischen Vernunft Hohn sprach. Schaumphasentechnologie generierte ungeahnte Gestaltungsmöglichkeiten.

Entartete Gestaltung, bemühte der Extrasinn einen Begriff, den ich nicht sonderlich mochte.

Im Grunde traf er zu. Je weiter nach oben wir gelangten, desto ausufernder boten sich die phantastischen Strukturen dar. Ich kam mir verloren vor zwischen ihnen. Sie suggerierten ein Gefühl von Minderwertigkeit, das mir eine Ahnung davon vermittelte, welchen Stellenwert die unterjochten Menschen hier genossen. Die imposanten Bauwerke wirkten erdrückend auf einen menschlichen Geist, verrückt und majestätisch zugleich. Ich ertappte mich dabei, mich von ihrer pervertierten Schönheit einnehmen zu lassen.

Du lässt dich von Äußerlichkeiten blenden, warf mein Logiksektor mir vor.

Seine Sorge war unbegründet. Ich ließ mich kurzfristig gefangen nehmen, aber nicht blenden. Die negativen Aspekte, mit denen wir konfrontiert wurden, überwogen bei weitem die Großartigkeit, welche der Quantenschaum zu schaffen vermochte. Die gesellschaftliche Spaltung war allgegenwärtig. Zwischen dem Prunk versteckten sich kleine Hütten, in denen das niedere Volk lebte.

Ich verzichtete auf den Einsatz meines Flugaggregats, um mich nicht zu verraten. Der Siganese achtete darauf, dass er nicht beobachtet wurde. Entweder benutzte er das Gelände und die Gebäude als Deckung, oder er hockte mit meinem Einverständnis auf meiner Schulter wie eine künstliche geschaffene Puppe. Ich trug die schlichte Kleidung, die ich erhalten hatte, und noch ein wenig mehr. Aus Eigen Korths Hemd hatte ich einen Kapuzenumhang gefertigt, der meine auffälligen Haare verbarg. Ins Gesicht hatte ich mir wieder Paste geschmiert, die meine klassischen Züge entstellte. So kamen wir halbwegs sicher voran. Meine einzige Sorge war, von einem der Herren angehalten zu werden. Einer näheren Betrachtung würde meine Verkleidung nicht standhalten. Deshalb ging ich ihnen aus dem Weg, was mir bisher ganz gut gelang.

»Eine der Turmspitzen mündet in die Decke«, machte mich Darter aufmerksam. »Ein ausladender Durchgang reicht hindurch. Einen besseren Aufstieg finden wir so schnell nicht.«

Zahlreiche gewundene Rampen führten durch das Turminnere und an seiner Außenseite empor. Ich entdeckte vereinzelte Gestalten. Uns kam zugute, dass die Stadt nur in Abschnitten bewohnt und insgesamt dünn besiedelt war. An dieser Einschätzung hatte sich seit unserem Einstieg in den Berg nichts geändert.

»Stimmt etwas nicht, Lordadmiral?«, fragte der Siganese, als ich mich ruckartig umdrehte.

Ich hatte das Gefühl, verfolgt zu werden, und sagte es Darter. Ihm war kein Verfolger aufgefallen.

»Soll ich mich zurückfallen lassen und mich unauffällig umsehen?«, bot er an.

Ich winkte ab. Nur auf ein unbegründetes Gefühl hin wollte ich die Entdeckung des Siganesen nicht riskieren. Ich vertraute mich einer Rampe an. Bevor ich einen Fuß vor den anderen setzen konnte, erfasste mich ein unsichtbares Feld und trug mich davon. Erfolglos hielt ich nach einem Mechanismus Ausschau. Verborgene Kraftfelder speisten das Förderband, in dem meine Füße versanken. Ein Lichtteppich umspülte meine Knöchel.

Das Band trug mich mit gleichbleibender Geschwindigkeit der Höhlendecke entgegen. Je höher ich stieg, desto verwirrender wurden die unter mir zurückbleibenden Strukturen. Glänzende, strahlartige Abschnitte dehnten sich zwischen den Gebäuden und reichten ins Felsgestein wie Ankerseile aus Stahl. Dazwischen wechselten sich gleißende Regionen ohne ersichtlichen Sinn mit grünen Oasen ab. Wasserfälle ergossen sich aus dem Berginneren, breiteten sich im Sturz zu Kaskaden aus, um gleich darauf wieder anzusteigen. Offenbar wurde im Kleinen ebenso mit der Vektorierung der Schwerkraft gearbeitet, wie wir es draußen im Großen erlebt hatten.

Das Kraftfeld trug mich durch die Höhlendecke in eine lichtdurchflutete Ebene. Eine Turmspitze ragte herein wie eine marmorne Zinne. Die Gebäude ringsum konnte ich nicht anders als esoterisch-verspielt bezeichnen. Zwei Menschen, ein Mann und eine Frau, gingen einer Tätigkeit nach, die ich für ein Spiel hielt. Sie trugen die farbenprächtige Kleidung, die bei den Herrschern in Mode zu sein schien. Ein paar Diener hielten sich in der Nähe auf, blasse Gestalten mit unterwürfigem Verhalten.

Bis hierher waren die Auseinandersetzungen nicht vorgedrungen.

»Was ist das da hinten, Lordadmiral?« Harlon Darter machte mich auf drei ovale Blasen aufmerksam, die drei Meter über dem Boden schwebten.

»Sehen wir es uns an.«

Jede Deckung ausnutzend, tasteten wir uns voran. Die Blasen entpuppten sich als Kokons von gut zwei Metern Länge. In der Nähe kauerte eine Frau, die in Tränen aufgelöst war und wehklagte. Mein Instinkt, der mich selten im Stich ließ, kündigte mir eine Schweinerei der Beherrscher des Quantenschaums an.

»Die Kokons bewegen sich. Etwas rührt sich in ihnen«, erspähte Darter. »Etwas Lebendiges.«

Es fiel mir wie Schuppen von den Augen. »Das sind Menschen. Man hat sie eingesperrt.«

»Wozu?«

Mein Verstand weigerte sich, meine Schlussfolgerung zu akzeptieren. Der Extrasinn kannte derlei Rücksichtnahme nicht.

Die Unglücklichen wurden zur Strafe in die Kokons gesteckt, weil sie sich eines Vergehens schuldig gemacht haben. Vermutlich haben sie gegen ihre Herren aufbegehrt. Man hat sie als Mahnmal ausgestellt. Ein unmissverständlicheres Signal, dass sich Widerstand nicht lohnt, dürfte es nicht geben. Bei der weinenden Frau handelt es sich sicher um eine Angehörige.

Ich teilte die Ansicht des Logiksektors dem Siganesen mit. Weder er noch ich zweifelten an ihrer Richtigkeit. Ich musste mich zusammenreißen, um mich von meiner Wut nicht zu einer Unbedachtsamkeit hinreißen zu lassen. Darter entging nicht, dass ich kurz davor war, die Deckung zu verlassen, um die Kokons aufzureißen.

»Wir dürfen nicht den Kopf verlieren, Lordadmiral«, beschwor er mich. »Wer weiß, ob wir den Unglücklichen wirklich helfen können. Es mag uns gelingen, sie zu befreien, doch damit riskieren wir den Erfolg unserer Mission. Wir sind unerkannt weit vorgedrungen. Das dürfen wir nicht leichtfertig aufs Spiel setzen. Mit einer umfassenden Beseitigung der Ungerechtigkeiten ist den Menschen weitaus mehr geholfen als mit einem marginalen Erfolg.«

»Sehen Sie sich das an, Harlon. Da schwebt Glitter.« Ich hatte die instabile Zone gerade erst gesehen. Sie war zwischen den Kokons und der Frau positioniert. Mich alarmierte die Tatsache, dass ich diesmal kein Unbehagen empfand.

»Offenbar übt das Glitter eine Art Polizeifunktion aus, um die Unterdrückung durchzusetzen. Es verhindert, dass trotz der eindeutigen Warnung jemand den Kokons zu nahe kommt. Es registriert uns nicht.«

Zumindest zeigte das Glitter keinerlei Interesse an uns. Vielleicht war es mit der ihm zugedachten Aufgabe ausgelastet. Ich gab Darter ein Zeichen, mir zu folgen. Ich musste diesen Ort verlassen, um keine Dummheit zu begehen.

Das Labyrinth gestaltete sich zunehmend verwirrend. Gleichzeitig erreichte die Pracht der Bauwerke eine Qualität, die Maßstäbe setzte. Manche Fassaden, wahre Kunstwerke aus Glas, edlem Stein und Stahl, blendeten buchstäblich. Der Gos'Khasurn auf Arkon I mit seinem funkelnden, kristallinen Mauerwerk war für mich stets der Inbegriff von Schönheit und erhabenem Prunk gewesen. Nicht von ungefähr wurde der Kristallpalast auch als Perle Arkons bezeichnet. Was Gedankenkraft in dieser Welt geschaffen hatte, stand dahinter nicht zurück. Die größten

Baumeister meiner Heimat würden mit vor Staunen offenen Mündern durch dieses Labyrinth lustwandeln.

Trotzdem entdeckte ich Zeichen von Verfall. Die Stadt aus Eis und Stahl – gleichwohl der Name erst weiter oben, wo das Eis begann, zu seinem Recht kam – war einst noch blühender gewesen als heute. Ich ahnte, wann der schleichende Niedergang eingesetzt hatte, nämlich als sich die Fünf von ihrer Schöpfung entfernt und womöglich entfremdet hatten. Es musste einen Punkt gegeben haben, von dem an ihre Kontrolle über die Produkte der Schaumphasentechnologie nachgelassen hatte. Das stabilisierende Element war weiterhin vorhanden, jedoch nicht in der erforderlichen Intensität, die zur Aufrechterhaltung der gigantischen Stadt nötig war. Deshalb wanderten Auflösungserscheinungen durch das Toroid und deshalb zerfiel das Zentrum des Doppelkegels oberhalb der Zone aus Eis in einen diffusen, kollabierenden Mahlstrom.

Die Natur des Glitters blieb mir weiterhin ein Rätsel. Auch dabei handelte es sich um instabile Zonen, doch sie waren mobil und schienen bestimmten Regeln zu folgen. Glitter kam mir autonom vor. Mal handelte es eigenständig, dann wieder, wie bei den Kokons erlebt, ging es einer konkreten Aufgabe nach. Ich seufzte, weil mir nur Spekulationen blieben.

Auf einmal hatte ich wieder das Gefühl verfolgt zu werden. Ich ließ mir nichts anmerken. Mit tief ins Gesicht gezogener Kapuze schlug ich einen Haken. Die Unübersichtlichkeit des Labyrinths kam mir gelegen. Es machte es leichter, anderen aus dem Weg zu gehen, und man konnte sich verbergen und einen möglichen Verfolger ins Leere laufen lassen.

Ich versteckte mich in einer Nische und wartete. Den Siganesen wusste ich in meiner Nähe. Er überwachte mich aus der Luft. Wäre seinen Sensoren etwas aufgefallen, hätte er mich längst unterrichtet gehabt. Die Minuten verrannen. Drei gebückt gehende Menschen passierten mein Versteck, von oben kommend. Von unten näherte sich niemand. Ich wartete weitere fünf Minuten und kam allmählich zu dem Schluss, lediglich einer Einbildung erlegen zu sein.

Wie lange willst du eigentlich noch planlos durch die Gegend laufen?, fragte der Extrasinn, als ich meinen Weg fortsetzte.

Du weißt, dass mein Vorgehen nicht planlos ist. Ich benötige so viele Informationen wie greifbar, um den Fünf begegnen zu können.

Dein Bild von dieser Welt und den Lebensumständen der Menschen ist inzwischen recht umfangreich. Es wird Zeit, in die Offensive zu gehen. Um eine konkrete Spur der Fünf zu finden, musst du deine Informationssuche aktiver gestalten.

Nichts anderes lag in meiner Absicht. Mein Augenmerk galt einem Einzelgänger aus der herrschenden Klasse. Bei allem, was ich bisher gesehen hatte, würde es mir nichts ausmachen, ihn etwas härter anzufassen, um zu erfahren, was ich wissen wollte. Ein Unsicherheitsfaktor blieb. Es war denkbar, dass selbst die stark Befähigten nicht in den Aufenthaltsort der Fünf eingeweiht waren. Oder der Vier. Es hing davon ab, ob die Gerüchte stimmten. Wenn es tatsächlich einen Abtrünnigen gab, hatte die Suche nach ihm Vorrang. Ich sah in ihm einen potenziellen Verbündeten.

Ich gelangte an den Einstieg zu einem Antigravschacht. Der geräumige Zugang war von Statuen gesäumt, die junge Männer und Frauen darstellten. Sie waren ausnahmslos von solch erlesener Schönheit, mit geradezu klassischem Antlitz, dass sie keine Abbilder realer Vorbilder sein konnten. Der Künstler hatte sich alle Mühe gegeben, durch die idealisierte physische Perfektion diese auch in psychischer Hinsicht zu suggerieren. Das passte zu den hochtrabenden Forderungen, die die Beherrscher des Schaums stellten.

Der Siganese näherte sich mir so geschickt, dass ich ihn erst bemerkte, als er fast meine Nasenspitze berührte. Ich deutete in den Schacht, wobei ich feststellte, dass darin kein Antigravfeld etabliert war. Da sich niemand in der Nähe aufhielt, aktivierte ich mein unter dem Umhang verborgenes Aggregat und stieg langsam in die Höhe. Darter schwebte schweigend neben mir. Wir passierten metallische Sprossen, die im Abstand von dreißig Zentimetern in die Wand eingelassen waren. Ich merkte, dass etwas Darter belastete.

»Was liegt Ihnen auf der Seele, Harlon?«

»Diese Welt könnte ein Paradies sein«, seufzte er.

»Sie ist ein Paradies, auf ihre ganz eigene Art.«

»Ein gescheitertes Paradies. Es strebt nach dem, was man hier als Einklang bezeichnet, doch nur wenige erlangen diesen Zustand. Die anderen bleiben auf der Strecke. Daraus resultiert eine gesellschaftliche Spaltung, wie ich sie mir in meinen dunkelsten Vorstellungen niemals ausgemalt hätte.«

Ich hätte dem Siganesen zahlreiche vergleichbare, wenn nicht schlimmere Gesellschaftssysteme nennen können, die mir aus eigener Anschauung bekannt waren. Allerdings kamen in der Arche außergewöhnliche Faktoren hinzu. Es existierte eine bizarre Auffassung davon, was positiv und negativ war. Die moralischen Forderungen der Herrschenden bezogen sich auf den Umgang mit der Schaumphasentechnologie. Wer keinen Zugriff darauf hatte, wurde in ein System gepresst, das seine bloße Existenz als schädlich betrachtete.

Ich legte den Kopf in den Nacken. Wir hatten einen Höhenunterschied von über hundert Metern überwunden. Am Schachtausstieg standen ähnliche Statuen wie unten. Wir stiegen über sie hinaus in die Höhe, empfangen von eisigen Windböen, die durch eine kahle Parklandschaft fegten.

Stählerne Bäume säumten Kuppelbauten, die von Marmorstegen miteinander verbunden wurden. Treppenfluchten führten zu den Dächern hinauf. Fenster und Türen bestanden aus künstlichem Eis, in dem Kreaturen wie Kaulquappen schwammen. Sie waren zur Regungslosigkeit erstarrt und glotzten mich doch aus aufgerissenen Augen an. Es war zwar recht kalt, doch echtes Eis wäre geschmolzen. Ich wähnte mich in einer tristen Winterlandschaft, deren Schönheit sich einem Betrachter erst auf den zweiten Blick erschloss. Außer dem Säuseln des Windes war kein Geräusch zu hören. Hinter den stahlblau schimmernden Bäumen erregte ein Wald aus Säulen meine Neugier.

»Untersuchen wir ein paar der Kuppeln«, schlug Harlon Darter vor.

Ich wurde einer Antwort enthoben. Eine eigenartige Prozession kam hinter einer Treppe hervor. Vier in schmucklose Umhänge gehüllte Männer trugen eine Sänfte, in der eine Frau saß. Als sie mich erblickten, hielten sie inne.

Vier Sklaven mit ihrer Herrin. Du solltest dich augenblicklich zurückziehen.

Dazu war es zu spät. Außerdem bot sich mir die Chance, auf die ich gewartet hatte. Ich glaubte nicht, dass die Sklaven gegen mich vorgehen würden. Im Gegenteil, ich lieferte ihnen die Gelegenheit zu fliehen. Die Frau erhob sich mit anmutigen Bewegungen von ihrem Sitz in die Luft und schwebte auf mich zu.

»Wie Palster Weiren in seiner Goldkugel«, sagte Darter. »Das scheint hier die bevorzugte Fortbewegungsmethode zu sein, wenn man sich nicht gerade von anderen tragen lässt.«

»Wer seid ihr?«, wehte ein lieblicher Hauch von Worten zu mir herüber.

Die Frau war von hochgewachsener, schlanker Gestalt. Ihr Gesicht war so ebenmäßig wie das der Statuen, ihre Figur makellos. Unter einem trotz der Kälte hauchdünnen Kleid, das an ihr hinunterfloss und ihre Schultern frei ließ, zeichneten sich deutlich ihre Brüste ab. Sie hoben und senkten sich kaum merklich. Ein Wasserfall kupferroter Haare fiel ihr bis über die Hüfte.

»Du bist Atlan.« Ihre Stimme klang nicht bedrohlich, sondern schmeichelnd. Das weckte mein Misstrauen noch mehr als die Tatsache, dass sie zu den Beherrschern des Quantenschaums gehörte.

»Der bin ich. Und wie lautet dein Name?«

Ihre Antwort bestand aus einem heiteren Lachen. Neben mir stöhnte der Siganese auf. Mein Kopf ruckte herum. Der Schreck fuhr mir in die Glieder, als Darter zu Boden stürzte, eingeschlossen in einen Bernsteintropfen. Das Ziehen meines Strahlers nahm keine Sekunde in Anspruch, doch ich war unfähig, ihn abzufeuern. Plötzlich fühlte ich mich schwer wie Blei, und die Umgebung trat hinter einen gelb getönten Vorhang. Ich konnte sehen, hören, doch mir war keine einzige Bewegung vergönnt. Ich begriff, dass mich das gleiche Schicksal ereilt hatte wie den Siganesen. Ich war bei lebendigem Leib in einem Block aus Bernstein gefangen. Ein Insekt, das nicht einmal zappeln konnte. Haltlos stürzte ich zu Boden und lag auf dem Rücken. Das einzige, was ich sah, war ein graues Wolkenband. Seltsamerweise erstickte ich nicht. Handelte es sich lediglich um eine Illusion?

Das Gesicht der Frau geriet in mein Blickfeld. Das Lächeln in ihren Zügen machte sie noch schöner.

Sie hat dich übertölpelt, du Narr. Die Stimme des Extrasinns dröhnte in meinem Kopf wie eine Glocke.

»Atlan, der Abgesandte der Marodeure. So leicht war es, dich zu fangen«, frohlockte die Frau. Sie stand jetzt auf eigenen Füßen. »Ich könnte dich auf der Stelle töten, doch das wäre töricht. Deine Gefangennahme erschließt mir die Möglichkeit, weiter nach oben zu gelangen.« Sie hob einen Arm und streckte ihn aus.

Die Geste ließ mich vermuten, dass sie nicht nur davon sprach, in einer Hierarchie aufzusteigen. Nach oben gelangen war wortwörtlich gemeint. Ich schloss daraus, dass die Fünf in einem Bereich zu suchen waren, der räumlich weit über mir lag, an der Eisgrenze womöglich. Die Bezeichnung »Stadt aus Eis und Stahl« war ein weiteres Indiz dafür.

Wie willst du diese Erkenntnis verwerten?

Ich wünschte, der Extrasinn würde schweigen. Verzweifelt suchte ich nach einem Ausweg aus meiner Lage. Es gab keinen. Ich war völlig hilflos. In meinem Bernsteingefängnis gelang es mir nicht einmal, einen Finger zu krümmen. Ein Entkommen daraus war völlig ausgeschlossen.

Die Frau beugte sich zu mir herab und musterte mich intensiv. »Wie ein Todbringer siehst du nicht aus«, sagte sie. » Aber die Prophezeiung lügt nicht. Die Marodeure ...«

Ihre Worte endeten in einem schmerzerfüllten Schrei. Ich sah sie seitlich aus meinem Blickfeld kippen. Im nächsten Moment erlangte ich meine Bewegungsfreiheit zurück. Mit einem Satz war ich auf den Beinen. Das Bernsteingefängnis hatte sich aufgelöst. Zu meinen Füßen registrierte ich ein Häufchen trockenen Schaums, der von einer Windböe davongeweht wurde. Harlon Darter erhob sich in die Luft.

»Was ist geschehen? Wieso sind wir frei?«

Ich war nicht weniger verwirrt als er. Die Frau, die uns binnen Sekunden überwältigt hatte, lag tot am Boden. Ihr Blick war gebrochen. Sie hatte eine schreckliche Veränderung durchgemacht. Eben noch jung und schön, war ihr Gesicht zu dem einer alten Frau geworden. Ihr ausgemergelter Körper war verkrümmt. Die schlohweißen Haare hingen ihr strähnig über die Schultern. Die Frau war weit über hundert Jahre alt. Die Todesursache war nicht zu übersehen. Ein Messer steckte in ihrer Brust, und die Wunde färbte ihre Kleidung – nicht länger ein fließendes Nichts, sondern ein der Kälte trotzender, gefütterter Overall – blutrot.

Weil ihr nicht allein seid, du Narr!

Ich drehte mich vorsichtig um, um niemandem Anlass zu geben, mich ebenfalls mit Messern zu bewerfen, und entdeckte einen Gnom mit pergamentartiger Haut. Er stand am Rand des Schachtes und beäugte mich aufmerksam. Anscheinend war er die Leitersprossen heraufgeklettert. Auf einen Stock gestützt, setzte er sich in Bewegung.

»Komm bloß nicht auf die Idee, auf mich zu schießen.« Seine Stimme war rau wie Schmirgelpapier.

»Das habe ich nicht vor.«

»Das ist gut, sehr gut. Ein wenig Dankbarkeit für meine Hilfe erwarte ich schon.« Er bückte sich über die Tote und zog das Messer aus ihrer Brust. Mit fahrigen Bewegungen wischte er es am Overall der Frau ab. »Wie fühlt man sich denn so als in Bernstein eingeschlossenes Insekt?«

»Reichlich beengt«, gestand ich.

Das Hutzelmännchen lachte schallend. »Beengt, ja? Was für ein Glück, dass ich zufällig in der Nähe war. Mein

Name ist Tarquosch, aber die meisten nennen mich Krücke.« Er hob seinen Gehstock. »Deswegen, und ich bin gar nicht traurig darüber. Kein Mensch nimmt mich für voll. Den Hohen bin ich nicht einen Augenblick der Aufmerksamkeit wert. Das ist gut. Sehr gut ist das.«

Tarquosch hat die Ruhe weg, dachte ich verwundert. War er sicher, dass uns keine weitere Gefahr drohte? Ich schloss mich dieser Zuversicht nicht an, sondern ließ die Umgebung nicht aus den Augen. Unser Retter verstaute sein Messer. Er trat nach der Toten.

»Dreck. Schaumphasentechnologie. Mist. Widerlich«, zeterte er.

»Warum bezeichnetest du es als Glück, zufällig in unserer Nähe zu sein?«, fragte ich ihn. »Du folgst uns schon seit geraumer Zeit.«

»Wohl wahr, wohl wahr. Ich dachte, Atlan braucht vielleicht Hilfe. Denn Atlan kennt sich nicht aus.«

Der Kleingewachsene machte einen ziemlich verschrobenen Eindruck auf mich, doch wahrscheinlich hatte er uns das Leben gerettet. Ich kam nicht dazu, nach dem veränderten Erscheinungsbild der Toten zu fragen. Über dem Schacht trübte sich die Luft, wurde zu einem flirrenden Vorhang, hinter dem sich die Realität verbog. Ich zögerte keine Sekunde. Auch Harlon Darter feuerte mit Desintegratorstrahlen. Das Glimmer wich aus und zog sich zurück.

Es lernt.

Doch es war nicht schnell genug und steckte zwei Treffer ein. Die Folge hatten wir schon früher erlebt. Der Raum, den das Glimmer besetzte, fiel optisch in sich zusammen. Die Auflösung des flirrenden Etwas hinterließ einen leeren verwaschenen Fleck, für eine Sekunde nur, dann hatte sich der Raum wieder stabilisiert.

»Verschwinden wir von hier, Harlon«, trieb ich den Siganesen an. »Vielen Dank für deine Hilfe, Tarquosch. Bringe dich in Sicherheit. Ich erwarte das Auftauchen weiteren Glitters.«

»Kommt gar nicht in Frage. Ich begleite euch. Atlan könnte noch mehr Hilfe brauchen.« Der Gnom humpelte neben mir her. Trotz seiner Gehbehinderung legte er eine erstaunliche Geschwindigkeit an den Tag. Er kicherte rau. »Mich wirst du so schnell nicht wieder los.«

»Wie du willst. Aber das wird kein Spaziergang. Wir suchen nach denen, die für die Zustände hier verantwortlich sind.«

»Nach den Fünf. Ist doch klar. Sie sind weiter oben. Weiter oben.«

Tarquosch schien uns tatsächlich helfen zu können, und sei es nur mit zusätzlichen Informationen. Der Schacht, dem wir entstiegen waren, führte nicht weiter hinauf. Wir machten uns auf die Suche nach einem anderen Aufstieg. Aufmerksam hielt ich Ausschau nach Glitter. Darter beobachtete aus der Luft. Tarquosch lief an mir vorbei. Er war so gut zu Fuß, dass ich annahm, sein Gehstock sei nur eine Marotte. Er eilte in eine bestimmte Richtung und bedeutete uns, ihm zu folgen.

Du vertraust einem Fremden, den du eben erst kennengelernt hast, wunderte sich der Extrasinn.

Er hat sich mein Vertrauen verdient, denn ohne ihn wäre ich tot.

Das besagt nicht, dass er keine eigenen Pläne mit euch hat.

Darauf ließ ich es ankommen. In einem Schacht fanden wir eine Treppe. Wir hasteten die Stufen empor, ohne jemandem zu begegnen.

»Es wird zunehmend kälter«, beschwerte sich der Siganese.

»Die kalte Luft dringt von der vereisten Zone herab. Aber bis oben ist es nirgendwo so kalt, dass man es nicht aushalten kann«, erklärte Tarquosch.

»Du warst also schon oben?«

»Bis beinahe an die Eisgrenze. Ich sagte doch, dass mich die Herrschenden nicht ernst nehmen. Ich falle durch das Raster ihrer Arroganz. Das ist prima. Es gefällt mir. Sogar die Instabilitäten, die du Glitter nennst, ignorieren mich. Wenn du mich fragst, habe ich es ziemlich gut getroffen.« Der Gnom kicherte.

»Da oben leben die Fünf?«

»An der Eisgrenze, ja. Ihren genauen Aufenthaltsort kenne ich nicht. Aber ich traf auf Verjüngte, die persönlich mit den Fünf verkehren.«

»Verjüngte?«, fragte Darter.

»Nicht wirklich verjüngt. Ihr habt es gesehen. Trügerisches Blendwerk, wie vieles hier. Keine Zeit jetzt für Erklärungen.«

Wir fanden uns in einer stahlblauen Kammer wieder, die als Bindeglied zwischen himmelstürmenden Bauwerken diente. Ich musste den Kopf in den Nacken legen, um ihre Abmessungen zu erfassen. Die höchsten Erhebungen reichten in die Nähe einer gelben Kunstsonne. Am Himmel hingen unbewegliche Wolkenformationen. Zahlreiche Menschen waren in diesem Bereich zugegen, sowohl Herrscher als auch Sklaven.

»Ich entdecke keine Feindseligkeiten, keine Hinweise auf einen Konflikt. Leben die Menschen hier etwa friedlich zusammen?«, fragte Darter.

»So friedlich wie das Leben auf einem Friedhof.« Tarquosch spuckte aus und dirigierte uns quer durch die Halle. »Seien wir auffällig. Auffällig ist am unauffälligsten. Wer sich an den Wänden entlang und durch die Schatten drückt, macht sich verdächtig, etwas zu verbergen. Und wir verbergen doch nichts.«

Ich verließ mich auf seine Erfahrung in dieser Welt. Außerdem hatte seine Taktik durchaus etwas für sich. Ich selbst hatte sie in der Vergangenheit nicht selten angewandt.

»Was deine Frage angeht«, fuhr er an Darter gewandt fort, während er mit raumgreifenden Schritten weitereilte. Mit dem Gehstock in der Hand war seine Fortbewegung nun wirklich nicht unauffällig. »Es ist hier nicht anders als unten in den rückständigen Ansiedlungen. Überall gärt es unter der Oberfläche. Die Auseinandersetzungen, die nach Atlans Ankunft in den Niederungen ausgebrochen sind, werden Ebene um Ebene nach oben schwappen, bis sie die Fünf erreichen.«

»Wieso wunderst du dich eigentlich nicht über meine Körpergröße?«, erkundigte sich der Siganese. »Du hast kein Wort darüber verloren.«

»Warum sollte ich? Du bist kleiner als ich, ich bin kleiner als andere. Und diese anderen sind längst nicht die größten von allen. Alles nur eine Frage der Sichtweise. Genau wie meine Krücke. Ihr seht es ja, ich könnte sie wegwerfen. Doch damit würde ich meine wertvollste Waffe hergeben.«

Ich lächelte in mich hinein. Der Gnom gefiel mir. Wir durchquerten die Halle, ohne angesprochen zu werden. Tarquosch führte uns weiter in einen abgelegenen Bereich, der menschenleer dalag. Endlich hielt er inne und ließ sich auf dem Boden nieder.

»Zeit für eine Rast.«

»Einverstanden.« Ich setzte mich neben ihn.

»Du stammst aus der Unterstadt?«, fragte Darter.

»Ich stamme von überall her. Habe ich das nicht deutlich gemacht? Ich komme und gehe, wie es mir beliebt. Die

Schaumphasenfetischisten halten mich nicht auf, und die Unterwürfigen sowieso nicht. Eigentlich will keiner von ihnen etwas mit mir zu tun haben. Deshalb belästigt mich auch keiner«, ließ er einen Wortschwall vom Stapel.

Ganz so unproblematisch, wie er es darstellte, war sein Leben sicher nicht. Aber es war bewundernswert, dass er das Beste aus seiner Situation machte.

»Wie lange dauert die soziale Teilung schon an?«, wollte ich wissen.

»Sie besteht, so lange ich denken kann. Wüsste ich es nicht besser, würde ich annehmen, dass es sie schon immer gab. Unsinn ist das, sicher. Den genauen Zeitpunkt kennt keiner. Wahrscheinlich ging es los, nachdem unsere Vorfahren mit der WAV-E in Polychora strandeten.«

»Weißt du, auf welche Weise das geschah?«

»Ich habe keine Ahnung. Und wenn schon, im Nachhinein würde es ja doch nichts ändern.« Tarquosch hob den Daumen. »Da oben, da wohnen diejenigen, die die Systeme der Arche bedienen können in einem Luxus, der den anderen fremd ist. Es heißt, sie seien der normalen Welt entrückt. Unten leben die Menschen, die kaum Einfluss auf die Schaumphasentechnologie haben, in Armut.«

Ich nickte. »Wir haben es gesehen.« Hier war Schönheit, dort war Schrecken. Eine solche Kombination ließ sich nie auf Dauer aufrechterhalten. Das Klima, in dem wir uns bewegten, als unangenehm zu bezeichnen wäre untertrieben gewesen. Das System, das die Beherrscher des Quantenschaums etabliert hatten, hatte den Wert des Menschen aus den Augen verloren. Die Technik stand im Vordergrund, und diejenigen Menschen, die keinen Einfluss auf sie ausübten, waren zu minderwertigen Erfüllungsgehilfen geworden. Wie oft war ich in meinem nach Jahrtausenden zählenden Leben mit vergleichbaren Zuständen konfrontiert worden? Es änderte nichts. Heute versetzten mich die hinter uns liegenden Beobachtungen genauso so sehr in Rage, wie es in vergleichbaren Situationen schon während meiner Jugendtage gewesen war.

»Die Menschen begehren auf. Sie scheinen am Ende ihrer Leidensfähigkeit angekommen«, sagte der Siganese.

»Ihre einzige Hoffnung war die Prophezeiung, die ihre Heimführung ins Paradies verheißt. Durch den Befreier Atlan. Und nun bist du wirklich gekommen. Als ich dich sah, wusste ich trotz deiner albernen Maskerade sofort, wer du bist.« Der Gnom grinste. »Aber bitte, andere fallen offenbar darauf herein. Ich sage es ja, Blendwerk allenthalben.«

»Apropos Blendwerk«, sprach ich an, was uns fast zum Verhängnis geworden wäre. »Wieso ist die junge Schönheit plötzlich zu einer alten Frau geworden?«

»Das ist sie nicht. Sie war eine alte Frau.« Tarquosch schüttelte sich vor Ekel. »Sie hat eine Fassade aufgebaut, aus reiner Eitelkeit. So sind die da oben. Sie hat aus dem Schaum einen mikrozellular dünnen Überzug geschaffen, der so leicht war, dass sie ihn selbst nicht spürte. Den gestaltete sie optisch nach ihren Wünschen. Da der geformte Quantenschaum beim Eintritt ihres Todes nicht mehr stabilisiert wurde, verflüchtigte er sich und ließ die Realität zurück.«

Ich ließ die Worte auf mich einwirken. Viele Menschen hatten Probleme mit dem Älterwerden. Es durch Schaumphasentechnologie zu verschleiern war würdelos.

So würdelos wie der Gebrauch von Verjüngungssalben, Antifaltencremes und anderen Schönheitsprodukten?, flötete der Extrasinn. Ich wollte ihn auf den Unterschied hinweisen, doch er kam mir zuvor. *Es gibt keinen prinzipiellen Unterschied. Nur der Grad der Ausprägung weicht stark voneinan-*

der ab, doch damit verhält es sich wie mit allen Grenzfällen intelligenten Lebens. Wo fängt etwas an, und wo endet es?

Ich konnte nicht umhin, ihm zuzustimmen. Allerdings hatte ich als Träger eines lebensverlängernden Zellaktivators leicht reden. Mein Alterungsprozess war gestoppt worden, bevor sich erste körperliche Zerfallserscheinungen eingestellt hatten.

»Übrigens beinhaltet die Manipulation des Schaums durchaus Selbstheilungskräfte«, riss mich Tarquosch aus meinem stummen Zwiegespräch. »Schaumphasentechnologie vermag körperliche Schäden zu reparieren. Oft ist das Ergebnis von selbst dauerhaft. Angeblich kann sogar die Alterung verzögert werden.«

»Also doch?«

»Ich habe lediglich davon gehört. Ein solcher Fall ist mir noch nie begegnet. Wenn diese Möglichkeit besteht, sind es nicht mehr als ein paar Handvoll Menschen, die darüber verfügen.« Tarquoschs Augen funkelten. »Reizvolle Vorstellung, nicht wahr? Ja, fürwahr. Würde mir gefallen, wieder jünger zu werden. Oder nicht weiter zu altern. Andere Berichte vermitteln, dass Menschen durch Schaumphasentechnik organisch verändert wurden.«

»Zu welchem Zweck?«

»Um bessere Sklavenarbeiter abzugeben. Angeblich wurden sie zur Bewältigung bestimmter Tätigkeiten umgeformt. Sie wurden ihren jeweiligen Aufgaben physisch angepasst.«

»Das ist widerlich und menschenverachtend«, stieß Harlon Darter aus. »Wie können Menschen anderen Menschen so etwas antun?«

»Es ist ein Fehler, die Fünf mit normalen Maßstäben zu messen. Ich bezweifele, dass sie selbst sich noch als Menschen sehen.« Der Gnom stemmte sich in die Höhe.

»Was hast du vor?«

»Ich denke, ihr wollt ganz nach oben steigen. Genug herumgesessen. Wer rastet, der rostet. Je schneller ich den Erlöser an seinen Bestimmungsort bringe, desto eher kann ich mich wieder anderen wichtigen Geschäften widmen.« Tarquosch johlte vor Vergnügen.

Er gefiel mir immer besser.

Kapitel 22

8. September 3126

Ich kontaktierte Leutnant Grosz und brachte die Zurückgelassenen auf den aktuellen Stand. Sie seien in ihrem Versteck sicher vor Entdeckung und bereit, uns jederzeit zu folgen, berichtete er. Wir brauchten bloß einen kurzen Peilimpuls zu senden, und sie würden sich auf den Weg machen. Da sich an der Situation nichts geändert hatte, verzichtete ich vorerst auf Unterstützung. Unsere Unauffälligkeit und unsere geringe Zahl waren unser Vorteil. Angen-Math erkundigte sich, ob wir auf unbekannte technische Artefakte gestoßen seien.

»Unbekannt bedeutet nichtmenschlicher Herkunft?«, vergewisserte ich mich.

Er bestätigte.

»Nein, bisher nicht. Erwartest du einen solchen Fund?«

»Da wir davon ausgehen, dass Polychora von einer uns fremden Spezies gelenkt wird, wäre eine solche Entdeckung nur logisch.«

Ich stimmte ihm zu und kündigte an, mich im Falle eines Fundes zu melden. Dann machten wir uns wieder auf den Weg.

Schnell erwies sich, dass wir mit Tarquosch einen guten Fang gemacht hatten. Er hatte nicht zu viel versprochen. Zielstrebig führte er uns auf verschlungenen Pfaden, die wir ohne seine Hilfe erst nach zeitraubender Suche gefunden hätten. Wir kamen zügig voran, obwohl wir gelegentlich Umwege in Kauf nehmen mussten, um Menschenansammlungen aus dem Weg zu gehen, durch die wir uns nicht unbemerkt hätten schmuggeln können. Das waren Ausnahmefälle. Bedingt durch die dünne Besiedelung der Stadt durchstreiften wir Gebiete, die den Anschein erweckten, noch nie von eines Menschen Fuß betreten worden zu sein.

Überall dort, wo wir auf Bewohner trafen, bestätigte sich die soziale Teilung. Diejenigen, die geringfügigen Einfluss auf den Quantenschaum ausübten, fühlten sich denen überlegen, die bar dieser Fähigkeit waren. Wessen Fähigkeit zur Schaffung von Strukturen aus dem Schaum stärker ausgebildet war, sah sich wiederum über die gering Befähigten erhoben. So zeichnete sich eine Pyramide mit breiter Basis, an deren Spitze die mächtigen Fünf mit ihrer nahezu gottgleichen Kraft standen.

Oder die Vier. Darüber erlangten wir nach wie vor keine eindeutigen Aussagen. Auch Tarquosch hatte nicht mehr aufgeschnappt als Gerüchte.

In die gewaltigen Hallen aus glänzendem Stahl und poliertem Marmor drängten sich Geflechte aus Kristall und Eis, das ich einer Überprüfung unterzog. Es handelte sich um echtes Eis, das eigentlich hätte schmelzen müssen. Möglicherweise bestanden exakt ausgerichtete thermische Eindämmungsfelder, die die Temperatur des Eises konstant hielten. Die Strukturen der Architektur wurden noch ausufernder, grandioser und undurchschaubarer. Man hätte sie auch als verrückt bezeichnen können. Das änderte nichts an ihrer Pracht. Obwohl ich mich dagegen sträubte, faszinierte sie mich. Das Gewaltige der Bauwerke trug schließlich keine Schuld an der Hybris der Erschaffer.

Zuweilen hatte ich den Eindruck, dass das Labyrinth mit Absicht sinnverwirrend angelegt worden war. Passagen führten ins Nichts oder endeten vor phantastischen Bauwerken, die, bar jeglichen Zugangs, nicht betreten werden konnten. Bestimmte Bereiche der Stadt wirkten geradezu surreal, wie monumentale Kunstwerke, die unter Drogeneinfluss entstanden oder dem Gehirn eines Wahnsinnigen entsprungen waren.

Tarquosch ließ sich von diesen Hindernissen nicht irreleiten. Er musste den Weg schon häufig zurückgelegt haben, sonst hätte er sich nicht so mühelos zurechtgefunden. Ebene um Ebene drangen wir weiter vor, Stockwerk um Stockwerk stiegen wir höher hinauf. Unterwegs bedienten wir uns an unseren Vorräten.

Die Instabilitäten nahmen zu, je weiter wir uns der Eisgrenze näherten. Es gelang uns, ihnen auszuweichen. Ständig beobachteten wir orientierungslos umherziehendes Glitter. Hatte ich ihm weiter unten eine gewisse Zielstrebigkeit attestiert und sogar die bewusste Bewältigung expliziter Polizeiaufgaben, kam es mir inzwischen immer autonomer vor. *Verwildert.* Es kümmerte sich nicht um uns. Kam es uns nahe, geschah das durch Zufall. Durch das unangenehme Gefühl, das es bei seiner Annäherung auslöste, waren wir vor Überraschungen halbwegs gefeit, und mit Desintegratorstrahlen hielten wir es uns vom Leib.

Als sich nach unserer Zeitrechnung der Tag dem Ende entgegenneigte, war ich der Meinung, bald an die Eisgrenze gelangen zu müssen. Tarquosch bestätigte meine Einschätzung.

»Macht euch auf eine Überraschung gefasst«, sagte er geheimnisvoll und führte uns eine Rampe aus blauem Stahl hinauf. Eisblumen überzogen die Ränder. Sie mündete in einen von rostroten Flechten überzogenen Hügel, der immer weiter anstieg.

»Auf dem Hügel blitzt es, Lordadmiral.«

Ich teilte Darters Beobachtung, jedoch war es mir unmöglich zu erkennen, was die Lichtentladungen auslöste. Der Hügel besaß keine Kuppe, hinter der er sich neigte und rückseitig wieder abfiel. Er ging in eine metallische Ebene über. Eine Flut von Eindrücken stürzte auf mich ein.

»Es donnert.« Nun war es Tarquosch, der sich überrascht zeigte. Donnergrollen hatte er nicht erwartet.

Ich wusste es besser. Was wir vernahmen, war das Knallen von Projektilwaffen.

In der Ferne wurde gekämpft. Diesmal zögerte ich nicht. Ich stieß mich vom Boden ab und jagte über der sanft ansteigenden Metallebene dahin. Harlon Darter hielt Anschluss. Auf Tarquosch nahm ich keine Rücksicht. Das Hallen weiterer Schüsse drang herüber. Ich sah Flammen in die Höhe schlagen. Etwas brannte.

Beiläufig nahm ich das Aussehen der Umgebung in mich auf. Es gelang mir nicht zu bestimmen, ob es sich um Felsgestein, Stahlstrukturen oder etwas mir völlig Unbekanntes handelte. Der ganze Bereich wirkte entartet, unheimlich. Von eigenem Leben erfüllt. Meine Konzentration galt den Kämpfen. Eine Gruppe Menschen rannte gegen einen Wall an – der kein Wall war, wie ich erkannte, als ich mich ihm näherte.

Der Boden war aufgerissen und gebar neue Materie. Erdreich und Gestein bildeten sich aus Quantenschaum und prasselten, wie von einem Wirbelsturm entfesselt, auf die Angreifer nieder. Gezackte Metallfragmente rasten durch die Luft. Ein schmerzerfüllter Aufschrei drang an meine Ohren, der jäh erstarb, als ich mich in die Richtung wandte, aus der er kam. Ein Fetzen Stahl hatte einen der Angreifer buchstäblich in zwei Hälften gerissen. Seine Kameraden wichen zurück, ohne ihr Pistolenfeuer einzustellen.

Jenseits des Chaos schlugen Flammen aus einem Haus, das auf fast organische Weise mit dem Berg verwachsen war. Ein Gebäudetrakt brannte lichterloh. Endlich entdeckte ich einen einzelnen Mann, farbenprächtig gekleidet, wie ich es von den Herrschenden inzwischen gewöhnt war. Er stand breitbeinig da, die Arme ausgestreckt und schien der Welt entrückt.

Er setzt Schaumphasentechnologie gegen die Rebellen ein. Er entfesselt das Chaos.

Felsbrocken entstanden in der Luft und regneten auf die Angreifer nieder. Selbst auf die Entfernung glaubte ich das hässliche Geräusch zerbrechender Knochen zu hören. Ich hatte Partei ergriffen, doch dafür waren nicht dieser Kampf ausschlaggebend, sondern die menschenverachtenden Verhältnisse. Ich zog meinen Kombistrahler, wischte mit dem Daumen über die Waffenwahl und aktivierte den Paralysator.

Unter mir teilte sich der Untergrund. Steinerne Felsnadeln zuckten aus dem klaffenden Spalt. Ein Warnruf des Siganesen erreichte mich, da war ich den tödlichen Hindernissen schon ausgewichen. Erdstöße erschütterten den Untergrund. Ich stieg höher und erhielt freies Schussfeld. Anvisieren und den Abzug betätigen waren eine fließende Bewegung, die mir schon vor meinem Eintritt in die Raumflotte des Tai Ark'Tussan in Fleisch und Blut übergegangen war.

Der Buntgewandete sackte in sich zusammen, stürzte zu Boden und blieb bewegungslos liegen. Von allen Seiten drangen die Angreifer auf ihn ein. Bisher hatten sie mich nicht gesehen und begriffen nicht, was geschehen war. Ich fürchtete, dass sie den Bewusstlosen in Stücke reißen würden, wenn ich nicht eingriff. Ich landete vor ihnen, schob die Kapuze in den Nacken und streckte ihnen abwehrend die Hände entgegen.

»Haltet ein!«, rief ich den Rebellen entgegen.

Unschlüssig, wie sie sich verhalten sollten, hielten sie ihre Pistolen erhoben. Harlon Darter näherten sich ihnen von hinten. Er hatte auf die Rebellen angelegt, bereit sie zu betäuben. Das lag nicht in meiner Absicht. Bevor ich meinen Namen nennen konnte, trat einer aus ihren Reihen vor und musterte mich eindringlich.

»Es ist Atlan«, sagte er laut. »Steckt eure Waffen weg. Oder will einer von euch den Erlöser erschießen?« Der unterschwellige Sarkasmus entging mir nicht.

Nicht alle laufen mit fliegenden Fahnen zu dir über, raunte der Extrasinn.

Darauf lege ich keinen Wert, wie du weißt. Die Rebellen stellen sich nicht gegen mich. Es ist also Konsens vorhanden. Ich beugte mich über den Bewusstlosen. Bis auf den Paralyseschock war er unverletzt.

»Sein Name lautet Berich Lursen.«

Ich erhob mich. Mein Gegenüber war groß und schlank, drahtig beinahe. Pechschwarze Haare umrahmten sein jungenhaftes Gesicht. »Und der deine?«

»Kyle Griffin. Es sieht glatt so aus, als ob wir dem Erlöser einen Schritt voraus waren. Ich nehme an, du bist ebenfalls auf dem Weg zu den Fünf.«

»Ohne Atlans Parteinahme für euch wäre euer Weg beendet.« Der Siganese schwebte heran.

»Was ... bist du?«

»Wer, nicht was. Harlon Darter von Siga.«

»Harlon Darter von Siga, ich verstehe.« Griffin legte die Stirn in Falten. »Nein, ich verstehe nicht. Aber da du offenbar zu Atlan gehörst, stufe ich dich nicht als Feind ein.«

»Also darf ich davon ausgehen, dass du auch mich nicht als Feind einstufst«, sagte ich süffisant. Ich gewahrte, dass Tarquosch herangeeilt kam. Eilig übernahm ich die gegenseitige Bekanntmachung. »Wir sollten uns einen anderen Ort zum Austausch suchen.«

»Es eilt nicht.« Griffin machte trotz seiner Jugend einen abgebrühten Eindruck. »So schnell wird niemand kommen, um nach Berich Lursen zu sehen. Er wohnt allein in diesem Haus.«

»So ist das bei den meisten der hohen Damen und Herren«, sagte Tarquosch. »Außer sich selbst trauen sie kaum jemandem.«

Es handelte sich bei den Herrschenden also überwiegend um Einzelgänger. Diesen Eindruck hatte ich schon früh gewonnen. Vielleicht war das der Grund, warum die Fünf sich entzweit hatten. Gruppendynamische Interaktionen schienen ihre Sache nicht zu sein.

»Warum habt ihr Lursen überfallen?«, fragte ich.

»Warum? Liegt das nicht auf der Hand? Wir haben ihn ausgespäht und wussten, dass er allein haust. Wir hatten vor, ihn töten. Damit hat er nicht gerechnet. Wir sind vor kurzem durch Zufall in den Besitz von Waffen und Ausrüstung gelangt. Deshalb war der richtige Zeitpunkt zum Zuschlagen gekommen. Vor uns ist noch kein Mensch so weit vorgedrungen.«

»Außer mir.« Tarquosch warf sich in die Brust. »Krücke war lange vor euch hier, und Krücke war noch viel weiter.«

»Du bist noch weiter hinaufgegangen?« Kyle Griffin war ehrlich beeindruckt. »Bist du bis zu den Fünf vorgestoßen?«

»Nein. Ihr genauer Aufenthaltsort ist unbekannt.«

Meine Hoffnung beruhte darauf, dass Berich Lursen in dieses Geheimnis eingeweiht war. Mich wunderte etwas anderes. »Du sagtest vorhin, du seiest auf dem Weg zu den Fünf, Kyle. Aus welchem Grund?«

»Um sie umzubringen, genau wie Lursen. Ihr Tod wird ein Fanal sein. Mit dem Ende der Fünf endet auch die Unterdrückung.«

»So einfach ist das nicht.« Griffin besaß Mut, aber seine Naivität war bedenklich. Ich hatte nicht vor, ihn in sein Verderben laufen zu lassen. Mir war noch zu frisch in Erinnerung, dass Pirl Crisp dem Tod gerade so eben von der Schippe gesprungen war.

»Einfacher geht es nicht. Jeder Unterdrücker weniger ist ein Fortschritt.«

»Ganz meine Meinung«, meckerte Tarquosch.

»Keiner hindert uns daran, jetzt in die Tat umzusetzen, was wir vorhatten.«

»Doch, ich«, stellte ich unmissverständlich klar. »Ich brauche diesen Mann lebendig. Außerdem dulde ich keinen Mord an einem Wehrlosen, auch wenn ich solche Unterdrücker bekämpfe.«

Griffins Augenwinkel zuckten. »Wenn wir ihn am Leben lassen, rächt er sich an uns. Drei meiner Freunde sind tot.«

»Bei denen wird es nicht bleiben. Ihr werdet alle sterben. Berich Lursen allein war euch überlegen, doch seine Fähigkeiten sind gering im Vergleich zu denen der Fünf. Ihr werdet nicht einmal in ihre Nähe gelangen.« Ich dachte nicht daran, Griffin mit Samthandschuhen anzufassen. Indem ich ihm etwas vormachte, hätte ich ihn ermuntert.

»Aber du traust dir das zu?«, fragte er trotzig.

»Ja, weil ich in solchen Dingen über Erfahrung verfüge. Es ist nicht ausgeschlossen, dass ich Unterstützung brauche, nachdem ich die Fünf gefunden habe.«

Griffins Miene hellte sich auf. »Du hältst uns also nicht für unfähig?«

»Das habe ich nie behauptet. Unerfahren, das seid ihr. Wenn ich euch allein losziehen ließe, würde das bedeuten, euch in euren Untergang laufen zu lassen. Vergegenwärtige dir, was bei eurem Überfall auf Berich Lursen geschehen ist, und sei ehrlich zu dir.«

»Vielleicht hast du recht.« Er schaute sich um. »Ich gebe deine Worte an meine Freunde weiter.« Er stapfte zu den Rebellen hinüber, die sich um die drei Toten geschart hatten.

»Bei mir kannst du dir eine solche Gardinenpredigt sparen«, haspelte Tarquosch. »Ich begleite dich so oder so, und wenn du dich auf den Kopf stellst.«

»Da ich das nicht vorhabe, bleibt mir wohl keine andere Wahl als einzuwilligen.«

»Stimmt. Stimmt sogar ganz genau. Übrigens, der hohe Herr regt sich.«

Ich stellte mich neben Lursen. Nach der Dosis, die ich ihm mit dem Paralysator verabreicht hatte, hätte er eigentlich viel länger schlafen müssen. Doch es war mir recht, dass er schon wieder zu sich kam. Das ersparte mir Zeit.

»Sei vorsichtig. Den hohen Herren ist nicht zu trauen«, warnte Tarquosch mich. Er zog sein Messer und balancierte es mit der Spitze auf seinem Handrücken. »Sag Bescheid, wenn der hohe Herr sich ziert. Ich gehe dir gern zur Hand, um ihm die Zunge zu lockern.«

Ich zweifelte nicht daran, dass der Gnom sein Angebot ernst meinte. Lursen sah mich aus blutunterlaufenen Augen an. Sein Gesicht war ungewöhnlich hell. Er begab sich in eine sitzende Position. Es handelte sich um einen dürren, feingliedrigen Mann jenseits der Siebzig mit kahl rasiertem Schädel.

»Der Abgesandte der Marodeure«, empfing er mich. »Bist du gekommen, um mich zu töten?«

Es ging mir auf die Nerven, dass mir ein schlechter Ruf vorauseilte, der nicht zutraf. »Wenn du kooperierst, werde ich davon absehen.«

»Was verlangst du von mir?«

»Nicht viel. Ich will, dass du mich zu den Fünf führst.«

»Du kannst nicht zu ihnen gehen, Todbringer. Sie leben an der Eisgrenze. Kein niederes Wesen kann dorthin vorstoßen.«

Ein niederes Wesen war ich also. Lursen bestätigte die Arroganz der Herrschenden gegenüber den geknechteten Menschen. »Ich bin bis hierher gekommen, ich komme auch noch weiter. Dazu benötige ich den genauen Aufenthaltsort der Fünf, und zwar von dir.«

»Niemand kennt ihn, auch ich nicht.« Ein unruhiges Flackern in seinen Augen verriet mir, dass er log.

»Willst du, dass mein Freund dir die Frage noch einmal stellt? Er ist ein wenig ungeduldiger als ich.«

»Cholerisch bin ich!«, rief Tarquosch, wobei er aufreizend mit seinem Messer spielte. »War ich schon immer. Unberechenbar. Nicht gut, gar nicht gut.«

Vor meinen Augen trübte sich die Luft. Ich warf mich nach vorn und legte meine Hand um Lursens Kehle. Ein kristallener Kubus hatte sich um mich und ihn gebildet. *Schaumphasentechnik*. Wahrscheinlich war der Würfel von außen nicht zu zerstören.

»Schluss damit, oder ich breche dir den Hals.«

»Nein, bitte nicht.« Lursen zitterte am ganzen Körper. Seine dürren Glieder schlotterten. Er war überzeugt, dass ich meine Drohung wahrmachen würde.

Der Kubus zerfiel zu weißem Schaum, der sich in Myriaden kleiner Blitze auflöste. Die Demonstration hatte mir deutlich gemacht, wie schnell sich der Quantenschaum manipulieren ließ. Zweifellos übertrafen die Fertigkeiten der Fünf die meines Gefangenen bei Weitem. Ich durfte Lursen nicht einen Moment unbeobachtet lassen. Tarquosch kam herüber.

»Soll ich ihm die Nase abschneiden, damit er solchen Unsinn künftig unterlässt?«

Ich spielte den Nachdenklichen. »Beim nächsten Mal. Geben wir ihm noch eine Chance, sich gesittet zu benehmen. Das wirst du doch?«

»Ich füge mich«, beeilte Lursen sich zu sagen.

Ich durchsuchte ihn und stellte sicher, dass er keine Geräte bei sich trug. Anschließend entschied ich, diesen Ort zu verlassen. Auch Kyle Griffin und seine Freunde würden sich anderswo verbergen. Er berichtete von einem Höhlensystem ganz in der Nähe, das sie ausgekundschaftet hatten. Dort würden seine Freunde und er sich für den Fall, dass ich ihre Unterstützung brauchte, zu meiner Verfügung halten.

»Wir warten, bis unsere Vorräte zur Neige gehen«, versprach er.

Tarquosch, Harlon Darter und ich schickten uns an, die oberste Ebene der Stadt aus Eis und Stahl zu durchqueren. Über uns lag nur noch das Eis und darüber die instabile Zone.

Kapitel 23

9. September 3126

»Ist in die Wege geleitet, was ich angeordnet habe?«, erkundigte sich Tipa Riordan. Sie saß in ihrem Privatgemach.

»Ist sicher, dass unser Gespräch nicht abgehört werden kann?«, fragte die Frau am anderen Ende des Funktunnels, statt zu antworten.

Die Piratenlady betrachtete Ainut Hernason nachdenklich. »Befürchten Sie, dass Sie aufgefallen sind? Hat jemand Verdacht geschöpft?«

»Nein, aber Black Finger hat seine Augen und Ohren überall. Sein Misstrauen grenzt an Paranoia.«

Tipa machte eine wegwerfende Handbewegung. »An dem Tag, an dem ich es nicht mehr schaffe, eine abhörsichere Verbindung auf die Beine zu stellen, setze ich mich zur Ruhe. Da ich aber viel zu jung für den Altersruhestand bin, werden bis dahin noch einige Sternenreiche kommen und vergehen. Machen Sie sich wegen Tirfin Surget keine Sorgen. An mir beißt der Naat sich die Zähne aus, auch dank Ihnen, meine Liebe.«

Ainut Hernason entspannte sich ein wenig. »Das beruhigt mich. Ich möchte nämlich nicht eines Nachts plötzlich verschwinden, und am nächsten Tag weiß niemand, was aus mir geworden ist.«

»Sobald sich Gefahr für Sie abzeichnet, hole ich Sie da raus und entziehe Sie Black Fingers Zugriff.«

»Ich danke Ihnen.«

»Also?«, hakte die Piratenlady nach.

»Es ist alles zu Ihrer Zufriedenheit erledigt«, sagte die Plophoserin. »Ich habe meine Gewährsleute an den strategischen Stellen instruiert. Sie stehen Gewehr bei Fuß und können von einem Moment auf den anderen aktiv werden.«

»Gut. Nicht mehr wollte ich wissen.« Die harmlos klingende Mitteilung der Plophoserin besagte nicht weniger, als dass Tipa mit ihrer Hilfe gewissermaßen die Kontrolle über Asther übernommen hatte. Falls größere Aktionen notwendig wurden, würde eine lückenlos operierende Maschinerie in Gang treten, die weder Tirfin Surget noch der Akone Saken Dasch aufhalten konnten. »Wir halten bis auf weiteres Funkstille.«

»Verstanden. Noch etwas: Mir sind Black Fingers hektische Aktivitäten aufgefallen.«

Tipa Riordan horchte auf. »In Zusammenhang mit dem Kult der feurigen Wiedergeburt?«

»Ja. Ich dachte, das interessiert Sie vielleicht.«

»Mich interessiert alles, was mit dem Kult in Zusammenhang steht.« Denn der Kult bereitete der Piratin nach wie vor großes Magengrimmen. Sie bedankte sich und beendete die Verbindung.

Seufzend ließ Tipa sich in die Polster fallen. Sie fand einfach keine Ruhe. Wieder einmal schien sich das Universum in seiner grenzenlosen Dummheit gegen sie verschworen zu haben. Nicht allein, dass sie drauf und dran war, ihre Forschungsstation auf Nacht zu verlieren. Sie war nicht naiv. Eine Frau wie sie überließ nichts dem Zufall. Deshalb hatte sie befohlen, die Evakuierungsvorbereitungen für das Verlassen der Station voranzutreiben. Ein paar der Wissenschaftler waren per Transmitter bereits auf dem Weg nach Asther, während Weltraumsöldner der BUTTERFLY nach Nacht gebracht wurden. Aber nein, das genügte nicht. Gorken Tansiths Machenschaften verdarben ihr den Appetit. Sie aktivierte einen Bildschirm und rief die Daten ab, die sie über den Kult der feurigen Wiedergeburt zusammengetragen hatte.

Der pseudoreligiöse Kult war 3081 auf Arkon I unter dem Einfluss Naron Faltons entstanden. Der arkonidische Wissenschaftler sah sich als fernen Nachkommen von Toge Falton, dessen Arbeiten zur Fernerkundung hyperphysikalischer Phänomene er sich zu verfeinern bemühte. Tipa wusste, dass sich vor vielen Jahren schon einmal ein terranischer Wissenschaftler namens Tyll Leyden diesem Forschungszweig verschrieben hatte. Im Gegensatz zu Leydens Grundlagenforschung ging Naron Faltons neues System in eine andere Richtung. Der Arkonide wurde jedoch von seinen Kollegen aller Völker verlacht und war in Wissenschaftlerkreisen gewissermaßen zur persona non grata erklärt worden. Der Spott hatte ihn in die Abgeschiedenheit eines in den Daten namentlich nicht genannten Kolonialplaneten getrieben, wo ihm allem Anschein nach der Durchbruch gelungen war. Er hatte die Existenz einer Schwachstelle im Universum ermittelt, die laut seinen Auswertungen Zugang in eine andere Welt bot. Diese Schwachstelle hatte er auf den Planeten Nancanor lokalisiert. Daraufhin war er erneut verlacht und endgültig aus der wissenschaftlichen Gemeinschaft verstoßen worden.

Nancanor, grübelte die Piratin. *Ausgerechnet Nancanor.*

Sie schreckte auf, als sich die Kabinentür öffnete. Tipa lag eine harsche Zurechtweisung auf der Zunge. Sie verschluckte sie, als der Trägerroboter ihres Orakels mit der metallisch glänzenden Minipositronik eintrat.

»Irgendwann gelingt es mir noch, dir beizubringen, was Privatsphäre für einen Menschen bedeutet.«

»Privatsphäre wird überbewertet«, gab das Orakel ungerührt zurück. »Besonders dann, wenn große Ereignisse ihre Schatten vorauswerfen.«

»Drück dich nicht wieder so geschwollen aus, Junge. Heraus mit der Sprache. Bringst du mir eine weitere Hiobsbotschaft?«

»Ich bringe Botschaft über sich abzeichnende drastische Veränderungen.«

»Welcher Gestalt?«

»Ich sehe eine sich verändernde Welt, in der Dinge entstehen und vergehen.«

»Haben wir davon mit dem Phänomen auf Nacht nicht schon genug? Oder willst du behaupten, eine strukturelle Störung des Universums noch überbieten zu können?«

»Wenn ich Sie langweilige, gehe ich wieder.« Der GLADIATOR drehte sich um und machte Anstalten, die Kabine zu verlassen.

»Schluss mit dem Unsinn, Orakel.« *Eines Tages lasse ich dich für deine Launen verschrotten.* Ein Gedanke, den Tipa natürlich niemals in die Tat umsetzen würde. »Also bitte, lass mich an deiner Weisheit teilhaben.«

»Es existiert eine Enklave, die aus unzähligen Welten besteht. Aus Welten, die aus dem Nichts geschaffen werden und wieder vergehen.«

»So wie diese Sache mit dem Quantenschaum, den meine Wissenschaftler ausbaldowert haben?«

»Genau so, edle Sternenfreibeuterin.«

»Das ist also keine Neuigkeit.«

»Die direkte Verbindung, die ich ermittelt habe, ist es durchaus. Wir können in diese Welt gelangen.«

»Von hier aus?«

»Ja.«

»Weiter.«

»Nichts weiter. Ich finde, das ist eine ganze Menge.«

»Und woher beziehst du diese Weisheit?«

»Ich habe sie ...«

»Vorausgesehen«, fiel Tipa der Minipositronik ins Wort. »Ja, natürlich, schließlich bist du das Orakel.«

Sie fragte sich, was sie von den Andeutungen halten sollte. Sie waren so vage wie meistens, doch häufig erschloss sich der Sinn der Voraussagen des Orakels nach einer gewissen Zeit. Daher tat Tipa gut daran, ihnen die gebotene Beachtung zu schenken. Bestand womöglich ein Zusammenhang zu dem Phänomen auf Nacht? Die instabile Störungszone weitete sich aus, trotz des stabilisierenden Einflusses der Großpositronik. Wenn hier etwas passierte, konnte sich das zu einer Gefahr für die ganze Milchstraße entwickeln. Der Zeitpunkt, an dem sie nicht länger umhin kam, die USO zu kontaktieren, rückte in bedrohliche Nähe.

»Bist du mit den Ideen Naron Faltons vertraut?«, fragte sie.

»Ein wenig.«

Im Grunde nicht, bedeutete das. Die Piratin legte dar, was sie sich vor dem Eintreten des GLADIATORS ins Gedächtnis zurückgerufen hatte.

»Dieser Naron Falton scheint ein interessanter Wissenschaftler zu sein.«

»Er ist kein Wissenschaftler mehr, sondern der Kopf einer Sekte, nämlich des Kultes der feurigen Widergeburt. Es ist unbekannt, warum und wie er als Kopf dieser Sekte aus der Isolation zurückkehrte. Zuletzt trat er 3120 auf. Seitdem wurde er nicht mehr in der Öffentlichkeit gesehen.«

»Worum handelt es sich bei diesem Kult?«

»Das interessiert dich wirklich?«

»Mich interessiert alles. Das dürfte Ihnen bekannt sein.«

Großkotz! »Die Kernbotschaft des Kultes ist die Wiedererweckung der Toten. Das soll an dem Tag in einer unbekannten Zukunft geschehen, an dem sich das feurige Tor im Herzen Nancanors öffnet«, führte Tipa aus. »Um diesem Tor im richtigen Moment nahe zu sein, gründete der Kult 3081 in der Station Perya eine Niederlassung. Tote werden dort gegen eine hohe Gebühr in Zylindern aus gebürstetem Aluminium in Tiefkühlung konserviert. Verwalter der Anlage ist der oberste Feuerdiener Gorken Tansith.«

»Über diesen Menschen hörte ich Sie bereits sprechen.«

»Ein Ara. Tansith ist ein Ara.«

»Das ändert nichts an der Tatsache, dass Sie ihn meines Wissens nicht ausstehen können.«

»Das ist die Untertreibung des Jahres, mein Junge. Gorken Tansith ist ein ausgemachter Strolch, eine zwielichtige Gestalt, die eine Gruppe von Adepten verschiedener Grade befehligt, die die zukünftige Einlagerungsgebühr durch Frondienste abarbeiten.«

»Eine für beide Seiten lohnenswertes Arrangement.«

»Eine Idiotie sondergleichen! Man munkelt von Einlagerungen bei lebendigem Leib. Dummerweise konnte das bisher nicht offiziell bestätigt werden. Zudem hält sich der Zulauf zur Sekte in Grenzen, weshalb weder die lokal aktiven Staatsgebilde noch überstaatliche Einrichtungen gegen den Kult einschreiten. Da siehst du es mal wieder.«

»Was denn?«, fragte das Orakel einfältig.

»Dass man sich auf niemanden verlassen kann. Keiner von denen ist da, wenn man ihn mal braucht. Nicht das Solare Imperium, nicht der Carsualsche Bund und schon gar nicht dieses Arkonidenjüngelchen mit seiner USO.«

»Aus Ihrer Aufregung schließe ich, dass Ihnen der Kult der feurigen Wiedergeburt suspekt ist. Verzeihen Sie, wenn ich erneut zur Untertreibung neige.«

»Geschenkt. Mit einem hast du auf jeden Fall recht. Diese Sekte ist mir ein gewaltiger Dorn im Auge. Gorken Tansith baut rund um den Glauben des Kults zunehmend einen Machtapparat auf, der sich auf ein abstruses Regelwerk aus Verboten, Strafen und Verheißungen gründet.«

»Ich verstehe den Grund Ihrer Abneigung. Die Aktivitäten des Kults behindern die edle Piratenlady dabei, in diesem System ungestört ihren eigenen Geschäften nachzugehen. Da sind Ressentiments nicht verwunderlich.«

»Ungehobelter Flegel!« Tipa war nahe daran, das Orakel aus ihrer Kabine zu werfen. Ihr Interkom schlug an, und sie nahm den Anruf entgegen. Die Verärgerung über das Orakel verging, denn endlich erhielt sie eine positive Nachricht. »Unser namenloser Gast ist erwacht. Begleitest du mich in die Medosektion?«

»Sie bieten es mir an?«, staunte die Minipositronik.

»Täte ich es nicht, würdest du mir erst recht folgen«, murmelte Tipa, als sie aus ihrer Kabine auf den Korridor hinaustrat.

Der GLADIATOR schloss sich ihr an. »Ich bewundere Ihre weise Voraussicht, Freibeuterin der Sterne.«

Kapitel 24

9. September 3126

Die Welt schien nur noch aus Grau und Blau und Weiß zu bestehen.

Die oberste Ebene wurde immer bizarrer. Sie verwirrte meinen Verstand, so sehr war sie allem Menschlichen entfremdet. Es war kaum möglich, ordnende Elemente zu unterscheiden. Viel zu sehr ragte alles ineinander. Der Berg und die stählernen Strukturen waren in Symbiose begriffen. Die Eisgrenze lag noch über uns, und doch bildete Eis einen integralen Bestandteil der Fremdartigkeit, die uns begleitete. Zusammengenommen hatte alles die Form einer gigantischen Höhle mit willkürlichen Passagen. Das Eis transportierte Lichteffekte aus der Zone der Auflösung bis in diesen Bereich.

Was wir erlebten, war bedrückend. Niemand sprach ein Wort. Darter und Tarquosch fühlten sich unbehaglich. Ihre Mienen drückten es ebenso aus wie ihre Körpersprache. Diese aus dem Quantenschaum erschaffene Welt war nichts für Menschen, es sei denn, sie gehörten zu jenen, welche den Schaum manipulierten. Berich Lursen zeigte sich wenig beeindruckt. Wir ließen ihn nicht aus den Augen. Er wusste, dass der Strahler des Siganesen permanent auf ihn gerichtet war und dass Tarquosch nicht zögern würde, ihm den Garaus zu machen.

Inzwischen war der 9. September 3126 angebrochen, wenn ich auch nicht wusste, ob dieses Datum hier überhaupt noch irgendeine Bedeutung hatte. Trotzdem klammerte ich mich an diesen Rest von Normalität, von Orientierung.

Ich war froh, dass Darter am Vortag ausreichend geschlafen hatte. Es wäre ein zu großes Risiko gewesen, eine längere Rast einzulegen. Überall registrierten wir räumlich eng begrenzte Zonen der Instabilität. Glitter schien sich in dieser Gegend besonders wohl zu fühlen. Ein paar Mal bekamen wir es zu Gesicht. Wir waren auf einen Angriff gefasst, aber es ließ uns in Ruhe.

Wir bewegten uns über eine Brücke aus Stein, immer weiter aufwärts. Ich glaubte, meinen eigenen Sinnen nicht mehr trauen zu dürfen. In der Höhe schwebten gewaltige, zu einem unüberschaubaren Konglomerat verschachtelte Quader. Unter der Brücke erstreckte sich scheinbar endlose Tiefe. Waren das winzige Ausschnitte der Waldlandschaft auf der Wandung des Toroids oder etwas so unsagbar Fremdes, dass mein Verstand nach einer Definition suchte und bekannte Bilder assoziierte?

Ein eisiger Luftstrom streifte mich. Ich fühlte, wie sich meine Nackenhaare aufrichteten.

»Ein Monolith«, sagte Harlon Darter.

Es handelte sich um einen gewaltigen, senkrecht gestellten Gletscher. Seine Ausmaße waren so enorm, dass wir ihn von unserer Position aus nicht überschauen konnten.

»Da geht es nicht weiter. Du hast uns in die Irre geführt, hoher Herr. Hältst uns wohl für dumm, was?«, schimpfte Tarquosch.

»Es führt ein Weg hindurch«, knurrte Lursen. Nicht einmal seine Angst vor uns hielt ihn davon ab, seinem Abscheu gegen die niederen Kreaturen, denen er sich beugen musste, freien Lauf zu lassen. Es war mir gleichgültig. Von mir aus konnte er uns hassen, solange er uns zu den Fünf führte.

Ich lauschte in mich hinein. Seit einiger Zeit verhielt sich der Extrasinn erstaunlich ruhig. Ich fragte mich, ob seine Passivität ein gutes oder ein schlechtes Zeichen war. Positiv bewertete ich, dass er weder Warnungen ausstieß, noch mich mit Vorwürfen konfrontierte. Er schien die Lage zu analysieren, ohne zu einem brauchbaren Ergebnis zu gelangen.

Ich ließ den Blick über den Gletscher wandern. Er war von milchigem, schmutzigem Grau. Leuchterscheinungen geisterten über seine Oberfläche. Sie huschten in unsere Richtung wie diffuse Geister, die auf die Gegenwart von Leben reagierten.

»Dort leben die Fünf?«

»Noch etwas höher. Noch etwas weiter«, antwortete mein Gefangener tonlos.

Ich gab ihm einen Stoß, und er setzte sich in Bewegung. Tatsächlich gelangten wir wenig später an einen Durchgang. Ich kam mir vor wie eine Maus, die sich, angelockt von einem Köder, freiwillig in die Falle begab. Gespenstische Stille umfing uns, nur durchbrochen vom Geräusch unserer eigenen Schritte.

Allmählich begann sich das Aussehen des Gletschers zu verändern. Er beinhaltete technische Artefakte eindeutig nichtmenschlicher Herkunft. Ich erinnerte mich daran, dass Angen-Math nach solchen Hinweisen gefragt hatte. Die Strukturen waren so bizarr wie alles in dieser Welt und schienen aus sich selbst gewachsen zu sein. Stählerne Gerippe der Arche, positronische Gewächse.

»Was ist das?«, fragte ich Lursen.

»Es sind bestimmende Strukturen der Erbauer.«

»Geht es etwas genauer?«

Berich Lursen betrachtete mich wie eine Amöbe, der man die Relativitätstheorie näherzubringen versuchte. »Nein.«

Ich nahm Funkkontakt zu Leutnant Grosz auf, ließ mich mit Angen-Math verbinden und schilderte unseren Fund. Der Wanderer ließ sich alles detailgenau beschreiben. Mir entging nicht, dass unsere Entdeckung ihn aufwühlte.

»Es handelt sich um Bestandteile eines Energie- und Koordinierungszentrums«, beschied er.

»Einer Schaltzentrale?«

»Richtig.«

Mich wunderte, dass Angen-Math die Bedeutung der Gewächsstrukturen aus der Ferne allein aufgrund meiner zugegeben nicht besonders aussagekräftigen Beschreibung zu bestimmen wagte. »Du scheinst dir deiner Sache sicher zu sein.«

»Das bin ich. Ich verlasse mich auf meinen Verstand.«

»In Ordnung.« Ich bedankte mich und unterbrach die Verbindung.

»Ein bisschen seltsam ist das schon«, sagte Darter.

»Was, Harlon?«

»Angen-Maths prompte Erklärung. Er hat nicht lange überlegt. Ich kann mich des Eindrucks nicht erwehren, dass er mehr weiß, als er bisher preisgegeben hat.«

»Kennst du den Wanderer Angen-Math?«, fragte ich meinen Gefangenen.

»Diesen Namen habe ich nie gehört.«

»Also schön. Weiter!«

Die technischen Strukturen erweiterten sich, wurden komplexer. Ich schien tatsächlich auf der richtigen Spur zu einer Schaltzentrale zu sein. Das erhöhte die Wahrscheinlichkeit, Antworten zu erhalten. Außerdem ging ich davon aus, dass sich die Fünf in der Nähe einer derart neuralgischen Einrichtung angesiedelt hatten.

Wir stießen auf einen Fremdkörper, der sich nicht einordnen ließ. Er war dunkel, fast schwarz und von einer bedrohlichen Aura umgeben. Irgendetwas daran drängte sich tief in meinen Verstand. Ich sah einen gebogenen Splitter im Eis, so undeutlich, dass er sein Geheimnis für sich behielt.

»Was ist das?«, fragte Tarquosch.

»Ich weiß es nicht«, gestand Berich Lursen widerstrebend ein.

Ich glaubte ihm, denn seine Überheblichkeit bekam einen Riss. Er stand so ratlos vor dem Artefakt wie wir.

»Wenn uns gar nichts anderes einfällt, können wir das Eis mit Impulsstrahlen bestreichen und zum Schmelzen bringen«, schlug Darter vor.

Obwohl mich Neugier plagte, sah ich von einem solchen Verfahren ab. Unser Ziel waren noch immer die Fünf. Wir drangen in die technischen Einrichtungen ein, die selbst Lursen Respekt abzunötigen schienen. Seine Körpersprache drückte beinahe Demut aus. Es freute mich, dass er sich hier so unwohl fühlte wie wir. Das lag entweder an dem dunklen Splitter oder an der unmittelbaren Nähe der Fünf.

Die Lichteffekte mehrten sich. Sie zeigten, wie sehr die instabile Zone im Zentrum des Doppelkegels tobte. Allein die Tatsache, dass die Fünf noch nicht geflohen waren, verhieß ein wenig Hoffnung. So groß die Bedrohung durch die Instabilität auch sein mochte, der Untergang stand noch nicht unmittelbar bevor. Ich traute den Mächtigen im Mittelpunkt dieser Welt zu, seinen Zeitpunkt genau voraussagen zu können.

Lursen führte uns bis zu einem stählernen Tor. Inmitten der unwirklichen Umgebung, eingerahmt von Gletschereis und unverständlichen Technikgewächsen, kam es mir wie der Übergang in eine noch surrealere Welt vor. Ich gab mir einen Ruck und legte eine Hand auf das kalte Metall. Während ich noch überlegte, wie das Tor zu überwinden sei, öffnete es sich vor mir.

Ich erblickte die Herrscher, denen meine Suche gegolten hatte. Jene Fünf in entrücktem Luxus, die sich über die Menschen dieser Lebenssphäre erhoben hatten.

Jene Vier, brach in diesem Augenblick der Extrasinn sein Schweigen.

Jene Vier, stimmte ich ihm zu. Denn die Gerüchte bewahrheiteten sich. Die Fünf hatten sich getrennt. Einer von ihnen war verschwunden.

Kapitel 25

9. September 3126

Als die Piratenlady die medizinische Sektion betrat, saß der Unbekannte auf dem Rand der Medoliege. Offenbar hatte er sich prächtig erholt. Das Funkeln in seinen Augen und der entschlossene Gesichtsausdruck zeugten von ungebremstem Tatendrang.

»Ich heiße Tipa Riordan«, stellte sie sich vor.

»Ich dachte mir gleich, dass Sie es sind. Ihr Aussehen ist ja nicht ganz unbekannt, Mylady« Der drahtige Mann sprühte vor Vitalität.

»Wie geht es Ihrem Patienten, Doc?«, fragte Tipa dennoch den Ara.

»Bestens«, versicherte Zhyr-Krit. »Es ist so wohlauf, wie er sich benimmt. Ich entlasse ihn guten Gewissens in Ihre Obhut.«

»Danke, Doc.«

»Auch von mir«, sagte der Mann auf dem Bett.

»Es war uns unmöglich, Ihren Zustand zu diagnostizieren«, sagte Tipa. »Dafür dass wir zunächst um Ihr Leben fürchteten, haben Sie sich erstaunlich gut und schnell erholt.«

»Sie wissen doch, Schlaf ist die beste Medizin.«

»Da muss was dran sein.« Die Piratin konnte nicht sagen, was sie von dem Mann hielt. »Wir haben Sie in dem Mond Nacht gefunden, allein und in einem unzugänglichen Bereich. Ich habe keine Erklärung, wie Sie an diesen Ort gelangt sind und was Sie dort wollten. Sicher verstehen Sie, dass ich ein paar Fragen an Sie habe.«

»Nicht nur das. Ich brenne darauf, sie Ihnen zu beantworten. Denn ich weiß sehr genau, was geschehen ist. Sie fanden mich im Inneren einer für Sie unbegreiflichen Störung, einer Instabilität, die Ihre Spezialisten nur unzureichend durchschauen.«

Tipa zuckte unmerklich zusammen. Bisher war sie von einem Zufall ausgegangen. Sie hatte die Auffindung des Terraners als eine der kleinen Launen des Universums betrachtet. Seine Worte widerlegten das.

»Ich gelangte an den Ort, an dem Sie mich auffinden sollten, weil das beabsichtigt war«, sagte er.

»Nicht allein Ihr plötzliches Aufwachen erstaunt mich. Sie haben sich offenbar sehr schnell orientiert.«

Ein Lächeln huschte über sein Gesicht. »Nicht sehr schnell, sondern extrem schnell. Das liegt an außergewöhnlichen Fähigkeiten, die ich besitze, über die zu reden jetzt aber nicht der richtige Zeitpunkt ist. Denn durch meine vorübergehende Bewusstlosigkeit wurde schon zu viel Zeit verloren. Und Zeit ist das, was Lordadmiral Atlan und mir am wenigsten zur Verfügung steht, wenn wir die Bedrohung für die Galaxis noch rechtzeitig eliminieren wollen.«

»Atlan?«, echote Tipa ungläubig »Der Arkonidenbengel?«

»Der Lordadmiral hat mich geschickt. Nur seinetwegen bin ich durch die instabile Zone gegangen, um zu Ihnen zu gelangen. Der Durchgang muss unbedingt verschlossen werden, solange noch Zeit dafür ist.«

Atlan also, dachte Tipa. Sie hatte daran gedacht, ihn zu kontaktieren, und er mischte in diesem Spiel längst mit. Das war typisch für ihn. Ihre Hochachtung vor dem Arkonidenjüngelchen stieg, doch bevor sie das jemals zugegeben hätte, hätte sie sich lieber die Zunge abgebissen.

»Er braucht also wieder einmal meine Hilfe«, sagte sie.

»So ist es.«

»Der Beuteterraner kennt meine Hilfsbereitschaft. Er weiß, dass ich ihn nicht im Stich lasse«, sagte sie. »Selbstverständlich helfe ich ihm. Aber ich muss zugeben, dass ich keine Vorstellung davon habe, wie wir diese Anomalität verschließen können.«

»Das ist das kleinste Problem«, versicherte der Terraner. »Ich habe die Mittel dazu. Aus keinem anderen Grund hat der Lordadmiral mich geschickt.«

Für einen winzigen Moment machte Tipa aus dem Augenwinkel eine Beobachtung. Sie registrierte eine Trübung der Luft und hatte den Eindruck, dass ein Ausschnitt der Wand wie hinter Glas gebrochen wurde. Es war als würde sie durch ein Prisma blicken, dessen unzählige Facetten die Wirklichkeit aufrasterten und neu zusammensetzten. Als sie sich umschaute, war das Phänomen bereits wieder verschwunden.

Tipa Riordan zweifelte nicht daran, dass sie es sich nur eingebildet hatte.

»Entschuldigung, Mylady«, riss die Stimme ihres Schützlings sie aus ihren Überlegungen. »Ich fürchte, ich habe völlig vergessen, mich Ihnen vorzustellen. Mein Name ist Schmidt. Galverin Schmidt.«

ENDE

Die Zukunft beginnt von vorn.
Mit PERRY RHODAN NEO.
Perry Rhodan
Nr. 1
NEO
Die Zukunft beginnt von vorn
Frank Borsch
Sternenstaub
NEU!
Das Jahr 2036:
Krieg, Terror, Naturkatastrophen. Die Menschheit steht vor dem Untergang. Doch dann trifft ein Mann auf Außerirdische.
Sein Name:
Perry Rhodan.
Sein Ziel:
Die Rettung der Menschen, die Erforschung fremder Welten.
PERRY RHODAN NEO
Als Taschenheft am Kiosk und auf allen digitalen Endgeräten.
www.Perry-Rhodan.net
Hintergrundbild: fotolia

Bisher sind folgende Titel erschienen:

DAS SCHWARZE AUGE		ISBN 978-3-89064-	
Magische Zeiten	Hrsg. Momo Evers	Reader	516-2
Dämmerung	Ulrich Kiesow	55. Roman	459-2
Das Greifenopfer	Thomas Finn	62. Roman	544-5
Das Dämonenschiff	Harald Evers	74. Roman	568-1
Kompanie der Verdammten	Manuel Krainer	75. Roman	562-9
Der Tag des Zorns	Daniela Knor	76. Roman	573-5
Der Schandfleck	Andre Helfers	77. Roman	582-7
Den Göttern versprochen	Charlotte Engmann	78. Roman	579-7
Unsterblicher Traum	Patricia Renau	79. Roman	588-9
Blaues Licht	Daniela Knor	80. Roman	589-6
Spielsteine der Götter	Heike Wolf	81. Roman	591-9
Rabengeflüster	Wichert/Jäcke/Wolf	82. Roman	515-5
Thronräuber	Alexander Lohmann	83. Roman	512-4
Todeswanderer	Yvonne Gees	84. Roman	518-6
Roter Fluss	Daniela Knor	85. Roman	514-8
Todgeweiht	Markus Tillmanns	86. Roman	523-0
Dunkle Tiefen	Daniela Knor	87. Roman	538-4
Maraskengift	Markus Tillmanns	88. Roman	457-8
Unter Aves' Schwingen	Hrsg. Momo Evers	89. Band	460-8
Goldener Wolf	Linda Budinger	90. Roman	542-1
Sieben Winde	Matthias A.W. Ott	91. Roman	461-5
Der Zugvogel	André Fomferek	92. Roman	468-4
Hjaldinger-Saga I: Glut	Daniela Knor	93. Roman	472-1
Galotta 1: Der Hofmagier	Ludwig / Wachholz	94. Roman	476-9
Galotta 2: Der Feuertänzer	Ludwig / Wachholz	95. Roman	489-9
Hohenhag	Dietmar Preuß	96. Roman	494-3
Satinavs Auge	Tobias Radloff	97. Roman	495-0
In den Nebeln Havenas	Daniel Jödemann	98. Roman	496-7
Answin 1: Macht	Michelle Schwefel	99. Roman	499-8
Über den Dächern Gareths	Stefan Schweikert	100. Roman	226-0
Gewittertage	Jana M. Eilers	101. Roman	225-3
Die rote Bache	Dietmar Preuß	102. Roman	455-4
Das Zepter des Horas	Mützlitz/Kopp	103. Roman	236-9
Khunchomer Pfeffer	Demirtel/Findeisen	104. Roman	237-6
Die letzte Kaiserin	Daniel Jödemann	105. Roman	244-4

Todesstille	Bernard Craw	106. Roman	246-8
Löwin und Mantikor	J. Hahn und K. Kaeb	107. Roman	249-9
Toras von Havena	Christian Labesius	108. Roman	168-3
Hjaldinger-Saga II: Sturm	Daniela Knor	109. Roman	245-1
Der erste Kaiser	Daniel Jödemann	110. Roman	247-5
Eiswolf	Linda Budinger	111. Roman	248-2
Der Kreis der Sechs	Michael Masberg	112. Roman	169-0
Die Paktiererin	Dietmar Preuß	113. Roman	158-4
Im Schatten der Dornrose	Bernard Craw	114. Roman	136-2
Galotta 3: Der Aschengeist	Ludwig/Wachholz	115. Roman	229-1
Answin 2: Verrat	Michelle Schwefel	116. Roman	455-4
Kamaluqs Schlund	Stefan Schweikert	117. Roman	137-9
Nachtrichter	Dorothea Bergermann	118. Roman	138-6
Isenborn 1: Stein	Bernard Craw	119. Roman	141-6
Das Ferdoker Pergament	Florian Don-Schauen	120. Roman	139-3
Isenborn 2: Erz	Bernard Craw	121. Roman	142-3
Isenborn 3: Eisen	Bernard Craw	122. Roman	143-0
Isenborn 4: Stahl	Bernard Craw	123. Roman	144-7
Tie'Shiannna	Florian Don-Schauen	124. Roman	140-9
Caldaia	Christian Lange	125. Roman	145-4
Der Schrecken von Arlingen	Thomas Walach-Brinek	126. Roman	146-1
Rabenkind	Gerrit Harm	127. Roman	147-8
Der Pfad des Wolfes	Alex Spohr	128. Roman	148-5
Im Schatten der Esse	Judith C. Vogt	129. Roman	125-6
Riva Mortis	Mike Krzywik-Groß	130. Roman	129-4
Der Blinde Schrat	Dietmar Preuß	132. Roman	124-9
Mörderlied	Stefan Schweikert	133. Roman	128-7
Tagrichter	Dorothea Bergermann	134. Roman	126-3
		ISBN 978-3-86889-	
Salsweiler	Alex Noffz	131. Roman	161-4
Taladur 1: Türme im Nebel	Bernard Craw	135. Roman	166-9
Khunchomer Pfeffer 2	Demirtel/Findeisen	136. Roman	167-6
Taladur 2: Die Last der Türme	André Wiesler	137. Roman	196-6
Herr der Legionen	Judith C. Vogt	138. Roman	197-3
Der Kristall von Al'Zul:		ISBN 978-3-89064-	
Land ohne Gesetz	Anton Weste	Al'Zul 1	231-4
Stadt der Geister	Martina Nöth	Al'Zul 2	232-1
Wald der Verlorenen	Linda Budinger	Al'Zul 3	233-8

Am Finsterquell	Gernot Vallendar	Al'Zul 4	234-5
Aufs Schafott	Florian Don-Schauen	Al'Zul 5	235-4
Hundstage:			
Hundesöhne	Carolina Möbis	Hundstage 1	131-7
Hundswache	Henning Mützlitz	Hundstage 2	132-4
Hundeleben	Christian Humberg	Hundstage 3	133-1
Hundeelend	Dorothea Bergermann	Hundstage 4	134-8
Hundsfott	Carolina Möbis	Hundstage 5	135-5

BATTLETECH		ISBN 978-3-89064-	
Schrapnell	Hrsg. M. Immig	Anthologie	551-3
Wahnsinn & Methode	Michael Diel	1. Roman	592-6
Clangründer: Abkehr	Randall N. Bills	2. Roman	596-4
Das Schwert und der Dolch	Ardath Mayhar	3. Roman	425-7
Über dem Gesetz	Michael Diel	4. Roman	517-9
Clangründer: Traum	Randall N. Bills	5. Roman	597-1
Die Albatros-Akte	Reinhold H. Mai	6. Roman	526-1
Warrior: En Garde	Michael A. Stackpole	7. Roman	545-2
Warrior: Riposte	Michael A. Stackpole	8. Roman	546-9
Warrior: Coupé	Michael A. Stackpole	9. Roman	547-6
Früchte voll Bitterkeit	Ritter & Schreiber	10. Roman	458-5
Katze unter Bären	Arous Brocken	11. Roman	490-5
Clanwächter	Arous Brocken	12. Roman	491-2
In Ungnade	Chris Hartford	13. Roman	475-2
Mission Kiamba	Arous Brocken	14. Roman	493-6
En Passant	Michael Diel	15. Roman	479-0
Duo Infernale	Carolina Möbis	16. Roman	498-1
Karma	Bernard Craw	17. Roman	454-7
Royal Flush	Carolina Möbis	18. Roman	620-6
		ISBN 978-3-86889-	
Wiege der Basilisken	Reinhold H. Mai	19. Roman	153-9
Präludium	Bernard Craw	20. Roman	164-5
MECHWARRIOR: DARK AGE		ISBN 978-3-86889-	
Die Zweifel des Ketzers	Randall N. Bills	17. Roman	162-1

ATLAN X		ISBN 978-3-89064-	
Lotse im Sandmeer	Hans Kneifel	Kreta 1	188-1
Insel der Winde	Hans Kneifel	Kreta 2	195-9

Das schwarze Schiff	Hans Kneifel	Kreta 3	196-6
Die Prophezeiung von Saïs	Hans Kneifel	Tamaran 1	820-0
Sternenfall der Goldenen	Christian Montillon	Tamaran 2	821-7
Das Urteil des Drachenbaumes	Herren/Mathiak	Tamaran 3	822-4

ATLAN		ISBN 978-3-89064-	
Totentaucher	Wim Vandemaan	Lepso 1	486-8
Die acht Namenlosen	Christian Montillon	Lepso 2	487-5
Befreiung in Camouflage	Michael M. Thurner	Lepso 3	488-2
Die Psi-Kämpferin	Achim Mehnert	Rudyn 1	171-3
Das Sphärenrad	Rüdiger Schäfer	Rudyn 2	172-0
Acht Tage Ewigkeit	Michael H. Buchholz	Rudyn 2	173-7
Das Relikt der Macht	Hans Kneifel	Illochim 1	174-4
Im Bann der Gatusain	Achim Mehnert	Illochim 2	175-1
Der Traum des Navigators	Rüdiger Schäfer	Illochim 3	176-8
Rico	Arndt Ellmer	Roman	177-5
Planet der Silberherren	Uwe Anton	Monolith 1	178-2
Todeszone Zartiryt	Rüdiger Schäfer	Monolith 2	179-9
Echo der Verlorenen	Hans Kneifel	Monolith 3	184-3
Der Silbermann	Marc A. Herren	Monolith 4	185-0
Ceres am Abgrund	Manfred H. Rückert	Monolith 5	186-7
Sprung ins Jenseits	Achim Mehnert	Monolith 6	187-4
Rhaens Ruf	Rüdiger Schäfer	Höllenwelt 1	197-3
Das Erwachen	Achim Mehnert	Höllenwelt 2	198-0
Dämmerung über Höllenwelt	Hans Kneifel	Höllenwelt 3	199-7
Im Schutz des Paladin	Rüdiger Schäfer	Marasin 1	065-5
Tschirque, der Kreuzwächter	Achim Mehnert	Marasin 2	066-2
Die zerschnittene Welt	Rüdiger Schäfer	Marasin 3	067-9
Taucher im Lavastrom	Oliver Fröhlich	Sternensplit. 1	077-8
Das Flexion	Bernhard Kempen	Sternensplit. 2	078-5
Geheimplan Quinto-Center	Michelle Stern	Sternensplit. 3	079-2
		ISBN 978-3-86889-	
Die geträumte Welt	Achim Mehnert	Polychora 1	168-3

ATLAN-HARDCOVER		ISBN 978-3-89064-	
Brennpunkt Vergangenheit	–	HC 37	069-3
Das Erbe der Akonen	–	HC 38	075-4

			ISBN 978-3-86889-
Hetzjagd im Blauen System	–	HC 39	160-7

SHADOWRUN		ISBN 978-3-89064-	
Chromscherben	M. A. Stackpole	Anthologie	550-6
Shadowrun – Die 6. Welt	Hrsg. T. Hamelmann	Reader	540-7
Wiener Blei	Leo Lukas	41. Roman	555-1
Nachtstreife	Björn Lippold	46. Roman	558-2
Auf dem Sprung	Harri Aßmann	49. Roman	567-4
Töne der Unendlichkeit	Harri Aßmann	50. Roman	569-8
Elementares Wissen	Harri Aßmann	52. Roman	570-4
Die Anfänger	Ivan Nedic	54. Roman	572-8
ASH	Lara Möller	57. Roman	574-2
Pesadillas	Maike Hallmann	58. Roman	575-9
Vertigo	Maike Hallmann	59. Roman	581-0
Hand am Hort	Sebastian Schaefer	60. Roman	583-4
Flynns Weg	Lara Möller	61. Roman	585-8
Shelley	André Wiesler	62. Roman	580-3
Matrixfeuer	Hrsg. Beck / Hallmann	63. Anth.	587-2
Born to Run	Stephen Kenson	64. Roman	564-3
Im Namen des Herrn	André Wiesler	65. Roman	594-0
Quickshot	Lara Möller	66. Roman	595-7
Giftmischer	Stephen Kenson	67. Roman	565-0
Wiedergänger	Maike Hallmann	68. Roman	593-3
Feuerzauber	André Wiesler	69. Roman	519-3
Im Fadenkreuz	Petra Prinz	70. Roman	543-8
Kettenhund	Alexander Wichert	71. Roman	548-3
Fallen Angels	Stephen Kenson	72. Roman	549-0
GmbH	Christian Riesslegger	73. Roman	463-9
Machtgelüste	Jason M. Hardy	74. Roman	484-4
Cash Flow	Christian Riesslegger	75. Roman	483-7
Böses Erwachen	André Wiesler	76. Roman	473-8
Der Schattenlehrling	Boris Koch	77. Roman	482-0
Aftershocks	J. Raabe / J. Helfers	78. Roman	485-1
Fatimas Tränen	Alex Wichert	79. Roman	513-1
Für eine Handvoll Daten	Stephen Dedman	80. Roman	571-1

Flammenmeer	Jan-Tobias Kitzel	81. Roman	497-4
Digitaler Albtraum	Thorsten Hunsicker	82. Roman	123-2

HARDCOVER			ISBN 978-3-89064-
Sturm über Windhaven	Martin & Tuttle	Roman	531-5
Die Flamme erlischt	George R. R. Martin	Roman	530-8
Dead Man River	George R. R. Martin	Roman	529-2
Die »Eis und Feuer«-Saga:			
Eisenthron	George R. R. Martin	1. Roman	532-2
Königsfehde	George R. R. Martin	2. Roman	533-9
Schwertgewitter	George R. R. Martin	3. Roman	534-6
Krähenfest	George R. R. Martin	4. Roman	535-3

WEITERE TITEL			ISBN 978-3-89064-
Tor der tausend Sonnen	Hanns Kneifel	Roman	602-2
Cugel in der Unterwelt	Michael Shea	Roman	470-7
Cugels Irrfahrten	Jack Vance	Roman	462-2
Das Voynich-Rätsel	Florian F. Marzin	Roman	541-4
Vor Adam	Jack London	Roman	524-7
Am Anfang war das Feuer	J. H. Rosny	Roman	525-4
Der große Heliumkrieg	M.A. Stackpole u. A.	Anthologie	563-6
Lexikon der Fantasy-Literatur	Hrsg. Alpers u. A.		566-7
Galaktische Odyssee	Hanns Kneifel	Roman	603-9
Hanky und der Tausendschläfer	Marvin Roth	Roman	999-3
Hanky und der Mächtige	Marvin Roth	Roman	998-6

Dies ist eine Bibliographie und kein Verzeichnis lieferbarer Titel.
Es ist leider nicht möglich, alle Titel vorrätig zu halten.
Sollten Sie Fragen haben, kontaktieren Sie uns bitte unter

Ulisses Spiele GmbH
Industriestr. 11, 65529 Waldems Steinfischbach,
www.ulisses-spiele.de